À PROPOS DE L'AUTEUR

Avant de devenir romancière, Annie Lyons a travaillé dans le domaine de l'édition. C'est alors qu'elle a commencé à penser qu'elle pourrait écrire des livres plutôt que de publier ceux des autres. Son premier roman, *Presque parfait*, a immédiatement rencontré le succès et à confirmé sa volonté de continuer dans cette voie.

Presque parfait

ANNIE LYONS

Presque parfait

Traduction française de
MARION PRZETAK

HARLEQUIN

Titre original :
NOT QUITE PERFECT

Ce roman a déjà été publié en 2015

HARPERCOLLINS FRANCE
83-85, boulevard Vincent-Auriol, 75646 PARIS CEDEX 13
Service Lectrices — Tél. : 01 45 82 47 47

www.harlequin.fr

ISBN 978-2-2804-2923-8

Chapitre 1

Ce dimanche-là, comme bien trop souvent ces derniers temps, Emma Darcy se réveilla en poussant un grognement de douleur. Oh non, pas encore une gueule de bois… Sa tête allait exploser !

Au prix d'un effort surhumain, elle tenta d'ouvrir un œil. Aveuglée par un rayon de soleil, elle le referma aussitôt, roula sur le côté et tira la couette sur sa tête. Argh, mauvaise idée : c'était une vraie fournaise, là-dessous !

En nage, elle tâtonna le drap à sa droite : aucun signe de Martin. Alors, elle se traîna faiblement sur le grand matelas puis se laissa tomber sur l'oreiller de son fiancé avec un soupir de soulagement. C'était beaucoup plus frais de ce côté ; et ce parfum musqué, mmmh…

Hélas, son réconfort ne dura pas : déjà, son effroyable migraine se rappelait à son bon souvenir. Pour ne rien arranger, elle entendit son fiancé se mettre à chanter gaiement sous la douche. Bon sang, comment pouvait-on massacrer *Superstition* à ce point ? Stevie Wonder ne méritait vraiment pas ça…

Avec un nouveau grognement, Emma se plaqua l'oreiller sur la tête. Elle n'avait plus qu'une envie : se rendormir. Ou rendre l'âme. Ou les deux. Oui, les deux, c'était un bon plan.

Elle commençait à somnoler lorsque la porte de la salle de bains s'ouvrit à la volée. Chantant plus fort que jamais, Martin écarta impitoyablement les rideaux. Le traître !

— Debout, petite marmotte, murmura-t-il en soulevant

l'oreiller qui la protégeait. Il est 11 heures passées, et on doit être chez tes parents dans une heure.

Pour toute réponse, Emma grommela un son inarticulé. Avec un petit rire, Martin lui déposa un baiser sur le front.

— J'en connais une qui aurait dû s'arrêter de boire après la première bouteille de champagne, pas vrai ?

— Gnagnagna..., riposta-t-elle avec une moue boudeuse.

— Quel sens de la repartie, je suis soufflé. Prépare-toi pour le remède miracle anti-gueule de bois *made in Martin* !

Comme il se penchait pour la couvrir de petits baisers sur le visage et dans le cou, elle poussa un cri de surprise sous les gouttelettes froides qui l'éclaboussaient.

— Tes cheveux sont trempés ! protesta-t-elle en le repoussant, pleinement réveillée à présent.

Quand elle ouvrit les yeux, Martin lui adressa un adorable sourire contrit.

— Désolé de te dire ça, Em, mais tu ferais mieux de prendre une douche avant de partir. Et brosse-toi les dents ! Tu sens le vieux torchon de barman.

Le mufle ! Emma tenta de lui envoyer un pitoyable crochet du droit, qu'il évita avec un ricanement avant de disparaître dans le couloir en sifflotant.

Comment faisait-il pour être aussi en forme ? Martin buvait plus encore qu'elle, et pourtant il ne semblait jamais en souffrir le lendemain. Si seulement elle pouvait tenir l'alcool aussi bien que lui...

S'obligeant à se redresser, elle se massa les tempes avec une grimace. Il fallait dire aussi que depuis qu'ils avaient annoncé, le mois dernier, leur décision de se marier, ils n'avaient pas arrêté de fêter la nouvelle avec les uns et les autres. Pourtant, hier soir, ils n'avaient même pas eu cette excuse : ils étaient restés à la maison pour étudier des brochures de voyages de noces et s'étaient fait livrer des plats chinois. Pourquoi avaient-ils cru bon de siffler la bouteille de champagne que leur avait offerte sa marraine Rosie ? Pire, ils avaient enchaîné sur une autre, et peut-être même étaient-ils passés ensuite à un alcool plus fort, elle ne s'en souvenait plus très bien. D'accord, la perspective d'une semaine à Bali ou d'un safari au Kenya leur avait un peu tourné la tête, mais tout de même, ce n'était pas raisonnable... C'était à se demander par quel miracle ils avaient réussi à faire des galipettes sur le tapis du salon puis à remettre ça dans la chambre avec autant d'alcool dans le sang.

Un peu nauséeuse, Emma sortit péniblement du lit et se traîna jusqu'à la salle de bains. Si, cette nuit, elle s'était endormie en nageant dans un nuage de bonheur, ce matin, elle avait plutôt l'impression de patauger dans un épais brouillard.

Dire qu'elle allait devoir affronter un repas de famille dans cet état ! Entre sa mère qui n'avait plus que le mot « mariage » à la bouche et les trois mouflets infatigables de sa sœur, elle avait déjà envie de s'immoler par le feu. D'autant que, à coup sûr, Rachel passerait son temps à la faire enrager à cause de sa gueule de bois.

Avec un soupir, elle entra dans la cabine de douche. Pourvu que l'eau brûlante lui fasse du bien... Encore un peu et son cerveau allait se mettre à lui couler par les oreilles.

Lorsqu'ils se garèrent devant la maison de banlieue de ses parents, elle avait presque retrouvé forme humaine, grâce à cet amour de Martin qui, après sa douche, l'avait accueillie dans la cuisine avec un œuf poché et deux comprimés de paracétamol.

Mais à peine sa mère ouvrit-elle la porte qu'Emma fut attaquée par Buzz l'Eclair.

— Rends-toi, infâme empereur Zurg !

Toutes ailes dehors, le ranger de l'espace fondit droit sur elle, l'index pointé sur le laser de son bras, et elle ne put retenir un juron sonore.

— Mamiiiie ! s'éleva alors une voix aiguë au bout du couloir. Tatie Em elle dit encore rien que des gros mots !

Sous le regard désapprobateur de sa mère, Emma, penaude, ramassa le jouet qui avait échoué au sol.

— Pardon, ça m'a échappé sous le coup de la surprise...

Par chance, Martin vint voler à son secours.

— Il ne faut pas lui en vouloir, Diana. Em a les nerfs à vif à cause de la fatigue. Elle travaille beaucoup trop.

Comme il lui passait un bras autour de la taille, elle jeta à son fiancé un regard reconnaissant. Mais très vite, un boulet de canon se jeta dans leurs jambes avec un sourire jusqu'aux oreilles.

— Coucou, Lily jolie ! s'exclama Emma en soulevant sa nièce de quatre ans pour la chatouiller.

La fillette se tortilla avec un rire cristallin pour se dégager, mais tendit de nouveau les bras.

— Encore ! Encore !

C'est alors que le père d'Emma apparut à la porte.

— Laissez-les respirer, voyons, bande de malappris !

Après les embrassades, tout le monde passa à l'intérieur.

— Qu'est-ce que je vous offre à boire ? Un gin-tonic, Mart ? Et toi, ma puce, il vaut mieux que tu te contentes d'une limonade, pas vrai ? ajouta-t-il à l'adresse d'Emma avec un clin d'œil.

Comme ses parents disparaissaient dans la cuisine et que Martin restait jouer avec Lily, Emma entra dans le salon, où elle trouva sa sœur en train de lire le journal sur le canapé.

— Alors, ça avance bien, ce MARIAGE ? lui lança Rachel avec un sourire narquois dès qu'elle s'effondra à son côté.

Ce dernier mot résonna dans sa tête comme un gong.

— Mets-la en veilleuse, Rach, veux-tu ? J'ai une gueule de bois de la taille du pays de Galles, alors ça m'arrangerait de ne pas avoir maman sur le dos aujourd'hui.

— Je ne vois pas de quoi tu parles, sœurette, je n'ai fait que prononcer le mot « MARIAGE » !

Avait-elle prévu son coup ? Comme invoqué par une formule magique, Alfie, son plus jeune fils, apparut pour décupler le supplice d'Emma.

— MARIAGE ! MARIAGE ! MARIAGE !

Lily ne tarda pas à reprendre en chœur ce cri infernal.

— Par pitié, Rach, fais-les taire...

Sa sœur adopta un air innocent.

— Je suis vraiment désolée, je ne peux rien faire pour toi. J'ai perdu le contrôle de mes jumeaux. Et encore, estime-toi heureuse que leur grand frère soit au jardin avec leur père.

— Emma, intervint soudain Diana dans leur dos, il faut absolument qu'on parle du menu, de la robe et des fleurs !

Et voilà, ça n'avait pas manqué... Alors qu'Emma fusillait Rachel du regard, leur père se mêla à la conversation.

— Allons, laisse-la au moins prendre un verre avant de lui sauter à la gorge, plaisanta-t-il en présentant les boissons.

— Ce n'est pas la peine de me faire passer pour l'enquiquineuse de service, Edward. C'est Emma qui a décidé de se marier, donc si elle veut notre aide, il va falloir qu'elle y mette un peu du sien. N'ai-je pas raison, ma chérie ?

— Si, maman, répondit Emma, résignée.

Diana annonça alors ce qu'elle avait préparé pour le déjeuner. Rachel ne ratant jamais une occasion de taquiner sa sœur, elle lança avec un grand sourire :

— Ça a l'air délicieux ! Ne perdons pas une seconde, alors : passons à table, et on pourra discuter mariage !

Après le dessert, tout le monde partit s'installer au jardin. Emma n'avait presque rien pu avaler, en partie à cause de son estomac barbouillé, mais avant tout à cause de sa mère. Alors qu'elle avait été mitraillée de questions pendant des heures, les effets du paracétamol avaient fini par s'estomper, et un élancement sourd lui martelait de nouveau le crâne.

— Lily s'occupera de jeter des pétales de rose sur ton passage, décréta tout à coup sa mère. Et Rachel sera ta demoiselle d'honneur.

Mais bien sûr, à quoi bon demander l'avis des concernées ?

Emma lui répondit sur un ton qu'elle espérait posé.

— Bien sûr, mais je veux aussi qu'Ella soit mon autre demoiselle d'honneur.

— Qui est cette Ella ? Est-ce que je la connais ?

— Non, maman, tu ne l'as jamais rencontrée. Mais je t'en ai déjà parlé : c'est ma meilleure amie, au bureau.

— N'oublie pas que c'est ton père et moi qui allons financer la cérémonie, alors nous ne voulons pas d'inconnus.

— Ecoute maman, s'impatienta-t-elle, je sais que tu es pleine de bonnes intentions, mais tu vas trop loin. La date du mariage n'est même pas encore fixée ! Certaines décisions nous reviennent, à Martin et moi.

Devant l'air froissé de sa mère, Emma chercha un allié du regard. Hélas, Rachel, qui ne perdait pas une miette du spectacle, se contenta de lever un sourcil narquois. De leur côté, Steve, son mari, parlait foot avec leur père, et Martin poursuivait les trois enfants en se faisant passer pour le Capitaine Crochet — le petit Will ayant décidé, du haut de ses sept ans, qu'il était Peter Pan.

— Je veux seulement aider, se défendit Diana. Je sais à quel point ces choses-là peuvent être stressantes, alors j'essaie de vous soulager un peu. Au fait, ma cousine Eunice s'est déjà proposée pour fournir les fleurs. Je pense que des lis blancs seraient du plus bel effet, tu ne trouves pas ?

— Maman, je t'en supplie, arrête ! Tu ne m'aides pas là, tu cherches à tout contrôler ! explosa Emma.

Si Rachel afficha un regard impressionné devant cette sortie, Diana, quant à elle, croisa les bras, visiblement vexée.

— Ce n'est pas une raison pour me parler sur ce ton !

— Excuse-moi, c'est juste que tu...

— Tu ne vas tout de même pas te plaindre que je veuille que tout soit parfait pour ma cadette ! la coupa sa mère, drapée dans sa dignité offensée. Rachel ne m'a pas laissé cette chance, puisqu'elle a décidé de se marier en secret...

Emma retint un soupir de détresse. Si seulement elle avait pu disparaître, là, tout de suite...

Un cri perçant dissipa soudain la tension ambiante :

Alfie venait de tomber du pommier dans lequel les enfants s'étaient réfugiés. En un instant, ce fut le chaos. Steve et Rachel accoururent auprès de leur fils qui hurlait à la mort et décidèrent aussitôt de le conduire aux urgences, suivis de Diana qui s'époumonait pour faire savoir comment il fallait positionner son petit-fils dans la voiture. De son côté, Edward s'efforça de rassurer Lily, qui pleurait à chaudes larmes, et Will, qui s'en voulait d'avoir attiré son petit frère dans l'arbre. Une fois le calme revenu, le grand-père parvint à leur changer les idées en les emmenant cueillir des mûres.

Quant à Martin, qui avait été en charge des enfants au moment de l'accident, il avait assisté impuissant à toute la scène et affichait désormais un air tout penaud.

— J'espère que tu t'occuperas mieux de nos enfants le moment venu, railla Emma en le serrant dans ses bras.

— Je prendrai toujours soin de notre famille.

Jamais elle ne lui avait vu un air aussi sérieux.

Saisissant l'occasion de se sauver, ils allèrent embrasser Edward et les enfants, puis reprirent la route pour Londres.

Toutefois, elle était toujours sur les nerfs dans la voiture.

— Ma mère me rend folle ! Combien d'années prend-on pour un matricide ? Je commence sérieusement à l'envisager.

— Em, tu n'as sans doute pas envie d'entendre ça, mais je pense sincèrement qu'elle ne veut que ton bien.

— Bon Dieu, Mart, pourquoi faut-il que tu sois toujours aussi raisonnable ? se plaignit-elle avec une moue boudeuse.

— Parce que c'est ce que tu aimes chez moi.

Avec un soupir, elle lui posa la main sur le genou.

— Je sais, et je sais aussi que ma mère croit aider. Je m'en veux de l'avoir rabrouée comme ça, mais tu sais comment je suis quand j'ai la gueule de bois... Et puis, je n'ai pas envie qu'elle s'approprie notre grand jour, tu comprends ?

— Tout se passera bien, dit-il avec un sourire serein. On trouvera un moyen de gérer ta mère ; je suis sûr qu'elle a juste besoin qu'on lui confie des tâches précises.

Un peu rassurée, elle se pencha pour l'embrasser sur la joue. Martin trouvait toujours les mots qu'il fallait.

— Je savais bien qu'il y avait une bonne raison pour que j'accepte de t'épouser.

— Tu veux dire que ce n'est pas parce que je suis encore plus beau que Daniel Craig ?

— Ça a peut-être joué aussi, convint-elle alors qu'un petit bip l'avertissait de l'arrivée d'un texto.

Le nom de son amie Ella s'affichait sur son téléphone :

J'espère que tu n'es pas trop nerveuse pour demain. Couche-toi tôt, ma belle ! Bisous, E.

Ironiquement, le message fit remonter en flèche la tension d'Emma. Merde ! Avec toutes ces émotions, elle en avait presque oublié que c'était demain qu'elle rencontrait l'auteur qu'on annonçait comme la future poule aux œufs d'or pour le convaincre de signer chez sa maison d'édition !

Adieu, sa soirée tranquille devant la télé… Elle allait devoir la passer en tête à tête avec le manuscrit du potentiel prochain best-seller des éditions Allen Chandler pour finir de préparer l'entretien.

De retour chez eux, elle s'installa au lit pour travailler. Martin vint alors jeter un œil à sa lecture.

— *L'Orchidée rouge*. Un peu prétentieux, ce titre, non ?

— Ce n'est pas prétentieux ! Ça va faire un carton et il faut à tout prix que l'auteur soit publié chez nous.

— Dans ce cas, je suis sûr que tu vas y arriver, mon cœur. Est-ce que je t'ai déjà dit à quel point je suis fier de toi ?

— Jamais, prétendit-elle avec un sourire comme il s'asseyait au bord du lit.

— Hmm, tu veux que je te montre ?

Sans attendre de réponse, il lui prit le manuscrit des mains et déposa un baiser au creux de sa paume, avant de remonter lentement le long de son bras.

Emma protesta sans conviction.

— Je devrais vraiment terminer mes notes.

— Oui, tu devrais…

Il ne s'arrêta pas, toutefois. Oh ! le vil tentateur !

Les lèvres posées dans son cou achevèrent de la décider.

— Et puis zut ! Je finirai demain dans le métro !

Rassemblant ses feuilles, elle lui reprit le manuscrit pour jeter le tout plus loin sur le matelas. Elle attrapa alors Martin par le col de sa chemise et l'embrassa à pleine bouche, les jambes nouées autour de sa taille. Gagnés par un sentiment d'urgence, ils firent voler leurs vêtements à travers la chambre. Alors, s'arrachant à leur baiser, il fit courir ses lèvres sur son corps, dessina du bout de la langue le contour d'un sein, en taquina la pointe tendue. Bon sang, ce que c'était bon ! Ivre de désir, Emma l'accueillit en elle sans attendre, gémissant de plaisir sous les sensations délicieuses qu'il savait si bien lui procurer.

Ils firent l'amour avec passion, tendresse, complicité.

Plus tard, alors qu'ils se lovaient en cuillère pour reprendre leur souffle, épuisés mais comblés, Emma pouffa de rire devant la vision incongrue qui s'offrait à elle : sa culotte avait atterri sur sa table de chevet, plus exactement sur la tête de la grenouille en peluche géante qu'elle avait gagnée à leur première fête foraine en amoureux.

Le sourire aux lèvres, elle passa la main derrière la nuque de Martin.

— Je t'aime. Tu le sais, ça ?

— Bien sûr que tu m'aimes, répondit-il d'une voix somnolente. Je suis bigrement adorable.

Rachel rangeait sans entrain les briques de Lego, petites voitures et autres chaussures de poupées qui jonchaient le sol du salon.

— Un verre de vin ? lui proposa Steve depuis la cuisine.

— Volontiers.

Il la rejoignit un instant plus tard.

— Quelle journée, hein ? Alfie a eu de la chance, il aurait pu se casser un bras — si ce n'est pire.

Comme elle hochait la tête sans lever les yeux, il posa les verres sur la table basse et s'approcha pour la serrer dans ses bras. Elle ne se laissa faire qu'une seconde avant de s'écarter.

— Attends, je finis de déblayer le champ de bataille et je m'assieds avec toi.

— Bien sûr, chaton, fais ce que tu as à faire.

Mais à peine s'était-il installé devant la télévision qu'une voix stridente retentit à l'étage.

— Mamaaan !

— C'est Alfie, soupira Rachel, lasse.

— Ne t'inquiète pas, je m'en occupe. Repose-toi, va.

Elle ne se fit pas prier. Délaissant son rangement, elle alla s'écrouler sur le canapé, télécommande en main.

— Ce n'était rien, lui assura Steve quand il revint cinq minutes plus tard. Il avait juste fait tomber son doudou.

— Tant mieux. Dis, et si on regardait une série ce soir ? Je te donne le choix entre *Grey's Anatomy* et *Les Soprano*.

— En fait, Rach, il faut que je te parle.

Rachel le considéra avec surprise — d'où lui venait ce ton si sérieux ? Il affichait un air grave, accentué par les cernes violacés qu'il avait sous les yeux. C'était étrange, elle n'avait pas remarqué qu'il avait autant les traits tirés, ces temps-ci…

Cette réflexion la laissa songeuse. Depuis combien de temps n'avait-elle pas regardé Steve — *vraiment* regardé ? Elle semblait si loin, l'époque où ils pouvaient passer des heures à apprendre les moindres détails du visage et du corps de l'autre… C'était comme si, au fil des ans, ils avaient peu à peu cessé de se voir en tant qu'amants, ou même en tant qu'époux, pour ne plus devenir que des parents. Pourtant, c'était bien l'homme dont elle était tombée amoureuse qui la fixait à présent de ses beaux yeux bleus. Il avait seulement pris quelques rides et commençait à grisonner, voilà tout. Elle-même n'allait pas en rajeunissant…

— Rach ?

— Oui, excuse-moi, j'étais dans la lune. Qu'y a-t-il ?

Il ouvrit alors la bouche avant de la refermer, comme s'il ne savait pas par où commencer. Mais c'est qu'il allait finir par l'inquiéter !

— Ne me dis pas que tu as encore entamé une liaison avec Kate Winslet ! plaisanta-t-elle pour l'égayer.

Raté. Il n'ébaucha qu'un faible sourire. Aïe, c'était vraiment sérieux, alors.

— Non, ce n'est pas de Kate que je veux te parler. C'est à propos de mon travail. On m'a offert une promotion.

— Quoi ? Mais c'est génial ! s'exclama-t-elle, soulagée. Et moi qui m'attendais au pire… Quel genre de promotion ?

— On m'offre la direction d'un nouveau bureau.

— Ouah, félicitations ! Où ça ?

Steve prit une longue inspiration avant d'annoncer :

— A Edimbourg.

Rachel en resta sans voix. Avait-elle bien entendu ?

— Je sais que c'est très loin d'ici, reprit-il, mais c'est une énorme opportunité. Et attends un peu de connaître le salaire…

— C'est en Ecosse, le coupa-t-elle, encore abasourdie.

— Oui, mais je suis sûr que ça peut être fantastique.

— Je ne vois pas en quoi.

— Edimbourg est une ville incroyable.

— C'est en Ecosse, insista-t-elle.

— Oui, on a déjà établi ce point, Rach.

— Dans le nord du pays. *Tout* au nord.

— Certes, mais…

— Là où il pleut.

— C'est vrai, mais…

— Beaucoup.

— Rachel, laisse-moi en placer une ! s'impatienta Steve.

Je savais que tu le prendrais mal, mais je t'en prie, fais un effort. J'essaie d'avoir une discussion entre adultes.

— Ah, parce que je suis une enfant, maintenant ?

— Quand tu t'y mets, tu peux être un peu puérile, oui.

Il venait d'esquisser un sourire, mais Rachel n'était plus d'humeur à badiner.

— Donc, si je comprends bien, tu veux traîner ta famille à un milliard de kilomètres au nord pour le bien de ta carrière ?

— Bien sûr que non ! Seulement, il faut bien qu'on pense à notre avenir, et nous ne vivons que sur mon seul salaire.

— Ouais, marmonna-t-elle, comme si je ne le savais pas.

— Qu'est-ce que c'est censé vouloir dire, ça ?

— Ça veut dire que j'ai tout abandonné pour le bien de cette famille. *Tout.* Mais ça, c'est une chose qui ne te fait ni chaud ni froid.

— J'en connais une autre à qui la chose ne fait plus ni chaud ni froid..., répliqua-t-il entre ses dents.

Elle reçut cet odieux sous-entendu comme une gifle.

— C'est donc là que tu veux en venir, Steve ? Tout est de ma faute parce que je ne gagne plus ma vie et que ma libido est au point mort, c'est bien ça ? T'arrive-t-il seulement de penser à moi ? A ce dont j'aurais besoin ?

— C'est justement pour cette raison que j'essaie de te parler ! Pourquoi faut-il toujours que tu prennes la mouche ?

Outrée, Rachel se leva avec un soupir rageur et quitta la pièce d'un pas furibond. Une cigarette, voilà ce dont elle avait besoin !

Elle avait déjà tourné la clé de la porte du jardin lorsque la sonnerie du téléphone la coupa dans son élan.

— Quoi ? lâcha-t-elle d'un ton hargneux.

Au bout du fil, sa mère répondit d'une voix enjouée sans relever son humeur exécrable.

— Bonsoir, ma chérie ! Je t'appelle juste pour prendre des nouvelles d'Alfred.

Rachel s'efforça d'inspirer pour recouvrer son calme.

— Alfie va bien, merci. Il dort.

— Tant mieux. Et mes autres petits diables ?

— Toujours aussi diaboliques.

— Je n'en doute pas. Bon, parlons peu, parlons bien : il faut à tout prix qu'on se charge de ta sœur. Je pense qu'une tournée des boutiques de robes de mariée s'impose.

— J'en meurs déjà d'impatience.

— Fantastique ! répondit sa mère sans remarquer la pointe d'ironie de Rachel. Je vais appeler Emma pour organiser ça.

— O.K. Maman ?

— Oui, ma chérie ?

Dis-moi que tout va s'arranger pour moi.

— Non, rien, dit-elle seulement. Embrasse papa de ma part.

— Encore faut-il que j'arrive à lui faire lâcher son journal.

Lorsqu'elle raccrocha, Rachel poussa un profond soupir. Que ne donnerait-elle pas pour avoir de nouveau trois ans… Tout était si simple à cet âge-là. Au moindre chagrin, un bisou magique, un câlin, et hop, tout rentrait dans l'ordre.

Tandis qu'aujourd'hui elle ne saurait même plus dire quand elle avait eu une vraie nuit de sommeil pour la dernière fois. Elle aimait Steve et les enfants, bien sûr, mais c'est à peine si elle trouvait encore l'énergie de le leur dire…

Ce n'était même pas le même genre de fatigue qu'avant, quand elle travaillait encore à l'agence de pub. Oui, elle passait déjà sa vie à courir à cette époque, toujours entre deux réunions, à ne se reposer que le temps d'un cappuccino. Mais désormais, son quotidien n'était plus fait que de lessives, de poisson pané, de sorties au parc et de hurlements dans les oreilles. Une journée réussie était une journée où elle parvenait à quitter la maison sans aucune tache sur ses vêtements.

Rachel se passa une main sur le visage. Devait-elle retourner dans le salon ? Non, mauvaise idée : elle n'avait aucune envie de relancer la dispute avec Steve.

Bon, et cette cigarette, alors ? Elle n'allait pas se fumer toute seule !

Sortant par la porte de derrière, elle alla récupérer le briquet et le paquet de Marlboro Light qu'elle cachait dans la remise pour les moments comme celui-ci. Parcourue d'un frisson sous l'air frais de la nuit tombante, elle marcha jusqu'au bout du jardin et s'éclipsa derrière leur rhododendron malade pour se laisser tomber lourdement sur une chaise en plastique. Au moins, ici, elle serait tranquille.

Sans perdre une seconde, elle alluma sa cigarette, tira une longue bouffée, puis ferma les yeux avec délice. Dieu que ça faisait du bien ! Rejetant la tête en arrière, elle commença enfin à se détendre.

— Ah ah ! Prise la main dans le sac !

Rachel sursauta violemment et, dans un réflexe puéril, cacha la cigarette dans son dos. Fausse alerte, ce n'était que son voisin. Depuis l'autre côté de la clôture, les yeux amusés de Tom perçaient la pénombre.

— Fumier ! lança-t-elle dans un éclat de rire.

— Moi aussi, ça me fait plaisir de vous voir, madame Summers.

Elle tira de nouveau sur sa cigarette avant d'indiquer la torche qu'il tenait à la main.

— Alors, monsieur Davies, on épie ses voisins ?

— En fait, j'essaie de démanteler le gang d'escargots qui sévit dans mon jardin.

Cette réponse la fit pouffer.

— Je sais, reprit-il avec un soupir, j'ai une vie pitoyable. Que voulez-vous, je suis célibataire, avec mes hostas pour seule compagnie. Forcément, j'ai fini par m'attacher à mes plantes.

— Et moi qui pensais que vous veniez voler à la rescousse d'une demoiselle en détresse…

— En détresse ? répéta-t-il, soudain sérieux.

N'aurait-elle pas pu tenir sa langue ? Voilà qu'il allait s'imaginer le pire, maintenant !

— Façon de parler. J'ai juste eu une journée éprouvante.

Rachel lui raconta alors l'épopée d'Alfie à l'hôpital, mais se garda de mentionner sa dispute conjugale.

— Allons bon ! lança Tom. Je parie qu'au fond vous adorez vivre à cent à l'heure.

— Vous croyez ? Je n'en suis pas si sûre… Quand aurai-je le droit de souffler un peu ?

Certes, ses enfants étaient tout pour elle, et elle avait toujours été très complice avec Steve. Pourtant, ils avaient si peu de temps pour eux, désormais — et encore moins l'un pour l'autre… A quel moment avaient-ils cessé de scander « merde aux problèmes ! » à chaque coup dur, comme ils le faisaient si souvent au début de leur relation ?

C'est en remarquant l'air embarrassé de Tom qu'elle regretta ses paroles. Enfin, que lui prenait-il d'embêter son voisin avec ses questions existentielles ?

Etait-ce parce qu'il avait toujours été gentil avec elle qu'elle éprouvait soudain l'envie de se livrer à lui ? Possible. Il était de ces gens qui inspiraient confiance au premier coup d'œil. Oh ! il n'était pas ce qu'on pouvait appeler un apollon — il avait les joues un peu trop rondes pour ça —, mais il avait un regard pétillant qui faisait tout son charme. Comment pouvait-il être encore célibataire ?

Sans qu'elle sache vraiment pourquoi, Steve et elle avaient longtemps cru qu'il était gay — jusqu'au jour où Tom lui avait assuré le contraire au détour d'une conversation. Les avait-il entendus cancaner à son sujet à travers leurs murs fins comme du papier ? Une chose était sûre : à cet instant-là, elle avait cru mourir de honte…

Ce fut la voix de Steve qui la tira de ses pensées.

— Rach ? l'appela-t-il depuis la maison. Tu es dehors ?

Elle fit la grimace. Ça y était, son petit moment de répit était déjà terminé.

— Ouais, pourquoi ?

— Alfie te réclame.

— Génial, soupira-t-elle en écrasant son mégot après une dernière bouffée. On ne peut même plus s'en griller une en cachette tranquillement... Allez, à la prochaine, voisin. J'espère que vous réussirez à coffrer votre gang d'escargots.

— Au revoir, madame S. Si jamais vous avez besoin de parler à quelqu'un, vous savez où me trouver.

Elle lui adressa un sourire reconnaissant, puis rentra sans entrain. Ignorant délibérément Steve, elle grimpa l'escalier et entra dans la chambre des jumeaux. A peine son regard tomba-t-il sur les yeux fatigués d'Alfie qu'elle sentit un sentiment de honte l'envahir. De quoi se plaignait-elle ? Elle avait trois adorables petits monstres — remuants, certes, mais quel enfant ne l'était pas ?

— Maman, 'veux un câlin...

— Qu'est-ce qui ne va pas ? lui demanda-t-elle en s'asseyant au bord du petit lit. Est-ce que tu as encore bobo au bras ?

— Non, a plus bobo. 'suis un grand garçon, moi.

— C'est bien vrai, mon poussin. Mais même les grands garçons ont besoin de dormir, tu sais.

— 'veux un câlin..., insista-t-il, tant et si bien qu'elle ne put refuser.

S'allongeant à son côté, elle le prit dans ses bras et déposa un baiser sur sa joue potelée.

— Berk ! Maman elle sent pas bon !

Zut, la cigarette !

— Excuse-moi. Tu m'aimes encore, dis ?

— Nooon..., chantonna-t-il en riant.

Comme elle grimaçait et faisait mine de pleurer, Alfie éclata d'un rire communicatif. Elle recommença plusieurs fois pour lui faire plaisir, jusqu'à ce que Lily se mette à remuer dans son sommeil de l'autre côté de la chambre.

— Allez, dit alors Rachel en sortant du lit. C'est l'heure du dodo, mon bébé.

A sa demande, elle lui chanta une berceuse, et il ne tarda pas à se rendormir. Puis elle sortit à pas de loup et retourna au rez-de-chaussée.

Steve regardait une émission sportive lorsqu'elle s'arrêta

à l'entrée du salon, hésitante. Il dut l'entendre, car il tourna la tête vers elle et éteignit aussitôt la télévision.

— Viens t'asseoir, s'il te plaît, l'implora-t-il en tapotant le canapé à côté de lui.

Elle s'exécuta à contrecœur, mais s'installa le plus loin possible. Pas question d'être la première à lâcher du lest.

Cette pensée l'affligea. Enfin, quel âge avait-elle ?

— On fait la paix ? suggéra-t-il en ouvrant les bras.

A quoi bon refuser ? Ça ne ferait qu'empirer les choses. Alors, elle se rapprocha et s'appuya contre son épaule.

— Ecoute, Steve. J'ai conscience qu'il faut qu'on parle, mais ce soir je n'en ai plus la force.

— Je sais, je sais, convint-il avec douceur. Rach, et si on confiait les enfants à Emma ou à ta mère ce week-end ? On ira au restaurant pour discuter calmement, puis on picolera en trinquant « merde aux problèmes ! » comme au bon vieux temps. Qu'est-ce que tu en dis ?

A ces mots, Rachel se mordit la lèvre et regarda son mari dans les yeux. Aussitôt, elle sentit un poids énorme quitter sa poitrine. Steve, son merveilleux Steve, son meilleur ami, celui sur qui elle pouvait toujours compter… Comment pourrait-elle rester longtemps en colère contre lui ?

— Merde aux problèmes ! scanda-t-elle pour toute réponse, avant de l'embrasser tendrement sur la joue. Je vais me coucher. Tu viens ?

— Je termine mon émission et je te rejoins, d'accord ?

Comme elle acquiesça, il ralluma la télévision. Une fois levée, elle lui déposa un baiser sur le haut du crâne, puis remonta l'escalier d'un pas las.

Bon sang, ce qu'elle était fatiguée… Retrouverait-elle un jour l'énergie et la passion de ses vingt ans ?

Chapitre 2

Le lendemain matin, Emma émergea des méandres du sommeil avec une sensation de malaise. Brr, quel drôle de rêve ! Elle avait assisté à une remise de prix littéraire que *L'Orchidée rouge* avait remporté, et l'auteur du roman était monté sur scène sous les acclamations d'une foule en délire. Le pire, c'était qu'elle ne savait même pas à quoi ressemblait Richard Bennett ! Curieusement, son cerveau lui avait plus ou moins donné les traits de Martin… Il l'avait remerciée personnellement au micro, prétendant que c'était à elle qu'il devait le succès du roman, lorsque soudain, après un « celle-là est pour toi, bébé », il s'était mis à lui chanter *Thank You* de Dido dans une imitation étonnamment parfaite. Puis le public avait repris l'air en chœur, et tout le monde s'était tourné vers elle avec de grands sourires. Ce n'était qu'en ouvrant les yeux qu'elle avait compris que la chanson provenait en fait de son radio-réveil.

Emma resta un moment allongée, à fixer son plafond. Toutefois, lorsque son regard tomba sur l'heure, elle bondit du lit. Merde, à force de rêvasser, elle était déjà à la bourre ! Et ce n'était pas, mais alors vraiment pas, le jour pour arriver en retard au bureau…

Elle se prépara en un temps record et, quand Martin la vit entrer en catastrophe dans la cuisine, il n'hésita pas à lui proposer son aide.

— Si tu veux, je peux te déposer à la station de métro pour te faire gagner du temps.

— *Sensas !* Tu me sauves la vie, mon coco !

Comme elle lui sautait au cou pour l'embrasser, il pouffa de rire.

— Tu es adorable avec tes expressions des années 80, mon cœur, mais si tu prononces des mots comme « sensas » ou « mon coco » devant ton auteur je ne suis pas sûr que ça jouera en ta faveur…

— D'acc. Très juste.

— Et il vaut mieux que tu évites « d'acc », aussi.

— Compris, chef ! s'écria-t-elle en esquissant un salut militaire.

Peu après, quand elle monta à bord du métro, Emma se faufila jusqu'à sa place préférée — la rangée de deux sièges tournés dans le sens de la marche, à l'avant du deuxième wagon, là où personne ne venait jamais l'embêter. Une fois installée, elle sortit de son sac à main le manuscrit et les notes qu'elle devait terminer de préparer, puis se plongea dans le travail.

Coup de malchance, quelques arrêts plus loin, un homme se laissa tomber sur le siège voisin. Contrariée par la mélodie étouffée qui s'échappait de ses écouteurs, Emma ne daigna pas lui accorder un regard et refusa de lui céder du terrain sur l'accoudoir. Mais, alors qu'elle s'efforçait de rester concentrée sur sa tâche, l'importun augmenta le volume de son iPod et se mit à fredonner. Quel sans-gêne ! Devait-elle l'ignorer ou bien lui faire remarquer son manque de savoir-vivre ? Elle détestait pester contre des inconnus…

Elle hésitait encore lorsqu'elle s'aperçut qu'il lisait ce qu'elle avait griffonné. Par réflexe, elle plaqua ses feuilles contre sa poitrine et le fusilla du regard, comme une écolière qui aurait surpris son voisin de table en train de copier sur elle pendant une interrogation. Pour qui se prenait-il ?

— Désolé, fit-il d'un air malicieux.

Désolé, mon œil ! Il se moquait d'elle !

Ayant une réponse cinglante sur le bout de la langue, Emma tâcha de se raisonner. Elle n'allait tout de même pas crier au scandale juste parce qu'il avait été un peu trop curieux, si ?

Toutefois, il y avait des limites à ne pas dépasser.

— Pourriez-vous baisser le son de votre musique, s'il vous plaît ? Ça m'empêche de réfléchir.

— Aucun souci. Encore désolé. Vous avez beaucoup de travail, à ce que je vois.

Oui, et si tu retires tes écouteurs pour faire la conversation, mon petit père, je ne risque pas d'avancer !

Elle réprima un soupir de dépit. Au fond, avait-elle *réellement* besoin de poursuivre ses notes ? Comment pourrait-elle mieux se préparer pour sa présentation ? Ses notes l'attendaient sagement au bureau, elle connaissait ses arguments sur le bout des ongles… Non, c'était le stress qui la rendait perfectionniste. Et se changer un peu les idées lui ferait sans doute du bien.

— Ce matin, je rencontre un romancier pour tenter de le convaincre de publier chez nous, expliqua-t-elle alors, non sans une pointe de fierté. Je travaille dans une maison d'édition, voyez-vous.

— Oh ! une maison d'édition… Ce doit être fascinant. Qui est l'heureux veinard qui profitera de votre compagnie ?

Etait-il en train de flirter avec elle ? Cette perspective la flatta — peut-être même un peu trop. Il fallait dire que son voisin de siège était un homme très séduisant, dans le style professeur de Harvard. Il avait un sourire charmeur qui lui creusait une adorable fossette dans la joue — *comme Martin*, songea-t-elle avec une pointe de culpabilité. Mais après tout, que faisait-elle de mal ?

— Il s'appelle Richard Bennett, c'est un auteur encore peu connu, mais qui va sans doute bientôt faire beaucoup parler de lui, parce que son dernier roman est génial. En revanche, ajouta-t-elle sur un ton de confidence, il paraît qu'il a une réputation de don Juan…

— Ah, les hommes…, plaisanta-t-il. Pourvu qu'il ne vous donne pas trop de fil à retordre.

— Merci, j'espère pouvoir le charmer.

Comme la rame arrivait à Victoria Station, son voisin se leva — tiens, ils descendaient donc au même arrêt ? D'un autre côté, pourquoi s'étonnait-elle ? C'était une des stations de métro les plus animées de la capitale.

— Je suis sûr que vous le charmerez sans mal, mademoiselle...

A la façon dont il laissa traîner sa phrase, elle comprit qu'il lui demandait son nom.

— Darcy. Emma Darcy.

— *Emma Darcy*... Un vrai nom de roman. Alors bonne chance, Emma Darcy, je vous souhaite d'obtenir votre livre.

Sur ce, il disparut dans la foule de voyageurs, sortant de sa vie aussi vite qu'il y était entré.

Un petit sourire au coin des lèvres, Emma rassembla ses affaires en hâte. Puis, après une profonde inspiration, elle affronta le chaos du lundi matin.

— 'a faiiiiiiiiiiiim !

— Oui, monsieur le-tyran-en-couche-culotte, maman va aussi vite qu'elle peut...

Assourdie par les hurlements d'Alfie et le vrombissement du micro-ondes, Rachel, qui ne perdait jamais une seconde, fourra un paquet de chips, une boisson et une compote prétendument cent pour cent fruits dans le sac à dos de Will.

Dès que la sonnerie stridente de l'appareil retentit, elle se dépêcha de l'ouvrir, mais se brûla en voulant en sortir le bol et renversa une partie du contenu sur le plateau. *Et merde !* Après un rapide coup d'éponge, elle vida la brique de lait dans le bol pour tenter de refroidir le tout. Echec cuisant : les flocons d'avoine ressemblaient désormais à de la bouillie, qu'Alfie refuserait à coup sûr de toucher.

Avec un grognement de frustration, elle jeta son désastre à la poubelle, puis recommença tout depuis le début — et, cette fois, elle prit soin d'écourter le temps de chauffage.

— Mamaaaaaan, 'a faiiiiiimmm !

— Ecoute, jeune homme, soit tu attends, soit tu te débrouilles pour préparer ton petit déjeuner tout seul. Je fais ce que je peux, O.K. ?

— D'accord... Maman elle est pas *content*...

L'air penaud de son fils la fit culpabiliser.

— Maman est juste un peu débordée, mon poussin. Tes céréales seront prêtes dans une seconde.

Pour toute réponse, il tendit les bras avec une moue implorante. C'était de l'Alfie tout craché ! D'abord, il faisait une crise, puis il réclamait un câlin pour se faire pardonner... Néanmoins, incapable de résister à ses grands yeux bleus, Rachel le serra contre elle. Etait-ce bien raisonnable de céder à ses caprices ?

Histoire de faire bonne mesure, elle chatouilla son petit cou potelé. Mauvaise idée : se tortillant sur sa chaise, il éclata d'un rire suraigu qui lui vrilla les oreilles, à l'instant même où le micro-ondes se mettait à sonner avec insistance.

— Lily ! Will ! s'époumona alors Rachel. Petit déjeuner !

La voix de son aîné lui parvint aussitôt du salon.

— J'arrive ! Je finis juste mon match sur la console : si je réussis mon tir au but, l'Angleterre gagne la Coupe du monde !

— Et moi je fais cacaaaa ! hurla sa sœur depuis les toilettes, à l'étage.

C'est à ce moment que Steve entra dans la cuisine pour prendre un fruit, un rictus amusé aux lèvres.

— Encore une journée qui commence dans le calme et la sérénité, pas vrai, chaton ?

— Ouais... Je suis sûre qu'il serait plus reposant d'escalader le sommet du Machu Picchu...

— A tes souhaits, maman ! claironna Alfie.

Renonçant à lui expliquer qu'elle ne venait pas d'éternuer, elle sortit le bol de flocons d'avoine — à la bonne température, heureusement ! —, puis y versa quelques gouttes d'un sirop de rose bio.

— Nooon ! protesta alors le bambin. 'veux une banaaane !

— *Oh ! pour l'amour du ciel, Alfred !*

— M'maaaaaaan ! 'y a plus de papier cuuuul !

Rachel jeta un regard outré à son mari.

— Est-ce que c'est toi qui lui as appris ce mot ?

— Chérie, je te rappelle que s'il y a bien quelqu'un dans cette maison qui aime parler crûment, c'est toi. Sur ce, désolé de t'abandonner lâchement : il faut que je me sauve.

— Déjà ? Tu pars de bonne heure, aujourd'hui.

— J'ai du travail jusqu'au cou, alors je préfère commencer tôt et rentrer à l'heure ce soir. On discutera plus tard autour d'une bonne bouteille, d'accord ? Je t'aime.

Sans attendre de réponse, Steve planta un baiser sur la joue de Rachel, puis un autre sur le front d'Alfie et de Will, qui entrait dans la pièce.

— Bisous, ma puce ! s'écria-t-il en direction de l'étage avant de quitter la maison.

— Bisous, papaaa !

En une seconde, la voix chantante que Lily réservait à son père laissa place à de nouvelles vociférations.

— MAAAA-MAAAAAAAN ! LE PAPIER CUUUL !

— Je ne suis pas sourde, Lily ! J'arrive !

— Maman, 'veux une banane ! insista Alfie.

Rachel dut se mordre le poing pour se retenir de hurler.

— Will, sers ton frère pendant que je m'occupe de votre sœur, s'il te plaît.

Cinq minutes plus tard, quand elle retourna au rez-de-chaussée avec Lily, un silence suspect régnait dans la cuisine. Quelle bêtise les garçons avaient-ils bien pu encore inventer ? Le sourire barbouillé de marron d'Alfie lui apporta sa réponse : son grand frère lui avait servi une montagne de pépites de chocolat sur ses céréales.

— Will ! Mais qu'est-ce qui t'a pris ?

— Ben quoi ? Il adore ça, et au moins il est sage, maintenant.

Sur le point de protester, Rachel fut interrompue par

un bip de son téléphone portable. C'était un texto de son amie Sue :

Partante pour une heure de tintamarre à l'éveil musical ? 10 heures à la bibli.

Elle lui répondit en un éclair :

Faute d'invitation de George Clooney, j'accepte ta prop. alléchante. Mais je dois refaire un saut à la maison ap. avoir déposé W. Garde-moi un tambourin !

Puis, après réflexion, elle ajouta :

Je préviens Christa ?

Quelques minutes plus tard, leur copine fraîchement débarquée de sa Suisse allemande natale lui envoya une réponse enthousiaste :

Vielen dank ! Roger et moi *venirons* avec joie ! *Bis bis.*

Ragaillardie à la perspective de converser avec des adultes, Rachel posa un regard attendri sur ses trois enfants qui, mangeaient presque sagement. Une crise éclaterait dès que tout ce petit monde se mettrait en route, c'était inévitable ; mais tout à coup elle se sentait la force d'y faire face.

A son entrée dans le hall dallé de marbre des éditions Allen Chandler, Emma sourit à Derek, le réceptionniste, qui lui adressa un clin d'œil, pouces levés en signe d'encouragement pour l'épreuve qui l'attendait.

Toutefois, elle déchanta dès que la voix nasillarde de Joel Riches, le responsable marketing, lui ordonna de retenir les portes de l'ascenseur. *Zut, zut, zut !* Elle n'eut pas le temps de jouer la sourde oreille, que, déjà, il la rejoignait dans la cabine, le torse gonflé de suffisance, sous la moue dégoûtée du réceptionniste qu'il venait d'ignorer royalement.

— Bonjour, Emma. Alors, ce Richard Bennett ? Mine d'or ou celui qui nous fera mettre la clé sous la porte ?

Le ton condescendant de son collègue la fit grincer des dents. Ce qui était sûr, c'était que Joel serait le premier à se faire mousser en cas de succès du roman et à rejeter toute responsabilité en cas d'échec… Et, si jamais elle parvenait à obtenir les droits de *L'Orchidée rouge*, il ne manquerait pas de venir la harceler avec ses habituelles idées de promotion — idées qu'il estimait innovantes, voire carrément révolutionnaires, alors qu'elles étaient toujours toutes plus idiotes les unes que les autres. Bon sang, ce qu'elle détestait ce type !

Garde ton sang-froid, Emma…

— Pour un auteur encore nouveau sur le marché impitoyable de l'édition, je pense qu'il a écrit un roman plus qu'honorable, qui a toutes les chances de remporter beaucoup de prix et de faire exploser nos chiffres de ventes.

— J'admire votre optimisme, Emma. Pour ma part, je préfère les lectures un peu plus substantielles. Vous ai-je déjà dit que j'ai lu *Don Quichotte*, cet été ?

— Plusieurs fois…, maugréa-t-elle à l'instant où l'ascenseur annonçait l'arrivée au douzième étage.

Enfin !

— Je me sauve, Joel. J'ai un roman à acheter.

— Bonne chance, Emma. Je n'aimerais pas être à votre place : Digby compte énormément sur ce bouquin.

Pauvre type… Sans se donner la peine de lui répondre, Emma avança dans l'open space. Sur son bureau l'attendait un petit bouquet de freesias jaunes, accompagné d'une carte d'Ella : « Tu vas y arriver, je le sais. » Quelle délicate attention !

En revanche, elle ne pouvait pas en dire autant du Post-it que Miranda, sa responsable, avait collé au milieu de l'écran de son ordinateur : « Emma, passez à mon bureau à 9 h 15. Digby veut vous dire un mot. »

Mince, le patron voulait la voir ? Emma sentit aussitôt son estomac se retourner. Non pas qu'elle ait peur de lui — il ressemblait bien trop à un gros nounours pour ça ; néanmoins, c'était un homme qui forçait le respect. En plus d'être un ami de longue date de Miranda — ce qui était un exploit en soi —, Digby Chandler était un éditeur de la vieille école : indépendant, gentleman, il préférait la qualité au profit et avait lancé la carrière de nombre d'écrivains majeurs. Même s'il avait été contraint de faire fusionner sa maison d'édition avec l'Américain Philip Allen il y avait quelques années, il n'en avait pas moins une carrière admirable.

Le problème c'était que, si Digby tenait à la voir, c'était à coup sûr au sujet de Richard Bennett…

Se composant un air confiant, Emma toqua à la porte de sa responsable. Pas de réponse. Zut, n'avait-elle pas frappé assez fort ? Devait-elle recommencer ?

Son semblant d'assurance s'était envolé lorsque la porte s'ouvrit à la volée.

— Ah, Emma ; je pensais bien avoir entendu un bruit. Alors, comment se porte mon meilleur élément en cette exquise matinée ? Entre, ma petite, ne sois pas timide. Digby vient de prendre son petit déjeuner.

Bon sang, quelle pile électrique ! Malgré la relation amicale qu'elles avaient développée avec le temps, cette femme continuait de l'intimider. Quoi d'étonnant ? Le monde de l'édition avait bien changé depuis que Miranda Winter avait cofondé la maison Chandler il y avait plus de quarante ans, et pourtant, encore aujourd'hui, personne ne se risquerait à lui chercher des noises. Même les requins en costard-cravate à qui elle devait désormais rendre des comptes n'avaient jamais osé lui faire la moindre remarque désobligeante. Mais après tout, de quoi se seraient-ils plaints ? Elle leur rapportait bien trop d'argent.

Comme en témoignaient les cadres qui ornaient les murs de son bureau, elle avait rencontré au cours de sa carrière les plus grands noms de la culture anglophone de ces dernières décennies — et à en croire la rumeur qui courait dans les couloirs, elle avait mis dans son lit la plupart des hommes qui figuraient sur ces photos, même les gays.

Un toussotement tira soudain Emma de ses divagations. Perché au bord du bureau en chêne massif de Miranda, Digby grattait son triple menton. Malgré son âge avancé et sa forte corpulence, le directeur général avait gardé un sens aigu de l'élégance : costume bleu nuit sur mesure, chaussures noires toujours cirées à la perfection et un éternel nœud papillon qui lui donnait une touche d'excentricité constituaient son uniforme de base. Il portait aujourd'hui un pantalon à fines rayures et une chemise rose pastel dont la résistance des boutons était mise à l'épreuve par sa bedaine.

— Ella..., commença-t-il.

— Moi, c'est Emma. Ella, c'est l'autre.

Digby pouffa dans sa barbe — il s'emmêlait toujours les pinceaux entre leurs deux prénoms et, à l'évidence, cette confusion l'amusait beaucoup.

— Pardonnez-moi. Emma, donc, vous savez sans doute que nous plaçons de grands espoirs en vous aujourd'hui. C'est pourquoi je voulais vous souhaiter bonne chance. J'ai toute confiance en votre force de persuasion.

La gorge nouée par l'angoisse, Emma ne réussit qu'à émettre un son étranglé. Par bonheur, Miranda vola à son secours.

— Mlle Darcy et moi allons mettre le paquet pour décrocher le jackpot, n'est-ce pas, Emma ?

Elle approuva d'un vigoureux signe de tête — mieux valait rester muette pour le moment.

— Fort bien, fort bien. Bon, je ne vous embête pas plus longtemps, mesdemoiselles. Bonne chance à toutes les deux. Je suis impatient de fêter la bonne nouvelle !

Sur ce, il se leva, reboutonna sa veste et, quitta la pièce d'un pas pesant.

Le patron parti, Miranda s'empressa de la questionner.

— Comment te sens-tu, Emma ? Dis-moi la vérité.

— La vérité ? Je suis morte de trouille. Est-ce que tu penses vraiment qu'on parviendra à acheter ce roman ? Toute la concurrence doit se l'arracher, je n'ai rien lu de plus palpitant depuis des lustres !

— L'agente de Bennett cherche à vendre au plus offrant, ce n'est pas un secret. Mais nous avons ce petit truc en plus qui nous fera gagner, je le sais.

« Toi », semblait vouloir dire le regard nostalgique que sa responsable lui lança — son regard « miroir du passé », comme aimait l'appeler Ella. Son amie lui soutenait souvent qu'elle était la petite protégée de Miranda, et peut-être avait-elle raison. Après tout, à la réception de Noël de l'année dernière, cette grande dame ne l'avait-elle pas serrée dans ses bras avant de lui confier qu'elle se retrouvait en elle ? Bien sûr, l'alcool qui coulait à flots ce soir-là n'avait pas été étranger à cette effusion…

— Bien, fit-elle, la présentation est à 10 heures tapantes, donc. N'oublie pas le plan : on lance nos idées et on s'extasie sur la qualité du bouquin. Il faut leur cirer les pompes jusqu'à ce qu'on se voie dedans, O.K. ?

— O.K. Tu crois que ça suffira pour se mettre Bennett dans la poche ?

— Oh ! ce ne sera pas lui le problème, mon chou, mais son agente.

Le cœur au bord des lèvres, Emma retourna à son bureau, où l'accueillit un texto de Martin.

Bonne chance, ma future petite femme ! Tu l'auras, ce bouquin. Je t'aime. M.

Elle était si stressée que le message d'encouragement ne lui arracha qu'un sourire crispé. Véritable boule de nerfs, elle consulta sa montre : 9 h 34. Encore vingt-six minutes. Vingt-six longues minutes à répéter dans sa tête son entrée en matière, ses arguments… Si seulement elle pouvait déjà en avoir fini avec cette fichue présentation !

Tu peux le faire, Emma, se motiva-t-elle. *Tu as adoré ce livre et tu veux le faire aimer au monde entier. Si quelqu'un peut y arriver, c'est bien toi.*

Ne tenant plus en place, elle alla se chercher un café — comme si elle n'était pas déjà assez agitée ! — qu'elle sirota en relisant ce qu'elle avait préparé pour la millième fois.

Mais, quand son téléphone sonna quelques minutes avant l'heure fatidique, elle décrocha si vite qu'elle renversa sa boisson — en plein sur ses feuilles.

— *Putain de merde !*

Dans le combiné, Miranda ne releva même pas ce cri du cœur.

— Ils arrivent. Est-ce que tu es prête ?

Emma jeta un regard désespéré à ses notes imprégnées de café.

Elle n'avait plus qu'une solution : improviser.

— Oui, assura-t-elle sans parvenir à masquer la panique dans sa voix. J'arrive tout de suite.

— Bien. Je vais les accueillir et leur dérouler le tapis rouge, si je puis dire. Va nous attendre dans mon bureau. Et ne t'en fais pas trop, O.K. ? Je sais que c'est important mais, au fond, ce n'est qu'un livre parmi tant d'autres.

Facile à dire...

Elle bredouilla une réponse avant de raccrocher, puis retourna au bureau de Miranda, où il flottait désormais un délicieux parfum de lis mêlé à l'arôme du café frais. Hélas, la vue du liquide dans la cafetière lui fit prendre conscience de sa vessie pleine. *Mince !* Ce n'était pas le moment d'avoir envie de faire pipi ! Vraiment, quelle idée elle avait eue de boire pour patienter... Tant pis, elle attendrait.

A l'évidence, sa responsable n'avait pas chômé pendant la dernière demi-heure : en plus des fleurs et du café, elle avait disposé sur la table basse une sélection de pâtisseries danoises qui mirent Emma en appétit. Toutefois, elle ignora les grognements de son estomac — nerveuse comme elle l'était, elle ne réussirait qu'à se tacher ou à se retrouver avec des miettes au coin des lèvres…

Déjà, la voix enjouée mais professionnelle de Miranda s'élevait du couloir. *Ils arrivent!* Le cœur tambourinant dans sa poitrine, Emma jeta un regard paniqué autour d'elle. Devait-elle s'asseoir ou rester debout? Non, s'asseoir serait une mauvaise idée : mieux valait éviter de donner l'impression qu'elle snobait leurs invités. Ne sachant que faire de ses mains, elle essaya plusieurs postures avant de les croiser devant elle; voilà, au moins, personne ne les verrait trembler.

Ce fut l'agente qui fut la première à passer la porte. Vêtue d'un impeccable tailleur-pantalon de haute couture, elle compensait son minuscule gabarit par une spectaculaire coiffure bouffante qui avait dû nécessiter assez de bombes de laque pour détruire ce qu'il restait de la couche d'ozone.

Miranda se chargea des présentations.

— Joanna, voici Emma Darcy, notre meilleure éditrice.

Fidèle à sa réputation de redoutable teigne, Joanna Uppington ne lui décocha pas un sourire — en était-elle seulement capable? — et la dévisagea de la tête aux pieds avec une moue de dégoût. Après lui avoir tendu une main osseuse d'une force surprenante, elle se retourna vers le couloir.

— Et voici mon meilleur auteur, Richard Bennett.

Lorsque le romancier fit son entrée, Emma sentit son cœur s'arrêter. *Pas possible.* Le sort avait décidé de s'acharner sur elle, ce matin, il n'y avait pas d'autre explication. Ou peut-être Joel Riches avait-il invoqué toutes les forces du mal pour lui nuire, allez savoir.

Car l'homme qui se dressait devant elle n'avait rien d'un parfait inconnu; c'était même le dernier qu'elle s'attendait à trouver ici.

Richard Bennett était l'homme du métro.

Chapitre 3

De retour à la maison après avoir déposé Will à l'école, Rachel jeta un regard découragé au carnage que les enfants avaient laissé derrière eux sur la table de la cuisine et courut vider la machine à laver. Il fallait à tout prix qu'elle étende le linge avant de partir pour la bibliothèque ; si elle se dépêchait, ils avaient peut-être une chance d'arriver à l'heure !

Comme presque tous les matins, Alfie et Lily se chamaillaient dans le salon, en se jetant des « je te déteste ! » à la figure. Toutefois, elle n'intervint pas — règle numéro un de tous les livres spécialisés qu'elle avait lus : il était plus sain de laisser les enfants résoudre leurs différends entre eux.

Son panier sous le bras, elle sortit dans le jardin et traversa avec précaution la pelouse encore humide de rosée pour rejoindre le fil à linge. Elle s'employait à démêler un T-shirt à manches longues entortillé autour d'une jambe de pantalon lorsque la sonnerie du téléphone retentit à l'intérieur de la maison.

— Je réponds ! s'écria Lily.

Avant que Rachel n'ait eu le temps de l'en empêcher, sa fille déboulait dans le jardin sans ses chaussons, téléphone sans fil à la main.

— C'est papi et mes chaussettes elles sont toutes mouillées ! annonça-t-elle joyeusement.

Réprimant un juron, Rachel lui fit signe d'aller changer de chaussettes, puis, après avoir calé le combiné au creux de son épaule, continua d'étendre le linge.

— Salut, papa.

— Bien le bonjour, fille numéro un ! Ta mère se fait du mauvais sang, alors elle m'a obligé à t'appeler — même si j'étais censé prétendre que l'idée venait de moi, ajouta-t-il en gloussant.

— Ton secret sera bien gardé. Dis à maman de ne pas s'inquiéter : Alfie va bien, il a juste un gros bleu.

Elle attendit qu'il rapporte ses propos. Mais très vite, elle entendit ses parents se chicaner à voix basse.

— Est-ce qu'il y a un problème ?

— Excuse-moi, Rachel. Ta mère tient absolument à savoir si tout se passe bien entre Steve et toi.

— C'est d'un tact, vraiment ! gémit Diana en arrière-fond.

Aïe ! Comment peut-elle se douter de quelque chose ?

— Tout va bien, prétendit Rachel. Pourquoi ?

Au bout du fil, son père se mit à chuchoter.

— Elle demande « pourquoi ». Qu'est-ce que je réponds ?

— Oh ! pour l'amour du ciel, Edward ! Passe-moi ce satané téléphone, veux-tu ? Il faut tout faire soi-même dans cette famille...

Après quelques bruits étouffés, la voix de Diana résonna dans le combiné.

— Allô, Rachel ?

— Oui, maman ?

Malheureusement, sa mère l'avait entendue pouffer de rire.

— Oh ! ne commence pas avec tes « oui, maman » innocents ; je sais que vous adorez vous moquer de moi, ton père et toi. Réponds-moi, est-ce que tu as des soucis avec Steve, en ce moment ?

Rachel leva les yeux au ciel.

— Enfin, maman, je viens de dire « tout va bien » à papa ! D'où est-ce que tu sors cette question ?

— Steve nous a appelés pour demander si nous pouvions garder les petits, ce week-end.

— Ah, ce n'est que ça ! Eh bien, si tu veux tout savoir, on a envie de passer un peu de temps rien qu'à deux, entre mari et femme...

— Oh ! je vois... Pas besoin de me faire un dessin. Je n'ai vraiment aucune raison de m'inquiéter, alors ?

Rachel n'hésita qu'un instant.

— Bien sûr que non.

Si elle mentionnait Edimbourg à sa mère maintenant, elle allait déclencher la troisième guerre mondiale !

— Bon, tant mieux, tant mieux. J'ai déjà assez de soucis comme ça avec le mariage de ta sœur, en ce moment. Je te repasse ton père.

— Rachel ? Désolé, tu sais comment est ta mère quand elle écoute ses émissions à la radio... Deux heures à entendre des gens se disputer et elle voit le mal partout.

— Ne t'en fais pas, papa. J'ai l'habitude.

— Cela dit... Tu peux toujours te confier à ton vieux père en cas de besoin, tu le sais, ça ?

— Oui, je sais, merci papa. Par contre, il va falloir que je te laisse. Je suis pressée.

L'œil sur sa montre, Rachel termina d'accrocher le linge en deux minutes chrono, puis se dépêcha d'aller replacer le téléphone sur sa base dans la cuisine.

— Les enfants ! On est...

Elle s'interrompit, stupéfaite, en trouvant Lily et Alfie devant la porte d'entrée, déjà chaussés et vêtus de leurs manteaux.

— On est encore en retard, reprit la fillette d'un air désabusé. Mais nous, les petits, on est un peu plus organisés que les grands, tu vois...

Rachel accusa le coup — voilà qu'elle recevait des leçons d'une gamine d'à peine quatre ans, maintenant !

Un peu vexée malgré elle, elle félicita ses enfants entre ses dents, puis enfila sa veste et ses chaussures en deux temps, trois mouvements.

— Allez, zou ! Tout le monde dans la poussette !

Quelle humiliation... Une chance qu'elle ne soit pas du genre à rougir !

Emma serra la main de Richard Bennett, luttant de toutes ses forces pour soutenir le regard chocolat qu'il braquait sur elle. A en croire la fossette qui creusait sa joue, la situation l'amusait au plus haut point.

— Bonjour, Emma. Ravi de vous voir. Il me semble que nous nous sommes déjà rencontrés, non ? Je me trompe peut-être.

Sans la quitter des yeux, il se laissa tomber dans le siège le plus proche et attrapa l'une des pâtisseries, un rictus diabolique aux lèvres. Bon sang, il se fichait complètement de sa poire !

Par chance, personne ne parut remarquer sa comédie.

— Puis-je vous offrir un café ? proposa poliment Miranda.

— Un thé pour moi, répondit Joanna. Du Lapsang Souchong, si vous avez. Avec un soupçon de citron.

— Ouais, je veux bien un café, lança Richard à son tour, croisant les mains derrière la tête dans une posture qui puait l'arrogance. Un nuage de lait, pas de sucre, merci.

— Tout de suite. Je vais demander à Andrea de s'occuper du service.

En voyant Miranda disparaître dans le couloir, Emma se sentit paniquer comme une enfant abandonnée par sa mère dans une salle remplie d'inconnus. Toutefois, plutôt que de se jeter par terre pour taper du poing en hurlant, elle se plaqua un sourire sur le visage et offrit à Joanna de s'asseoir. Une expression horrifiée déforma alors les traits de l'agente, qui, après avoir essuyé d'une main parfaitement manucurée la poussière inexistante de son siège, daigna y poser une fesse.

Pendant toute la scène, Emma avait senti l'œil goguenard de Richard épier la moindre de ses réactions.

Heureusement, Miranda ne tarda pas à revenir.

— Voilà, je suis toute à vous ! Pour commencer, merci infiniment d'avoir répondu à notre invitation aujourd'hui.

Nous avons absolument adoré le roman et nous espérons que vous conviendrez qu'Allen Chandler saura combler toutes vos attentes. Emma vous a préparé quelques statistiques sur l'état actuel du marché et de notre maison d'édition, puis vous expliquera ce que nous pouvons offrir à Richard.

Aussitôt, Joanna balaya cette entrée en matière d'un geste condescendant.

— Pas de ça avec nous, Miranda. « C'est un roman merveilleux, très original, blablabla. » Fantastique, nous sommes très touchés. Tous les autres éditeurs nous le rabâchent déjà à longueur de journée. Dites-nous plutôt combien vous êtes prêts à payer.

Paralysée, Emma jeta un regard inquiet à sa responsable — personne n'osait jamais s'adresser à elle sur ce ton ! Toutefois, malgré les éclairs qui jaillirent des yeux de Miranda, cette dernière maintint un sourire professionnel.

— Allons, Joanna, intervint Richard sans se départir de son air moqueur, ne soyons pas grossiers. Je pense que nous devrions écouter ce qu'Emma a à nous dire.

Son agente leva un sourcil perplexe.

— Vraiment ? Bon, très bien. Allez-y.

Alors que tous les regards se braquaient sur elle, Emma sentit le sol s'ouvrir sous ses pieds. Comment allait-elle s'en sortir sans ses notes ? Elle était censée montrer des graphiques, et elle n'avait plus tous les chiffres en tête !

— Bien, lâcha-t-elle d'une voix qu'elle ne reconnut pas elle-même. J'avais donc préparé quelques statistiques…

— Oui, oui, la coupa Joanna. Miranda nous a déjà dit tout ça. Montrez-nous votre joli PowerPoint.

— Justement, je n'ai rien à vous montrer…

La surprise se lut sur les trois visages qui l'observaient — celui de Miranda plus que tout autre. Hélas, plutôt que d'en profiter pour retourner la situation à son avantage, Emma s'embourba dans des explications.

— C'est que j'ai… Mes notes sont… Je veux dire, je comptais vous présenter les chiffres de quelques best-sellers de ces dernières années, comme *La Couleur des Sentiments*, la trilogie *Millénium*…

L'agente leva les yeux au ciel.

— *L'Orchidée rouge* les surpasse en qualité.

L'entrée de la secrétaire de Miranda, qui venait apporter les boissons, lui permit d'inspirer un grand coup. *Allez, tu peux le faire !*

— C'est aussi mon avis. Et, si vous vous penchez sur les titres comparables que nous avons publiés chez Allen Chandler ces cinq dernières années, vous remarquerez que nos chiffres de ventes ont dépassé ceux des romans que je viens de citer. Ainsi, je ne vois pas pourquoi nous ne pourrions pas mettre la barre encore plus haut avec *L'Orchidée rouge*.

— Et comment comptez-vous vous y prendre ?

— Eh bien, pour commencer, nous serons soutenus par la critique et la distribution.

— Quelle blague ! Il ne suffit pas d'une recommandation Amazon ou d'un papier élogieux dans la presse pour assurer le succès auprès du public.

— Certes, mais il y a aussi les récompenses…

— Vous ne pouvez pas prédire les résultats des remises de prix.

— Bien sûr, mais…

Joanna émit un clappement de langue impatient.

— Ce que je veux savoir, c'est comment vous comptez nous garantir que l'auteur le plus talentueux et original qu'on ait vu en Grande-Bretagne depuis des années se classera en tête des ventes pendant des mois.

— Eh bien, comme je le disais…

— Mais vous n'avez rien dit, justement. Depuis tout à l'heure, vous ne faites que des promesses en l'air. Vous brassez du vent.

Sous la mine narquoise de Richard, Emma eut la désagréable impression d'être retombée en enfance, à l'époque où sa mère lui remontait les bretelles devant ses camarades. Piquée au vif, elle s'emporta.

— Non, je ne brasse pas du vent, et ce sont encore moins des promesses en l'air !

Un silence de mort s'abattit sur la pièce. Plus encore que ses interlocuteurs, ce fut elle que sa bravade laissa sans voix. Parler à Joanna Uppington de cette façon… Etait-elle suicidaire ? Il fallait à tout prix qu'elle rectifie le tir.

Néanmoins, ce coup de poing sur la table l'avait galvanisée, et quand elle reprit la parole elle s'exprima avec calme et assurance.

— Au cours de la dernière décennie, le marché de la fiction s'est métamorphosé.

— Vous ne m'apprenez rien, ma petite…

Cette fois, Emma ne se laissa pas démonter par l'attaque de Joanna et la fixa droit dans les yeux.

— De nos jours, les éditeurs sont soumis à une pression du profit sans précédent, tout en étant pris à la gorge par les agents et les auteurs qui réclament des avances sur droits toujours plus élevées.

— Et c'est ma faute, peut-être ?

— A l'heure où nous parlons, vous avez déjà été courtisés par une armada d'éditeurs prêts à vous offrir plus d'argent qu'ils n'en gagneront jamais dans le seul but de s'assurer d'être ceux qui publieront votre roman.

— Oui, et alors ?

— Alors, ceux qui rédigent les plus gros chèques ne vous offriront pas forcément ce dont vous avez besoin pour garantir que le roman d'un talent émergent devienne un best-seller, oire un classique.

— Oh ! je vous en prie, éclairez-nous de votre sagesse. De quoi avons-nous besoin ?

— En un mot : la passion.

Joanna ne se gêna pas pour ricaner. Toutefois, la lueur de fierté qui brillait dans les yeux de Miranda encouragea

Emma à poursuivre sur sa lancée. Rassemblant tout son courage, elle s'adressa directement à Richard.

— Vos personnages sont l'âme de ce roman, en particulier Alexander et Newton; ils sont si bien écrits qu'ils jaillissent des pages pour nous prendre aux tripes. L'amour non partagé qu'Alexander porte à Stella est l'une des plus belles romances jamais écrites. C'est une histoire qui restera pour toujours dans le cœur des lecteurs.

Quand elle se tut, Richard avait abandonné son attitude arrogante. Au contraire, il la considérait à présent avec attention et sérieux. Mais, alors qu'il ouvrait la bouche pour répondre, son agente prit les devants.

— Ecoutez, ma mignonne, je suis sûre que vous êtes une bonne éditrice; la *passion*, pour reprendre votre terme, que ce bouquin vous inspire réussirait presque à m'arracher une larme. Toute cette parlotte est bien jolie, mais ça ne nous dit pas combien de zéros vous comptez aligner sur notre chèque.

Cracher son venin avait dû lui donner soif, car elle porta alors sa tasse de thé à ses lèvres carmin.

Toutefois, Miranda s'éclaircit la voix, signe qu'elle n'avait pas l'intention de se laisser faire.

— Joanna, je pense qu'il est temps de mettre fin à cet entretien.

A ces mots, l'agente faillit s'étrangler avec sa boisson.

— Je vous demande pardon ?

— C'est moi qui vous demande pardon : à l'évidence, nous ne sommes pas faits pour nous entendre. J'estime que, de notre côté, nous avons eu une approche franche et sincère, et nous n'avons pas caché notre enthousiasme envers le roman de Richard. Mais s'il n'y a que l'argent qui vous intéresse, ce n'est pas la peine de nous faire perdre notre temps. Voulez-vous que je vous raccompagne jusqu'à l'ascenseur ?

Bien que Miranda se soit exprimée avec calme, la couleur cramoisie qui se répandait à la base de son cou trahissait sa tension.

Manifestement prise de court, Joanna avait perdu de sa superbe et se mit à balbutier.

— Mais... Mais je pensais...

— Vous pensiez mal, la coupa sèchement Miranda. Si d'autres éditeurs sont prêts à se laisser piétiner par vos talons aiguilles, tant pis pour eux. En ce qui nous concerne, nous n'avons pas l'intention de nous mettre à plat ventre devant vous juste parce que vous jouez les petits chefs.

Outrée, l'agente ouvrit et ferma la bouche sans parvenir à émettre un son. Aussi passa-t-elle la main sur sa chevelure figée pour se donner un semblant de contenance, avant de se lever de son siège, raide comme la justice.

— Venez, Richard, allons voir un éditeur plus civilisé.

Là-dessus, Joanna Uppington fit une sortie théâtrale, laissant flotter derrière elle un nuage de Chanel N°5. Depuis le couloir, elle appela avec autorité Richard, qui était resté assis, les yeux rivés sur Emma. Il se leva d'un bond, prêt à la suivre, mais s'immobilisa sur le seuil avec un regard d'excuse.

— Je suis navré. Je dois, euh... J'étais ravi de vous rencontrer...

— Richard ! insista la voix stridente de son agente.

Avec un sourire résigné, il leva les mains en signe de défaite, puis quitta la pièce à son tour.

Miranda attendit qu'ils disparaissent du couloir pour se tourner vers Emma.

— Rassure-moi, il est plus doué avec les mots à l'écrit qu'à l'oral, j'espère ?

— Oui, malheureusement pour nous... Pourquoi Joanna s'est-elle montrée aussi odieuse ?

— Parce que écraser les autres est dans sa nature. Crois-moi, mon chou, nous sommes bien mieux sans ces deux-là.

Comme son téléphone se mettait à sonner, Miranda poussa un soupir las.

— C'est Digby. Il va falloir que je le tienne au courant.

Sans demander son reste, Emma s'éclipsa, la tête basse, et se fit la plus discrète possible dans le couloir. Après une telle débâcle, il ne manquerait plus qu'elle tombe sur...

— Alors, comment ça s'est passé avec le Casanova ?

Joel venait de surgir dans son dos, ce qui la fit sursauter violemment. *Mais quelle journée de merde !*

— Quelle tête ! s'esclaffa-t-il. On dirait que ce n'est pas aujourd'hui qu'on ouvrira le champagne !

— Je ne sais pas. On verra bien, Joel...

— Aïe ! C'est le genre de réponses qui sent le roussi... Vous auriez dû me demander de me joindre à vous pour la présentation, Em, je me serais fait un plaisir de vous aider.

« Em » ? Qui avait donné l'autorisation à ce pignouf de l'appeler par son surnom ?

Toutefois, se faire arrêter pour meurtre n'étant sans doute pas la meilleure façon d'améliorer sa journée, Emma décida de retourner à son bureau sans un mot.

A peine prit-elle place dans son siège qu'Ella la rejoignit, l'air navré. *Décidément, les nouvelles vont vite...*

— Tu sais ce qu'il te faut, ma belle ? Du cheesecake aux Oreo. Tout de suite.

La bibliothécaire, un petit bout de femme au visage sans âge, chantait gaiement, agitant une marionnette crocodile, lorsque Rachel arriva en trombe à l'éveil musical. Sans surprise, le coin atelier était déjà plein à craquer de parents plus ou moins ravis d'accompagner leur progéniture turbulente. Faute de place, elle abandonna sa poussette double près de la porte.

Mais, alors qu'elle aidait Lily et Alfie à en sortir, un homme rougeaud se dressa devant elle, faisant tinter joyeusement le trousseau de clés qui pendait à sa ceinture.

— Vous ne pouvez pas laisser ça ici, ma petite dame. Question de sécurité.

Rachel retint de justesse un juron, mais préféra ne pas

perdre de temps à discuter. Ordonnant aux enfants de la suivre, elle alla déposer la poussette un peu plus loin, dans la section « Livres en gros caractères ». Cependant, le temps de se retourner, Alfie avait disparu.

— Lily, où est ton frère ?

— Aucune idée, répondit la fillette avec indifférence.

— Et merde !

Sa grossièreté lui valut une exclamation désapprobatrice de la part d'une sexagénaire vêtue comme une duchesse.

— Excusez-moi, auriez-vous vu mon f…

— *Bouh !*

Comme Alfie venait de bondir de derrière un rayon, hilare, la dame les fusilla du regard.

— Ce n'est pas une crèche, vous savez.

Rachel s'apprêtait à répliquer lorsque, par chance, son fils tira sur la jambe de son pantalon.

— On peut aller voir Joe, maman ?

— D'accord, mon poussin. *Vieille bique*, ajouta-t-elle entre ses dents tandis qu'ils s'éloignaient.

Pouffant de rire, Lily s'empressa de répéter l'insulte sans la moindre discrétion. Aussitôt, la vieille bique en question fit volte-face, outrée.

— Bonne journée, madame ! lui lança Rachel avec un sourire innocent.

Retournant du côté de l'éveil musical, ils durent bousculer, avec moult excuses, toute une rangée de parents et d'enfants, afin de rejoindre Sue, Christa, et leurs fils respectifs, Joe et Roger. En dépit de l'air ravi de sa mère, ce dernier ne semblait vraiment pas dans son élément.

— Qu'est-ce qu'on a raté ? chuchota Rachel.

— Juste *Ainsi font, font, font* et un *Ah les crocodiles* particulièrement énergique, lui répondit Sue sur le même ton.

Au même moment, la bibliothécaire entreprit de distribuer les instruments aux enfants. Alfie récupéra des grelots qu'il se mit à secouer avec enthousiasme, sous l'œil perplexe du petit Roger. Ce qui devait arriver arriva : il lui cogna la joue par mégarde.

— Alfie ! Demande-lui pardon tout de suite !

— Pardooon ! chantonna son fils sans toutefois arrêter de faire tinter ses grelots.

Le petit rouquin taciturne ne s'était même pas plaint ; interdit, il le regarda jouer à qui faisait le plus de bruit avec Joe, qu'on avait muni d'un triangle, et finit par se joindre à eux avec ses maracas.

— Chut, les garçons ! leur commanda Lily, tambourin à la main. La dame va commencer !

Ils se calmèrent aussitôt et se tournèrent sagement vers la bibliothécaire, ce qui impressionna grandement Sue.

— Je vois qu'elle mène déjà les hommes à la baguette comme sa mère, murmura-t-elle à l'oreille de Rachel, qui laissa échapper un soupir amer.

— Mouais, sa mère a perdu la main. Attends un peu que je te raconte où Steve compte nous emmener...

— Hmm, vu la tête que tu fais, je suppose que ce n'est pas dans une de ces stations balnéaires de rêve qui offrent un service garderie quand les parents veulent se prélasser au spa...

Intéressée par la conversation, Christa s'inclina vers elles. Toutefois, comme la bibliothécaire tapait dans ses mains pour réclamer le silence avant le début de la prochaine comptine, Rachel jeta un sourire désabusé à ses amies.

— Je vous expliquerai tout ça autour d'un café à la fin de la séance de torture.

Bras dessus, bras dessous avec Ella, Emma se rendit au coin de la rue, chez *Tante Mabel*, leur repaire de prédilection chaque fois qu'elles avaient besoin de se consoler ou de fêter quelque chose avec des sucreries. Elle se souviendrait toujours de la première fois qu'elle avait passé la porte du salon de thé : elle avait été déçue de voir qu'il n'existait aucune tante Mabel. Néanmoins, elle avait vite découvert que les propriétaires, Simon et son compagnon David, se faisaient toujours une joie d'accompagner leurs petits gâteaux de leurs sages conseils, tout comme le ferait une bonne tatie.

Sans surprise, dès que le tintement de la clochette annonça leur arrivée, Simon leva les mains au ciel.

— *Oh. Mon. Dieu.* David, regarde un peu cette tête d'enterrement ! Mauvaises nouvelles, à ce que je vois, hein, ma caille ?

Inconsolable, Emma poussa un énorme soupir et confirma d'un petit signe de tête.

— Ma pauvre, amène donc tes yeux de cocker ici. Tonton Simon va tout arranger.

Il la serra dans ses bras avec tendresse, ne s'écartant que pour les conduire jusqu'à une table couverte d'une nappe à carreaux rouges et blancs, où était posée une bouteille de ketchup en forme de tomate.

— Voilà, installez-vous à la table de cette chère Audrey. Deux cappuccinos et deux parts de cheesecake aux Oreo, je suppose ?

— Simon, tu es aussi perspicace qu'une femme, s'émerveilla Ella, et pourtant une vraie perte pour la gent féminine !

— Oh ! il ne faut pas croire, ma belle, je suis loin d'être l'homme idéal — à commencer par le fait que je passe sans doute bien plus de temps que toi dans la salle de bains. Cela dit, je t'assure que, n'était mon aversion pour les foufounes, tu me ferais virer ma cuti en un battement de cils.

Sous le compliment, Ella gloussa comme une écolière. Cependant, elle retrouva son sérieux dès que Simon disparut en cuisine.

— Alors ? Est-ce qu'on est dans un de ces moments où je suis censée passer en mode « réconfort par l'attaque » ?

Réprimant un nouveau soupir, Emma leva les yeux vers le portrait d'Audrey Hepburn, qui, avec son air espiègle, semblait dire « oui, je suis plus belle que tu ne le seras jamais, mais je ne suis pas du genre à te faire remarquer tes défauts, en fait je serais sûrement ta meilleure copine dans la vraie vie ».

— J'en ai bien peur, gémit-elle.

Ella fit la grimace. Son amie détestait lui dire des méchancetés, ce n'était pas nouveau. Seulement, là tout de suite, ce n'était pas d'un gros câlin qu'elle avait besoin, mais de se faire secouer les puces.

Pour preuve, lorsque David vint leur apporter leur commande, sa gentillesse lui donna les larmes aux yeux.

— Et voilà : je vous ai rajouté une grosse boule de glace à la vanille. Aujourd'hui, les filles, c'est la maison qui régale.

Quand il s'éloigna, Emma avait les lèvres qui tremblaient tant qu'elle ne prit aucun plaisir à goûter la première bouchée de son cheesecake. Elle jeta un regard suppliant à Ella.

— S'il te plaît, je fais pitié, là…

— D'accord, d'accord, concéda son amie, l'air mal à l'aise. Bon, je me lance : personne ne veut publier ce genre de bouquin débile, de toute façon…

— Si, moi ; et *L'Orchidée rouge* est loin d'être débile ! Il va falloir que tu fasses mieux que ça, Ella…

— Ce bouquin nous aurait coûté une fortune, alors que, si ça se trouve, il aurait fait un bide. On se serait donné un mal de chien juste pour finir endettés.

— On croirait entendre Joel, maintenant…

Devant l'air penaud de son amie, Emma eut un pincement au cœur. Ella, son adorable Ella… Elle était bien trop douce pour lui envoyer des horreurs à la figure.

Pourtant, elle réussit à la surprendre.

— Tu es une éditrice merdique ; ils ont bien fait d'aller voir chez la concurrence.

— Hé ! Vas-y mollo !

— Excuse-moi, tu sais que je suis nulle à ce jeu… Qu'est-ce que tu dis de « Bennett n'est qu'un pauvre type » ?

— Ça, c'est fort possible.

— Ah bon ?

— Pour commencer, me voir bafouiller pendant la

présentation a eu l'air de bien l'amuser. Et puis, il paraît que c'est un coureur.

— Ah ! s'exclama Ella, la bouche pleine, visiblement ravie d'avoir évoqué un argument valable. Ça explique peut-être pourquoi il sait si bien décrire les relations.

— Merci de me le rappeler. Je te ferais dire que tu es censée me convaincre que je me porte mieux sans ce fichu roman !

— Oh ! oui, pardon… Eh bien, le bouquin est bourré de défauts.

— Lesquels ?

— Déjà, le titre fait trop fille.

— « Trop fille » ?

— Ouais. Est-ce que tu en connais beaucoup, toi, des hommes qui sont attirés par un titre qui contient le nom d'une fleur ?

— Mmh, c'est un peu subjectif mais ça se tient. Quoi d'autre ?

— Euh… Il est un peu long.

— Mauvais argument, rétorqua Emma. Est-ce que Tolstoï aurait créé l'un des plus grands chefs-d'œuvre littéraires si son éditeur lui avait reproché la longueur de *Guerre et Paix* ?

— Bien vu. Bon, m'est avis qu'il va nous falloir plus d'une part de cheesecake pour te remonter le moral.

— Je ne te le fais pas dire.

Ce fut un échec. Deux grosses parts de cheesecake plus tard, Emma retourna au bureau le cœur plus lourd encore que son estomac. En prenant place devant son ordinateur, elle remarqua qu'elle y avait laissé son portable. Comme elle avait deux appels en absence de Martin, elle le rappela.

— 'lut…, dit-elle d'une petite voix.

— Ouh là ! L'humeur n'est pas à la fête, on dirait…

— Oh ! Mart', c'était un vrai carnage !

— Ma pauvre chérie… Si tu veux, avec l'aide de Charlie, je suis prêt à aller lui régler son compte, à ton auteur de pacotille.

— C'est gentil, mais je préférerais un câlin.

— Ça, ça serait déjà plus dans mes cordes. Que dirais-tu que je te cuisine ton plat préféré ce soir pour noyer ton chagrin ? Des spaghettis à la bolognaise maison siéraient-ils à madame ?

— Merci, mon chéri. Je t'aime.

— Moi aussi, je t'aime.

Après une heure à subir un vacarme de percussions et de voix de crécelle, ainsi que les remarques désobligeantes de certains parents, Rachel n'aurait pas dit non à une boisson plus corsée qu'un *caffè latte*. Toutefois, elle ne fit pas la fine bouche : avec Sue, Christa et les enfants, elle s'était installée dans son Starbucks préféré, où elle se rendait souvent depuis l'époque où Will n'était encore qu'un bébé. Certes, la déco était plus ou moins la même que dans tous les autres établissements de la chaîne — tables de bois, gros fauteuils couleur chocolat, et photos sépia de couples qui semblaient découvrir l'extase en buvant leurs gigantesques tasses de café —, mais le personnel était adorable, se montrant toujours compréhensif quand un enfant renversait son smoothie ou laissait une montagne de miettes sur la table.

Et surtout, *surtout*, ici, elle pouvait avoir une conversation entre adultes pendant que les enfants étaient accaparés par leurs gâteaux.

Ainsi, Rachel raconta à ses amies la dispute qu'elle avait eue la veille avec Steve.

— La vache, Edimbourg ! s'exclama Sue à la fin de son récit. Tu en as, de la chance ! C'est une ville magnifique.

— Merci du soutien. Je te rappelle que vous êtes censées vous apitoyer sur mon sort avec moi.

— Oups, désolée. C'est vrai que c'est au bout du monde.

— C'est bien le problème !

— D'autant qu'il y fait toujours un temps pourri. Al y a fait ses études : il a adoré la ville, mais la météo le déprimait.

— Voilà.

Christa s'esclaffa.

— Vous êtes rigolos, les *Engländer*. Vous n'*êtez* jamais contents de la météo, alors que le *Himmel* est toujours gris à Londres.

Plus encore que l'accent à couper au couteau de leur copine, c'était sa tendance à toujours ponctuer ses phrases de mots allemands qui fit sourire Rachel.

— Tu marques un point. Mais c'est surtout la distance qui me déprime. Est-ce que c'est trop en demander de vouloir élever mes enfants près de leurs grands-parents et de leur tante ?

Elle regretta aussitôt ses paroles. Bonjour la délicatesse !

— Excuse-moi, Christa, je ne voulais pas remuer le couteau dans la plaie. Ta famille doit affreusement te manquer.

— De quel couteau parles-tu ? *Ach so*, c'est une expression ! *Kein Problem*, Rachel. Je ne m'entends pas très bien avec ma famille, surtout depuis *meine Mutter* a changé *son* sexe.

Sue faillit s'étrangler avec son muffin.

— Elle a *quoi* ?

— *Ja*, elle s'appelait Wilhelmina, et maintenant elle est juste Wilhelm.

En voyant son amie s'enfoncer le reste de son muffin dans la bouche pour ne pas exploser de rire, Rachel fronça les sourcils. Qu'y avait-il de drôle là-dedans ?

Néanmoins, Christa ne semblait pas très affectée par sa confidence. Elle poursuivit d'ailleurs sans remarquer l'état de Sue.

— C'est *la* choc qui a tué *mein Vater*. Ça, et la prostituée qu'il venait de voir, *natürlich*. Il avait des problèmes avec son — comment dit-on *Herz*, déjà ? Son cœur.

Le ton anodin qu'elle avait employé était en tel décalage avec ce qu'elle venait d'annoncer qu'il y eut un instant de flottement.

Tout à coup, Sue disparut sous la table sous prétexte de refaire le lacet de Joe, quand elle tentait en fait de contenir son fou rire. Face à la réaction de son amie, Rachel dut, à sa grande honte, se mordre la lèvre pour ne pas pouffer à son tour. Vraiment, elles étaient ignobles !

Tâchant de retrouver son sérieux, elle tapota le bras de Christa avec un regard qu'elle espérait compatissant.

— Je suis navrée, c'est affreux…

Celle-ci balaya sa remarque d'un geste de la main.

— *Entschuldigung*, Rachel, nous avons assez parlé de moi. Tu parlais de ta famille à toi. Est-ce que vous *êtez* proches ?

La question la rendit songeuse. Elle adorait son père plus que tout au monde et elle aimait aussi sa mère, malgré sa manie de s'immiscer dans la vie des autres. Quant à Emma, eh bien, elle resterait toujours sa petite sœur chérie.

— Je tiens beaucoup à ma famille, oui. Et je n'ai aucune envie de priver mes enfants de liens aussi forts.

Avec un soupir triste, elle regarda Lily et Alfie. A présent qu'ils avaient terminé de manger, ils s'amusaient avec Joe et Roger sans s'occuper de la conversation des grands.

Quant à Sue, après s'être éclaircie la gorge, elle affichait de nouveau un air grave.

— Et Steve ? Que pense-t-il de tout ça ?

Gênée, Rachel contempla le fond de sa tasse.

— A vrai dire, j'étais tellement en colère que je n'ai même pas pensé à le lui demander…

— Désolée, bichette, tu risques de ne pas apprécier ce que je vais te dire : tu sais à quel point j'aime reprocher aux hommes tout ce qui ne va pas dans ce monde, mais en l'occurrence, même moi, je pense que tu dois le laisser te donner son point de vue. C'est une décision que vous devez prendre à deux.

— Je sais, je sais, la discussion est déjà au programme. Mais que ferais-tu à ma place, O Grande Prêtresse de la sagesse ? Est-ce que tu plaquerais tout pour suivre Al en Ecosse ?

— Nos situations ne sont pas comparables, Rach. Le reste de ma famille vit dans le nord du pays, alors je sauterais sûrement sur l'occasion pour me rapprocher d'eux. Londres n'est pas trop mal, bien sûr, mais ce n'est pas comme si on vivait dans les quartiers chics… Et puis, quand on a des enfants, on ne peut pas dire qu'on profite des avantages de la grande ville, pas vrai ? Franchement, à quand remonte la dernière fois que tu es allée au cinéma ou, mieux, à un concert ?

— 2003, lâcha Rachel avec nostalgie. La tournée de retrouvailles de Duran Duran — inoubliable. Bref, je vois où tu veux en venir, Sue, mais en ce qui me concerne j'ai grandi par ici et je n'ai jamais eu à me plaindre. En plus, je parie qu'il y a plus de vols dans les quartiers chics que chez nous.

— Peut-être. En tout cas, je ne sais pas si j'ai envie que mon Joe passe son adolescence dans le coin — avec tous ces gangs, brr… Tu y as pensé, à ça ?

Comme son amie combattait un rictus amusé, Rachel eut une moue boudeuse.

— Et moi qui croyais que tu allais me supplier de rester…

— Rach, je te charrie. Tu sais que ma vie va s'écrouler si tu t'en vas. Si tu n'es plus là pour me maintenir dans le droit chemin, qui me rappellera qu'il ne faut pas que j'emmène mon gamin dans les pubs ou que je lui apprenne les jeux d'argent ? Mais plus sérieusement, ce que je veux dire, c'est que tu dois bien réfléchir aux deux options, peser le pour et le contre.

Christa, qui semblait perdue dans ses pensées depuis un moment, intervint alors d'un ton morose.

— Cela *devoit* être bien d'avoir un mari présent qui demande *ta* avis. *Mein* Rudi n'est jamais là.

Rachel la considéra avec gravité.

— Il est dans le commerce des spiritueux, c'est bien ça ?

— *Ja*. Il est russe et il passe beaucoup *du* temps à Moscou. Je crois il a une, comment dit-on… *Ach so*, une maîtresse.

— Quoi ? C'est terrible !

— *Ja*, mais j'ai *mein lieber Junge*, répondit la jeune

femme en ébouriffant la tignasse rousse de Roger. Et je sais Rudi ne laissera jamais son fils. *Also*, je vais demander des autres cafés, *ja* ? J'invite vous deux.

Tout à coup, elle affichait un sourire radieux, comme si elle avait déjà oublié qu'elle venait de mentionner ses problèmes de couple.

Dès qu'elle partit passer commande au comptoir, Rachel se rapprocha de Sue, chuchotant pour éviter que Roger l'entende.

— La pauvre, elle me fait de la peine… Et toi qui te fendais la poire pendant qu'elle nous parlait de la transidentité de sa mère et de la mort de son père ! Tu devrais avoir honte !

— Tu plaisantes, j'espère ? Je ne voulais pas me moquer de ses malheurs, mais avoue qu'elle nous a balancé ça sur le ton de la causette, comme si elle nous avait montré son nouveau vernis… Et le coup de la prostituée, je ne m'en remets pas ! « *Natürlich* » !

Comme son amie recommençait à s'esclaffer, Rachel ne put s'empêcher de glousser aussi. Christa était un personnage haut en couleur, il fallait bien l'avouer…

— Ah, tu vois ! s'exclama Sue, triomphante. Tu ne vaux pas mieux que moi, ma vieille…

Chapitre 4

Après avoir nettoyé les vestiges du goûter, Rachel retourna dans le salon, où les enfants regardaient les aventures trépidantes de Scooby-Doo et ses amis. Captivés par l'écran, ils retenaient leur souffle, intimidés par le fantôme qui poursuivait les héros — même Will, qui avait pourtant décrété que c'était « un dessin animé pour les bébés », ne faisait pas le fier devant la scène. Mais comme toujours, un gag ne tarda pas à les faire rire aux éclats.

Lily fut la première à remarquer la présence de leur mère.

— Regarde, maman, Scooby il va manger tout plein de cuisses de poulet !

Rachel fit mine de s'étonner.

— Ça alors ! Je parie que c'est au moins la troisième fois de l'épisode qu'il se goinfre !

— Ça fait cinq fois, en fait, la corrigea fièrement Will.

— Eh bien, quel appétit ! Bon, mes chéris, je vous laisse avec votre chien qui parle ; maman va aller un peu sur l'ordinateur.

— 'peux venir ? demanda Alfie, sans toutefois quitter l'écran des yeux.

— Pas tout de suite, mon poussin. Continue de regarder Scooby avec ton frère et ta sœur.

Par chance, il n'insista pas. *Ouf ! Un peu de temps rien que pour moi !* Sans demander son reste, Rachel s'éclipsa à l'étage, puis se dépêcha d'allumer l'ordinateur et de lancer internet. Elle se sentait si souvent déconnectée du monde extérieur qu'un frisson d'excitation la traversa lorsque la page d'accueil du moteur de recherche s'afficha. C'était comme si le curseur qui clignotait à l'écran lui soufflait : « Approchez, madame, n'ayez pas peur ; un univers entier de possibilités s'ouvre à vous. Vous n'avez qu'à taper quelques mots, et nous nous chargerons du reste… »

Misère, c'était dire comme sa vie était palpitante… D'autant que, en l'occurrence, c'était pour payer quelques factures en ligne qu'elle était là.

Toutefois, Rachel commença par consulter ses e-mails, et la déception la gagna : rien de nouveau, juste de la publicité. Bon, tant pis, il fallait qu'elle contacte sa sœur, de toute façon — elle voulait des nouvelles de sa présentation ! Emma était sans doute occupée alors, plutôt que de la déranger au boulot avec un texto, autant lui envoyer un e-mail, et elle lui répondrait quand elle pourrait.

Contre toute attente, Emma se manifesta dans la minute :

Foirade du siècle. Pas envie d'en parler, trop déprimée. Je viens d'engloutir l'équivalent de mon poids en cheesecakes. Comment va Alf ?

En lisant ces mots, Rachel grimaça. Mince, elle qui était persuadée que tout se passerait bien pour sa sœurette !

Plus de peur que de mal. Ne t'en fais pas pour le bouquin, va. Je suis sûre qu'il était pourri de toute façon. Ça te dit qu'on aille noyer notre chagrin dans l'alcool bientôt ? Bisous, R.

Elle hésita un instant avant de cliquer sur « Envoyer » — et si elle mentionnait l'Ecosse ? Non, mauvaise idée : Emma n'avait pas besoin de ça maintenant.

La réponse affirmative de sa sœur la réjouit. Toutefois, dès que Rachel referma sa boîte mail pour retourner sur le moteur de recherche, elle fixa un moment le curseur, les sourcils froncés. Pourquoi était-elle venue à l'ordi, déjà ? *Ma parole, j'ai du gruyère à la place du cerveau, ce n'est pas possible autrement !* Encore l'autre jour, elle avait passé cinq bonnes minutes devant la porte du frigo avant de se rappeler qu'elle cherchait le fromage…

Comme si cela pouvait l'aider à retrouver la mémoire, elle considéra la pièce avec un soupir de dépit. C'est alors que son regard tomba sur le BlackBerry de Steve — quel nigaud ! Il l'avait oublié sur le bureau !

Sans même avoir conscience de ses gestes, Rachel se mit à tripoter le téléphone. Mais, dès que l'écran bleu revint à la vie, elle le lâcha comme si l'objet l'avait brûlée et reporta son attention sur l'ordinateur. Que faisait-elle ? Elle n'avait pas à toucher aux affaires de Steve !

Pourtant, la curiosité la titillait. Presque sans le vouloir, elle lorgna de nouveau le portable. Au fond de sa tête, une petite voix la poussait à la tentation. *Vas-y, jette un œil. Personne ne le saura jamais. De toute façon, ce n'est pas comme si tu allais trouver quelque chose de louche…*

Secouant la tête pour chasser cette idée, elle fixa le clavier de l'ordinateur. Pourquoi n'arrivait-elle pas à se rappeler ce qu'elle avait eu l'intention de faire au départ ? C'était frustrant, à la fin !

Plusieurs minutes s'écoulèrent sans qu'elle ne tape sur la moindre touche. Sans cesse, son regard revenait se poser sur le BlackBerry, comme un papillon de nuit attiré par la lumière.

Oh et puis zut ! Ce fut plus fort qu'elle. Elle attrapa le téléphone et erra dans les différentes catégories. Que cherchait-elle ? Elle ne le savait pas elle-même. Cliquant à droite et à gauche, elle finit par tomber sur les e-mails de son mari. Elle survola les noms des expéditeurs, avant de s'arrêter sur un message qui datait de quelques jours, envoyé par un mystérieux « Sam », avec pour objet « Café ».

Tiens, Steve ne lui avait jamais parlé de quelqu'un qui s'appelait Sam… De quel prénom était-ce le diminutif ? Samuel ? *Ou Samantha ?* Rongée par la mauvaise conscience, Rachel hésita quelques instants avant d'ouvrir l'e-mail.

Salut Steve, c'est toujours bon pour ce café à 11 heures ? Il faut qu'on parle de la formation de ton équipe au nouveau système informatique. Merci, Sam.

Elle soupira de soulagement. N'avait-elle pas honte ? Pourquoi doutait-elle de la fidélité de Steve, tout à coup ? C'était ridicule ! Il allait juste prendre un café avec un collègue informaticien, voilà tout.

Toutefois, alors qu'elle revenait sur la page d'accueil des e-mails, prête à fermer la page et à éteindre le téléphone, son œil fut attiré par un message intitulé « Edimbourg », envoyé par Doug, le patron de son mari. Elle cliqua dessus sans y réfléchir à deux fois. Les quelques lignes ne lui apprirent rien, puisque le patron ne souhaitait que « discuter plus avant de cette éventuelle mutation à la tête du nouveau bureau ». Ce n'est que lorsqu'elle remarqua la date de l'e-mail que Rachel sentit son cœur manquer un battement : il avait été envoyé il y avait plus d'un mois.

Indignée, elle sortit son propre portable de sa poche, tapant sur les boutons avec colère jusqu'à ce qu'elle retrouve le numéro du bureau de Steve. Mais, lorsqu'elle tomba sur le répondeur, elle jeta son téléphone à travers la pièce avec un grognement de fureur.

Ce soudain accès de rage la laissa interloquée — voire un peu effrayée. Depuis quand se montrait-elle aussi violente ?

— Maman ?

La petite voix de Lily la fit sursauter. Sa fille venait d'apparaître dans l'encadrement de la porte, soucieuse.

Bravo, voilà qu'elle faisait peur à ses propres enfants, maintenant !

— Excuse-moi, ma chérie. Maman était juste…

— Il revient quand, papa ? l'interrompit Lily, comme si sa réponse ne l'intéressait déjà plus.

— J'en sais foutre rien.

Le juron lui avait échappé, et pourtant — fallait-il s'en

réjouir ou s'en inquiéter ? — il n'impressionna pas sa fille le moins du monde.

— Tu dois pas dire des gros mots, maman. C'est pas poli.

Là-dessus, Lily disparut dans l'escalier, sous le regard sidéré de Rachel. Ça alors, comment avait-elle réussi à élever un tel modèle de droiture ?

Soudain, son téléphone, qui avait par miracle atterri en un seul morceau sur le sol, se mit à sonner. En voyant le nom de Steve s'afficher sur l'écran, son sang ne fit qu'un tour.

— Quoi ?

— Rach ? Tout va bien ?

La voix calme de son mari ne réussit qu'à la faire sortir de ses gonds.

— Non, Steve, tout ne va pas bien. Depuis quand es-tu au courant de cette mutation à Edimbourg, exactement ?

Long silence au bout du fil.

— Rach, est-ce qu'on peut en discuter plus tard ?

— Non, je veux en discuter *tout de suite.*

— Je ne peux pas, désolé, j'ai une réunion de dernière minute. Je vais rentrer tard.

Rachel l'ignora royalement.

— Plus d'un mois, Steve. Ça fait plus d'un *putain* de mois que tu es au courant, et tu n'as même pas eu les couilles de m'en parler !

— Ecoute, Rachel, je suis désolé. Vraiment, vraiment désolé. Mais franchement, est-ce que ça t'étonne que j'aie gardé ça pour moi ?

— Qu'est-ce que c'est censé vouloir dire, ça ?

— Est-ce que tu t'entends parler, Rach ? Tu démarres toujours au quart de tour. Le moindre prétexte est bon pour que tu me sautes à la gorge… J'attendais juste de trouver le bon moment pour aborder le sujet.

Rachel en resta sans voix. Alors, comme ça, tout était sa faute à elle ? *Ben voyons.*

— Steve ?

— Ouais ?

— Va te faire voir.

Furieuse, elle raccrocha sans lui laisser une chance de réagir et composa aussitôt le numéro de Sue, qui décrocha dès la deuxième sonnerie.

— Hé, bichette ! Est-ce que ça va ?

— Non, pas vraiment. Steve se comporte comme le roi des cons.

— Ah, je vois que vous venez de discuter à tête reposée comme je te l'avais conseillé...

Vexée, Rachel grommela une réplique incompréhensible.

— Je te charrie, va. Tu veux un peu de compagnie ?

— Ça ne serait pas de refus, merci.

— O.K. J'arrive dans moins d'une demi-heure. J'espère que tu as une bouteille au frais.

Rachel eut besoin de dix bonnes minutes pour arrêter de ruminer dans son coin. Enfin, elle éteignit l'ordinateur et redescendit dans le salon, où les enfants étaient affalés devant un épisode de *Tom et Jerry*. Elle resta regarder avec eux un moment, adossée à l'encadrement de la porte.

C'était curieux, vraiment : petite, elle avait toujours préféré Jerry, tout le temps pris en chasse par cette saleté de chat alors qu'il voulait simplement manger son fromage. Pourtant, aujourd'hui, elle prenait conscience que les rôles étaient en fait inversés : la souris n'était qu'un petit enquiquineur arrogant, tandis que Tom était la véritable victime, celui qui passait toujours pour le méchant alors qu'il n'avait rien demandé.

C'est sur cette réflexion que Rachel partit dans la cuisine. *Je déraille, voilà que je me fais l'avocate d'un chat de dessin animé, maintenant...*

Elle vérifia qu'une bouteille de vin blanc était rangée au réfrigérateur, puis consulta sa montre avec un soupir. Pourquoi Sue était-elle si longue ? Comme par hasard, pour une fois qu'elle se retrouvait avec quelques minutes devant elle, il fallait que la cuisine soit déjà en ordre...

Ne sachant que faire pour patienter, Rachel se mit à

étudier les dessins qui ornaient le mur. Elle sourit lorsqu'elle tomba sur celui que Will avait réalisé le mois dernier : sous les mots « Ma famille », il les avait représentés tous les cinq en Power Rangers. Pourtant — n'avait-elle jamais pris le temps d'examiner le dessin ? —, un détail la chiffonna. Contrairement à Steve et aux enfants qui affichaient tous un énorme sourire, elle était la seule à avoir, en guise de bouche, un trait légèrement incurvé vers le bas. Néanmoins, comme à son habitude, elle tâcha de prendre la chose avec humour. Qui lui disait que son fils n'était pas le prochain de Vinci ? Qui sait, il avait peut-être essayé de reproduire Mona Lisa ? Malgré tout, elle ne réussit qu'à rire jaune. Pourquoi son fils l'avait-il représentée aussi triste ?

Un léger coup à la porte l'empêcha de se pencher plus avant sur la question.

— Pas trop tôt ! s'exclama-t-elle en ouvrant la porte.

A sa grande stupeur, ce n'est pas Sue qu'elle trouva sur le seuil, mais son voisin. Il la dévisageait avec un mélange de surprise et d'amusement.

— Oh ! je... Pardon, j'attendais quelqu'un d'autre.

Comme une lueur de déception traversait le regard de Tom, Rachel s'empressa de se rattraper.

— Mais vous ne me dérangez pas ! Ça me fait plaisir de vous voir. Est-ce que vous allez bien ?

— Oui, merci, madame Summers. Je viens juste jouer les hiboux magiques : j'ai récupéré ce colis pour vous ce matin.

Alors qu'elle acceptait le carton qu'il lui tendait, Alfie accourut pour s'accrocher à sa jambe, le regard plein d'espoir.

— Hibou magique ? Elle est là, Hedwige ? 'veux la voir !

Tom n'hésita pas à se prendre au jeu.

— Désolé, mon grand, tu l'as ratée, elle vient tout juste de s'envoler.

Comme l'enfant affichait un air tout déçu, il se mordit la lèvre et s'empressa d'ajouter avec une grosse voix :

— Moi, c'est Hagrid. Tu dois être Alfie Potter ! Tu es encore un peu jeune pour entrer à Poudlard, mais mon petit doigt me dit que tu recevras ta lettre d'admission un peu avant tes onze ans.

Rachel le considéra avec admiration.

— Vous êtes calé, dites donc !

— Oui, mes neveux et nièces m'ont initié à Harry Potter, lui chuchota-t-il avec un clin d'œil. Ils adorent quand j'imite les personnages, et c'est le demi-géant qu'ils me réclament le plus souvent. Remarquez, ma carrure y est sûrement pour quelque chose…

De son côté, Alfie n'avait pas conscience du léger flirt qui se déroulait au-dessus de sa tête. Il contemplait le voisin avec des étoiles dans les yeux comme s'il venait de rencontrer le Père Noël en personne — ou du moins, c'est ce qu'il fit jusqu'à ce qu'il commence à remettre sa parole en doute.

— C'est toi, Hagrid ? Ta barbe, elle est où ?

— Eh bien, je l'ai rasée, figure-toi, répliqua Tom du tac au tac avant de se pencher d'un air entendu. Entre toi et moi, j'en avais bien besoin…

— Et C'ockdur, pourquoi il est pas là ?

— Crockdur est resté dans ma cabane pour faire dodo ; c'est que c'est fatigant d'être un chien, tu sais.

— Et ta moto qui vole, elle est où ?

Tom commençait à se trouver à court d'excuses.

— Euh, je l'ai garée au coin de la rue…

Alfie l'étudia un instant les yeux plissés, avant de sourire de toutes ses dents. Puis il retourna dans le salon en sautillant, visiblement satisfait des explications.

— La crédulité de ce gamin m'épatera toujours, s'esclaffa Rachel.

Son voisin se redressa avec un petit rire, et, dans la complicité du moment, elle se surprit à l'inviter à entrer.

— Ça vous dit, un verre de vin ?

— Oh ! euh… D'accord, pourquoi pas ? Mais ne vous sentez pas obligée, je ne veux pas m'imposer.

Elle balaya sa remarque d'un geste nonchalant.

— Ne soyez pas ridicule. Vous n'aurez qu'à amuser la galerie avec votre répertoire d'imitations.

Après avoir abandonné son colis sur la console de l'entrée, elle le conduisit jusque dans la cuisine. Toutefois, elle n'eut même pas le temps de l'inviter à s'asseoir que son portable se mit à sonner. C'était Sue.

— Ecoute, Rach, désolée de te faire faux bond, mais Joe vient de vomir partout. Est-ce qu'on peut se voir demain ?

— Bien sûr, ne t'en fais pas. J'espère que ton fiston se remettra vite.

— Prends soin de toi, bichette, et n'oublie pas de discuter au calme avec Steve. C'est un oiseau rare, tu sais.

— Je sais…

Quand Rachel raccrocha avec un soupir las, elle trouva Tom en train de remplir deux verres de vin.

— Je me suis permis de me servir dans le frigo, j'espère que vous ne m'en voulez pas.

Elle accepta le verre avec un sourire timide. Mince, elle n'avait pas prévu de se retrouver seule avec lui…

Par chance, la quasi-intimité du moment tourna court quand ses jumeaux déboulèrent dans la cuisine, excités comme des puces.

— T'as vu, c'est lui ! lança Alfie à sa sœur en pointant Tom du doigt.

Plusieurs expressions se succédèrent sur les traits de Lily. Après une seconde de déception, elle examina l'invité avec une moue digne d'une vieille dame soupçonnant son boucher de vouloir lui vendre un morceau de viande plus gros que ce qu'elle avait demandé. Et enfin, elle jeta à son frère un regard plein de dédain.

— Les garçons, c'est rien que des crétins ! C'est pas Hagrid du tout ; c'est *Tom*, le voisin.

La nuit commençait à tomber lorsque Emma quitta le bureau — même si, bien sûr, avec toutes ces lumières, il ne faisait jamais vraiment nuit, dans la capitale. Elle se mêla au flot de Londoniens qui se précipitaient vers la bouche de métro la plus proche, visiblement aussi pressés qu'elle de rentrer chez eux — quoi d'étonnant ? Personne n'aimait sortir le lundi soir. Pour ne rien arranger, la pluie avait trempé les rues, et un petit vent glacial la transperçait. Bon Dieu, ce qu'elle ne donnerait pas pour être déjà à la maison, bien au chaud dans les bras réconfortants de Martin, avec un bon verre de vin et un bain en train de couler…

Son téléphone sonna à quelques mètres de la station. Et crotte ! Bien sûr, il fallait qu'il soit tombé tout au fond de son sac… Clés, tickets de caisse, rouges à lèvres… Ah ! Enfin, son portable ! C'était Martin qui appelait.

— Salut, beau gosse ! Je viens tout juste de sortir. Je bave rien qu'à penser à ce fameux plat de spaghettis, tu n'as pas idée. Et, je ne sais pas pour toi, mais je ne dirais pas non à une nouvelle représentation de notre petite performance d'hier soir…

Le silence embarrassé qui suivit lui fit perdre son air mutin. Et, dès qu'elle entendit la voix contrite de son fiancé, elle sut que sa réponse n'allait pas lui plaire.

— Hé, Em… Excuse-moi, j'avais complètement oublié que j'avais promis à Charlie d'aller jouer au foot avec les potes… Tu veux bien qu'on reporte notre soirée à demain, dis ?

— Oh… Je vois.

Au bout du fil, Martin s'éclaircit la gorge.

— Ecoute, Em, je suis désolé, oublie ce que j'ai dit. Je peux rentrer à la maison si tu veux. Je sais que tu as eu une journée de merde…

Son ton suppliant voulait clairement dire « S'il te plaît, ne te mets pas en colère, je suis de bonne foi, tu vois ? », et Emma poussa un profond soupir. A quoi bon protester ? Si elle essayait de discuter, elle allait devenir méchante, c'était sûr.

— Non, c'est bon, vas-y. De toute façon, je suis crevée.

Je vais sûrement prendre un bon bain et me pieuter tout de suite après.

— Tu es sûre ?

— Sûre.

— Tu es sûre que tu es sûre ?

Le petit malin, il savait toujours comment s'y prendre pour s'en tirer à bon compte…

— Oui, monsieur le-bon-à-rien, rétorqua-t-elle avec un sourire. Allez, file à ton satané match.

— Super, je te revaudrai ça. Spaghettis demain soir sans faute — et je ne suis pas contre cette nouvelle représentation… Je ferai tout ce que tu voudras pour me faire pardonner.

— Vraiment tout ?

— Sauf la vaisselle. On se voit tout à l'heure, si tu es encore réveillée. Je t'aime, Em.

— Bien sûr que tu m'aimes. Je suis bigrement adorable !

Malgré son ton léger, Emma était d'humeur morose quand elle raccrocha. Jetant son téléphone dans son sac, elle reprit sa route sans entrain. Mais, alors qu'elle s'apprêtait à entrer dans la bouche de métro, quelqu'un l'interpella dans son dos.

— Emma !

Elle leva les yeux au ciel avec un juron. Dans le brouhaha ambiant, elle n'avait pas reconnu la voix, mais il n'y avait que Joel pour venir l'embêter après les heures de bureau. Quelle plaie !

Elle fit volte-face, prête à mordre.

— *Quoi encore ?*

— Holà, tout doux ! Je viens en paix !

Richard Bennett ? Les mains levées, l'auteur se tenait face à elle, un sourire désolé aux lèvres. Que faisait-il ici ?

— Nous n'avons pas pris un très bon départ, ce matin.

— C'est le moins qu'on puisse dire, maugréa-t-elle, bras croisés.

Elle venait tout juste d'éviter une dispute avec Martin, mais ce Bennett n'allait pas s'en sortir aussi facilement.

Et, à en croire la surprise dans son regard, il ne s'était pas attendu à ce qu'elle se montre si agressive.

— Bon, si vous n'avez rien de mieux à dire, bonne soirée, Richard ; j'aimerais rentrer chez moi.

Sur ce, elle tourna les talons et s'engagea dans l'escalier. Oui, elle était très impolie, et alors ? Après une journée pareille, elle n'allait pas en plus s'amuser à faire des ronds de jambe !

Malheureusement pour elle, Richard était grand. En quelques foulées souples, il la dépassa et lui barra le chemin deux marches plus bas. Leurs yeux se trouvaient maintenant au même niveau.

— Attendez. Venez boire un verre avec moi.

— Et pourquoi devrais-je accepter ?

— Pourquoi ? répéta-t-il, manifestement pris de court.

Oh ! Casanova n'a pas l'habitude de se faire rembarrer, on dirait…

Comme Emma le défiait du regard, il retrouva vite son air amusé.

— Si vous tenez tant à savoir pourquoi, j'ai trois raisons à vous donner.

— Je suis tout ouïe.

— D'une, je tiens à m'excuser de ce qui s'est passé ce matin. De deux, j'ai adoré votre présentation. Et de trois, votre petit ami vient de vous poser un lapin, alors rien ne vous retient.

— Vous m'espionniez ! lâcha-t-elle, offusquée. Vous avez un sacré culot !

— Ne le prenez pas mal, je suis seulement arrivé au bon moment. Alors, juste un verre, qu'en dites-vous ? Ça me donnera l'occasion de soulager ma conscience, et, de votre côté, vous aurez *l'immense honneur* de passer une heure en compagnie de celui qui a écrit « une histoire qui restera pour toujours dans le cœur des lecteurs ».

A l'évidence très fier d'avoir repris le compliment dont

elle l'avait gratifié pendant la présentation, il affichait un sourire en coin.

Malgré tout, l'offre était tentante... Même si cet homme avait un ego de la taille de Big Ben, Emma devait reconnaître qu'elle adorait discuter avec les auteurs de talent. Sans compter qu'elle donnerait n'importe quoi pour un bon verre de vin blanc, là, tout de suite.

— Bon, très bien.

Ravi, Richard l'emmena dans le bar le plus proche. C'était un de ces établissements typiques du centre de Londres, qui avaient dû être accueillants et bourrés de charme dans le passé, mais qui avaient eu le malheur d'être rénovés par un décorateur fan de new age. Malgré sa jolie façade d'origine, l'intérieur était loin du style rustique — voire un peu miteux — des pubs où son père l'emmenait parfois regarder des matchs de foot quand elle était plus jeune. Ici, tout n'était que tons pastel, meubles design et tableaux d'un goût douteux.

— Qu'est-ce que ce sera ? leur demanda le barman d'une voix traînante.

Malgré son air renfrogné, Garen, comme l'indiquait son badge, était très élégant avec ses longs cheveux noués en queue-de-cheval, sa chemise noire et sa cravate grise.

Il servit le sauvignon blanc d'Emma dans un verre ballon si large qu'on aurait pu y verser la bouteille entière. Richard, lui, avait opté pour une bière tchèque de la couleur de l'or — qui allait manifestement de pair avec son prix, puisque le barman leur réclama neuf livres quatre-vingts.

Avant même qu'elle ait pu sortir son portefeuille, Richard l'arrêta avec un sourire entendu.

— Vous n'aurez qu'à payer la prochaine tournée.

Une fois qu'ils furent installés à une table, Emma dégusta une longue gorgée de vin qui l'aida à se détendre un peu.

— Bon, écoutez...

Richard attendit qu'elle le regarde dans les yeux pour terminer sa phrase.

— Je suis navré de la tournure que les choses ont prise, ce matin.

— Navré, vraiment ? répliqua Emma avec dédain. Vous aviez plutôt l'air de prendre cette présentation à la rigolade, au contraire. Tout comme votre acolyte.

— Bah, Joanna est une agente. Elle est un peu féroce, mais c'est la meilleure dans son domaine.

— Ah oui ? Et quel est son domaine, exactement, je vous prie ? Dévorer des éditeurs au petit déjeuner ?

— O.K., j'admets qu'elle n'y est pas allée de main morte avec vous. Seulement, il faut bien que les auteurs comme moi se protègent de vous autres, éditeurs sans pitié.

— Editeurs sans pitié ? Non mais je rêve. Nous sommes toujours intègres, dans la profession.

Richard lui jeta un regard éloquent.

— Oui, bon, concéda-t-elle, nous sommes intègres chez Allen Chandler, en tout cas. Moi la première.

Inclinant la tête, il l'étudia de ses yeux perçants.

— C'est l'impression que vous me donnez, Emma Darcy.

C'était curieux, il commençait à lui rappeler un acteur pour qui elle avait eu le béguin, ado... Etait-ce l'effet du vin ? Sans doute, à en croire ses joues qui s'échauffaient.

— Alors pourquoi m'en avez-vous fait baver, ce matin ?

— Eh bien, on ne peut pas dire que vous ayez été tendre à mon sujet, dans le métro...

— Je ne savais même pas que c'était à vous que j'avais affaire !

— Et c'est une raison, peut-être ? Vous avez préféré croire les ragots plutôt que d'attendre de vous faire votre propre opinion sur moi. Est-ce vraiment ce qu'on appelle une preuve d'intégrité ? Vous devriez avoir honte, Emma Darcy.

Un sourire faussement condescendant étirait ses lèvres ciselées. Hypnotisée par sa fossette, Emma laissa l'alcool la rendre d'humeur flirteuse.

— Oh ! excusez-moi, monsieur Bennett. Je suis sûre que votre réputation est montée de toutes pièces...

— C'est le cas. Il se trouve que je suis aussi difficile en matière de femmes que d'éditeurs.

Etait-il sérieux ? Elle n'arrivait pas à le déterminer.

— Voilà qui est rassurant.

Sans la quitter des yeux, il porta son verre à ses lèvres.

— Assez parlé de moi. Je veux en savoir plus sur Emma Darcy... Quel est votre livre préféré ?

— *Cent ans de solitude*, répondit-elle sans hésiter.

Richard eut l'air agréablement surpris.

— Tiens donc, c'est aussi le mien.

— Vous vous fichez de moi.

— Pourquoi le ferais-je ? Ce n'est pas comme si j'essayais de vous mettre dans mon lit. Vous êtes déjà prise et je le respecte.

— Encore une fois, voilà qui est rassurant, plaisanta-t-elle.

Pour toute réponse, il esquissa une courbette.

— Et quel est votre film préféré, Emma ?

— *Il Postino* — ou *Le Facteur*, si vous n'êtes pas familier avec le cinéma italien.

— Oh ! mais je connais très bien le cinéma italien. Figurez-vous que mon film préféré est *Cinema Paradiso*.

Ce fut à son tour d'être agréablement surprise.

— Excellent choix. Il fait partie de mon top 5.

Prise dans leur conversation passionnante, Emma ne vit pas le temps passer et continua de boire sans en avoir conscience. Ce n'est que lorsqu'elle sentit sa tête commencer à lui tourner et que son ventre cria famine qu'elle consulta sa montre. *Quoi ? Déjà presque 21 heures ?* Comment pouvait-il être si tard ? Pas étonnant qu'elle ait le tournis, elle avait bu trois verres de vin avec l'estomac vide !

— Il faut vraiment que je rentre, déclara-t-elle en attrapant maladroitement son sac à main. J'étais censée ne rester que pour un seul verre, à la base.

Sans protester, Richard se laissa aller sur le dossier de sa chaise.

— J'ai passé une excellente soirée, Emma Darcy. Et le

meilleur est à venir... Voulez-vous connaître la vraie raison qui m'a poussé à vous inviter ?

— Etonnez-moi.

— Eh bien, malgré notre mauvais départ, je pense que vous comprenez le message que j'ai essayé de faire passer dans mon roman. Alors, rien que pour ça et pour vos jolies jambes, c'est vous que je veux pour éditrice.

Sidérée — et, oui, assez flattée par le compliment —, Emma eut besoin de quelques instants pour trouver ses mots.

— Joanna voudra vous faire changer d'avis.

— Oh ! ne vous en faites pas pour elle. Elle touchera quand même ses quinze pour cent ; et, de toute façon, il faut bien qu'elle s'assure que le romancier le plus prometteur de Grande-Bretagne soit heureux, n'est-ce pas ? Alors, qu'en dites-vous, Emma Darcy ?

Emma hésita. Une sonnette d'alarme venait de résonner dans son esprit — *DANGER DANGER !*

Toutefois, elle n'avait plus les idées très claires et décida d'ignorer cette mise en garde. Après tout, pourquoi refuserait-elle ? C'était exactement ce qu'elle avait désiré ! Et puis, ce type était sympathique, elle devait bien l'admettre.

— Rien ne me ferait plus plaisir, Richard Bennett.

— Merveilleux ! Voilà une nouvelle qui mérite d'être fêtée au champagne. Et, si vous tenez à partager la note, ce ne sera pas de refus — je plaisante, bien sûr. Maintenant, il faut sceller notre accord d'un baiser.

Richard avait accompagné ces mots d'un sourire ravageur qui coupa le souffle d'Emma. Sans la quitter des yeux, il lui prit la main d'un geste galant pour l'effleurer de ses lèvres.

D'humeur nostalgique après avoir couché les enfants, Rachel traîna dans l'escalier pour regarder les photos de famille accrochées pêle-mêle au mur. Elle s'immobilisa devant un vieux cliché de Steve et elle, pris à un mariage d'amis bien avant leur propre mariage et la naissance de Will. Bien sûr, à l'époque, elle avait quelques kilos de moins et Steve ne grisonnait pas encore, mais ce qui lui sauta aux yeux, c'était le bonheur qui irradiait de leurs visages. Ils n'avaient pas cet air niais des couples qui n'existent que dans les films romantiques où tout est bien qui finit bien — non, ça n'avait jamais été leur genre. Ils semblaient heureux, confiants en l'avenir comme seuls peuvent l'être les jeunes couples, à l'âge où l'on se croit invincible, où tout est possible, quand on est encore persuadé qu'on a toute la vie devant soi pour écrire un roman ou créer sa propre affaire.

Elle secoua la tête avec un profond soupir. Ce n'était pas tant de l'amertume qu'elle éprouvait que de la résignation. Elle ne regrettait pas de ne pas avoir encore réalisé ses rêves pour fonder une famille ; non, elle avait perdu tout espoir de les réaliser un jour. Et, dans un sens, c'était encore pire…

Ce fut Tom qui vint la distraire de ses idées noires. Il apparut en bas de l'escalier, un torchon sur l'épaule et les mains gantées de caoutchouc rose.

— Tout ce petit monde est tombé dans les bras de Morphée ?

— Oui, merci. Vous avez fait la vaisselle ? Vous n'auriez pas dû.

— Allons, c'est bien normal. Et puis, je vous avoue que j'aime ça. Ma triste existence ne se résume pas à ma dévotion pour mes hostas, je nourris aussi une passion cachée pour le récurage de casseroles incrustées de haricots blancs à la tomate.

Rachel se frappa le front du dos de la main dans un geste théâtral.

— *Juste ciel !* Je n'ai pas épousé le bon homme !

Un petit rire gêné lui échappa. Quelle drôle de chose à dire ! Heureusement, Tom eut le bon goût de ne pas relever sa remarque.

— Bon ! lança-t-il en retirant les gants de ménage, je vais vous laisser vous reposer un peu.

— Vous n'êtes pas obligé de partir. Steve ne rentrera

sans doute pas avant minuit et, me connaissant, je ne vais rien trouver de mieux que de m'affaler devant une émission débile de télé-réalité. En tant qu'ami, vous avez le devoir absolu de m'épargner ce misérable programme.

Cette fois encore, elle regretta sa plaisanterie. Si elle cherchait à faire pitié, c'était réussi !

— Très bien, répondit-il sans hésiter. Je vous sauve de la télé-réalité, et vous, vous me sauvez d'une énième soirée à regarder des rediffusions de sitcoms des années 80.

Le visage de Rachel s'illumina.

— Marché conclu ! Je vous laisse mettre de la musique pendant que je vais chercher le vin. Ça vous dit de jouer aux DJ ? C'est un petit jeu que nous faisons de temps en temps, Steve et moi : chacun sélectionne une chanson, et l'autre juge. Tout choix trop snobinard ou trop ringard entraîne une pénalité — qui se paie par une gorgée d'alcool.

Tom eut un rictus amusé.

— O.K., mais je vous préviens : sous mes airs de gros nounours, je suis un esprit de compétition acéré, et le fair-play n'est pas mon fort.

— Ah, ça me plaît ! Ça va être la guerre !

Quand Rachel revint de la cuisine avec une bouteille et deux verres, Tom avait lancé *Space Oddity* de David Bowie et en fredonnait gaiement les paroles — à peine reconnaissables tant il chantait faux.

— Excellent choix, lança-t-elle. Mais si j'étais vous, mon vieux, j'éviterais le karaoké, ou vous allez le payer cher. Pour cette fois, je vous laisse vous en tirer avec un simple avertissement, mais au prochain dérapage, cul sec !

Tom éclata de rire. Cependant, une ombre voila aussitôt son regard.

— Mon père me la chantait souvent quand j'étais petit. Il adorait la musique mais n'avait absolument pas l'oreille musicale — un talent dont j'ai hérité, comme vous pouvez le constater.

Cette confidence la toucha — c'était la première fois qu'il mentionnait son enfance.

— Est-ce que vos parents vivent dans la région ?

— Ils sont morts tous les deux, malheureusement. Mais pour vous répondre, ils nous ont élevés dans le Norfolk, ma sœur, mon frère et moi.

Rachel porta la main à sa bouche. *La bourde!*

— Je suis désolée de l'apprendre.

— Bah, le Norfolk, ce n'est pas si mal…

— Non, je voulais dire…

— Rachel ? la coupa-t-il avec une ébauche de sourire. Je plaisantais. Ne vous en faites pas, ça remonte à quelques années, déjà, et ils étaient très âgés. Mon père a été emporté par un cancer peu après son diagnostic, et ma mère n'a pas supporté sa disparition. Elle est morte d'une crise cardiaque six mois plus tard. Viv, ma grande sœur, dit toujours qu'elle est morte de chagrin, et c'est ce que je pense aussi.

— Oh ! Tom, c'est tellement triste…

— Oui, mais ils ont vécu heureux pendant presque cinquante ans. Alors, quand on y pense, partager un lien si fort avec quelqu'un, c'est beau, non ?

— « Mieux vaut avoir aimé et perdu ce qu'on aime que de n'avoir jamais connu l'amour », comme disait Tennyson. Je suis d'accord.

Ils écoutèrent la fin du morceau sans un mot.

— Allez, à votre tour ! s'exclama alors Tom avec un enthousiasme un peu forcé. J'espère pour vous que vous avez déjà un morceau sous le coude. Il doit bien y avoir une pénalité quand l'adversaire est trop long à contre-attaquer, n'est-ce pas ?

— Oh ! on a très envie de gagner, à ce que je vois ! Vous ne perdez rien pour attendre.

Ils poursuivirent leur jeu pendant un moment, jusqu'à ce que Rachel lance *Lately* de Stevie Wonder. Dès que les premières notes de piano emplirent la pièce, Tom eut une moue étonnée.

— Pas mal, pas mal. Vous avez bien fait de ne pas opter pour la facilité avec *I Just Called To Say I Love You*, ou je vous aurais obligée à terminer la bouteille ! Mais pourquoi avoir choisi un des morceaux les plus tristes de ce bon vieux Stevie ?

— On ne peut pas toujours avoir envie de danser, vous savez.

— C'est vrai. Dites-moi, madame Summers, quelque chose ne va pas ?

Le regard soucieux que lui jetait soudain Tom alarma Rachel. Quelle idée de lui avoir tendu la perche ! Elle n'avait aucune envie de se lancer dans une conversation sérieuse alors qu'ils passaient un si bon moment.

Alors, elle haussa les épaules.

— Bah, ce n'est rien.

— Oh ! d'accord, vous n'avez pas envie d'en parler.

— Non, ce n'est pas ça, admit-elle sans savoir pourquoi. C'est juste que j'ai vraiment besoin d'avoir une bonne discussion avec Steve, et il ne m'en a pas laissé l'occasion.

— Hmm, ça a l'air grave, on dirait.

— Grave, grave… Non, il y a des problèmes bien plus graves dans le monde, mais disons que c'est important dans notre vie.

— Excusez-moi, Rachel, je ne voulais pas mettre le nez dans vos affaires.

Et voilà, elle avait réussi à embarrasser son voisin ! *Bien joué, Rachel…*

— Ce n'est rien, vraiment. C'est moi qui en fais tout un plat… Oh ! et puis merde ! Puisque Steve ne daigne pas rentrer pour écouter sa femme, je vous nomme officiellement l'homme dont j'ai besoin, ce soir.

Etait-il en train de rougir ? Peu importe, elle avait bu trop de vin pour se taire maintenant.

— Steve veut que nous déménagions à Edimbourg.

Tom hocha la tête comme pour l'encourager à poursuivre. Hum, à l'évidence, il n'avait pas compris son problème.

— Voilà.

— Oh! je vois. Et c'est une mauvaise nouvelle parce que… ?

— Parce que c'est à l'autre bout du pays, voilà pourquoi! Je serais loin de ma famille, loin de mes amis… Ne me dites pas que je ne vous manquerais pas, à vous aussi ?

— Si, si, bien sûr! répondit-il vivement, visiblement désolé d'avoir commis une gaffe.

— Et tout à l'heure, j'ai découvert que Steve était au courant de sa possible mutation depuis plus d'un mois, alors qu'il ne m'en a parlé qu'hier!

— Ah ! En effet.

— Donc voilà, je suis furieuse contre lui et j'aimerais avoir l'occasion d'en discuter entre quat'z-yeux.

— Je vois.

Ce fut l'unique commentaire de Tom.

— Eh bien ? s'impatienta-t-elle.

— Quoi ?

— J'attends les « voyons, l'Ecosse est un coin génial », les « soyez un peu raisonnable », etc.

— Pourquoi ? Avez-vous le sentiment de ne pas vous montrer raisonnable ?

La question la surprit. Mais bien sûr, elle connaissait déjà la réponse.

— J'aurais seulement aimé que Steve m'en parle dès le début, qu'il prenne le temps d'en discuter calmement avec moi, de me demander mon avis. Pas qu'il me mette devant le fait accompli.

— Eh bien, permettez-moi de m'exprimer au nom de votre mari et des hommes du monde entier : je vous prie de pardonner notre nullité. Nous sommes de misérables créatures, des handicapés des émotions.

Le ton faussement solennel qu'il avait employé eut le mérite de faire rire Rachel.

— Désolée, vous ne méritez pas de subir mes jérémiades.

— Ne vous inquiétez pas pour moi, j'ai les reins solides.

La sonnerie du téléphone de Rachel s'éleva alors de sa poche.

— Oh ! c'est Steve…

— Je vous laisse, alors. De toute façon, il faut que je retourne dans mon jardin, j'ai encore des escargots à coffrer. Ne soyez pas trop dure avec votre mari, n'oubliez pas qu'il n'est qu'une misérable créature.

En guise d'encouragement, il lui serra l'épaule avant de s'éloigner. Sous ce bref contact, Rachel sentit son estomac faire un bond — à moins que ce ne soit dû à l'appréhension de l'appel ?

— Allô ? fit-elle d'une voix mal assurée.

— Rach, je suis désolé. J'aurais dû te parler de la mutation plus tôt, je sais. C'est juste que… On est aussi épuisés l'un que l'autre, alors avec les enfants et tout ça, je n'ai jamais réussi à trouver le bon moment pour discuter, tu comprends ?

Sans répondre, elle regarda Tom passer la porte d'entrée, qui mima un petit salut militaire avant de refermer derrière lui.

— Rach ? s'inquiéta Steve au bout du fil.

— Hmm ?

— Tu veux bien qu'on recommence à zéro, dis ? S'il te plaît ?

— O.K…

— J'ai demandé à tes parents de garder les enfants samedi. On pourra déjeuner à l'extérieur et parler de tout ça comme il faut. D'accord ?

Rachel poussa un profond soupir.

— D'accord. Et moi je suis désolée d'avoir fouiné dans ton portable. Je sais que je n'aurais pas dû, mais dans un sens je préfère connaître la vérité.

— Je comprends. Alors, plus de secrets, plus d'espionnage, O.K. ? On fait une bonne équipe, tous les deux, il faut qu'on se serre les coudes au lieu de se tirer dans les pattes. Par contre, j'en ai encore pour une bonne heure ici, alors ne m'attends pas, chaton. Je t'aime.

Rachel esquissa un sourire. Steve avait raison : ils faisaient une bonne équipe, et il était temps qu'ils se comportent en adultes.

— Moi aussi, je t'aime.

Chapitre 5

Le lendemain, Emma trouva devant son ordinateur une bouteille de champagne, accompagnée de la note « On a réussi ! »

Ni une ni deux, elle se précipita dans le bureau de Miranda, qui, depuis son fauteuil, la salua d'un immense sourire. Digby était là également, et ce fut lui qui prit la parole.

— Ah, Emma, vous voilà.

Ouah, il s'était souvenu de son nom, pour une fois !

— Félicitations, reprit-il. Il va nous falloir organiser une petite réception pour fêter cette merveilleuse nouvelle. Je vais demander à ma secrétaire, euh…

— Fiona ?

— Ah oui, Fiona. Je vais lui demander de nous arranger ça avec l'agente. Bien, je dois…

Comme il fronçait les sourcils, Emma attendit la suite avec un sourire crispé. Etait-ce « apprendre à terminer mes phrases » ? « Songer à consulter pour mes problèmes de mémoire », peut-être ?

— Me rendre à une réunion, c'est cela. Encore bravo.

Digby sortit sans hâte, la laissant seule avec sa responsable. Dès que la porte se referma, Miranda courut prendre Emma dans ses bras.

— Bien joué, mon chou. La passion l'emporte toujours, n'est-ce pas ? Auprès des auteurs, du moins. On dirait que tu as tapé dans l'œil de Bennett.

S'écartant, elle la scruta, les yeux plissés, comme si elle

essayait de lire dans ses pensées. *Aïe !* Devinait-elle qu'ils s'étaient revus depuis hier matin ?

Incapable de soutenir longtemps son regard, Emma feignit de contempler l'une des photos au mur, sur laquelle Miranda apparaissait, toute jeunette, en compagnie d'Evelyn Waugh.

— Fais attention, Emma. Les artistes sont souvent des êtres complexes, tu sais.

— Je sais, pourquoi dis-tu ça ? Tu me connais, toujours professionnelle. A propos, combien est-ce qu'on débourse, en fin de compte ?

Mieux valait changer de sujet au plus vite... Miranda perdit son air suspicieux et retourna derrière son bureau.

— Bien assez — mais tout de même moins que ce que réclamait Joanna, Dieu merci. Bien, Richard passe cet après-midi pour signer le contrat, et un photographe de presse viendra marquer l'occasion.

— O.K., super !

— Bien, répéta Miranda, déjà la tête dans un dossier. On se voit tout à l'heure. Tu peux être fière de toi.

Emma était d'humeur si joyeuse que, pour un peu, elle serait repartie en sautillant. Pour preuve, elle ne perdit même pas son sourire lorsque, dans le couloir, elle tomba nez à nez avec Jacqui, la responsable du service communication qui était toujours fourrée avec Joel. Comme à son habitude, elle avait assorti le vernis carmin des griffes qui lui servaient d'ongles au gloss qui couvrait généreusement ses lèvres.

— Ma *chère* Emma, je viens d'apprendre que nous avons obtenu le *fameux* roman. C'est absolument *fa-bu-leux*.

Même sa voix maniérée ne lui tapa pas sur les nerfs, pour une fois ; c'était dire !

— Merci !

Jacqui arqua ses sourcils parfaitement épilés avec un dédain à peine caché — à l'évidence, elle n'avait pas eu l'intention de féliciter Emma personnellement.

— *Sur ce*, Emma, si vous voulez bien *m'excuser*, j'allais me rendre au bureau de ce *cher* Joel.

— Oh ! très bien. Je vous accompagne.

Comment résister à l'envie d'aller le narguer avec sa victoire ?

Jacqui fronça le nez, mais laissa Emma la suivre sans un mot de plus. Le bureau de Joel, pas plus grand qu'un placard à balais, offrait néanmoins une vue de choix sur le centre de Londres. Les murs étaient couverts de photos de tous les gourous du management dont il avait réussi à serrer la main.

— Jacqui ! se réjouit-il à leur entrée. Oh ! Emma, vous êtes là aussi.

Le sourire de Joel s'était évanoui en un éclair. Elle, en revanche, était aux anges.

— Salut, Joel. Je ne fais que passer, je voulais juste m'assurer que vous aviez entendu la bonne nouvelle.

Les traits de Joel se crispèrent, à mi-chemin entre un sourire forcé et la panique totale. Sans doute voulait-il sauver les apparences, mais il était clair qu'il n'était au courant de rien. *Décidément, cette journée s'annonce parfaite !*

— Oh ! Digby ne vous a pas prévenu ? insista-t-elle sans la moindre pitié. C'est nous qui avons obtenu *L'Orchidée rouge* ! N'est-ce pas fantastique ?

Il eut besoin d'une seconde pour accuser le coup.

— Félicitations, Emma. Vous devez être ravie. On dirait bien qu'il va falloir que Jacqui et moi fassions notre possible pour vendre l'invendable, n'est-ce pas ?

En d'autres circonstances, Emma se serait sans doute offensée de cette attaque mesquine. Mais aujourd'hui, rien ne pouvait assombrir son humeur.

— Je n'en doute pas, Joel. A plus tard !

Là-dessus, elle tourna les talons et repartit en chantonnant jusqu'à son bureau, fière comme une écolière qui viendrait de se venger des brutes de la cour de récré.

*
* *

En ce début d'après-midi, Diana Darcy avait rendez-vous en ville avec Rachel et ses petits-enfants. Comme d'habitude, elle se maquilla et se coiffa avec soin, déposa une goutte de parfum derrière chaque oreille, orna son poignet d'un bracelet. Puis, allant inspecter une dernière fois son reflet dans sa psyché, elle retira un cheveu tombé sur son pull de cachemire noir et lissa sa jupe. Voilà, songea-t-elle avec un sourire satisfait, elle était impeccable, à présent.

Pourquoi diable ne soignerait-elle plus son apparence à son âge ? Certes, elle n'était plus de la première jeunesse depuis bien longtemps — elle était même trois fois grand-mère —, mais elle était loin d'être décatie pour autant ! A plus de soixante ans, elle restait une belle femme. Comme le lui avait enseigné sa mère, « une vie saine commence avec une allure distinguée ».

Tous les jours, elle croisait de plus en plus de passants mal fagotés, de femmes négligées, d'enfants en surpoids dans la rue. Quelle tristesse... Quoi qu'en dise Rachel, tout cela était très révélateur de la décadence de la société.

Ce fut Edward qui tira Diana de ses pensées.

— O soleil de ma vie, tu irradies de beauté ! Où vas-tu donc, comme ça ?

Depuis le seuil de la chambre, son mari la gratifia d'une révérence espiègle, des étoiles dans les yeux comme au premier jour.

— Oh ! grand fou ! répondit-elle. Je vais boire un café avec notre fille numéro un et ses petits monstres. Que vas-tu faire, pendant ce temps ?

— Ne t'en fais pas pour moi, j'ai une grille de mots croisés toute fraîche qui m'attend dans le journal. Est-ce qu'il nous reste des Kit Kat ?

— Non, et ce n'est pas un mal : tu sais bien que le chocolat ne t'est pas conseillé, avec ton cholestérol... Et ce n'est pas avec ces grands yeux implorants que vous me ferez céder, monsieur le-gros-bébé-de-soixante-deux-ans !

— Bien, madame, répondit-il avec le sourire fripon qu'elle aimait tant. Désirez-vous autre chose, madame ?

— Oui, petit impertinent : tu peux en profiter pour aller planter ces bulbes que tu as achetés hier. Ce serait dommage de rester enfermé par un temps aussi magnifique, tu ne crois pas ?

— Tu as raison, ma douce.

Ils retournèrent ensemble au rez-de-chaussée. Mais, alors que Diana passait son manteau, le téléphone sonna. Elle regretta d'avoir décroché dès qu'elle reconnut la voix au bout du fil.

— Diana, *darling*, c'est Rosie ! Comment vas-tu ? Moi, je me porte à merveille !

Pourquoi me poser la question si la réponse ne t'intéresse pas, vieille mégère ?

— Ton appel ne m'arrange pas, Rosie. Je sortais voir Rachel.

— Bien sûr, je ne te retiens pas, *darling*. De toute manière, c'est à Eddy que je désirais parler.

« Eddy »... Quand allait-elle cesser d'affubler Edward de ce surnom ridicule ? D'accord, elle le connaissait depuis plus longtemps qu'elle, mais ce n'était pas une raison pour continuer de se montrer si familière. Ils n'étaient plus camarades de classe, que diable !

Sans daigner la saluer, Diana passa le combiné à son mari.

— Oh ! Rosie, c'est toi. Comment vas-tu, depuis tout ce temps ?

Diana leva les yeux au ciel. « Tout ce temps »... Que ne fallait-il pas entendre ! Ces deux-là s'étaient parlé il n'y avait pas une semaine !

Comme toujours quand son mari discutait avec sa plus vieille amie, elle éprouva l'affreux sentiment de devenir invisible. Malgré presque quarante ans de mariage, deux enfants et trois petits-enfants, Rosie arrivait encore à la rendre malade de jalousie. Ce n'était pourtant pas faute d'avoir tenté de faire ami-ami avec elle ; seulement, elle n'avait jamais pu se sortir de la tête que c'était cette pimbêche que son merveilleux Edward aurait dû épouser après l'université. Rosie avait tout : du plomb dans la cervelle, une brillante carrière dans la presse, une liste de contacts longue comme le bras. Sans oublier qu'elle était la mère que les filles auraient préféré avoir : c'était elle qui les avait aidées à trouver du travail, elle qui leur permettait de réserver à la dernière minute une table dans les restaurants les plus prisés, elle encore qui offrait à *ses* petits-enfants des jouets pas encore commercialisés ou des cadeaux absolument indécents. Il y avait encore quelques mois, elle s'était arrangée pour faire entrer Will dans les studios de sa chaîne pour enfants favorite — *qui* faisait ce genre de choses, bon sang de bois ?

Diana poussa un soupir amer. Aurait-elle dû être reconnaissante à Rosie de sa générosité ? Peut-être. Seulement, on ne lui ôterait pas de l'idée que cette sorcière cherchait à lui voler sa place dans le cœur d'Edward et du reste de sa famille...

Enfin, ce n'était pas le moment de se lamenter sur son sort. Elle allait finir par être en retard à son rendez-vous !

Après avoir embrassé son mari sur la joue, Diana se dépêcha de quitter la maison et de monter dans sa voiture.

Contrairement à la plupart des gens, elle adorait rejoindre la capitale en voiture, surtout quand elle devait retrouver son aînée. Puisque Rachel n'était jamais capable d'arriver à l'heure, elle pouvait faire du lèche-vitrines en l'attendant. Elle l'imaginait déjà d'ici : « Evidemment que je suis en retard, maman ! J'ai trois Gremlins à gérer ! » Ce que sa fille oubliait, c'était que la ponctualité n'avait jamais été son fort, depuis toute petite.

Diana trouva une place derrière un supermarché premier prix — comment Rachel pouvait-elle faire ses courses dans un de ces horribles magasins ? Les halls d'entrée sentaient toujours l'urine, et les rayons étaient mal éclairés — sans doute pour éviter que les clients voient ce qu'ils achètent.

Décidément, les jeunes d'aujourd'hui n'avaient plus conscience de rien…

A sa grande surprise, à peine avait-elle glissé le ticket du parcmètre sous ses essuie-glaces que deux voix stridentes s'élevèrent dans son dos.

— Mamie ! Mamie ! Mamie !

Au bout de l'allée, Lily et Alfie lui faisaient de grands signes dans leur grosse poussette, sous l'œil fatigué de leur mère. Seigneur, Rachel avait une tête à faire peur ! Et qu'est-ce que c'était que cet horrible pull informe ? Vraiment, elle l'avait mieux élevée que ça…

— Doux Jésus ! railla Diana quand ils arrivèrent à sa hauteur. Tu es à l'heure !

Le premier son qui sortit de la bouche de sa fille fut un soupir exaspéré.

— Moi aussi, je suis contente de te voir, maman.

— Allons, je te taquine.

Pourquoi Rachel se vexait-elle toujours pour un rien ? Comme si elles n'avaient pas déjà suffisamment de mal à communiquer, toutes les deux…

— Alors, reprit-elle d'un ton enjoué, qui veut du gâteau ?

— Moiiiiii ! répondirent les jumeaux en chœur.

C'est à peine si elles échangèrent deux mots pendant les trois minutes qu'il leur fallut pour atteindre le Starbucks. Une fois à l'intérieur, Diana alla s'installer avec les enfants tandis que Rachel passait commande. Malheureusement, la seule table libre se trouvait en plein soleil — flûte, rien de pire pour gâcher son café que d'être éblouie !

Tournant la tête, elle étudia avec inquiétude sa fille qui se tenait au comptoir, les épaules voûtées — où était passée l'adolescente effrontée qui lui avait donné tant de fil à retordre ? Elle n'était plus que l'ombre d'elle-même, comme si le simple fait de vivre l'épuisait.

Rachel les rejoignit quelques minutes plus tard. Toutefois, Alfie donna par mégarde un coup de pied dans la table à l'instant où elle y déposait le plateau. Fatalement, du chocolat et du café débordèrent des tasses remplies à ras bord, imbibant les serviettes en papier.

— Alfie ! s'écria Rachel un peu trop fort.

A la table voisine, deux dames d'un certain âge se retournèrent pour les fusiller du regard. Toujours prête à sauver les apparences, Diana leur adressa un grand sourire, avant de critiquer sa fille à mi-voix.

— Veux-tu bien baisser d'un ton ? Ce n'est pas la peine de faire un esclandre pour si peu.

Irritée, Rachel retint la repartie acerbe qui lui montait aux lèvres — que lui avait-il pris d'inviter sa mère ? A peine étaient-elles arrivées qu'elle la mettait déjà à cran.

Après s'être laissée tomber lourdement dans le fauteuil, elle découpa le muffin au chocolat en deux parts égales sur lesquelles les enfants se jetèrent comme des bêtes affamées.

Levant les yeux, elle regarda Diana tremper les lèvres dans son café avant de reposer sa tasse en fronçant le nez.

— Trop chaud.

Elle dut se faire violence pour tenir sa langue. Sa mère n'était pas la première à se plaindre de la température de sa boisson, bien sûr, mais, bon sang, un peu de positivité n'allait pas la tuer ! C'était comme si elle était physiquement incapable de faire des compliments !

Trop énervée pour songer à souffler sur son café, Rachel se brûla à son tour le palais. *Quelle idiote !* Néanmoins, elle n'en montra rien — pas question de donner le bâton pour se faire battre !

— Sais-tu de quoi tu as besoin, Rachel ?

Non, mais quelque chose me dit que je ne vais pas aimer la réponse…

— — D'aller chez le coiffeur.

Bingo… Sa mère était en sacrée forme, aujourd'hui ! Elle avait tenu, quoi, deux bonnes minutes avant de critiquer son apparence ?

— Pourquoi ? Qu'est-ce qu'ils ont, mes cheveux ?

— Rien, ma chérie, rien. Ils auraient juste besoin d'une petite coupe pour leur donner un coup de fouet… Tu devrais me laisser les enfants, bientôt, et prendre la journée pour toi : comme ça, après le coiffeur, tu pourrais aller faire un peu de shopping et te trouver quelques vêtements neufs…

Sa mère avait accompagné sa dernière pique d'un regard mauvais pour le pull gris que Rachel portait.

— Ecoute, maman, je vois bien que tu essaies de me rendre service, mais tu donnes plutôt l'impression de me critiquer.

— Oh ! ça va, ce n'était qu'une idée en l'air… Si ça ne t'intéresse pas, tu n'as qu'à le dire clairement.

— Non, ce n'est pas ça…

Rachel soupira — à quoi bon discutailler ? Elle n'en avait pas l'énergie aujourd'hui.

— C'est une bonne idée, admit-elle du bout des lèvres. C'est gentil de ta part.

Dans le court silence qui suivit, elles sirotèrent toutes deux leurs cafés — sans se brûler, cette fois.

— Alors, Rachel, comment se porte mon gendre préféré ?

— Ton gendre préféré veut nous faire déménager à Edimbourg, si tu veux tout savoir.

Merde ! Merde, merde, merde ! Que lui avait-il pris de répondre ça ? Il était bien trop tôt pour aborder le sujet — surtout de façon aussi brutale !

Les yeux écarquillés, Diana se figea en plein mouvement, tasse en l'air.

— Quoi ?

Bon, trop tard pour faire marche arrière, à présent…

— Tu m'as bien entendue : il veut que nos enfants grandissent chez les barbares qui ont inventé les Mars frits dans de la pâte à beignets, dans un climat proche de celui du pôle Nord.

Sa mère était tellement sous le choc qu'elle ne songea même pas à lui reprocher sa manie d'exagérer.

— Oh ! ma chérie, ne me dis pas que tu envisages sérieusement de partir à l'autre bout du pays !

— Je ne sais pas, maman, il faut encore que j'en discute avec Steve. Est-ce que tu es toujours d'accord pour prendre les enfants, ce week-end ?

— Oui, bien sûr. Mais, vraiment, c'est affreux ! Nous ne vous verrions plus jamais…

Rachel sentit une boule se former dans sa gorge, et, avant qu'elle n'ait pu se retenir, des larmes jaillirent de ses yeux.

— Oh ! maman, je ne sais pas quoi faire… Je suis complètement perdue !

Que n'aurait-elle pas donné pour que sa mère la prenne dans ses bras ! Seulement, allergique aux effusions d'émotion comme elle l'était, Diana ne trouva rien de mieux que de lui tapoter maladroitement la main avec des coups d'œil affolés autour d'elles.

— Allons, allons, ne pleure pas, tout le monde nous regarde. Je suis sûre que vous allez trouver une solution…

Sans surprise, Alfie se mit lui aussi à pleurnicher, sa morve se mêlant au chocolat qui lui barbouillait la bouche. Ce fut Lily qui bondit de sa chaise pour se jeter dans les bras de Rachel, sans manquer de fustiger son frère au passage.

— Arrête, Alfie ! Maman elle a besoin d'un gros câlin.

Comme son fils se précipitait pour la couvrir de bisous mouillés, Rachel grimaça un sourire à travers ses larmes. Tout de même, c'était un comble ! Ses enfants réussissaient mieux à la consoler que sa propre mère !

Bon sang, quel portrait ils devaient offrir aux autres clients, tous les quatre ! Entre sa mère, qui lançait des sourires gênés à la cantonade, et *elle*, qui sanglotait dans les petits bras de ses enfants… Pitoyable.

La salle de conférences était coupée en deux : une moitié conviviale avec des fleurs et du champagne, et une autre bien plus formelle où on avait aménagé une petite table face à plusieurs rangées de chaises. Miranda avait envoyé un mémo à l'ensemble de l'équipe pour s'assurer que Richard Bennett signe son contrat en bonne et due forme, et, comme elle avait pris soin de mentionner qu'il y aurait de l'alcool et des amuse-gueules, tout le monde s'était réuni en moins de deux.

Lorsque Joanna et Richard firent leur entrée, un tel murmure d'excitation parcourut la salle qu'on aurait dit que des célébrités venaient de fouler le tapis rouge. L'auteur, les mains dans les poches et les cheveux ébouriffés avec soin, salua l'assemblée d'un demi-sourire qui ne manqua pas de charmer la plupart des femmes présentes — Emma comprise.

Même Ella se pencha pour lui chuchoter à l'oreille :

— Dis donc, petite cachottière, il est drôlement canon, ton auteur…

Emma feignit l'étonnement avec un sourire en coin.

— Vraiment ? Je n'avais pas remarqué.

— Ben voyons.

Miranda, toujours à cheval sur la ponctualité, prit la parole à 15 heures tapantes.

— Mesdames et messieurs, merci d'être venus assister si nombreux à cet événement si excitant pour notre maison. Comme beaucoup d'entre vous le savent déjà, nous avons travaillé sans relâche pour convaincre M. Bennett de choisir Allen Chandler. C'est donc avec un immense plaisir que je vous annonce qu'il a accepté notre offre. Richard, ajouta-t-elle en lui tendant un stylo-plume, nous avons l'habitude de faire signer nos auteurs avec leur sang mais, pour vous, nous sommes prêts à faire une exception. A vous l'honneur.

Porté par les acclamations, Richard fit rire l'assistance avec une courbette appuyée. Alors, il signa le contrat, puis prit place entre Digby et Miranda devant l'objectif du photographe. A la grande horreur d'Emma, sa responsable insista pour qu'elle se joigne à eux — et, bien que personne ne l'y ait invitée, Jacqui se précipita pour figurer elle aussi dans le cadre. Emma dut se mordre la langue pour se retenir de pouffer lorsqu'elle l'entendit s'adresser au journaliste de son ton ampoulé.

— Jacqui Moss, comme *Kate* Moss. Non, aucun lien de parenté, toutefois vous n'êtes pas le premier à me demander si je suis *sa sœur.*

Alors que tout le monde se précipitait vers le champagne et les amuse-gueules — Emma la première —, Joanna poussa Richard en direction de Digby. Mais, au lieu de lui serrer la main, le directeur général l'étreignit, à la grande stupeur de l'auteur dont les yeux trahirent un instant de panique.

L'alcool monta vite à la tête d'Emma — quoi d'étonnant ? Il était un peu tôt pour boire, et elle avait encore fait des excès, hier soir… Jouant des coudes pour aller prendre l'air à la fenêtre, elle ne tarda pas à sentir une présence à son côté.

— Bonjour, Emma Darcy.

Une coupe de champagne à la main, Richard lui adressait son fameux sourire.

— Bonjour, Richard Bennett. Bienvenue dans notre grande famille. J'ai vu que vous avez fait la connaissance de Digby.

— Oui, pouffa-t-il, j'ai eu l'impression qu'un grizzli cherchait à me faire un câlin — ou à me dévorer la tête, je ne sais pas trop. Mais il a l'air d'être un type bien.

— C'est le cas. En fait, les gens sont plutôt gentils ici, dans l'ensemble.

— Miranda me terrifie.

— Tant mieux. Elle aime faire cet effet-là.

— Et vous, Emma Darcy ? Devrais-je avoir peur de vous ?

Amusée, elle le défia du regard avec un sourire malicieux.

— J'espère bien vous donner quelques sueurs froides.

Il leva un sourcil goguenard.

— C'est bien ce que je pensais. Dans ce cas, je prendrai soin de porter ma plus belle armure pendant nos entretiens. Quand commençons-nous, d'ailleurs ?

— Etes-vous libre lundi prochain ? J'ai pensé que nous

pourrions nous retrouver à Kew Gardens, étant donné que le jardin botanique est la toile de fond de votre roman.

— Excellente idée. Au fait, je tenais à vous dire que j'ai passé un très bon moment hier soir. Je pense que nous allons faire des étincelles tous les deux, vous ne croyez pas ? Pour le travail, j'entends.

Le sous-entendu n'avait pas échappé à Emma, qui considéra Richard en silence. Cet homme était décidément très séduisant, et le courant passait bien entre eux, c'était indéniable. Si elle avait été célibataire, elle aurait sans doute laissé toutes sortes de fantasmes inavouables envahir son esprit. Mais bien sûr, elle était fiancée et elle n'avait pas l'intention de jouer avec le feu. Elle se contenterait d'un petit flirt inoffensif.

— Je suis d'accord. Je pense que nous ferons une bonne équipe.

Visiblement satisfait de sa réponse, Richard s'apprêtait à répliquer lorsque Joanna le héla depuis la porte.

— On dirait bien que le devoir m'appelle. A lundi, alors. J'ai hâte d'être à la semaine prochaine.

Il lui déposa un baiser sur la joue avant de s'éloigner vers la sortie. En un éclair, Ella s'était glissée jusqu'à elle pour lui décocher un léger coup de coude dans les côtes.

— Petite veinarde !

Passant un bras autour des épaules de son amie, Emma s'esclaffa.

— Avoue que tu aimerais bien être à ma place !

Martin contemplait la table qu'il avait préparée avec un sourire satisfait. Voilà, comme ça, c'était *par-fait.*

— Bien joué, le coup des bougies et des fleurs, lâcha Charlie en mâchant bruyamment un biscuit. Les gonzesses adorent ce genre de conneries. Tu n'as plus qu'à ajouter quelques coupettes de champagne et tu peux être sûr de passer une nuit torride !

Martin roula des yeux, amusé malgré lui — depuis le temps, il avait l'habitude des commentaires de son meilleur ami.

— Merci, mon vieux. Plus je t'entends, plus je me demande comment cette pauvre Stacey arrive à se coltiner un gros lourd comme toi.

— Je sais exactement comment combler ma Stacey, je te ferais dire !

Il n'eut pas besoin de voir Charlie porter la main à son entrejambe pour comprendre l'allusion.

— Eh beh, je vois que le romantisme a encore de beaux jours devant lui...

— Hé, pas la peine d'être sarcastique. Je sais être romantique, je te signale ! Je lui achète tout le temps des fleurs.

— Mouais, je ne suis pas sûr que les bouquets en promo du supermarché comptent.

— Bah, ça reste des fleurs, à ce que je sache. 'y a que les abrutis qui paient plein pot pour ces machins-là.

— Mais bien sûr. Bon, d'ailleurs, tu n'aurais pas un fleuriste à aller dévaliser, toi, des fois ? Emma ne va pas tarder et j'ai encore deux, trois trucs à préparer.

— O.K., O.K., c'est bon, j'ai compris le message. Les cocottes avant les potes ; c'est du joli, tiens.

Préférant ignorer la remarque de Charlie, Martin lui prit des mains le paquet de biscuits qu'il continuait de fourrer dans sa bouche.

— A plus tard, Charlie.

— Ça va, je suis pas sourd ! Pas la peine de me raccompagner, je connais la sortie.

Avec un sourire désabusé, Martin regarda son ami sortir en grommelant dans sa barbe. Charlie avait beau jouer les clichés sur pattes, il était avec Stacey depuis des années, et leur couple était l'un des plus solides qu'il connaissait. Et bientôt, songea-t-il le cœur gonflé de joie, ce serait au tour d'Emma et lui de se passer la bague au doigt !

Jetant un œil à sa montre, il se dépêcha de lancer la cuisson de son plat, avant de foncer à l'étage pour imprimer les détails du week-end en amoureux qu'il avait organisé en cachette. Le temps de réunir ses feuilles et de redescendre au rez-de-chaussée, il entendit la clé tourner dans la porte d'entrée.

— Mais que vois-je ? s'exclama-t-il en fondant sur Emma pour la couvrir de baisers. L'éditrice la plus intelligente et la plus sexy du monde, chez moi ? Ce doit être mon jour de chance !

Emma se plaqua contre lui, les mains baladeuses.

— Mmh, dis donc, je devrais plus souvent passer à un cheveu de rater le contrat du siècle avant de réussir à l'obtenir contre toute attente ! Ça te dirait qu'on saute le repas pour passer direct au dessert ?

— Chaque chose en son temps, petite coquine... D'abord, j'ai quelques surprises sous le coude. Suivez-moi, mademoiselle.

Il attendit qu'elle se débarrasse de son sac à main et de sa veste pour l'entraîner dans la cuisine.

— Pour commencer, sous vos yeux ébahis, voici des fleurs, des chandelles, un délicieux repas qui finit de mijoter, et même... — roulement de tambours, s'il vous plaît, glissa-t-il pour ménager son effet en ouvrant le réfrigérateur — du champagne !

Emma eut un sourire ému.

— Merci, mon chéri.

— Et ce n'est pas tout ! Pour le final de mon numéro...

Martin laissa traîner sa phrase le temps de sortir de sa manche les feuilles qu'il venait d'imprimer.

— Tadaaa !

Il les brandit sous le nez de sa fiancée, qui écarquilla de plus en plus les yeux à mesure qu'elle découvrait les photos et les explications.

— Un week-end à la campagne dans un hôtel cinq étoiles ? Ouah, tu me gâtes ! C'est carrément un château !

Comme elle se jetait à son cou, il l'embrassa avec tendresse.

— Tu le mérites. Je t'aime tellement, Em... Mais maintenant, assieds-toi. Le Chef de l'Amour doit terminer de préparer son festin, et toi, mon cœur, tu as du champagne à déguster.

Prenant ses aises dans le confortable siège installé dans un coin de la cuisine, Emma envoya balader ses chaussures avant d'accepter la coupe que lui tendait son fiancé. Hum, était-ce vraiment bien raisonnable de boire du champagne pour la troisième fois en deux jours ? D'un autre côté, comment refuser ? Il s'était donné tant de mal pour lui faire plaisir…

— Voilà pour vous, Emma Darcy, l'éditrice capable de miracles. Félicitations.

Après avoir trinqué avec elle, Martin courut goûter sa bolognaise qui bouillonnait dans la casserole.

— *Ouuh, chaud ! Chaud !* Mais laisse-moi te dire que tu vas te régaler…

Pouffant dans sa coupe, Emma but une nouvelle gorgée de champagne et poussa un soupir de bien-être. Elle était au paradis…

— Au fait, mon cœur, tu ne m'as pas dit : avec qui est-ce que tu as noyé ton chagrin, hier soir ?

Elle se tendit aussitôt.

— Comment ça ?

— Ben, quand je t'ai appelée après le bureau, tu m'as dit que tu étais en chemin pour la maison, mais en fin de compte tu m'as envoyé un texto vers 22 heures pour me prévenir que tu rentrerais tard.

Le mensonge fusa de ses lèvres avant même qu'elle ait pu le retenir.

— Oh ! seulement Ella. Au départ, on pensait boire juste un verre, et puis on a continué sur notre lancée. Comment s'est passé le match ? demanda-t-elle vivement afin de changer de sujet.

— Génial ! Tu aurais dû me voir, j'ai marqué trois buts à la suite ! Je suis le meilleur buteur de la saison, annonça-t-il, la tête haute. Le sélectionneur de l'équipe nationale devrait m'appeler d'un jour à l'autre.

— Je suis fière de toi, mon chéri. Avec un peu de chance, tu gagneras tellement d'argent que je pourrai tout envoyer balader pour passer mon temps avec Victoria Beckham !

Ils riaient en cœur quand le téléphone se mit à sonner. Martin étant occupé avec son plat, ce fut Emma qui décrocha.

— Allô, Emma ?

Oh non, pas Daphné... Depuis le début, elle avait toujours fait son possible pour plaire à la mère de Martin, mais même si cette dernière se montrait toujours polie elle ne l'aimait pas, c'était un fait. Peut-être était-ce parce que Mart était fils unique ? En tout cas, après leur première rencontre, elle l'avait entendue confier à sa voisine que son fils s'était entiché d'une « bécassine » — ce qui avait fait beaucoup rire Rachel quand elle le lui avait raconté.

Néanmoins, Emma prit un ton enjoué.

— Bonsoir, Daphné. Comment allez-vous ?

— Eh bien, je ne vais pas vous mentir, Emma : mes intestins sont très capricieux, en ce moment.

Sidérée, elle écouta sa future belle-mère lui exposer son problème en détail, se mordant les lèvres pour ne pas exploser de rire. Le pire, c'était que Martin, après avoir collé l'oreille au combiné pour comprendre de quoi il retournait, s'était mis à lui faire des grimaces afin de la faire craquer.

Gratifiant son fiancé d'un doigt d'honneur, elle répondit à Daphné avec un stoïcisme qui la surprit elle-même.

— Je vous plains, je ne savais pas que les selles pouvaient avoir cette couleur...

— Eh oui, eh oui. Enfin, que voulez-vous ? C'est la vie. Alors, Emma, vous devez attendre le week-end avec impatience, je suppose ?

Ce brusque changement de sujet la prit de court et l'agaça. Pourquoi Martin racontait-il leurs projets de voyage en amoureux à sa mère, bon sang ?

— Oh ! euh, oui. En fait, votre fils vient tout juste de me mettre au courant.

— Ah, merveilleux, merveilleux. Robert et moi brûlons de vous revoir, nous aussi.

Quoi ? N'écoutant plus que d'une oreille les jacassements de Daphné à propos de la bague de fiançailles et du mariage à venir, Emma jeta un regard suspicieux à Martin. Qu'est-ce que c'était que cet air penaud, tout à coup ? Qu'était-il allé manigancer ? Tout s'éclaira lorsqu'elle jeta un œil aux feuilles qu'elle gardait sur les genoux : *le saligaud !* Il avait réservé un hôtel à cinq minutes de la maison de ses parents !

Retenant un soupir, Emma interrompit sa future belle-mère.

— Daphné, je suis navrée de vous couper la parole, mais Martin vient de me préparer un bon dîner, et il faut que nous passions à table avant que ça refroidisse. Voulez-vous que je lui demande de vous rappeler plus tard ?

Après encore quelques politesses, elle finit par raccrocher et darda un regard lourd de reproches sur son fiancé.

— O.K., Em, je suis désolé ; j'allais te prévenir, mais ma mère m'a devancé… On ne restera pas longtemps, juste le temps de leur faire un petit coucou. Ça restera un week-end en amoureux, juré.

Argh, pourquoi fallait-il qu'il soit aussi adorable quand il se répandait en excuses ?

— Je te pardonne, va. C'est sans doute une bonne idée, de toute façon ; autant faire d'une pierre deux coups.

Emma l'embrassa sur la joue afin de prouver qu'elle n'était pas fâchée, puis reprit une nouvelle gorgée de champagne.

— Bon, alors, où est ce fameux dîner dont tu me chantes tant les louanges ?

Chapitre 6

Ce matin, en regardant Will se mêler à la cohue de la cour de récréation sans un regard en arrière, Rachel sentit son cœur se serrer. Son bébé était encore si petit, et pourtant il grandissait si vite… Trop vite.

Avec un soupir, elle retourna en direction de sa voiture. Allons, ce n'était pas le moment de traîner devant la grille, ou bien elle n'allait pas réussir à éviter les autres mamans.

— Rachel ! Coucou !

Raté. Verity, la déléguée des parents d'élèves qui prenait son rôle un peu trop à cœur, lui adressait de grands signes pour attirer son attention. Rachel fit mine d'être perdue dans ses pensées et poursuivit sa route — pourvu qu'on la laisse tranquille ! Aujourd'hui, comme Steve commençait le travail un peu plus tard que d'habitude, il avait accepté de déposer les jumeaux à la garderie afin qu'elle puisse avoir la matinée pour elle — avec au programme, *farniente* en compagnie d'un bon café et de magazines débiles —, alors il n'était pas question de perdre quelques précieuses minutes.

Peine perdue. Verity accourut pour se jeter à moitié devant elle, avec ses grands yeux hallucinés et son énorme sourire qui semblait toujours crier « Tu ne veux pas être mon amie, dis, dis, dis, dis ? »

— Rachel, je viens de m'apercevoir que vous n'êtes pas encore inscrite à notre brocante annuelle.

Et mince, comme si elle avait besoin de ça… Dans l'absolu, elle n'avait rien contre le fait d'aider à financer les projets de l'école, bien sûr ; seulement, il régnait un tel esprit de compétition entre les parents que c'était comme participer aux jeux Olympiques. Pour preuve, l'année dernière, elle avait failli en venir aux mains avec une autre mère lorsqu'elle avait eu *l'audace* de suggérer qu'ils achètent les costumes de la kermesse en friperie pour économiser du temps et de l'argent. Tout ce qu'elle avait gagné, c'était de se faire traiter de « mère indigne qui cherche à étouffer la créativité des autres », puis de passer le pire week-end de sa vie à s'efforcer de fabriquer un costume de crabe en papier mâché absolument immonde que Will avait carrément refusé de porter. Depuis ce jour, elle s'était résignée au fait qu'elle ne serait jamais une mère d'élève parfaite et s'était juré de ne plus jamais en avoir honte.

— Oh ! je suis désolée, Verity, j'ai dû rater le prospectus. Quand a-t-elle lieu, cette brocante ?

— C'est samedi…

— Ah, quel dommage ! répondit-elle vivement. Nous avons un repas de famille.

— … *prochain.*

Crotte de bique ! Pourquoi avait-elle parlé si vite ?

— Ah, samedi prochain ! C'est trop bête, il me semble que nous avons aussi quelque chose de prévu, ce jour-là…

Mauvaise réponse — elle était grillée, maintenant.

Les yeux plissés, Verity perdit aussitôt son ton aimable.

— Vraiment ? Il serait dommage que *certaines personnes* ne fassent aucun effort pour l'école de leur enfant, vous ne pensez pas ?

— Euh… Je suis désolée, Verity, il faut que j'y aille.

Les mains sur les hanches, cette dernière fit un pas de côté sans cesser de la défier du regard.

— D'accord, Rachel, ce n'est rien. Mais n'espérez pas être élue à un poste important du comité, car ça n'arrivera *jamais.*

Oh non, quelle terrible punition ! Comment allait-elle jamais pouvoir s'en remettre ?

Avec un sourire crispé, Rachel fila jusqu'à sa voiture.

Mais, juste comme elle s'installait derrière le volant, elle entendit son portable sonner et poussa un grognement de frustration. Heureusement, ce n'était qu'Emma.

— Salut, face de pet ! Alors, quelles nouvelles ? dit Rachel en décrochant.

Sa sœur avait toujours détesté ce surnom, elle le savait. Mais pour une fois elle ne le lui fit pas remarquer.

— On a eu le bouquin !

— Pas possible ! Tu veux dire que tu as réussi à les convaincre, en fin de compte ? Une empotée comme toi ?

— Ah ah, très drôle.

— Plus sérieusement, sœurette, bravo. C'est génial. Quand est-ce qu'on fête ça ? J'aurais bien besoin de passer une soirée en dehors de la maison.

— Pourquoi ? s'inquiéta aussitôt Emma au bout du fil. Quelque chose ne va pas ?

— Je te raconterai quand on se verra. Demain autour de 20 heures, ça t'irait ? Un verre ou deux dans notre pub fétiche ?

— Ça marche. Tu pourras m'offrir à boire et me couvrir de louanges jusqu'à pas d'heure.

— Dans tes rêves. Allez, à demain !

Glissant son portable dans sa poche, Emma se replongea avec un soupir dépité dans le manuscrit qu'elle avait sous les yeux. Quelle idée d'avoir promis d'attendre que Miranda ait trouvé le temps de lire *L'Orchidée rouge* avant de commencer à bosser dessus ! Ce texte-là était d'un ennui mortel…

Elle n'avait avancé que d'une page lorsqu'une voix stridente la fit sursauter.

— *Hellooo-oooo !*

Saskia, la jeune graphiste-maquettiste bourrée de talent mais toujours un peu trop guillerette, venait d'apparaître par la cloison en PVC qui encadrait le bureau d'Emma.

— Bonjour, Saskia.

— Prête pour la réunion de Joel ?

— Une réunion ? gémit Emma. Pour quoi faire ? Jouer au petit chef avec tout le monde ?

— Mais nooooon, bécasse ! C'est notre bilan du trimestre ! On va parler de romans *ex-tra*, je suis *trop trop* pressée, pas toi ?

Tout en parlant, elle enroulait une mèche de cheveux autour de son doigt à la manière d'une gamine de six ans — image d'autant plus troublante qu'elle portait aujourd'hui un T-shirt « Je mérite une bonne fessée ». Le moins qu'on puisse dire, c'était que Saskia avait un style très… personnel. Jupe bouffante rouge à carreaux, ballerines argentées, jambières bleu et vert fluo… Elle avait même relevé ses cheveux en deux couettes qui la faisaient ressembler à un pékinois. Etait-ce donc ça, la dernière mode ? Mélanger le plus de couleurs possible pour décoller la rétine de tous les passants ? Cette réflexion sidéra Emma. Voilà qu'elle se mettait à juger les autres comme sa mère ! Elle n'était pourtant pas beaucoup plus vieille que Saskia…

Sans autre choix, elle se leva pour se diriger sans entrain vers la salle de réunion. *Une heure en compagnie d'un clone des Spice Girls et d'un nazi du marketing ? Gé-nial…* Comme toujours dans ces moments-là, elle remit en question son choix de carrière ; n'aurait-elle pas pu trouver un boulot où on était peu confronté à ses collègues, dans l'entretien des égouts, par exemple ? Enfin, au moins, Philippa serait là pour l'empêcher de se jeter par la fenêtre — quoique, tel qu'elle connaissait Joel, il ne laisserait pas son assistante en placer une, bien que ce soit elle qui se charge des trois quarts de son travail.

Lorsqu'elle entra dans la salle, Joel était perché sur un coin de la longue table, son portable à l'oreille.

— Ce sera fait, criait-il à moitié. Bien sûr que je peux régler ça. Allez, à plus, boss !

Emma se laissa tomber lourdement à côté de Philippa.

— Encore au téléphone avec sa mère ? chuchota-t-elle à sa collègue avec un clin d'œil.

Taciturne, celle-ci esquissa un sourire amusé pour toute réponse.

Au même instant, Saskia fit une entrée en fanfare, les bras chargés des illustrations qu'elle avait l'habitude d'appeler ses « bébés ». Joel attendit qu'elle s'installe pour s'éclaircir la gorge, puis entra dans le vif du sujet sans prendre la peine de les saluer.

— Alors, le programme d'aujourd'hui : bilan du dernier trimestre et prévisions de celui à venir. En d'autres termes, il faut déterminer où on se situe et où on veut être dans trois mois. Bien, qui veut commencer ?

Silence de mort autour de la table.

— Emma, lâcha-t-il alors, donnez-nous un peu votre avis sur ces machins.

Il balança sur la table les différents ouvrages d'une série de romans policiers situés dans les Cornouailles, qu'ils devaient à une auteure de quatre-vingts ans. Puis il reprit la parole avant qu'Emma ait pu placer un mot.

— A mon avis, il faut soit les bazarder, soit les rééditer avec une autre couverture. Depuis la parution, la part des ventes en librairies n'a même pas atteint les vingt pour cent, ce qui n'est vraiment pas terrible, vous en conviendrez.

Emma ne se gêna pas pour laisser paraître son agacement.

— Je pense qu'après seulement trois mois une décision de ce genre est prématurée. Attendons encore au moins un trimestre et nous aviserons en conséquence.

A l'évidence, Joel ne l'écoutait pas.

— Saskia a eu la gentillesse de nous préparer quelques maquettes, dans un style un peu plus accrocheur que ces couvertures très mémères.

Saskia exposa fièrement ses croquis, qui ne consistaient qu'en horribles gros plans de membres arrachés, têtes coupées et autres *délicieuses* scènes de carnage.

Emma tâcha de garder son calme.

— Joel, l'auteure est une dame charmante qui s'appelle Queenie et écrit des romans dont l'ambiance se rapproche bien plus de Miss Marple que de *Massacre à la tronçonneuse*. Je crois franchement qu'il vaut mieux laisser la couverture telle quelle, pour l'instant.

Joel pinça les lèvres.

— Oui, eh bien, je pense que Digby ne serait pas de cet avis.

— *Oui, eh bien*, l'imita-t-elle d'un ton qui n'avait plus rien de courtois, Digby n'est pas l'éditeur de Queenie. Tant que mon travail consistera à préparer des livres à la publication, ce sera moi qui aurai le dernier mot sur leurs couvertures, *capisce* ?

— Puisque c'est comme ça, je peux vous assurer que Digby entendra parler de cette histoire.

— Et moi je peux vous assurer que Miranda en entendra parler également.

Cette prise de bec commençait à devenir ridicule ; quel âge avaient-ils, cinq ans ?

Après ce coup d'éclat, un long silence embarrassé tomba sur la salle, tandis que Joel et Emma se regardaient en chiens de faïence.

Ce fut Philippa qui fit retomber la tension en abordant un autre roman, et le reste de la réunion se déroula sans autre accrochage. Toutefois, Emma était encore en rogne lorsqu'elle quitta la salle et elle ne manqua pas d'aller directement se plaindre de Joel à Ella.

Comme pour lui remonter le moral, un magnifique assortiment de lis roses et blancs l'attendait sur son bureau à son retour. La carte jointe lui apprit que les fleurs avaient été envoyées par Rosie : « Je suis fière de toi. Félicitations. »

Elle avait retrouvé le sourire lorsque son téléphone sonna, à tel point qu'elle chantonna à moitié en décrochant.

— Allôô-ôôô ?

— Emma ? C'est maman. Tu m'as l'air bien euphorique.

— Coucou, maman. C'est le cas, tante Rosie vient de m'envoyer un bouquet absolument superbe.

— Un bouquet ? Est-ce que j'ai raté quelque chose ?

Emma se frappa le front du plat de la main.

— Oh ! mince, c'est vrai ! Désolée, j'ai complètement oublié de te tenir au courant ! On a réussi à signer avec l'auteur dont je t'ai parlé.

— Oh ! je vois, répliqua Diana d'un ton glacial. Bonne nouvelle. Félicitations.

Et voilà, elle avait réussi à vexer sa mère… Quelle bourde !

— Bien sûr, je comprends que tu aies préféré prévenir ta marraine avant tes propres parents. Nous ne sommes que ceux qui t'ont élevée, après tout.

— S'il te plaît, maman, ne le prends pas mal. Je suis désolée de ne pas t'avoir appelée plus tôt, mais ce n'est pas moi qui ai prévenu Rosie. Elle a dû l'apprendre autrement ; tu sais comment elle est, elle a des oreilles partout.

— En effet, soupira sa mère. Enfin bref, je t'appelais pour te dire que nous comptons t'emmener faire les boutiques, Rachel et moi, pour t'aider à choisir ta robe de mariée. Samedi, est-ce que ça t'irait ?

— Désolée, samedi je ne peux pas. Martin me kidnappe pour un week-end à la campagne.

— Oh ! très bien. Y a-t-il autre chose que tu as omis de nous dire ? Tu n'as pas l'intention de t'expatrier comme ta sœur, j'espère ?

— Hein ? Mais de quoi est-ce que tu parles ?

— Ah ! Au moins c'est à nous que ta sœur se confie en premier. Ton beau-frère prévoit de déménager toute la petite famille en Ecosse.

— Quoi ?

— Exactement. Donc quand tu auras fini de vivre ta vie dans ton coin sans te soucier des tiens, peut-être pourra-t-on enfin convenir d'une date, pour les boutiques ?

Encore sonnée par la nouvelle, Emma mit quelques instants à se défendre.

— Maman, arrête… Tu sais quoi ? Je vais prendre un jour de congé spécialement pour toi et Rachel. On demandera à papa de garder les petits pour qu'on puisse avoir une journée entre filles, rien que nous trois, d'accord ? Disons, pas ce lundi qui arrive, mais le suivant ?

Comme d'habitude, sa mère était trop fière pour reconnaître les efforts des autres. Néanmoins, elle s'adoucit.

— D'accord.

Le problème étant réglé, Emma put enfin digérer l'annonce du prochain déménagement de sa sœur.

— La vache, c'est une sacrée nouvelle, pour Rach… Je me disais bien aussi qu'elle me cachait quelque chose quand je l'ai eue au téléphone tout à l'heure. Je la vois demain soir.

— Eh bien, j'espère que tu arriveras à lui faire entendre raison. Dieu sait que ta sœur est têtue comme une mule…

Rachel avait emmené les enfants au parc après être allée récupérer Will à l'école. Sirotant un café sur un banc, elle gardait un œil sur son aîné, qui escaladait une corde façon opération commando, et l'autre sur Lily et Alfie, qui se chamaillaient avec un petit garçon pour conduire le petit train. Quand Christa arriva avec son fils, Roger bondit de sa poussette pour aller rejoindre les jumeaux.

— *Hallo !* s'écria la Suisse en lui faisant la bise. Sue n'est pas là ?

— Non, Joe est toujours malade. Est-ce que tu veux du café ? Je viens de terminer le mien, je peux aller en rechercher, si tu veux.

— *Nein*, *danke*. Votre café anglais, c'est de la *Scheisse*.

Rachel eut un sourire narquois.

— En fait, c'est du Nescafé, qui, si je ne m'abuse, est une marque suisse.

— *Ja*, peut-être. Mais il n'est pas *aussi pire* que votre *Käse* — votre fromage.

— Très juste. Alors, dis-moi, Christa, comment vas-tu ?

— Bien, *danke*. Je crois j'ai un peu choqué toi et Sue avec mes histoires, lundi, *ja* ?

— Eh bien… C'est vrai qu'on dirait que tu es servie.

— « Servie » ? répéta-t-elle avant de pouffer. Vous me *fairez* rire avec vos expressions, les *Engländer* ! Ma vie n'est pas *si pire*, vraiment. Rudi est bon avec nous. Le prochain mois, nous allons en vacances magnifiques en famille.

— Ah oui ? Comme c'est charmant. Où partez-vous ?

— *La* adorable Hilton invite nous sur son yacht. C'est très gentil *de elle*, *ja* ?

Rachel en resta bouche bée. Pourquoi s'était-elle attendue à ce qu'elle réponde Disneyland, ou même une villa en Espagne ? C'était de *Christa* qu'il était question !

— *Paris* Hilton, tu veux dire ?

— *Nein, nein !* s'esclaffa Christa. Sa *Schwester*, Nicky. Elle a beaucoup moins *du* argent. Je crois la fortune de Paris est cent *Millionen Dollar*, alors que Nicky est seulement vingt *Millionen*.

« *Seulement* vingt *Millionen* » ? *Oh ! la pauvre, ce doit vraiment être une vie difficile…*

Toutefois, plutôt que de se montrer sarcastique, Rachel préféra se réjouir pour son amie.

— Eh bien, quelle chance ! Ça va être fantastique !

— *Ja*, c'est sûr ! Tu *devoirais* venir aussi avec ta famille !

La proposition la prit de court.

— Oh ! non, je… Je ne pense pas que ce soit une bonne idée, Christa.

— *Doch !* Cela serait rigolo ! Il y a toujours beaucoup *des* stars. Le dernier an, Paris était *venie* et elle était *sehr* gentille avec Roger. Et Bruce Willis, aussi ; il a dit *de* appeler lui si je divorce Rudi un jour.

Rachel se mordit la langue pour ne pas glousser. Si seulement Sue était là pour entendre ça !

— *Also*, reprit la Suisse, tu réfléchis, O.K. ? Parle avec Dave.

— Steve.

— *Ja*, lui aussi.

Tout à coup, Christa se précipita vers Roger, que le tourniquet semblait rendre malade.

— Maman! s'exclama Will au même instant. Regarde-moi!

Il se tenait au sommet de la structure d'escalade dans une posture conquérante.

— Bravo, Willy! lui cria Rachel en retour. Je suis fière de toi!

C'est alors qu'elle aperçut Verity de l'autre côté du parc, en pleine conversation avec une autre mère. Comme leurs regards se croisèrent, Rachel se sentit obligée de lui adresser un signe par politesse — pourvu qu'elle ne vienne pas lui parler! Etonnamment, Verity fit mine de ne pas la voir. *Jackpot!* Il fallait croire qu'elle ne viendrait plus jamais l'embêter, désormais!

Christa était toujours avec Roger et les jumeaux lorsque Rachel reçut un texto de Steve :

Dsl, je rentre encore tard ce soir. Vivemt le WE. Jtm, S.

Et voilà, il allait encore la laisser se débrouiller seule avec les enfants…

O.K. Mais 2m1 soir j'ai rdv ac Em. Tu pourras ê à l'heure stp?

Je ferai de mon mieux.@+ biz.

Pourvu qu'elle puisse compter sur lui…

Avec un soupir las, Rachel rangea son portable, alla dire au revoir à Christa et Roger, puis quitta le parc avec Will et les jumeaux.

Bon, qui veut manger de la pizza, ce soir?

Jamais Richard n'aurait cru que visiter des appartements lui plairait tant. Lorsqu'il entra dans l'immeuble résidentiel dans lequel l'agence lui avait donné rendez-vous, il savoura une bouffée de satisfaction en découvrant le hall. Moderne, décoré avec goût, immaculé… Aucun doute, il se trouvait à des années-lumière de son HLM miteux qui sentait l'urine et le vomi. Enfin, il allait pouvoir emménager dans les beaux quartiers !

— Monsieur Bennett ?

Devant lui se tenait une jeune femme sexy aux allures de mannequin. Il la salua d'un simple sourire charmeur, et elle lui tendit une main fine aux ongles parfaitement manucurés.

— Sophie Chancellor. Ravie de vous rencontrer. Je pense que vous allez aimer ce que j'ai à vous montrer…

Son intonation grivoise n'échappa pas à Richard. Aussi répondit-il sur le même ton.

— Tout le plaisir sera pour moi, j'en suis sûr.

Réplique ringarde, s'il en est. Quelle importance ? Ce n'était pas comme s'il comptait la revoir, de toute façon. Il n'avait rien à perdre.

Il la suivit jusqu'à l'ascenseur, se délectant de la silhouette qui chaloupait sous ses yeux : taille fine, postérieur à se damner que sa jupe épousait à merveille, longues jambes interminables… Une véritable œuvre d'art.

Dans le silence de la cabine, il étudia son profil parfait, la ligne délicate de son cou, son chignon savamment décoiffé. Elle l'observait du coin de l'œil, elle aussi, un léger rictus au coin de ses lèvres sensuelles. Arrivés au neuvième étage, ils longèrent sans un mot un couloir à la lumière tamisée, puis tournèrent à droite avant de s'arrêter devant la porte 915.

— Nous voilà chez vous, annonça-t-elle en tournant la clé.

Elle laissa Richard pousser la porte lui-même. *Ouah !* Tout, dans cet appartement, semblait crier « Je suis chic, je suis branché ; tu me veux. » Design épuré et ultramoderne, équipement à la pointe de la technologie, vue à couper le souffle sur la Tamise et le quartier de Battersea…

Toutes ces années passées à survivre avec des petits boulots, à écrire sans relâche et, galérer pour se faire respecter en tant qu'auteur payaient enfin. En cet instant, même les dizaines de refus qu'il avait essuyés de la part des éditeurs au fil des ans perdaient leur goût amer. Il avait réussi, et ce n'était que le début…

Le regard de Richard tomba sur l'agente, qui attendait patiemment qu'il ait fini de rêvasser à la fenêtre. Sans conteste, elle lui avait déniché la perle rare.

Etait-elle aussi douée au lit qu'elle l'était dans son travail ? Il n'en doutait pas.

— Alors, monsieur Bennett, aimez-vous ce que vous voyez ?

— Beaucoup, oui, mais… N'auriez-vous pas oublié quelque chose ?

Comme elle haussait un sourcil, il lui décocha son sourire le plus ravageur.

— Vous ne m'avez pas encore montré la chambre…

Le rictus désinvolte que Sophie lui retourna était celui d'une femme aux commandes de sa vie, sûre de son sex-appeal. Sans le quitter des yeux, elle déboutonna sa blouse, puis fit glisser sa jupe sur le sol. Richard ne fut pas déçu du spectacle. Parure de dentelle noire, des bas, un porte-jarretelles diablement sexy… Pas de doute, il l'avait bien cernée.

Sans un mot, elle tourna les talons et partit vers la chambre en roulant des hanches. Juste avant de passer le seuil, elle lui jeta un regard équivoque par-dessus son épaule. Richard ne perdit pas de temps à tergiverser.

Vraiment, sa vie prenait un tournant qui n'était pas pour lui déplaire…

Jeudi soir

Le pub fétiche d'Emma et Rachel représentait un parfait exemple du déclin du petit commerce en Angleterre : autrefois cinéma de quartier, l'établissement avait été obligé, après l'arrivée des multiplexes, de se reconvertir en pub traditionnel, avant de se faire engloutir par une grosse chaîne commerciale. Les habitants du quartier avaient longtemps contesté la transformation des lieux, jusqu'au jour où ils s'étaient rendu compte que si désormais la bière était moins bonne, elle était surtout bien moins chère qu'auparavant.

Arrivée la première, Emma commanda une pinte d'une bière maison et alla s'installer à une table stratégique — suffisamment isolée pour être au calme, mais suffisamment près du bar pour pouvoir observer la clientèle. Aux murs, de vieilles photos du début du siècle dernier représentaient les rues du quartier ; on y trouvait également quelques portraits d'un certain Tony le Sanguin — le fondateur de l'établissement ? — qui avait, semblait-il, fait carrière dans la pomme de terre, mais aussi, bizarrement, dans les cercueils.

Perdue dans ses pensées, Emma ne remarqua qu'il s'était mis à pleuvoir à verse que lorsque sa sœur la rejoignit, un parapluie dégoulinant à la main.

— Quel temps de chien !

Sans un « bonjour » ni « s'il te plaît », Rachel prit une gorgée de la bière d'Emma, qui esquissa un sourire. Elle reconnaissait bien là sa grande sœur ! Droit au but, pas de temps à perdre en salamalecs.

— Eh, c'est pas mauvais ! Je vais prendre la même chose.

— Salut, Rachel, moi aussi je suis contente de te voir. Si tu veux commander, ils appellent ça un « Putois ».

— Ça marche. Je t'en rapporte un autre ?

— Ça ira pour l'instant, merci.

Elle revint quelques minutes plus tard avec sa pinte et une coupelle de cacahuètes grillées, sur laquelle Emma se jeta avec avidité.

— Tes gnomes sont déjà couchés ?

— Ouais, mais Steve n'est toujours pas rentré, alors…

— Ne me dis pas que tu as chargé Will de surveiller les jumeaux ? l'interrompit Emma.

Rachel roula des yeux.

— Voyons, sœurette, c'est Lily, la plus responsable des

trois, alors j'ai confié les rênes à une gamine de quatre ans, tu penses bien. Non, plus sérieusement, c'est Tom qui joue les baby-sitters jusqu'au retour de Steve.

— Tom ?

— Tu sais, le voisin ? Tu l'as déjà croisé.

— Ooh, ton voisin fort appétissant, tu veux dire ?

— Ah, tu trouves ?

Emma confirma d'un signe de tête entendu.

— Carrément ! Il est un peu rondouillard, mais super mignon. Il a un petit côté Russell Crowe.

— Hmm, peut-être... Enfin, on ne peut pas dire non plus qu'il soit gaulé comme un gladiateur.

— Alors comme ça, tu l'as maté, toi aussi ? Petite dévergondée !

Rachel feignit d'être offensée.

— Peut-être bien, et alors ? Je suis une femme mariée respectable : je ne touche qu'avec les yeux.

— Respectable, respectable... C'est toi qui le dis !

Pour toute réponse, sa sœur lui fit un doigt d'honneur, et elles éclatèrent de rire en chœur.

Mais très vite, Emma retrouva son sérieux.

— Enfin bref, trêve de plaisanterie, frangine. Je peux savoir quand tu comptais m'annoncer ton déménagement en Ecosse ?

— Ah, je vois que tu as parlé à la mère supérieure...

— En effet. Je suis ta sœur, Rach. J'aurais préféré l'apprendre de ta bouche.

— Pourquoi est-ce que j'ai demandé à te voir, à ton avis ? Je voulais t'en parler face à face, c'est tout. Pas la peine de prendre la mouche.

Emma lui tira la langue, les bras croisés. Elle cherchait encore une repartie lorsque le téléphone de Rachel sonna.

— Oh non, c'est Steve..., soupira celle-ci juste avant de décrocher. Quoi encore ?

Aïe, il y a de l'eau dans le gaz, on dirait...

Impuissante, Emma vit sa sœur changer d'expression au

fur et à mesure qu'elle écoutait ce que son mari avait à lui dire ; les sourcils de plus en plus froncés, Rachel se mit à pianoter sur la table avec impatience. *Oh oh.* A coup sûr, elle allait s'emporter d'une seconde à l'autre...

Ça ne manqua pas.

— Non, Steve, c'est toi qui vas m'écouter, O.K. ? Tu as dit que tu rentrerais à l'heure aujourd'hui, mais puisque tu n'arrivais pas il a bien fallu que j'improvise. J'ai droit à un peu de répit, moi aussi, merde ! Tom a eu la gentillesse de se proposer pour garder les enfants, et, oui, je lui fais confiance. Figure-toi que je peux davantage compter sur lui que sur toi, ces derniers temps. Alors, maintenant, n'en déplaise à *Môssieur*, je vais raccrocher pour pouvoir me plaindre de toi à ma sœur !

D'un geste rageur, elle mit fin à l'appel et jeta son téléphone sur la table en grognant ce qui ressemblait à un « Sale con ! »

Un ange passa. Gênée, Emma s'éclaircit la gorge.

— Eh beh, tu es rudement à cran, on dirait...

— Non, tu crois ? répliqua sa sœur avec un sarcasme non dissimulé. D'abord, ce salopard m'annonce qu'il veut nous faire déménager dans le nord du pays, puis je découvre qu'il était au courant depuis des plombes, et voilà qu'il se met à jouer au mâle dominant parce que j'ai eu *l'audace* de confier les enfants à un « étranger ». Et, cerise sur le gâteau, il fait des heures sup' à n'en plus finir, alors que, de mon côté, j'ai de plus en plus l'impression d'avoir de la bouillie à la place du cerveau parce que je suis épuisée et que je manque de stimulation intellectuelle ! Je te jure, Em, des fois je n'ai qu'une envie : prendre mes cliques et mes claques pour partir et ne plus jamais revenir.

Ce coup d'éclat laissa Emma sans voix. D'accord, Rachel avait tendance à sortir de ses gonds un peu facilement et, ce n'était pas un secret, elle avait toujours eu du mal à se faire à la vie de mère au foyer. Mais tout de même, jamais encore elle ne l'avait entendue dire ce genre de choses ! Baisser les bras ne lui ressemblait pas, et parler de Steve en ces termes encore moins. Leur couple avait toujours été un modèle pour elle : solide comme un roc, capable de résister au temps et aux enfants... Se pouvait-il qu'il commence à battre de l'aile ? Pourvu que ce ne soit qu'un petit passage à vide...

— Allons, Rach, je suis sûre que tu ne penses pas ce que tu dis.

— Tu crois ? Bon sang, Em, je ne sais plus du tout où j'en suis, en ce moment !

— Est-ce que tu as essayé d'en parler avec Steve ?

Quelle question à la con ! Emma rentra la tête dans les épaules devant le regard noir que sa sœur lui jeta.

— Qu'est-ce que tu crois ? Je ne fais que ça, ces jours-ci, essayer de prendre mon mari entre quat'z-yeux, mais il n'est jamais fichu d'être à la maison !

— Vous pouvez toujours me laisser les enfants un soir si vous avez besoin de, tu sais, sortir, discuter au calme...

La mine soucieuse d'Emma réussit à mettre un peu de baume au cœur de Rachel. Que lui prenait-il d'inquiéter sa petite sœur adorée de cette façon ? Elles s'étaient toujours serré les coudes, même après les pires bêtises — comme cette fois, il y avait très très longtemps, où Emma l'avait laissée lui couper des mèches entières de cheveux, juste pour lui faire plaisir. Leur mère avait failli en faire une attaque quand elle les avait surprises dans la salle de bains.

Elle sourit à ce vieux souvenir. Bien sûr, prétendre que les cheveux étaient « tombés tout seuls, promis juré » ne lui avait pas évité la punition; mais ce qui l'avait surtout marquée, ce jour-là, c'était qu'Emma, qui n'avait pourtant pas plus de quatre ans, avait soutenu sa version mordicus, même si ce mensonge lui avait valu de se faire punir, elle aussi. Et, après l'incident, pas une fois elle ne lui avait reproché de se retrouver par sa faute avec une coupe quasi militaire en attendant la repousse.

— Merci, Em, répondit-elle avec douceur, mais ce n'est pas la peine. Papa et maman vont justement garder les petits ce week-end pour que je puisse essayer d'arranger ça avec

Steve. Ne t'en fais pas pour moi, sœurette, O.K. ? Je suis crevée, c'est tout.

Vite, il fallait changer de sujet avant qu'Emma ne réplique !

— Bon, et toi, alors ? Parle-moi un peu de ton auteur ; est-ce qu'il est beau gosse ? Au fait, désolée de ne pas avoir commencé par ça, mais félicitations pour le livre ! Tchin-tchin !

Avec un enthousiasme un peu trop forcé, elle entrechoqua leurs pintes.

Visiblement prise de court, Emma eut un petit rire gêné.

— Merci… Je ne sais pas trop quoi te dire sur l'auteur… C'est juste un mec sympa qui a écrit un excellent roman.

Rachel mima un bâillement.

— Ouah, on peut dire que tu sais trouver les mots pour donner envie de lire un bouquin… Heureusement que ce n'est pas toi qui te charges de la promo !

— *Gnagnagna*… Oh ! j'y pense ! Rien à voir, mais maman m'a parlé d'une virée dans les boutiques de robes de mariée… Tu en es toujours ?

— Un peu, mon neveu ! Te voir habillée en meringue, au bord de la crise de nerfs à cause des critiques de maman ? Je ne manquerais ça pour rien au monde ! Allez, sœurette, dépêche-toi de finir ta bière, que tu puisses aller en commander deux autres, c'est ta tournée !

L'heure tourna, les pintes s'enchaînèrent, à tel point que, lorsque le pub ferma ses portes, elles étaient toutes deux passablement éméchées. Toutefois, Rachel n'avait toujours pas envie de rentrer. Alors, quand son regard tomba sur l'enseigne clignotante d'un restaurant indien, elle saisit sa sœur par le coude pour l'entraîner d'un pas titubant de l'autre côté de la rue, sous le crachin de la nuit.

— Viens, sœurette, il me faut un poulet au curry, là, tout de suite !

Emma eut un haut-le-cœur, mais, par chance, elle ne protesta pas.

Les serveurs du *Bombay Fantasy* devaient avoir l'habitude des clients tardifs en état d'ébriété, car ils les conduisirent jusqu'à une table avec un sourire patient. Le restaurant était presque vide, à l'exception de trois trentenaires dans le genre banquiers ou avocats. Installés un peu plus loin, ils se tournèrent vers Rachel et Emma à leur arrivée et, à en croire leurs cravates défaites, leur teint rougeaud et leurs regards vitreux, ils avaient encore plus picolé qu'elles. Aussitôt, le meneur de la bande, une espèce de petit plaisantin à la calvitie naissante, leur décocha un sourire qu'il estimait sans doute irrésistible, mais qui ne fit que révéler le morceau de feuille de coriandre coincé entre ses dents.

— Qu'est-ce que deux beaux brins de fille comme vous font ici toutes seules à cette heure-ci ?

Trop pompette pour se montrer prudente, Rachel ne se gêna pas pour recourir au sarcasme.

— On essaie d'éviter les crétins, mais on dirait bien que c'est raté.

— Aaah, je vois... Vous êtes lesbiennes, hein ?

L'œil lubrique de Front Dégarni lui arracha une grimace. *Bien sûr, puisqu'on est insensibles à ton charme ravageur, c'est forcément la seule explication possible...*

Cette fois, ce fut Emma qui réagit le plus vite.

— On est sœurs, abruti.

— Encore mieux ! répliqua Front Dégarni avec un clin d'œil entendu à ses deux compères. Qu'est-ce que vous dites de ramener vos jolis petits culs dans ma piaule quand vous lèverez les voiles ?

Saisie d'une idée, Rachel posa la main sur le bras de sa sœur sur le point de protester.

— En voilà une offre alléchante..., fit-elle en battant des cils. Vous nous payez le dîner, alors ?

— Bien sûr, beauté.

Elle ne s'arrêta pas en si bon chemin.

— Dans ce cas, pourquoi ne pas prendre un repas à emporter ?

Les trois crétins approuvèrent avec des cris de triomphe, à l'évidence persuadés que c'était leur jour de chance.

Feignant de faire tomber sa serviette par inadvertance, Emma tira la manche de Rachel sur le côté de la table pour qu'elle se penche à son tour.

— Je peux savoir ce que tu fabriques ? chuchota-t-elle.

— Je nous arrange un repas gratis, pardi ! Fais-moi confiance.

— Je le sens mal, ton truc…

— Fais-moi confiance, je te dis. Joue le jeu.

Après avoir passé commande, Rachel s'excusa sous prétexte de se rendre aux toilettes, en prenant soin au passage d'exhiber son décolleté à la bande de gros lourds, qui la sifflèrent avec admiration.

Emma la rejoignit presque aussitôt, livide.

— Brr…, marmonna-t-elle devant le lavabo, j'ai eu le malheur de sourire à celui qui nous fait du rentre-dedans, et un de ses potes s'est mis à lui taper dans le dos à grands coups de « T'as une touche, vieux ! » et de rires gras. Ces types me dégoûtent…

— T'en fais pas, j'ai un plan pour les semer. Retrouve-moi à la sortie dans deux minutes.

Rachel alla alors discrètement récupérer la commande près des cuisines.

— Ces messieurs ont gentiment proposé de payer à notre place, expliqua-t-elle au serveur à l'instant où Emma sortait des toilettes. Allez, c'est le moment de lever le camp !

Elles se dirigèrent vers la sortie aussi vite que le leur permettait leur état. Mais, alors qu'elles passaient la porte, Front Dégarni se leva d'un bond.

— Hé ! A quoi vous jouez ?

Aussitôt, Rachel attrapa sa sœur par la main.

— Cours !

Propulsées par une montée d'adrénaline, elles détalèrent jusqu'au bus arrêté quelques mètres plus loin et s'y jetèrent sans hésiter juste avant la fermeture des portes.

Front Dégarni, qui les avait suivies, frappa violemment la vitre du véhicule au moment où il démarrait.

— Sales garces !

Sans le moindre scrupule, Rachel lui envoya un baiser accompagné d'un signe de la main et eut tout juste le temps de voir deux serveurs baraqués le ramener à l'intérieur pour réclamer leur paiement avant que le bus ne prenne un virage.

Prise d'un fou rire, elle paya le chauffeur avant d'entraîner Emma vers les sièges les plus proches.

— Les sœurs Darcy ont encore frappé !

Toutefois, Emma ne se joignit pas à son allégresse. Elle avait le teint cireux, et une grimace lui déformait le visage.

— Ça va, Em ?

— Non... Je crois que je vais...

Avant même d'avoir pu terminer sa phrase, Emma lui prit des mains le sac rempli de nourriture pour y rendre les pintes avalées plus tôt.

Rachel poussa un soupir dépité.

— Bravo, c'était bien la peine de se donner tout ce mal... Ça ne te réussit pas de boire autant, sœurette.

Mais, alors qu'elles n'avaient dépassé que deux arrêts depuis le restaurant, le chauffeur sortit de sa cabine, sourcils froncés.

— Bon, ça suffit vous deux. Dehors !

— Vous voulez rire ? Deux femmes seules, dont une malade, au beau milieu de la nuit ?

— C'est pas mon problème si ta copine tient pas l'alcool, cocotte. Descendez, vous allez empester mon bus.

— Ah, la grande classe, vraiment ! bougonna Rachel avant d'entraîner une Emma grelottante sur le trottoir. Allez viens, Dégobillator, tu peux passer la nuit chez moi, mais tu me dois une bouffe.

Il leur fallut une quinzaine de minutes pour rejoindre cahin-caha la maison de Rachel — une chance que le pub n'ait pas été de l'autre côté de la ville ! La tête lui tournait lorsque, sur le porche, elle tenta d'appuyer Emma contre le mur le temps d'ouvrir sa porte — peine perdue, sa sœur ne tenait plus debout. Alors, elle l'aida à s'asseoir tant bien que mal sur le sol, puis fouilla son sac à la recherche de ses clés. Où étaient-elles, bon sang ? Elle n'avait pas besoin de ça maintenant, c'est à peine si elle avait encore les yeux en face des trous !

Soudain, une lumière s'alluma chez Tom. *Merde !* Avaient-elles fait tant de bruit que ça ?

Un instant plus tard, son voisin apparut, l'air soucieux. *Merde, merde, merde !* Il allait la prendre pour une poivrote !

— Tout va bien, madame Summers ? Est-ce que… Est-ce que vous êtes ivre ?

— J'ai bien peur d'être ronde comme une queue de pelle, monsieur Davies, avoua-t-elle, le nez baissé. Et ça, c'est ma petite sœur, Emma.

Comme Rachel soulevait la main droite de sa cadette pour l'agiter mollement dans sa direction, Tom pouffa de rire.

— Enchanté, Emma. Un peu d'aide ?

— Pour traîner l'épave jusque dans le salon ? Ça ne serait pas de refus.

Il lui fallut encore deux bonnes minutes pour retrouver ses clés, et une de plus pour ouvrir la porte. Enfin, soutenant Emma chacun par une épaule, ils réussirent à la transporter jusqu'au canapé.

— Merci, Tom. Vous êtes un chic type.

— *No problemo.* Au fait, Rachel, j'ai l'impression que votre mari n'était pas très content de me trouver ici tout à l'heure. J'espère que je ne vous ai pas causé d'ennuis.

— Oh ! non, vous n'avez rien à vous reprocher du tout ; c'est Steve qui a besoin de revoir ses priorités. Et maintenant, *zou* ! s'exclama-t-elle en le poussant à moitié jusqu'à la porte. Si la voisine d'en face vous voit sortir de chez moi en pleine nuit, elle se fera un plaisir de le répéter à tout le quartier. Et j'aimerais autant préserver le peu de dignité qu'il me reste.

— Je comprends.

Histoire de ne pas paraître trop malpolie, Rachel voulut lui faire une bise sur le seuil. Grave erreur : trop éméchée pour réussir à viser la joue de Tom, elle lui planta un baiser sur le coin des lèvres. L'esprit embrumé, elle envisagea un bref instant de l'embrasser à pleine bouche, avant de s'écarter avec un gloussement gêné. Comme un vrai gentleman, Tom se contenta de balayer l'incident d'un sourire, puis retourna chez lui.

Malgré tout, elle était troublée quand elle referma à clé et elle se laissa tomber dos contre la porte avec un soupir. *A quoi est-ce que tu joues, Rachel ? Reprends-toi !*

Secouant la tête pour recouvrer un tant soit peu ses esprits, elle recouvrit Emma d'un plaid, lui prépara un verre d'eau sur la table basse, puis monta l'escalier sur la pointe des pieds. Dans sa chambre, seul le clair de lune lui permit de distinguer la silhouette de Steve allongée sur le lit. Le plus discrètement possible, elle se déshabilla en vitesse avant de se tortiller pour se glisser sous la couverture.

— Steve ? murmura-t-elle. Tu dors ?

Pas de réponse. Dormait-il vraiment, ou bien lui faisait-il la tête ?

L'esprit plein de tourments, Rachel resta une bonne heure à fixer le plafond, jusqu'à ce que, terrassée par l'alcool et la fatigue, elle sombre dans un sommeil agité.

Chapitre 7

Lorsqu'elle alluma son ordinateur, Emma se maudit pour la millième fois depuis le réveil. S'infliger une énième gueule de bois… En pleine semaine, surtout! *Mais quelle idiote!* Les mots « BEAUCOUP TROP DE BIERE » jouaient au flipper dans son crâne, un tic nerveux faisait tressauter sa paupière gauche depuis des heures, et c'était bien fait pour elle. Le problème c'est que, même en baissant au maximum la luminosité de son écran, elle était éblouie — pourrait-elle mettre ses lunettes de soleil sans que ses collègues le remarquent ?

— J'en connais une qui a du mal ce matin, hein mam'zelle ?

La voix de son amie la fit sursauter violemment, ce qui n'arrangea pas son état. C'était comme si Woody Woodpecker s'en donnait à cœur joie contre sa tempe.

— Bon sang, Ella! Ta mère ne t'a donc jamais appris qu'il ne fallait pas se glisser dans le dos des gens comme ça ?

— Pas vraiment. Ma mère était archi fan de Stephen King, alors faire peur aux autres a toujours été une passion dans la famille. Alors, qui était le coupable, hier soir ?

— Rachel. Et la bière. Des litres et des litres de bière. Je crois bien que j'ai vomi dans le bus. Je préfère ne pas en parler…

— Miam, la taquina Ella. On dirait que tu as bien besoin d'une bonne assiette d'œufs au bacon *made in* David et Simon pour guérir tout ça.

Rien qu'à imaginer tout ce gras, Emma se sentit prise de nausée.

— Je t'en supplie, Ella, tais-toi — sauf si tu tiens à voir le contenu de mon estomac !

— Pas spécialement, non. Tu préfères que je te laisse, peut-être ?

— Si tu veux bien. Parler m'écœure. En fait, tout m'écœure, même mes pitoyables efforts pour me tenir à peu près droite.

Ella commençait à tourner les talons quand elle s'arrêta.

— Em ? Je crois que tu ne vas pas aimer que je te dise qui est sur le point de débouler ici...

— Miranda ?

— Pire : Joel.

— Et merde... Tu crois que j'ai encore le temps de m'échap... ?

— Ah, Emma, auriez-vous une minute ?

Raté. Elle avait été trop longue à réagir.

— Euh, en fait, Joel, je suis en train de travailler sur un truc assez important, là.

— Mais... Vous n'êtes même pas encore connectée au réseau d'entreprise.

— Quoi ?

— Votre écran, insista-t-il. On vous demande encore vos identifiants.

Emma tourna un regard horrifié vers son ordinateur. *Quelle andouille !* Vite, il fallait trouver une excuse...

— Je sais, prétendit-elle d'un ton assuré. Je suis une éditrice, je vous ferais dire ; je travaille plus souvent sur des manuscrits que sur l'ordinateur.

Malheureusement, en voulant attraper le premier manuscrit qui lui tomba sous la main, elle ne réussit qu'à faire tomber une pile de papiers. Joel ne fut pas dupe.

— Ecoutez, Emma. Si vous avez du temps à perdre avec des enfantillages, grand bien vous fasse, mais ce n'est pas mon cas. Il faut absolument que nous discutions au plus vite du bouquin de ce Bennett. Pourrions-nous nous voir en privé ? ajouta-t-il en jetant un regard mauvais à Ella.

Celle-ci, qui était en train de mimer un pistolet contre sa

tempe derrière lui, fit alors mine de se gratter la tête avec un sourire angélique.

— Je vous laisse ! s'exclama-t-elle avant de filer dans la direction opposée.

Au prix d'un gros effort, Emma se leva et suivit Joel d'un pas traînant jusqu'à une salle de réunion, comme une élève sur le point de se faire sermonner par son proviseur. Comme il s'installait avec nonchalance sur le rebord de la longue table, en croisant les bras pour se donner un semblant d'air d'autorité, elle réprima l'envie de lever les yeux au ciel. Que ne donnerait-elle pas pour pouvoir se rouler en boule dans un coin et dormir en paix, là, maintenant…

— Alors ? maugréa-t-elle. De quoi s'agit-il ?

— Je voulais vous parler du *Boulet rouge.*

— L'orchidée.

— Je sais. J'ai décidé de le surnommer *Le Boulet rouge* parce que ce bouquin va couler la compagnie.

Emma se mordit la langue. *Garde ton calme…* Incapable de supporter la vue du visage de Joel, elle tenta de fixer un point sur le mur derrière lui. Echec : son regard tomba sur la touffe de poils qui dépassait de son oreille. Beurk.

A l'évidence très fier de sa métaphore, Joel poursuivit avec condescendance :

— Ça va être un fiasco total. Nous avons beaucoup trop déboursé pour obtenir ce bouquin, et jamais il ne nous rapportera assez pour combler le trou béant dans la caisse. Rien ne garantit qu'il plaira au public, et encore moins qu'il sera pressenti pour un prix littéraire. Et, quand bien même il remporterait un gros machin, ça nous ferait une belle jambe ! Je veux dire, c'est bien joli de placarder « Lauréat du prix Bidule » sur la couverture, mais, concrètement, ce n'est pas ça qui nous garantira le best-seller. Vous savez, vous autres éditeurs, vous ne facilitez pas la tâche des gens au front, comme moi. Alors, par mesure de précaution, Jacqui a appelé Bennett et son agente, euh… Judy, pour organiser un machin prout-prout à l'Ivy Club, le mois prochain, de façon à lui faire un max de pub. Il va falloir que votre auteur soit exemplaire, O.K. ?

Il se tut, attendant manifestement des félicitations ou un quelconque signe de reconnaissance de la part d'Emma.

Il ne fut pas déçu.

Saisie sans crier gare d'un haut-le-cœur, elle eut tout juste le temps de s'emparer de la corbeille à papier au pied du bureau pour y vider le contenu de son estomac — en éclaboussant au passage les chaussures de Joel.

Pendant une longue, très longue seconde, ils se dévisagèrent l'un l'autre, pétrifiés comme des statues. Ce n'est que lorsqu'elle s'essuya la bouche du revers de la main qu'Emma s'enfuit vers la porte sans autre explication, corbeille dans les bras. Elle courait si vite qu'elle faillit heurter de plein fouet deux boulets de canon au détour du couloir. Cachant par réflexe la corbeille dans son dos, elle considéra avec stupeur sa marraine, bras dessus, bras dessous avec Miranda. Bon sang, c'était bien sa veine de tomber sur Rosie maintenant !

— *Darling !* Je sortais prendre un café avec cette chère Mimms. Que dirais-tu de déjeuner avec moi, tout à l'heure ?

Dépassée par les événements, Emma ne releva même pas le surnom incongru que sa marraine donnait à sa responsable — ce n'était pas nouveau, les deux femmes se connaissaient depuis des années.

Elle se contenta de se plaquer un sourire sur le visage.

— Excellente idée ! Je meurs de faim, tout à coup !

Rachel émergea avec un grognement quand elle sentit des petits doigts potelés tirer sa paupière sans merci.

— Allume tes yeux, maman.

Alfie, qui avait grimpé sur le lit, la fixait avec un grand sourire. Mais, alors qu'elle tentait de refermer son œil, il insista d'une voix tout à coup bien plus perçante et n'hésita pas à la secouer.

— Mamaaan ! Alleeeez !

Soulevant avec peine les enclumes qui semblaient peser sur ses paupières, elle jeta un regard noir à son fils.

— Alfred, maman a très mal à la tête…

C'est alors que Will décida de s'inviter dans la chambre.

— Ouais, papa il a dit que tu avais bu trop de bière hier.

— Ben voyons…, grommela-t-elle.

A tous les coups, Steve allait l'accuser d'être une mauvaise mère parce que, *pour une fois*, elle avait une gueule de bois…

— Où est Lily ? Elle ne vient pas me faire la morale, elle aussi ?

— Elle est devant la télé. Je lui ai mis une émission pour les bébés.

La tête en coton, elle félicita son aîné en lui ébouriffant les cheveux. Mais, lorsque son regard tomba sur le réveil, elle poussa un cri d'effroi.

— *Oh bordel !* Tu dois être prêt pour l'école dans vingt minutes !

— Oh bordel ! répéta Alfie avec un rire strident.

Par miracle, Rachel réussit à caser tout ce petit monde dans la voiture dix-huit minutes plus tard et elle leur fourra chacun une banane dans les mains.

— Voilà, un petit déjeuner sain et nourrissant !

— Maiiis-euuh, c'est les céréales que je veux ! se plaignit Lily avec sa plus belle moue boudeuse.

— Et moi, je voudrais passer deux semaines dans les Caraïbes avec George Clooney. Parfois, la vie est injuste, ma chérie.

Sans surprise, il n'y avait plus aucune place pour se garer devant l'école. Super. C'était donc comme ça que l'univers la félicitait d'avoir accompli l'exploit d'arriver à l'heure ?

Repérant soudain une voiture sur le point de s'en aller, juste devant la grille, elle s'empressa de se coller derrière le véhicule et de mettre son clignotant. Toutefois, avant qu'elle ait eu le temps de se garer, un 4x4 rutilant surgit de nulle part dans un crissement de pneus pour lui voler l'emplacement.

— Hé ! s'écria Rachel en descendant sa vitre. C'était ma place !

À sa grande honte, les regards de tous les parents regroupés devant l'école se braquèrent aussitôt sur elle. Au même instant, une fausse blonde en survêtement de velours rose descendit de son tank pour se diriger droit vers sa voiture.

— C'est à moi que vous parlez ?

En voilà une qui a l'air aussi aimable qu'un bouledogue…

— Oui. J'étais sur le point de me garer là, mais vous m'avez doublée à la dernière minute.

— Oh ! pauvre petite… Qu'est-ce que vous voulez que ça me fasse ?

Les enfants ne pipaient mot, et, dehors, tous les parents suivaient la scène avec intérêt. Du coin de l'œil, Rachel vit même Verity commérer avec quelques autres mamans.

Bon, au point où elle en était, autant tenir tête à madame Je-suis-le-centre-du-monde…

— Je veux que vous bougiez.

— Je vous demande pardon ? s'étrangla la décolorée.

— Je veux que vous bougiez votre voiture, que je puisse me garer. S'il vous plaît, ajouta-t-elle pour faire bonne mesure.

— Et pourquoi est-ce que je ferais ça ?

— Parce que c'est une question de savoir-vivre, et parce que je vous le demande poliment.

Le bouledogue à queue-de-cheval leva les yeux au ciel, mais Rachel ne se laissa pas démonter. Puisque la courtoisie ne fonctionnait pas, il était temps de passer aux menaces.

— Aussi, il serait vraiment dommage que ma vieille guimbarde érafle par accident la carrosserie de votre 4x4 flambant neuf pendant ma manœuvre pour sortir de cette rue terriblement étroite…

Une lueur venimeuse illumina le regard de la blonde — allait-elle lui envoyer son poing dans la figure ?

— Putain de barjo !

Elle remonta à bord de son désastre écologique, fit rugir son moteur et disparut dans un nuage de fumée nauséabonde.

— Qu'est-ce qu'elle a dit, la dame ? demanda Will.

— « Tiens le banjo », mon chéri. Je crois qu'elle était un peu folle.

Enfin garée, Rachel adressa un immense sourire à Verity, qui détourna la tête d'un air outré. Elle n'eut pas le temps de descendre que son portable se mit à sonner.

— Salut, Sue. Je peux te rappeler dans une seconde ? Je dépose Will à l'école, là.

— Pas la peine. Je voulais juste te dire que Joe est toujours malade, alors je ne vais pas pouvoir t'accompagner au parc de loisirs.

— Le parc de loisirs ?

— Ne me dis pas que tu as oublié ?

Rachel se frappa le front — et renforça sa migraine du même coup.

— Ça m'était complètement sorti de l'esprit !

— Bon, en tout cas, Christa y va, elle. Alors ça tient toujours, pour toi ?

— Sue, j'ai la gueule de bois et j'espérais surtout rentrer à la maison, coller les jumeaux devant la télé et me mettre au lit une petite heure.

Au bout du fil, son amie gloussa.

— Ma pauvre... C'est toi qui vois, bichette, mais je crois que Christa compte sur toi pour ne pas la laisser seule.

— C'est ça, fais-moi culpabiliser.

— Hé, c'est à ça que je sers ! Et surtout, tiens-moi au courant des prochaines révélations de notre Suisse préférée. Je suis sûre qu'elle nous cache encore l'existence d'un frère médium ou d'un cousin éloigné enlevé par les aliens.

Rachel pouffa de rire.

— Je n'y manquerai pas. Embrasse Jojo pour moi.

— Maman ! s'impatienta Will quand elle raccrocha. Je vais être en retard !

Elle se pencha aussitôt pour lui ouvrir la portière.

— A plus tard, mon canard.

Il se tortilla pour échapper — sans succès — au baiser

qu'elle lui déposa sur le front, puis s'enfuit vers la cour de récré. Par chance, sa classe s'apprêtait seulement à rentrer à l'intérieur du bâtiment, et il eut le temps de les rejoindre sans se faire gronder par la maîtresse.

Au même moment, Rachel reçut un texto de sa sœur :

Je te déteste.

Le message la fit sourire. Pauvre Emma, la matinée devait être encore plus dure pour elle…

Elle se frotta les tempes en grognant. Argh, dire qu'elle était censée se rendre au temple des mioches braillards… Le cauchemar ! Seulement, elle ne pouvait pas faire faux bond à Christa…

— Bon, soupira-t-elle en redémarrant, en route pour le parc de loisirs.

A l'arrière, les jumeaux poussèrent des cris de joie. Lily, qui ne perdait jamais le nord, lui fit alors des yeux de biche dans le rétroviseur.

— Mamaaan, je pourrai avoir un pain au chocolat, dis ? S'il te plaaaaîîît ?

Rachel ne protesta pas. Rien qu'à l'idée de pouvoir prendre un bon café et des viennoiseries, elle en avait l'eau à la bouche. Tout compte fait, ce ne serait peut-être pas une si mauvaise journée…

Hélas, son enthousiasme retomba dès qu'elle se gara sur le parking du parc de loisirs. Si, sur la devanture, le dessin de la mascotte Eric l'éléphant s'exclamait « Vos rêves vont prendre vie ! », la file d'attente de trois kilomètres le long du bâtiment tenait plutôt de la vision d'horreur. Le pauvre employé déguisé en Eric l'éléphant, qui était censé remonter la file pour saluer les jeunes enfants surexcités, essayait de se dépêtrer du petit garçon de trois ou quatre ans qui tirait sa trompe comme un enragé, visiblement déterminé à la lui arracher.

Après avoir aidé les enfants à descendre de voiture, elle

tenta de repérer Christa dans la foule et la trouva près de l'entrée.

— Rachel ! Viens rejoindre avec nous ! Ce n'est pas problème, *ja* ? demanda-t-elle au papa qui attendait derrière elle.

— Et puis quoi, encore ? se récria celui-ci.

Oh non, pas encore du grabuge ! Elle avait déjà eu assez d'émotions pour la journée avec son altercation avec la conductrice du 4x4… Mieux valait attendre gentiment au bout de la file.

Toutefois, elle n'eut pas le temps de décliner qu'un gorille en costard et lunettes noires se dressa soudain devant le papa d'un air menaçant.

— La dame avec nous, O.K. ? lâcha-t-il avec un accent russe très prononcé.

Se ratatinant sur lui-même, le papa ne broncha plus, et l'armoire à glace recula de nouveau vers le mur, sous le regard médusé de Rachel.

— Oh ! *ja*, *Entschuldigung*, Rachel, je ne suis pas polie. Son nom est Rory, il est le garde de vie — *äh*, garde du corps — de Roger.

— Son… Son *garde du corps* ?

Pourquoi continuait-elle de s'étonner ?

— *Ja*, répondit la Suisse dans un murmure, comme pour s'assurer que personne ne les écoutait. Rudi dit il faut faire attention… Il travaille avec des dangereux hommes.

— Eh beh… De quoi a-t-il peur, exactement ?

— Kidnapping, peut-être. Je crois Rudi a peur pour rien, mais Rory est *sehr* gentil. Roger l'aime très beaucoup.

Rachel esquissa un sourire crispé — combien de temps pouvait-elle attendre avant d'envoyer un texto à Sue sans paraître impolie ? Jetant un regard au petit rouquin, elle le trouva en train de tester ses techniques de combat sur le mastodonte avec l'aide de Lily et Alfie. D'abord alarmée, elle se détendit en voyant que le garde du corps restait de marbre. Il ne grogna que lorsque Roger lui donna un coup dans les parties sensibles, mais le félicita d'une tape dans la main.

— Il lui apprend *le* défense — comment dit-on... *le* autodéfense, *ja*. Il est bon, *oder* ?

Les deux heures qui suivirent furent étonnamment agréables pour Rachel. Elle enchaîna les cafés avec Christa en discutant de tout et de rien pendant que les enfants se déchaînaient sur les différents jeux.

Même lorsqu'ils frôlèrent l'incident, tout se passa bien : le tortionnaire d'Eric l'éléphant avait décidé de chercher des noises à Alfie, mais Rory n'eut qu'à se dresser entre eux pour que la petite terreur arrête aussitôt de jouer les caïds et se réfugie dans les jambes de sa mère.

— Ouah ! C'est rudement pratique d'avoir un garde du corps, dis donc !

— *Ja*, c'est *sehr gut*. Mais il faut être sûr de *choiser* quelqu'un discret. Celui avant Rory a essayé de vendre des mensonges sur nous à des journalistes.

— Mince alors ! Qu'est-il allé raconter ?

— Il a dit nous *fairons* des orgies. C'est *völlig falsch*, bien sûr. Ce n'est pas parce que j'ai une *combination* de cuir pour le sexe que je *voulois* n'importe qui dans ma *Muschi*.

Rachel faillit en recracher son café.

— Oh ! balbutia-t-elle. C'est...

— Terrible, *ja*, je sais. Il était un *Arschloch*. Mais Rory est famille, alors c'est très mieux.

— Je n'en doute pas...

Rachel prit une nouvelle gorgée de son café, brusquement frappée d'amertume. Décidément, sa vie était bien fade, à côté de celle de Christa...

Gagnée de nouveau par une légère nausée, Emma se laissa tomber contre le dossier de sa chaise et prit une profonde inspiration. Bon sang, elle avait beaucoup trop mangé ! Par chance, après un rot sonore qu'elle ne put contenir, elle se sentit beaucoup mieux. Non loin de là, le serveur la considéra avec une moue dégoûtée, qu'il transforma bien vite en sourire obséquieux dès que Rosie le dépassa à son retour des toilettes, où elle était allée se « repoudrer le nez ».

— Franchement, ce restaurant n'est plus ce qu'il était. Il fut un temps où un employé était là pour distribuer des serviettes chaudes, et sais-tu par quoi ils l'ont remplacé ? Des sèche-mains. *Des sèche-mains*, est-ce que tu te rends compte ? Pas étonnant que ce pays parte à vau-l'eau... Enfin, bref, est-ce que tu te sens mieux, *darling* ?

— Oui, merci. Ça m'apprendra à boire un peu trop en semaine.

— Quelle était l'occasion ? Une soirée de lancement ? Un dîner en compagnie d'un auteur ?

— Non, non, juste une soirée au pub avec Rachel.

Rosie fronça le nez comme si elle venait de respirer une odeur particulièrement écœurante.

— Pourquoi diable avez-vous mis les pieds dans ce genre d'établissement ?

Emma pouffa de rire. Ah, Rosie et ses remarques snobs... On croirait entendre sa mère !

— C'est un pub vraiment très agréable, tu sais. Papa nous y emmenait souvent il y a quelques années. C'est lui qui nous a appris à savourer les bonnes choses, comme la bière artisanale.

— Ah, oui, il est vrai que votre père a toujours eu des goûts étranges... A propos, comment va ce cher Eddy ?

— Il va bien. Il adore passer du temps avec ses petits-enfants, et je pense qu'il profite à fond de sa retraite.

— Oui, bien sûr. Une vie rangée, en somme — ça ne m'a jamais attiré, en ce qui me concerne. Et comment se porte ta *mère* ?

Elle avait prononcé ce dernier mot avec un dédain qui n'étonna pas Emma.

— Ça va, si ce n'est qu'elle fait son possible pour organiser mon mariage à ma place. Enfin, je suppose que ça part d'un bon sentiment…

— Oh ! *darling*, c'est terrible. Il faut que tu lui tiennes tête !

Emma poussa un soupir.

— Plus facile à dire qu'à faire, tu sais…

— Voudrais-tu que je lui en touche deux mots ?

Ouh là, très mauvaise idée ! Rien de tel pour que sa mère commette un meurtre !

— Merci Rosie, mais ce ne sera pas nécessaire. Je peux m'en occuper toute seule.

— Je n'en doute pas, *darling*. Toujours est-il que je tiens à t'offrir mon aide. Voudrais-tu que je demande à Stella de créer ta robe, ou que je voie si Elton peut jouer à l'église ?

Emma se mordit la lèvre pour ne pas se moquer. Elton John à son mariage, une robe créée par Stella McCartney, *mais bien sûr* ! Ah, Rosie et ses relations…

— C'est très gentil de proposer, mais nous avons plutôt envie d'un mariage tout simple. Et, à vrai dire, nous n'avons même pas encore choisi de date !

— Bien, c'est toi qui vois. En tout cas, si je peux faire quoi que ce soit, tu n'as qu'à demander.

— Merci, ça me touche beaucoup. Mais euh… Rosie ? Est-ce que je peux te poser une question personnelle ?

— Tout ce que tu veux, *darling*.

— Pourquoi ne t'es-tu jamais mariée ?

A ces mots, une ombre traversa le visage de sa marraine.

— Ah, tu n'es pas la première à me demander ça… En fait, il se trouve que je l'ai été.

— Vraiment ? Quand ça ?

— Il y a bien des années, à l'époque où je n'étais encore qu'une jeune insouciante romantique.

— Que s'est-il passé ?

— Oh ! tu sais, c'était dans les années 60. Tout semblait si simple, à cette époque ; je pensais être amoureuse et je me suis mariée sans réfléchir. Hélas, mon mari ne m'aimait pas; tout cela n'était qu'une vaste plaisanterie, pour lui. Alors, nous avons divorcé, et j'ai rayé cet épisode de ma vie.

Emma n'en croyait pas ses oreilles.

— Ça alors! Est-ce que c'était lui, le grand amour de ta vie?

— Non, pas vraiment...

Elle regretta aussitôt son indiscrétion. Tout à coup, les yeux de Rosie reflétaient une tristesse infinie. Ses traits s'étaient affaissés; on aurait dit qu'elle venait de vieillir de dix ans.

— Non, j'en aimais un autre, mais ce n'était pas réciproque; alors j'ai épousé Ralph, et notre mariage n'a pas fonctionné. Fin de l'histoire.

— Oh! je suis désolée, Rosie. Je n'aurais pas dû me mêler de ce qui ne me regarde pas.

Sa marraine se ressaisit en un éclair. Elle lui offrit un sourire éclatant, comme si rien ne s'était passé.

— Désolée? Pourquoi diable serais-tu désolée, *darling*? C'est de l'histoire ancienne. Nous n'étions pas faits l'un pour l'autre, voilà tout. De toute manière, la vie à deux, très peu pour moi! Je suis bien trop égocentrique et j'aime beaucoup trop mon travail pour consacrer du temps à une relation. Mais assez parlé de moi; ce déjeuner était censé tourner autour de toi et ton nouvel auteur! Je parie qu'il est très séduisant, n'est-ce pas?

— Euh, c'est un excellent écrivain...

Rosie eut un sourire triomphant.

— *Ah, ah!* J'en étais sûre. Un bel homme à se mettre sous la dent — et intelligent, avec ça! C'est merveilleux.

— Enfin, Rosie, je vais bientôt me marier!

— *Tut-tut-tut*, simple détail, ma petite. Croque la vie à pleines dents tant que tu le peux, conseil de ta marraine. A propos, comment va Marvin?

Emma préféra ne pas relever son « conseil ».

— *Martin* est adorable. Il m'emmène en week-end dans un hôtel-château ultra-chic.

— Oooh, j'en connais un qui a quelque chose à se faire pardonner…

— Comment ça ?

— Disons qu'à mon expérience, quand un homme gâte à ce point sa dulcinée, c'est soit qu'il espère une bonne partie de jambes en l'air, soit qu'il se sent coupable — ou les deux.

Hmm, Rosie n'avait pas tout à fait tort. Après tout, pour lui annoncer la visite chez ses parents, Mart ne lui avait-il pas sorti le grand jeu avec les fleurs, le dîner et le champagne ? Toutefois, elle faisait confiance à son fiancé.

— Non, ce n'est pas son genre. Je pense qu'il aime seulement me faire plaisir.

— Petite veinarde ! Dans ce cas, profitez bien de votre week-end. Et n'oublie pas d'emporter tes dessous les plus affriolants !

— *Rosie !*

— Quoi ? Ne sois pas si choquée. Je ne suis pas encore morte, figure-toi.

Emma baissa les yeux, un sourire malicieux aux lèvres.

— En fait, ma valise est déjà prête, mais je ne te dirai pas ce que j'y ai mis ! Bon, sur ce, je ferais mieux de retourner au travail. Il faut que je mette les bouchées doubles pour réussir à faire oublier ma matinée désastreuse, et je comptais partir en avance pour qu'on puisse éviter l'heure de pointe ce soir.

— Bien sûr, bien sûr.

Rosie n'eut qu'à lever le doigt pour que le serveur accoure à son côté afin de lui présenter la note exorbitante.

— *Mamaaaan !* Je trouve pas ma robe de Cendrillon !

— Un instant, Lily, j'aide Will à mettre la main sur son masque de Spiderman.

— Maman, 'veux un câlin !

Rachel ne savait plus où donner de la tête, ce matin. De ses trois enfants, Alfie était de loin le plus affectueux, mais il avait le don de choisir ses moments. Cédant à l'appel de ses bras potelés, elle souleva son fils pour le caler sur sa hanche, avant de recommencer à fourrer les vêtements de Will dans son sac à dos.

— 'veux pas aller chez mamie…

— Oh ! ne dis pas ça, mon poussin. Papi sera là, et tu l'aimes ton papi, non ?

— Noooooooooooon !

— Bien sûr que si, que tu l'aimes ! insista-t-elle en chatouillant son ventre dodu dans l'espoir de le faire rire.

Peine perdue. Alfie gigota dans tous les sens avec un cri perçant, mais refusa de coopérer.

— *Non 'l'aime pas !*

Avec un soupir, Rachel le reposa au sol pour se dépêcher de terminer les sacs. Tout fut prêt dix minutes plus tard, juste comme son père frappait à la porte. Parfait timing !

— *Papaaaaa !* s'exclamèrent les enfants en courant vers l'entrée.

— Mauvaise réponse, papa est au travail ce matin. Une autre suggestion ?

Ce fut Will qui fut le premier à la porte.

— Papiiiiii !

— Lui-même. Alors, qui veut faire un tour dans ma voiture magique pour passer la nuit chez papi et mamie ?

— Moiii !

— Moiiiiii !

— Moiiiiiiiiii !

Les petits sautèrent au cou de leur grand-père, qui, comme à son habitude, adressa un clin d'œil à Rachel.

— Merci, papa. Vraiment.

— A ton service, ma belle. Ça me fait plaisir.

Comme il ouvrait grands ses bras, elle se logea contre son torse rassurant sans se faire prier. Il y avait si longtemps que personne ne lui avait plus fait de gros câlin comme ça…

— Passez un bon week-end, reprit-il quand il s'écarta. Ne vous faites pas de souci pour les petits, et promets-moi que vous allez avoir une bonne discussion, Steve et toi.

— Promis juré, papa.

Une fois les enfants partis, Rachel alla s'affaler sur le canapé avec un soupir d'aise. Toutefois, dès que le téléphone fixe sonna, son estomac se noua. Oh non, quelque chose lui disait qu'elle allait regretter d'avoir décroché…

— Rach ?

— Steve, si tu m'annonces que tu vas être retenu au bureau tout le samedi, ça va très mal se passer, je te préviens.

— Tout doux. Je t'appelle juste pour te demander si tu préfères du vin rouge ou du vin blanc, pour ce soir ? Ma réunion vient de se terminer et j'espère bien qu'on fêtera comme il se doit notre journée — *et surtout notre nuit* — rien qu'à deux…

Rachel sourit jusqu'aux oreilles. Le week-end serait peut-être réussi, après tout.

Chapitre 8

L'esprit encore embrumé de sommeil, Emma ne reconnut pas la chambre quand elle ouvrit les yeux. Un lit à baldaquin ? Des rideaux de velours ? Où était-elle ?

C'est alors qu'elle se souvint — ils étaient à l'hôtel pour le week-end ! En effet, une bouteille de champagne vide traînait sur la table de chevet, des sous-vêtements jonchaient le sol et des bas Nylon étaient enroulés autour d'une des colonnes du lit. *Eh beh, ça a dû être une sacrée nuit…*

Un sourire béat aux lèvres, elle se retourna pour se blottir contre Martin qui, emmitouflé entre les draps, commençait à remuer à son côté.

— Ça te dit de refaire la bête à deux dos ? lui murmura-t-elle au creux de l'oreille.

— Mmmh, avec joie. Scellons donc notre accord encore une fois…

Emma sentit son cœur s'arrêter. Cette voix… Ce n'était pas celle de Martin…

— *Richard ?!*

Réveillée en sursaut, elle entendit Martin qui chantonnait du Elvis sous la douche et poussa un énorme soupir de soulagement. Bon sang, le cauchemar avait été si réaliste !

Toutefois, elle se crispa lorsque son regard tomba sur la bouteille de champagne, les sous-vêtements et les bas, placés exactement comme dans son rêve. *Brr, on se croirait dans une version porno d'*Un Jour sans fin…

— Salut, beauté !

Martin sortit de la salle de bains en ne portant en tout et pour tout qu'un sourire charmeur.

— Dis donc, ma belle, c'est une fameuse partie de jambes en l'air que tu m'as offerte, cette nuit… Ça te dit de refaire la bête à deux dos ?

Argh !

— Chaque chose en son temps, cow-boy, répliqua-t-elle avec un sourire pour cacher son malaise. Après un dîner uniquement constitué de champagne et de sexe, j'ai grand besoin de me remplir la panse. Et n'essaie pas de m'avoir avec tes yeux de chien battu, je ne céderai pas !

Elle sortit du lit pour se diriger vers la salle de bains, et son fiancé lui administra une claque sonore sur les fesses.

— *Aïe !* Bonjour le prince charmant… Qu'est-il advenu du romantisme ?

Martin lui décocha un sourire goguenard.

— Il est mort avec la débauche.

— Il faut donc que j'aille me laver de mes péchés.

— Dans ce cas, tu vas avoir besoin d'une douche rudement longue, petite dévergondée.

Comme Martin n'avait toujours qu'une seule idée en tête après la douche et le petit déjeuner, Emma tenta de le distraire avec une promenade dans le domaine du château. Il faisait trop beau pour rester enfermés !

Parés de leur joli manteau d'automne, les arbres commençaient déjà à se dénuder pour habiller le sol de couleurs fauves. Seules quelques traînées blanches striaient le ciel d'un bleu immaculé. Le soleil parvenait même à faire oublier la fraîcheur mordante du matin. Emma, qui, pour l'occasion, avait emporté sa longue écharpe à rayures préférée et ses bottes fourrées, s'amusait à donner des coups de pied dans les amas de feuilles mouillées.

— Fais attention, la prévint Martin, il y a peut-être des crottes de chien là-dedans.

Avec un regard éloquent pour la splendide demeure victorienne où ils séjournaient, elle secoua la tête.

— Ça m'étonnerait. Ou alors, ce sont des crottes de luxe.

D'humeur espiègle, elle ramassa une brassée de feuilles mortes pour les jeter à la figure de son fiancé.

— Ah, comme ça, tu veux jouer ? Très bien, tu vas voir ce que tu vas voir !

Comme il s'emparait à son tour d'un énorme tas de feuilles, elle poussa un cri perçant et s'enfuit en direction du lac, en bas de la colline. Il la poursuivit sans relâche jusqu'à ce qu'elle s'arrête sous un saule pleureur, à bout de souffle.

— O.K… O.K…, haleta-t-elle, les mains levées. Je déclare forfait.

Avec une lenteur délibérée, Martin s'avança vers elle, l'air narquois, les bras toujours encombrés. Cependant, au lieu de l'attaquer comme elle l'avait fait, il se mit à fredonner la marche nuptiale — avec plus ou moins de succès — et jeta les feuilles en l'air afin de les faire pleuvoir tout autour d'eux comme des pétales de fleurs. Puis il plaqua Emma contre l'arbre, et ils s'embrassèrent, riant à moitié.

La passion ne tarda pas à prendre le dessus — peut-être même un peu trop. S'arrachant à ses lèvres pour parsemer son cou de baisers, Martin déboutonna prestement son manteau et elle sentit ses mains glisser partout sur son corps.

— Martin, pas ici ! s'indigna-t-elle sans toutefois le repousser. On va nous voir !

Il jeta un regard alentour.

— C'est désert. De toute façon, ce serait un crime de reprocher à deux personnes qui s'aiment de fricoter en pleine nature, tu ne crois pas ?

Comme il s'aventurait sous son pull, elle laissa échapper un soupir pantelant.

— Et s'ils ont des caméras de surveillance ?

— Alors qu'ils se rincent l'œil… On s'en fiche, non ? Et puis, ne me dis pas que l'idée ne te plaît pas ; le coin est magnifique, c'est toi-même qui me l'as dit tout à l'heure.

— Mmh, c'est vrai… C'est sublime…

Enivrée par ses caresses, elle abandonna toute résistance

et chercha fébrilement la braguette de Martin. S'exhiber de cette façon ne lui ressemblait pas, mais d'un autre côté la situation l'excitait, elle devait bien l'admettre…

— Je suis content que tu aimes l'endroit, murmura-t-il entre deux baisers, parce que j'ai pris la liberté d'y faire une réservation pour le mariage, à la date dont on a discuté.

Douche froide.

— Tu as fait *quoi* ?

Outrée, Emma le repoussa. Toutefois, Martin ne dut voir dans son geste que de la stupeur, car il la reprit dans ses bras avec un sourire.

— J'ai pensé que ce serait une belle surprise.

Elle le poussa de nouveau, plus violemment cette fois.

— Enfin, Martin, tu es tombé sur la tête ou quoi ?

Il la considéra, incrédule.

— Quoi ? Quel est le problème ?

— *Le problème ?* Tu aurais dû m'en parler avant, voilà le problème !

— Mais puisque je te dis que je voulais te faire la surprise !

— Ah, ça, on peut dire que c'est réussi !

Reboutonnant son manteau, elle remonta la colline d'un pas furibond.

— Em, attends ! s'écria Martin en la rattrapant. Je ne comprends pas, tu viens de dire que ça te plaisait, ici.

Elle fit volte-face avec un grognement de frustration. Bon sang, qu'y avait-il de si difficile à comprendre ?

— C'est le cas ! Mais j'aurais aimé que tu me consultes avant de prendre une décision pareille ! Et puis, je pensais qu'on avait convenu de choisir un endroit plus près de chez mes parents.

— Ah, je vois, c'est pour ça que tu en fais tout un foin, alors, répliqua-t-il en croisant les bras. Ce qui te dérange, c'est qu'on soit plus près de chez *mes* parents que des tiens.

— Arrête, tu es ridicule. Il s'agit du lieu du mariage, au cas où tu l'aurais oublié ; il me semble que j'ai aussi mon mot à dire dans l'histoire !

— Et pourquoi est-ce qu'il faudrait que ce soit forcément près de chez tes parents, hein ? Pour que ta mère puisse tout organiser elle-même ?

— Qu'est-ce que c'est censé vouloir dire ?

— Quelle mauvaise foi ! Tu sais très bien comment elle est ! Elle veut déjà que ta cousine Margery s'occupe des fleurs, et bientôt ce sera ta grand-tante Pamela qui fera le gâteau.

Emma grinça des dents. C'est qu'il devenait insultant !

— C'est la cousine *Eunice*, pas Margery ; et je n'ai même pas de grand-tante Pamela. En plus, c'est toi qui disais l'autre jour que ma mère essayait juste de nous aider, qu'elle ne voulait que mon bien !

Le visage fermé, Martin la considéra en silence un moment. Mais, même quand il leva les mains en signe de capitulation, il était glacial.

— O.K. Si tu ne veux pas célébrer le mariage ici, très bien, je vais annuler la réservation. Après tout, je n'ai déboursé *que* cent livres d'acompte…

— Cent livres ! répéta-t-elle, horrifiée. Ma parole, tu as complètement perdu la boule !

Il lui retourna un regard blessé.

— Je n'en reviens pas qu'on se dispute à propos de ce qui est censé être le plus beau jour de notre vie.

— Moi non plus, figure-toi. Mais en même temps, je n'arrive pas à croire non plus que tu aies réservé le lieu du mariage sans me demander mon avis.

Martin poussa un soupir excédé.

— Bon, à l'évidence, on n'arrivera pas à régler la question maintenant.

— Non, ça c'est sûr.

— Je vais te laisser le temps que tu te remettes les nerfs en place, O.K. ?

S'il croyait apaiser les choses, c'était raté !

— O.K. ! explosa-t-elle. Puisque j'ai besoin de « me remettre les nerfs en place », je pars au bar !

*
* *

Emma n'avait toujours pas décoléré quand elle quitta le bar. Son verre à la main, elle erra sans but dans le dédale de couloirs richement décorés jusqu'à ce qu'elle tombe par hasard sur la bibliothèque. Parfait. Un grand gin-tonic et un bon livre, voilà exactement ce dont elle avait besoin pour se changer les idées.

Elle resta bouche bée en passant la porte. Des étagères en chêne du sol au plafond, des fauteuils élégants, d'immenses baies vitrées qui donnaient sur le parc… Quel endroit magique ! Et, pour ne rien gâcher, elle était seule — le rêve ! Fermant les yeux, elle huma l'odeur si particulière des vieux ouvrages et sentit aussitôt sa tension s'envoler. Il y avait quelque chose d'apaisant, de réconfortant, dans le simple fait d'être entourée de livres. Et ce silence…

Ouvrant les paupières, elle consulta les étagères : romans, manuels, encyclopédies de toutes époques, aux titres parfois si farfelus qu'ils lui arrachèrent un sourire. Un en particulier, *Tricoter malin avec des poils de chien*, la fit tant glousser qu'elle l'aurait pris si elle n'avait pas repéré un recueil de nouvelles de P.G. Wodehouse — quoi de plus approprié qu'un portrait mordant de la bonne société anglaise quand on passait un week-end à jouer les nouveaux riches ?

Confortablement installée près de la baie vitrée, elle s'apprêtait à ouvrir l'ouvrage lorsqu'elle reçut un texto de sa sœur :

Tout va bien à Downton Abbey ? Moi je V faire une virée en enfer, G besoin d'1 truc sexy pr embellir ma brioche. C pas gagné.

Eclatant de rire, Emma lui répondit à la vitesse de la lumière :

Je me suis engueulée ac M et je noie mon malheur ds le gin. Amuse-toi bien ac S !

Bois un coup pr moi. Jspr que ça va s'arranG. Biz, R.

Rangeant son portable, Emma but une gorgée de son gin, puis tenta de se plonger dans sa lecture — sans succès. Dès le premier paragraphe, son regard se perdit par la fenêtre.

Martin n'avait pas tort, cet endroit serait vraiment le cadre rêvé pour le mariage. Elle se voyait déjà dans sa belle robe blanche dans le parc, à jouer les châtelaines… Il y avait même un terrain de croquet pour les invités !

Le seul problème, c'était qu'elle s'était toujours imaginée partir en robe blanche depuis la maison familiale… Etait-ce si égoïste de sa part ? Et puis, elle entendait d'ici les jérémiades de sa mère si jamais elle acceptait de célébrer le mariage si loin de chez eux…

A cette pensée, Emma se mordit la lèvre. Là encore, Mart avait marqué un point : elle se plaignait toujours que sa mère veuille contrôler sa vie et pourtant elle se laissait faire.

Tout serait tellement plus simple si elle se mariait en cachette, comme Rachel l'avait fait ! Seulement, ce n'était pas comme ça qu'elle voyait son grand jour. Sa sœur avait toujours été la moins conformiste des deux…

Elle poussa un profond soupir. Au fond, Mart avait cru bien faire. Même si dépenser cent livres d'avance n'avait pas été très malin, il avait juste voulu lui faire plaisir. Maintenant, c'était à elle d'agir en adulte. Elle devait penser à son couple avant tout ; et si cela impliquait de tenir tête à sa mère, alors tant pis, ce ne serait rien de plus qu'un mauvais moment à passer.

Elle venait tout juste de prendre cette décision lorsqu'elle sentit son portable vibrer de nouveau dans sa poche. C'était un texto de Martin :

Tu me manques

Emma fixa ces trois petits mots, hésitante. Une part d'elle répugnait encore à céder si vite, à reconnaître qu'elle avait réagi au quart de tour… Mais pouvait-elle vraiment gâcher le reste du week-end à cause de sa fierté mal placée ? Non, bouder serait trop puéril.

Elle lui demanda :

Tu es où ?

Dans la salle de billard. Ça te dit qu'on se fasse une partie ? Je te laisserai gagner.

Dans tes rêves, mon coco. T'as aucune chance contre moi et tu le sais ! Dsl pour tout à l'heure. J'étais sous le choc.

Pas grave. J'aurais dû te demander avant. Au moins on pourra se réconcilier sur l'oreiller.

Emma termina son verre le cœur plus léger, puis, allant replacer son livre sur l'étagère, elle en caressa la tranche.

— Je parie que tes personnages sauraient quoi faire d'un chameau comme ma mère, pas vrai mon vieux P.G. ?

Puis elle partit retrouver son fiancé, le sourire aux lèvres.

Rachel avait l'impression d'avoir mis les pieds dans le temple de la *coolitude*. Partout, des tops, des robes, des sacs à main, des chaussures, tous plus tendance les uns que les autres ; même le rayon enfants semblait réservé aux gamins les plus branchés. Elle se sentait si peu dans son élément qu'elle s'attendait à tout moment à ce qu'un agent de sécurité lui demande de sortir.

Il fallait dire aussi qu'elle évitait ce genre de boutiques comme la peste à cause des jumeaux. Faire les magasins avec les enfants était toujours une épreuve, voire un vrai cauchemar, comme le jour où elle avait eu la riche idée de les emmener tous les trois à IKEA, *toute seule*. Comment avait-elle pu s'imaginer une seconde qu'ils la suivraient sans faire de bêtises, ou tout au plus qu'ils s'amuseraient à sauter sur les lits ? Elle avait même prévu de les féliciter par un plat de boulettes de viande suédoises dans le coin restaurant.

Naïve qu'elle était ! Alfie avait commencé par faire une crise sur le parking pour ne pas sortir de la voiture. Puis Lily avait décidé de se créer une couronne avec la moitié des serviettes du magasin. Et, *last but not least*, Will avait cru drôle de se cacher dans une armoire. Résultat, elle l'avait cherché partout pendant une demi-heure, complètement paniquée, jusqu'à ce qu'on lui annonce au micro qu'elle pouvait le récupérer à l'accueil — une chance qu'il ait réussi à trouver un employé parmi la foule de clients quand il avait compris que personne ne viendrait le chercher dans sa cachette ! Alors qu'elle avait eu l'intention de faire du repérage parmi les canapés convertibles, elle avait été si traumatisée par l'incident qu'elle était repartie avec deux coussins mal assortis — que les enfants avaient réussi à déchirer trois semaines plus tard —, une boîte de rangement en raphia qu'elle n'utilisait pas, et un miroir grossissant qu'elle avait rangé dans le placard sous l'escalier et qui n'avait jamais quitté son emballage depuis. Après ça, elle n'avait pas eu la force de préparer le dîner, à tel point qu'elle avait commis la bêtise de les nourrir uniquement de barres chocolatées et de jus d'orange. La suite de la soirée lui avait bien servi de leçon : le sucre les avait tellement excités qu'ils étaient restés montés sur ressorts pendant des heures, et elle n'avait réussi à les mettre au lit qu'avec l'aide de Steve à son retour du travail. Il avait d'ailleurs eu le plus grand mal à la faire rire quand elle lui avait raconté son horrible journée.

— Ça t'étonne que les enfants aient réagi comme ça ? Ce magasin rend tout le monde marteau. C'est la version scandinave de l'enfer !

Rachel frissonna à ce souvenir. Au moins, aujourd'hui, elle n'avait pas ses terreurs dans les pattes ! Elle avait convenu de retrouver Steve dans une brasserie pour le déjeuner et, pour l'occasion, elle avait pris le temps de se coiffer et même de se maquiller. Mais si, tout à l'heure, elle s'était sentie capable d'affronter les rayons d'une boutique de vêtements, elle commençait à regretter sa décision.

— Z'avez besoin d'aide ? lui demanda d'une voix traînante la jeune vendeuse qui apparut à son côté.

A peine sortie de l'adolescence, elle portait beaucoup trop d'eye-liner et mâchait un chewing-gum à la manière élégante d'un ruminant.

Rachel lui adressa un sourire gêné — pas question d'expliquer à cette gamine ce qu'elle cherchait !

— Non, merci, je ne fais que regarder.

La vendeuse retourna derrière la caisse avec une moue boudeuse, mais continua de surveiller ses moindres faits et gestes — à croire qu'elle n'avait encore jamais vu de trentenaire, et encore moins dans ce magasin. De plus en plus mal à l'aise, Rachel déambula entre les présentoirs en s'efforçant de dégager une impression d'assurance. Mais, alors qu'elle furetait du côté des tops aux imprimés tape-à-l'œil, la jeune fille lui décocha un crochet du droit.

— On les a aussi en grandes tailles, ceux-là. J'peux aller les chercher en réserve, si vous voulez ?

— *Je vous demande pardon ?*

Sans relever son ton offensé, la vendeuse répéta sa remarque beaucoup plus fort — *c'est qu'elle me prend pour une mamie dure de la feuille, ma parole !*

— Pas la peine, prétendit Rachel, vexée. En fait, c'est exactement ma taille.

Elle brandit avec un sourire triomphant le premier cintre qui lui tomba sous la main. Mauvais choix : elle tenait un T-shirt noir moulant sur lequel on pouvait lire en paillettes roses « Sexy Mama ».

La fille eut l'air agréablement surprise.

— Oh ouais, prenez-le, il claque, celui-là ! Ma mère s'est acheté le même la semaine dernière, et vous avez genre le même âge, alors...

Vlan, uppercut en pleine mâchoire ! Quel âge lui donnait-elle, exactement ?

Horrifiée, Rachel replaça le cintre sur le présentoir. En

pleine panique, elle quitta le rayon et saisit sans réfléchir un article qu'elle trouva à la caisse.

— Je vais prendre ça. Pour ma fille, précisa-t-elle après avoir jeté un œil au collier de perles nacrées très kitsch.

La vendeuse parut satisfaite.

— Super choix. Elle va adorer. Ça fera vingt livres.

Merde, vingt livres pour cette babiole ! Tant pis, il était trop tard pour changer d'avis.

— Vous n'avez pas dit le mot magique, jeune fille.

Argh ! N'aurait-elle pas pu la fermer ? Ce n'était pas en essayant de refaire l'éducation de cette gamine qu'elle allait paraître moins que son âge !

— S'il vous plaît..., grommela l'adolescente.

Rachel lui tendit un billet et prit ses jambes à son cou sans attendre son ticket. Bonjour l'humiliation ! Elle venait de se délester de vingt livres pour un bijou que Lily n'aimerait peut-être pas, et elle n'avait même pas acheté ce qu'elle avait prévu. *Bravo Rachel, c'est ce qui s'appelle une réussite...*

Heureusement, dehors, la fraîcheur automnale lui donna un coup de fouet et le beau temps lui fit oublier ses déboires. Ce qu'elle aimait les jours comme celui-ci ! Un grand ciel bleu, un petit vent frisquet et le soleil qui tentait de réchauffer l'atmosphère... C'était le genre de temps qui, depuis toujours, la rendait de bonne humeur et mettait tous ses sens en effervescence. Déjà petite, elle adorait cette période de l'année où l'automne s'installait peu à peu : les trottoirs se couvraient de feuilles humides, l'odeur de marrons chauds commençait à emplir les rues... Autant de signes qui précédaient le feu d'artifice du 5 novembre, qui à son tour annonçait l'arrivée prochaine du jour le plus excitant entre tous : Noël !

Cette pensée gonfla le cœur de Rachel tandis qu'elle s'engageait tranquillement dans la rue de la brasserie. Ah là là, ce qu'elle pouvait être sentimentale, parfois ! Sous ses airs de reine du sarcasme, elle cachait un vrai cœur d'artichaut et elle adorait les petites traditions. Encore l'année dernière, elle avait insisté pour qu'ils regardent en famille les adorables dessins animés de Noël rediffusés tous les ans, au grand désespoir de Will qui s'estimait trop vieux pour « ces trucs de bébé » — il ne s'était d'ailleurs pas gêné pour se moquer de la boîte de mouchoirs qu'elle avait gardée à portée de main non-stop. Mais, à sa grande honte, sa tendance à la larme facile ne se limitait pas à la période des fêtes ; il lui arrivait d'avoir l'œil humide même devant des émissions comme *The Voice*, à tel point que Steve avait fini par la surnommer « mon petit oignon ».

Elle était perdue dans ses pensées lorsque quelqu'un la siffla. Aussitôt, elle fit volte-face, prête à sortir les crocs — elle allait lui apprendre les bonnes manières, à ce macho ! Mais — *surprise !* —, elle tomba nez à nez avec Steve, une rose entre les dents et un journal sous le bras. La vision la fit rire — même quand il essayait de jouer les bourreaux des cœurs, ce gros bêta ne pouvait pas s'empêcher d'acheter sa page de résultats sportifs !

— Salut, poupée ! lança-t-il en prenant une voix exagérément rocailleuse.

Il lui présenta la rose avec une courbette, avant de la renverser en arrière pour l'embrasser à pleine bouche comme dans les films. Rachel en fut toute secouée. Ouah ! Voilà qui promettait pour le reste de la journée !

— Comment s'est passée ta séance shopping ?

— Hum, pas très concluante… Je te raconterai pendant le repas. M'offrirez-vous un verre, beau mâle ?

— Avec plaisir, belle demoiselle.

Main dans la main, ils se faufilèrent entre les voitures pour traverser la rue, puis se glissèrent dans la brasserie. Ce qu'il faisait sombre, ici ! Sans hésiter, Rachel les entraîna à une table près du feu. Comme quoi, même dans le plus basique des restaurants, on pouvait se débrouiller pour passer un déjeuner un tant soit peu romantique !

Toutefois, son entrain retomba dès qu'ils s'installèrent. Quand ils étudièrent la carte, leur conversation se limita à quelques commentaires sur les différents plats, et, pire, dès qu'ils passèrent commande, Steve se plongea dans son journal. De qui se fichait-il ? Etait-ce ça qu'il appelait un déjeuner en amoureux ?

Elle s'apprêtait à protester quand il releva la tête avec un sourire taquin.

— Oh ! j'étais censé faire la conversation, c'est ça ? Alors que diriez-vous, madame Summers, que je commence par un petit discours ?

Rachel n'avait plus envie de rire.

— Steve, il faut qu'on parle, tu sais…

— Oui, mais je tiens à dire quelque chose avant.

S'éclaircissant la gorge, il lui prit la main par-dessus la table.

— Je sais que la situation n'a pas toujours été facile pour toi : on a longtemps essayé d'avoir un deuxième enfant, et finalement on s'est retrouvés avec un de plus que prévu. Attends, ajouta-t-il comme elle ouvrait la bouche, ne m'interromps pas, s'il te plaît. Ce que je veux dire, c'est que j'ai conscience du sacrifice que tu as fait en mettant ton cerveau en stand-by pour t'occuper de notre famille. Je pense sincèrement que tu es la meilleure maman du monde. Alors, pour te remercier de tout ce que tu fais pour nous, et te rappeler que je t'aime, je t'ai acheté un petit quelque chose.

A la manière d'un magicien, il fit surgir de nulle part un écrin noir qu'il fit glisser jusqu'à elle. Abasourdie, Rachel fixa le cadeau avant de lever des yeux ronds vers son mari — il lui offrait… *un bijou* ?

— Je t'ai connue plus curieuse, Rach, plaisanta-t-il.

Son cœur battait la chamade quand elle ouvrit la minuscule boîte.

— Ouah !

« Un petit quelque chose », *ça* ? La bague avait dû lui coûter la peau des fesses !

— Trois petits diamants, un pour chacun des enfants, précisa-t-il, timide. J'espère qu'elle te plaît.

— Si elle me plaît ? Elle est sublime. Merci, Steve.

Emue, elle la glissa à son annulaire, où elle portait déjà sa discrète bague de fiançailles et son alliance. Puis elle se pencha par-dessus la table pour embrasser tendrement son mari.

— Deux saucisse-purée-confit d'oignons, lança tout à coup la serveuse sans se soucier d'interrompre leur moment d'intimité.

Ils déjeunèrent dans la bonne humeur, discutant de tout et de rien. L'ombre du déménagement planait sur eux, mais ni l'un ni l'autre n'aborda le sujet, comme par crainte de tout gâcher. A la fin du repas, ils avaient vidé une bouteille d'un vin rouge correct, qui commençait à monter à la tête de Rachel. Sans la moindre honte, elle se rapprocha de Steve pour lui chuchoter des propositions salaces à l'oreille.

A la réflexion, elle parlait peut-être plus fort qu'elle ne le pensait car, en leur déposant la note, la serveuse leur marmonna :

— Il y a des hôtels, pour ça.

La remarque les fit glousser comme des adolescents. Après avoir laissé un billet sur la table, Steve se leva d'un bond et attira Rachel contre lui.

— J'ai envie de toi, souffla-t-il. Maintenant.

Ils quittèrent la brasserie sans la moindre discrétion et seraient rentrés chez eux au pas de course s'ils avaient mieux tenu sur leurs jambes. Le cœur léger et les mains baladeuses, ils planifièrent un après-midi entier de plaisirs, ne s'arrêtant en chemin que pour s'embrasser sans retenue.

Le hasard leur fit croiser la route de Verity à un passage piéton. Rachel lui adressa un signe juste au moment où Steve lui pinçait les fesses. Résultat : la reine autoproclamée des parents d'élèves détourna les yeux, l'air consterné.

— Quelle pimbêche ! s'esclaffa Rachel. Je parie qu'elle ne s'est pas envoyée en l'air depuis des années !

Steve rit à son tour.

— Bah, ce n'est pas comme si ça nous arrivait souvent, à nous aussi…

— Très juste, mon cher. Raison de plus pour rattraper le temps perdu !

Malheureusement, ils déchantèrent quelque peu quand, en s'engageant dans leur rue, ils trouvèrent un Tom assis sur le pas de sa porte, la tête dans les mains. Rachel et Steve échangèrent un regard hésitant, avant de pousser un soupir de dépit — ils ne pouvaient tout de même pas l'ignorer alors qu'il avait clairement un problème…

Comme il ne les avait toujours pas remarqués lorsqu'ils arrivèrent à sa hauteur, elle décida de le saluer — *surtout, Rachel, ne montre pas que tu es pompette !*

— Hello-ooo !

Oups.

Leur voisin sortit de sa torpeur et leur adressa un sourire contrit.

— Oh ! bonjour. Vous ne devinerez jamais ce qui vient de m'arriver…

— Vous vous êtes dégoté une petite amie et elle vous a déjà fichu à la porte ? railla Steve.

Rachel lui donna un coup de coude, mais Tom le prit à la rigolade.

— Ha ha, j'aurais préféré… Non, j'ai réussi à m'enfermer dehors, sans mes clés.

Il n'en fallut pas plus pour la dégriser. *Et merde…* Pourquoi fallait-il que ça arrive, *maintenant* ? L'après-midi avait si bien commencé…

Ce fut Steve qui eut la réaction la plus adulte — pas étonnant, il avait toujours été bien plus gentil qu'elle…

— Ne vous en faites pas, mon vieux ! s'exclama-t-il en lui donnant une claque dans le dos. Venez donc chez nous. Qu'est-ce que vous comptez faire ? Appeler un serrurier ?

— En fait, mon frère a un double. Et, à la réflexion, c'est à vous que je devrais le confier ; ça serait sans doute plus malin, pas vrai ?

— Oui, mais ce n'est pas grave, l'assura Rachel. Vous n'avez qu'à vous servir de notre téléphone. Où est-ce qu'il vit ?

Avec un peu de chance, leur programme de l'après-midi ne serait qu'un peu retardé…

— A une demi-heure d'ici. Est-ce que vous êtes sûrs que ça ne vous dérange pas ?

— Bien sûr que non ! s'exclamèrent-ils en chœur avec un enthousiasme qui sonnait faux.

Tom se trouvait toujours dans leur cuisine deux heures plus tard. Alors que Steve les avait lâchement abandonnés pour aller regarder les derniers résultats de foot, Rachel, quant à elle, s'était résignée à jouer les bonnes voisines. Mais qu'est-ce que fabriquait le fameux frère, bon sang ?

— Dites-moi, Tom, s'enquit-elle en ouvrant leur deuxième paquet de biscuits, est-ce que vous… avez de bons rapports avec votre frère ?

— J'aimerais vous dire que oui, mais à vrai dire nous sommes très différents, lui et moi… Et vous, êtes-vous proche d'Emma ?

— Oh ! je n'ai pas à me plaindre, on s'entend bien. Ça lui arrive de me taper sur les nerfs, mais que voulez-vous, c'est la petite dernière… Et puis, je serais mal placée pour lui faire des reproches : je lui en ai fait voir des vertes et des pas mûres quand on était gamines…

— Tiens donc, voilà une facette que je ne vous connaissais pas. Qu'avez-vous donc fait subir à votre pauvre sœur ?

Elle éclata de rire.

— Il vaut mieux que je garde ça pour moi, ou bien vous n'allez plus jamais me voir du même œil. J'étais une vraie garce.

— *Madame Summers !* s'écria-t-il d'un ton faussement scandalisé. Que s'est-il passé depuis, alors ? Est-ce que c'est la maternité qui vous a assagie ?

— On peut dire ça, oui.

— A propos, où sont vos Schtroumpfs, aujourd'hui ?

Mes Schtroumpfs, se répéta-t-elle, amusée. Comme c'était mignon !

— Ils passent le week-end chez mes parents.

— Ah, c'est chouette, ça…

Un court silence suivit. Tout à coup, le sourire de Tom s'évanouit, et une expression horrifiée se peignit sur son visage.

— Oh ! merde ! Steve et vous étiez censés passer un week-end rien que tous les deux, c'est ça ?

— Eh bien… Plus ou moins.

Cette fois, il ne savait clairement plus où se mettre.

— Vous étiez censés avoir une discussion sérieuse et… et faire d'autres trucs d'adultes… Et je suis en train de tout gâcher comme un gros boulet !

— Tom, ce n'est rien, je vous assure. Ne vous en faites pas.

— Rachel, je suis vraiment désolé. Je garderai les petits quand vous voudrez, pour me faire pardonner.

Il paraissait si catastrophé qu'elle ne put s'empêcher de rire. Toutefois, avant qu'elle n'ait eu à mentir encore une fois pour le rassurer, on frappa lourdement à la porte.

— Pas trop tôt ! s'écria Tom en se levant d'un bond.

Il se précipita pour aller ouvrir, suivi d'une Rachel amusée — et curieuse. Le frère de Tom était-il aussi mignon que lui ? Elle ne fut pas déçue. Ouah, à quelques différences près, c'était son portrait craché ! Il avait un plus petit gabarit et semblait légèrement plus jeune, mais la ressemblance était frappante.

Dès que celui-ci la remarqua dans le dos de son frère, il lui décocha un immense sourire.

— Oh ! salut ! Moi c'est Mark. Vous devez être…

— Rachel, enchantée.

— Tout le plaisir est pour moi, Rachel, vous pouvez me croire. Dis donc, Tom, tu m'avais caché que tu avais une voisine aussi charmante ! T'es un sacré petit veinard !

Enfin, c'est pas comme si t'avais une chance avec elle, elle est beaucoup trop bien pour toi, mon vieux !

Ouh là ! Mignon mais lourdaud !

Sans surprise, Tom parut dans ses petits souliers.

— Je ferais mieux de vous laisser. Encore merci, Rachel, dites à Steve que je suis désolé. Et n'oubliez pas ce que j'ai dit, à propos du baby-sitting.

Après un dernier signe de la main, Rachel referma la porte et retourna dans le salon. Steve était absorbé par son portable, alors elle se glissa sur la pointe des pieds derrière le canapé.

— Qui est-ce qui t'envoie des messaaaages ? s'écria-t-elle tout à coup dans son oreille en l'empoignant par les épaules.

Il sursauta mais, avec un sourire, réussit à l'empêcher de s'emparer du téléphone.

— Sale petite fouineuse !

Tant pis pour lui, elle connaissait ses faiblesses : il suffisait de le chatouiller sous l'aisselle et… *Victoire !* D'un geste vif, elle saisit le portable et se retourna pour lire l'expéditeur : Sam. Ah oui, c'était le collègue dont elle avait vu le nom, l'autre jour, quand elle était allée fourrer son nez dans ses e-mails. Le texto disait :

Il n'y a que des gros manches dans ton équipe !

— Pff, ça parle encore de foot…, soupira-t-elle en lui rendant son maigre butin. Ah, les hommes, vous êtes vraiment pathétiques…

L'air penaud, Steve s'empressa d'éteindre son téléphone et de faire le tour du canapé pour attirer Rachel tout contre lui.

— Bon, maintenant que Simplet est enfin parti…

Sans le laisser terminer, elle lui donna une tape sur le bras.

— *Simplet ?* Pas la peine d'être aussi méchant !

— Quoi ? Aurais-tu peur qu'il nous entende, par hasard ?

— Déjà, oui. Et puis, ce n'est pas vrai. C'est un homme très gentil.

— « Un homme très gentil », l'imita-t-il avec une voix de fausset avant de ricaner. En tout cas, il en pince pour toi.

— Ce n'est pas vrai !

Elle éclata d'un rire qui sonnait faux, et son mari haussa un sourcil perplexe.

— Qu'est-ce que ça peut bien faire ? Ça prouve juste qu'il a bon goût. De toute façon, tu es toute à moi...

Joignant le geste à la parole, il lui caressa tendrement la joue, puis fit courir ses lèvres dans son cou, ce qui arracha à Rachel un délicieux frisson.

— Tout compte fait, ajouta-t-il entre deux baisers, on dirait bien qu'on va pouvoir reprendre les choses là où on les avait laissées...

C'était tentant, très tentant... Malheureusement, il fallait qu'elle se montre raisonnable.

Elle le repoussa avec douceur.

— Pas si vite, joli cœur. Il serait temps d'avoir cette fameuse discussion, tu ne crois pas ?

Steve poussa un soupir résigné.

— O.K., je suppose que tu as raison. Mais uniquement à deux conditions — trois, en fait.

— Rien que ça ? Je t'écoute.

— Un, on fait ça autour d'une bouteille de vin. Deux, on ne s'emporte pas. Et trois, le truc cochon que tu m'as promis à la brasserie tient toujours.

— Marché conclu !

Un peu anxieuse malgré tout, Rachel alla chercher le vin, puis ils s'installèrent confortablement sur le canapé.

— Bon, par où est-ce qu'on commence ?

— Le boulot qu'on m'a proposé me paraît un bon début.

— O.K.

Après une profonde inspiration, Steve se jeta à l'eau.

— Comme tu le sais déjà, c'est une énorme promotion, avec une grosse augmentation à la clé. Je serais à la tête d'une équipe, et j'aurais droit à mon propre bureau, dans l'un des plus vieux quartiers d'Edimbourg; un coin absolument charmant.

Décidée à se montrer coopérative, Rachel hocha la tête.

— Ça a l'air génial, c'est vrai. Le problème, c'est que c'est très loin d'ici.

— Je sais, je sais, mais je t'assure que ça serait une super opportunité pour nous. Will commence à peine l'école, alors il ne serait pas encore trop perturbé si on déménageait maintenant. Et puis, je me suis bien renseigné : les écoles sont excellentes là-bas, et la ville est une merveille.

— On dirait que tu as déjà tout prévu.

— Eh bien, j'y ai beaucoup réfléchi, oui.

— Ce qui me chiffonne, répondit-elle avec tout le calme dont elle était capable, c'est que tu as l'air d'avoir pris ta décision sans même m'en parler.

— On est *en train* de parler, là.

— Oui, mais c'est un peu tard, tu ne trouves pas ? Steve, au début de notre relation tu me racontais tout, absolument tout — c'est à peine si tu arrivais à t'habiller le matin sans me demander quelle chemise tu devais porter, tu te rappelles ? Je sais que le temps a passé depuis, mais là il s'agit d'une des décisions les plus importantes de notre vie, et je découvre que tu m'as caché cette histoire pendant une éternité ? Forcément, j'ai du mal à le digérer, tu comprends ?

— Oui, bien sûr. Ecoute, je suis désolé, Rachel, vraiment. Je comptais t'en parler plus tôt, je te le jure. Mais entre mes horaires de dingue au boulot, et toi qui ne sais jamais où donner de la tête avec les enfants… Je ne sais pas, je n'ai pas arrêté de reporter la discussion encore et encore, en me disant que je finirais par trouver le moment idéal pour qu'on prenne cette décision à deux. C'était idiot de ma part, je l'admets.

— Justement, Steve, tu n'as pas l'air de voir où est le problème. J'avais un bon boulot, avant; j'adorais ce que je faisais et je le faisais bien — plus que bien, même. Puis les enfants sont arrivés, et je les aime plus que tout au monde, mais… je sens qu'il manque quelque chose à ma vie. Du jour au lendemain, j'ai arrêté de faire travailler ma matière grise. Et aujourd'hui, tu sais ce que c'est, mon plus gros challenge au quotidien ? Venir à bout d'une de ces fichues ouvertures « faciles » des paquets de jambon.

La voix de Rachel tremblait de plus en plus, c'est pourquoi elle marqua une pause pour déglutir.

— Je ne m'épanouis pas dans le job de maman à temps plein, du moins pas tous les jours. Et je me sens horrible de dire ça, parce qu'on est censée aimer son rôle de mère ; c'est le cas, mais…

Incapable de se retenir, elle fondit en larmes. Elle poursuivit néanmoins, d'une voix chevrotante qu'elle ne reconnaissait plus :

— Des fois, j'ai l'impression qu'on a beaucoup trop changé, tous les deux, qu'on s'est trop éloignés l'un de l'autre ; et je ne veux pas vivre comme ça…

Steve la serra dans ses bras.

— Chh… Chh… Calme-toi. Ça va aller.

— Non, ce n'est pas vrai ! Tu ne peux pas comprendre ce que je ressens, parce que tu es un homme et que toi tu n'as pas eu à renoncer à ta carrière pour élever les gamins. Rien n'a jamais vraiment changé, pour toi, alors que ma vie a basculé du jour au lendemain. Je me sens inutile, comme si je n'étais plus qu'une grosse limace.

Steve éclata de rire.

— Eh bien, sache que je trouve que tu fais une bien belle grosse limace, et je ne t'échangerais pour rien au monde contre une plus petite.

Comme elle souriait entre ses larmes, il retrouva son sérieux.

— Ecoute, Rach, personne n'a dit que tu devais rester éternellement mère au foyer. Et à vrai dire, si je prends ce nouveau boulot, on aurait sans doute les moyens de payer la garderie si tu veux te remettre à travailler. Je ne demande que le bonheur de la famille mais, si tu n'es pas heureuse, je ne vois pas pourquoi tu devrais continuer à faire ce sacrifice. Autant pour les enfants que pour toi, il vaut mieux une maman active rayonnante, plutôt qu'une mère au foyer malheureuse, tu ne crois pas ?

— Si, sans doute… Mais il y a une part de moi qui aurait le sentiment de les abandonner.

— Mais non, voyons. Au pire, tu peux toujours te trouver un temps partiel.

— Même à Edimbourg ?

— Je suis sûr que même les Ecossais auront bien une petite place pour une bombe aussi brillante que toi.

Le baiser qu'il lui déposa sur le front réussit à l'apaiser.

— Rach, je suis convaincu que ça peut être un tournant formidable dans notre vie. Est-ce que tu accepterais au moins de faire une virée en famille dans le grand nord, le mois prochain, histoire de voir si le coin nous plaît ?

Elle renifla bruyamment avant de répondre :

— Et on prendrait notre décision après ?

— Exactement.

— Bon, d'accord.

Le visage de Steve s'illumina.

— Super ! Ça m'enlève un poids, tu n'as pas idée. Allez, on trinque aux boss de l'équipe Summers ?

Il leva son verre, et elle l'imita.

— Aux boss de l'équipe Summers.

Après une longue gorgée de vin, Steve reposa leurs deux verres sur la table basse. Quand il se retourna vers Rachel, un sourire diaboliquement sexy étirait ses lèvres.

— Et si on passait aux choses sérieuses ? Je te rappelle que tu as une promesse à tenir !

Rachel eut à peine le temps de lever un sourcil d'un air entendu qu'il se jeta sur elle.

Chapitre 9

Ce matin-là, Emma fut réveillée par les lueurs dorées de l'aube qui s'étaient frayé un chemin entre les somptueux rideaux. Mmmh, encore une superbe journée qui s'annonçait ! Le sourire aux lèvres, elle continua de somnoler quelques minutes, savourant le calme et le chant des oiseaux. Quand elle s'étira, elle se tourna vers Martin, qui respirait paisiblement à son côté. Une vision qui élargit encore son sourire — ce n'était pas souvent qu'elle avait l'occasion de le regarder dormir ! Etendu sur le dos, les bras croisés sur l'oreiller, il avait descendu les draps sur sa taille, ce qui révélait son torse musclé. Bon sang ce qu'il était beau…

Mais, alors qu'elle s'apprêtait à se pencher pour déposer un baiser sur ses lèvres légèrement entrouvertes, elle entendit son portable vibrer sur la table de nuit. C'était un texto de Rachel :

Ça va grosse vache ? Tu viens chez les vieux auj ?

Grosse vache toi mm ! Ça va bi1. Café chez les futurs bx-parents ce mat1, mais on pourra ptêt se voir après.

Bon courage ac la belle-doche, bécassine ! Au fait, G parlé ac S, tt est O.K.

Bonne nouvelle ! Elle détestait savoir sa grande sœur malheureuse. Leur famille était parfaite comme elle était : souvent chaotique mais très aimante, avec un brin de folie.

Elle tressaillit quand les bras de Martin s'enroulèrent autour de sa taille.

— Salut, mon cœur. Tu es réveillée de bonne heure, dis donc.

— Hé, beau gosse ! Ça t'étonne ? On s'est couchés hyper tôt hier soir.

— Ouais, mais ce n'est pas comme si on avait dormi, pas vrai ? Mais puisque tu as l'air en pleine forme…

Une lueur grivoise dans les yeux, il souleva les draps pour dévoiler une impressionnante érection matinale.

— Ce serait dommage de la gaspiller, celle-là, tu ne crois pas ?

Dans un gloussement, Emma sauta au cou de son fiancé.

Plus tard, alors qu'elle se prélassait dans la baignoire fumante, enveloppée d'un délicieux parfum fleuri, Martin apparut dans l'encadrement de la porte. Sans un mot, il l'observa longuement avec un demi-sourire.

— Quoi ?

— Rien, je contemple ma sublime future femme.

— Petit flatteur, va…

— Je le pense, Em. Je suis l'homme le plus heureux et le plus chanceux du monde. On s'envoie en l'air comme jamais, l'organisation du mariage avance, et…

Il secoua la tête d'un air incrédule.

— Tu es la meilleure chose qui me soit arrivée. Même si Cameron Diaz entrait dans la pièce dans la seconde pour me supplier de l'épouser, je l'enverrais sur les roses.

— Voilà qui m'enlève un sacré poids.

— Je suis sérieux ! Les gens passent leur temps à se compliquer la vie avec des grandes questions, du genre « est-ce qu'il m'aime vraiment ? », « est-ce qu'il est prêt à s'engager ? », « et moi, où est-ce que j'en suis ? » Ils ont tort, la vie est tellement plus simple que ça. Il suffit de rencontrer quelqu'un, de tomber amoureux, et voilà, *pif paf pouf*.

— « Pif paf pouf », rien que ça ?

La formule la fit sourire, et pourtant les mots de son fiancé la touchèrent en plein cœur.

— Rien que ça, conclut-il, béat. Bon, je vais me promener un peu avant le petit déj'. Savoure bien ta petite trempette.

Puis il disparut en sifflotant.

Posant la tête contre le rebord de la baignoire, Emma ferma les yeux. Ah, si seulement elle pouvait être aussi insouciante que Martin ! Comment les hommes faisaient-ils pour accepter les choses telles qu'elles étaient, sans tout analyser ? Elle en était bien incapable. Déjà toute petite, elle harcelait ses parents de questions sur tout et n'importe quoi, et passait son temps à se chercher de nouvelles passions, à poursuivre ses rêves. Sa curiosité et son ambition s'étaient d'ailleurs révélées de sacrés atouts dans sa vie professionnelle.

Pourtant, le mariage n'allait-il pas changer sa vision des choses ? Maintenant qu'elle avait trouvé l'homme avec qui elle avait envie de passer le restant de ses jours, le bonheur allait peut-être lui faire passer son besoin de courir après l'inconnu. Pourvu que ce soit vrai… Elle aimait Martin du plus profond de son cœur. Comment aurait-elle pu ne pas craquer pour lui ? Il était drôle, beau, attentionné, fou amoureux d'elle… Et, pour ne rien gâcher, c'était une vraie bête au lit. Que pouvait-elle demander de plus ?

Seulement, il y avait bel et bien un hic : Martin était pressé de devenir papa. L'idée la fit frémir — était-elle prête pour ce changement radical de vie ? Pas sûr…

Retenant sa respiration, elle plongea la tête sous la surface, puis la ressortit en crachant un jet d'eau comme une baleine. Qui avait raison ? Rosie ou Rachel ? Celle qui vivait sa vie à fond, sans attaches et avec un portefeuille bien garni, ou bien celle qui consacrait ses journées à ses trois beaux enfants ? Elles semblaient heureuses, chacune à leur manière — quoique, pas toujours…

Emma leva les yeux au ciel. Et voilà, sans même s'en rendre compte, elle venait de recommencer : des questions, toujours des questions… C'était épuisant, à la fin.

Et, quand on voyait comment Martin et elle avaient géré le problème du lieu du mariage, quelque chose lui disait que la suite des préparatifs n'allait pas être une partie de plaisir non plus… Le grand jour n'arriverait pas avant des mois, et pourtant elle le redoutait déjà — était-ce normal ? Ne devrait-elle pas plutôt attendre avec impatience ce moment censé lui apporter tant de bonheur ?

Avec un soupir, elle sortit de la baignoire et s'enveloppa dans le peignoir moelleux de l'hôtel. Si seulement tout le monde voulait bien arrêter de venir mettre son grain de sel dans leurs affaires, tout ça lui semblerait sans doute bien plus agréable.

Après le petit déjeuner, ils réglèrent la note, puis se mirent en route pour la maison des parents de Martin.

— Nerveuse ?

— Non, pourquoi ?

— Sans raison…

Oh oh ! Cette réponse ne lui disait rien qui vaille.

— Mart, est-ce que tu es sûr qu'il ne s'agit que d'un café ?

— Normalement, oui.

— « Normalement » ? Qu'est-ce que ça veut dire, ça ?

Son fiancé prit un air penaud.

— Je crois que maman a invité quelques amis à eux…

— *Quoi ?* Combien ?

— Je ne sais pas, quatre ou cinq — six, peut-être. Ne t'en fais pas, je suis sûr qu'ils vont t'adorer.

Telle qu'elle connaissait Daphné, elle avait plutôt ameuté tout le village… *Et merde !* Elle n'avait aucune envie de se coltiner une foule d'inconnus !

Toutefois, Martin semblait avoir tout prévu pour se faire pardonner : après avoir consulté sa montre, il alluma la radio, juste à l'instant où l'animateur déclarait :

— Le prochain classique nous a été demandé par Martin, pour sa fiancée, Emma.

Et, alors que s'élevaient dans la voiture les premiers accords de *I won't last a day without you* des Carpenters, elle sentit son cœur fondre et caressa la joue de son fiancé.

— Merci, mon chéri. Tu es adorable.

La chanson dura le temps du trajet. Les dernières notes s'achevaient juste comme Martin atteignait la maison de ses parents.

— Je t'aime, Emma Darcy, lui souffla-t-il en l'embrassant. Bon, prête à entrer dans l'arène ?

Déglutissant avec peine, Emma hocha la tête. « Quatre ou cinq »... Quelle blague ! Une dizaine de voitures avaient pris d'assaut l'allée et les trottoirs.

A peine eurent-ils le temps de descendre que, déjà, sa future belle-mère ouvrait la porte à la volée.

— Les voilà !

Aussitôt, une vingtaine de parfaits inconnus se pressèrent autour d'elle pour venir les saluer. Mais qui étaient tous ces gens ? Martin prit Emma par la main, lui chuchota un « désolé » à l'oreille avant de l'aider à se frayer un chemin jusqu'à Daphné.

— Mes amours ! leur lança cette dernière d'une voix stridente. Comme je suis heureuse de vous voir ! Entrez, entrez.

Poussée par le reste du troupeau, Emma retint une grimace en passant le seuil. *Beurk !* Elle ne pourrait jamais se faire à cette décoration — tapisseries chargées de fleurs, rideaux à fanfreluches... Bonjour le mauvais goût !

Comme elle le craignait, un énorme buffet froid les attendait dans la salle à manger : de la charcuterie, des toasts, du fromage, des plats non identifiés... La table disparaissait littéralement sous les victuailles.

— Oh ! Daphné, vous n'auriez pas dû vous donner tout ce mal pour nous. Un simple café aurait suffi.

Jeter un regard lourd de reproches à Martin ne servit à rien : les yeux écarquillés, il salivait déjà devant toute cette nourriture. *Quel goinfre !* Ils venaient à peine de petit-déjeuner !

— Ne dites pas de sottises, voyons, il fallait bien un brunch pour fêter vos fiançailles ! Oh ! mais il faut absolument que vous fassiez la connaissance de ma chère amie Sara — elle est *américaine*, souffla-t-elle comme s'il s'agissait d'un oiseau rare.

La Sara en question avait le visage rond et un style bohème chic.

— Ça me fait plaisir de vous rencontrer, les enfants, Daph n'arrête pas de parler de vous. Des félicitations s'imposent, hein ? En ce qui me concerne, le mariage ne m'a pas réussi — trois divorces, et j'ai décidé d'arrêter les frais. Mais je suis contente pour vous quand même !

Emma eut un sourire gêné.

— Euh, merci ?

Sans lui laisser le temps de souffler, la mère de Martin l'attrapa par le bras.

— Allons, venez vite, Emma, que je puisse continuer les présentations. Tout le monde meurt d'envie d'admirer la fameuse bague de fiançailles ! Oh ! et n'hésitez pas à vous servir au buffet, bien sûr. J'ai décidé de succomber à la mode scandinave et de préparer un… Comment Elke appelle-t-elle ça, déjà ? Ah oui, un *smörgasbord*. Quel nom barbare, n'est-ce pas ? Elke est suédoise, voyez-vous ; c'est la dernière arrivée au village, et c'est elle qui m'a donné l'idée. Assurez-vous de goûter le hareng mariné, c'est un délice.

Du poisson, à 10 h 30 ? A cette idée, Emma sentit son estomac se retourner. En revanche, cela ne semblait poser aucun problème à Martin qui, de l'autre côté de la pièce, commençait déjà à s'empiffrer — comment faisait-il ?

Impuissante, elle laissa sa future belle-mère l'entraîner dans le salon, vers un groupe d'invités. Bon sang, pourquoi Daphné était-elle si pressée ? A voir son air triomphant, on aurait cru qu'elle s'apprêtait à présenter un membre de la famille royale.

Mais avant qu'elles n'aient pu arriver à leur hauteur, Rob, le père de Martin, l'interpella depuis le couloir.

— Coucou, Emma !

Véritable masse de tweed, il les rejoignit de son pas traînant, puis, avec sa gaucherie habituelle, la serra dans ses bras.

— Bonjour, Rob, je suis contente de vous voir. Comment allez-vous ?

— Oh ! ça va, ça va. Je reste actif comme je peux, je m'occupe du jardin. Comment se portent vos parents ?

— *Robert !* s'écria soudain son épouse.

— Oui, ma tulipe ?

— Il me semblait t'avoir demandé de sortir tous les verres à vin. As-tu pensé aux fourchettes à poisson ?

— Ah oui, les fourchettes à poisson, les verres à vin ; tout de suite. Veuillez m'excuser, Emma, le devoir m'appelle.

Le sourire aux lèvres, il repartit en sens inverse.

— Bien, où en étions-nous, Emma ? Ah, les présentations, bien sûr. Voici Elke, notre star du hareng.

Daphné rit de sa propre formulation, avant de s'éclaircir la gorge quand personne ne la suivit.

— Et voici David et Vanessa — David est notre médecin de famille. Je vous présente également Roger et Doreen, Harriet et Philip…

La liste de noms n'en finissait plus, et Emma les oubliait au fur et à mesure ; même les visages se mélangeaient dans son esprit. Tout le monde s'extasiait sur sa bague, la bombardait de questions beaucoup trop personnelles. Quel cauchemar… Son royaume pour une chaise ! N'importe laquelle, même celles de bois qui faisaient mal aux fesses…

Quand, dans une conversation dont elle avait perdu le fil depuis longtemps, quelqu'un en vint à lui demander si elle savait allumer les feux de camp, elle déclara forfait. *Assez !* Elle avait suffisamment fait son devoir pour toute une vie, peut-être même deux.

Elle s'excusa avec un sourire poli et partit à la recherche de Martin, qu'elle trouva dans la cuisine avec son père.

— Salut, mon cœur. Tout va comme tu veux ?

Incapable de retenir une grimace, elle prit son fiancé à part.

— Je te préviens, il est hors de question d'inviter les amis de ta mère à notre mariage… S'il te plaît, dis-moi qu'on s'en va bientôt ?

— Est-ce que je peux m'enfuir avec vous ? intervint Rob avec un sourire contrit.

Martin lui donna une tape sur l'épaule.

— Mon pauvre petit papa, maman te mène encore à la baguette, hein ?

— Oh, maintenant, on ne la changera plus, tu sais… Bon, il vaut mieux que vous partiez avant de gâcher complètement votre week-end en amoureux. Je vais me charger de ta mère.

— Merci, on va rentrer par les petites routes, pour que la demoiselle puisse admirer le paysage.

Emma se sentait déjà beaucoup plus légère.

— Dis, Mart, est-ce que tu penses qu'on pourra faire un détour par chez mes parents, avant de rentrer ? J'aimerais bien avoir les dernières nouvelles du déménagement de Rach et Steve.

— Pas de souci.

Ils quittaient la cuisine quand Rob la retint doucement par l'épaule.

— Ah, Emma, en parlant de vos parents : dites à votre père que je lui passerai bientôt un coup de fil. J'aurais besoin de ses conseils pour repiquer un camélia.

— D'accord, je lui en toucherai un mot. Et merci.

Dans un élan de gratitude, elle le serra dans ses bras.

C'est alors que Daphné fit irruption dans la pièce.

— Comment, vous partez déjà ? Mais je viens seulement de mettre mon *apfelstrudel* au four !

— Oui, désolé, maman, il faut qu'on rentre. On a encore du repassage à faire, et Emma a des trucs à préparer pour le travail.

— Ah, cette génération qui n'a que le mot « travail » à la bouche ! Enfin, une fois mariés, vous aurez à vous occuper des enfants, et il faudra bien qu'Emma abandonne la vie active, pas vrai ?

Un ange passa. Trop interloquée pour répliquer Emma chercha en vain du soutien auprès de son fiancé, qui admirait le sol, puis de son futur beau-père qui, lui, comptait les dalles du plafond. Ah, la lâcheté des hommes !

Tout compte fait, elle décida de garder le silence — la crise qui ne manquerait pas d'arriver pouvait bien attendre encore quelques mois. Elle fit la bise à sa future belle-mère.

— Merci pour le délicieux *stormag*...

— *Smörgasbord*, la corrigea fièrement Daphné.

— *Smörgasbord*, c'est ça. A bientôt !

Après avoir réussi par miracle à esquiver les invités, Emma dut se faire violence pour ne pas courir jusqu'à la voiture. Quand, enfin, elle put s'effondrer sur le siège, elle se massa les joues avec un grognement — la vache, elle s'était tant forcée à sourire qu'elle en avait des crampes !

Martin lui déposa un baiser sur le front.

— Bravo, mon cœur, tu as survécu. Bon, en route ! Prête à dire du mal des amis de ma mère ?

— Allez, Rach, on va être en retard !

— J'arrive !

Vêtue de la robe grise à taille Empire assez chic — *mais tellement confortable !* — qu'elle avait achetée d'occasion la semaine dernière, et chaussée de bottines noires, Rachel descendit l'escalier d'un pas mal assuré. Il y avait si longtemps qu'elle n'avait pas porté de robe qu'elle se sentait toute timide, tout à coup.

Près de la porte d'entrée, Steve la considéra avec des yeux ronds.

— Ouah ! Serais-je victime d'un mirage ?

— Oh ! arrête ça, dit-elle en rougissant tandis qu'il la serrait dans ses bras. J'ai seulement eu envie de faire un petit effort...

— Eh bien, le résultat me plaît beaucoup. On peut y aller ?

— Oui. A vrai dire, j'ai hâte de revoir les petits. Je

veux dire, la coupure m'a fait du bien, mais ils m'ont assez manqué quand même.

Steve esquissa un sourire.

— Pareil pour moi. On a passé un moment très agréable, mais la maison était un peu trop calme.

Ils se mirent en route, et Rachel ne tarda pas à trifouiller la radio.

— Il faut que je trouve du Lionel Richie ! Un dimanche matin sans Lionel n'est pas un vrai dimanche matin, c'est un crime contre l'humanité ! Il doit bien y avoir une station qui a suffisamment de goût pour...

Elle s'interrompit dans un cri de triomphe : elle venait de tomber sur la bonne fréquence. Elle passa le reste du trajet à siffloter *Easy Like Sunday Morning*, même une fois le morceau terminé.

En revanche, sa bonne humeur retomba quelque peu lorsqu'ils arrivèrent devant la maison de ses parents : une Mercedes gris métallisé était garée dans l'allée.

— Et zut ! Je crois que c'est la voiture de Rosie...

— Oui, et ? C'est un problème ?

— Si c'est un problème ? Tu sais bien comme elle peut être mesquine quand elle s'y met ! Je n'ai pas spécialement envie de subir toutes les petites piques qu'elle me lancera juste parce que j'ai le malheur de ne pas être *sa merveilleuse* Emma — surtout après un si bon week-end...

— Bah, on l'emmerde. Ignore-la.

— Excellente idée, c'est vrai que je suis réputée pour mon incroyable docilité et mon tact sans pareil.

Sa raillerie le fit rire.

— Oui, bon, je savais bien que je disais une bêtise.

Rachel ouvrit sa portière avec un soupir.

— Enfin, quand il faut y aller...

Avant même qu'ils atteignent la porte, elle s'ouvrit à la volée, libérant deux tornades qui se précipitèrent à leur rencontre.

— Maman ! Papa !

Ses fils dans les bras, Rachel ferma les yeux pour s'imprégner de l'odeur de leurs cheveux. Ce qu'ils sentaient bon ! Ça alors, jamais elle n'aurait cru qu'ils lui manqueraient tant après à peine vingt-quatre heures !

En revanche, elle eut un pincement au cœur en voyant que Lily, qui sautillait sur le seuil, n'avait d'yeux que pour Steve. Pourquoi cette petite lui préférait-elle toujours son papa ?

Edward vint alors les accueillir, radieux.

— Bienvenue, bienvenue ! Vous arrivez pile au bon moment : les enfants et moi étions sur le point de partir en mission sur la lune et nous ne voulions pas que vous ratiez ça ! Pour l'occasion, ils ont même préparé des gâteaux de lune avec mamie.

Edward attendit que les petits se précipitent à l'intérieur, poursuivis par Steve, pour prendre Rachel à part.

— Et papi avait complètement oublié de prévenir mamie que grand-tata Rosie était invitée, alors il y a de grandes chances pour qu'il soit éjecté de la lune par la première fusée…

Eclatant de rire, elle passa un bras autour de sa taille et lui planta un baiser sur le front.

— Pauvre papi… Ces dames ne se sont pas encore entretuées, alors ?

— Ça ne saurait tarder. Bon, comment va ma fille-maman préférée ? Est-ce que le week-end s'est bien passé ?

— Oui, très bien, même. Et je ne dis pas ça pour te faire plaisir.

— Ah, tant mieux, ma chérie. Nous aimons beaucoup Steve, ta mère et moi, et je sais qu'il te rend heureuse.

— C'est vrai, répondit-elle avec un sourire attendri comme son mari rugissait derrière les jumeaux, qui coururent se réfugier dans la cuisine avec des cris hystériques.

La voix de Diana s'éleva alors, mi-agacée, mi-amusée.

— Qu'est-ce que c'est que ce raffut ?

— C'est papa ! répondit Lily. C'est un gros monstre !

— Oooh, je vois. Dans ce cas, papa sera privé de gâteaux, c'est tout ce qu'il mérite !

Un instant plus tard, elle passa la tête par l'encadrement de la porte.

— Allons, entre, ma chérie. Veux-tu un café ? Ou un gin-tonic, peut-être ? Je vais m'en servir un.

— Salut, maman. Un thé serait parfait, s'il te plaît. La matinée a été difficile, c'est ça ?

— Elle se passait à merveille jusqu'à ce que la *surprise* de ton père débarque, lâcha-t-elle entre ses dents.

Rosie avait-elle senti qu'on parlait d'elle ? Elle les interpella depuis le salon, où, fidèle à ses manières mondaines, elle leur claqua une bise en l'air, enveloppée de son grand châle rose en cachemire.

— Rachel ! Steve ! Quel *plaisir* ! Diana vient tout juste de m'apprendre votre futur déménagement. Comme c'est dommage ; elle n'aura jamais l'occasion de vous voir. Enfin, soupira-t-elle avec un coup de coude entendu à Steve, j'en connais un qui doit être pressé de ne plus avoir sa belle-mère sur le dos, n'est-ce pas ?

Silence. Diana s'étouffa d'indignation, et Steve, pris de court, se mit à bafouiller. Heureusement, ce fut Edward qui réussit à désamorcer la bombe.

— Rosie, Diana était sur le point de se servir un gin-tonic. En voudrais-tu un aussi ?

— Vraiment, si tôt ? Oh et puis, pourquoi pas ? Jouons aux alcooliques ensemble, Diana, *darling* !

Rachel s'apprêtait à suivre sa mère dans la cuisine, quand Rosie l'apostropha.

— Alors, Rachel, une journée sans tes *adorables* petits monstres, cela a dû te faire des vacances, n'est-ce pas ? Le moins que l'on puisse dire, c'est qu'ils sont... énergiques. Savais-tu que Will est un vrai petit sacripant ? Je l'ai surpris, il n'y a pas vingt minutes, en train d'essayer de verser du miel dans mon sac Hermès.

Du coin de l'œil, Rachel vit sa mère ébouriffer son aîné avec un large sourire — était-ce *elle* qui lui en avait soufflé l'idée ? Ce ne serait pas étonnant...

— Bah, à son âge, on aime tester les limites des autres.

Rosie pinça les lèvres mais, curieusement, n'insista pas.

— Et toi, ma petite Rachel, comment te portes-tu ? Ce doit être une vie difficile, et un peu… ennuyeuse, non ? Je veux dire, ce n'est pas comme si tu pouvais les emmener au festival du film de Londres ou à un vernissage !

Rachel retint un soupir irrité.

— Figure-toi que je les ai emmenés à une exposition, une fois.

— Ah oui ? répondit Rosie d'une voix absente.

Elle venait de froncer le nez en remarquant la Barbie désarticulée que Lily avait laissée sur la table basse et s'employa à redonner forme humaine à la poupée. Rachel se souvint avec amertume de cet après-midi, à l'automne dernier, où elle avait décidé sur un coup de tête d'emmener les enfants au musée d'histoire naturelle. Manque de chance, ils étaient tombés en pleine fermeture exceptionnelle, et une averse subite l'avait obligée à se rabattre sur le Victoria et Albert Museum. Très mauvaise idée : entre Will, qui avait passé son temps à ronchonner parce qu'il n'avait pas pu voir ses dinosaures bien-aimés, et les jumeaux, qui avaient hurlé à s'en percer les tympans, elle avait vite été contrainte de retourner à la maison. Et, par-dessus le marché, elle avait compris que si Lily et Alfie avaient été intenables, c'était parce qu'ils couvaient un vilain rhume…

De retour à la réalité, elle minimisa malgré tout l'incident.

— Oui, mais ce n'est pas toujours facile de les emmener au musée ; tu sais, à cause de la poussette, et tout ça.

— Bien sûr, bien sûr…

Encore une fois, Rosie ne l'écoutait que d'une oreille. Après avoir chaussé la Barbie de ses talons roses, elle lissait désormais sa chevelure blonde.

— Je dois dire que je vous admire, vous autres les mères au foyer. Je n'en aurais jamais été capable, j'aime avoir mon espace à moi. Et puis, quand je pense à l'accouchement, grands dieux ! Comment as-tu pu supporter cette horreur ?

Rachel éclata de rire.

— Il existe ce qu'on appelle des péridurales, tu sais.

— Ah oui, bien sûr. Toujours est-il que ça reste un peu trop barbare pour moi.

Prise d'un frisson, elle resserra son châle autour de ses épaules.

Rachel eut un sourire crispé — vite, il fallait qu'elle s'échappe avant que la conversation ne s'éternise ! Par chance, Lily décida au même instant de se joindre à elles. *Ma sauveuse !*

— Comment va ma Lily-jolie ?

Elle se mit à chatouiller sa fille sous le menton, mais celle-ci repoussa sa main avec impatience.

— Mamaaan ! Pas les guilis !

— Excuse-moi, ma puce, tu m'as manqué, c'est tout. Est-ce que je t'ai manqué, moi aussi ?

La fillette inclina la tête avec une moue songeuse — la question n'était pourtant pas si difficile !

— Moui…

Voilà qui fait toujours plaisir…

Après un regard en coin à Rosie, qui lui souriait de toutes ses dents comme pour lui assurer qu'elle était une tata merveilleuse, Lily fit la grimace et chuchota à sa mère :

— Maman ? Pourquoi que grand-tata Rosie, elle sent bizarre ?

Brusquement prise de panique, Rachel n'osa pas jeter un œil à la concernée.

— Lily ! s'indigna-t-elle à mi-voix.

— Quoi ? C'est vrai *que elle* sent bizarre. J'ai demandé à mamie qu'est-ce que ça sentait, et elle a dit « la femme de petite vertu ». Ça veut dire quoi, dis ?

A son grand soulagement, son père lui évita de répondre en entrant dans le salon avec un plateau.

— Le thé de madame ! claironna-t-il.

— Timing toujours aussi parfait, lui souffla-t-elle à l'oreille.

Puis, prenant sa tasse de thé, elle s'adressa à sa fille.

— Lily, viens me montrer ces fameux gâteaux.
— Mais maman !
— A la cuisine, Lily. *Maintenant.*

La fillette ronchonna, mais s'exécuta malgré tout. Avant de la suivre, Rachel lança un sourire contrit à Rosie, laquelle l'ignora en beauté pour faire la conversation à Edward.

Toutefois, dans la cuisine, elle ordonna bien vite à Lily de rejoindre ses frères, car Diana y était en pleine discussion avec Steve.

— Mais c'est tellement loin d'ici…

— C'est vrai, Diana, mais l'Ecosse n'est pas coupée du monde, tu sais ; elle est desservie par le train et l'avion. Et puis, à vrai dire, nous aurons les moyens de louer une plus grande maison, avec une chambre d'amis dans laquelle Edward et toi pourrez rester aussi longtemps que vous voudrez. Dans la limite du raisonnable, bien sûr, ajouta-t-il en surprenant le regard noir que Rachel lui jetait.

L'argument ne suffit pas à convaincre sa mère.

— Mais je n'aurai jamais l'occasion de voir mes petits anges !

— Maman, intervint Rachel, calme-toi, rien n'est encore décidé. On compte y passer quelques jours, le mois prochain, pour voir si le coin nous plaît. Vous devriez venir avec nous, papa et toi !

— *Quoi ?*

La stupeur de sa mère n'eut d'égal que l'expression horrifiée de Steve.

— Oui, insista-t-elle, pourquoi pas ? Ça pourrait être un week-end en famille, et on demanderait à Emma et Martin de nous accompagner aussi.

— Je ne crois pas que ce soit une bonne idée, Rach… fit Steve.

Diana prit aussitôt la mouche.

— Oh ! je vois, la belle-mère pourrait te mettre des bâtons dans les roues, c'est bien ça ?

— Pas du tout, enfin. Seulement, c'est une décision qui nous appartient et que nous devons prendre en famille.

— Mais nous sommes votre famille, nous aussi ! Notre avis devrait être pris en compte.

Rachel n'eut qu'à voir la mine dépitée de Steve pour comprendre son erreur.

— Maman, Steve a peut-être raison. Ça serait sans doute mieux qu'on y aille de notre côté. Ensuite, si jamais on décide de s'y installer, vous pourriez venir visiter les maisons avec nous, par exemple.

— Mais il sera déjà trop tard !

— Trop tard pour quoi ? s'inquiéta Edward en entrant dans la cuisine.

Aïe, pour une fois, il arrivait au mauvais moment. Diana essaya aussitôt de le joindre à sa cause.

— Edward, je t'en supplie, veux-tu bien faire entendre raison à ces deux têtes de mule ?

C'est alors que Rosie arriva, elle aussi, et crut bon d'intervenir.

— Diana, voyons, ils sont bien assez grands pour décider ce genre de choses par eux-mêmes. Cesse donc de te mêler de ce qui ne te regarde pas.

Cette remarque lui valut un regard meurtrier de la part de Diana.

— C'est pourtant bien ce que tu es en train de faire, toi !

— Allons, *darling*, je ne fais que constater que tu as une certaine tendance à t'immiscer dans les affaires des autres, voilà tout. N'ai-je pas raison, Eddy ? Rachel ?

Personne ne broncha. Tout à coup, dans cette pièce où on commençait à être à l'étroit, on aurait entendu une mouche voler.

— Tu vois ? jubila Rosie. Personne ne me contredit.

Rachel jeta un regard inquiet à sa mère. A en croire la veine qui palpitait dangereusement sur son front, elle écumait de rage.

— Il est peut-être temps de déjeuner…, suggéra Edward d'une petite voix.

— Tu n'as qu'à demander à Rosie de servir, répliqua Diana, glaciale. Je n'ai pas faim.

Le menton levé, elle disparut dans le couloir. Un instant plus tard, la porte d'entrée claquait avec une violence à en faire trembler les murs.

— Mazette ! s'exclama Rosie après une seconde de stupeur. Il y en a une qui s'est levée du pied gauche, ce matin ! Bien, et si nous passions à table ?

Rachel se tourna vers son père.

— Quelqu'un devrait aller rattraper maman, tu ne crois pas ?

— Non, répondit-il, contrarié. Laissons-la se calmer un peu.

Ils s'installèrent donc à la table à manger, et très vite Rosie se lança dans un de ses monologues sur la perfection de sa filleule. Et ce qui devait arriver arriva : elle compara la réussite d'Emma aux choix de Rachel.

— Tu dois regretter d'avoir abandonné ta carrière, n'est-ce pas ? N'as-tu pas l'impression d'avoir la cervelle ramollie, désormais ?

Occupée à découper les brocolis d'Alfie, Rachel sentit ses doigts se crisper sur ses couverts. Même si Rosie avait vu juste, de quel droit lui faisait-elle ce genre de remarques ?

Toutefois, quand elle capta du coin de l'œil la mine anxieuse de son mari, elle tâcha de garder son sang-froid.

— J'admets que mon quotidien n'est plus aussi adulte et dynamique qu'à l'époque où je travaillais à l'agence, mais j'ai pris la décision de m'occuper des enfants pour le moment, et ce n'est pas aussi horrible que tu l'imagines.

Elle ébouriffa les boucles d'Alfie avec un sourire.

— J'ai des jours plus difficiles que d'autres, exactement comme avec mon ancien emploi.

— Eh bien, tu dois être une sainte. Je n'aurais jamais pu me soumettre à la vie domestique.

Ignorant le dédain qui perçait dans sa voix, Rachel sourit à Steve, qui leva discrètement les pouces sous la table pour la féliciter.

Rosie passa une bonne partie du repas à discuter avec Edward, sans cesser de rire trop fort et de lui toucher la main. Soudain, ils entendirent la porte d'entrée s'ouvrir, et les enfants bondirent de table avec des cris de joie.

— Mamie ! Mamie ! Mamie !

— Tiens, une revenante…, maugréa Rosie.

Rachel se leva à son tour, mais son père la retint par le bras.

— Va juste chercher les petits. Je préfère lui parler tout seul.

Il fallut insister pour convaincre Lily et Alfie d'arrêter de couvrir leur grand-mère de baisers. En ramenant ses trois enfants dans la salle à manger, Rachel eut tout juste le temps de voir sa mère fondre en larmes dans les bras de son père, et c'est la gorge serrée qu'elle s'efforça de terminer son assiette.

A la fin du repas, elle entraîna tout le monde vers la véranda. Rosie s'écroula dans un fauteuil, où elle s'assoupit aussitôt, la bouche grande ouverte. Les jumeaux s'amusèrent à la regarder ronfler comme une locomotive, et Rachel ne les gronda pas — cette vieille bique l'avait bien mérité !

Enfin, Edward les rejoignit, seul, et s'adressa aux enfants.

— Mamie est partie se reposer un peu à l'étage. Vous l'avez épuisée, bande de petits filous ! Bon, qui a envie de goûter à ce fameux dessert ?

— Moiiiiiiii ! répondirent-ils d'une même voix avant de se précipiter dans la cuisine.

Sans prendre la peine de réveiller Rosie, les adultes suivirent. Mais, alors que Steve commençait à servir les gâteaux ronds fourrés à la confiture de raisins, Rachel vit son père ouvrir la porte du jardin, les épaules basses.

— Je vais juste vérifier un petit quelque chose dans la serre…

— Je t'accompagne.

Heureusement, il ne l'en empêcha pas. Dehors, le soleil

perdait déjà de son éclat, et le peu de chaleur qu'il avait réussi à offrir ce midi n'était déjà plus qu'un lointain souvenir. Resserrant son cardigan sur sa poitrine, Rachel suivit son père sur le petit chemin de cailloux qui menait à la serre. Un sourire lui étira les lèvres lorsqu'elle dut voûter le dos pour éviter les branches du vieux pommier. Elle avait passé tant d'étés à l'ombre de cet arbre avec Emma quand elles étaient petites; combien de fois y avaient-elles joué à la dînette avec leurs nounours? Un jour, elles avaient même organisé un grand bal pour leurs poupées; les plus grosses pommes avaient fait office de carrosses, tandis qu'en guise de verres à vin elles avaient utilisé les coques des glands qu'elles étaient allées chercher sous le chêne du voisin.

Ce fut la voix de son père qui la sortit de sa rêverie.

— Bientôt le changement d'heure, marmonna-t-il en observant le ciel. Il ne fait pas encore trop frais pour la saison mais, à mon avis, on va avoir les premières gelées matinales dès la semaine prochaine.

Rachel le considéra avec admiration. Comment pouvait-il savoir ce genre de choses? Il fallait dire aussi que, depuis qu'ils avaient la chaîne météo sur la télévision, son père la consultait vingt mille fois par jour pour s'informer des prévisions de la journée et de la semaine, ce qui avait le don de rendre Diana chèvre. Pourtant, son comportement était-il si étonnant? Tout le monde ne vivait pas le passage à la retraite de la même façon; si son père avait envie de s'occuper avec le jardinage, qui était-elle pour le lui reprocher?

Et, alors qu'il se mettait à arroser ses semis, il lui demanda sans autre préambule :

— Alors, le temps est de nouveau au beau fixe avec Steve?

— On dirait bien. On a prévu un petit séjour à Edimbourg dans le courant du mois prochain, histoire de tâter un peu le terrain.

— Voilà une sage décision.

Rachel se mordit la lèvre, hésitant à poser la question qui la tourmentait.

— Papa ?

— Oui, ma puce ?

— Est-ce que tu crois que maman arrivera à le supporter, si jamais on s'installe là-bas ?

— Elle s'en remettra, va.

— Et toi ?

Interrompant sa besogne, il lui lança un regard surpris.

— Rachel, quand tu as épousé Steve, tu as fait le vœu de rester à ses côtés quoi qu'il arrive, n'est-ce pas ?

Elle fronça les sourcils — quel rapport avec sa question ?

— Oui...

— Eh bien, il s'agit d'un de ces moments. Tu as trois merveilleux enfants avec ton mari, et vous devez décider ensemble de votre avenir.

— Oui, mais...

Il ne la laissa pas terminer.

— Ne t'inquiète pas pour ta mère et moi. Nous voulons seulement ton bonheur — *votre* bonheur. Nous sommes encore en forme, alors rien ne nous empêchera de vous rendre visite à tout moment. D'accord ?

— D'accord, répondit-elle en esquissant un sourire.

L'air bienveillant, il passa un bras autour de ses épaules.

— Je suis très fier de toi, tu le sais, j'espère ?

Rachel déglutit, hocha la tête en silence.

— Et ta mère aussi. Elle a du mal à dire ce genre de choses, c'est vrai, mais c'est à cause de son éducation ; elle n'a pas eu une enfance très facile. Alors ne sois pas trop dure avec elle, O.K. ?

— C'est à Rosie que tu devrais dire ça.

— Oui, tu as sans doute raison. Mais je préfère m'occuper de mes trois petites femmes plutôt que de me soucier de Rosie et de sa mauvaise langue. Elle a ses propres problèmes, tu sais.

Au même instant, la porte de la cuisine s'ouvrit à la volée, et la voix stridente de Rosie retentit.

— Eddy-yyy !

Décidément, cette femme devait avoir un sonar dans la tête !

— Regarde qui voilà : c'est Emma et Marvin !

Rachel pouffa de rire. *Marvin ?*

Bras dessus, bras dessous, son père et elle empruntèrent le petit chemin en sens inverse. Ils trouvèrent Emma dans l'entrée, un jumeau trépidant sur chaque jambe, essayant tant bien que mal de retirer son manteau.

— Salut, Em — et *Marvin* !

— Ah ah, très drôle. Demande plutôt à tes chimpanzés de me laisser faire deux pas, tu veux ?

Aussitôt, Rachel mit les poings sur les hanches et fit mine d'être en colère.

— Allons, les enfants, lâchez tout de suite Tatie Em ! Vous ne savez pas où elle a traîné !

Sa petite sœur la détailla alors de la tête aux pieds, passant de la stupeur au sourire narquois.

— Ouah, tu as fait péter la robe, aujourd'hui ! Personne ne m'a prévenue que les parents recevaient la rne…

Rachel avait déjà une repartie cinglante sur le bout de la langue quand la voix de leur mère s'éleva depuis l'escalier.

— Juste ciel, qu'est-ce que c'est que ce tohu-bohu ?

Elle avait encore les yeux rouges — et les cheveux en pétard à cause de l'oreiller —, mais un sourire éclairait son visage.

— Bonté divine, Diana ! s'écria Rosie. Tu aurais tout de même pu te passer un coup de brosse !

Sans lui adresser un regard, Diana alla embrasser Emma et Martin.

— Steve, veux-tu bien être un ange et aller mettre de l'eau à chauffer, s'il te plaît ? Allez, tout le monde dans le salon ! Les tourtereaux vont nous raconter leur week-end. Comment vont tes parents, Martin ?

— Bien, bien, merci pour eux.

Alors que les enfants partaient jouer à l'étage, la petite troupe alla s'installer dans la pièce d'à côté, vite rejointe par Steve. Rosie s'appropria le fauteuil préféré de Diana, aussi cette dernière se jucha-t-elle raidement sur le bras du canapé où s'étaient assis Emma et Martin.

— L'hôtel était incroyablement beau, commença Emma. Lits à baldaquin, grand parc magnifique, bouffe excellente, la totale.

Rosie intervint aussitôt.

— Dois-je comprendre que vous étiez au Cliveden ?

— Oui. Tu connais, donc ?

— Bien sûr, *darling*. C'est ma destination préférée pour mes week-ends en galante compagnie, si tu vois ce que je veux dire...

Rachel leva les yeux au ciel — tout le monde voyait *très bien* où elle voulait en venir.

Si Emma s'empressa de dissiper le malaise, elle en créa aussitôt un autre.

— En fait, on envisage de célébrer le mariage là-bas.

— Le *mariage* ? répéta leur mère, horrifiée.

— Oui, je t'assure que l'endroit est vraiment charmant, maman. Nous pourrions tous y passer un merveilleux week-end.

Malgré son sourire confiant, sa voix aiguë trahissait sa nervosité. *Pauvre sœurette !* Elle avait réveillé le dragon !

— Mais... Et le club de golf dont nous avions parlé ? Papa allait demander à Philip si...

— Oh ! pour l'amour du ciel, Diana ! l'interrompit Rosie. Le Cliveden est le summum du raffinement. Emma est à l'aube d'une brillante carrière dans l'édition ; elle ne veut pas célébrer son mariage dans un petit club de pacotille rempli de vieux banlieusards rougeauds et de leurs épouses à l'œil bovin. Sans vouloir t'offenser, Eddy.

Silence pesant.

Rachel tourna un regard alarmé vers sa mère. Livide, elle fixait le mur qui lui faisait face — ou plutôt l'aquarelle qui y était accrochée et représentait des enfants jouant au bord de l'eau sur une plage de Cornouailles. *Aïe aïe aïe*, c'était le calme avant la tempête; sa mère allait exploser d'une seconde à l'autre.

Il fallait changer de sujet, et vite!

— Alors, quand est-ce qu'on va l'acheter, cette robe?

Comme Emma ne réussit qu'à balbutier, Rachel se dépêcha de reprendre :

— Tu avais parlé de lundi en huit, c'est bien ça? Papa, tu serais d'accord pour garder les petits, dis?

— Avec plaisir; n'importe quoi pour me rendre utile.

— Oh! une journée entre filles, merveilleux! s'écria Rosie. J'en serai avec joie!

Rachel et Emma échangèrent un regard horrifié, mais il était trop tard pour arrêter Rosie sur sa lancée.

— Je vais contacter cette chère Stella demain à la première heure. Elle me doit une faveur, alors elle sera ravie de me venir en aide. Magnifique, la question est réglée, alors.

Jetant un œil à sa montre, elle se leva avec dignité.

— Sur ce, je me sauve! Ce soir, je dîne avec ce pittoresque Gordon — *Ramsay*, bien sûr, précisa-t-elle comme s'il était évident que le célèbre chef cuisinier comptait parmi ses connaissances. Il m'a promis la recette de son tiramisu absolument divin. Ce n'est pas moi qui le cuisinerai, naturellement, je demanderai à la petite Maria de me préparer ça.

Chacun leur tour, elle les gratifia de ses fameuses bises en l'air. Et, quand vint le tour de Diana, elle ne put s'empêcher de lui lancer une dernière pique avant de partir.

— J'espère que tu te sentiras mieux bientôt, *darling*. Tu as vraiment une mine affreuse, aujourd'hui.

Rachel vit sa mère bouillir d'indignation. Pourtant, contre toute attente, elle parvint à se contenir jusqu'à ce que la porte se referme sur Rosie.

— Cette bonne femme, quelle saleté! Elle a un de ces *culots*! Se mêler du grand jour de ma fille avec ses relations à la noix! Non mais vraiment, pour qui se prend-elle, je vous le demande!

Rachel lui posa une main sur l'épaule.

— Calme-toi, maman. On va arranger ça.

Mais Diana ne l'écoutait pas.

— Et avec tout ça, nous n'avons pas pu vraiment discuter du lieu du mariage, ni même du déménagement de Rachel !

Ce fut Will qui, sans le savoir, mit fin à la crise en déboulant dans la pièce.

— Mamaaaaaan !

— Quoi, William ? demanda-t-elle d'un ton excédé, craignant le pire.

— Lily, elle a fait caca dans sa culoootte !

— Ah ! Gé-nial…

— J'ai essuyé ma lune ! assura Lily en faisant son entrée dans la pièce, jupe soulevée pour prouver ses dires. Même que j'ai enlevé ma culotte.

Rachel soupira.

— Et peut-on savoir où tu as laissé ta culotte tachée ?

La fillette baissa le nez, honteuse. *Oh non…*

— Lily, je t'ai posé une question !

— Dans le sac de grand-ata Rosie… Elle a fait pleurer mamie et elle sent bizarre. Tu vas me punir, dis ?

Un sourire jusqu'aux oreilles, Diana la prit aussitôt dans ses bras pour lui déposer un gros baiser sur la joue.

— Non, ma petite puce, personne ne va te punir. En fait, mamie doit même avoir des bonbons pour toi, quelque part…

Chapitre 10

De gros nuages chargés de pluie dérivaient paresseusement dans le ciel gris et maussade de la capitale. C'était comme si, à l'image des Londoniens, le jour lui-même n'avait pas le courage de démarrer la nouvelle semaine. Tout le monde détestait le lundi à Londres, Emma la première.

Couverte de son imperméable, elle sortit de la station de métro en fourrageant dans son sac à la recherche de son parapluie — avait-elle au moins pensé à le prendre ? —, mais ne réussit qu'à faire valser sur le sol stylos et tube de rouge à lèvres. Etouffant un juron, elle se pencha pour ramasser ses affaires, ce qui lui attira les ronchonnements et autres clappements de langue irrités du flot de voyageurs dont elle gênait le passage. Enfin, elle émergea sur le trottoir humide et se mit aussitôt en quête d'un panneau — quelle direction devait-elle prendre pour se rendre à Kew Gardens ?

Quelques minutes plus tard, elle payait l'entrée du jardin botanique et retrouvait le sourire. Ah, elle ne pourrait jamais se lasser de cet endroit magnifique ! Il y avait quelque chose de presque irréel dans les espaces verts de Londres ; ils ne semblaient pas à leur place dans la capitale, et pourtant c'était ce qui en faisait la meilleure ville du monde.

Contournant les flaques d'eau, elle se dirigea vers le conservatoire de la princesse de Galles, la grande serre où Richard Bennett lui avait donné rendez-vous par texto. Elle était délibérément arrivée en avance pour avoir le temps de s'imprégner de l'ambiance du lieu qui avait inspiré une si grande partie de *L'Orchidée rouge* — mais avant tout pour se donner l'impression de contrôler la situation. Pourquoi était-elle nerveuse à l'idée de retrouver l'auteur ? C'était ridicule, Richard n'était qu'un collaborateur comme un autre ; il n'y avait aucune raison pour que leur relation ne reste pas strictement professionnelle.

Emma chassa ses pensées lorsque, passant sous le toit de verre, le parfum entêtant des plantes exotiques et de la terre envahit soudain ses narines. *Mmh*… Ce qu'elle aimait cette odeur ! Elle lui rappelait la petite serre de son père. Et pour ne rien gâcher, mis à part quelques jardiniers qui vaquaient à leurs occupations, elle avait l'endroit pour elle toute seule !

Sans hésiter, elle fonça droit vers les orchidées. Elles étaient si belles, si délicates… Voilà pourquoi elle adorait Kew Gardens : cet endroit reflétait à merveille le besoin de l'homme de se connecter avec la nature, de comprendre et de prendre soin du monde qui l'entourait. Malheureusement, elle n'avait pas hérité de la main verte de son père, loin de là. Un jour, Martin lui avait offert une jolie orchidée mauve et crème, tachetée de rose ; seulement, en croyant bien faire, elle l'avait trop arrosée, et la fleur n'avait pas tenu plus de deux semaines. Elle s'en était beaucoup voulu, même si Martin lui avait assuré en riant qu'il l'avait achetée pour trois fois rien au supermarché. Tandis qu'ici les orchidées étaient exceptionnelles. Rien à voir avec les fleurs premier prix du commerce ; elles étaient la perfection même.

Perdue dans leur contemplation, Emma sursauta quand une voix s'éleva dans son dos.

— Elles sont remarquables, n'est-ce pas ?

Tournant la tête, elle sentit son souffle se couper devant le visage souriant de Richard. Lunettes à large monture noire sur le nez, il avait aujourd'hui un petit côté intello branché qui ne le rendait que plus séduisant encore.

— Remarquables, oui. Elles sont incroyables. Vraiment très jolies. Somptueuses, même.

Enfin, mais qu'est-ce qu'il te prend de bafouiller comme ça, pauvre gourde ? Calme-toi !

— Comment allez-vous, Richard ?

— A ravir, maintenant que je suis avec vous, ma chère éditrice.

Il lui déposa une bise sur la joue, apportant avec lui la fragrance musquée de son aftershave raffiné, et Emma sentit son corps frémir.

Merde, Darcy, contrôle-toi un peu !

En un battement de cils, elle se composa un masque professionnel.

— Et si nous allions discuter de ce fabuleux roman autour d'un café ?

Richard s'inclina avec une galanterie exagérée.

— Après vous, mademoiselle.

— Non, Lily, tu ne peux pas porter ton maillot de bain à la chorale ; il fait six degrés, dehors !

Rachel souleva le couvercle de sa cafetière italienne, puis la referma avec un soupir désespéré. *Allez, chauffe, mémère ! J'ai besoin de mon shoot de caféine !*

— Je te déteste, maman !

Tiens, c'est nouveau, ça…

Elle s'efforça de garder son calme.

— Eh bien, moi, je t'aime, ma chérie.

— *Eh ben, moi je te DETESTE !*

Sur ce cri qui avait dû s'entendre à un kilomètre à la ronde, Lily fonça à l'étage en prenant soin d'écraser chaque marche de ses petits pieds, avant de claquer la porte de sa chambre avec une force surprenante pour son âge.

Rachel plissa le front. Sa fille était-elle entrée dans l'adolescence pendant la nuit ? *Sacrément précoce…*

Haussant les épaules, elle se servit une tasse de café — *enfin !* —, puis alla s'effondrer sur son siège préféré de la cuisine. Alfie entra aussitôt, inquiet.

— Lily, elle est pas *content* ?

— Non, mon canard, elle a juste une vie vraiment trop injuste, ne t'en fais pas. Bon, viens ici, maman veut son câlin du matin !

Posant sa tasse sur la table, elle prit son fils dans les bras avant de se mettre à le chatouiller sans merci. Il se tortilla en couinant, jusqu'à ce qu'elle le laisse s'échapper. Elle avala alors un long trait du liquide chaud tant attendu.

— Aaah, le Saint-Graal… , soupira-t-elle avec délice.

Au plafond, elle entendit tomber livres, jouets et autres objets non identifiés, mais Rachel décida de faire la sourde oreille. Elle avait un bon café dans les mains, James Blunt chantait à la radio, alors ce n'était pas une mioche qui piquait sa crise qui allait l'empêcher de savourer ce moment…

A la fin de la chanson, elle jeta un œil à l'horloge… et manqua de s'étrangler avec sa boisson.

— Oh ! la vache ! Déjà ? Alfie, dépêche-toi de retrouver tes chaussures, je vais chercher ta sœur !

— *Oh ! la vache !* répéta-t-il en gloussant.

Elle se rua à l'étage et déboula dans la chambre des jumeaux.

— Qu'est-ce que tu fais encore en peignoir ? Ça va être l'heure de ta chorale ! Tu ne veux pas rater ça, quand même ?

— On est encore en retard, je parie ! lui cracha Lily.

Avec un frisson d'angoisse, Rachel se rappela ce que sa mère lui répétait si souvent : « On se demande bien de qui cette petite tient son sale caractère ! Tu étais exactement pareille, à son âge ! »

Voilà qui promettait des années bien difficiles… Pourtant, dans un sens, elle ne pouvait pas s'empêcher d'admirer l'intelligence acérée de sa fille.

— O.K., louloute, on va faire un marché. Tu acceptes de t'habiller et de monter dans la voiture sans faire d'histoires, et tu auras droit à un chocolat chaud aux chamallows pour le goûter.

— Hmm... D'accord, *mère*. Si tu donnes aussi une brioche avec des pépites.

Rachel la considéra avec des yeux ronds. Décidément, cette gamine avait plus d'un tour dans son sac !

— Bon, marché conclu. Maintenant, on se dépêche ! Et ne m'appelle pas « mère ».

— Alors m'appelle pas « louloute », je suis plus un bébé. 'toute façon, j'ai déjà mis mes habits toute seule.

Retirant sa robe de chambre, Lily révéla l'immonde haut rouge à strass que lui avait offert Rosie et son pantalon en velours côtelé rose bonbon, par-dessus lesquels elle avait enfilé la robe vert pomme qui venait de son déguisement de fée Clochette.

— Ouah. C'est une tenue vraiment...

Ridicule ? Digne d'une place de choix au milieu des photos de famille dans l'escalier ? Ou au contraire bonne à brûler pour s'assurer qu'une telle horreur ne verra plus jamais la lumière du jour ?

— Originale, termina Rachel avec un sourire forcé. Bravo, ma grande.

— J'ai pas fini.

Après avoir farfouillé dans son armoire, elle s'accrocha aux épaules deux ailes dorées qui brillaient de mille feux, mit un bonnet péruvien jaune et rouge, puis termina avec un sac en bandoulière à pois roses.

— Super ! conclut-elle en observant le résultat dans le miroir. Là, je suis prête.

Alfie entra au même instant dans la pièce.

— On dirait un sapin de *Noyel* !

L'inconscient ! Que n'avait-il pas dit là ?

Pourtant, contre toute attente, Lily lui sourit de toutes ses dents.

— Je sais, j'adore Noël ! Bon, maman, on y va ? C'est trop la honte quand on est en retard.

Rachel en resta sans voix.

*
* *

— Bon, parlons de Stella et de ses motifs cachés. Est-elle réellement attirée par les deux frères, ou bien tout ça n'est-il qu'un jeu, pour elle ? Si oui, se comporte-t-elle de cette façon à cause de la mort de sa mère ?

Emma se tut, voyant que Richard ne l'écoutait plus que d'une oreille. Du bout de sa cuillère, il jouait avec la mousse de son cappuccino.

— Absolument, absolument... Dites-moi, Emma, êtes-vous mariée ?

— Je ne suis pas convaincue que ça ait un rapport avec notre conversation, mais il se trouve que je suis fiancée.

— Aah, fit-il avec un sourire. Qui est donc l'heureux élu ?

— Il s'appelle Martin et c'est l'amour de ma vie. Maintenant, pouvons-nous revenir à votre roman, s'il vous plaît ?

— Allons, Emma, voilà deux heures que nous discutons intrigues et personnages. Personnellement, je pense qu'il est important — que dis-je, *crucial* — que nous apprenions à mieux nous connaître ; vous savez, pour renforcer notre lien auteur-éditeur.

Croisant les bras, Emma le dévisagea. Pourquoi ne pas faire une petite pause, après tout ? Si jamais une question ne lui plaisait pas, rien ne l'obligeait à répondre.

— O.K. Qu'est-ce que vous voulez savoir ?

— Comment avez-vous rencontré ce Marlon ?

— Martin.

— Martin, oui, bien sûr. Pardonnez-moi.

— Il travaillait dans notre service informatique.

— Comme c'est romantique !

Son ton la fit plisser les yeux.

— Seriez-vous en train de vous moquer de moi, Richard ?

— Juste un peu. A vrai dire, je suis ébahi de voir qu'il existe encore, de nos jours, des jeunes gens prêts à se jurer amour et fidélité jusqu'à la mort.

— Ah, j'en déduis donc que monsieur le-romancier est allergique à l'engagement.

— Disons plutôt que je n'ai pas encore rencontré de femme *disponible* qui m'ait donné envie de tenter l'expérience.

Le rictus qu'il avait eu en prononçant le mot « disponible » mit Emma sur la défensive. A quoi jouait-il ?

— Je suis sûre que ça viendra, rétorqua-t-elle avec raideur.

Richard, lui, avait retrouvé son sérieux.

— Je l'espère. En toute honnêteté, on ne peut pas dire que mes parents m'aient servi d'exemple. Mon père nous a quittés pour la sœur de ma mère, alors…

— La pauvre, c'est affreux !

Il détourna le regard.

— Elle ne s'en est jamais remise. Elle a tenté de se suicider et a fini en asile psychiatrique.

Emma porta la main à sa bouche.

— Je suis vraiment désolée. Ça a dû être très dur pour vous aussi.

Il hocha la tête en silence, les yeux perdus dans le vide. Mince, devait-elle dire quelque chose ? Préférait-il remettre leur entretien à une autre fois ?

Elle cherchait les mots justes quand Richard revint à la réalité.

— Merci, Emma. Vous voyez ? Je vous avais dit que se confier était une bonne chose. Je me sens déjà mieux.

Avec un sourire, il posa la main sur celle d'Emma, avant de la retirer vivement. Trop tard, le bref contact l'avait troublée. Avait-il senti une sorte de décharge, lui aussi ?

— Bref, reprit-il, dites-m'en plus sur Martin. Quand est prévu le mariage ?

— En juin. Mais je vous avouerai que les préparatifs ne m'emballent pas, pour le moment.

Richard la sonda du regard.

— Un problème de mères qui s'en mêlent, peut-être ? C'est un risque à prendre, dans ce genre de situation.

Ça alors, il était perspicace !

— Oui, mais c'est surtout Martin, en fait. Il a réservé le lieu du mariage sans m'en parler.

Les mots s'étaient comme échappés de sa bouche. Mince, n'aurait-elle pas pu tenir sa langue ? Le sujet n'était pas du tout approprié !

Richard fronça les sourcils.

— Hmm, loin de moi l'idée de critiquer un homme que je n'ai jamais rencontré, mais ça ne me paraît pas très judicieux.

Emma éprouva une bouffée de gratitude.

— Merci. Ça fait du bien de parler à quelqu'un qui n'essaie pas de lui trouver des excuses. Des fois, j'ai l'impression de me laisser marcher sur les pieds.

— Vous laisser marcher sur les pieds, *vous* ? Allons, je refuse de vous croire. Vous me faites plutôt l'effet d'une femme sûre d'elle, déterminée. Si vous étiez ma fiancée, je vous le dis sans détour, je ne demanderais pas mieux que de satisfaire le moindre de vos désirs.

Emma sentit sa gorge s'assécher. Comment Richard s'y prenait-il pour dire des choses à la fois romantiques *et* sexy ?

Secoue-toi, Emma ! Il faut que tu reprennes le contrôle de la situation, là !

— Bien, je pense que nous avons assez papoté pour aujourd'hui. Et si nous revenions à Stella ?

Sans se départir de son éternel demi-sourire diabolique, il lui adressa un petit salut militaire.

— Vos désirs sont des ordres, Emma Darcy.

Par elle ne savait quel prodige, Rachel arriva à l'heure dans la salle où répétait la chorale. Comme toujours agressée par les rideaux couleur vomi et les chaises en plastique orange vif trop peu nombreuses, elle se faufila avec Lily et Alfie entre la marée d'enfants et de parents pour rejoindre Sue et Joe, assis en tailleur sur le sol dans les premiers rangs.

— Coucouuu Susa-aan ! chantonna-t-elle à la manière de Sally, la professeure de chant.

Alors qu'elle débarrassait les jumeaux de leurs manteaux, Polly, une mère au carré aussi entretenu que les jardins de Versailles, se retourna sur sa chaise et arqua un sourcil parfaitement dessiné.

— *In-cro-yable!* Rachel, *à l'heure*? Seigneur, que s'est-il passé ?

Avant même qu'elle ait pu répliquer, Polly remarqua l'accoutrement de Lily et laissa échapper une exclamation à mi-chemin entre la stupeur et le dégoût.

Rachel prit aussitôt la défense de sa fille.

— Lily s'essaie à un nouveau style, Polly. J'ose espérer que vous n'avez pas l'intention de brider son imagination — à moins que vous ne préfériez, bien sûr, qu'elle se déshabille encore devant tout le monde ?

Polly lui tourna de nouveau le dos avec un « *humpf!* » méprisant. Beaucoup de mamans ne lui avaient toujours pas pardonné la séance pendant laquelle Lily avait décidé, sur un coup de tête, que ses vêtements l'encombraient. Etait-ce sa faute si tous les enfants l'avaient imitée ?

A la fois amusée et honteuse à ce souvenir, Rachel s'installa à côté de Sue et lui envoya un petit coup de coude dans les côtes.

— Ça va mieux, poulette ?

— Ouais, même si je suis un peu naze. Joe était encore patraque hier, mais aujourd'hui il se sent un peu plus en forme, heureusement.

Polly crut bon de se mêler à leur conversation.

— Bonté divine ! C'est vrai, vous avez une très vilaine mine, Susan ! Vous devriez essayer le thé à l'ylang-ylang que j'ai déniché chez Fortnum & Mason. Mon coach personnel ne jure que par ça.

A l'évidence très fière de son conseil, elle leur lança un sourire satisfait avant de se retourner vers Sally, qui tapait des mains pour attirer l'attention de la salle.

— Ignore-la, souffla Rachel à l'oreille de son amie. C'est

une bourge qui se croit mieux que tout le monde juste parce que *madame* a une chaise, *elle*.

— Allons, allons, les mamans, pas de bavardage ! C'est l'heure de commencer par notre *Coucou Sally* !

Comme toujours, la voix haut perchée de la prof fit grincer Rachel des dents.

L'heure se déroula presque sans incidents. *Presque*, car Jasper, le fils de Polly, avait à l'évidence très envie d'être le centre de l'attention, aujourd'hui. Après s'être fait plusieurs fois remarquer au cours de la leçon, il donna soudain un coup particulièrement vicieux à l'adorable petite Evie, qui n'avait rien demandé. Le pire, ce fut la réaction de sa mère.

— Du calme, mon petit rayon de soleil. Viens t'asseoir sur les genoux de maman.

Rachel n'en revenait pas. C'était donc de cette façon que Polly grondait son fils ? Pas étonnant qu'il soit un sale petit morveux !

Pour Sally, ce fut la goutte d'eau. Elle qui débordait toujours d'enthousiasme, elle perdit patience.

— Ça suffit, Jasper ! Tu es très très vilain ! Va tout de suite t'asseoir avec ta maman ou bien je vais devoir t'envoyer sur la chaise des vilains !

Cet accès de colère ne ressemblait tellement pas à la professeur, de chant que toute la salle se figea, Jasper compris. A en croire son état de choc et celui de Polly, c'était la première fois que quelqu'un s'adressait à lui sur ce ton. La lèvre tremblante, il laissa échapper un petit couinement. Puis son visage se plissa en une énorme grimace, et il éclata en sanglots. Ses pleurs ne tardèrent pas à redoubler d'intensité, et c'est en hurlant à pleins poumons qu'il se jeta dans la jupe de sa mère.

Impressionnés, quelques autres des plus jeunes enfants fondirent en larmes, eux aussi, et réclamèrent les bras rassurants de leur maman. Si Alfie réussit l'exploit de ne pas pleurer, il vint néanmoins se blottir à son tour contre la cuisse de Rachel.

Sans surprise, Lily resta à sa place et croisa les bras, le menton levé.

— Bande de bébés !

Sally, quant à elle, était rouge comme une pivoine.

— Bien, euh... Et si nous terminions avec *Lapinot veut faire dodo* ?

— J'adore Sally ! s'exclama Lily à la sortie. Mais Jasper c'est rien qu'un casse-bonbons !

Trop interloquée pour sermonner sa fille — où avait-elle appris cette insulte ? —, Rachel jeta un regard anxieux par-dessus son épaule. Par chance, Polly n'était pas dans les parages.

— Un petit café, Sue ?

— Je ne préfère pas. Joe a un coup de mou, alors il vaut mieux qu'on rentre. Mais, avant que je file, dis-moi juste en deux mots : comment s'est passé ton week-end avec Steve ?

— Plutôt bien, en fait. J'ai réussi à donner mes arguments et à écouter ce qu'il avait à dire sans partir au quart de tour. On a convenu d'aller faire une virée à Edimbourg d'ici à quelques semaines pour pouvoir prendre notre décision en toute connaissance de cause, *ensemble*. Et après ça, ajouta-t-elle à mi-voix avec un sourire ravi, on s'est même envoyés en l'air comme ça ne nous est pas arrivé depuis des lustres !

Sue s'esclaffa.

— Je suis fière de toi, bichette ! Et même très très jalouse. De mon côté, j'ai à peine pu passer deux heures sans que Joe me vomisse dessus. Enfin, soupira-t-elle en caressant les cheveux de son fils, au moins, il va mieux, maintenant.

Rachel passa un bras autour de l'épaule de son amie.

— Je suis désolée pour toi, Suze... Si tu veux, je peux le garder quelques heures pour que tu rentres piquer un bon roupillon ? Je suis sûre que ça se passera bien. Et, s'il a besoin de se reposer, on lui improvisera un lit sur le canapé.

— Merci, tu es vraiment un amour. Mais je crois plutôt

que je vais le ramener à la maison et le coller devant un DVD après déjeuner.

— C'est toi qui vois. En tout cas, si jamais tu changes d'avis, tu sais où me trouver.

Les yeux brillant de gratitude, Sue la serra dans ses bras.

— Tu vas me manquer si tu quittes la région, Rach.

Avec un pincement au cœur, Rachel lui retourna un regard inquiet, et son amie s'empressa de retrouver son ton léger.

— Mais ne t'en fais pas, on viendra si souvent squatter chez toi pendant les vacances que tu ne pourras bientôt plus nous encadrer !

Alors qu'elles éclataient de rire, une voix précieuse s'éleva derrière elles.

— C'est bien la dernière fois que nous mettons les pieds ici !

Polly venait de jaillir du bâtiment d'un pas furibond, enveloppée d'une cape pourpre assortie à son chapeau.

— Allez viens, Jasperichou, maman va t'emmener au magasin de jouets pour t'offrir la caserne des pompiers Lego qui te fait tant envie ! Et après, que dirais-tu d'aller manger une pizza chez le meilleur italien de la ville ?

Quand elle les dépassa, elle daigna leur adresser un léger signe de tête.

— Susan. Rachel. Au plaisir.

— *A'voir*, Jasper ! s'exclama Alfie en agitant la main.

En guise de réponse, le moutard lui tira la langue.

— Va te faire voir, espèce de grosse patate molle ! lui cracha Lily, le poing levé.

— Lily ! s'indigna Rachel. Ça ne se fait pas de dire des choses pareilles aux gens ! Ce n'est pas très poli.

— Tu dis pareil à papa. Et c'est lui qu'a commencé !

Elle marquait un point… Décidément, elle n'était pas peu fière de sa gamine !

Pouffant sous le regard assassin de Polly, Rachel dit au revoir à Sue. Pourtant, c'est avec un soupir triste qu'elle reprit le chemin de la maison avec les jumeaux. Allait-elle perdre sa meilleure amie ?

Chapitre 11

Une montagne de courrier attendait Emma sur son bureau et le voyant rouge de son répondeur clignotait avec insistance. Abandonnant son sac sur le sol, elle se laissa tomber sur son siège avec un soupir découragé — *une matinée sans moi et c'est l'apocalypse !*

Pourtant, quand elle repéra le manuscrit de *L'Orchidée rouge* au milieu de son bazar, elle ne put s'empêcher de se perdre dans ses pensées. Richard était un compagnon de travail très agréable, mais bon sang, quel charmeur ! Au moment de se séparer à la station de métro, il avait carrément eu le culot de l'embrasser sur la joue avec un « Notre premier rendez-vous m'a beaucoup plu, j'attends avec impatience le prochain… » Elle l'avait remis à sa place, bien sûr, en arguant qu'il devrait d'abord retravailler les passages du roman dont ils avaient discuté. Mais cet homme la déstabilisait, elle ne pouvait pas le nier…

— Alors, comment va le grand espoir de la littérature ?

La tête d'Ella venait de surgir par-dessus la cloison en PVC qui séparait leurs deux bureaux, et Emma fit un bond en arrière, la main sur la poitrine.

— *La vache*, Ella ! Je vais finir par faire une crise cardiaque si tu continues à faire ça…

— Désolée. Tu rêvassais à ton apollon d'auteur, peut-être ?

— Oh ! ferme-la. Je suis quasiment mariée.

— Oui, mais ça ne t'enlève pas le droit de flirter un peu…

— Bon, peut-être un peu, alors, avoua Emma avec un sourire complice.

— Ha ! J'en étais sûre ! Petite coquine...

— Quoi ? J'ai eu un comportement exemplaire, moi ; c'est Richard qui est ingérable ! C'est facile pour toi, tu bosses avec M. Bien-sous-tous-rapports et sa fiction historique.

Ella émit un reniflement désabusé.

— Tu parles. Clive passe son temps à me mater les seins pendant que je m'acharne à lui donner les meilleurs conseils possibles. Si ça ne tenait qu'à moi, je préférerais que ce soit un mec sexy qui me fasse subir ça plutôt que le sosie de mon oncle Dennis.

— Pauvre pitchoune, va...

— Merci pour la compassion, traîtresse. Bref, Joel te cherchait, tout à l'heure. Je crois bien qu'il t'a laissé une note.

En effet — comment avait-elle pu le rater ? —, un Post-it était collé sur l'écran de son ordinateur : « Emma, je ne sais pas à quelle heure vous commencez vos journées, mais pourriez-vous passer à mon bureau au plus vite ? Le responsable marketing. » Abasourdie, elle froissa le papier et le jeta à la poubelle.

— Sale petit péteux ! Pour qui est-ce qu'il se prend ?

— Le roi du marketing ?

— Ouais, voire l'empereur... Enfin, je ferais mieux d'aller voir ce qu'il me veut. Souhaite-moi bon courage.

— Sois forte. Si tu n'es toujours pas de retour après les heures de bureau, je te promets de monter une mission de sauvetage.

— Trop aimable.

Prête à en découdre, Emma s'élança dans le couloir. Toutefois, elle se figea devant la porte légèrement entrouverte de Joel, d'où lui parvenaient des voix.

— Oh ! Joel, si je dois lécher les bottes de ce *guignol* encore un jour de plus...

— Patience, Jacqui. Ce n'est qu'une question de temps avant que les Américains se rendent compte qu'il jette le budget par les fenêtres. Je communique déjà par e-mails avec Phil ; il va venir d'ici à quelques semaines. Et, dès qu'il verra de ses yeux que Digby n'est qu'un bouffon, ils chercheront forcément de nouveaux leaders avec de la poigne — et ils n'auront pas à chercher très loin, n'est-ce pas ?

— Oui, mais... Et Miranda ?

— Bah, c'est une vieille carne, mais une vieille carne *utile*. Je suis sûr qu'ils lui trouveront une place après le remaniement.

Jacqui partit d'un rire digne d'un méchant de dessin animé qui glaça le sang d'Emma. Entendant soudain des pas se diriger vers la porte, elle eut un instant de panique — que devait-elle faire ? Les affronter ou prendre la fuite ?

Sans réfléchir, elle opta pour la fuite. Mais à peine tourna-t-elle le coin qu'elle entra en collision avec la poitrine généreuse de Miranda.

— Ah, Emma ! Justement, je te cherchais. Ella a dit que tu venais de partir pour le bureau de notre embobineur en chef, mais on dirait bien que tu t'es trompée de couloir. Est-ce que tout va bien ?

Prise de court, Emma réfléchit à toute allure. Devait-elle lui répéter la conversation qu'elle avait surprise ? Peut-être... Le problème, c'est qu'elle n'avait jamais aimé moucharder...

— Euh oui, ça va. Joel était seulement occupé.

— Aah, toujours *terriblement* occupé, celui-là — à croire qu'il a des responsabilités de ministre... Enfin bref, je voulais te voir parce que je suis censée t'envoyer suivre une de ces journées de formation à la noix, jeudi... Est-ce que tu as une minute ?

— Bien sûr.

Elles passèrent donc dans le bureau de Miranda, où celle-ci se mit à farfouiller parmi les piles de dossiers qui jonchaient son bureau.

— Ah, voilà : « Savoir communiquer avec les auteurs ». Hmm, une bien belle connerie, si tu veux mon avis. A mon époque, il suffisait de coucher avec les belles gueules et de faire picoler les moches, mais de nos jours ce n'est plus que ego par-ci, psychologie par-là, et vas-y que ça se contemple le nombril et que ça pète plus haut que son cul. Enfin, que veux-tu, les temps changent... En revanche, ça peut être une bonne occasion pour toi de faire du « networking », comme on dit maintenant, et d'espionner un peu la concurrence. C'est organisé dans un petit hôtel huppé à deux pas de Sloane Street, donc tu pourras toujours aller baver devant des escarpins hors de prix pour passer le temps pendant ta pause déjeuner... Ça te va ?

Emma esquissa un sourire.

— Si tu me le vends comme ça, je ne peux qu'accepter.

— Tant mieux. Bon, dis-moi, comment le courant passe-t-il entre M. Riches et toi ?

— Très bien, prétendit-elle. Pourquoi ?

Son ton sonnait faux, et sa responsable ne fut pas dupe.

— Ecoute, Emma, je sais qu'il est imbuvable, mais... Pour tout te dire, les Américains nous mettent un peu sous pression, en ce moment. Alors, il faut qu'on se serre les coudes, ici, O.K. ?

— Bien sûr. Mais la situation n'est pas si mauvaise, si ?

— Non, non. Seulement, tu sais à quelle vitesse cette industrie change... A peine le temps de cligner les yeux et on a déjà un train de retard. C'est pourquoi il faut qu'on se donne tous à cent pour cent et qu'on mette de côté nos petits différends, tu ne crois pas ?

Etait-elle en train de lui remonter les bretelles ou était-ce un simple conseil ? Dans le doute, Emma opina du chef avant de prendre congé.

Comme pour la tester, Joel l'attendait à l'open space.

— Ah, Emma, enfin ! Il faut qu'on parle. Avez-vous cinq minutes ?

Les mots de Miranda résonnaient encore à ses oreilles. Allez, il fallait qu'elle fasse un effort.

— Oui, Joel, qu'y a-t-il ?

— C'est à propos de la promotion du dernier Tim Deakin. Je pense que, pour ce roman, nous pourrions abandonner les médias habituels et partir sur une campagne de communication sur internet. Qu'en dites-vous ?

— Ça me va, répondit-elle aussitôt. Vous avez sans doute raison.

Joel en resta comme deux ronds de flan.

— Comment ?

— J'ai dit que vous aviez raison. C'est vous qui gérez le service marketing et le budget, alors c'est votre décision. Mais c'est gentil de m'avoir d'abord demandé mon avis.

— Oh ! très bien. C'est tout ce que vous avez à dire, donc ?

Ça alors, il avait l'air déçu qu'elle ne lui ait pas volé dans les plumes !

— Tout à fait. Désolée, j'ai beaucoup de travail qui m'attend. Aviez-vous autre chose à ajouter ?

— Euh, non. Merci, Emma.

Il s'éloigna à grands pas. Emma eut à peine le temps de s'installer devant son ordinateur qu'Ella apparut à son côté, éberluée.

— Attends, je suis en train de rêver, ou quoi ?

— Comment ça ?

— Est-ce que tu viens d'approuver une suggestion de Joel Riches sans élever la voix ?

— Oui… C'est le début de la fin, à ton avis ?

— Eh bien, ça m'inquiète un petit peu, je t'avoue. On va dire que c'était un moment d'égarement, O.K. ?

Emma préféra en rire. Pourtant, la scène l'avait perturbée. Une chance que Joel ait eu une idée correcte, pour une fois, sinon elle aurait eu beaucoup de mal à se plier au conseil de Miranda, surtout après la conversation qu'elle avait surprise.

Pourvu que les manigances de ce type ne fassent pas de dégâts chez Allen Chandler…

Seulement 16 h 28 ? Allongée sur le tapis du salon, Rachel réprima un soupir. Misère, encore deux heures avant que Steve ne rentre du travail — enfin, s'il n'était pas en retard

—, et au moins une heure avant qu'elle ait décemment le droit d'ouvrir une bouteille de vin… Elle qui pensait souffler un peu parce que Will était parti goûter chez un copain, c'était raté : les jumeaux l'avaient contrainte et forcée à devenir leur cobaye — ou, en l'occurrence, leur patiente.

— Vous êtes très très malade, annonça Lily d'un air solennel. Il faut opérer. Infirmier Alfred !

Visiblement ravi de se sentir utile, Alfie tourna vers sa sœur un regard plein d'espoir.

— Préparez le masque à gaz pour la patiente !

Il partit farfouiller dans le coffre à jouets et en sortit un casque de pompier. Son petit torse gonflé d'importance, il passa l'objet à Lily, qui l'appliqua sans ménagement sur le visage de sa mère.

— Comptez jusqu'à dix, madame.

Rachel s'exécuta sans discuter, puis ferma les yeux, soumise à ses tortionnaires. Il y eut un cliquetis de jouets, puis elle sentit un scalpel en plastique par-dessus ses vêtements.

— Ah ah ! fit Lily d'un ton triomphant. Vous avez encore mangé des Lego, madame la-vilaine. Il faut vous envoyer en prison.

Rachel ouvrit un œil.

— Pour avoir mangé des Lego ?

— Oui. C'est interdit.

— La sentence est un peu sévère.

— *Chut !* Agent Alfred, passez-lui les menottes !

Il courut une nouvelle fois vers le coffre à jouets, pour revenir avec les menottes de sa panoplie de policier. Sa sœur lui souffla quelques mots à l'oreille, puis ses petites mains potelées s'affairèrent sur les chevilles de Rachel.

— Hé ! s'indigna-t-elle. Pourquoi pas les poignets ?

Lily ne prit pas de gants pour se justifier.

— Ils sont trop gros.

Ce fut la goutte d'eau.

— Bon, maman commence à en avoir assez de jouer et elle a besoin de son thé. Détachez-moi, s'il vous plaît.

La déception se lut sur les traits des enfants. Pourtant, Lily dut juger que ce n'était pas le moment de tenir tête à sa mère, car elle se tourna vers son frère.

— Alf, donne les clés.

— C'est toi que t'as les clés ! répliqua-t-il, le front plissé.

— Même pas vrai ! C'est toi !

— *C'est toi !*

Rachel se massa les tempes avec un grognement irrité.

— Ça suffit, vous deux ! Réfléchissez calmement : où avez-vous rangé les clés des menottes, la dernière fois ?

Voilà bien une question qu'elle n'aurait jamais imaginé poser à ses enfants...

L'air inquiet de Lily ne lui dit rien qui vaille.

— Je sais pas...

— *Bon sang mais c'est pas possible !*

Et bien sûr, comme à chaque éclat de voix, Alfie se mit à pleurer.

— *Nom de Dieu, Alfred, tu ne vas pas t'y mettre aussi !*

Les sanglots de son fils redoublèrent et Lily affichait un air penaud quand, soudain, Rachel eut la confirmation que l'univers tout entier s'acharnait contre elle : on sonna à la porte.

C'était à des moments comme celui-ci qu'une vision du passé jaillissait parfois dans son esprit avec une vivacité inouïe : elle revoyait une Rachel de dix ans de moins, avec un super boulot, une vie sociale bien remplie et une vie sexuelle du tonnerre — autrement dit, une nana au top, prête à dézinguer le moindre problème qui oserait se mettre en travers de sa route. La vision ne durait qu'une fraction de seconde, et, chaque fois qu'elle se dissipait, le chaos qui faisait désormais son quotidien lui sautait à la gorge comme un chien enragé. Il s'en fallut de peu pour qu'elle ne hurle « PUTAIN DE BORDEL DE MERDE ! »

Se relevant avec peine, elle n'eut d'autre choix que de sautiller à pieds joints pour sortir du salon.

— Qui c'est ? cria-t-elle pour gagner du temps.

Avec un peu de chance, ce ne serait que le facteur, et elle pourrait se cacher à moitié derrière la porte pour qu'il ne voie pas ses pieds menottés.

Malheureusement, la chance n'était vraiment pas de son côté, aujourd'hui.

— C'est Tom ! répondit une voix étouffée. Excusez-moi, le moment est mal choisi, peut-être ?

Rachel se figea dans l'entrée. Que faire ? Elle n'avait pas envie qu'il la voie dans cet état ! D'un autre côté, il pourrait peut-être lui venir en aide... Oh ! et puis zut, au point où elle en était !

Elle reprit donc ses sautillements, puis ouvrit à son voisin sans lui laisser le temps de placer un mot.

— Entrez, mais ne posez pas de question, je vous en supplie.

Comme elle bondissait sur place pour le laisser passer, Tom comprit vite son problème, mais eut la décence de faire comme si de rien n'était.

— Voulez-vous que je m'occupe de préparer du thé ? proposa-t-il. J'ai apporté des petits gâteaux pour vous remercier de m'avoir sauvé la vie, l'autre jour.

— Oh ! c'est très gentil à vous. Ce sera avec plaisir.

Sur ce, elle partit dans la cuisine dans une parfaite imitation du cabri. Tom la suivit avec un petit sourire.

— Je peux aller voir si j'ai une scie à métaux dans ma cave, si vous voulez ?

— Encore une fois, c'est très gentil à vous, mais j'ai surtout besoin d'une bonne tasse de thé, là.

Après l'avoir aidée à s'asseoir, il commença à s'affairer dans la pièce.

— Au fait, s'étonna-t-elle, comment se fait-il que vous soyez déjà rentré du travail ? A vrai dire, je crois que je ne sais même pas ce que vous faites dans la vie...

— Aah, la grande question. Eh bien, si vous voulez tout savoir, je suis tueur à gages et je ne travaille que de nuit.

— Hmm, je ne suis pas sûre qu'on puisse compter les escargots comme des cibles valables, vous savez.

Il pouffa de rire.

— Plus sérieusement, je suis analyste commercial et je couvre surtout le marché asiatique, ce qui fait que je commence mes journées très tôt mais que je termine à 15 h 30. Ce sont vraiment des horaires très agréables, parce que je suis sûr de ne jamais rater mes émissions de télé préférées.

— Dites donc, Tom, c'est que votre vie a l'air aussi excitante que la mienne !

Ils rirent en chœur. Grâce à Tom, Rachel avait retrouvé sa bonne humeur en quelques minutes à peine. C'était fou comme elle se sentait à l'aise avec cet homme ! Le ton léger, cette façon de s'asticoter l'un l'autre, les reparties qui fusaient... Pas de doute, elle était aussi complice avec lui qu'avec Steve dans les premières années de leur relation.

La sonnette la tira tout à coup de ses pensées.

— Encore ? !

— N'ayez crainte, gente damoiselle enchaînée. Je m'en charge.

— Merci.

Il revint quelques instants plus tard flanqué de Christa, Roger et Rory, le garde du corps.

— *Hallo*, Rachel ! Pardon de venir sans *prévention* ! Nous étions dans le quartier, et Roger voulait beaucoup beaucoup voir Alfie et Lily. Ce n'est pas problème, *ja* ?

Bien trop britannique pour admettre le contraire, Rachel envoya le rouquin jouer dans le salon avec les jumeaux et invita son amie et le garde du corps à les rejoindre autour de la table de cuisine. Tom eut la gentillesse de s'occuper du service ; tandis que Rachel et Christa entamaient une bouteille de vin, il préféra s'en tenir au thé, tout comme le colosse russe qui semblait l'intimider au plus haut point.

Si la conversation tourna d'abord autour de la pluie et du beau temps, la Suisse prit tout à coup un ton de reproche.

— Rachel, tu n'as jamais dit un si *beau* homme vit *dans* la porte d'à côté !

Tom rougit sous le compliment, ce qui contraria étrangement Rachel. Christa avait-elle besoin de flirter avec le premier venu ?

Néanmoins, elle répondit sur le ton de la plaisanterie :

— C'est parce qu'on le cache dans la cave depuis six mois. On ne le sort que pour les grandes occasions.

Son amie lui retourna un regard perplexe avant de comprendre.

— *Ach so*, c'est une de tes blagues ! Ha ha, *sehr gut*. Rachel m'apprend la drôlerie, Tomas. Je suis suisse, mais je suis allemande aussi, alors je ne sais pas rire beaucoup. *Nein*, c'est une blague ; tu vois, je sais faire, moi aussi, *ha* !

Rachel eut un sourire déconcerté. Décidément, quel numéro, cette Christa !

— Veux-tu encore du vin ?

— *Ja, warum nicht ?* Mon *conduiseur* est dans la voiture, et les mamans méritent un petit plaisir, *ja* ?

Rachel voulut se lever pour aller récupérer la bouteille sur le comptoir… et tomba misérablement face la première.

— Zut ! Saletés de menottes !

Tom et Christa accoururent aussitôt pour l'aider à se rasseoir.

— *Mein Gott !* Pourquoi as-tu… Oh ! *Entschuldigung*, peut-être nous avons *interrompé* toi et Tomas ?

Rachel partit d'un rire gêné.

— Voyons, Christa, ne dis pas de sottises ! Ce sont les enfants qui m'ont attachée pour jouer, sauf qu'ils ont perdu les clés…

— *Natürlich, natürlich.* Pardon, je dois *stopper* de penser tout le monde fait comme Rudi. Peut-être je peux aider.

— Aider à quoi ?

— Avec tes *Handschellen*. J'ai beaucoup des clés.

Fouillant dans son sac, Christa sortit un trousseau d'une vingtaine de clés clairement destinées à ouvrir des menottes.

Elle s'accroupit afin d'étudier avec attention la serrure aux pieds de Rachel, puis, sélectionnant quelques clés, les essaya une à une. En quelques minutes, elle l'avait libérée.

— Ouah, merci !

— *Bitte schön.* J'ai toujours ça dans mon sac, car j'ai souvent souvent le même problème avec Rudi. C'est toujours très… Comment dit-on, *nützlich*, déjà ? *Ach so*, utile.

L'air médusé de Tom n'échappa pas à Rachel, qui dut se retenir de sourire.

— Je n'en doute pas, Christa.

— *Also*, je dois partir. Roger ! *Komm mein Schatz, gehen wir !* Merci pour le vin, Rachel, et je suis *sehr* contente de rencontrer vous, Tomas.

Lorsque la porte d'entrée se referma, Rachel et Tom n'eurent qu'à échanger un regard pour exploser de rire.

— Est-ce que votre amie est toujours comme ça ?

— C'est un sacré phénomène, hein ? Mais à vrai dire, je la plains ; entre son mari qui la trompe et l'intégration dans un pays étranger…

Tom hocha la tête en silence, et, pendant quelques instants, ni l'un ni l'autre ne sut quoi dire.

— Bien ! Je vais me sauver, moi aussi. Je suis sûr que vous avez à faire, avec les petits.

Malgré elle, Rachel éprouva un pincement de déception.

— Oh ! d'accord, bien sûr.

— Merci pour le thé. Et n'oubliez pas, n'hésitez pas à faire appel à moi si vous avez besoin d'un baby-sitter.

— C'est une offre que vous risquez de regretter, jeune homme. Mais c'est gentil.

De nouveau seule, elle alla se servir un autre verre de vin, qu'elle manqua de recracher par le nez de rire lorsque son regard tomba sur les menottes abandonnées sur la table. Vraiment, quelle histoire !

Quand son téléphone sonna, elle décrocha d'une voix guillerette.

— Coucou, mon amour !

— Salut, Rach. Dis, je suis vraiment désolé, mais je vais être un peu en retard ce soir.

Sa bonne humeur retomba comme un soufflé.

— Encore ?

— Ouais, je suis vraiment, vraiment désolé. On a un boulot monstre avec les préparatifs du nouveau bureau... Je ne devrais pas rentrer trop tard, mais je ne pourrai pas être là pour t'aider à mettre les enfants au lit. Encore désolé.

Elle poussa un soupir, mais ne protesta pas. Se disputer ne changerait rien.

— O.K., à tout à l'heure, alors...

— Ouais. Merci de le prendre comme ça, Rach. Embrasse les petits pour moi.

Tandis que, après avoir raccroché, Rachel sortait sans entrain du poisson pané et un paquet de frites du congélateur, Steve, de son côté, rassemblait ses affaires sur son plan de travail avant d'aller rapporter une tasse sale à la petite cuisine du bureau. Il y trouva une brunette aux cheveux courts, en train de terminer un peu de vaisselle.

— Bientôt prête, Sam ?

— Ouaip. Laisse-moi juste le temps d'aller éteindre mon ordi et je suis à toi. Où est-ce que tu veux dîner ?

— Au pub ?

— Un homme selon mon cœur, répondit-elle avec un sourire qui illumina ses traits délicats. J'arrive tout de suite.

Depuis qu'elle avait quitté le bureau, Emma ne rêvait que d'une chose : un bon bain chaud et un grand gin-tonic. Toutefois, une mauvaise surprise l'attendait au duplex. Quel froid de canard !

Elle ne tarda pas à en comprendre la cause : dans la cuisine, la chaudière était éteinte. Cliquer sur tous les boutons n'y changea rien, l'appareil refusait de s'allumer.

— Fait chier ! Qu'est-ce qu'il a, ce foutu machin ?

Dans un élan de frustration, elle cogna la machine et se répandit en jurons. Adieu, le bon bain chaud ! Et Martin qui n'était jamais là quand il fallait ! Appeler un plombier allait leur coûter les yeux de la tête !

Emma se passa la main sur le visage et inspira profondément. *Calme-toi...* Elle était sans doute capable de régler le problème toute seule, non ?

Déterminée, elle alla fouiller dans le tiroir fourre-tout, celui qui était rempli de menus de restaurants et fast-foods, de vieilles clés qui ouvraient Dieu savait quoi mais qu'elle refusait de jeter — au cas où —, d'une énorme balle d'élastiques que Martin avait décidé de fabriquer un jour d'ennui profond, et d'une foule d'autres bricoles. C'était également le tiroir où elle rangeait les manuels d'instruction de *toutes* les machines qu'elle avait achetées depuis 1997, y compris celles qui avaient rendu l'âme depuis belle lurette. Au bout de dix bonnes minutes, elle mit enfin la main sur le livret décoloré qui promettait de contenir tous les secrets de leur chaudière.

Elle perdit un temps fou à survoler, sans résultat, les pages qui détaillaient l'installation, la mise en service ou encore l'entretien de l'appareil, jusqu'à ce qu'elle tombe sur le tableau consacré au dépannage. *Misère...* Qu'est-ce que c'était que tous ces symboles et ces termes barbares ? Il fallait au moins un diplôme d'ingénieur pour comprendre ce charabia !

Heureusement, Martin finit par rentrer.

— Merde, on se les gèle ici ! Tu es là, Em ?

— Je suis dans la cuisine ! C'est cette foutue chaudière qui débloque !

— Oh ! non... Attends, je vais y jeter un œil.

Après un quart d'heure à tripatouiller la machine sans succès, Martin téléphona à Charlie pour lui demander le numéro « d'un mec qu'il connaissait ». Pendant ce temps, Emma était partie à la recherche du chauffe-eau d'appoint dans les cartons qui traînaient dans la chambre d'amis.

Redescendue dans le salon avec deux bouillottes, elle finissait d'installer la couette sur le canapé quand son fiancé la rejoignit avec un gin-tonic et une bière.

— Mon sauveur ! s'écria-t-elle en l'embrassant. Tu es un amour, tu le sais ça ?

Verres à la main, ils se pelotonnèrent sous la couette, pressés de se réchauffer.

— C'est un vrai petit nid douillet que tu nous as préparé là, dis donc ! Alors, mon cœur, comment s'est passée ta journée ?

Avec un petit pincement de culpabilité, Emma décida de ne pas mentionner Richard. Pourquoi le ferait-elle ? Après tout, Mart ne lui racontait pas en détail ses folles péripéties d'informaticien, lui non plus — *encore heureux !*

— Oh ! rien de spécial... Si ce n'est que j'ai surpris une conversation de Joel, et j'ai l'impression qu'il manigance un truc pas très net.

— Joel ?

— Mais si, tu sais, l'emmerdeur de service, celui qui essaie toujours de saboter tout ce que je fais ? Bref, je pense qu'il complote pour renverser Digby.

Martin s'esclaffa.

— Il complote pour le renverser ? On se croirait dans un de tes bouquins, Em.

« Un de tes bouquins »... Bon sang, ce qu'elle détestait quand il parlait de son travail sur ce petit ton méprisant !

— Ne te fiche pas de moi ! C'est sérieux !

— O.K., O.K., désolé.

Désolé, mon œil ! Il se mordait les lèvres pour ne pas pouffer de nouveau !

Irritée, Emma changea de sujet quand son regard tomba sur la table basse.

— Au fait, est-ce que tu as jeté un œil aux brochures ?

— Quelles brochures ?

— Tu veux rire, j'espère ? Les brochures de photographes

pour le mariage ! Je les ai préparées exprès pour toi sur la table !

D'un geste impatient, elle indiqua les fascicules posés au-dessus du bric-à-brac étalé devant eux. L'air penaud de son fiancé répondit pour lui.

— Tu abuses, Mart ! Tu m'as promis que tu t'en occuperais, et il faut qu'on se bouge les fesses avec les réservations ou rien ne sera prêt à temps !

— O.K., pas la peine de t'énerver ; je vais le faire maintenant.

Il examina les brochures quelques minutes avant de lui jeter un regard désemparé.

— Je ne sais pas trop... Qu'est-ce que tu en penses, toi ?

— Oh ! je vois, je n'ai qu'à m'en occuper moi-même, alors, c'est bien ça ? Déjà que c'est moi qui me tape le ménage dans cet appart' alors que je bosse tout autant que toi, si ce n'est plus ; il faut aussi que ce soit *moi* qui organise tout le mariage ? Est-ce que tu comptes faire ta part un jour ?

A l'évidence, Martin prit la mouche.

— Ça, c'est bas ! J'ai réservé l'hôtel pour la cérémonie !

— Ouais, marmonna-t-elle, sans m'en parler.

— Pitié, tu ne vas pas recommencer ! Je croyais que la question était réglée.

— Ben voyons.

— Attends, je n'ai pas rêvé, pourtant : tu as fini par te ranger à mon avis, non ? Et puis franchement, après tout ce que je me suis pris à cause de ça, je dois bien dire que j'ai un peu la trouille de prendre d'autres initiatives sans vous demander la permission, à toi, ta mère et même ta sœur !

— Arrête, Mart, tu deviens ridicule.

— Ah ouais ? C'est *moi* qui suis ridicule ?

Emma poussa un grognement de rage.

— Bon, puisque tu le prends comme ça, je vais me coucher ! Bonne nuit !

Sans lui laisser le temps de réagir, elle bondit du canapé

en emportant la couette avec elle, avant de grimper l'escalier d'un pas furieux.

Après s'être changée en vitesse, elle se roula en boule sous la couette, frissonnant sur le matelas glacé — merde, avec ces conneries, elle avait oublié d'emporter les bouillottes ! Si les battements de son cœur qui résonnaient à ses oreilles se calmèrent peu à peu, le bruit étouffé de la télévision au rez-de-chaussée redoubla sa rage. Martin n'était même pas fichu de monter la voir pour essayer de se réconcilier !

« Il ne faut jamais laisser le soleil se coucher sur une dispute », voilà ce que lui conseillerait son père s'il la voyait. *Facile à dire*. Martin et elle étaient beaucoup trop têtus pour aller s'excuser dans ces moments-là. Et puis, était-ce sa faute à elle s'il n'avait pas tenu sa promesse ? Il n'avait pas le droit d'attendre qu'elle s'occupe de tout, ce n'était pas juste !

Emma se retourna plusieurs fois dans le lit. Si les préparatifs du mariage étaient déjà si stressants aussi longtemps avant le jour J, à quoi allait bien pouvoir ressembler leur vie *après* ?

La colère et l'angoisse la rongeaient toujours lorsqu'elle entendit la télévision s'éteindre, puis des pas dans l'escalier. La porte de la chambre s'ouvrit, et, bien qu'elle sentît le regard de Martin peser sur elle dans l'obscurité, elle refusa de bouger et garda les paupières résolument fermées.

— Em ? souffla-t-il. Tu dors ?

Comme elle faisait mine de ronfler, il se déshabilla et se glissa sous la couette sans un mot.

En quelques minutes, la respiration de Martin se fit plus régulière. Emma, en revanche, rumina des idées noires pendant des heures.

Ce fut le bruit d'une clé dans la serrure qui réveilla Rachel. La tête dans le cirage, elle se redressa avec peine, jetant un œil hagard au présentateur météo qui prévoyait de la pluie pour le lendemain matin, puis à la bouteille de vin vide qui traînait sur la table basse. *Argh*... Pourquoi n'était-elle pas montée se coucher ?

— Salut, ma belle, chuchota Steve en passant la tête par la porte du salon. Pardon de rentrer si tard.

Il se glissa derrière le canapé pour l'enlacer tendrement. Elle frémit en sentant sa joue glacée contre la sienne, et son haleine de menthe lui chatouilla les narines, mais elle ferma les yeux et se laissa aller dans ses bras. Mmh, si seulement ils pouvaient rester comme ça toute la nuit...

Bien sûr, il finit par se redresser, rompant le charme. Il contourna alors le canapé pour venir s'effondrer à son côté.

— Je t'ai attendu, je pensais que tu serais là plus tôt. Est-ce que tu as mangé au bureau ?

— Ouais, on a commandé une pizza.

Avec un sourire fatigué, il enroula un bras autour de la taille de Rachel, qui posa la tête contre son épaule.

— Dure journée ?

— Bah, comme d'hab. Par contre, j'ai une surprise : qu'est-ce que tu dirais d'aller en Ecosse ce week-end ?

— *Ce week-end-ci ?* Déjà ?

Elle sentit la panique l'envahir. Zut, elle aurait bien aimé avoir plus de temps pour se faire à l'idée du déménagement ! Sans compter que voir Sue l'avait déprimée, ce matin ; son amie allait tellement lui manquer, s'ils partaient...

Steve ne sembla pas remarquer sa détresse.

— Oui, je me suis dit, pourquoi attendre ? Alors j'ai réservé les billets d'avion et une chambre dans un hôtel chicos près du château d'Edimbourg. J'ai aussi pris rendez-vous avec quelques agents immobiliers, juste pour se faire une idée des maisons dans le coin.

— Oh ! O.K.

— Rach ? Tu n'as pas l'air contente. Je pensais que ça te ferait plaisir ?

Tout ça était beaucoup trop précipité pour elle... Mais elle n'avait ni la force ni l'envie de se disputer maintenant.

— Si, si, ça me fait plaisir.

— Tant mieux.

Le sourire aux lèvres, Steve l'embrassa avec douceur. Toutefois, Rachel sentit une drôle d'odeur cachée derrière l'haleine de menthe… De l'alcool ?

— Est-ce que tu as bu ?

— Oh ! ça. Ouais, on s'est commandé un pack de bière avec la pizza, avec les collègues. Pourquoi ? Tu ne me fais pas confiance ?

Si, jusqu'à ce que tu poses la question…

— Bien sûr que si. Bon, je suis crevée, dit-elle en l'embrassant sur la joue. Je vais me coucher.

— O.K., chaton. Je regarde juste vite fait les résultats du foot et je te rejoins. Je t'aime, Rach.

— Moi aussi.

Pourtant, lorsqu'elle monta l'escalier d'un pas traînant, son étrange sentiment de malaise ne fit qu'empirer.

Chapitre 12

Emma se réveilla en sursaut. Ouh là, qu'est-ce que c'était encore que ce rêve débile ? Miranda et Digby déguisés en poulets, Joel et Jacqui qui les mettaient en cage en riant comme des hyènes... *Tu parles d'un sommeil réparateur...*

Il lui fallut quelques instants pour se rendre compte que son portable sonnait. *Rosie ?* Pourquoi l'appelait-elle si tôt ?

Elle n'eut pas le temps de dire « allô » qu'une voix enjouée résonnait déjà au bout du fil.

— Ma petite Emma, devine un peu ce que ta marraine a prévu pour toi, aujourd'hui ?

— Bonjour à toi aussi, Rosie... Je n'en ai pas la moindre idée.

Mais quelque chose me dit que ça ne va pas me plaire.

— Un rendez-vous avec Stella à 11 heures. Est-ce que tu peux le croire ?

— Aujourd'hui ? Mais je travaille !

— Non, non, *darling*. J'ai tout arrangé avec cette chère Mimms. Bien, je passe te prendre à 10 heures. Et surtout, choisis une tenue chic, sans être *too much*, d'accord ?

— Mais...

— Non, non, pas la peine de me remercier, *darling*. Ça me fait plaisir. A tout à l'heure !

Puis elle raccrocha.

Incrédule, Emma fixa son téléphone avant de hausser les épaules. Après tout, qu'avait-elle à perdre ?

Au même moment, Martin apparut dans l'encadrement de la porte, visiblement dans ses petits souliers.

— B'jour... On fait la paix ?

Elle poussa un soupir. Comment pourrait-elle rester en colère contre lui quand il la regardait avec des yeux de chien battu ?

— Ecoute, Mart, je suis désolée de m'être emportée comme ça, hier soir, mais j'aimerais que tu me promettes quelque chose.

— Tout ce que tu veux.

— Ce que je veux, c'est qu'on l'organise à deux, ce mariage. Si on se fâche avant même de se passer la bague au doigt, on est plutôt mal partis, tu ne crois pas ?

Son fiancé vint la prendre dans ses bras.

— C'est d'accord. D'ailleurs, je t'ai laissé la brochure du photographe que je préfère, sur la table basse. Pardon, j'ai été nul... Je déteste quand on se dispute. Bon, par contre, il faut vraiment que je file. Et toi, tu ne vas pas être en retard ?

— Non, *tout est arrangé avec cette chère Mimms*, lança-t-elle en imitant sa marraine. Je t'expliquerai plus tard. Passe une bonne journée.

Elle l'embrassa et, lorsqu'il disparut dans l'escalier, elle composa le numéro de sa sœur.

— Bien le bonjour, tatie Emma.

— Salut, grande sœur. Dis, je me demandais si...

— Si je m'étais fait réveiller aux aurores par Rosie, moi aussi ? la coupa Rachel. Oh que oui ! Et j'ai aussi eu droit à un appel énervé de maman qui m'a sorti le fameux couplet de « cette bonne femme qui se croit tout permis ». C'est la fête, ce matin. Bref, on va te retrouver sur place. Je dois d'abord aller déposer les jumeaux chez les parents pour que papa les garde.

— Ça marche. En fait, je voulais surtout savoir si tu serais là.

— N'ayez crainte, milady. Rosie ne manque pas de culot, mais pas au point d'oser nous laisser en dehors de ça, maman et moi. Et puis, tu me connais, je ferais n'importe quoi pour pouvoir lire la détresse dans ton regard quand tu te tiendras en culotte devant les aiguilles pointues de *cette chère Stella*.

— Ouais, eh bien, ne parle pas trop vite, ma vieille. Tu es ma demoiselle d'honneur, je te rappelle ; alors toi aussi, tu es bonne pour passer sous ses aiguilles !

Mais que fichaient-elles ? *Plus d'une heure* que Rachel et leur mère auraient dû être arrivées !

Bien qu'on l'ait fait s'asseoir dans un fauteuil on ne peut plus confortable, Emma ne parvenait pas à se détendre et consultait sa montre toutes les trente secondes. Elle n'était pas à sa place, ici. Non seulement son ensemble Zara et H & M faisait pâle figure à côté de l'incroyable qualité des tenues qui l'entouraient, mais surtout, *surtout*, elle se sentait étouffer dans cet endroit beaucoup trop parfait, beaucoup trop immaculé. Si seulement Rachel était là pour lâcher un de ses fameux jurons, l'air serait déjà un peu plus respirable ! Et puis, dans un sens, sa mère lui manquait, elle aussi. C'était entre mère et fille qu'on était censée chercher sa robe de mariée, pas avec sa *control freak* de marraine !

Enfin, de quoi se plaignait-elle ? Combien de femmes se battraient pour être à sa place, en ce moment ? Certes, Stella McCartney était trop occupée pour créer en personne sa robe de mariée, mais elle avait malgré tout pris le temps de les accueillir pour le leur annoncer de vive voix. Et, en dépit des protestations véhémentes de Rosie, la styliste avait gardé le sourire avant de les confier à Dietrich, son bras droit.

Emma avait donc ensuite discuté avec lui pour déterminer ce qu'elle attendait de sa robe. Et, si elle s'était d'abord sentie gênée de n'avoir aucune directive précise à lui donner, il avait tout de même fini par lui faire admettre qu'elle détestait les froufrous et qu'elle adorait les perles. Il avait alors dessiné quelques croquis en deux temps, trois mouvements, et, il fallait bien l'avouer, le résultat avait dépassé toutes ses espérances.

Tout était allé si vite ! Heureusement, elle n'avait pas à arrêter son choix tout de suite : après les avoir priées de patienter dans les fauteuils près de la porte, Dietrich était parti lui faire des copies de ses croquis. Au moins, elle allait pouvoir en discuter avec les autres et prendre sa décision à tête reposée. Ici, dans ce silence étouffant, elle était bien incapable de réfléchir — même Rosie, pourtant toujours si bavarde, était vissée à son iPhone.

Emma croisait et décroisait nerveusement ses jambes lorsque Stella McCartney se dirigea à grands pas vers la sortie.

— J'ai été ravie de faire votre connaissance, mademoiselle, lui glissa-t-elle avec un sourire. Votre petite blouse est à tomber, soit dit en passant.

Elle en resta bouche bée.

— Oh ! je... Merci ! C'est...

— Du Gucci, intervint aussitôt Rosie. N'est-ce pas, *darling* ? Encore merci, Stella. Et mes amitiés à ton père, bien sûr. *Ciao, ciao !*

Mais, alors qu'elle s'apprêtait à sortir, Rachel ouvrit la porte en catastrophe, sa mère sur les talons. Comme n'importe qui croisant la route de célébrités, elles se figèrent toutes deux en dévisageant la styliste avec des yeux ronds, jusqu'à ce que, à la surprise générale, Diana s'écarte en exécutant une sorte de courbette maladroite.

La créatrice eut la décence de ne pas se moquer.

— Bonne chance pour le mariage, Emma, lança-t-elle avant de partir.

Comme montée sur ressorts, Emma quitta son fauteuil pour se jeter sur Rachel et sa mère.

— Vous en avez mis, du temps ! Et dis, maman, j'ai rêvé ou est-ce que tu viens de faire une révérence à Stella McCartney ?

Les joues de Diana virèrent au rouge vif.

— Ne dis pas de sottises, voyons ; je l'ai seulement laissée passer... Désolée d'arriver si tard. Alfie nous a fait une crise pas possible pour ne pas que Rachel s'en aille, alors nous avons raté notre train — nous ne voulions pas prendre la voiture, tu sais comme le trajet banlieue centre-ville est un vrai calvaire. Et là, je te le donne en mille, le train suivant a été supprimé ! Bref, nous voilà enfin. Est-ce qu'on arrive trop tard ?

— *Bien* trop tard, répliqua Rosie avec un petit rictus, Stella n'est pas de ces gens que l'on fait attendre ! Mais ne t'inquiète pas, Diana, *darling*, je me suis occupée de tout.

Emma vit sa mère serrer les poings pour garder son sang-froid.

— C'est vraiment très aimable à toi, Rosie.

— Mais je t'en prie, c'est bien à cela que sert la marraine, la bonne fée de notre petite Emma. Et puis, soyons honnêtes, Diana, si je t'avais laissée te charger de la robe, la pauvrette se serait retrouvée avec de la pacotille premier prix !

Diana la fusilla du regard, et Rosie rompit le silence d'un rire cristallin.

— Allons, Diana, je plaisantais ; détends-toi un peu. Je sais exactement ce qu'il nous faut : un bon déjeuner dans un restaurant outrageusement cher. C'est moi qui régale !

Comme leur mère hésitait, Emma jeta un regard éloquent à Rachel, qui comprit le message.

— Allez, maman, lui souffla-t-elle à l'oreille. Tu ne vas quand même pas laisser passer l'occasion d'escroquer cette vieille bique ?

Bingo. Le visage de Diana s'illumina aussitôt.

— Merci, Rosie. Ce sera avec plaisir.

— Merveilleux ! Emma, *darling*, va donc voir ce que fabrique ce délicieux Dietrich et rapporte les croquis, veux-tu ? Rachel, je suis sûre que tu vas *a-do-rer* ce qu'il prévoit pour ta robe de demoiselle d'honneur ; il va même en confectionner une version miniature pour Lily ! Oh ! mon petit doigt me dit que cela va être le mariage de l'année !

***

Depuis plus d'une heure, Richard soupirait devant son écran. Qu'y avait-il à réécrire, bon Dieu ? Son texte était déjà tel qu'il l'avait voulu, peaufiné jusque dans les moindres détails. Si certains passages ne lui avaient pas plu, il les aurait modifiés depuis longtemps !

C'était d'ailleurs ce qu'il avait répondu à Emma, hier matin. Seulement, elle n'avait rien voulu entendre. Elle avait un petit côté maîtresse d'école, très « main de fer dans un gant de velours » — un trait de caractère qu'il trouvait particulièrement sexy. En fait, c'était en partie à cause d'elle qu'il n'arrivait pas à se mettre au travail, aujourd'hui. Cette femme avait un petit quelque chose qui l'obsédait ; mais quoi ? Il n'arrivait pas à mettre le doigt dessus. Lui qui avait toujours usé de son charme pour entrer dans les petits papiers des maisons d'édition — il était allé jusqu'à finir dans le lit de services entiers, parfois sans même le moindre effort —, il se retrouvait tout à coup face à une femme qui n'était pas comme les autres.

Richard tiqua à cette pensée. « Pas comme les autres », voilà bien une expression qu'il avait en horreur. Pourtant, il fallait bien l'admettre : il n'avait pas envie de se servir d'Emma de la même façon. Bien sûr, il ne rechignerait pas à coucher avec elle, loin de là, mais…

Il secoua la tête, chassant cette pensée troublante. Tandis qu'il s'étirait pour détendre ses épaules endolories, son regard tomba sur son thé froid. Parfait ! Il avait bien besoin de se changer les idées. Il partit donc mettre de l'eau à bouillir puis, sortant sa boîte à biscuits, grignota un petit gâteau fourré à la crème, qu'il recracha bien vite dans la poubelle. *Beurk !* Depuis quand traînaient-ils dans le placard ? Avec un soupir dépité, il se posta devant sa petite fenêtre et grimaça à la vue des affreux immeubles en béton. Pas de doute, il n'allait pas regretter cet appartement…

Sans le vouloir, ses pensées se remirent à dériver vers

Emma. Etait-ce parce qu'elle comprenait ses personnages comme personne qu'elle semblait si différente des autres ? Allait-elle devenir sa muse ?

Quand Richard retourna à son bureau avec sa tasse fumante, il n'avait toujours pas envie de se remettre au travail. Par chance, son portable lui offrit une distraction en or : il avait reçu un message sur son répondeur.

— Salut, Richard, susurrait une voix grave qui s'efforçait de paraître désinvolte. Ce n'est que moi, Sophie. Je me demandais ce que vous aviez pensé de l'appartement que je vous ai fait visiter l'autre jour. Je pourrais vous en montrer davantage, à l'occasion — si vous voyez ce que je veux dire… Ah ah ! Enfin voilà, appelez-moi quand vous voulez.

Il reposa le téléphone avec un pincement de déception. Il n'avait aucune intention de revoir cette femme, mais l'appartement lui avait plu, c'était vrai.

Sans entrain, il décida de relire une autre page de son roman. A mesure qu'il parcourait l'écran, ses sourcils se froncèrent de plus en plus : le mot « passionné » revenait cinq fois en trois paragraphes. Bon sang, comment avait-il pu ne pas s'en rendre compte plus tôt ?

Laissant échapper un soupir découragé, il s'appuya sur le dossier de son siège et but une gorgée de thé. Puis, sur un coup de tête, il saisit son téléphone et retrouva le numéro d'Emma.

— Allô ? répondit-elle à mi-voix.

A en croire les bruits de couverts et le brouhaha sourd qui résonnaient au bout du fil, elle se trouvait dans un restaurant.

— Emma ? C'est Richard.

— Oh ! bonjour, Richard. Comment allez-vous ?

— Bien, bien. Enfin, non, à vrai dire, ça ne va pas du tout. Cette réécriture est un vrai cauchemar.

— Ah, je vois ! Le problème, c'est que je ne travaille pas, aujourd'hui…

— Oh ! très bien. Je ne vous dérange pas plus longtemps, alors.

— Non, attendez, on peut se voir demain, si vous voulez. Pourquoi ne passeriez-vous pas au bureau autour de 10 heures ?

Un sourire triomphant retroussa les lèvres de Richard.

— Ce serait fantastique. Que ferais-je sans vous, Emma Darcy ?

Quand il mit fin à la communication, il se sentait regonflé à bloc. Sans hésiter, il passa en revue son répertoire et sélectionna un autre numéro.

Cette fois, une voix plus chaude lui répondit.

— Tiens, tiens, Richard… Je commençais à croire que vous m'évitiez.

— Voyons, Sophie, minauda-t-il, pourquoi ferais-je une chose pareille ? Je n'ai juste pas eu une seconde à moi. Mais après un petit changement de programme, je me retrouve libre comme l'air cet après-midi, et, ma foi, votre offre est très alléchante…

Le rire charmeur de l'agente résonna au bout du fil.

— Voyez-vous ça. J'ai justement à disposition un très bel appartement dans Mayfair. Vue exceptionnelle, charme racé.

— Voilà qui a l'air prometteur. J'ai hâte d'en visiter la chambre, et peut-être même la salle de bains, la cuisine et le salon, si vous en avez l'énergie. Je crois me rappeler que vous n'en manquiez pas, la dernière fois.

— Je ferai de mon mieux, monsieur Bennett.

— Merveilleux. Ah, et, Sophie ?

— Oui, monsieur Bennett ?

— J'espère que vous portez ce petit porte-jarretelles.

En retournant à table, Emma trouva sa mère murée dans un silence hostile pendant que Rosie racontait à qui voulait l'entendre l'une de ses anecdotes show-biz entre deux verres de vin. Sitôt qu'elle fut assise, sa sœur la saisit par le bras.

— Je peux savoir ce que tu fabriquais ? J'ai l'impression d'être coincée sur un fichu ring entre ces deux-là !

— Désolée, je ne pouvais pas rejeter l'appel, c'était mon nouvel auteur, tu sais.

— Oh ! tu veux dire celui qui te plaît ?

— Quoi ? lâcha Emma d'une voix beaucoup trop haut perchée. Il ne me plaît pas du tout !

Rachel éclata de rire.

— Ouh, m'est avis que ma petite sœur proteste un peu trop !

— Fous-moi la paix, Rach, veux-tu ?

— Ça va, pas la peine de prendre la mouche, face de pet. Tu as le droit de continuer à flirter, tu sais.

Enfin, pourquoi tout le monde lui faisait-il cette remarque ? Pour couronner le tout, Emma n'eut pas le temps de changer de sujet que Rosie s'immisça dans la conversation.

— Oh ! seriez-vous en train de discuter de ton *délicieux* romancier, Emma ?

Aussi embarrassée par la question que par l'expression stupéfaite de Rachel, elle ne trouva rien à répondre. Forcément, sa marraine sauta sur l'occasion.

— J'avais donc vu juste ! Ta sœur a raison. Je te l'ai déjà dit, *darling*, il n'y a pas de mal à se faire un peu de bien avant de se passer la corde au cou. N'est-ce pas, mesdames ?

Comme elle agitait son annulaire sous le nez de Rachel et de Diana, cette dernière sortit de son mutisme avec humeur.

— Je trouve ce conseil particulièrement déplacé.

— Quelle surprise ! persifla Rosie en feignant un bâillement.

— Si je t'ennuie, Rosie, tu n'as qu'à me le dire en face !

— Oh ! si peu... Honnêtement, Diana, avoue que tu n'as jamais été une bonne vivante. Je parie qu'Eddy a été ton premier amant.

L'alcool la rendait si peu discrète que plusieurs clients se retournèrent vers leur table pour les fusiller du regard. Sans surprise, Diana semblait ne plus savoir où se mettre.

— Ce ne sont pas tes affaires !

— Ah ! C'est donc vrai ! Eh bien, je dois au moins reconnaître que tu as du flair. De tous les hommes à qui offrir ta petite fleur, tu aurais difficilement pu choisir mieux que cet amour d'Eddy.

Emma et Rachel échangèrent un regard horrifié — ni l'une ni l'autre n'avait envie d'entendre parler de la *petite fleur* de leur mère !

A la table voisine, des clients outrés s'entretenaient à voix basse avec le maître d'hôtel, qui ne tarda pas à apparaître au côté de Rosie. Trop poli pour les prier de quitter les lieux, il demanda, avec la plus grande diplomatie, si elles désiraient passer au coin salon pour déguster leurs cafés.

Ulcérée, Rosie se leva d'un bond et dut se retenir à la table pour ne pas vaciller.

— Personne, je dis bien *personne*, ne me dit ce que j'ai à faire ! Nous ne resterons pas une seconde de plus dans ce *boui-boui* !

Le menton levé, elle tourna les talons et tituba en direction de la porte. Toutefois, elle perdit l'équilibre après seulement trois pas et s'étala de tout son long sur le parquet ciré. Des serveurs accoururent pour l'aider à se relever, ce qui leur valut de violents coups de sac à main.

— *Otez immédiatement vos sales pattes !* Je connais tous les critiques gastronomiques de la capitale, cet établissement est *fini* !

Interdites, Emma, Rachel et leur mère regardèrent Rosie quitter le restaurant aussi dignement que le lui permettait son état, puis héler un taxi en agitant furieusement les bras. Après un instant de flottement, Diana se tourna vers le maître d'hôtel avec un sourire éclatant.

— Nous allons prendre ces cafés maintenant.

— Certainement, madame. Si vous voulez bien me suivre.

Après une courbette, il les conduisit jusqu'à la salle voisine, où des vieillards piquaient un somme, leur verre de brandy à la main. Elles optèrent pour des fauteuils de cuir outrageusement confortables dans un coin isolé, et on vint vite leur servir leurs cafés.

Tout à coup, Rachel se redressa, alarmée.

— Oh, merde ! Cette vieille bique s'est barrée sans payer !

Loin de s'affoler, leur mère lui tapota la main avec un rictus.

— Je l'ai vue laisser sa carte au comptoir en entrant.

Le soulagement traversa le visage de Rachel, jusqu'à ce qu'un sourire machiavélique lui étire les lèvres.

— Oh non, l'avertit Emma, n'y pense même pas…

Trop tard. Sa sœur avait déjà interpellé le serveur.

— Excusez-moi, pourrions-nous avoir une bouteille de Dom Pérignon, s'il vous plaît ? Un millésime de 1973 ou antérieur serait parfait.

Le serveur hocha la tête avant de disparaître. Puis, sous l'œil médusé d'Emma, Rachel se renversa de nouveau contre le dossier du fauteuil avec un air immensément satisfait.

— Quoi ? Tu vas te marier, ça mérite bien qu'on fête ça au champagne ! Aux frais de la sorcière.

Edward réprima un énième soupir épuisé. Dieu que ces enfants étaient usants ! Il adorait ses petits loupiots, bien sûr, mais il était beaucoup trop papi-gâteau pour résister à leur force de persuasion sans pareille.

Rien que tout à l'heure, alors qu'il avait passé une demi-journée à gérer seul les jumeaux, une amie de Rachel lui avait déposé Will après l'école. Du haut de ses sept ans, il lui avait affirmé yeux dans les yeux qu'il avait toujours droit à des gâteaux secs et à un paquet de chips au goûter — « et des fois même deux paquets ». Naturellement, cette fine mouche de Lily avait aussitôt confirmé les dires de son frère, en ajoutant qu'Alfie et elle avaient droit à la même chose, « sinon c'est trop pas juste ». Il avait bien essayé de chercher du soutien du côté du candide Alfie, mais il avait suffi d'un coup de coude de sa jumelle pour le convaincre d'opiner du chef en levant de grands yeux d'oiseau apeuré. A sa grande honte, Edward avait cédé. Comment résister ? Après tout, gâter ses petits-enfants était le privilège numéro un des grands-pères.

Le goûter s'était donc passé dans la joie et la bonne humeur, mais, ensuite, les faire tenir en place s'était avéré plus délicat. Il avait bien essayé de les divertir avec des constructions de Lego, mais Lily s'en était lassée au bout de dix minutes. Sans lui demander la permission, elle était alors partie embêter Sherman, le matou roux caractériel de la maison, aussitôt suivie d'Alfie.

Will, heureusement, était ravi de construire un château fort. Mais le calme ne dura pas : au bout d'une demi-heure, il se mit soudain à le bombarder de questions auxquelles il n'était pas toujours facile de répondre.

— Dis, papi ?

— Oui, Will ?

— Pourquoi est-ce que les gens, ils portent un slip le jour mais pas la nuit ?

— Euh…

— John Joe Minto, à l'école, il dit que c'est parce qu'on fait pas caca la nuit.

— Ah ! Je ne suis pas sûr que ton petit camarade…

— Moi je crois qu'il dit n'importe quoi, le coupa Will.

— Oui, c'est bien possible.

— Parce que c'est pas comme si on mettait des slips pour rattraper le caca, pas vrai ?

— Euh, non.

Il y eut trente secondes de calme avant que son petit-fils ne revienne à la charge.

— Dis, papi ?

— Oui, Will ?

— Tu sais, le Père Noël ?

— Oui ?

— Comment il fait pour savoir si tous les enfants du

monde, ils sont sages ou pas ? Je veux dire, comment il fait pour nous regarder TOUT le temps ?

— Eh bien, il a une armée de lutins disséminés dans le monde entier pour pouvoir garder un œil sur tous les enfants.

— Des lutins ?

— C'est ça.

— Et ils sont où ?

— Partout. Ils ressemblent à des gens normaux, alors qu'en fait ce sont les lutins du Père Noël.

— Alors ils restent là à regarder les enfants toute la journée ?

— Voilà.

— Comme les pédophiles ?

Edward faillit s'étouffer.

— Je te demande pardon ?

— Les pédophiles. Ils restent là à regarder les enfants toute la journée, eux aussi, non ? Le papa de John Joe Minto, il dit qu'ils méritent la potence, les pédophiles.

— Ah, euh…

— Dis, papi, ça veut dire quoi « potence » ?

Edward préféra opter pour la fuite.

— Je crois que je vais aller voir si Lily et Alfie ont réussi à caresser Sherman et, si tu veux, on pourra parler foot à mon retour ?

— Ouais ! Tu pourras encore m'expliquer le hors-jeu, s'il te plaît, papi ?

— Avec plaisir, mon grand.

Ça, au moins, c'était un sujet qu'il maîtrisait.

Quand on sonna à la porte une quinzaine de minutes plus tard, Edward sentit son cœur se gonfler d'espoir. Les filles étaient-elles de retour ? Allait-il pouvoir souffler un peu ?

C'est Martin qu'il trouva sur le perron, ce qui le réjouit tout autant.

— Bonjour, Edward. Emma m'a dit que tu étais tout seul avec les petits monstres, alors je suis parti un peu plus tôt du boulot pour venir t'offrir un soutien moral. J'ai apporté des bières, ça te dit ?

— Si tu me soudoies de cette façon, tu peux être sûr de devenir mon gendre préféré. Il va falloir dire à Steve de passer à la vitesse supérieure s'il veut rester dans la course !

C'est dans une ambiance joviale qu'Edward le fit entrer dans le salon. Will courut aussitôt dans les bras de son oncle.

— Tonton Martin !

— Salut, champion. Comment ça va ?

Avant qu'il ait pu répondre, Sherman passa comme une flèche dans le couloir en direction de la cuisine, et, un instant plus tard, ils entendirent la trappe de la chatière claquer furieusement.

— Reviens, débile de chat ! Laisse-moi te mettre ton chapeau !

Les jumeaux déboulèrent au rez-de-chaussée avec la discrétion d'un troupeau de mammouths, mais oublièrent le chat dès qu'ils aperçurent le visiteur.

— Tonton Crottin ! s'écria Lily.

Le concerné fit mine de s'offusquer.

— « Tonton Crottin » ? Je ne vous permets pas, jeune fille ! Si c'est comme ça, je vais t'appeler Lily-pipi, à partir de maintenant. Et toi, ajouta-t-il en se tournant vers son jumeau, tu seras Alfie le salsifis.

Puis il fit de nouveau face à l'aîné.

— Alors, comment vas-tu, Willy le pisse-au-lit ?

Epatés par la repartie et l'humour ordurier de leur oncle, les enfants poussèrent des cris stridents en battant joyeusement des mains.

Tout aussi impressionné, Edward lui donna une tape dans le dos.

— Je crois que tu as bien mérité la première bière.

Rachel chantait l'air du générique de *Fame* en se dandinant en équilibre précaire sur un muret étroit, sous le regard réprobateur de sa mère et la franche hilarité de sa sœur. Terminant le morceau sur le saut mythique de la série, elle réussit contre toute attente à retomber sur ses pieds. Sa performance lui valut un coup d'œil mauvais de la propriétaire du muret à travers ses rideaux, ce qui déplut fortement à Diana.

— Rachel, franchement... On me connaît dans le quartier, tu sais.

Essoufflée, Rachel passa un bras autour de la taille de sa mère.

— Excuse-moi, ma petite maman...

Elles n'étaient plus très loin de la maison de ses parents, désormais. A leur grande surprise, Steve vint les accueillir devant le perron avec un immense sourire, une main derrière le dos. Les avait-il entendues ? Ça ne serait pas surprenant...

— Bien le bonsoir, mesdemoiselles. Avez-vous passé une bonne journée ?

— Excellente, mon beau-frère préféré, répliqua Emma en lui plantant un baiser mouillé sur la joue.

— Emma, quelque chose me dit que tu as un sacré coup dans le nez... Je suis ton seul beau-frère, tu te souviens ?

— Hmm, ce n'est pas faux, ce que tu me dis là... Mais tu restes quand même mon préféré.

Comme elle terminait sa phrase dans un gloussement éméché, Steve secoua la tête avec un sourire incrédule.

— Bien, je ne sais pas si c'est très judicieux mais, puisque vous avez passé une *excellente* journée, que diriez-vous de fêter ça avec du champagne ?

Il présenta alors la bouteille qu'il cachait dans son dos.

— Oooh ! lança Emma, émerveillée, en la lui arrachant des mains. Allons vite ouvrir cette petite beauté !

Malheureusement, elle avait eu un geste si brusque qu'elle perdit l'équilibre et elle serait lamentablement tombée si Steve n'avait pas eu le réflexe de la rattraper par la taille.

— Vraiment..., ronchonna Diana en ouvrant la porte.

Comment ai-je pu mettre au monde deux petites natures incapables de tenir quelques verres d'alcool ?

Comble d'ironie, elle se prit les pieds dans le tapis de l'entrée et atterrit sur les genoux. Rachel pouffa avant de l'aider à se relever.

— Vous disiez, *mère* ?

— Je ne suis *pas* pompette ! C'est ce maudit tapis qui n'est jamais où il faut ! Je passe mon temps à répéter à ton père de le mettre ailleurs, mais est-ce qu'il m'écoute ? Bien sûr que non !

Tout ce petit monde finit par entrer avec plus ou moins de difficulté. La porte du salon était fermée mais, dès que Rachel l'ouvrit, elle fut accueillie par le cri du cœur de cinq voix mêlées.

— BUUUUUUUUUUUUUUUUUUUUUUUUUUT !

Lily bondit du canapé pour exécuter une petite danse de la victoire, tirant la langue vers la télévision lorsque les mines déconfites des supporters de l'équipe adverse apparurent à l'écran.

— Nanananananèèèère-eeeuuuh !

Rachel referma bien vite la porte.

— Ouh, c'est trop bruyant pour moi, là-dedans. J'ai besoin d'un verre. Ouvrons cette fameuse bouteille.

Elle suivait sa sœur et sa mère vers la cuisine quand Steve lui attrapa la main.

— Rach ?

Elle eut à peine le temps de faire volte-face que son mari l'embrassait tendrement. Autant grisée par l'alcool que par les lèvres chaudes de Steve, elle noua les bras autour de son cou. Elle se sentait si bien qu'un sourire béat flottait sur son visage quand ils mirent fin au baiser.

— C'était en quel honneur, ça ?

— Est-ce que j'ai besoin d'une raison pour embrasser ma femme ? Je t'aime, Rach. Et je sais que tout ira bien pour nous.

Elle se serra tout contre lui et enfouit le nez au creux de son cou. Pourvu qu'il ait raison…

— Hé, vous deux ! Allez faire vos cochoncetés ailleurs !

Emma venait de sortir de la cuisine, coupes de champagne à la main. Sans un mot, Rachel prit celle que sa sœur lui tendait, puis la suivit dans le salon. Là, elle s'arrêta sur le seuil, émue par la scène qui se déroulait sous ses yeux : Will et Martin contestaient une décision de l'arbitre à grand renfort de gestes indignés, tandis qu'Edward, lui, affichait un sourire serein, ses bras enroulés autour d'une Lily captivée par l'écran et d'un Alfie qui piquait du nez. C'était un moment somme toute banal, et pourtant si précieux à la fois. Personne ne se disputait, tout le monde était heureux… Elle donnerait n'importe quoi pour pouvoir arrêter le temps, là, tout de suite, et figer cet instant à jamais.

Secouant la tête, elle s'avança jusqu'au canapé et souleva Alfie pour prendre sa place à côté d'Edward, qui enroula aussitôt le bras autour de son épaule. Alors, elle se blottit contre son papa, comme elle le faisait si souvent quand elle était petite.

— Elle est exactement comme toi, tu sais, lui glissa son père avec un signe de tête en direction de Lily.

— Je sais.

Elle avait lâché ces mots d'une voix éraillée, comme s'ils avaient eu du mal à se frayer un passage dans sa gorge nouée.

Rachel resta un long moment ainsi, à suivre le match de foot d'un œil, à écouter les réactions des uns et des autres, à savourer la respiration régulière de son fils contre sa poitrine. Ce n'est que lorsque des larmes tombèrent sur son pull qu'elle prit conscience qu'elle pleurait.

Son père ne fit aucun commentaire, mais elle sentit son sourire bienveillant s'étirer contre sa tempe tandis qu'il lui caressait doucement les cheveux.

— Il faudrait vraiment qu'ils remplacent le numéro sept, hein, Rach ?

Chapitre 13

— Bonjour, ma petite Ellaaa ! chantonna Emma à son arrivée au bureau.

— Eh beh, tu m'as l'air de bien bonne humeur, toi, ce matin.

Emma haussa les épaules.

— Je suis fiancée, j'adore mon boulot et je m'apprête à recevoir un auteur qui est un vrai délice pour les yeux. De quoi est-ce que je me plaindrais ?

— Ah bon, vous avez encore un entretien aujourd'hui ?

— Ouaip. J'aime chouchouter mes auteurs.

— C'est ce que je vois. Dis, on mange ensemble ce midi ? Histoire qu'on ait un peu le temps de papoter.

— Désolée, je ne suis pas sûre que j'aurai terminé à temps, avec Richard.

— Oh ! O.K.

L'expression de son amie alerta Emma. Il y avait quelque chose de différent dans son regard, mais quoi ?

— Tout va bien, Ells ?

— Ouais, ça va, c'est juste que...

Surgissant de nulle part, Joel l'interrompit sans vergogne.

— Ah, Emma, vous voilà. Auriez-vous quelques minutes ?

Emma réprima l'envie de lever les yeux au ciel. Au temps pour sa bonne humeur...

— Non, Joel, j'ai un entretien avec Richard Bennett dans une demi-heure, alors ça devra attendre.

— Ah, monsieur l'invendable..., gloussa-t-il dans sa

barbe. Tant pis, il faudra donc nous passer de vous pour prendre les décisions importantes.

Elle lui retourna un regard d'incompréhension.

— Quelles décisions ?

— A propos de notre nouveau plan stratégique ? N'avez-vous donc pas lu le mémo de Digby ? Oh non, il ne vous a peut-être pas mise en copie… Hum, c'est embarrassant. Je n'étais sans doute pas censé vous le mentionner. Miranda a probablement prévu de vous tenir au courant une fois que tout sera décidé.

C'est avec un petit sourire faussement compatissant qu'il tourna les talons et disparut dans le couloir, laissant Emma bouillir de colère.

— Non mais, tu as entendu ça ?

Toutefois, quand elle se retourna, Ella avait disparu, et elle reconnut le profil de Richard Bennett, qui était accoudé à la réception. S'efforçant de retrouver son calme, elle alla le rejoindre.

— Bonjour, Richard !

L'auteur lui sourit avant de se tourner vers la réceptionniste.

— Merci énormément, Lauren. C'était un vrai plaisir de vous rencontrer, et je ne doute pas que nous aurons l'occasion de nous revoir.

Lâchant un petit gloussement, la réceptionniste jeta un regard envieux à Emma tandis qu'ils s'éloignaient vers son bureau.

— Mince alors, on peut dire que vous savez jouer de votre charme. D'habitude, Lauren aboie sur tous ceux qui ont l'audace de s'adresser à elle ou de téléphoner.

— Oh ! vous me connaissez, Emma. Je suis doué pour mettre les gens à l'aise. Je n'y peux rien si toutes celles qui croisent mon chemin tombent désespérément amoureuses de moi. Ce doit être un don.

Son ton pince-sans-rire la fit s'esclaffer.

— Eh bien, la gent féminine restera éternellement reconnaissante de votre existence. Par contre, vous êtes un peu en avance alors, si vous voulez bien m'excuser, je vais aller nous chercher vite fait de quoi grignoter, puis nous pourrons nous installer en salle de réunion. Voulez-vous boire quelque chose ?

— En fait, répondit-il en présentant le sac en papier qu'elle n'avait pas remarqué jusque-là, je me suis permis d'apporter un petit quelque chose. Cafés *latte* et muffins à la banane, ça vous va ?

— Oh ! c'est très gentil à vous — et je suis impressionnée par votre flair.

— Je vous l'ai dit, c'est un don. Alors, c'est donc ici que la magie opère ?

Comme il observait le minuscule coin qui lui servait de bureau, Emma sentit la honte la titiller.

— A vous entendre, on croirait que je travaille à Disneyland !

— Ne vous méprenez pas, ce n'était pas une critique, au contraire.

S'approchant du mur, il décrocha une photo de vacances de Martin et elle pour l'étudier de plus près.

— Aah, ce doit être l'heureux élu !

— Oui, fit-elle en la lui prenant des mains pour la raccrocher. Bien, et si nous nous mettions au travail ? Suivez-moi.

Son dossier sous le bras, elle le conduisit jusqu'à la grande salle de réunion au bout du couloir. La longue table noire paraissait démesurément imposante pour eux deux, ce qui n'échappa pas à l'auteur.

— Alors, je m'assieds à une extrémité et vous à l'autre, d'accord ?

Emma sourit et prit un siège, imitée par Richard, qui s'installa à côté d'elle après avoir retiré sa veste. Tranquillement, il chaussa ses lunettes, sortit un carnet de son sac, but une gorgée de son café. Puis il se tourna vers Emma, un sourcil levé. *Il est beau et il le sait.*

Elle prit une profonde inspiration et s'éclaircit la gorge.

— Allez, au travail. Comment est-ce que ça avance, de votre côté ?

— Puis-je être honnête avec vous ?

— Bien sûr. C'est le but.

— Je n'ai pas avancé d'un pouce, soupira-t-il. J'ai un vrai blocage.

— Je vois. Bon, comment vous y prenez-vous pour gérer ce genre de situation, d'habitude ?

— Avec de l'alcool. Beaucoup d'alcool.

— Hmm, eh bien, c'est une méthode qui a fonctionné pour Hemingway.

Richard fronça les sourcils.

— Je vous en prie, Emma, ne mentionnez jamais le nom de cet homme en ma présence.

— Oh ! pardon. Vous n'êtes pas un fan, alors ?

— Un fan ? C'est lui qui m'a fait devenir écrivain, mais je suis tout bonnement incapable de rouvrir un de ses romans.

— Pourquoi ça ?

Redoutait-il que les murs aient des oreilles ? Après un regard autour de la pièce, il lui souffla :

— Parce que je ne lui arriverai jamais à la cheville.

— Bon, dans ce cas, oublions les génies alcooliques. Parlons plutôt de cette scène avec Stella et Alexander. Je suppose que c'est celle qui vous pose problème ?

— Non seulement elle est belle, mais elle lit aussi dans les pensées… Quelle combinaison !

Là-dessus, comme pour balayer son compliment, il prit une bouchée de son muffin avec nonchalance.

Ignorant l'étrange sentiment de vulnérabilité qui s'emparait d'elle, Emma préféra ne pas relever la remarque.

— A votre avis, qu'éprouve Stella, à ce moment du roman ?

Le front plissé, Richard réfléchit un temps à la question avant de secouer la tête.

— Vous me demandez l'impossible, est-ce que vous en avez conscience ?

Elle réprima un sourire.

— Aah, le plus grand mystère pour la gent masculine : que se passe-t-il dans la tête d'une femme ?

— Précisément. Vous voyez ? C'est pour cette raison que j'ai besoin de votre aide, Emma. Comment se sent-elle, à *votre* avis ? Je veux dire, elle se trouve face à un dilemme, n'est-ce pas ? Elle est promise à Newton, mais Alexander a un petit quelque chose en plus. Le choix est plutôt intéressant, ne trouvez-vous pas ?

Tout en parlant, Richard avait approché son siège de celui d'Emma et s'était penché de telle manière qu'elle sentait désormais son souffle sur sa joue. Troublée par cette soudaine proximité, elle détourna les yeux, tandis que l'air lui manquait. *Allons, ressaisis-toi, ma vieille !* Le regard rivé sur la table, elle changea de position sur sa chaise et but une longue gorgée de son café afin de retrouver une contenance.

— Bien, récapitulons. Stella est amoureuse de Newton — ou, du moins, c'est ce qu'elle veut nous faire croire. Seulement, Alexander est aussi tombé amoureux d'elle. Tous deux motivés par leurs sentiments à son égard, les frères partent pour l'Amérique du Sud dans l'espoir de trouver l'orchidée la plus rare du monde. Mais,juste avant son départ, Alexander rend visite à Stella pour lui avouer son amour. Comment réagit-elle ? C'est un moment clé de l'histoire, et je trouve que vous en dévoilez trop, trop vite. Il faut entretenir le mystère et obliger le lecteur à se questionner.

Elle marqua une pause pour guetter la réaction de Richard. Il l'écoutait avec attention, les mains jointes sous le menton. Pourtant, le léger sourire fixé sur ses lèvres la mit en garde : cette conversation était un jeu pour lui.

Alors, Emma pivota sur son siège pour lui faire face et donner plus de poids à la conclusion de son analyse.

— Je pense qu'elle repousse ses avances.

Visiblement pris au dépourvu, Richard retomba contre le dossier de son siège.

— Vraiment ?

— Vraiment. Elle veut continuer à prétendre qu'elle aime Newton, alors elle feint de s'offusquer et l'envoie sur les roses.

— Et si elle est incapable de lui résister ?

— Oh ! pitié ; ce n'est pas un roman de gare. Stella a un but à ne pas perdre de vue, elle n'a pas besoin d'Alexander.

— Certes, mais Newton est un homme un peu trop raisonnable, un peu trop prisonnier de ses hautes valeurs morales, non ? Elle pourrait être tentée de mettre un peu de piment dans sa vie...

Le cœur battant, Emma détourna de nouveau les yeux et fixa son regard sur les couvertures de best-sellers encadrées sur le mur d'en face. *Cet homme flirte avec tout le monde, ne te laisse pas avoir. Pense à Martin ! C'est sur lui que tu peux compter. Il t'aime, tu l'aimes. Pif paf pouf.*

Alors pourquoi n'arrivait-elle pas à mettre plus de distance entre Richard et elle ?

Pire, quand elle le sentit s'incliner de nouveau vers elle, elle lui fit face sans le vouloir.

— Emma ? Est-ce que tout va bien ?

La voix de Miranda la fit se redresser en sursaut, droite comme un piquet. Sa responsable se tenait sur le seuil, les sourcils levés. Prenant soin d'éviter son regard, Emma fit mine de réarranger ses feuilles.

— Absolument. Richard et moi étions en train de discuter de l'intrigue de Stella et Alexander.

— Je vois. Je passais juste pour dire bonjour. J'espère que vous vous portez bien, Richard ?

Elle s'avança pour lui serrer la main.

— Très bien, merci, Miranda. Emma n'est pas tendre avec moi, mais je suppose que c'est exactement ce qu'il me faut.

— Parfait. Surtout, si vous avez besoin de moi pour quoi que ce soit, faites-le-moi savoir. Emma, pourrons-nous nous dire un mot, tout à l'heure ?

Emma hocha la tête d'un air penaud. Miranda avait posé sa question d'un ton si sévère qu'on aurait dit qu'elle venait de la convoquer au bureau de la principale.

Sa responsable tourna les talons sans un mot, les laissant de nouveau seuls dans la grande salle.

— Sauvés par le gong, murmura Richard en arquant un sourcil éloquent.

Pour toute réponse, elle émit un toussotement gêné.

— Emma, ne faites pas cette tête, je plaisantais. Il s'agit juste d'un petit jeu de rôle inoffensif pour tenter de résoudre mon problème d'écriture. Bon, est-ce que vous comptez le manger ce muffin, oui ou non ?

Invitée pour la première fois chez Christa, Rachel roulait au ralenti dans une rue bordée d'arbres pour trouver le numéro que son amie lui avait indiqué. Fichtre, les maisons étaient *énormes*, par ici ! Elles faisaient toutes au moins trois fois sa maison mitoyenne minable…

— C'est lààà ! lança soudain Lily à l'arrière.

— Comment est-ce que tu le sais ?

— A ton avis ? rétorqua sa fille sur son plus beau ton d'ado miniature. J'ai vu Roger à la fenêtre…

Rachel se gara dès que possible puis fit descendre les jumeaux, qui trépignaient comme des chiots à qui on avait promis une balade. Les obligeant à lui tenir la main, elle les emmena jusqu'au portail, derrière lequel se dressait une imposante bâtisse de style Tudor. Bon sang, Christa vivait quasiment dans un manoir ! Une BMW flambant neuve était stationnée devant un garage assez large pour contenir trois voitures.

Intimidée, elle se tourna vers l'Interphone.

— Ooh ! Ooh ! s'écria Lily en tirant comme une folle sur son manteau. Je peux appuyer sur le bouton, dis, dis, dis ?

Avec un soupir, elle souleva sa fille pour lui permettre d'atteindre l'objet tant convoité.

— Maiiiis ! C'est moi que je voulais le faiiire-eeeuuuh !

Indifférente aux lèvres tremblantes de son frère, Lily le rabroua d'un ton sec.

— T'avais qu'à aller plus vite !

Alors que Rachel levait les yeux au ciel, une voix fluette répondit à l'Interphone.

— *Hallo ?*

Elle n'eut pas le temps de placer un mot qu'elle entendit Christa sermonner son fils.

— Roger, *mein Schatz, bitte nicht* ! Rachel ? J'ouvre à toi, pousse juste *la* portail.

Rachel s'exécuta, et, un instant plus tard, la Suisse apparaissait sur le perron, son rouquin de fils caché derrière ses jambes.

— *Willkommen !* Entrez, entrez ! Roger, arrête d'accrocher ma jambe, pourquoi fais-tu ça ? Tu étais tellement content que Lily, Alfie et Joe *venirent* !

Elle jeta un regard désabusé à Rachel.

— Il fait du *boudoir* car je ne veux plus il appuie sur le bouton. C'était toujours lui avant, mais la dernière semaine il a fait entrer un *Obdachloser* — *äh*, un sans-abri ? *Ja*, je ne savais même pas avant *de entrer* dans le salon. Il regardait la télé avec Roger et un sandwich aux cornichons.

Elle rit à ce souvenir avant de reprendre son récit avec le plus grand sérieux.

— Mais il était *sehr* gentil et il est jardinier sans travail, alors il *venira* la prochaine semaine pour ma haie.

Rachel ravala son envie de pouffer.

— Est-ce que Sue est déjà arrivée ?

— *Ja*, elle est dans la cuisine, et Joe est *dans* l'étage dans la salle de Lego de Roger.

— Madame ? lança alors Alfie en tirant sur le jean de Christa. T'as dit salle de Lego ?

— *Ja, Schatz*. Pourquoi tu *n'allerais* pas avec Roger pour jouer avec lui ?

Si les garçons n'eurent pas à se le faire dire deux fois pour s'élancer dans l'escalier, Lily, elle, afficha une moue dégoûtée.

— Des Lego ? Pff, c'est nul !

— *Lily !*

Rachel adressa un sourire embarrassé à son amie.

— Ma fille et le tact…

— *Kein Problem.*

Contre toute attente, Christa s'agenouilla devant la fillette.

— Je comprends, Lily. Tu ne veux pas jouer avec les Lego car tu as peur de *construiser* quelque chose moins bien que les garçons. *Ja*, je comprends.

— *C'est même pas vrai, d'abord !*

La Suisse haussa les épaules.

— *Nun wohl*, je pense tu *devoirais* leur montrer qui est *la* patron. Je donnerai un beignet à la confiture *à le* meilleur *construisage.*

— Super !

En un coup de vent, Lily avait filé à l'étage. Rachel poussa un soupir amusé.

— Ces pauvres garçons ne savent pas ce qui les attend.

— *Ach ja*, mais il est bien pour eux *de* apprendre la force des femmes depuis petits, *nein* ? *Also*, veux-tu un café ?

Elle la suivit dans la cuisine. Accueillante, la pièce était équipée d'un frigo gigantesque, d'une grosse cuisinière à l'ancienne et d'un bar américain en ardoise, derrière lequel Sue sirotait un café avec délice. A leur entrée, elle descendit de son haut tabouret pour venir serrer Rachel dans ses bras.

— Salut, bichette.

— Hé, Sue, comment ça va ? Est-ce que Joe va mieux ?

— Ouais, sauf que maintenant c'est Al qui a chopé sa grippe. Et tu sais comment sont les hommes quand ils ont le malheur de tomber malades ; on croirait qu'il est à l'article de la mort… Je ne te raconte pas comme ça me fait du bien d'échapper un peu à ses jérémiades.

— Susan ! s'indigna Christa tandis qu'elle servait le café de Rachel. Tu *devoirais* t'occuper de ton pauvre mari.

— Tu plaisantes, j'espère ? Je ne sais pas si tu es au courant, Christa, mais d'où je viens, on ne se laisse pas abattre par une petite grippe de rien du tout.

— Ouais, confirma Rachel avec un sourire, nous autres,

dans le sud du pays, on passe pour des petites natures à côté des durs à cuire du grand nord.

— Ah, vous les *Engländer* et vos problèmes nord-sud… *Nein*, je veux dire tu *devois* faire attention à ton mari pour pas son œil regarde ailleurs.

Sue haussa les épaules.

— Bah, je crois qu'Al aime trop ses bijoux de famille pour oser me tromper.

— « Ses bijoux de famille » ? *Ach so*, tu parles ses testicules ! *Ja*, j'avais une amie qui aussi a coupé les testicules de son mari, un jour.

Rachel échangea un regard mi-horrifié, mi-amusé avec Sue.

— Qu'est-ce qu'il s'est passé ?

— Il faisait le sexe avec sa sœur, alors *Schnipp, Schnapp !* s'exclama-t-elle en mimant des ciseaux avec ses doigts. Puis elle les a fait manger à lui.

Cette fois, plus personne n'avait envie de rire.

— Mon Dieu ! s'écria Sue. Mais c'est une vraie barbare, ta copine !

— *Nein*, *nein*, ce n'était pas *si pire*. Elle était infirmière et elle a fait une *Anästhesie* à lui avant, alors il n'a pas senti et je crois il n'a pas compris quand il *s'a* réveillé. Elle avait cuit dans la poêle et elle a servi dans *le* assiette avec du *Kartoffelpüree* et *du* choucroute.

— Rien que ça…

Sans relever le sarcasme de Sue, la Suisse se perdit un instant dans ses pensées.

— En fait, peut-être je mélange avec un film j'ai vu un jour.

Un soulagement palpable envahit la pièce, et Sue retrouva son air moqueur.

— N'empêche, je retiens la méthode, en cas de besoin.

Préférant changer de sujet, Rachel s'avança, tasse en mains, jusqu'à la baie vitrée. Le ciel était gris, mais l'immense jardin n'en était pas moins superbe.

— J'adore ta maison, Christa. Tu as tellement d'espace… Je t'envie.

— *Vielen dank*. C'est une… location, *ja*, car nous ne savons jamais *combien longtemps* nous restons quelque part.

— Est-ce qu'on aura l'honneur de rencontrer ton Rudi un jour ? demanda Sue.

— Je ne sais pas, *Schatz*. Il n'est jamais là, à cause son travail.

Rachel lança un regard compatissant à son amie suisse.

— Est-ce que tu penses toujours qu'il a une maîtresse ?

— Je suis presque sûre, *ja*.

— Comment est-ce que tu le sais ?

— *Ach*, tu sais, les *petits* choses. Il achète des cadeaux chers pour moi — il est toujours généreux, mais ce dernier temps il achète des cadeaux *sehr sehr* chers : une voiture, une Rolex, *und so weiter*. Il dit aussi des mensonges : la dernière semaine, il a dit il était à New York mais je sais il était à Moscou.

Rachel se mordit la lèvre en se rappelant la bague que Steve lui avait offerte et son haleine qui sentait l'alcool, l'autre soir. Elle préféra chasser bien vite cette pensée.

— C'est terrible, Christa.

— *Ja*, je sais, mais c'est comme cela. Donc je dis il faut faire attention pour pas ennuyer son mari. Je crois Rudi trouve j'ai changé depuis Roger. Mais Roger est quand même *die beste* chose de ma vie, alors je n'ai rien à en lustrer.

Que répondre à ça ? Rachel enroula un bras autour de Christa, qui lui sourit en retour.

Au même instant, Lily apparut dans l'encadrement de la porte. Elle tenait dans ses mains un modèle réduit de Big Ben en Lego qui les laissa toutes les trois bouche bée.

— J'ai gagné, dis ?

— Lily, *das ist fantastisch* ! Tu as mérité ta *récompensation*, annonça la Suisse en lui tendant un beignet. *Also*, je vais *dans* l'étage donner pareil aux garçons aussi, sinon cela va être *ein Drama*.

Un sourire jusqu'aux oreilles, la fillette suivit Christa en sautillant.

— J'aime bien comment que tu parles ! Tu peux m'apprendre des mots d'allemand, dis ?

Rachel les regarda quitter la pièce avec un sourire bienveillant, puis alla s'asseoir à côté de Sue. Toutefois, celle-ci la scrutait, les yeux plissés.

— C'était quoi cet interrogatoire ?

— Quel interrogatoire ?

— Tu as bombardé Christa de questions sur l'infidélité de Rudi.

— Ah bon ?

— Oh que oui !

— Bah, je m'inquiète juste pour mon amie, voilà tout.

Détournant les yeux, elle vida son café d'un trait. Mais Sue n'était pas dupe, bien sûr.

— Tu ne serais pas plutôt en train de te monter le bourrichon vis-à-vis de Steve, par hasard ?

Rachel ne put s'empêcher de rougir.

— Je suis donc si transparente que ça ?

— Juste un peu.

Le nez baissé, elle se mâchonna les lèvres un moment, avant de brusquement cracher le morceau.

— Oh ! Sue, je ne sais pas si je me fais des idées ou pas. D'abord il m'offre une bague avec des diamants — des *diamants* ! Et puis, avant-hier soir, il est rentré en sentant l'alcool, alors qu'il m'a dit qu'il revenait du travail. Il fait tellement d'heures sup' en ce moment… Je ne sais plus quoi penser…

Son amie soupira.

— Rach, je crois surtout que tu deviens un peu parano. Franchement, s'il y a bien un homme qui n'a rien d'un coureur, c'est ton Steve. Il est fou de toi.

— Je sais…

— Tu ferais mieux de lui en parler, bichette. Ne va pas toujours t'imaginer le pire.

— O.K., promis. En plus, on part pour l'Ecosse ce week-end avec les petits.

— Tu vois ? Rien de tel pour t'aérer la tête et faire le point.

Esquissant un sourire, Rachel tapota le genou de son amie.

— Dis, tu veux bien me rendre un service, Suze ?

— Je t'écoute.

— Est-ce que tu pourrais me traiter comme du poisson pourri, dans les mois qui viennent ? Comme ça, si on décide de partir, ça me facilitera la tâche.

— Pas de souci, grosse vache, rétorqua Sue avec un clin d'œil. Allez, file-moi ta tasse, que je nous prépare un *latte*. Ça fait une heure que je lorgne la cafetière prout-prout de Christa.

Emma se renversa sur son siège avec un soupir fatigué. Plus d'une demi-heure qu'elle s'arrachait les cheveux sur cette fichue phrase… C'était le moment de prendre une pause. Elle considéra les trois tasses vides qui traînaient sur son bureau, puis, haussant les épaules, elle se leva et les attrapa par les anses. Mince alors, c'était bien la première fois depuis qu'elle avait été engagée ici qu'elle allait faire sa vaisselle *le soir même.*

L'open space se vidant peu à peu, elle ne croisa que les bourreaux de travail et ceux qui n'avaient pas envie de rentrer chez eux. Une mauvaise odeur l'accueillit dans la cuisine commune, jonchée comme d'habitude des détritus de la journée.

Toutefois, elle eut à peine le temps de poser ses tasses dans l'évier que la voix de Miranda la fit sursauter.

— Ah, Emma, je te cherchais. Est-ce que tu as enfin cinq minutes à m'accorder ?

Zut de flûte ! C'était bien la peine de l'avoir évitée tout l'après-midi…

— Oh ! euh, bien sûr.

Emma suivit sa responsable jusqu'à son bureau en se tordant nerveusement les mains comme une enfant qui s'apprête à se faire gronder. D'un autre côté, elle savait déjà ce que Miranda allait lui reprocher…

Mal à l'aise, elle resta plantée au milieu de la pièce en fixant ses pieds quand Miranda s'installa derrière son bureau.

— Assieds-toi, Emma. Et détends-toi un peu, tu ressembles à un chevreuil pris dans les phares d'une voiture.

Elle s'exécuta sans broncher et soutint tant bien que mal le regard de sa supérieure.

— Je ne t'ai jamais parlé de James Wilson, n'est-ce pas ?

La question la prit de court.

— Non, je ne crois pas.

Miranda ferma les paupières le temps d'une profonde inspiration.

— James Wilson était un auteur très prometteur que j'ai découvert quand j'avais à peu près ton âge. Il était jeune, bourré de talent, beau comme un dieu. Et marié.

A ces mots, elle lui jeta un regard si pénétrant qu'Emma rentra la tête dans les épaules sans même s'en rendre compte.

— Je ne suis pas fière de notre aventure, poursuivit Miranda, et mon jeune âge n'excuse en rien mon comportement. Je n'aurais jamais dû laisser notre relation professionnelle changer de nature. Je ne vais pas te mentir, Emma, travailler avec un auteur est l'une des expériences les plus intimes qui soient ; ils mettent leur âme à nu, c'est pourquoi on peut facilement confondre la passion qu'ils communiquent avec des sentiments plus profonds.

Emma voulut intervenir, mais sa responsable la réduisit au silence d'un geste.

— Laisse-moi terminer, s'il te plaît. Ce que je veux dire, c'est que je suis mal placée pour te reprocher ce dont j'ai été témoin ce matin ; seulement, il faut que tu fasses attention. M. Bennett est certes un homme charmant mais, si les rumeurs sont vraies, c'est aussi un bourreau des cœurs.

Emma hocha la tête, honteuse.

— Je comprends. Miranda ?

— Oui, mon chou ?

— Comment est-ce que ça s'est terminé avec James ?

A cette question, le visage de sa supérieure se décomposa et des larmes se mirent à briller dans ses yeux.

La réponse tomba comme un couperet.

— Sa femme s'est suicidée.

Emma laissa échapper une exclamation d'horreur. Pendant de longues secondes, Miranda sembla rester prisonnière de souvenirs douloureux, jusqu'à ce qu'elle s'humidifie les lèvres.

— Les mois qui ont suivi font partie des pires de ma vie. James a quitté le pays, et moi, j'ai bien failli abandonner l'édition pour de bon. Mais heureusement, c'est à cette époque que j'ai rencontré Digby, et il m'a aidée à surmonter mes doutes.

— Je suis vraiment désolée, Miranda.

— Merci, ma petite Emma. Mais, pour être honnête, c'est plutôt la pauvre femme de James qu'il faut plaindre, dans cette histoire. Un simple moment d'égarement peut causer énormément de mal autour de soi.

Elle secoua la tête dans un soupir, puis, changeant de position, joignit les mains sur son bureau. Le sujet était clos.

— Autre chose : comment se passent tes rapports avec Joel, depuis notre dernière discussion ?

— Ça va à peu près. En fait, maintenant que j'y pense, il a mentionné un nouveau plan stratégique. Y a-t-il quelque chose que je devrais savoir ?

— Tu seras tenue au courant le moment venu. Tout comme Joel, d'ailleurs. Il cherchait encore à se faire mousser, je suppose ?

— Oh ! si peu…

— Bon, eh bien, je ne peux que te conseiller de garder la tête haute et de l'ignorer. Les histoires de bureau sont bonnes pour les incompétents et ceux qui complexent sur la taille de leur engin, voire ceux qui cumulent ces deux tares. Et je ne crois pas que nous fassions partie du club, n'est-ce pas ?

Emma retrouva le sourire.

— Certainement pas.

— Voilà ce que je voulais entendre. Allez, je ne te retiens pas davantage. Ne travaille pas trop tard, d'accord ? En ce qui me concerne, je me dois d'assister à une espèce d'opéra contemporain et je sens que je vais passer la soirée à lutter pour ne pas piquer du nez. Souhaite-moi bon courage.

Ce qu'Emma fit, avant de retourner à son bureau. Le silence qui régnait dans l'open space l'aida à se concentrer, et il ne lui fallut qu'une demi-heure pour terminer ce qu'elle avait à faire.

Le cœur soudain plus léger, elle commençait à rassembler ses affaires lorsqu'un bruit sourd la fit sursauter — était-ce un gros livre qui venait de tomber ? Un instant plus tard, elle entendit d'autres volumes s'effondrer les uns après les autres. Cette fois, pas de doute, cela provenait de la bibliothèque.

Intriguée, Emma se dirigea vers la pièce sur la pointe des pieds et trouva la porte fermée, qui ne laissait filtrer aucune lumière. Etrange… La main sur la poignée, elle se figea sur place lorsqu'elle entendit un gémissement rauque distinctement féminin, suivi d'un autre, et encore un autre — cette fois accompagné d'un grognement typiquement masculin. Pas besoin de lui faire un dessin : à l'évidence, on prenait du bon temps, là-dedans.

Elle se mordit la main pour ne pas pouffer de rire. Que faire ? Jeter un œil pour découvrir qui étaient les deux petits coquins ? Non, tout de même… Elle ne pouvait pas faire ça ! Et s'ils la repéraient ? Bonjour le malaise !

Elle retourna donc à son bureau dans la plus grande discrétion, combattant un fou rire nerveux. Bon sang, il fallait à tout prix qu'elle raconte ça à Rachel dès qu'elle serait dehors ! Elle s'amusait déjà à imaginer sa conversation avec sa sœur lorsque la porte s'ouvrit à la volée. Retenant son souffle, elle entendit des pas se précipiter vers la sortie, et la curiosité fut trop forte. Elle risqua un œil à l'angle de la cloison en PVC… et ravala un hoquet de stupeur.

Ella ?!

Mais… Ella ne voyait pourtant personne, en ce moment… Comment avait-elle pu lui cacher ça ?

Cependant, Emma n'était pas encore au bout de ses surprises. Quelques instants plus tard, une voix bien trop familière la fit frémir d'horreur et de dégoût.

— Bonne soirée, Emma.

Paralysée, elle regarda Joel se diriger vers l'ascenseur et ne parvint qu'à couiner ce qui ressemblait vaguement à un « Vous aussi ».

Ce n'est que lorsque les portes de la cabine se refermèrent sur lui qu'Emma retrouva l'usage de ses membres. Elle s'effondra sur son siège, le cerveau fonctionnant à cent à l'heure. Non, non, *non* ! Ce n'était pas *possible* ! Ella ne *pouvait pas* coucher avec ce type ! Pourtant… Les gémissements qu'elle avait surpris dans la bibliothèque ne laissaient place à aucune confusion, et c'étaient bien eux deux qu'elle avait vus sortir l'un après l'autre.

Mais que pouvait bien trouver Ella à cet idiot de première ?

Elle était encore en état de choc lorsque la sonnerie de son portable déchira le silence de l'open space. Voir le nom de Martin sur l'écran la tira soudain de sa torpeur.

Oh merde ! Elle avait complètement oublié ! *Merde, merde, merde !*

En un éclair, elle avait enfilé son manteau et attrapé son sac à main, avant même de décrocher.

— Mart ? Oui, désolée, mon chéri. J'ai été retenue au bureau, et le métro est un vrai cauchemar. Dans quel pub est-ce que tu es ? O.K., j'y serai dans vingt minutes.

Elle raccrocha non sans un pincement de mauvaise conscience : le trajet lui prendrait *au moins* une demi-heure…

Chapitre 14

Prenant garde à ne pas renverser son grand *latte*, Emma monta les marches étroites du perron de l'hôtel et entra dans un hall qui respirait le luxe — du moins, en apparence. Canapés au cuir qui se déformait, peintures à l'huile de faux chefs d'Etat, lustres en plaqué or dont les ampoules vacillaient… Pas vraiment ce à quoi elle s'était attendue dans un quartier chic. Enfin, peu importait, elle n'était ici que pour la formation, de toute façon.

A la réception, l'employé avait l'air de s'ennuyer comme un rat mort. Même quand il remarqua Emma, Anthony — comme le stipulait son badge « Vous servir fait mon bonheur » — ne fit aucun effort pour paraître plus accueillant. Tout au plus, il retroussa sa lèvre supérieure en un semblant de sourire qui tirait plutôt sur la grimace.

— Oui, madame ?

— Pourriez-vous m'indiquer où se déroule la formation des éditeurs, s'il vous plaît ?

— 'faut descendre trois étages, longer le couloir, tourner à droite ; thé et café à gauche.

Il avait parlé si vite qu'elle dut le faire répéter, ce qu'il fit en détachant les mots comme s'il était persuadé d'avoir affaire à une simple d'esprit. Pourtant, elle n'était toujours pas sûre d'avoir tout compris. Remerciant l'employé avec un sourire incertain, Emma emprunta l'escalier. Trois étages plus bas, elle aperçut deux femmes qui la précédaient dans le couloir. L'une d'elles s'exprimait sans la moindre discrétion.

— Et là je lui dis : « Qu'est-ce que ça peut me faire qu'il

ait remporté le Booker ? On n'écrit pas un roman sans la lettre *e*. » Sérieux, c'est quoi ce délire ?

Clairement, elles se rendaient au même endroit qu'elle ; mieux valait les suivre. La plus silencieuse des deux dut entendre des pas dans son dos, car elle jeta un regard par-dessus son épaule au moment de passer le coin. A la grande surprise d'Emma, il s'agissait d'une vieille connaissance.

— Emma ? Ça alors ! Comment vas-tu ?

— Vanessa ? Dieu merci, un visage familier. Ça me fait plaisir de te voir.

Celle-ci s'arrêta pour lui laisser le temps de les rejoindre, puis elle la serra brièvement dans ses bras.

— Moi aussi, je suis hyper contente ! Est-ce que tu connais Stella ? Stella, voici Emma Darcy.

La Stella en question l'étudia de la tête aux pieds de ses yeux de félin, puis, sans même se fendre d'un sourire, reprit le fil de son récit. Elles n'eurent tout compte fait aucun mal à trouver leur salle. Une vingtaine de personnes — de *femmes*, en fait — s'y trouvaient déjà ; certaines en petits groupes, d'autres isolées, mais toutes à proximité des viennoiseries et boissons chaudes mises à leur disposition. A peine quelques instants plus tard, Emma dévorait déjà un croissant aux amandes fourré à la crème pâtissière.

— *Oh mon Dieu !* J'admire *tellement* les gens qui arrivent à manger à cette heure-ci…

La moue de Stella trahissait plutôt le dégoût.

— Perso, j'en suis juste in-ca-pable, reprit-elle. Mon métabolisme le refuse tout net. C'est sûrement pour ça que je suis si mince.

Après un moment de flottement, Vanessa se tourna vers Emma.

— Alors, où est-ce que tu travailles, maintenant ?

— Toujours chez Allen Chandler, je bosse pour Miranda.

— Oh ! cette femme est fantastique, c'est la meilleure dans ce métier ! En plus, vous venez d'obtenir le fameux roman de Bennett ; petite veinarde, va ! J'ai lu le manuscrit, je l'ai trouvé génial.

Stella parut soudain très intéressée par Emma.

— Bennett ? *Richard* Bennett ?

— Oui, vous le connaissez ?

Elle eut un petit sourire suffisant.

— Disons juste que j'ai déjà eu affaire à lui…

— C'est une façon de présenter les choses ! s'esclaffa Vanessa.

Stella feignit un air innocent.

— Je ne vois pas du tout de quoi tu parles…

Il n'en fallut pas davantage pour piquer la curiosité d'Emma. Malheureusement, elle n'eut pas le temps d'interroger Stella plus avant : une brunette frisée demanda l'attention de l'assistance. Si elle présentait mal dans un tailleur-pantalon trop grand pour elle et un maquillage très chargé, elle avait néanmoins une bouille qui appelait à la sympathie.

— Bien, mesdames — et *monsieur*, oui vous qui vous cachez au fond de la salle —, et si nous commencions ? Prenez votre café et venez donc vous asseoir en cercle sur les sièges prévus à cet effet. Allons, allons, avancez, ne soyez pas timides.

La formatrice — Ros, de son petit nom — passa la matinée à les noyer de conseils vis-à-vis de la communication, sans pourtant jamais regarder qui que ce soit dans les yeux. Elle aimait mimer des guillemets avec ses doigts pour ponctuer ses phrases et ne s'en priva pas lorsque, une demi-heure avant la pause déjeuner, elle annonça un atelier « jeu de rôles ». Alors qu'ils étaient répartis en équipes de deux, Emma se retrouva avec Josh, le jeune éditeur timide qui s'était fait remarquer malgré lui en début de séance. Elle réussit toutefois à le faire sortir de sa coquille grâce à des traits d'humour *made in* Darcy.

A midi, on les mena en troupeau dans l'immense salle à manger de l'hôtel, où Emma trouva une place à côté de Vanessa et Stella. Cette dernière monopolisa la conversation avec des anecdotes qui n'avaient rien de passionnant, ce qui eut au moins le mérite de leur permettre de déguster leur repas étonnamment bon. Par chance, une sonnerie de portable finit par interrompre le flot saccadé de ses paroles, et, comme Stella s'éloignait pour décrocher, Emma put enfin discuter avec Vanessa.

— Alors, est-ce que tu bosses toujours dans la même maison ?

— Oui, et je viens d'être promue directrice de publication.

— C'est génial ! Félicitations.

Curieusement, Vanessa ne semblait pas partager son enthousiasme.

— Je ne voudrais pas cracher dans la soupe, mais, à vrai dire, je n'ai plus souvent l'occasion de travailler directement sur les textes, et ça me manque. C'était ce que je préférais, dans ce job. Tu sais, aider l'auteur à créer un truc vraiment spécial, même quand le manuscrit de base est un désastre — *surtout* quand le manuscrit de base est un désastre, en fait.

— Je vois ce que tu veux dire. Je suis justement dans la réécriture jusqu'au cou avec mon nouveau poulain.

Emma glissa un regard en direction de Stella.

— Alors, elle a eu une histoire avec Richard, c'est bien ça ?

— Oh que oui ! Ils étaient plus ou moins les Elizabeth Taylor et Richard Burton de leur librairie.

— Rien que ça ?

Vanessa opina vigoureusement de la tête.

— Ils étaient chefs de rayon, à Piccadilly. De ce qu'on m'a raconté, leurs engueulades étaient explosives, et on les a surpris une fois en pleine… *réconciliation* dans le rayon d'histoire naturelle. Elle l'a largué quand elle a décroché une place dans l'édition, et ils ne se sont plus jamais adressé la parole. Bennett a réussi à faire publier son premier roman, il a eu un petit peu de succès, et, bref, je suis sûre que tu connais son parcours. Mais, apparemment, il y a beaucoup de Stella dans ses héroïnes, et je ne te parle pas de ses bons côtés… Ça crève les yeux qu'il n'a toujours pas digéré leur histoire, même si, de son côté, elle est trop narcissique pour se rendre compte que ça n'a rien d'un compliment.

Emma se frappa le front. *Triple andouille!*

— Bon sang, mais bien sûr — *Stella*! C'est *elle* le perso de son nouveau roman.

— C'est fort probable. En tout cas, ce n'est peut-être pas mon rôle de te dire ça, mais je préfère te mettre en garde : Richard Bennett a une sacrée réputation de tombeur.

— Hmm, ouais. Ça ne m'a pas échappé.

— Enfin, fais attention à toi, O.K. ? Il ne m'a pas inspiré confiance, avec ses yeux de velours, quand il est passé dans mes bureaux. Une chance que je sois lesbienne, conclut-elle avec un sourire.

Stella, qui venait de raccrocher, reprit place à côté de Vanessa en passant une main dans son carré noir corbeau.

— Non mais, on marche sur la tête ! Je viens d'avoir mon maçon, et vous savez ce qu'il m'annonce ? Il lui faudra encore six semaines avant de terminer les travaux. *Six semaines*, vous vous rendez compte ?

Elle n'attendit pas leur réponse pour se remettre à jacasser. Elles terminaient leurs assiettes lorsque Ros tapa dans ses mains.

— Votre attention, s'il vous plaît ! Si vous n'avez pas encore votre thé ou votre café, c'est le moment de vous servir, car nous reprenons dans cinq minutes !

Emma se levait de table quand son téléphone se mit à sonner. C'était Martin, aussi se fraya-t-elle un chemin jusqu'au couloir pour décrocher.

— Salut, mon chéri, tu vas bien ? Ça te dirait de préparer la liste d'invités autour de bons petits plats indiens, ce soir ?

— Euh… Ecoute, Em, je sais que j'avais dit qu'on s'occuperait de ça ce soir, mais est-ce qu'on peut reporter ça à ce week-end ? C'est juste que…

— Charlie veut encore que tu ailles jouer au foot, termina-t-elle avec un soupir exaspéré.

— Ouais… Il nous a inscrits dans un tournoi sans me prévenir. C'est un match important.

— Pas aussi important que notre mariage.

— Non, c'est vrai, mais je te promets de me rattraper ce week-end. S'il te plaît, Em, ne te mets pas en colère. Je t'aime, tu le sais ?

Elle se mordit la langue pour retenir des mots qu'elle pourrait regretter. Allez, ils n'allaient quand même pas se disputer pour si peu, ce n'était pas *si* grave.

— Bon, O.K. Mais tu as intérêt à me payer un resto indien demain soir pour te faire pardonner d'être un petit ami aussi pourri.

— Marché conclu. Et tu auras même droit à une petite partie de jambes en l'air.

— Comme c'est romantique !

— Oh ! je peux aussi être un vrai gentleman, si tu préfères.

— On verra.

— Allez, je te laisse, ma belle. A plus tard.

Agacée, elle jeta son téléphone dans son sac avant d'aller retrouver le groupe. Pourvu que l'après-midi passe vite ! Elle en avait déjà sa claque de cette formation.

Pendant les heures qui suivirent, Emma ne put s'empêcher de jeter des regards en coin à Stella. Comment vivait-on le fait d'être celle qui avait volé le cœur de Richard Bennett ?

— Papiiiiii !

— Alfiiiiiie !

Edward n'eut que le temps de se retourner avant que son petit-fils ne se jette dans ses bras. Rachel les rattrapa avec Lily un instant plus tard, à bout de souffle.

— Alfie ! Je t'ai déjà dit de ne *jamais* te sauver comme ça !

— Pa'don, maman.

— T'es qu'un gros vilain ! renchérit Lily.

Comme Alfie affichait un air penaud, son grand-père lui fit un clin d'œil.

— On se fait sacrément remonter les bretelles, hein, mon grand ?

L'expression fit glousser l'enfant, ce qui exaspéra encore plus sa jumelle.

— Ah, les garçons, vraiment !

Retrouvant son sourire, Rachel embrassa son père, qui se tourna vite vers les petits.

— Qui veut faire de la balançoire ?

— Moiii ! répondirent-ils en chœur en s'élançant vers le terrain de jeu.

En chemin, Edward écarta une mèche de cheveux tombée sur le front de Rachel.

— Alors, comment va ma fille trentenaire préférée ?

— Ça va, merci, papa.

— Est-ce que tu es sûre ?

Elle se mordit la lèvre. Son père lisait en elle comme dans un livre ouvert.

— Bon, O.K., tu as gagné. C'est cette histoire de déménagement… Ou plutôt toute l'incertitude qu'il y a autour, tu sais ? Les gros changements ne m'ont jamais réussi.

Son père lui offrit un sourire compatissant.

— Y a-t-il quoi que ce soit que je puisse faire ?

— Tu en fais déjà beaucoup, lui assura-t-elle en lui plantant un baiser sur la joue.

— Pa-pi !

Devant les balançoires, Lily tapait du pied, les bras croisés.

— Je suis à vous tout de suite, mademoiselle Lily !

Laissant les jumeaux avec son père, Rachel partit se chercher un café. A son retour, les petits s'en donnaient à cœur joie sur les balançoires, poussés par leur grand-père qui lui lança un sourire radieux. S'installant sur le banc juste à côté, elle prit plaisir à les observer un moment en sirotant tranquillement sa boisson — ce qu'elle aimait voir sa famille rayonner de bonheur ! D'autant qu'elle adorait passer du temps avec son père. Ils n'avaient même pas besoin de faire la conversation pour se sentir bien ensemble.

Quand un coup de vent la fit frissonner, elle leva le col de son manteau et alla les rejoindre.

— Ça se rafraîchit, ces jours-ci.

— Oui, j'ai dû recouvrir complètement la serre, hier soir. Je vais sans doute bientôt allumer le chauffage, à la maison.

— Ça alors ! le taquina-t-elle. Est-ce que tu as prévenu le *Times* ?

Il éclata de rire.

— Tu sais, parfois ce sont les vies les plus tranquilles qui sont les plus heureuses.

— Ne m'en parle pas. J'attends avec impatience le jour où je pourrai enfin mener une vie paisible !

Son père retrouva tout à coup son sérieux.

— Ne sois pas trop pressée, Rach. Elever des enfants en bas âge est éprouvant, je me le rappelle sans mal ; mais le temps passe si vite... Il faut profiter de chaque instant, même si ce n'est pas facile tous les jours.

Rachel hocha la tête, le nez baissé.

— Oui. J'aimerais être capable d'apprécier tout ça un peu plus, des fois.

Laissant les jumeaux se balancer tout seuls, son père l'entraîna un peu plus loin et lui passa un bras autour des épaules.

— Ne sois pas si dure avec toi-même. Tes enfants ont beaucoup de chance d'avoir une maman comme toi. Ne l'oublie jamais. Etre mère au foyer n'a rien d'une partie de plaisir ; je me souviens que Diana ne se reposait pas une minute avec vous deux à la maison.

— Je n'en doute pas. Je sais qu'on lui en faisait voir de toutes les couleurs, parfois — O.K., que *je* lui en faisais voir de toutes les couleurs, se reprit-elle en surprenant le sourcil levé de son père. Mais maman arrivait à s'en sortir.

— Pas toujours...

Rachel le considéra avec surprise.

— Ne dis pas à ta mère que je t'en ai parlé, mais il y a eu un jour où elle est arrivée à saturation.

— Vraiment ? Et… ?

— Et elle nous a quittés un moment. Pas très longtemps, juste un mois, à peu près.

Elle en resta sans voix.

— Alors, tu vois, Rach, tu n'es pas la seule à en baver. Tu n'as aucun reproche à te faire.

— Mais, et maman ? Que s'est-il passé ?

— Oh ! c'était il y a bien longtemps. J'aurais sans doute dû garder ça pour moi.

— Ne t'en fais pas, je ne le lui dirai pas.

Il secoua la tête.

— Là où je veux en venir, Rachel, c'est qu'il faut que tu prennes conscience que cette période difficile que tu traverses n'est qu'un mauvais moment à passer. Les choses changent, évoluent. La vie ne sera pas toujours aussi épuisante, ni aussi intense, crois-moi. Tu ne sais pas ce que l'avenir te réserve, alors tu dois te fier à ton instinct.

— Tu veux dire, aller en Ecosse, alors ?

— Si c'est ce qu'il te dicte, oui. Qui sait, ce serait peut-être l'aube d'une grande aventure ?

Emue, Rachel se blottit dans les bras de son père.

— A t'entendre, on croirait que tu as envie de tenter l'expérience, toi aussi.

— Ah, si j'avais vingt ans de moins, sans doute. Mais je ne peux pas abandonner mes roses, vois-tu… Plus sérieusement, ça rendra les moments de retrouvailles encore plus spéciaux, tu ne crois pas ?

— Paaaapiiiii ! Je veux que tu me pouuusses-eeeuuuh !

— J'arrive, Alfie ! Bon, le devoir m'appelle.

Edward adressa un clin d'œil à Rachel avant de retourner d'un pas tranquille auprès de ses petits-enfants. De retour sur son banc, elle les regarda s'amuser ensemble, jusqu'à ce que Lily descende de sa balançoire. Les joues rouges, les yeux brillants, elle la rejoignit en sautillant.

— Maman !

— Oui, Lily-putienne ?

— Je t'aime, lâcha-t-elle en grimpant sur ses genoux.

Ça alors, voilà des mots qui ne sortaient jamais de la bouche de Lily ! Ils n'en étaient que plus touchants à entendre.

Le cœur gonflé d'émotion, Rachel fit un gros câlin à sa fille.

— Moi aussi, je t'aime, ma chérie.

— Bien, voilà qui conclut notre journée. Merci, mesdames et *monsieur*. Je pense que nous avons fait un excellent travail. Si vous avez la moindre question, n'hésitez pas à me contacter par e-mail.

Tout le monde commençait déjà à sortir quand Vanessa se tourna vers Emma.

— On compte aller boire un petit verre, Stella et moi. Ça te dit de nous accompagner ?

Emma consulta sa montre. 17 h 05. Bah, après tout, ce n'était pas comme si Mart l'attendait à la maison…

— Pourquoi pas ?

Surprenant un sourire timide de Josh, elle lui proposa de se joindre à elles, ce que le jeune éditeur accepta avec joie.

La petite troupe se mit donc en route et jeta son dévolu sur un pub à deux pas de l'hôtel. Vanessa passa commande au comptoir tandis que les autres se trouvèrent une table, et il ne fallut pas longtemps à Stella pour se mettre à dégoiser des inepties sans laisser les autres en placer une, ni même se soucier d'apprendre à mieux les connaître.

Néanmoins, la bonne humeur ne tarda pas à prendre le dessus, c'est pourquoi, après le premier verre, Emma alla commander une bouteille de vin pour Vanessa et elle, une bière pour Josh et une limonade pour Stella, qui avait pour règle de ne pas boire d'alcool un jour sur deux.

A son retour à la table, elle entendit, médusée, Stella proférer une nouvelle ânerie quand elle remarqua le tableau aux couleurs vibrantes accroché au-dessus de sa tête.

— Oh ! pi-tié. Pas encore un de ces horribles Rothko. Il est *absolument* partout et il peint toujours la même chose.

Je parie qu'il doit bien se frotter les mains de berner tous ces *soi-disant* amateurs d'art…

— En fait, Mark Rothko est mort.

La table se tourna d'un seul mouvement vers le discret Josh, à qui l'alcool semblait donner de l'assurance.

A l'évidence agacée par sa remarque, Stella feignit toutefois l'indifférence en mimant un bâillement.

— Vraiment ?

— Oui, depuis 1970. A vrai dire, il s'est même suicidé.

Emma échangea un regard impressionné avec Vanessa, et elles durent se mordre les lèvres pour ne pas pouffer. Eh beh, on pouvait dire qu'il lui avait bien rabattu son caquet, à cette dinde ! Elle envisageait même de féliciter Josh d'une tape dans le dos quand son portable se mit à sonner.

Son cœur manqua un battement quand elle vit le nom sur son écran.

— Richard ? s'étonna-t-elle en décrochant.

Le prénom suffit à attiser l'intérêt de Stella, qui braqua sur elle ses yeux émeraude.

La réponse de l'auteur se perdit dans le brouhaha ambiant, ce qui obligea Emma à s'excuser auprès des autres pour s'éloigner dans un coin isolé.

— Pardon, Richard. Je n'ai pas compris, il y a beaucoup de bruit ici. Vous disiez ?

— J'ai réussi, Emma ! J'ai réussi à venir à bout de cette fichue réécriture !

— Formidable ! Je vous félicite.

— C'est plutôt vous qu'il faut féliciter, mademoiselle Emma Darcy. Je n'y serais jamais parvenu sans mon éditrice préférée. Où êtes-vous ?

— Dans un bar.

— Parfait ! Je vais vous rejoindre et nous pourrons fêter ça.

— Euh… Non, je ne crois pas que ce soit une…

Elle n'eut pas le temps de terminer sa phrase que Stella s'empara de son portable.

— Richard ! Devine qui c'est, mon lapin ?

Horrifiée, Emma imagina sans peine la réaction de l'auteur au bout du fil.

— Aloooors, est-ce que je t'ai manqué ? Il paraît que tu as donné mon nom à ta dernière héroïne ? Comme c'est mignon… Oh ! allons, Richie, calme-toi. D'accord, je te la repasse.

L'air immensément satisfait de la brune n'échappa pas à Emma lorsqu'elle récupéra son téléphone.

— Richard ? Je suis affreusement désolée pour ce qui vient de se passer.

— Est-ce que c'est une plaisanterie, Emma ? lâcha-t-il.

— Quoi ? Non, bien sûr que non.

— Comment se fait-il que vous soyez avec Stella ?

— Je l'ai rencontrée à une journée de formation, et nous sommes allées boire un verre avec quelques autres éditeurs, rien de plus. C'est elle qui m'a pris le téléphone des mains.

Un long silence résonna à l'autre bout de la ligne.

— Richard ? Vous êtes toujours là ?

— Oui, je suis là, pardon. Ça m'a juste fait un choc de lui parler après tout ce temps.

— Je n'en doute pas. Moi-même, ça m'a fait un choc de tomber sur elle. Elle est très…

— Nombriliste ? termina-t-il sans cacher son amertume. Jalouse ? Odieuse ?

— C'est l'impression qu'elle m'a donnée, oui, approuva-t-elle avec un petit rire nerveux.

Il soupira.

— Je suis désolé d'avoir douté de vos intentions. C'est une femme tellement manipulatrice… J'ai mis du temps à me remettre de notre rupture.

— Je comprends. Est-ce que ça ira ?

— Oui, ne vous en faites pas pour moi. Retournez voir vos amis éditeurs. Je vous appelle bientôt.

Emma se passa la main sur la nuque. Richard avait beau prétendre le contraire, il n'allait pas bien, elle l'entendait à sa voix. Toutefois, elle sentait aussi qu'il avait envie qu'on le laisse seul, c'est pourquoi elle n'insista pas.

— D'accord. A bientôt.

Quand elle retourna à la table, Stella lui décocha un rictus amusé.

— Alors, comment se porte le nouveau grand talent du monde de l'édition ?

— Il va bien. Mais certainement pas grâce à vous.

— Ooh, mais c'est qu'elle mordrait ! Qu'y a-t-il ? Ce cher Richie en pincerait-il toujours pour moi ?

— Non. En fait, je crois plutôt qu'il a tourné la page.

— Aaah je vois ! Vous couchez avec lui, c'est ça ?

Emma la fusilla du regard comme les Darcy savaient si bien le faire. Cette fois, plus question de prendre des gants avec cette peau de vache !

— Navrée de vous décevoir, Stella, mais il se trouve que tout ne tourne pas autour du sexe et de votre petite personne. Si vous vous imaginez que le monde entier boit chacune de vos paroles, laissez-moi vous dire que vous vous mettez le doigt dans l'œil. En réalité, vous êtes assez barbante. Oh ! et, avez-vous lu le dernier roman de Richard ? A votre place, je ne serais pas fière d'avoir inspiré le personnage de l'héroïne.

Sans laisser le temps à Stella de répliquer, Emma rassembla ses affaires, fit la bise à Vanessa et Josh, puis quitta le bar, le cœur martelant sa poitrine. Dans la rue, les taxis lui parurent plus bruyants que d'habitude, les lumières plus fortes ; elle sentait même sa tête commencer à lui tourner. Bon sang, elle n'aurait jamais cru se mettre autant en colère contre Stella ! Ça avait été plus fort qu'elle, il avait fallu qu'elle prenne la défense de Richard. Ce n'était pas parce que cet homme flirtait avec toute l'Angleterre qu'il n'avait pas de sentiments ! A l'évidence, Stella lui avait brisé le cœur, et il ne méritait pas qu'elle se moque de lui comme ça.

En route vers la station de métro, elle sortit son portable et composa le numéro de l'auteur. Zut, répondeur.

Après une longue inspiration, elle lui laissa un message.

— Bonsoir, Richard, c'est encore moi. J'ai manqué de professionnalisme en laissant Stella s'emparer du téléphone ; j'aurais dû faire plus attention et je m'en veux que vous vous sentiez mal par ma faute. Bref, je vous présente mes excuses. Si vous avez besoin de parler, vous savez où me joindre. Et, si ça peut vous consoler, sachez que je lui ai dit ses quatre vérités avant de partir. Ça n'a sans doute servi à rien, mais au moins ça m'a soulagée. Bon, je vous laisse, je vais descendre dans le métro. A bientôt.

La rame était déjà à quai quand elle arriva, mais elle parvint à se glisser dans un wagon à moitié vide juste avant la fermeture des portes. Une chance que l'heure de pointe soit passée ! Elle n'aurait pas eu le courage d'affronter les coups de coude et les odeurs de sueur ce soir, et encore moins de se farcir le trajet debout !

Emma venait de s'effondrer sur un siège lorsqu'elle sentit son portable vibrer dans sa poche. C'était un texto de Richard :

Merci, Emma Darcy, mon ange gardien.

Rachel commençait à peine à préparer le dîner quand Steve rentra du travail. Ça alors ! Il n'était même pas en retard !

Depuis la cuisine, elle entendit les enfants faire la fête à leur père. Lily était même tellement heureuse de le voir qu'elle refusa de lui lâcher la jambe lorsqu'il entra tant bien que mal dans la pièce.

— Mais tu m'as manqué aujourd'hui, papaaaa !

— Toi aussi, tu m'as manqué, ma puce, mais je voudrais aller faire un câlin à maman.

Poussant une exclamation déçue, leur fille lui rendit sa liberté et courut rejoindre ses frères devant la télévision. Rachel, amusée par la scène, leva les yeux de sa planche à découper.

— Tu es à l'heure ! Il va neiger.

— Ouaip, je suis à l'heure, répondit-il en se glissant derrière elle pour l'entourer tendrement de ses bras. C'est bon de rentrer.

Rachel l'empêcha de voler un petit bout de poivron rouge d'une tape sur la main, et il pouffa en allant se chercher une bière dans le réfrigérateur.

— Je t'en sors une aussi ?

— Allez, soyons fous. Comment s'est passée ta journée ?

— Chiante comme la pluie. Et la tienne ?

— C'était sympa. On est allés au parc de jeux avec papa. J'ai appris des trucs sur ma mère.

— Ah oui ?

Toujours occupée avec le repas, elle ne se retourna pas pour expliquer.

— Quand on était petites, Emma et moi, elle nous a quittés quelque temps parce qu'elle a eu besoin de faire un break.

— Sérieusement ? Ça ne ressemble pas à Diana.

— Je sais, ça m'a surprise aussi. Mais au fond, tout le monde a ses limites, même les mères au foyer.

Il y eut un instant de silence, jusqu'à ce que Steve lui demande avec une note d'inquiétude dans la voix :

— Tu ne comptes pas nous abandonner, hein, ma belle ?

En un clin d'œil, l'humeur de Rachel changea du tout au tout. Délaissant les légumes qu'elle allait transvaser dans la poêle, elle fit volte-face et défia son mari du regard.

— C'est plutôt à toi qu'il faut poser la question.

Il sourcilla.

— Hé, Rach, d'où est-ce que ça vient, ça ?

Il suffit qu'il abandonne sa bière sur le comptoir, l'air soucieux, et vienne prendre Rachel par les épaules pour qu'elle regrette son animosité.

— Oh ! Steve, je ne sais pas. Tu fais tellement d'heures sup' que ça finit par me monter à la tête ; je me demande si tu ne commences pas à t'ennuyer avec moi, et ce genre de choses. Des fois j'ai l'impression de perdre la boule — peut-être à force de passer mes journées avec Barbie et Scooby-Doo.

— Je ne savais pas que tu les connaissais personnellement, plaisanta son mari avant de retrouver son sérieux. Ecoute, Rach, c'est vrai que la vie n'est pas tous les jours facile, et c'est vrai je rentre souvent tard ces derniers temps. Mais tu es la femme la plus extraordinaire qu'il m'ait été donné de rencontrer ; je t'aime comme un dingue, et rien ne pourra jamais changer ça. Tu n'as aucun souci à te faire.

Rassurée, elle esquissa un sourire timide. Quelle bécasse elle faisait, parfois ! Comment pouvait-elle douter de Steve ? Sue avait raison, et son père aussi : il était temps qu'elle se comporte en adulte.

Rachel sentit alors un frisson d'excitation la parcourir. Et si l'Ecosse était justement ce dont elle avait besoin pour pimenter sa vie ?

Chapitre 15

« Alors, comme ça, on fricote dans la bibliothèque, hein, petite cachottière ? »

La question brûlait les lèvres d'Emma quand elle vit Ella allumer son ordinateur. Pourtant, elle se fit violence pour se contenter d'un vague :

— Alors, Ells, comment va la vie ?

Elle n'allait tout de même pas quémander qu'elle lui confie son secret ! C'était à Ella de faire le premier pas !

Son amie leva les yeux de son bureau et esquissa un faible sourire.

— Ça va, merci. Et toi ? Comment s'est passée ta formation ?

— Oh ! bien, bien. Mais assez parlé de moi, c'est toi qui m'intéresses. J'ai l'impression que ça fait des siècles qu'on n'a pas papoté. Quoi de neuf ?

Ella ouvrit la bouche, avant de la refermer comme si elle avait changé d'avis. *Bon sang, ce n'est pourtant pas si compliqué !*

— Allez, Ella, il doit bien y avoir quelque chose !

Son amie semblait presque prête à céder lorsque, Malheureusement, le portable d'Emma sonna. Aussitôt, Ella s'enfuit vers le coin -cuisine sans demander son reste. *Et merde !*

— Quoi ? cria-t-elle en décrochant.

— Eh bien, j'en connais une qui n'est que joie et amour, ce matin !

— Oh ! c'est vous, Richard ! Désolée, j'étais juste un peu… Enfin, aucune importance. Comment allez-vous ?

— Ça va impec, merci. Dites, est-ce que vous seriez libre pour déjeuner ?

Aïe…

— Euh… Laissez-moi vérifier dans mon agenda, prétendit-elle en feuilletant un dossier au hasard sur son bureau pour gagner du temps.

— Ecoutez, Emma, si vous êtes occupée…

Mince, elle l'avait vexé !

— Non, non ! C'est bon, je n'ai pas de réunion.

— Ah, merveilleux. Pourrions-nous nous retrouver autour de 13 heures ?

— Parfait. Nous n'avons qu'à aller chez *Tante Mabel.* A tout à l'heure.

Emma raccrocha avec un soupir embarrassé. Passait-elle trop de temps en compagnie de Richard ? Non, bien sûr que non, ça faisait partie de son job, voilà tout. Elle s'entendait bien avec son auteur, elle n'allait tout de même pas s'en plaindre !

Le problème, c'est qu'elle aimait un peu trop passer du temps avec lui. Ces jours-ci, entre les secrets d'Ella et Martin qui lui soufflait le chaud et le froid, il était agréable de sentir de quelqu'un la tenait dans son estime. Etait-ce si grave ?

Emma s'apprêtait à ranger son téléphone quand une idée lui vint. Appeler Rachel, voilà ce qu'il lui fallait ! Sa sœur savait toujours comment lui secouer les puces.

Ce fut une petite voix aiguë qui répondit.

— Allô ?

— Lily ? C'est toi ?

— Mais nooon, c'est Alfie ! C'est toi mamie ?

Emma se sentit blêmir — commençait-elle vraiment à parler comme sa mère ?

— Mais nooon ! l'imita-t-elle. C'est tatie Em.

C'est alors qu'une voix agacée résonna derrière son neveu.

— Passe-moi le téléphone, gros bêta ! Tatie Em ?

— Coucou Lily-jolie. Tu vas bien ?

— Je m'ennuie. Tu fais quoi, dis ? Tu viens jouer à la coiffeuse avec moi ?

— Oh ! je voudrais bien, Lily, mais je suis au travail. Est-ce que ta maman est là ?

— MAAAMAAAAN ! hurla alors la fillette sans se soucier d'éloigner le combiné.

Emma avait encore l'oreille qui bourdonnait quand Rachel prit le téléphone.

— Hé, face de pet ! Tout va bien ?

— Ouais… Et toi ?

— Ça va, mais je cours partout ce matin, vu qu'on part pour l'Ecosse dem… LILY ! ARRÊTE DE FRAPPER TON FRÈRE ET REMETS TOUT DE SUITE CE SAC D'OIGNONS OÙ TU L'AS TROUVÉ ! Hum, excuse-moi, Em. Tu disais ?

— Oh ! rien. Je voulais juste prendre un peu de nouvelles. Mais je ne vais pas te déranger plus longtemps, il y a l'air d'y avoir de l'ambiance chez toi.

— Ouais, désolée, c'est un peu la folie. Steve a eu la bonne idée d'avancer le voyage à la dernière minute, alors devine sur qui ça tombe de tout préparer à la six-quatre-deux ? La maison est une vraie décharge, et les gamins me rendent — ALFIE ! DESCENDS DE CETTE ÉTAGÈRE TOUT DE SUITE ! TU VAS TOMB…

Sa sœur n'eut même pas le temps de terminer sa phrase qu'Emma entendit une pile de livres dégringoler à l'autre bout du fil. Il y eut quatre longues secondes de silence, puis un vagissement perçant retentit soudain comme une sirène d'alarme.

— Bon, rien de cassé, soupira Rachel. Mais il faut que je te laisse, Em. Je t'enverrai un texto ce week-end.

— O.K., bye.

Lorsqu'elle raccrocha, Emma se sentait encore plus désemparée qu'avant.

*
* *

L'état de la cuisine donnait envie à Rachel de s'arracher les cheveux. La table ressemblait à un champ de bataille depuis le petit déjeuner, les restes du repas d'hier soir jonchaient le plan de travail, sans oublier qu'il fallait encore vider le lave-vaisselle et remplir la machine à laver avant d'attaquer les bagages. Et, comme si ce n'était pas assez, les jumeaux se chamaillaient depuis vingt minutes à l'étage, et leur dispute venait de culminer en un retentissant « *MAIS FERME TA BOUUUCHE-EUUUUH!* » de la part de Lily, suivi d'une porte qui claque.

Rachel se passa les mains sur le visage avec un grognement de frustration — à tous les coups, Alfie allait débouler dans la cuisine en larmes dans moins d'une minute. C'était comme vivre au beau milieu de l'apocalypse.

Pourtant, elle n'était pas au bout de ses malheurs : alors qu'elle se dirigeait, résignée, vers l'évier, elle sentit une brique de Lego se planter sous son pied.

— *AIE! Merde, putain! MERDE!*

— Maman! s'indigna Lily en accourant dans la pièce. Tu dis des très très gros mots! Je vais le dire à mamie!

— Oui, eh bien, si tes frères et toi ne laissiez pas traîner partout vos jouets débiles, maman n'aurait peut-être pas besoin d'un nouveau pied à l'heure qu'il est!

Même pliée en deux par la douleur, Rachel réussit à voir le regard condescendant que lui jeta sa fille.

— Tu dois pas dire « débile », maman. C'est pas poli du tout du tout.

Elle dut se mordre la langue pour ne pas renchérir avec des mots bien pires.

C'est alors que l'étrange silence qui régnait dans la maison la frappa.

— Lily, où est ton frère?

— Je l'ai mis en prison dans l'armoire.

— Quoi ? Mais enfin, tu sais bien qu'il n'arrivera pas à sortir tout seul !

— Il était vilain. Je l'ai puni.

Le pied encore endolori, Rachel boitilla jusqu'à l'étage le plus vite possible. Ce n'est que dans le couloir qu'elle distingua les couinements étouffés d'Alfie depuis la chambre.

— Maman arrive, mon poussin !

Manquant d'arracher la porte de l'armoire, elle trouva son fils recroquevillé dans un coin, tremblant de peur. Ni une ni deux, elle le prit dans ses bras et le berça en lui murmurant des paroles rassurantes à l'oreille.

— Lily ! s'écria-t-elle quand il fut calmé. Viens ici tout de suite !

Après bien des cris et des moues boudeuses, Lily présenta des excuses du bout des lèvres, et un semblant de paix fut restauré dans la maison. Laissant les enfants dans la chambre, Rachel retourna au rez-de-chaussée. *Bon !* Peut-être allait-elle *enfin* pouvoir s'occuper de la cuisine ! Et dire qu'il y avait encore les valises, après ça…

Elle n'avait même pas encore terminé de vider le lave-vaisselle qu'une nouvelle dispute éclata à l'étage. Refermant l'appareil d'un geste rageur, elle avait déjà un pied dans l'escalier lorsqu'on frappa timidement à la porte. *Fait chier !*

Rouge de colère, elle alla ouvrir et se retrouva nez à nez avec Tom, qui eut un mouvement de recul comme s'il craignait qu'elle lui saute à la gorge.

— De grâce, voisine, je ne suis pas venu vous chercher querelle !

Son visage souriant réussit à calmer quelque peu Rachel.

— Hum, pardon. Comment se fait-il que vous ne soyez pas au travail ?

— Je suis en congé, aujourd'hui. Vous passez une matinée difficile, hein ?

— Ah, vous nous avez entendus…

— Disons que les murs ne sont pas très épais.

— Je suis vraiment désolée, Tom. Entrez donc boire un

café — mais je vous préviens, on dirait qu'un cyclone est passé dans la cuisine, alors vous allez devoir me regarder faire un peu de ménage.

— Bah, il me semble que certains hommes sont prêts à payer très cher pour assister à ce genre de spectacle dans les établissements les plus coquins de la capitale.

Rachel pouffa de rire. Elle s'effaçait pour le laisser passer quand la voix impérieuse de Lily retentit depuis l'étage.

— C'est qui ?

— C'est Tom, le voisin.

— Oh ! je l'aime bien, lui !

— Sacré veinard ! s'esclaffa Rachel avec un clin d'œil en direction de Tom. Il n'est pas donné à tout le monde de s'attirer les faveurs de ma fille.

Il sourit jusqu'aux oreilles.

Ils venaient de passer dans la cuisine quand Lily les rejoignit, chaussée de petits talons de princesse.

— Coucou, Tom ! lança-t-elle en battant exagérément des cils.

— Coucou, Lily, est-ce que tu vas bien ? Tu es très jolie aujourd'hui.

— Oui, je sais.

Rachel et Tom échangèrent un regard amusé — si jeune, et pourtant déjà tant d'assurance !

Alfie ne tarda pas à apparaître dans l'encadrement de la porte, lui aussi, et Tom lui ébouriffa les cheveux.

— Hé, bonhomme ! Tu vas bien ?

— Non, Lily c'est rien qu'une méchante. Elle a mis Alfie en prison.

Le voisin retourna un regard stupéfait à Lily.

— C'est vrai ?

— Il était très vilain ! se défendit-elle.

Rachel leva les yeux au ciel. C'était bien la peine de l'obliger à s'excuser, tout à l'heure…

— Lily, je t'ai déjà dit que ce n'était pas une raison pour enfermer ton frère dans le placard. Si tu savais combien de fois j'ai eu envie de faire la même chose à ton père… Mais je me suis retenue.

— C'était pas un placard, d'abord, c'était une *armoire*, répliqua la fillette d'un ton pincé avant de se tourner de nouveau vers le voisin.

— Tom ? Tu as une femme, dis ?

Si la question le surprit, il n'en montra rien.

— Non, Lily, je n'en ai pas.

— C'est triste.

— Je suis d'accord avec toi.

Tout à coup, le visage de Lily s'éclaira.

— T'as qu'à te marier avec maman !

Abasourdie — et, oui, un peu curieuse de connaître sa réaction —, Rachel jeta un regard en coin à son voisin. Rêvait-elle, ou bien était-il en train de rougir ?

— Allons, Lily, arrête d'embêter ce pauvre Tom.

— Juste pour aujourd'hui, insista-t-elle. Vous avez qu'à divorcer avant que papa il rentre !

Rachel éclata de rire. Où les enfants allaient-ils chercher toutes ces idées ?

— Eh bien, ma chérie, tout ça m'a l'air très romantique, mais je pense qu'il faudrait peut-être laisser Tom choisir lui-même sa femme, tu ne crois pas ?

Sa fille considéra sa question avec le plus grand sérieux.

— D'accord. Tom ? Tu veux te marier avec ma maman ?

Le malheureux avait viré au rouge brique.

— Je… Euh… Je ne sais pas…

— Parce que ma maman, même qu'elle est très jolie quand elle se coiffe et qu'elle met du maquillage. Comment il dit papa, déjà ? Ah oui : « Quand elle veut elle peut. »

Cette fois, Rachel ne se jeta pas à la rescousse de Tom. Qu'avait-il à répondre à ça ? Ça l'intéressait…

— Eh bien, ta maman est, euh…

— Ouii ? l'encouragea Lily.

Il termina en fixant ses pieds.

— Toujours très belle.

— Bonne réponse ! claironna la fillette.

Elle retrouva son air blasé en un battement de cils.

— Bon, maman, on peut aller au parc maintenant ? Je m'ennuie.

Encore troublée par le compliment, Rachel mit quelques instants à réagir.

— Euh, le parc ? Non, désolée, ma chérie. Maman a encore beaucoup de ménage à faire avant de s'occuper des valises.

Tom leva alors des yeux surpris.

— Vous partez en voyage ?

— Oui, en Ecosse. Vous savez, pour partir en éclaireur.

— Oh ! d'accord. Vous avez décidé de déménager, alors ?

La note de déception dans sa voix ne lui échappa pas.

— Pas forcément. On veut juste aller se faire une idée du coin. Pourquoi ? Est-ce qu'on va vous manquer ?

Il eut un petit sourire.

— Bien sûr. Qui va pouvoir se moquer de la guerre que je mène contre les escargots, si vous n'êtes plus là ?

Là-dessus, il se tourna vers les enfants.

— Bon, les Schtroumpfs ! Ça vous dit d'aller au parc avec tonton Tommy ?

— Ouiiiiii !

— Ça ne vous dérange pas, j'espère ? demanda-t-il à Rachel. Je peux les garder une heure ou deux pour que vous ne les ayez plus dans les pattes, si ça vous va ?

Mon sauveur !

— Vous en êtes sûr ? Ce n'est pas forcément la meilleure façon de passer votre jour de congé…

— Bah, disons que c'est pour m'excuser de m'être imposé chez vous pendant votre week-end avec Steve.

— Dans ce cas, ce n'est vraiment pas de refus. Merci.

Elle n'eut même pas à préparer les enfants. Lily s'habilla et se chaussa toute seule, et Tom aida Alfie à enfiler ses baskets.

— Merci beaucoup, répéta-t-elle quand ils passèrent la porte. C'est très gentil à vous.

Dans un élan de gratitude, elle toucha le bras de son

voisin, qui se retourna pour lui faire face. L'espace d'une étrange seconde, ils se regardèrent yeux dans les yeux, sans savoir quoi dire, jusqu'à ce que Lily prenne la main de Tom.

— Allez, dis au revoir à maman !

Rachel fit un pas en arrière et partit d'un rire gêné.

— Amusez-vous bien !

Quand ils disparurent au bout de la rue, elle se remit à ses tâches ménagères en fredonnant un air joyeux.

Emma n'avait pas revu Ella de la matinée, et la situation commençait à l'agacer prodigieusement. Pourquoi cherchait-elle à l'éviter ? Ce n'était pas comme ça que se comportaient les amies !

Elles finirent par se croiser par hasard dans les toilettes, où Ella entra juste à l'instant où Emma s'apprêtait à sortir. Déjà de mauvaise humeur, celle-ci se vexa en voyant une lueur de panique traverser le regard de son « amie ».

— C'est bon, grommela-t-elle. Je m'en vais, de toute façon.

— Quelque chose ne va pas ?

— A ton avis, Ella ? Ma meilleure amie m'évite comme la peste, et je sais qu'elle me cache un truc. Je ne peux pas dire que ce soit la grande joie, non.

Le visage d'Ella se décomposa.

— Oh ! je... O.K., O.K., je suis désolée. C'est juste que la situation est un peu compliquée...

Pour que tu en arrives à coucher avec Joel, ouais, j'espère bien que c'est un peu compliqué...

Emma croisa les bras.

— Si tu as l'intention de m'expliquer, je suis tout ouïe.

— Je... Je ne suis pas sûre d'être prête à en parler tout de suite.

— Je vois.

Au même moment, Miranda surgit dans la pièce. A croire que l'immeuble entier avait décidé de soulager sa vessie au même moment !

— Ah, mes éditrices préférées ! Je ne dérange pas, j'espère ?

Comme un silence mi-embarrassé, mi-chargé d'animosité lui répondit, elle fronça les sourcils.

— Misère, misère… Y aurait-il de l'orage dans l'air ? Ah non, hein, pas de rififi dans les rangs, c'est bien compris ?

Ella baissa les yeux.

— Ce n'est rien, Miranda.

— Bon, je préfère ça. Dans ce cas, à plus tard.

Comme elle disparaissait dans une cabine, Emma quitta la pièce sans un regard pour Ella. Toutefois, celle-ci se dépêcha de la rattraper dans le couloir.

— Hé ! Mais qu'est-ce qui te prend ?

— A toi de me le dire, Ella.

— Ecoute, je ne sais pas pourquoi tu te vexes. J'ai seulement besoin de faire un peu le point sur ce qui m'arrive en ce moment avant de pouvoir t'en parler. O.K. ?

Voyant l'ascenseur s'ouvrir, Emma s'y glissa d'un pas furieux.

— Ouais, fais donc ça. Tu n'auras qu'à m'envoyer une carte postale quand tu te souviendras qui sont tes vrais amis.

Elle eut tout juste le temps d'entrevoir la mine blessée d'Ella avant que les portes de la cabine ne se referment.

— Donc, j'ai décidé de tuer Stella dès le premier chapitre.

— Hmm, hmm…

— Et de faire publier mon roman chez un autre éditeur.

— O.K., super.

— Emma, est-ce que vous vous sentez bien ?

La mention de son nom la tira de ses pensées. Richard l'observait, soucieux.

— Pardon. Je ne vous écoutais pas, c'est ça ?

— Vous avez les yeux dans le vague et vous me répondez par monosyllabes depuis votre arrivée. Passez-vous une mauvaise journée ?

— Non, ce n'est rien. Je suis juste un peu fatiguée.

S'efforçant de faire un peu d'humour, elle se passa la main devant le visage le temps de se composer un masque impassible.

— Voilà, mode professionnel enclenché.

— Allons, ne dites pas de bêtises. La conversation commençait seulement à devenir intéressante. C'est une bonne chose que nous soyons comme ça.

— Comme quoi ?

— Eh bien, proches. Je trouve nos entretiens très agréables, mademoiselle Darcy. J'apprécie vos manières franches et directes, et vous me comprenez, du moins il me semble. Ça n'arrive pas souvent, croyez-moi.

Elle lui retourna un sourire, et Richard tendit la main par-dessus la table pour la poser sur son bras.

— Vous faites des miracles sur moi, Emma.

— Vraiment ?

— Vraiment. Je pense que vous faites ressortir le meilleur de moi-même.

Gênée, Emma dégagea doucement son bras avant de tapoter la main de Richard.

— Vous m'en voyez ravie. Alors, et si nous parlions de cette réécriture ?

— Bah, nous avons tout le temps pour ça. Dites-moi plutôt comment avancent vos préparatifs de mariage ?

Elle fit la grimace.

— Pitié, ne me demandez pas. Ma marraine et ma mère sont plus pénibles que jamais, et on dirait bien que mon fiancé n'en a plus rien à cirer.

— C'est bien dommage. Il ne se rend pas compte de la chance qu'il a.

Emma prit soudain conscience que quelqu'un se tenait près d'elle. Ah, parfait, David venait prendre leur commande — et avec un peu de chance il s'abstiendrait de lever le pouce avec un clin d'œil approbateur, comme il l'avait fait dans le dos de Richard à leur entrée dans le snack-bar.

Toutefois, quand elle tourna la tête, elle sursauta violemment en se retrouvant face à Martin, qui les fixait les sourcils froncés et les bras croisés.

— Martin! Qu'est-ce qui te prend d'arriver en douce comme ça? Et d'abord, comment est-ce que tu savais que j'étais ici?

— Je suis passé à ton bureau pour pouvoir déjeuner avec toi, et ta réceptionniste m'a dit où te trouver.

Argh! Depuis quand Lauren était-elle disposée à renseigner les autres?

— Tu peux me dire pourquoi tu parles de moi avec un inconnu?

Richard se leva de table, la main tendue.

— Je suis terriblement navré. Je ne pense pas que nous ayons été présentés. Je suis Richard Bennett.

Martin le scruta avec méfiance et ne fit pas un geste pour lui serrer la main. Sans un mot pour lui, il se tourna de nouveau vers Emma.

— Je suis venu pour essayer de me faire pardonner pour hier soir, mais je me demande bien pourquoi je me suis donné cette peine.

— Martin, je travaille, là.

— Vraiment? Alors je peux savoir pourquoi tu étais en train de discuter du mariage? D'ailleurs, pour info, *mon pote*, ajouta-t-il en pointant un doigt menaçant sur Richard, je me rends parfaitement compte de la chance que j'ai, merci bien.

L'auteur récupéra sa veste.

— Bon, je suis de trop, ici. Je suis désolé de vous avoir froissé; loin de moi l'idée de m'immiscer dans des bisbilles conjugales. Emma, on se voit lundi à la soirée des auteurs, d'accord?

— Richard, voyons, vous n'avez pas à partir. Excuse-toi tout de suite, Martin!

Son fiancé s'installa sans attendre sur le siège désormais vacant et croisa les bras, boudeur.

— Je n'ai aucune raison de m'excuser.

Richard leva les mains en signe de paix.

— Ce n'est rien, Emma. A bientôt.

Quand il disparut par la porte, Emma se surprit à envisager de courir le rattraper. Avait-elle perdu la tête ? Comme si Martin n'était pas déjà en pleine crise de jalousie !

Elle foudroya son fiancé du regard.

— C'était quoi, cette scène ?

— A toi de me le dire.

— O.K., je suis désolée d'avoir parlé du mariage et de toi à Richard. Mais mets-toi un peu à ma place, tu n'es jamais là quand j'ai envie de discuter de ce genre de trucs, c'est frustrant.

— Donc, si je comprends bien, au moindre nuage à l'horizon, tu cours te jeter dans les bras de ton petit auteur. Génial, c'est bon à savoir.

— Oh ! pitié, arrête ça. C'est toi qui viens de lui rentrer dans le lard sans raison. On aurait dit un cerf sur le point de charger un autre mâle pour la femelle qu'il convoite.

— Et alors ? Au moins ça prouve que je tiens à toi.

— Ouais, dans le genre « enlève tes sales pattes de ma gonzesse », comme un putain de mâle dominant.

— Oh ! eh bien excusez-moi, *madame*, de vouloir défendre mon couple.

Pendant un long moment, ils fulminèrent chacun de leur côté de la table, ni l'un ni l'autre ne voulant, comme d'habitude, être le premier à battre en retraite.

Ce fut David, qui, timidement, s'approcha pour rompre le silence pesant.

— Tout va bien, Emma ?

— Oui, merci, David. C'est Martin, mon *fiancé*.

Le visage du gérant du snack-bar s'illumina aussitôt.

— Oh ! ravi de vous rencontrer ! Est-ce que l'autre beau gosse va revenir ?

— Certainement pas, bougonna Martin.

— O.K. Qu'est-ce que je vous sers, alors ?

S'efforçant de reprendre son calme, Emma fut la première à rompre le silence.

— Je vais prendre un sandwich au thon et une limonade au citron vert, merci. Martin ?

— Un cheeseburger avec des frites, s'il vous plaît. Et un Coca.

— Très bien.

Quand David s'éloigna, elle tripota nerveusement ses couverts avant de risquer un regard vers son fiancé. Il la fixait toujours d'un œil noir, les bras croisés.

— Oh ! allez, Mart, on ne va pas se regarder en chiens de faïence pendant tout le repas !

— Qu'est-ce que tu veux que je dise ? Que je suis désolé ?

— Ce n'est pas moi qui ai fait fuir mon auteur, je te signale.

— Il n'avait qu'à s'occuper de ses fesses, *je te signale.*

Emma ne se donna pas la peine de répliquer. A quoi bon ? Quand Martin était comme ça, il n'y avait aucun moyen de discuter calmement.

Marmonnant une excuse, elle se rendit aux toilettes pour se passer de l'eau sur le visage. Avec un soupir, elle observa son reflet dans le miroir. *Enfin, mais qu'est-ce que tu fous, Emma Darcy ?*

Ce qu'elle ne donnerait pas pour connaître la réponse…

David venait tout juste de les servir quand elle retourna à la table. Martin souleva le dessus de son hamburger et fronça le nez en découvrant un cornichon. Il le retira avec sa fourchette comme si le simple fait de toucher l'aliment le dégoûtait, puis le tendit à Emma avec un sourire penaud.

— Gage de paix ?

Elle leva les yeux au ciel. Combien de fois avait-elle mangé ses fichus cornichons ?

Enfin, au moins il ne faisait plus la tête…

— Bon, d'accord.

— On est de nouveau copains, alors ?

Ben voyons, c'était du Martin tout craché ! Il se mettait en rogne, puis il espérait que tout rentre dans l'ordre…

Ne pouvaient-ils pas filer le parfait amour, comme les couples dans les films ?

Avec un petit soupir, elle esquissa un sourire.

— On est de nouveau copains.

Diana était en train de ranger les assiettes sales dans le lave-vaisselle quand Edward entra dans la cuisine, téléphone à l'oreille.

— Allez, ma chérie, profitez bien de votre week-end. Ta mère est là, est-ce que je te la passe ?

Un instant plus tard, il lui tendit le combiné.

— Rachel ? Est-ce que tout est prêt pour demain ? D'accord, alors n'oublie pas : surtout ne prenez pas de décision à la hâte, c'est bien compris ? Oui, je sais que tu n'es plus une enfant, je veux seulement aider. Oui, oui, d'accord. Bon, eh bien, faites bon voyage, et embrasse les petits de ma part ! Allez, bonne soirée.

Comme elle allait replacer le téléphone sur sa base dans le salon, Edward lui jeta un regard soucieux.

— Tout va bien se passer, tu le sais, n'est-ce pas ?

— Ah oui ? Comment peux-tu en être si sûr ? Tu connais ta fille… Impulsive comme elle est, elle serait capable de les faire emménager là-bas d'ici à une semaine !

Sa voix se brisa, et elle ne put retenir ses larmes. Il vint aussitôt la prendre dans ses bras.

— Allons, ma colombe. C'est à eux de décider ce qui est mieux pour eux.

— Je sais ! C'est juste… C'est juste que…

— Qu'y a-t-il, ô soleil de ma vie ?

— Les enfants vont tellement me manquer…

Un sanglot lui échappa. Elle enfouit le visage contre le torse de son mari, qui lui caressa tendrement les cheveux.

— Je sais, je sais… Mais ce n'est pas la peine de te mettre martel en tête, rien ne dit qu'ils décideront de s'installer là-bas. Et, quand bien même ils déménageraient, nous pourrons monter leur rendre visite à tout moment, ou accueillir les petits ici pendant les vacances.

— Oui, mais, Edward… Ce ne sera pas pareil !

— Eh bien, nous pourrions toujours aller finir nos vieux jours à Edimbourg, nous aussi ?

Diana s'écarta pour lui jeter un regard médusé.

— Quoi ? Enfin, ne sois pas ridicule !

— Et pourquoi pas ?

Avait-elle vraiment besoin de s'expliquer ?

— Tout simplement parce que notre maison est ici, que je suis trop vieille, et que c'est en Ecosse.

— Oui, Edimbourg a tendance à être en Ecosse… Mais tu n'es pas trop vieille, voyons, tu entames à peine la soixantaine. Et puis, tout le monde sait que l'important, c'est de suivre son cœur.

— Pitié, Edward, épargne-moi les platitudes et sois un peu réaliste ! Imagine un peu qu'ils ne se plaisent pas là-bas et qu'ils décident de revenir sur Londres, que ferions-nous ?

— Revenir ici, nous aussi ? suggéra-t-il, incertain.

— Tu vois ? Tu n'y crois pas toi-même. Nous ne pouvons pas nous amuser à déménager d'un bout à l'autre du pays tous les quatre matins ! Et puis, de toute façon, je ne veux pas vivre en Ecosse.

— Qu'y a-t-il de si horrible à l'idée de vivre en Ecosse ?

Elle ne se donna même pas la peine de répondre à la question.

— N'oublions pas Emma ! ajouta-t-elle alors. Nous ne pouvons pas l'abandonner ici avec Martin.

— C'est vrai. Allons, ne mettons pas la charrue avant les bœufs, nous verrons bien comment les choses évoluent, d'accord ? Rien n'est encore décidé.

Diana embrassa son mari sur la joue avec amour.

— D'accord. Je savais bien que j'avais eu raison de t'épouser.

— Et moi qui pensais que je t'avais fait craquer grâce à mon charme d'acteur de Hollywood et mon humour ravageur.

Elle n'eut pas l'occasion de répliquer à son trait d'esprit : le téléphone se remit à sonner. Ce fut Edward qui décrocha.

— Oh ! bonsoir, Rosie. Comment vas-tu ?

Il n'en fallut pas davantage pour que le visage de Diana se décompose. Heureusement, son adorable Edward s'en aperçut.

— En fait, Rosie, est-ce que je peux te rappeler demain ? Je suis un peu occupé.

Il replaça le combiné et lui décocha un sourire espiègle.

— Que dirais-tu d'aller terminer ce bon vin devant mon émission de jardinage ? Je sais bien que tu en pinces pour l'animateur.

Le temps de suivre son mari jusqu'au canapé, Diana avait retrouvé le sourire.

Chapitre 16

— Est-ce que lui, c'est un terroriste ?
— Non.
— Et lui ?
— Non plus !
— Il a une barbe.
— Ça ne veut pas dire pour autant que c'est un terroriste, Lily. Bon, veux-tu bien arrêter de pointer les gens du doigt ?

Will n'hésita pas à y aller de son commentaire, lui aussi.

— En fait, Abraham, à l'école, il dit que les musulmans ils coupent leur barbe avant de faire boum.

Avec un soupir de frustration, Rachel se prit la tête à deux mains. Bon sang, combien de temps fallait-il à Steve pour rapporter des *latte*, des jus de fruits et des fichus muffins ?

Sortant son téléphone, elle envoya un texto à Emma :

Les gam1 arrêtent pas 2 parler 2 terroristes à l'aéroport et je veux mourir. Toi ça va ?

Sa sœur lui répondit dans la minute :

Courage ! Moi je V choisir D fleurs ac M pr le mariage.

Alors courage à toi aussi !

— Est-ce que quand on fait boum 'y a des bouts de toi qui volent partout ?

Après la question de Lily, la dame âgée qui venait de

s'installer à la table voisine perdit son sourire et décida d'aller s'asseoir plus loin.

— Bon, c'est fini, oui ? Maman ne veut plus entendre un mot sur les attentats suicides. Ah ! Voilà enfin papa !

Celui-ci arriva avec un plateau.

— Désolé, désolé. Il y avait une queue pas possible, et le touriste japonais devant moi a passé dix minutes à pointer des trucs pour prendre sa commande. Bon, qui veut un smoothie ?

— Moiii ! répondirent en chœur les jumeaux.

— Beeerk ! s'exclama Will avec une grimace. Les smoothies c'est pour les bébés !

— C'EST MÊME PAS VRAI D'ABORD !

— Enfin, Lily, veux-tu bien baisser d'un ton ? On n'est pas tout seuls, je te signale. Allez, mangez plutôt vos muffins.

Les enfants enfin calmés, les parents purent savourer leurs *latte* en paix — dans la mesure où il était possible de savourer un café à une table pleine de taches qui collent.

Quand soudain, une voix retentit dans les haut-parleurs.

— Dernier appel pour la famille Summers. La famille Summers est priée de se présenter immédiatement porte 36 avant la clôture de l'embarquement.

Rachel échangea un regard horrifié avec son mari.

— Je croyais qu'il nous restait encore une demi-heure !

Steve ne perdit pas de temps à discutailler.

— Bon, qui veut faire la course ?

Bonne nouvelle : les enfants étaient tout à fait disposés à faire la course. Mauvaise nouvelle : la porte 36 était la plus éloignée du terminal.

Ils arrivèrent à bout de souffle, les pieds en compote et la gorge en feu après avoir dû crier des excuses à la cinquantaine de personnes qu'ils avaient bousculées en chemin. L'hôtesse de l'air tartinée de fond de teint orange et d'ombre à paupières turquoise qui attendait au comptoir ne les salua même pas.

— Il est clairement annoncé à l'enregistrement que vous

êtes censés prévoir assez de temps pour atteindre la porte d'embarquement, lâcha-t-elle avec un accent écossais à couper au couteau. Nous étions sur le point de décharger vos bagages.

Steve bredouilla des excuses entrecoupées de sa respiration sifflante, ce qui lui valut une moue dégoûtée de la part de l'hôtesse. Néanmoins, elle posa des faux ongles longs comme des griffes sur leurs cartes d'embarquement le temps de les scanner puis, sans un mot de plus à leur égard, prévint un collègue qu'ils allaient embarquer.

— Merci beaucoup. Et encore désolés.

Ils n'avaient pas fait deux pas que Lily crut bon de demander très fort :

— Pourquoi que la madame elle était fâchée ?

— Parce qu'on était un peu en retard pour l'avion…

— Et pourquoi qu'elle était tout orange ?

Rachel pressa sa fille vers la passerelle d'embarquement sans oser un regard en arrière.

— J'aime beaucoup celles-ci.

— Aah, la lis calla ! s'extasia la fleuriste. Un choix très populaire chez les futures mariées.

— Qu'est-ce que tu en penses, Martin ?

— Hmm, hein ? Oh ! ouais. Elles sont jolies. Très jolies.

Emma considéra l'homme qu'elle avait prévu d'épouser et ne put retenir un clappement de langue agacé.

— Mart, je peux te parler une minute, s'il te plaît ?

Après s'être excusée auprès de la fleuriste, qui lui retourna un sourire doucereux, elle entraîna son fiancé à l'écart.

— Allô la Lune, ici la Terre ! Est-ce que vous me recevez ?

— Quoi ?

— Je te rappelle qu'on est censés regarder les fleurs — tu sais, pour notre fameux mariage ?

— Je sais. Je regarde.

— Vraiment ? Alors est-ce que tu peux me dire comment s'appelle cette variété ?

Elle désigna les magnifiques pieds-d'alouette que la fleuriste avait commentés il n'y avait pas cinq minutes.

— Euh... Des jolies fleurs violettes ?

— Martin !

— Ecoute, Em, je n'étais pas au courant que j'étais censé rapporter un guide de botanique pour choisir des fleurs. On ne pourrait pas plutôt prendre celles qu'on trouve les plus jolies, et puis basta ? Regarde celles-là. Elles sont bien.

Suivant son regard, Emma lui donna un coup sur l'épaule.

— Tu te fiches de moi ? Ce sont des tulipes, Martin ! Ce n'est pas spécialement l'idéal pour un mariage en été, ni d'ailleurs pour tout événement qui demande que les fleurs tiennent plus de vingt minutes !

— O.K., O.K., ça va, je ne savais pas, désolé. Je n'y connais rien aux fleurs, Emma, ce n'est pas nouveau. Avoue que c'est quand même plus un truc de filles.

La fleuriste dut sentir qu'Emma était sur le point d'exploser, car elle s'enfuit dans l'arrière-boutique.

— Un truc de filles, *vraiment* ? Donc, si je suis bien ta logique, il faudrait que je m'en tienne à choisir les robes, les fleurs et les foutus sacs en tulle pour les dragées, c'est ça ?

— Allons, Em, ce n'est pas ce que j'ai dit. Ne sois pas si susceptible.

— Ah, parce que je suis susceptible, maintenant ? Alors, pendant qu'on y est, tu ne voudrais pas que je me comporte en fille jusqu'au bout et que j'accepte de te servir et de t'obéir jusqu'à la fin de mes jours ?

— Je croyais qu'on avait prévu d'inclure ça dans les vœux. J'ai déjà prévenu le pasteur.

Elle l'aurait tué !

— Tu te crois drôle ?

Martin leva les mains en signe de capitulation.

— O.K., je voulais te dérider un peu, mais on n'est manifestement pas sur la même longueur d'onde, ce matin.

Est-ce que tu m'en veux encore pour hier ? Parce que je croyais qu'on avait réglé ça.

Un peu, qu'elle lui en voulait toujours pour hier ! Elle avait envoyé un texto d'excuses à Richard plus tard dans la journée, auquel il avait répondu par un très sec :

Excuses pas nécessaires. Bon WE.

Elle avait même failli lui passer un coup de fil, avant de se raviser — après tout, il n'était que son auteur, elle n'était pas censée prendre cet incident à cœur.

Mais pour l'instant, le problème n'était pas là.

— Je t'en veux parce que tu m'as promis qu'on avancerait dans les préparatifs du mariage aujourd'hui, alors que visiblement tu t'en contrefiches !

— Oui, mais je pensais qu'on allait s'occuper des invités ou de la liste de mariage, pas des fleurs. Ne le prends pas mal, c'est juste que je ne me sens vraiment pas dans mon élément ; je ne sais même pas ce que je regarde.

Il voulut caresser une magnifique orchidée violette, mais ne réussit qu'à en arracher un pétale.

— Oups…

Emma dut se pincer l'arête du nez pour ne pas crier.

— Bon, tu sais quoi ? On s'en occupera un autre jour.

Alors qu'elle le tirait par le bras pour l'entraîner vers la sortie, elle lança par-dessus son épaule :

— Merci pour votre temps ! Nous avons votre carte et nous vous recontacterons !

Dans la rue, ils marchèrent côte à côte en silence et, quand Martin tenta de lui prendre la main, Emma croisa les bras.

— Et si on allait déjeuner ? suggéra-t-il après quelques minutes.

— Très bien. Où ça ?

— Eh bien, Charlie et Stacey…

— Ah, on ne sera même pas à deux. *Gé-nial.*

— En fait, Charlie vient de m'envoyer un texto. Stacey

et lui sont partis regarder le foot au pub alors, comme on est dans le coin, ça serait malpoli de ne pas les rejoindre.

— Martin ! On était censés passer la journée ensemble et s'occuper du mariage, pas se poser au pub pour que tu puisses regarder un match avec ton pote !

— Oh ! allez, Em. C'est au coin de la rue, et il faut bien qu'on mange, de toute façon. *Steu-plaaaîîît !*

Lèvre inférieure en avant, il lui offrit sa plus belle moue implorante, une vision qui réussit à arracher un sourire à Emma.

— Bon, d'accord, tu as de la chance que j'aie faim. Mais je te préviens, c'est toi qui raques !

— Surtout, que personne ne touche à rien !

C'était la première fois que Rachel allait mettre les pieds dans un hôtel de luxe, et elle se sentait intimidée, il fallait bien l'avouer. Pourvu qu'ils ne fassent pas mauvaise impression…

Un homme vêtu d'un uniforme grenat et d'un chapeau haut de forme se tenait devant l'étroite porte à tambour très chic. Son teint rougeaud et son gros nez rond lui donnaient un air affable, et c'est avec un grand sourire qu'il s'inclina sur leur passage.

— Oh ! merci beaucoup, gentil monsieur, déclara Lily, le menton levé comme une aristocrate.

— Une vraie petite charmeuse que vous avez là, monsieur, glissa le portier à Steve, qui hocha poliment la tête.

Une fois n'est pas coutume, Lily eut la décence d'attendre qu'ils se trouvent dans le hall pour faire une remarque désobligeante.

— Le monsieur il ressemblait à une tomate.

Sa mère était trop ébahie par la somptuosité du hall pour sermonner sa fille. Tout était si immaculé ! Trop même…

La petite troupe s'apprêtait à avancer vers le comptoir quand Rachel remarqua qu'ils n'étaient que quatre.

— Attendez, où est Will ?

Ce n'est qu'à ce moment qu'ils remarquèrent qu'il était resté dans la porte à tambour. Agrippé à la barre métallique, il tournait encore et encore sans oser poser un pied dans le hall.

— Papaaaa ! Au s'couuurs !

— Mais enfin, Will ! Sors de là tout de suite !

Des clients commençaient à s'amasser autour d'eux, assistant à la scène avec des clappements de langue irrités.

— Y a-t-il un problème, madame ?

Un homme aux yeux tombants venait d'apparaître au côté de Rachel.

— Euh… Je crois bien que mon fils a peur de sortir de votre porte à tambour. Mais son père va l'aider.

A sa grande honte, son mari échoua lamentablement à faire lâcher prise à Will, dont les cris étouffés gagnaient en puissance chaque fois qu'il passait devant l'ouverture du hall. Père et fils étaient désormais coincés entre les parois de verre, tournoyant comme deux chaussettes dépareillées dans une machine à laver infernale. *Misère, quel spectacle !*

Et, alors que le portier tentait tant bien que mal de leur venir en aide depuis l'extérieur, Alfie, lui, éclata en sanglots, persuadé qu'il ne reverrait plus jamais son frère et son père. Occupée à le rassurer, Rachel échangea un regard avec Lily, qui s'élança aussitôt vers la porte à tambour.

— Allez, faut pas être timide, monsieur le gros hamster ! s'écria-t-elle. Sors de ta roue !

Par miracle, sa remarque fit rire Will, ce qui le décrispa juste assez pour permettre à Steve de le projeter dans le hall comme un boulet de canon. Il se réfugia aussitôt dans les bras de sa mère, qui poussa un soupir exaspéré.

— Bon, est-ce qu'il serait possible de monter dans la chambre sans plus se faire remarquer, s'il vous plaît ?

— Pardon, maman…

C'est alors qu'une petite femme hautaine les dépassa avec son mari.

— Non mais vraiment ! A croire que nous sommes au zoo !

Le regard noir, Rachel aurait répliqué si Lily ne l'avait pas devancée.

— C'est pas un zoo, c'est un hôtel. Et *pi* d'abord, mon frère, c'est même pas sa faute *si qu'il* était coincé dans les portes, grosse méchante !

Outrée, la dame se tourna vers Rachel, attendant visiblement qu'elle réprimande sa fille. *Et puis quoi encore ?* Défiant la pimbêche du regard, elle caressa les cheveux de Lily avec fierté.

Sur un « *Hmpf !* » ulcéré, la petite femme s'éloigna vers l'ascenseur, claquant des doigts pour appeler son mollusque de mari.

Contre toute attente, celui-ci leur adressa un clin d'œil avant de se précipiter à la suite de son épouse.

— J'ai plutôt trouvé ça rigolo, moi !

— Buuuuuuuuut !

Emma regarda, consternée, son fiancé et son meilleur ami se lancer dans une espèce de danse de la joie primitive.

Stacey, elle, semblait plutôt amusée.

— Ah, les hommes, hein ?

Coinçant sa paille entre ses longs ongles manucurés, elle prit une longue gorgée de son soda, juste au moment où le patron apparaissait avec leurs plats.

— Trois saucisse-purée et une César poulet !

— Miam miam ! fit Charlie d'un ton moqueur en découvrant l'assiette d'Emma.

Stacey fut un peu plus diplomate.

— Ooh, mais qu'est-ce que c'est ?

Du bout de sa fourchette, Emma trifouilla les feuilles de laitue qui avaient connu des jours meilleurs, les croûtons rassis et les quelques morceaux de poulet jaune vif qui se battaient en duel — le tout dégoulinant d'une sauce non identifiée.

— C'était censé être une salade César au poulet…

— Je t'avais bien dit de prendre la saucisse-purée.

Elle allait rabrouer Martin quand Charlie joua les médiateurs — à sa façon.

— Hé, vous deux, pas de scènes de ménage pendant le foot ! C'est contraire à ma religion !

Les deux hommes se mirent à rire comme des déments, sous l'œil désespéré d'Emma.

Elle commençait à picorer sans entrain dans son assiette quand sa voisine de table, après avoir rejeté derrière son épaule ses extensions capillaires, vint lui tapoter le genou.

— Alors, dis-moi, comment est-ce qu'il se prépare, ce mariage ?

Emma lui sourit. Stacey avait beau avoir des goûts douteux en matière d'hommes, elle n'en était pas moins une chic fille, toujours gentille. Elles étaient juste très différentes l'une de l'autre, voilà tout.

— Je crois bien que j'ai trouvé ma robe.

— Super ! Elle ressemble à quoi ?

Elle jeta un coup d'œil à son fiancé. Aucun risque qu'il l'entende, Charlie et lui engloutissaient leurs plats, absorbés par la télé.

— Oh ! tu sais, elle est toute simple ; classique, quoi.

— D'accord, et tu l'as trouvée où ?

La question l'embarrassa. Elle ne pouvait tout de même pas dire que c'était une grande créatrice de mode qui allait l'habiller !

— Euh, c'est une connaissance de ma marraine qui a accepté de me la faire sur mesure.

— Aah, cool ! Ça te fera toujours économiser quelques sous-sous ! Et les fleurs, quel genre tu vas prendre ?

Stacey avait à peine posé sa question qu'elle parut se souvenir de quelque chose.

— Oh ! attends ! Je sais ce que je voulais te dire à la base ! Est-ce que tu veux que je demande à ma mère de s'occuper du gâteau ? Parce qu'elle en fait des hyper classe, qui font super pro et tout. Je suis sûre qu'elle serait trop contente de vous aider !

Emma eut un sourire gêné. *Hum, comment refuser sans être blessante ?*

— C'est vraiment très gentil de ta part, Stacey, mais on n'a pas vraiment encore décidé quel genre de gâteau on voudrait. Ça ne te dérange pas si je te tiens au courant plus tard ?

— *No soucy*, ma belle ! L'offre est là, tu en fais ce que tu veux !

Ouf, elle ne l'avait pas mal pris…

— Merci beaucoup.

— Hé ! s'exclama soudain Martin. Tu ne manges pas ta salade ?

Emma fit la grimace.

— En fait, je pense que je vais me rabattre sur des frites.

— Bien parlé ! approuva Charlie en abattant sa main sur la table. S'agirait pas de se laisser mourir de faim !

Martin se leva.

— Bon, je vais chercher les frites de ma future femme. Je vous rapporte autre chose à boire ?

Il disparut au comptoir après avoir pris leurs commandes, abandonnant Emma avec Stacey et Charlie. Celui-ci passa un bras autour de sa petite amie, et ils échangèrent un sourire.

— Ça va, cocotte ?

— Ça va, mon doudou.

Emma les observa avec un étrange pincement d'envie. Ils avaient l'air si complices, tous les deux…

Mais, lorsqu'ils surprirent son regard, un silence gêné tomba autour de la table. Que pouvait-elle bien leur dire ?

— Alors, quoi de neuf, vous deux ?

Nouvel échange de sourires en coin. Décidément, ils avaient choisi leur jour pour étaler leur bonheur devant son nez !

Comme Martin revenait avec les boissons et le plat de frites, Charlie attendit qu'il s'installe pour faire un signe de la tête à Stacey. Elle affichait tout à coup un air timide qui ne lui ressemblait pas.

— On a quelque chose à vous annoncer…

Elle se mordit la lèvre, et ce fut le clin d'œil de son petit ami qui l'encouragea à poursuivre.

— Je suis enceinte !

Elle l'avait proclamé avec un tel enthousiasme que la moitié du pub se retourna vers eux pour acclamer la nouvelle, bières levées. S'ensuivirent quelques minutes de félicitations et d'embrassades autour de la table.

— C'est génial ! répéta Martin pour la centième fois. Vraiment génial !

— Ouais, ça fait plaisir de voir que Popaul fait bien son boulot !

Comme Charlie se tâtait l'entrejambe avec sa classe habituelle, Stacey lui donna une tape sur le bras, mais n'en gloussa pas moins. Il jeta alors un regard entendu à Emma et Martin.

— Ça veut dire aussi que, quand vous vous déciderez enfin à nous pondre un petit gars, il aura déjà un copain de jeu tout prêt pour s'entraîner au foot.

Nouvelle tape amusée de la part de sa petite amie.

— Hé ! Qu'est-ce qui te dit que ça va pas être une fille ?

Il leva les yeux au ciel, puis donna un coup de coude à Martin.

— On parie que dans trois secondes ta nana va nous sortir que les filles aussi, ça joue au foot ?

Jamais du genre à décevoir, Emma le défia du regard.

— Les filles savent tout aussi bien jouer au foot que les mecs, je te signale !

— Ouais, c'est ça.

Il mima alors le geste de se pendre avant de partir d'un rire gras. Emma ne put retenir une moue dégoûtée.

— En tout cas, si vous avez un garçon, espérons qu'il n'hérite pas de la misogynie de son père.

Martin se jeta entre eux, bras écartés.

— *Ding ding!* Fin du premier round!

Furieuse, elle referma la bouche et retomba contre le dossier de sa chaise, les bras croisés.

— Bref, félicitations à tous les deux, insista-t-il, conciliant. On est très heureux pour vous. Je pense qu'on ne va pas tarder à vous imiter.

Comme Emma refusait de sortir de son mutisme pour approuver, son fiancé lui jeta un coup d'œil embarrassé. Stacey, quant à elle, ne parut pas remarquer le malaise. Tout sourires, elle lui tapota le bras.

— Tu vas voir, Em, ça va être d'enfer! On va pouvoir aller au parc ensemble avec les petits, s'entraider pour les emmener à l'école, et tout ça. Combien est-ce que tu en veux? Moi, j'en veux au moins trois.

Sans lui laisser le temps de répondre, ni même prendre le temps de respirer, elle se lança dans un monologue enthousiaste. Emma l'écouta s'extasier sur ces petits êtres merveilleux qu'étaient les bébés et se mit à s'agiter nerveusement sur sa chaise. Rien à faire, cette conversation n'éveillait aucune envie en elle. Etait-elle vraiment impatiente de passer des week-ends au parc en compagnie de Charlie et Stacey? *Brr...* Elle en frissonnait rien que d'y penser.

Elle glissa un regard en coin à son fiancé. Finissant sa bière, il reposa sa pinte et lâcha un énorme rot.

— Oups...

Si Stacey gloussa, Emma, elle, fronça les sourcils. Pourquoi Martin se comportait-il toujours comme un gros porc quand il traînait avec Charlie? C'était comme s'il devenait une tout autre personne... Ce n'était pas la première fois qu'elle se faisait cette réflexion, et pourtant, aujourd'hui, ce constat la dérangeait au plus haut point.

En tout cas, pour le moment, il n'était pas question qu'elle reste une minute de plus dans cette ambiance au ras des pâquerettes.

— On va y aller, Martin?

— O.K., poupée.

Poupée ?

Se levant de table, il serra la main de son ami.

— Bon, à demain, vieux.

— Demain ? répéta Emma sans comprendre. Qu'est-ce qu'il y a, demain ?

— Mais si, je te l'ai dit. Charlie et moi, on va chercher où organiser l'enterrement de vie de garçon.

— Tu ne m'as rien dit du tout.

— Oh oh, marmonna Charlie. Ça va encore chauffer…

Emma l'ignora royalement.

— Je n'arrive pas à croire que tu t'occupes de ton enterrement de vie de garçon quand il nous reste encore une montagne de trucs à préparer pour le *mariage* !

Martin se racla nerveusement la gorge.

— Bah… Ça fait partie du mariage aussi, et puis il faudra bien régler ça, de toute façon.

Surprenant le sourire en coin de Charlie, elle préféra abandonner la partie. Pas question de continuer à se donner en spectacle !

— O.K., très bien, fais comme tu veux. Bon, Stacey, Charlie, bonne journée. Et encore félicitations.

C'est sur ce ton glacial qu'elle quitta le pub sans même attendre Martin.

— Le dernier en haut d'Arthur's Seat paie les glaces !

Tels des chiots qu'on venait de détacher, les enfants se lancèrent à l'assaut de la colline, sous l'œil amusé de leurs parents. Main dans la main, Rachel et Steve les suivirent calmement, dans un confortable silence ponctué de leurs respirations laborieuses — ou plutôt, de sa respiration laborieuse à *elle*.

Quel endroit magnifique ! La colline en plein cœur d'Edimbourg offrait une vue époustouflante sur la ville et la nature environnante. Le vent soufflait fort, mais restait supportable. Les nuages avançaient d'ailleurs à une telle vitesse que, quand Rachel s'arrêta pour fixer le ciel, elle eut l'impression de sentir la Terre tourner sous ses pieds.

Cependant, le temps de baisser la tête, les enfants n'étaient déjà plus que des petites silhouettes en haut de la côte.

— Hé ! N'allez pas trop loin !

Sa voix se perdit dans le vent. Sur le point de les perdre de vue, Steve lâcha la main de Rachel pour avancer plus vite.

— C'est bon, lui cria-t-il. Je les vois.

Elle dut allonger le pas pour tenir sa cadence et, quand elle arriva à sa hauteur, elle était hors d'haleine.

— La vache, depuis quand est-ce que j'en bave autant pour faire un peu d'exercice ?

— Depuis que tu as eu trois enfants, je dirais.

— Et moi qui croyais qu'ils me gardaient en forme à force de me faire courir dans tous les sens… *Pfiou !* Je ne me souviens pas avoir eu autant de mal à grimper cette colline la dernière fois. A quand est-ce que ça remonte, déjà ?

— 1999. Mais nous étions jeunes et fougueux — et surtout boostés par une nuit de sexe torride, un haggis succulent et deux énormes pintes de bière.

Elle rit à ce bon souvenir.

— Je crois me rappeler qu'on a, hum, refait notre petite affaire au sommet, pas vrai ?

— Et comment. Je suis sûr que les touristes japonais qui nous ont surpris ne sont pas près de nous oublier !

Ils terminèrent leur ascension dans une humeur bon enfant, pour se faire accueillir par une Lily moqueuse.

— *Papa-et-maman-c'est-les-derniers-euh !*

Assis tous ensemble sur l'herbe, ils dégustèrent un peu de chocolat en récompense de leur effort.

— Pourquoi que ça s'appelle *Artussite*, ici ? leur demanda alors leur fille.

Ce fut Steve qui répondit.

— Ça se prononce *Arthur's Seat*, ma chérie ; ça veut dire « le siège d'Arthur ». Je crois que ça a un rapport avec un roi très connu qui s'appelait Arthur. En fait, c'était un volcan il y a très très longtemps.

— Han ! Trop cool ! s'exclamèrent d'une même voix Lily et Will.

Alfie, en revanche, n'accueillit pas l'information avec autant d'enthousiasme.

— Un vo'can ? gémit-il en se levant d'un bond.

Il jeta des coups d'œil affolés autour de lui, comme s'il craignait de se faire engloutir d'un instant à l'autre par un torrent de lave.

Sa sœur ne se gêna pas pour rouler des yeux.

— Tss… T'es qu'un gros bébé, Alfie !

Il devint aussi rouge qu'une tomate.

— Même pas vrai !

— Si, c'est vrai !

— Nan, c'est pas vrai !

Comme quelques touristes se retournaient vers eux, Rachel décida de calmer le jeu.

— Allez, allez, vous deux, temps mort ! Pourquoi n'iriez-vous pas plutôt de ce côté-là, pour voir si le paysage est différent ?

Ils en oublièrent aussitôt leur querelle, et les trois enfants détalèrent avec des éclats de rire insouciants. Sans les quitter des yeux, Steve poussa un soupir de bien-être.

— C'est exactement ce dont ils ont besoin, tu ne crois pas ?

— Quoi ? Se fatiguer à grimper une colline puis récupérer leurs forces avec un Kit Kat ?

— Tu sais où je veux en venir, Rach.

— Hmm. Dans le sud de Londres aussi, on a des collines…

Il laissa échapper un petit rire.

— Si on peut appeler ça comme ça !

Rachel contempla le paysage. Elle savait parfaitement où Steve voulait en venir, bien sûr. Mais cette décision était si importante… Ils ne pouvaient pas faire basculer leur vie uniquement parce que le coin était sublime !

— Quand la vie est-elle devenue si compliquée ?

Steve se fit tout à coup très pensif.

— Je dirais... Depuis que la mode des patins à roulettes est passée aux quatre roues alignées, plutôt que les deux rangées d'avant. Personnellement, je ne m'en suis jamais vraiment remis.

— Très drôle. Vraiment, je suis morte de rire.

— Allez, Rach, ne le prends pas comme ça. Pourquoi faudrait-il toujours que les gros changements soient des moments solennels ? Ne pourrait-on pas plutôt prendre la vie comme elle vient, avec le sourire ?

— Tu sais, tu devrais envisager de te reconvertir dans la pub ; dans le genre « slogans nazes », tu te poses là.

Le visage de son mari s'éclaira.

— Tu vois ? Toi-même, tu n'arrives pas à garder ton sérieux ! Ecoute, ce que je veux dire, c'est que, *tout ça, là*, ça pourrait être une vraie chance pour nous. Le dépaysement, ça a quelque chose d'excitant, non ?

— Alors, quoi ? On déménage en Ecosse, et voilà ?

— Pourquoi pas ? Personne ne dit que ce serait pour la vie. On peut toujours se contenter de louer une maison le temps que je garde ce job. On teste un moment, on attend de voir si ça nous plaît. Et si ce n'est pas le cas, eh bien, on n'aura qu'à retourner à Londres.

— Mais, et mes parents ?

— Rach. Ils pourront nous rendre visite n'importe quand.

— Hé, tout doux. Pas « n'importe quand » ; manquerait plus qu'on donne des idées à ma mère !

Steve éclata de rire, le regard étincelant de tendresse.

— En ce qui me concerne, je pense qu'on devrait tenter le coup.

Pensive, Rachel observa un instant les enfants, qui couraient un peu plus loin avec des sourires fendus jusqu'aux oreilles.

Alors, après une profonde inspiration, elle prononça les mots qui l'effrayaient tant.

— C'est d'accord.

Steve ouvrit des yeux ronds.

— Quoi ?

— Enfin, je ne suis pas en train de dire « d'accord, on emménage ». Je suis juste prête à considérer l'option pour de bon. Et je veux bien que, demain, on aille visiter ces maisons dont tu m'as parlé l'autre jour.

— Pour de vrai ?

L'expression empruntée aux jumeaux la fit sourire.

— Oui, *pour de vrai*. Et maintenant, si on allait se rincer le gosier ? Mon royaume pour une bière !

Sans attendre de réponse, Rachel prit Steve par la main pour l'entraîner vers les enfants, et la descente se fit dans la joie et la bonne humeur.

Emma était encore en colère bien après leur retour à l'appartement. Etait-elle la seule dans ce couple à s'intéresser à leur mariage ? Elle commençait à en avoir sa claque !

Et si ça ne suffisait pas, *môssieur* n'avait rien trouvé de mieux, en rentrant, que de s'affaler sur le canapé avec le journal, avant de carrément piquer un roupillon. Ben voyons, ce n'était pas comme si la vaisselle s'accumulait dans l'évier et sur le plan de travail depuis deux jours, ou comme si la salle de bains avait grand besoin d'être nettoyée, ni encore que le linge traînait sur l'étendoir en plein milieu du salon depuis le début de la semaine… Elle qui avait toujours détesté faire le ménage, elle était servie !

Fermant les yeux, Emma s'efforça de se calmer. Bon, il fallait qu'elle s'occupe d'au moins *une* des tâches cet après-midi, ne serait-ce que pour se donner bonne conscience. Après un instant de réflexion, elle opta pour la vaisselle — c'était le plus urgent.

Grave erreur. Elle n'avait pas eu l'occasion de mettre les pieds dans la cuisine depuis leur retour, c'est pourquoi, lorsqu'elle entra dans la pièce, elle ne put retenir un retentissant :

— *PUTAIN, MAIS C'EST PAS VRAI !*

Quelle porcherie ! Le pot de confiture était resté ouvert, un couteau encore planté à l'intérieur, l'emballage de la plaquette de beurre terminée ce matin n'avait pas été jeté, pas plus que le sachet de thé qui avait formé une petite flaque à moitié séchée dans — *et autour de* — la cuillère où il avait été posé.

Le cri du cœur d'Emma avait dû réveiller Martin, car il vint la rejoindre, un sourire un peu somnolent au coin des lèvres.

— Tout va bien, mon cœur ?

— Non, pas vraiment, non !

— Qu'est-ce qui se passe ?

— Tu es aveugle ou quoi ?

L'air ahuri qu'il lui retourna la mit encore plus en rogne.

— Regarde-moi un peu l'état de cette cuisine !

— Oh ! ouais, désolé. On est partis un peu vite ce matin. J'avais l'intention de ranger.

— Alors je peux savoir pourquoi tu ne l'as pas fait depuis qu'on est rentrés ? C'est *dégoûtant* !

— Ça va, Em, calme-toi. Je vais m'en occuper dans pas longtemps.

— Que je me calme ? *Que je me calme* ? Martin, est-ce que ça t'a déjà traversé l'esprit de nettoyer l'appart' de *ta propre initiative* ? Je bosse tout aussi dur que toi, et pourtant c'est toujours moi qui me coltine les tâches ménagères, toujours moi qui dois m'assurer que tu ranges derrière toi ou que tu passes l'aspirateur. Franchement, est-ce que ça te tuerait ne serait-ce que de nettoyer la salle de bains une fois de temps en temps sans que j'aie à te le réclamer ?

— Non, bien sûr que non. C'est juste que c'est le genre de choses auxquelles je ne pense jamais. Mais je le ferai si tu me le rappelles.

— Mais justement, *je ne veux pas* avoir à te le rappeler ! Je n'ai aucune envie d'être la chieuse de service qui passe son temps à te dire « fais ceci, fais cela » !

Martin la considéra un instant avec un petit sourire qu'elle aurait bien eu envie d'effacer.

— C'est pourtant bien ce que tu es en train de faire, mam'zelle.

S'il cherchait à détendre l'atmosphère, c'était raté.

— Bon sang, Mart, tu me rends *barge* ! Ça te passe complètement au-dessus, ce que je raconte !

— Au-dessus, je ne dis pas, mais en tout cas je sais ce qui va me passer sous le nez, ce soir...

Le sous-entendu prit Emma de court, à tel point que, pendant un instant, elle ne put que fixer son fiancé avec une moue de dégoût.

— Tu n'es qu'un pauvre type...

Une lueur d'incompréhension traversa le regard de Martin.

— Hé, ça va, je rigole ! J'ai dit que j'allais ranger la cuisine et je vais le faire !

— Et quand ça, je te prie ? Aujourd'hui ? Demain ? A la prochaine éclipse lunaire ?

— Aujourd'hui, O.K. ? On n'est quand même pas à une minute près ! Pourquoi est-ce que tu es aussi agressive ?

Tout à coup, sans même l'avoir senti venir, Emma fondit en larmes.

— Je ne sais pas ! *Je ne sais pas !* C'est juste que je me sens...

Prise au piège. Heureusement, les mots restèrent bloqués dans sa gorge. Elle n'osait même pas imaginer les dégâts qu'ils auraient pu causer si elle les avait prononcés.

Etouffant un sanglot, elle se couvrit le visage à deux mains.

— Quoi, Em ? demanda Martin avec douceur. Tu te sens *quoi* ? Parle-moi.

Il essaya de lui prendre les mains, mais son contact la hérissa et elle le repoussa violemment.

— *Je ne sais pas, je te dis !* Fous-moi la paix, tu veux ?

Elle le planta dans la cuisine pour se précipiter vers la porte d'entrée. Mais lorsqu'elle ouvrit elle tomba nez à nez avec son père, qui s'apprêtait à frapper.

— Tiens ! Salutations, benjamine. Je passais dans le coin et…

Son visage se défit lorsqu'il croisa le regard d'Emma. Alors, sans même hésiter une seconde, il la prit dans ses bras.

— Hé là, ma puce… Qu'est-ce qui t'arrive ?

Martin apparut derrière elle.

— Oh ! bonjour, Edward. Désolé, on vient d'avoir une petite prise de bec à cause du ménage… Est-ce que tu veux une tasse de thé ?

— C'est que je ne voudrais pas déranger…

— Pas du tout. Allez vous asseoir dans le salon avec Em et je vous prépare ça.

Blottie contre son père, Emma se laissa entraîner jusqu'au canapé. Comme il lui tendait son mouchoir brodé, elle renifla bruyamment et l'accepta avec un faible sourire de gratitude. Que ferait-elle sans son petit papa ? Et elle qui devait ressembler à un lapin atteint de myxomatose…

— Ça va aller, ma chérie ?

— Oui, merci. Désolée, papa.

— Oh ! allons, tu n'as pas besoin de t'excuser. C'est seulement que je n'aime pas te voir dans cet état-là. Ça me rappelle l'époque où tu étais haute comme trois pommes et que ta sœur s'amusait à te terroriser. Remarque, en grandissant, tu ne t'es pas gênée pour lui rendre la monnaie de sa pièce !

Il esquissa un sourire, perdu un instant dans ses souvenirs, avant de reprendre un air soucieux.

— Alors, est-ce que tu as envie d'en parler ?

— Je ne suis même pas sûre qu'il y ait quelque chose à dire, papa… J'ai sûrement craqué à cause du stress du boulot, ou du mariage, ou des deux.

Son père soupira.

— Tu sais, Em, rien ne t'oblige à être Wonder Woman toute la sainte journée. Tu as le droit de souffler un peu.

— Je sais…

— Et Martin est un chic type.

— Je sais…

— Les hommes ne sont que des âmes égarées, qui ont besoin que les femmes les prennent par la main pour leur montrer le chemin — et Dieu sait comme les femmes Darcy ont de la poigne.

La remarque réussit à arracher un petit rire à Emma.

— Est-ce que tu es sûre qu'il n'y a rien d'autre, ma puce ?

Pouvait-elle lui parler de Richard ? Non, bien sûr que non ! De toute façon, elle ne savait pas bien elle-même ce que cet homme venait faire dans sa vie…

— Non, rien du tout. Il faut croire que j'avais juste besoin d'un câlin de mon papa adoré. Merci.

— Exactement comme quand tu avais cinq ans.

C'est à ce moment que Martin les rejoignit avec le thé.

— Ça va mieux ?

— Beaucoup mieux, prétendit-elle en acceptant la tasse qu'il lui tendait.

— Génial. Bon, je vais m'occuper de la cuisine et de la salle de bains. Reste donc là avec ton père.

Quand son fiancé quitta la pièce, Emma surprit le regard entendu de son père et se força à sourire.

— Oui, je sais, j'ai de la chance.

— L'important, c'est que tu sois heureuse, Em.

— Je le suis.

Alors pourquoi avait-elle l'horrible impression que sa vie était en train de lui filer entre les doigts ?

Chapitre 17

— Les écoles du quartier sont *merveilleuses*. Et comme je vous le *disais* la maison est *disponible*, alors vous pouvez emménager dès la semaine *prochaine*.

L'agente immobilière, une matrone aux allures de vieille institutrice, s'exprimait d'une voix nasillarde qui partait dans les aigus chaque fois qu'elle accentuait un mot.

— Moi j'aime pas ! décréta Lily en croisant les bras.

Faisant mine de n'avoir rien entendu, l'agente continua de les fixer par-dessus ses lunettes en demi-lune jusqu'à ce que Rachel se force à mentir pour ne pas paraître offensante.

— C'est… très joli.

Will aussi y alla de sa contribution. Toujours en quête de nouveaux terrains de jeux, il s'amusait à glisser d'un bout à l'autre du couloir sur le plancher ciré.

— C'est trop bien ici !

— Et si nous allions voir en haut ? suggéra Steve avec un sourire embarrassé.

L'agente arqua un sourcil hautain, mais s'exécuta. Toutefois, à l'étage, elle prit une expression horrifiée lorsque Alfie eut *l'audace* de s'adresser à elle alors qu'il avait le nez qui coule.

— Madame ? Pourquoi que tu parles bizarre, dis ?

— Excusez-le ! intervint vivement Rachel. Il est à l'âge où on ne mâche pas ses mots…

Misère, allait-elle passer le reste de sa vie à demander à des inconnus de pardonner le comportement de sa famille ?

L'agente pinça les lèvres.

— Je vois.

C'est alors que le bruit d'une chasse d'eau s'éleva de l'autre côté du mur, suivi de la voix enjouée de Lily.

— Maman ! T'as vu, les toilettes elles marchent !

L'agente paraissait au bord de la crise d'apoplexie. Alors, avec un sourire gêné, Rachel se précipita auprès de sa fille.

— Eh ben moi, je trouve que la madame elle était très gentille ! Mais j'en ai marre de visiter des maisons.

— Tu as de la chance, Lily-putienne, il ne nous en reste plus qu'une seule à voir ! s'exclama son père avec enthousiasme.

Concert de grognements maussades.

— Mais on s'ennuiiie ! gémit Will. Et *pi* j'ai faim. Quand c'est qu'on mange ?

Steve ne se départit pas de sa bonne humeur pour autant.

— Oh ! allez, ça serait trop bête de s'arrêter maintenant ; c'est la dernière, je vous dis !

Comme personne ne changeait d'avis, il prit dans ses bras le membre de la famille le plus susceptible de craquer.

— Alfie, tu as envie d'aller voir une autre maison avec papa, pas vrai ? En plus, elle a un grand jardin !

Leur fils hésita un moment à choisir son camp, mais ce dernier argument finit par le convaincre.

— D'accord…

— Lâcheur, grommela sa jumelle.

Rachel fit écho aux protestations.

— Steve, on en a déjà vu trois depuis le début de la matinée.

— Rach, celle-là, tu vas l'adorer, je te le promets.

— C'est déjà ce que tu m'as dit pour la dernière.

— Fais-moi confiance.

Elle n'eut pas le cœur de lui refuser ça.

— Allez, en route, mauvaise troupe ! Plus qu'une maison, et après papa nous paiera le plus gros repas du monde !

Bien que confortablement installée au lit, tasse de café dans une main et journal dans l'autre, Emma grinçait des dents sous les fausses notes qui s'élevaient de la salle de bains. D'habitude, entendre son fiancé chanter faux ne la gênait pas plus que ça, mais depuis leur fragile cessez-le-feu d'hier, quoi que Martin fasse, il ne parvenait qu'à l'agacer.

Il s'était pourtant plié en quatre pour compenser sa fainéantise : il avait nettoyé la maison, changé les draps, préparé le dîner — et ce matin il lui avait même apporté le petit déjeuner au lit. Mais, rien à faire, elle ne se sentait pas touchée par ses efforts. Tout ça sonnait faux. Il se démenait non pas parce qu'il en avait envie, ni même parce qu'il trouvait normal de faire sa part des tâches ménagères, mais bel et bien parce qu'elle lui avait fait une scène. Il cherchait à se faire pardonner, rien de plus.

Elle ne le lui avait pas fait remarquer, bien sûr. Hier soir, quand ils s'étaient installés devant la télé, blottis l'un contre l'autre, elle s'était forcée à sourire. Elle avait prétexté la fatigue pour aller se coucher tôt et avait fait semblant de dormir quand il était monté à son tour, alors qu'elle avait mis des heures à trouver le sommeil.

Un texto de Rachel tira Emma de ses pensées :

Ciel gris à Edimb. S ns emmène visiT 4e maison et Lil a fait caca ds la 3e. Et toi? Bon WE jspr? M a aidé ac les fleurs? lol. Biz, R.

Emma soupira. Elle aurait bien besoin de parler à sa grande sœur, là, tout de suite; Rachel lui dirait d'arrêter de se lamenter sur son sort et lui remettrait les pendules à l'heure. Mais pourquoi irait-elle gâcher son week-end de l'autre côté du pays en lui racontant ses problèmes ?

Alors, elle se contenta de lui renvoyer une réponse évasive, juste avant que Martin n'apparaisse timidement dans l'encadrement de la porte, couvert d'une serviette.

— Ton petit- déj' t'a plu ?

— Beaucoup, merci.

Tandis qu'elle s'étirait pour éviter de croiser son regard, il avança de quelques pas avec précaution.

— Hum, je suis désolé qu'on se soit mal compris pour mon truc avec Charlie, aujourd'hui, mais ça ne devrait pas me tenir trop tard, cet après-midi. Est-ce que tu veux que je nous prépare un rôti en rentrant ?

Et voilà, il recommençait à en faire des tonnes…

— Bah, je ne sais pas. Je vais peut-être sortir, voir si Ella est dispo, ou peut-être aller au ciné.

— Em, est-ce que tu m'en veux encore ?

Comme elle haussait les épaules, Martin se posa au bout du lit.

— Je fais ce que je peux, O.K. ? Je me suis excusé, j'ai fait le ménage, je t'ai préparé ton petit déj'… Qu'est-ce que tu veux de plus ?

Oh ! il voulait une réponse ? Très bien, il n'allait pas être déçu.

— Je veux que tu réfléchisses avant d'agir, pas après coup.

Sans surprise, il accueillit son reproche avec un soupir exaspéré.

— O.K., O.K. Mais lâche-moi un peu, tu veux ? Tu vois bien que je fais de mon mieux.

— Oui, eh bien, manifestement, ce n'est pas assez.

— Ouais, manifestement.

Glacial, Martin s'habilla en vitesse, prit son portefeuille et ses clés, puis embrassa Emma sur la joue.

— A tout à l'heure.

Elle ne réagit pas, ne le regarda pas. Alors, il disparut dans l'escalier sur un nouveau soupir, sans claquer la porte en sortant. Bon sang, ce qu'il était *exaspérant* ! Même énervé, il restait raisonnable.

Emma resta un moment à ruminer sa colère, jusqu'à ce qu'elle rouvre son journal pour se changer les idées. Elle tourna quelques pages pour atteindre la rubrique « Culture »… et se retrouva face à un regard perçant bien trop familier.

Richard.

L'article ne tarissait pas d'éloges à son sujet. La journaliste, manifestement tombée sous le charme de Richard, applaudissait en particulier son talent pour écrire les personnages féminins. Interrogé sur son inspiration, il disait avoir toujours été entouré de femmes de caractère, admettait aimer flirter et se sentir plus à l'aise en compagnie de la gent féminine que de ses pairs. Mais avant tout, il affirmait que sa dernière éditrice l'inspirait beaucoup depuis leur rencontre, et que connaître une femme telle qu'elle était un privilège.

Emma se sentit rougir. Richard essayait-il de lui envoyer un message à travers cet article ? *Non, tu te montes la tête, ma fille…* Les échanges entre auteurs et éditeurs avaient souvent une influence sur le processus créatif, leur relation n'avait rien d'un cas particulier.

Et pourtant, elle ne pouvait pas s'empêcher d'y lire autre chose… Mais quoi ?

Sur un coup de tête, elle saisit son portable et en parcourut le répertoire jusqu'à trouver le numéro de Richard. Son doigt hésita quelques instants au-dessus de la touche « Appel ». Qu'y avait-il de mal à téléphoner à son auteur ? Elle avait bien le droit de le féliciter pour l'article, non ?

Il décrocha après une seule sonnerie.

— Emma Darcy.

Elle pouvait presque l'entendre sourire au bout du fil.

— Bonjour, Richard, j'appelle juste pour vous dire que j'ai trouvé l'article excellent.

— Merci.

— Et aussi… Je voulais encore m'excuser pour le comportement de Martin. Je m'en veux que notre déjeuner ait tourné court de cette façon.

— Ce n'est rien, j'admire la faculté de votre fiancé à défendre son territoire.

L'ironie dans la voix de l'auteur ne lui avait pas échappé, c'est pourquoi elle répondit sur le même ton.

— Oui, eh bien, sachez qu'il a eu droit à une bonne fessée.

— Le veinard. A propos, où se trouve-t-il, en ce moment ? Je suppose que vous ne l'avez pas mis au courant de cet appel, ou bien il serait déjà en train de me provoquer en duel.

A l'évidence, la situation amusait beaucoup Richard. Quoi d'étonnant ? Il aimait jouer avec elle, ce n'était pas nouveau.

Toutefois, sans qu'elle sache bien pourquoi, Emma décida d'ignorer la petite voix dans sa tête qui lui criait de raccrocher sur-le-champ. Son cœur battait à tout rompre dans sa poitrine — était-ce le petit goût d'interdit qui l'excitait ?

— En fait, il est sorti, aujourd'hui.

Elle se frappa aussitôt le front de son poing serré. Non seulement elle donnait l'impression d'être disponible, mais sa phrase sonnait comme une invitation. *Bien joué, Emma...*

— Je vois... Eh bien, je suis censé passer le déjeuner dans un bar du nord de Londres, si ça vous dit de m'accompagner ? Un de mes amis va y lire ses poèmes, et j'ai promis d'y assister. Pour être honnête, ça ne m'emballe pas plus que ça, et l'idée me paraîtrait beaucoup plus séduisante si vous vous joigniez à moi.

Elle ferma les yeux, réfléchissant à toute allure. Que répondre ? Si elle acceptait, leur rencontre n'aurait rien de professionnel ; ils ne discuteraient pas intrigues ou publication. Non, cette fois, Richard Bennett lui proposait un rendez-vous. Si elle acceptait, ce serait le début de la fin. Ou peut-être le début d'un nouveau commencement ? Elle ne savait pas trop...

D'un autre côté, Martin l'avait abandonnée pour passer son dimanche avec Charlie... Pourquoi n'aurait-elle pas le droit de voir qui bon lui semblait, elle aussi ?

Il ne lui en fallut pas davantage pour se décider.

— Avec plaisir, Richard.

Après avoir raccroché, Emma courut sous la douche. Puis, lançant de la musique pour éviter de se retrouver seule avec ses pensées dans le silence oppressant de l'appartement, elle se prépara avec bien plus de soin que d'habitude — même si elle se refusait à l'admettre. Le temps de partir, elle avait réussi à se convaincre qu'elle n'avait rien à se reprocher. Ce n'était pas un rendez-vous, bien sûr que non. Elle allait seulement retrouver un ami — une relation de travail, même — dans un lieu public; quoi de plus banal ?

Elle fila vers la station de métro avant d'avoir le temps de changer d'avis.

— Dis, maman, il se passe quoi si le pilote il tombe malade ?

Lily avait posé sa question si fort qu'une quinzaine de passagers se retournèrent d'un même mouvement, certains irrités, d'autres inquiets.

Rachel jeta un regard désespéré à Steve, qui était assis derrière elles entre un Alfie endormi et un Will qui jouait à sa Nintendo. Levant les yeux de son journal, son mari se contenta de l'encourager d'un simple signe du pouce. *Merci du soutien !* Elle lui tira la langue, avant de se laisser aller de nouveau contre son siège, l'air de rien. Avec un peu de chance, Lily avait peut-être déjà oublié sa...

— Alors, maman, le pilote ?

Raté. Evidemment.

— Ah, oui, le pilote... Ne t'en fais pas, ma chérie : si le pilote tombe malade, il y a un copilote qui prend sa place.

— D'accord. Mais si qu'il tombe malade, lui aussi ?

— Ça n'arrivera pas.

— Comment tu le sais ?

— Parce que ça n'est jamais arrivé, alors ça n'arrivera pas.

— Tu dis ça mais c'est pas vrai. Ma copine Maisy, sa maman elle lui a dit que son papi il allait pas mourir, eh ben il est mort quand même. Pourquoi que les grands, ils font rien que mentir ?

— Parle moins fort, Lily. Et je ne mens pas. C'est juste qu'on ne peut pas toujours savoir ce qui va se passer.

— Tu vois ? répliqua-t-elle sans baisser d'un ton. Tu sais pas qu'est-ce qui va se passer, alors tu peux pas dire que les deux pilotes ils vont pas tomber malades. P'têt que ça va arriver, et du coup ben y aura plus personne pour conduire l'avion, et du coup l'avion il va tomber et on va mourir.

Lily avait pris soin de mimer le crash pour appuyer son argument, ce qui ne rassura en rien les passagers qui les entouraient. Certains commençaient à transpirer à grosses gouttes, et l'un d'eux glissa même un mot à une hôtesse avant de les pointer du doigt. Hôtesse qui ne tarda pas à se diriger droit sur elles, un sourire faux plaqué sur le visage.

Simple manque de bol ou acharnement du sort ? Il s'agissait du pot de peinture imbuvable qui les avait fait embarquer à l'aller. Rachel fit mine de ne pas la reconnaître quand elle s'adressa à elle.

— Madame, un passager se plaint des propos de votre fille et de son volume sonore.

Poussée par l'instinct maternel, Rachel choisit de jouer les idiotes.

— Ma fille a-t-elle dit quelque chose de mal ?

— Eh bien, certains passagers sont nerveux en avion, c'est pourquoi il n'est pas très judicieux de sous-entendre qu'un accident peut arriver.

— Vous voulez dire que des *adultes* se laissent impressionner par l'imagination débordante d'une enfant de *quatre ans* ?

L'hôtesse pinça tant les lèvres qu'elles en devinrent blanches. Enfin, pourquoi cette femme avait-elle choisi ce métier si rester aimable lui était si difficile ?

— Je ne voulais pas vous offenser, *madame*. Nous nous devons de veiller au bien-être de tous nos clients, je suis sûre que vous comprenez.

— Oh ! dans ce cas, je suis vraiment *navrée* que ma fille ait heurté la sensibilité de ce *pauvre* passager ; je n'imaginais pas que ce monsieur était plus important qu'elle pour la bonne raison que, *lui*, il a payé son billet. Ne vous inquiétez pas, je vais tout de suite lui enseigner que les enfants se doivent de garder le silence en présence d'adultes.

En temps normal, cela aurait été le moment où Rachel

aurait tourné les talons pour donner plus de poids à sa réplique. Seulement, être coincée à plusieurs milliers de mètres d'altitude n'était pas forcément ce qu'il y avait de plus adapté aux sorties théâtrales. Toutefois, l'hôtesse fut appelée à l'avant de l'appareil pour une annonce de sécurité et elle s'éloigna, non sans lui jeter un dernier regard méprisant.

— C'est la madame orange d'hier, hein maman ? Pourquoi qu'elle a toujours une tête méchante ?

— Je n'en ai aucune idée, ma chérie.

Alors qu'elle déposait un baiser sur le front de sa fille, leur voisine de devant se retourna avec un grand sourire.

— Vous avez bien eu raison de ne pas vous laisser faire ! On n'a jamais vu des hôtesses de l'air aussi pète-sec !

Comme Rachel la remerciait d'un sourire, la cinquantenaire, écossaise à en croire son accent, tendit une boîte de biscuits sablés par-dessus son siège.

— Ça ne vous dérange pas si j'en offre un à votre petit bout de chou, j'espère ? Je reviens de chez ma fille et elle m'en a gentiment préparé — tu peux y aller, ma poulette, ils sont bien meilleurs que la merde qu'on trouve en magasin. *Oups !* Désolée pour le gros mot !

Lily pouffa de rire et accepta le gâteau sans se faire prier.

— Merci, madame !

— C'est très gentil à vous, approuva Rachel.

— Alors, comme ça, vous étiez de séjour à Edimbourg ?

Tailler une bavette avec de parfaits inconnus n'avait jamais été la tasse de thé de Rachel ; pourtant, cette femme lui était si sympathique que, pour une fois, elle n'y vit aucun inconvénient.

— Oui. En fait, on envisage même de s'y installer.

— Vraiment ? Oh ! je suis ravie pour vous ! C'est la plus belle ville du monde, Edimbourg. C'est de là que je viens, mais j'ai déménagé à Londres à cause du travail de mon mari. La plus grosse erreur de ma vie, c'est moi qui vous le dis. Maintenant je suis obligée de passer mon temps à faire des allers-retours pour voir ma famille. Je commence à me dire qu'il faudrait que je retourne m'installer en Ecosse, avec ou sans mon mari… Enfin bref, et vous ? Est-ce que vous avez envie de déménager ?

Jetant un œil à sa fille, qui s'était mise à jouer avec ses poupées Barbie, Rachel considéra la question.

Quelle super journée ! Emma n'aurait jamais cru s'entendre aussi bien avec les amis de Richard. Sur le moment, elle avait été déroutée — déçue ? — de découvrir qu'elle ne serait en fait pas seule avec lui au bar. Toutefois, l'atmosphère conviviale qui régnait autour de la table l'avait agréablement surprise ; qui aurait cru qu'elle aurait rencontré des gens drôles, intelligents et pas prétentieux pour un sou à une lecture publique de poésie ? Elle s'était particulièrement bien entendue avec Daisy, sa voisine de table, qui lui avait proposé de partager son vin dès son arrivée et s'était énormément intéressée à sa vie dans l'édition.

— C'est trop bête que tu sois déjà casée, lui avait-elle d'ailleurs fait remarquer quand elles avaient terminé la bouteille. Vous seriez parfaits l'un pour l'autre, Richard et toi. Tu es bien plus sympa que cette garce de Stella !

Emma avait passé un excellent moment ; même la poésie l'avait enthousiasmée. L'ami de Richard s'était avéré très doué et il avait donné une lecture animée qui avait été applaudie par toute la salle — et surtout par Daisy, qui n'avait pas hésité à l'acclamer sans la moindre discrétion. Dans ce bar, elle s'était sentie dans son élément, bien plus que dans le pub où elle avait retrouvé Charlie et Stacey hier. Elle devait bien l'avouer : elle préférait la compagnie de ces gens qui partageaient son humour et ses centres d'intérêt. Cela faisait-il d'elle une snob ? Peut-être un peu…

Seule déception : elle n'avait pas eu beaucoup l'occasion de discuter avec Richard pendant le déjeuner, à part au moment où Daisy s'était éclipsée pour aller aux toilettes.

En revanche, elle avait surpris son regard plus d'une fois, et ils avaient même échangé quelques sourires.

Après le repas, Emma avait accompagné le groupe dans un parc près de là. Tous dans un état d'ébriété plus ou moins avancé, ils s'étaient amusés à se pousser les uns les autres dans les tas de feuilles mortes, à se courir après comme des écoliers.

Ce n'est que maintenant que la nuit commençait à tomber qu'Emma se rendit compte de l'heure.

— Il se fait tard ! Il vaut mieux que j'y aille.

Richard approuva d'un signe de tête et décida de la raccompagner jusqu'à la station de métro.

Elle salua tout le monde, Daisy allant même jusqu'à la serrer brièvement dans ses bras.

— Si jamais ça ne marche pas avec l'autre gars, épouse Richard !

Emma était trop éméchée pour se formaliser de cette suggestion. Elle lança un sourire en direction de l'auteur, mais, occupé à dire au revoir à l'un de ses amis, il n'y fit pas attention.

Ils partirent donc tous deux jusqu'à la station, sans un mot mais enveloppés d'une bulle de bien-être. Cependant, l'air se rafraîchissait, si bien que, lorsqu'ils s'arrêtèrent à l'entrée de la bouche de métro, Richard resserra le col du manteau d'Emma.

— Voilà. Vous êtes bien au chaud, maintenant.

Les yeux chocolat de l'auteur brillaient d'une gaieté qui reflétait celle qu'elle éprouvait.

— Je me suis bien amusée. Merci de m'avoir invitée.

Il la considéra en silence, son sourire creusant un peu plus sa fossette quand il fixa son regard sur sa bouche. Ils étaient si près l'un de l'autre, désormais, qu'elle pouvait sentir son souffle chaud contre sa joue.

Allait-il l'embrasser ? L'idée ne la dérangeait pas, bien au contraire…

Comme il se penchait vers elle, Emma leva la tête pour

aller à sa rencontre. Toutefois, les lèvres de Richard ne firent que frôler les siennes, pour aller se poser sur sa joue.

— A bientôt, Emma Darcy.

Il tourna les talons, jetant par-dessus son épaule :

— Ça m'a fait très plaisir que vous soyez venue.

Les émotions tourbillonnaient encore en elle lorsque Emma passa le portillon pour accéder aux quais. Ce n'est qu'à l'arrivée du métro qu'elle réussit à mettre le doigt sur ce qu'elle ressentait : de la déception. En cet instant, il n'y avait rien qu'elle aurait plus aimé que de se trouver encore dehors, dans le froid, à embrasser Richard Bennett.

— Bon, eh bien, bonne chance, ma petite Rachel. Ça m'a fait plaisir de vous rencontrer. Toi aussi, Lily; et surtout, ne garde jamais la langue dans ta poche, d'accord ? Les gens ont parfois bien besoin qu'on les remette à leur place !

— D'accord. Merci, madame Edie !

Alors que Lily embrassait l'Ecossaise sur la joue, Rachel sentit la fierté l'envahir — sa fille n'était pas n'importe qui, ça ne faisait aucun doute.

Steve ne tarda pas à revenir avec les bagages, et la petite famille monta dans la voiture qu'ils avaient laissée sur le parking. Voir les enfants piquer du nez l'un après l'autre sur la banquette arrière arracha un bâillement à Rachel. S'étirant autant que le lui permettait sa position, elle caressa la nuque de son mari, qui quitta la route des yeux le temps de lui lancer un sourire.

— Ça va, ma belle ?

— Ça va, beau mâle.

— C'était un voyage plutôt réussi, finalement, non ?

— Ouaip.

— Avoue que j'ai vu juste avec la dernière maison.

— C'est vrai. Elle était superbe, j'arrive vraiment à nous imaginer vivre là-dedans.

— Alors… ? s'enquit-il avec un regard en coin.

— Alors…

La déception traversa aussitôt le visage de Steve.

— Tu n'as toujours pas envie de partir, hein ?

— Ce n'est pas ce que j'ai dit, Steve.

— Peut-être, mais je le sens bien. Tu as déjà pris ta décision.

— C'est vrai, je l'ai déjà prise.

— Je le savais ! lâcha-t-il à mi-voix pour ne pas réveiller les enfants. Tu avais déjà un avis tranché avant même qu'on s'envole pour l'Ecosse, tu n'as jamais sérieusement envisagé de revenir dessus.

— Hé, pas si vite, mon vieux ! Tu ne m'as même pas posé la bonne question.

Il fronça les sourcils sans quitter la route des yeux.

— Comment ça ?

— Tu ne m'as pas demandé *quelle décision* j'avais prise.

Il lui jeta un regard incrédule.

— En fait, reprit-elle, j'ai bien *un* problème…

— Lequel ?

— Je ne sais pas encore comment annoncer à mes parents qu'on va déménager.

— Que… Quoi ?

— Tu m'as bien entendue, mon mignon.

— Attends, tu es sérieuse ?

— J'avais encore des doutes en montant dans l'avion tout à l'heure, même si je commençais à me laisser tenter. Mais après, j'ai discuté avec la voisine de devant, et elle m'a fait prendre conscience de ce que je voulais vraiment pour ma famille.

Steve rayonnait de joie.

— C'est génial, Rach ! Tu ne peux pas savoir comme ça me fait plaisir de t'entendre dire ça ! Bon sang, je t'aime tellement.

Rachel lui retourna son sourire.

— Moi aussi, je vous aime, monsieur Summers.

Au même instant, elle sentit son portable vibrer. C'était un texto d'Emma :

Alors, tu t'exiles ds le gd nord ou quoi ?

Sans envoyer de réponse, elle éteignit son téléphone et se pencha pour embrasser tendrement son mari sur la joue.

Chapitre 18

Confrontée à son reflet fatigué dans l'ascenseur, Emma fit la grimace. C'est à peine si elle avait fermé l'œil, cette nuit. Après ce qui avait failli se passer avec Richard, rentrer à la maison lui avait fait l'effet d'une douche froide. Et le fait que Martin se montre aux petits soins pour elle n'avait rien arrangé à sa culpabilité. Mais le pire, c'était que lorsqu'ils avaient fait l'amour plus tard, dans l'obscurité de la chambre, elle n'avait pas pu s'empêcher de s'imaginer dans les bras de Richard.

Ce fut Ella qui la ramena à la réalité lorsqu'elle se glissa dans la cabine.

— Salut.

— Ah, salut…

Elle n'osa pas affronter le regard de son amie. Elles ne s'étaient pas adressé la parole depuis leur accrochage, vendredi midi.

— Ecoute, Emma, je…

— *Retenez cet ascenseur !*

Comme Joel se précipitait dans leur direction, la panique déforma les traits d'Ella, qui se mit à presser des boutons au hasard. Emma contempla le plafond de la cabine — si ce n'était pas la preuve qu'il se passait un truc louche entre ces deux-là…

Pour couronner le tout, Joel réussit à se faufiler à leurs côtés juste avant la fermeture des portes.

— Mesdemoiselles, lâcha-t-il pour tout remerciement.

Tu peux toujours courir pour que je te réponde, mon

petit père. Mais, alors qu'Emma appuyait sur le bouton du douzième étage, Joel émit un toussotement plein de suffisance.

— En fait, il se trouve que je suis attendu au *vingt et unième*. Les Amerloques sont ici, et Phil Allen a demandé à me voir.

— Il tient sûrement à vous virer en personne, lâcha-t-elle avant d'avoir pu s'en empêcher.

Il partit d'un ricanement ridicule qu'il jugeait sans doute très éloquent.

— Ah, Emma, votre humour est *délicieux*. Je ne crois pas, non. Je pense plutôt qu'il a eu vent de mes techniques de marketing les plus efficaces, et qu'il souhaite me rencontrer.

Emma retint de justesse un rire moqueur, et un silence absolu régna jusqu'à leur arrivée au douzième étage. Joel s'écarta avec une petite courbette pour les laisser sortir.

— Emma ?

— Quoi, Joel ?

— Si jamais Phil me demande si je connais un éditeur ou une éditrice qui a une passion pour les romans qui nous font perdre de l'argent, je ne manquerai pas d'évoquer votre nom.

Les portes se refermèrent sur son rictus, laissant une Ella médusée et une Emma en rogne.

— Bon sang, mais *ce type* !

— Je sais.

— J'ai tellement envie de le…

— *Je sais.*

Emma n'eut qu'à voir la mine désespérée de son amie pour sentir sa colère fondre comme neige au soleil.

— Emma, je suis vraiment désolée d'avoir été aussi distante, ces jours-ci. Je me suis laissé un peu dépasser par les événements, et…

Elle soupira.

— Est-ce qu'on pourrait aller se boire un café, tout à l'heure ? Je t'expliquerai tout.

Emma lui posa une main sur l'épaule. Clairement, son

amie avait besoin d'elle — et, à vrai dire, elle avait bien besoin de la retrouver, elle aussi.

— Bien sûr.

Ella lui retourna un sourire soulagé, et c'est réconciliées qu'elles entrèrent dans l'open space. Cependant, leur bonne humeur retomba quelque peu quand elles croisèrent le chemin de Joy, l'assistante de direction accro au café et aux bruits de couloir.

— Bonjour, vous deux.

— Bonjour, Joy. Comment allez-vous ?

— Oh ! on fait aller, étant donné les circonstances... Vous avez entendu la nouvelle, je suppose ?

Emma et Ella échangèrent un regard interdit.

— Quelle nouvelle ?

— Les grands manitous sont en effervescence, expliqua leur collègue en pointant le plafond. Tout le personnel est convié à une réunion à 10 heures.

— Vraiment ? Mais qu'est-ce qui se passe ?

Joy lança des regards autour d'elles, puis se pencha en avant d'un air de conspiration.

— A mon avis, il va y avoir du chambardement au niveau de la direction.

Emma la considéra avec horreur.

— *Oh ! merde !* Et Joel qui a été demandé tout là-haut ! Les big boss ne peuvent quand même pas être aveugles à ce point ! Ce type n'est qu'un sale opportuniste !

— Peut-être qu'il cache bien son jeu ? suggéra timidement Ella.

— Mais tout le monde sait que c'est Philippa qui fait son boulot à sa place depuis des années. Ce clown ne va tout de même pas monter en grade !

Joy prit alors un ton de vieille sage.

— Ne vous en faites pas, Emma. S'il y a bien une chose que j'ai apprise dans cette boîte, c'est que, tôt ou tard, la roue finit toujours par tourner.

— Oui, eh bien, elle prend son temps, avec lui !

— Ne perdez pas espoir, conclut l'assistante de direction avec un clin d'œil avant de disparaître dans le couloir.

Perturbées, Ella et Emma partirent s'installer à leurs bureaux respectifs, et cette dernière consulta ses e-mails professionnels. Si, comme souvent le lundi matin, la plupart des messages n'avaient rien de très important, elle sentit son pouls s'accélérer quand un expéditeur en particulier retint son attention : Richard. L'e-mail n'avait pas d'objet et avait été envoyé très tard hier soir — ou plutôt très tôt, ce matin. Elle se dépêcha de cliquer.

Ça alors, il lui avait écrit un vrai pavé ! Malade de curiosité, elle survola le message en vitesse, dans l'espoir de comprendre de quoi il retournait. C'est sur la dernière phrase que son regard s'arrêta : « Vous êtes la femme la plus incroyable que j'aie jamais rencontrée. »

C'est alors que la voix de Miranda la fit sursauter.

— Bonjour, Emma.

Comme une enfant prise en flagrant délit de désobéissance, elle s'empressa de fermer l'e-mail, avant de tourner un sourire innocent vers sa responsable. Toutefois, les traits tirés de celle-ci l'alertèrent aussitôt.

— Quelque chose ne va pas ?

Miranda poussa un profond soupir.

— Mon chou, on a tous connu certains jours où on comprend vite qu'on va avoir besoin d'un bon remontant au beau milieu de la matinée. C'est le cas, aujourd'hui.

Comme Emma se contentait d'une moue compatissante, sa responsable reprit la parole.

— Tu as déjà eu vent de la réunion de 10 heures, à ce que je vois. Bien, ça prouve que Joy le télégramme ambulant n'a pas perdu en efficacité. A tout à l'heure, donc.

Dès qu'elle disparut dans un mouvement de soie pourpre, Ella passa la tête par-dessus la cloison en PVC.

— Il se passe vraiment un truc louche.

— Hmm, hmm..., répondit Emma, ne songeant déjà plus qu'à l'e-mail de Richard.

— Je vais dans la cuisine, je te rapporte un café ?

— Avec plaisir.

Au moins, elle allait pouvoir lire ce pavé en paix.

Chose ô combien rare, Rachel avait la matinée pour elle. Elle avait laissé les jumeaux à sa mère qui, même si elle ignorait encore leur toute fraîche décision de déménager, ne se faisait pas prier pour passer autant de temps que possible avec ses petits-enfants. Alors, après avoir déposé Will à l'école, elle partit au Starbucks retrouver une vieille amie de l'agence de pub qui venait d'avoir un bébé — il y avait tellement longtemps qu'elle n'avait pas vu Olivia ! Dire qu'elle allait pouvoir savourer leurs retrouvailles sans avoir à nettoyer des doigts collants ou acheter une tripotée de muffins… Si ce n'était pas magnifique !

Arrivée la première, elle commanda un grand *latte* et s'installa près de la fenêtre. Ouah, c'était bien la première fois depuis des lustres qu'elle arrivait *en avance* à un rendez-vous. Ne sachant pas quoi faire de ses mains, elle remua un moment son café en observant les clients autour d'elle, mais ne pouvait s'empêcher de s'agiter sur son siège — il fallait qu'elle fasse quelque chose ! Merde alors, depuis le temps qu'elle était mère au foyer, voilà qu'elle n'arrivait même plus à profiter d'un moment de paix sans se sentir inutile…

Contrariée, Rachel sortit son portable de son sac pour appeler Emma.

— Salut, Rach…

— Eh beh, c'est pas la joie, on dirait. Un problème, face de pet ?

— Non, rien. Comment ça s'est passé, à Edimbourg ?

— Etonnamment bien. Qu'est-ce que tu dirais d'avoir une sœur loin de la capitale ?

Silence au bout du fil.

— Tu me charries, hein ?

— Je crois bien que je suis sérieuse, en fait. Mais ne dis rien à maman, O.K. ? Il va falloir que je lui annonce ça en douceur.

— Bon courage avec ça. La vache, Rach, c'est dingue ! Le voyage a dû te faire une sacrée impression.

— Ouais. Je nous imagine bien là-bas, et puis, des fois, il faut savoir saisir la balle au bond et vivre sa vie, tu vois ce que je veux dire ?

— Hmm...

— Qu'est-ce qui se passe, Em ? Est-ce que je vais te manquer ?

— A vrai dire, oui.

Rachel fronça les sourcils. Il y avait autre chose qui tracassait sa sœur, elle le sentait bien.

— Tu es sûre qu'il n'y a pas de problème ? Est-ce qu'il s'est passé quelque chose, ce week-end ?

— Oh ! non, rien. C'est juste Martin qui m'énerve un peu parce qu'il me laisse me dépatouiller toute seule avec ce mariage. Enfin bref, excuse-moi, je vais devoir y aller ; je suis une personne très demandée et très importante, tu vois.

Emma essayait de faire de l'humour, mais quelque chose sonnait faux dans son ton.

— D'accord, je ne t'embête pas plus longtemps, alors. Mais passe prendre le thé à la maison, un de ces jours, O.K. ? Les petits adorent leur tatie Em, et tu sais que j'aime t'avoir dans les parages pour pouvoir me foutre de ta poire.

Sa sœur laissa échapper un rire faiblard.

— O.K. A plus.

Un sentiment de malaise étreignait Rachel quand elle rangea son téléphone. Devait-elle appeler Martin pour lui sonner les cloches ? *Bon Dieu, non !* Quelle horreur, on croirait entendre sa mère ! Elle n'avait pas à s'immiscer dans les affaires de couple de sa sœur.

Un lourd silence pesait sur la salle de conférences quand Emma et Ella rejoignirent leurs collègues. Seules exceptions, Joel et Jacqui bavardaient avec de grands sourires, assis très droits au premier rang comme des élèves cherchant désespérément à faire bonne impression au professeur.

Si elle était elle aussi installée à l'avant, Miranda se tenait en revanche tassée sur elle-même — jamais elle n'avait dégagé une telle vulnérabilité ! Malheureusement, la salle était pleine à craquer, alors Emma ne put aller s'asseoir près de sa responsable pour tenter de la réconforter. Néanmoins, l'adorable Philippa, qui leur adressa un signe depuis la rangée du milieu, leur avait réservé deux sièges.

— Est-ce que tu as une idée de ce qui se passe ? lui chuchota Emma en prenant place à côté d'elle.

— Pas la moindre, mais ça ne sent pas bon.

Elles n'eurent pas à spéculer plus longtemps : Philip Allen venait d'entrer d'un pas assuré, flanqué d'un homme d'une carrure impressionnante et d'une femme qui ressemblait à une petite boule. Alors que ses deux sous-fifres s'asseyaient sur les sièges qui leur avaient été réservés au premier rang, le P.-D.G. d'Allen Chandler se tourna vers l'assemblée. Il allait commencer lorsque quelques retardataires arrivèrent en catastrophe. Il leur jeta un regard si acéré qu'ils se faufilèrent, cramoisis, jusqu'au fond de la salle, où ils durent rester debout faute de places.

— Bonjour, lança-t-il alors.

Les murmures qui s'élevèrent en réponse dans l'assistance semblèrent dérouter l'Américain — en voilà un qui n'était pas habitué à la politesse typiquement britannique ! Encore un peu, et il allait répéter le mot juste pour voir si cela marchait à tous les coups…

Heureusement, il n'en fit rien.

— Bien, je suppose que vous vous demandez tous ce qui se passe, alors je préfère vous annoncer tout de suite que vous n'avez rien à craindre. Vos emplois ne sont pas en danger pour l'instant.

— Merde alors, souffla Emma à Ella, on peut dire que le big boss sait y faire pour rassurer les troupes…

— Si j'ai tenu à vous réunir ici, poursuivit-il, c'est pour vous aviser de l'aboutissement de l'examen stratégique que nous avions initié au cours de l'année dernière.

Bon sang, ne pouvait-il pas parler comme tout le monde ?

— Suite à cet examen, nous sommes parvenus à la conclusion qu'il était nécessaire d'entreprendre une restructuration de la direction. Il est donc de mon devoir de vous informer que Digby Chandler va quitter ses fonctions de directeur général afin de jouir d'une retraite bien méritée. J'aimerais d'ailleurs profiter de cette opportunité pour le remercier de toutes ses dures années de travail.

Philip Allen poursuivit son discours, mais Emma ne l'écoutait plus : elle observait avec inquiétude Miranda, figée comme une statue. Il finit par passer la parole à son sous-fifre bien bâti — un directeur financier ou elle ne savait quoi —, qui se mit à présenter avec enthousiasme les prévisions de profits des cinq années à venir. Emma en était malade. *Fermez-la, putain! N'êtes-vous pas fichus de voir que les gens sont en état de choc?*

Après plusieurs minutes à gesticuler, il céda sa place à la petite femme, qui se présenta comme la directrice des ressources humaines et s'exprimait d'une voix mielleuse qui puait l'hypocrisie. Elle invita le personnel à s'adresser à elle s'ils avaient des questions, puis à regagner leurs postes. Personne ne bougea. Un silence de mort s'était abattu sur la salle, tout juste troublé de quelques murmures horrifiés çà et là.

Comme si les Américains redoutaient une mutinerie, ils débarrassèrent le plancher, Joel sur les talons.

— Phil ? Phil ? s'écriait-il depuis le couloir. Pourrais-je vous dire un mot, s'il vous plaît ?

Emma eut une moue de dégoût.

— Judas. Va donc lécher les bottes de ces… *Oh, mon Dieu!* Il va sûrement se porter candidat pour remplacer

Digby ! Il va devenir mon boss et je n'aurai plus qu'à me suicider…

Ella la fit taire d'une main sur le genou, et Emma suivit son regard. Alors que la salle se vidait peu à peu, Miranda se tenait toujours au premier rang, tête baissée. Les quelques personnes qui s'arrêtèrent devant elle, visiblement inquiètes, furent congédiées d'un geste sans qu'elle leur accorde un regard.

Emma décida néanmoins de la rejoindre.

— Miranda ?

A sa grande horreur, sa responsable leva vers elle des yeux baignés de larmes. Sans hésiter, Emma s'assit à son côté pour lui prendre la main.

— Oh ! Miranda, je suis vraiment désolée.

— Merci, mon chou.

— Comment va Digby ?

— Oh ! ne t'en fais pas pour ce vieux coucou. Tel que je le connais, il va sans doute se rendre à son club tous les jours et écrire ses mémoires. Non, ce que j'ai du mal à digérer, c'est qu'avec son départ on enterre un peu plus l'édition indépendante. Les parasites comme cet Allen préfèrent envahir les librairies de leur mauvaise herbe plutôt que de laisser à des nouvelles graines une chance de fleurir.

— Jolie métaphore, déclara Emma. Est-ce que tu as déjà songé à travailler dans l'édition ?

Comme sa tentative d'humour n'arracha qu'un sourire sans joie à Miranda, elle retrouva son sérieux.

— Que va-t-il se passer, à ton avis ? Est-ce que tu penses que les Américains vont nous empêcher de publier des bons titres ?

Allaient-ils renoncer à publier Richard ?

— Je n'en sais rien, mais laisse-moi te dire une chose, Emma : s'ils s'imaginent qu'ils vont m'apprendre mon métier, je foncerai chez la concurrence avant même qu'ils aient eu le temps de terminer leur sermon.

Emma s'esclaffa — quel plaisir de voir sa responsable reprendre du poil de la bête !

— Je n'en attends pas moins de toi, Miranda.

Celle-ci consulta sa montre.

— Bon, ce n'est pas tout ça, mais je déjeune justement avec mon époux éditorial. Est-ce que je peux compter sur toi pour empêcher que la maison finisse en cendres pendant mon absence ?

— Bien sûr. Embrasse Digby pour nous, d'accord ?

Prête à partir, Miranda la serra dans ses bras.

— Tu es quelqu'un de bien, Emma Darcy.

Puis elle quitta la salle, laissant Emma avec une boule dans la gorge. Lentement mais sûrement, son monde s'effondrait.

Le café avec sa vieille amie ne s'avéra pas aussi agréable que Rachel l'aurait cru. Bien sûr, elle était heureuse de revoir Olivia et, comme son adorable bébé dormait comme un loir depuis son arrivée, elles purent discuter sans distractions. Cependant, ce qu'elle n'avait pas prévu, c'était que retrouver Olivia lui laisserait un goût amer en bouche. Son ancienne collègue venait de lui annoncer qu'elle comptait reprendre le travail dès que son fils aurait fêté ses six mois.

— Je serais parfaitement incapable de rester à la maison plus longtemps, je crois bien que je finirais par devenir chèvre ! Comment est-ce que tu arrives à tenir, toi ?

Comme d'habitude, Rachel préféra balayer la question avec humour.

— Oh ! tu sais, il y a toujours une bouteille de vin qui traîne au frigo. Mais j'essaie de ne jamais y toucher avant au moins 11 heures du matin !

Son amie rit de bon cœur, et la conversation dériva sur les ragots de l'agence de pub.

— Tu sais qui vient d'avoir une promotion ? Amanda — tu sais, celle qui t'a remplacée ? Elle le mérite, c'est un amour, et elle est vraiment douée dans son job !

Rachel se força à sourire. Même si elle n'avait jamais rencontré cette Amanda, elle la détestait par principe. Chaque fois qu'elle retrouvait un ancien collègue, elle ne pouvait s'empêcher d'espérer en secret qu'on lui annonce que la boîte partait à vau-l'eau depuis son départ. Mais bien sûr, ça n'arrivait jamais…

— Et comment va Daniel ?

— Daniel ? Oh ! tu le connais, toujours marié à son boulot ; mais il va bien, je crois. Je pense que tu lui manques.

Hourra ! Enfin quelqu'un qui la regrettait !

— Et Steve et toi, alors ? Vous filez toujours le grand amour ?

Comme Rachel lui parla de l'Ecosse, Olivia ouvrit des yeux ronds.

— *L'Ecosse ?* Mince alors ! Et tu as envie d'y aller ?

— Je crois bien, oui.

— Eh bien, dans ce cas, je suis contente pour toi ! Moi, je ne pense pas que je pourrais vivre là-bas. Londres me manquerait beaucoup trop, sans parler de mes parents !

Sans le vouloir, son amie venait de mettre le doigt sur ses pires angoisses. Bien sûr, elle n'en montra rien, et elles continuèrent de papoter pendant plus d'une heure. Au moment de se séparer, elle promit à Olivia de remettre bientôt ça, tout en sachant pertinemment que ce genre de promesses n'était toujours que des paroles en l'air.

Alors, quand elle quitta le Starbucks, Rachel était de nouveau rongée par le doute. Elle qui pensait avoir pris sa décision, voilà qu'elle n'était plus si sûre de vouloir déménager, tout compte fait…

Elle passa un coup de fil à ses parents pour s'assurer que tout allait bien avec Lily et Alfie et, *Dieu merci*, elle tomba sur son père. Diana et lui tenaient à garder les jumeaux pour le déjeuner, une proposition que Rachel accepta avec joie. Au moins, elle allait pouvoir faire un peu les magasins sans galérer avec son énorme poussette ou devoir s'excuser à tout bout de champ d'avoir mis au monde des enfants qui se comportaient comme des enfants.

Impatiente de se changer les idées, elle partit se réfugier dans son havre de paix préféré : la petite librairie de son quartier. Une fois n'est pas coutume, elle prit son temps pour parcourir les étagères, caresser la tranche des livres, lire des quatrièmes de couverture au hasard. Elle envisageait d'acheter le dernier policier de Sandra Brown quand une voix familière s'éleva par-dessus son épaule.

— Je vous le recommande chaudement.

Réprimant un sursaut, elle se retourna pour se trouver face au charmant sourire de Tom.

— Tiens, bonjour !

— Bonjour, m'dame Summers. Alors, est-ce que vous allez le prendre, ce livre ?

— Vous voulez dire que vous êtes fan de Sandra Brown ?

— En effet.

— Je ne vous aurais pas pris pour un amateur de thrillers romantiques, le taquina-t-elle.

Pour toute réponse, il consulta sa montre.

— Nouveau record.

— Pardon ?

— Il vous aura fallu moins de trente secondes pour vous payer ma tête.

Alors que Rachel éclatait de rire, Tom regarda autour d'eux, un sourcil levé.

— Vous n'auriez pas perdu vos Schtroumpfs, par hasard ?

— Non, je les ai vendus à prix d'or à mes parents. Et vous, vous ne travaillez donc jamais ?

— Pas quand je peux l'éviter. En fait, je récupère tous les jours de congés que les loseurs dans mon genre ne posent pas le reste de l'année. Dites, je sortais m'acheter un sandwich quand je vous ai vue à travers la vitrine. Est-ce que vous voulez vous joindre à moi ?

— Avec plaisir !

Hum, l'idée l'enthousiasmait peut-être un peu trop…

— *Ça alors, vous ici!*

— Salut, David, répondit Emma en s'installant à une table avec Ella sans les embrasser. Salut, Simon.

— Oh oh. Ça sent le besoin de cheesecake aux Oreo, ça.

— Bof... Non, juste un cappuccino pour moi, s'il te plaît.

David prit un air horrifié.

— *Sainte-Marie-mère-de-Dieu-et-le-petit-Jésus-en-slip-léopard!* C'est encore plus grave que ce que je pensais! Simon, dis-moi qu'il nous reste encore des donuts?

— Juste un.

— Alors sers donc ce petit bébé à notre pauvre Emma. Et toi, mademoiselle Ella, qu'est-ce qui te ferait envie?

— Juste un thé à la menthe, merci, David.

— *Un thé à la menthe?* Serais-tu enceinte, mon petit sucre d'orge?

Emma, qui n'écoutait la conversation que d'une oreille, fut soudain alertée par l'absence de réponse de son amie. Ella fixait le sol, écarlate.

— *Ne me dis pas que c'est vrai?!*

— Emma, je comptais te l'annoncer dans une minute, mais... Oui, je suis enceinte.

Les cinq minutes suivantes se résumèrent à des cris suraigus, des bonds de joie et des câlins de groupe. Ils bombardaient Ella de questions quand David la saisit par le bras, l'air tout à coup soucieux.

— Est-ce que tu sais qui est le père, au moins?

Emma répondit avant que son amie ait pu ouvrir la bouche.

— Moi, je crois savoir...

— *Vraiment?* souffla Ella.

— C'est Joel, pas vrai?

Ella cligna plusieurs fois les yeux, avant de hausser un sourcil perplexe.

— Est-ce que tu te sens bien? Je pense que tu fais une montée de fièvre.

— Ella, je t'ai vue.

David et Simon durent sentir le drame arriver, car ils se volatilisèrent derrière le comptoir pour préparer les boissons.

— Quand ça ?

— La semaine dernière. Je vous ai entendus, tu sais, dans la bibliothèque…

Emma avait essayé de rester discrète mais, du coin de l'œil, elle vit David et Simon se donner des coups de coude.

Cette fois, ce fut au tour d'Ella de se mettre à bouillir.

— Félicitations, Hercule Poirot, vous avez deviné mon terrible secret… Merde, Emma, est-ce que tu t'entends parler ? Tu crois franchement que je t'aurais fait un coup pareil ? Avec *Joel* ? Tu t'imagines que j'ai des goûts de chiotte, ou quoi ?

Emma sentit la honte l'envahir — en même temps qu'un immense soulagement. Elle s'était trompée. *Elle s'était trompée !*

— Oh ! je… Je suis désolée. Mais alors, si ce n'est pas Joel, qui est-ce ?

Simon et David étaient presque couchés sur le comptoir tant ils étaient suspendus aux lèvres d'Ella.

— C'est Jamie.

— Jamie ?

— Oui, Jamie.

— Notre coursier à peine sorti du berceau, tu veux dire ?

— Hé, ça va, il a vingt-quatre ans ! On se voit depuis un mois ou deux…

— Dis donc, tu es une sacrée petite cachottière ! Bon sang, j'ai encore du mal à le croire… Tu vas être *maman*, Ella, tu te rends compte ?!

— Oui…

Un instant plus tard, Ella était en larmes, et Emma se précipita de l'autre côté de la table pour la serrer dans ses bras, rongée par la culpabilité. *Emma Darcy, tu n'es qu'une idiote doublée d'une égoïste !*

— Bon Dieu, Ella, je suis tellement désolée de t'avoir fait la gueule… S'il te plaît, ne pleure pas. Tout va bien se passer.

David arriva avec les boissons, et Simon s'empressa de tendre des serviettes en papier rouges à Ella.

— Merci, vous êtes gentils.

Emma attendit que son amie ait fini de se moucher pour lui prendre la main.

— Quoi que tu décides de faire, je serai là pour toi.

— Merci, Em, souffla-t-elle avec un faible sourire.

— Et Jamie ? Qu'est-ce qu'il pense de tout ça ?

— Il dit qu'il fera tout ce que je lui demanderai, mais… Je n'ai pas envie de l'épouser, ni même de rester avec lui, en fait. On comptait juste prendre un peu de bon temps.

— Ouais, ça, on peut dire que vous n'y êtes pas allés avec le dos de la cuillère — je ne te savais pas si dévergondée, ma vieille !

Elles éclatèrent de rire, et l'atmosphère se détendit quelque peu.

— Hé ! s'exclama soudain Emma. Je viens d'avoir une idée : je pourrai te soutenir pendant l'accouchement !

— Emma, tu as horreur du sang.

— Je sais, mais je n'aurai qu'à rester du côté de ta tête.

Comme son amie pouffait, elle lui écarta une mèche de cheveux mal placée.

— Tout se passera bien, répéta-t-elle sans savoir que dire d'autre.

Apparemment, elle aurait dû s'abstenir : le sourire d'Ella se crispa, et elle s'excusa pour aller aux toilettes.

David profita de son absence pour venir aux nouvelles.

— Est-ce qu'elle tient le coup ?

— Je crois… Combien est-ce que je te dois ?

— Rien, ma belle. Cadeau de la maison.

Elle le remercia, juste à l'instant où elle reçut un texto. De Richard.

Avez-vous reçu mon e-mail ? Je pensais chaque mot. R.

Emma cherchait encore quoi répondre lorsque Ella revint à la table, les yeux rouges et gonflés d'avoir trop pleuré.

— Ça va, je n'ai pas trop une gueule de déterrée ?

— Non, mentit-elle, tu es radieuse.

— Ouais, c'est ça.

Elle allait reprendre la main de son amie quand son téléphone se mit à sonner. *Merde !* Ce n'était tout de même pas Richard ? Elle se renfrogna en voyant le nom de Martin sur son écran, puis rejeta l'appel.

— Tu ne décroches pas ? s'inquiéta Ella. Qui c'était ?

— Personne. Maintenant, dis-moi, Ellinouchette, quand est prévue ta première échographie ? Est-ce que tu veux que je t'accompagne ?

Comme les yeux de son amie se remplissaient de larmes de gratitude, elle dédramatisa la situation.

— Ah non, hein, tu ne vas pas rouvrir les vannes ! J'ai une technique infaillible contre le sentimentalisme et je n'hésiterai pas à m'en servir : tu vas te transformer en grosse vache et tes nénés ne seront plus jamais pareils.

Ella émit un son à mi-chemin entre le sanglot et le gloussement.

— Merci, Em. Je suis contente qu'on soit réconciliées. Tu m'as manqué.

— Toi aussi, tu m'as manqué.

Emma n'avait qu'une envie : lui parler de ses problèmes avec Martin, lui parler de Richard. Mais, là, maintenant, elle n'en avait pas la force.

A vrai dire, elle ne savait pas elle-même où elle en était.

— Et maintenant, je ne sais plus du tout où j'ai envie de vivre.

Sur cet aveu, Rachel se jeta une tomate cerise dans la bouche, puis leva les yeux vers Tom en attendant sa réponse.

— Hmm, ce n'est pas facile, en effet. Mais je ne pense pas vraiment être la meilleure personne pour vous conseiller.

— Pourquoi ça ?

— Eh bien, voyez-vous, répondit-il d'un ton ampoulé, votre départ pour l'Ecosse ne serait pas dans mon plus grand intérêt.

— Pourquoi ? Est-ce que je vais vous manquer ?

Elle lui avait déjà posé la question, elle en avait conscience. Pourtant, c'était plus fort qu'elle, elle avait besoin d'en entendre confirmation.

— Vous me manquerez tous, mais ma psy, c'est vous. Alors oui, c'est vous qui me manquerez le plus. Un autre café ? demanda-t-il vivement, les joues rosies.

Elle consulta sa montre et sourit. Ouf, elle avait encore un peu de temps devant elle.

— Un cappuccino, s'il vous plaît.

Mais, alors qu'il s'éloignait vers le comptoir, elle se surprit à lui mater les fesses et s'en voulut aussitôt. *Enfin, mais qu'est-ce qui te prend, Rachel ? Tu es mariée, merde ! Tom n'est que ton voisin.*

D'un autre côté, était-ce si grave si elle flirtait un peu ? Ça faisait du bien de redevenir un peu l'ancienne Rachel, celle qui n'avait pas encore d'enfants, celle que les hommes trouvaient encore attirante et qui ne se résumait pas à son rôle de mère.

Elle ne se rendit compte qu'elle souriait dans le vague que lorsque Tom fut de retour avec leurs boissons.

— Vous êtes bien pensive, tout à coup.

— Oh ! oui. Je me disais juste que je passais un très bon moment.

— Attention, madame S, encore un peu et vous allez me faire un compliment.

Elle balaya sa boutade d'un haussement d'épaules.

— Je suis sérieuse. Je suis vraiment contente d'être tombée sur vous. J'aime bien nos petites discussions.

— Moi aussi.

C'était fou ce que cet homme rougissait facilement ! Ça en devenait troublant…

Gênée par le silence qui s'installait, Rachel posa la première question qui lui passa par la tête.

— Alors, comment vont les amours ?

— Les amours ? Ouah, je n'avais pas conscience qu'on avait encore quatorze ans.

— Je me demande seulement comment un bel homme comme vous peut encore être célibataire.

— Rachel, je me le demande aussi, à l'occasion. En général quand je suis complètement paf.

— Sérieusement, il faudrait qu'on essaie de vous trouver quelqu'un.

Elle avait fait cette suggestion pour la forme, sans vraiment le penser.

— En fait, commença-t-il en détournant le regard, il y a bien quelqu'un…

— Ah oui ?

Avait-elle envie qu'il développe ? Elle n'en était pas sûre…

— Votre amie Christa ne se serait pas séparée de son mari, par hasard ?

— Christa ? répéta-t-elle, prise de court.

— Oui, elle me plaît bien. Elle n'a pas la langue dans sa poche.

— Eh bien, je, euh… Je pense que, *techniquement*, elle est toujours avec Rudi.

Elle tâchait de cacher sa déception quand elle remarqua le sourire facétieux qui fendait le visage de son voisin. Elle déguisa en sarcasme le soulagement qui la gagna.

— Ah ah, vous êtes un sacré petit plaisantin.

— Je vous ai bien eue ! Franchement, Rachel, je pense que vous perdez la main. Est-ce que j'ai l'air d'un homme qui irait se frotter à la mafia russe ?

— Non mais, en même temps, un homme qui irait se frotter à la mafia russe doit avoir le mot « stupide » tatoué sur le front. Bref, aucune cible que je puisse viser avec ma flèche de Cupidon, donc ?

— Eh bien, à vrai dire, j'aurais peut-être besoin d'un conseil…

— Ah ?

— Il y a une fille au boulot… Sûrement trop bien pour moi, mais elle est très gentille, très drôle — et célibataire.

Rachel sentit son cœur se serrer mais, cette fois encore, elle s'arma d'humour pour ne pas trahir sa déception.

— Alors, invitez-la à sortir, gros nigaud ! A quoi est-ce qu'elle ressemble ? Une ou deux têtes ?

Il esquissa un sourire timide.

— Une seule. Elle a, euh, de très jolis cheveux…

— *De très jolis cheveux ?* Mazette, voilà un compliment qui la fera craquer à coup sûr.

— Oui, bon, je suis nul en drague. Par pitié, aidez-moi !

— O.K. Pourquoi ne l'inviteriez-vous pas à dîner chez vous ? Je vous écrirai exactement quoi dire pour la séduire.

— Vous pensez que ça marchera ?

— Faites-moi confiance.

— C'est déjà le cas.

La conversation mettait Rachel de plus en plus à l'aise.

— Bien, monsieur Davies, lança-t-elle en consultant sa montre, il me faut aller quérir ma progéniture. Ce déjeuner était ma foi fort plaisant. Je vous remercie bien bas.

Tom la salua avec une petite courbette, et elle sortit sans s'éterniser.

Que lui arrivait-il, bon sang ? Où était passée la Rachel optimiste et sereine d'hier soir ?

Chapitre 19

— Est-ce que tout est prêt à la galerie pour ce soir ?

Emma leva les yeux de son ordinateur pour considérer la mine fatiguée de sa responsable.

— Je crois que oui. Comment est-ce que tu te sens, Miranda ? Et Digby, est-ce qu'il tient le coup ? Je me suis demandé s'il ne fallait pas reporter, vu les circonstances…

Miranda poussa un soupir las.

— Si ça ne tenait qu'à moi, nous aurions reporté, oui, mais tout a été organisé pour concorder avec la visite des Américains. Et puis, de toute façon, la soirée des auteurs est prévue au programme depuis des mois, alors nous n'allions pas tout annuler à la dernière minute. Enfin bon, quand faut y aller…

Elle s'éloigna sans entrain, sous l'œil soucieux d'Emma. Pauvre Miranda… Au même moment, Ella revint des toilettes pour la cinquième fois depuis la pause déjeuner.

— Punaise, gémit-elle en s'effondrant dans son siège, cet aspect-là de la grossesse ne sera vraiment pas celui qui me manquera le plus !

Emma se leva avec une moue compatissante.

— Ma pauvre. Est-ce que tu veux un thé ? Un café ? Je comptais aller m'en préparer un.

— Bon Dieu, non. Ma vessie est prête à éclater dès que j'avale trois gouttes. Mais c'est gentil, merci.

— O.K. J'ai une banane, si tu veux ?

Ella devint pâle comme un linge.

— Non, ça ira. J'ai juste besoin de…

Elle s'interrompit brusquement, la main sur la bouche, et se précipita de nouveau vers les toilettes.

Oups…

Emma allait partir pour la cuisine quand sa ligne fixe sonna.

— Emma Darcy ? répondit-elle machinalement.

— Emma Darcy. Mon héroïne littéraire.

Oh oh…

— Richard. Comment allez-vous ?

— J'allais vous poser la même question. Avez-vous reçu mon e-mail ?

Elle sentit son estomac faire un bond. Bon sang, on pouvait dire qu'il n'était pas du genre à baisser les bras…

— Oui, pardon, j'ai été un peu occupée, aujourd'hui.

— Je comprends. Eh bien, j'espère que nous arriverons à trouver cinq minutes à la réception pour discuter dans un coin sombre.

Les notes chaudes de son rire la troublèrent, mais elle tâcha de garder un ton désinvolte.

— O.K., à tout à l'heure.

— J'ai hâte de vous voir, ajouta-t-il juste avant de raccrocher.

Alors qu'elle replaçait le combiné, le regard d'Emma tomba sur la photo de Martin et elle, prise pendant leurs vacances en Grèce. Fixant les yeux de son fiancé, elle s'efforça de les imaginer tous les deux le jour de leur mariage, ou en balade avec leurs enfants.

Pourquoi n'y parvenait-elle pas ?

De l'autre côté de la ville, Rachel pliait du linge, perdue dans ses pensées. Alors qu'elle manipulait un pantalon de Will, elle le souleva pour contempler la longueur des jambes. Ce qu'il grandissait vite ! Son père avait raison, en un clin d'œil, ses enfants ne seraient déjà plus des enfants…

Réprimant un soupir, elle plia le vêtement, avant de

commencer à assembler les chaussettes par paires — une tâche qu'elle trouva curieusement gratifiante. Si seulement mettre de l'ordre dans sa vie pouvait être aussi simple…

C'est alors qu'Alfie la rejoignit dans la cuisine, au bord des larmes.

— Quelque chose ne va pas, mon poussin ?

— Lily elle dit qu'on va changer de maison.

Délaissant son panier à linge, Rachel s'accroupit pour tendre les bras à son fils, qui s'y réfugia volontiers.

— Chh… Ne t'inquiète pas, on n'est pas encore sûrs de partir. Et puis, même si on s'en va, ça va être chouette. Tu as aimé l'Ecosse, non ?

Je rêve, ou tu es en train de confier la décision à un gamin de quatre ans ? Bon sang, Rachel, tu touches le fond…

— Non-non-non-non-non ! gémit-il en secouant vigoureusement la tête, projetant des larmes autour de lui.

— Oh ! mon bébé, ne pleure pas. Tout va bien se passer.

Pourvu que ce soit le cas…

— Non, c'est pas vrai !'veux pas laisser ma maison et mes jouets et ma télé. Et papi, alors ?

Rachel s'écarta juste assez pour plonger dans les grands yeux désemparés d'Alfie et dut inspirer longuement pour ne pas pleurer à son tour.

— Ne t'en fais pas, Alf. On va prendre tous tes jouets, et papi pourra venir nous rendre visite.

— *Et la télé ?*

L'expression horrifiée de son fils lui arracha un sourire.

— Mais oui, mon canard, la télé aussi, on va la prendre.

Il souffla de soulagement, mais l'inquiétude déformait toujours son visage poupin.

— Mais et papi et mamie et tatie Em, i'vont pas te manquer ?

La question fut comme une flèche en plein cœur.

— Si, beaucoup beaucoup.

— Maman ? 'peux avoir un biscuit ?

Alors qu'une boule grossissait dans sa gorge, Rachel

s'étrangla de rire. *Petit filou, va!* Il profitait d'un moment de faiblesse pour parvenir à ses fins! Elle céda néanmoins — après tout, il venait d'avoir un gros chagrin — et le renvoya donc dans le salon avec trois biscuits, à la seule condition qu'il les partage avec son frère et sa sœur.

Elle retournait devant le panier à linge quand son portable sonna; c'était Steve.

— Hello!

— Salut, ma belle. Dis, ça ne te dérange pas si je sors boire un verre avec les gars du bureau, ce soir?

— Est-ce que c'est le premier d'une longue liste de pots de départ?

— Quelque chose comme ça, ouais. Je ne rentrerai pas trop tard, mais ne m'attends pas.

En raccrochant, Rachel prit une profonde inspiration, les yeux fermés, avant de se remettre à assembler les chaussettes. *Tout va pour le mieux dans le meilleur des mondes...*

Tout le gratin de Londres s'enfilait déjà coupe de champagne sur coupe de champagne quand Emma arriva — pourtant à l'heure — à la galerie. Repérant Ella à l'autre bout de la salle, coincée avec monsieur j'écris-de-la-fiction-historique-et-je-parle-à-tes-seins, elle se fraya un chemin dans la foule, amusée, pour voler à la rescousse de son amie qui lui jetait un regard de détresse. Toutefois, c'était sans compter sur la chemise bordeaux qui emplit soudain son champ de vision.

— Emma Darcy.

— Richard! Ça alors, je vous trouve bien ponctuel.

Elle sentit son cœur s'accélérer en lui faisant la bise, et plus encore lorsqu'il lui murmura à l'oreille :

— J'attendais nos retrouvailles avec impatience.

Elle n'eut pas le temps de réagir que, déjà, l'agente de Richard surgissait de nulle part pour refermer un bras possessif autour de son protégé, en ignorant superbement Emma.

— Ah, mon *cher* Richard, vous voilà ! Suivez-moi, il faut que je vous présente à des gens extrêmement importants.

Avec un sourire impuissant, Richard se laissa entraîner par Joanna, abandonnant une Emma toute désemparée.

Reportant son attention sur Ella, elle vit que son amie avait tout compte fait réussi à échapper toute seule à son boulet et semblait à présent en pleine conversation avec un autre écrivain. Un peu plus loin, Miranda était entourée d'une demi-douzaine d'invités qui buvaient ses paroles — son sourire n'était sans doute qu'un masque, mais cette femme avait le mérite de savoir rester professionnelle. Son regard se posa alors sur Queenie, sa romancière de quatre-vingts ans, qui restait dans un coin, visiblement un peu mal à l'aise. Elle partit donc la saluer et prendre de ses nouvelles.

Emma passa plus d'une heure à discuter avec ses différents auteurs, jusqu'à ce que quelqu'un fasse tinter un couteau sur son verre pour attirer l'attention de la salle. Philip Allen tenait un micro, attendant le silence avec un sourire. Mais, alors qu'il entamait une longue liste de remerciements, elle s'échappa discrètement — autant profiter du blabla pour aller prendre un peu l'air !

Elle avait à peine passé la porte qu'une main se referma sur son bras. Elle sut à qui elle avait affaire avant même de se retourner.

— Richard, où étiez-vous passé ?

— Pardonnez-moi, Joanna m'a présenté à la moitié des invités. Mais à présent, je suis là.

Il se passa la langue sur les lèvres avant d'ajouter :

— J'ai besoin de vous parler, Emma.

— Ecoutez, Richard…

— *Richard ?* Est-ce donc là le *fameux* Richard Bennett ?

Si elle sursauta au son de la voix nasillarde qu'elle ne connaissait que trop, Emma reprit vite contenance.

— Oui, Joel, c'est Richard Bennett. Richard, voici Joel ; il travaille au service marketing.

Joel tiqua et s'empressa de la corriger avec emphase.

— Joel Riches, *responsable* du service marketing. Ravi de faire enfin votre connaissance.

Richard accepta sa poignée de main mais, sans même lui rendre un mot de politesse, lui tourna le dos pour faire de nouveau face à Emma. Seulement, dur de la comprenette comme il l'était, Joel ne bougea pas d'un pouce et ne se gêna pas pour attirer de nouveau l'attention sur lui.

— Alors, Richard, avez-vous déjà lu *Don Quichotte* ?

L'auteur eut un sourire à mi-chemin entre l'exaspération et l'amusement.

— J'ai essayé, une fois, mais je vous avouerai que je n'ai pas réussi à dépasser les trente premières pages.

Un rictus déforma la bouche de Joel, qui alla jusqu'à poser une main condescendante sur l'épaule de Richard.

— Certes, certes, c'est une lecture qui n'est pas donnée à tout le monde.

— En effet. Mais je vois que j'ai affaire à un homme d'une grande intelligence et je ne peux que rêver de vous arriver à la cheville un jour, monsieur Riches.

Celui-ci gonfla le torse de suffisance.

— Je vous en prie, appelez-moi Joel. Bien, j'ai été très heureux de vous rencontrer, Richard, mais si vous voulez bien m'excuser je dois aller m'entretenir avec ce vieux Phil. Il nous faut discuter stratégie.

Richard se fendit d'une petite courbette.

— Naturellement. C'est très aimable à vous de m'avoir accordé un peu de votre précieux temps.

La tête de Joel enfla tant qu'il parut sur le point de s'envoler d'une seconde à l'autre. Après un signe du menton à Emma, il tourna les talons et disparut dans la foule.

Abasourdie, elle envoya un coup de coude à Richard.

— La vache, vous êtes bon ! Vous avez réussi à vous en débarrasser en deux coups de cuillère à pot !

— Je suis très fort pour cerner la personnalité des gens, Emma Darcy. Bon ! Allons-nous enfin pouvoir faire un brin de causette ?

Troublée par son fameux sourire, Emma jeta un œil par-dessus son épaule. Un certain nombre d'invités semblaient sur le départ.

— On dirait que la réception touche à sa fin, alors nous pourrions aller boire un verre quelque part ?

Tu joues avec le feu…, lui chuchota une petite voix qu'elle s'empressa de faire taire.

— J'ai une meilleure idée, Emma Darcy. Nous ne sommes pas très loin de chez moi, alors pourquoi ne sauterions-nous pas dans un taxi pour aller boire ce verre dans mon appartement ? Ça vous rapprochera déjà de chez vous.

Ce n'est qu'à la fin de sa phrase qu'Emma prit conscience qu'il lui avait glissé un bras autour de la taille — la sensation paraissait si naturelle… Elle consulta sa montre. Il n'était pas encore très tard, et Martin avait un match, ce soir. *Encore*. Elle pourrait rentrer à minuit sans même avoir à se justifier.

La perspective de se rendre chez Richard la faisait frémir d'un mélange de nervosité et d'exaltation. Elle avait l'impression de se trouver sur des montagnes russes, juste avant de plonger dans le vide.

Levant la tête, elle planta les yeux dans ceux de Richard.

— *Carpe diem.*

— *Carpe diem ?* répéta-t-il, décontenancé.

— Ça veut dire que j'espère qu'il y a beaucoup d'alcool dans votre appartement.

Avec un sourire en coin, l'auteur l'entraîna vers l'effervescence de la rue.

— Maman ! Papa ! Quelle *bonne* surprise !

Rachel fit de son mieux pour dissimuler son irritation. *Génial*. Elle pouvait dire adieu à sa soirée en compagnie d'un bon pinot grigio devant des émissions qui font fondre le cerveau.

— Oui, nous sortons du bridge, alors nous avons décidé de te faire un petit coucou sur le chemin du retour.

Sa mère franchit le seuil sans attendre d'y être invitée. Comme toujours, elle passa un doigt sur la console de l'entrée et fronça le nez en y trouvant de la poussière.

— Je croyais que le bridge était à l'autre bout de la ville…, grommela Rachel à l'intention de son père.

— C'est le cas. J'ai bien essayé de la dissuader, mais tu sais comment est ta mère…

— Qu'est-ce que c'est que ces messes basses, vous deux ?

Rachel et Edward se retournèrent d'un même mouvement avec un sourire angélique.

— Rien, maman. Un verre de vin ?

— Volontiers. Les petits anges sont dans les bras de Morphée, je suppose ?

Ils n'avaient même pas encore atteint la cuisine que la voix fluette d'Alfie s'éleva depuis l'étage.

— Papiii ! Mamiiie !

— Su-per…

Cette fois, sa soirée était bel et bien enterrée.

Son père, toujours prévenant, lui planta un baiser sur le front.

— Ne t'inquiète pas, je vais monter les voir. Parle donc avec ta mère.

— Merci, papa.

Sa mère se servait déjà un grand verre de vin quand Rachel la rejoignit.

— Alors, Edimbourg ? Tu ne nous as rien dit ce matin.

— Je me porte à merveille, maman, merci de t'en soucier.

Diana claqua la langue.

— Ce n'est pas la peine d'être sarcastique, Rachel. Une mère n'a-t-elle pas le droit de poser une simple question à sa fille ?

Rachel retint un soupir. Elle n'avait pas l'énergie de se bouffer le nez avec sa mère maintenant.

— Je ne sais pas quoi te dire, maman. On n'a encore rien décidé.

— Vous ne partez pas, alors ?

— Peut-être, je ne sais pas. Je dois encore en discuter avec Steve.

La lueur d'espoir qui s'était allumée dans les yeux de sa mère s'éteignit aussitôt.

— Rachel, tu as une famille qui dépend de toi. Ce n'est pas le moment de barguigner, il faut que tu prennes une décision.

Son père eut la bonne idée de revenir dans la cuisine avant que Rachel ait eu à répondre.

— Tout va bien, là-haut. Il avait fait tomber son doudou, mais j'ai réglé la crise.

Sans surprise, son intervention ne suffit pas à faire lâcher le morceau à Diana.

— Edward, veux-tu bien m'aider à raisonner ta fille ? J'ai l'impression de parler à un mur.

— Diana, je pense qu'il faut que nous laissions Rachel et Steve régler ça entre eux.

— Oui, eh bien, à ce rythme-là, les jumeaux seront majeurs avant qu'ils se décident !

— Merci pour la gifle, maman, ça fait toujours plaisir.

Comme toujours, ce fut Edward qui joua les arbitres.

— Ma colombe, nous ferions mieux de rentrer et de laisser Rachel se reposer.

Diana fronça les sourcils, mais céda au regard éloquent que lui lançait son mari.

— Très bien. Mais s'il te plaît, ma chérie, contacte-moi dès que vous aurez pris votre décision, d'accord ? J'ai besoin de me préparer psychologiquement à l'éventualité de mettre les pieds en *Ecosse*.

Elle avait terminé sa phrase sur une grimace, comme si elle venait de prononcer le nom d'une maladie contagieuse.

— Je vais juste me repoudrer le nez avant de partir.

Alors qu'elle disparaissait aux toilettes, Edward donna une petite chiquenaude sur le nez de sa fille.

— Au cas où tu te poserais la question, c'est sa manière à elle de dire qu'elle ne veut pas que tu t'en ailles.

Il n'en fallut pas plus pour que Rachel fonde en larmes. Alors, son père la serra dans ses bras, lui embrassa les cheveux.

— Ça va aller, Rach. Je te le promets.

Si seulement elle pouvait en être sûre… Elle s'essuya les yeux d'un revers de la main, s'efforça de sourire à son père.

Par chance, sa mère ne remarqua pas son état à son retour — ou, du moins, elle eut la décence de faire semblant.

Encore désemparée après le départ de ses parents, Rachel alla se servir un grand verre de vin, puis s'effondra sur le canapé. Toutefois, elle n'alluma pas la télévision. Entendre la voix de Steve, voilà ce dont elle avait besoin. Sortant son portable de sa poche, elle composa son numéro et attendit. Le téléphone sonna trois fois, quatre fois…

Zut, et s'il y avait trop de bruit dans son pub ?

Enfin, il décrocha.

— Allô ?

Rachel resta interdite. Ce n'était pas son mari qui avait répondu, mais une femme.

— Oh ! euh, bonsoir. Je pensais tomber sur Steve… Qui est-ce ? Est-ce que j'ai fait un faux numéro ?

— Non, non, c'est Sam. Steve est juste parti au petit coin. Voulez-vous que je lui dise de vous rappeler quand il reviendra ?

Le cerveau comme paralysé, Rachel éprouva le besoin urgent de raccrocher. Elle n'eut aucun contrôle sur les mots étranges qui s'échappèrent de sa bouche.

— Non, ça ira. Je le rappellerai demain.

Elle mit fin à la communication d'une main tremblante. Des souvenirs de ces dernières semaines se télescopaient dans son esprit, tandis qu'un nom se répercutait encore et encore contre les parois de son crâne.

Sam. Sam, Sam, Sam.

Sam, le — *la* — collègue informaticienne de Steve. Sam, avec qui il avait échangé des textos pendant un week-end.

Les heures sup'. La bague. Le verre qu'il était parti boire « avec les gars du bureau ».

La main sur la poitrine, Rachel peinait à respirer. Les paroles de Sue lui revinrent à la mémoire :

« S'il y a bien un homme qui n'a rien d'un coureur, c'est ton Steve… »

Elle s'était laissé convaincre. A l'évidence, elle avait eu tort.

Son mari n'était pas celui qu'elle croyait.

— Mais vous êtes proche de votre sœur quand même, n'est-ce pas ?

Si le nombre de verres de vin commençait à s'entendre dans l'élocution de Richard, Emma, quant à elle, arrivait à peine à articuler.

— On se *chaillemale… chalm…* dispute comme toutes les sœurs, mais ouais, je l'adore. Et vous ?

— Je ne connais pas votre sœur.

— Mais non, gros bêta ! pouffa-t-elle. Je veux dire, vous avez des frères et sœurs ?

— Non, il n'y a que moi. Et ça me plaît comme ça !

Richard quitta le canapé pour se diriger vers un énorme globe terrestre placé près de la fenêtre. Puis, soulevant l'hémisphère Nord, il révéla une réserve impressionnante d'alcools en tous genres.

Bouche bée, Emma se leva d'un bond et vacilla un peu, mais réussit à tituber jusqu'au minibar.

— Han, pas possible ! J'ai toujours rêvé d'avoir un machin comme ça !

Richard lui retourna un sourire ravi.

— Je suis allé l'acheter le jour où j'ai vendu mon premier bouquin.

— C'est trop classe.

— Je sais ! approuva-t-il en battant des mains comme un enfant de trois ans. Bon, à quel poison voulez-vous passer ?

Curieusement, la question remit un peu d'ordre dans son esprit embrumé.

— Oh ! on a déjà bien assez bu, vous ne croyez pas ?

Il balaya son objection d'un geste insouciant.

— Oh ! allez, Emma, il est temps de passer à quelque chose qui se boit dans des petits verres. En plus, je veux faire un toast.

— Richard, on a déjà bu à la santé de nos familles, de nos amis, de l'équipe nationale de cricket… Qui d'autre ? Ah oui, les plus grands écrivains de notre temps…

— Et les morts aussi.

— Et les morts aussi, oui. Sans oublier la reine, le *Royal Baby*, et Hugh Grant. Je crois qu'il est l'heure de mettre fin à notre petite fête.

Comme elle tournait les talons, Richard la retint par le bras.

— Non, attendez, il y a un dernier toast que je voudrais porter, et c'est le plus important. S'il vous plaaaîîît ?

A contrecœur, Emma le laissa remplir deux verres minuscules d'un liquide blanc non identifié.

— Qu'est-ce que c'est ?

— De l'ouzo. J'ai tendance à collectionner les liqueurs, je l'avoue. Celui-là date du début des années 90, une excellente période.

Elle y trempa prudemment les lèvres et fit la grimace.

— C'est infect.

Il esquissa un sourire incertain.

— Laissez-moi quand même porter le toast, puis nous boirons cul sec. D'accord ?

— D'accord.

Il prit une grande inspiration avant de se lancer.

— C'est à votre santé que j'aimerais boire, Emma Darcy. Vous n'avez pas idée de la différence que vous avez apportée dans ma vie. Vous êtes la femme la plus incroyable, la plus intelligente et la plus drôle que j'aie jamais rencontrée, et je pense…

A la grande surprise d'Emma, il se tut pour vider son verre d'un trait.

— Pardon, j'avais besoin de me donner du courage. La vérité, c'est que...

Il marqua une nouvelle pause le temps de poser leurs verres de côté et de lui prendre les mains.

— Je crois — non, *je sais* — que je suis amoureux de vous.

Tout à coup, la pièce se mit à danser autour d'Emma. Sans même en avoir conscience, elle se hissa sur la pointe des pieds, hypnotisée par les lèvres de Richard.

Elle ne put rien faire pour empêcher le baiser qui devait arriver depuis l'instant de leur rencontre. Elle avait perdu tout contrôle de la situation. Même si elle l'avait voulu, elle n'aurait pas pu le repousser.

Elle se sentait comme un simple témoin du film de sa vie.

Chapitre 20

La première pensée consciente d'Emma fut qu'on lui avait collé les paupières. La langue pâteuse, elle s'efforça d'ouvrir un œil et fronça aussitôt les sourcils. Ce n'était pas son lit... Et qu'est-ce que c'était que ce T-shirt ? Il ne sentait même pas Martin ! On aurait plutôt dit l'odeur de... *Oh mon Dieu !*

Les événements de la soirée la submergèrent comme si on venait de lui renverser un seau d'eau croupie sur la tête. Frappée d'horreur, elle se redressa d'un bond, son crâne soudain prêt à exploser sous l'effet d'une migraine atroce.

— Bonjour, ma chère éditrice.

Richard venait d'apparaître dans l'encadrement de la porte. Elle se plaqua les mains sur les yeux.

Allez, réveille-toi ! Tu fais un cauchemar, ma vieille !

— Eh bien, on dirait qu'il va falloir que je prépare mon remède infaillible contre la gueule de bois...

Le cœur tambourinant dans sa poitrine, Emma ouvrit les yeux à contrecœur. Richard était toujours là, à la toiser d'un air amusé. Ce n'était pas un cauchemar.

— Est-ce que j'ai... ? lâcha-t-elle sans parvenir à terminer sa question.

— Oui, tu as passé la nuit ici.

— *Oh non... Non, non, non, non...*

En pleine panique, Emma sauta à bas du lit, ignorant le gong qui résonnait dans son crâne. Elle portait une culotte — bonne ou mauvaise nouvelle ? Avaient-ils couché ensemble ? Impossible à dire, la nuit était un trou noir !

— Emma, tout va bien.

— *Non, Richard!* Ça ne va pas bien du tout! Je suis censée être *fiancée*!

Elle s'était mise à arpenter la chambre, prête à s'arracher les cheveux, sa voix frisant l'hystérie.

— Emma, calme-toi. Ce n'est pas la peine d'en faire toute une montagne.

Elle se figea pour lui retourner un regard sidéré. De quelle planète débarquait-il?

— Un peu que c'est la peine d'en faire toute une montagne! Je suis là, en culotte, avec un T-shirt à toi — *vous*, se corrigea-t-elle pour reprendre des distances —, j'ai dormi dans votre lit et je ne suis même pas capable de me rappeler si on a...

Elle n'arriva pas à se résoudre à prononcer les mots.

— Je suis votre éditrice, merde! C'est une faute professionnelle extrêmement grave, pour ne pas dire *immorale*!

— Emma, arrête. Tu as la voix qui déraille dans les aigus, et je dois avouer que ça m'excite un peu. Ou peut-être est-ce dû au fait de te voir à moitié nue...

— *Aaaarrrrgh, Richard!*

Furieuse, elle s'empara d'un oreiller pour le lancer à la figure de l'auteur, qui le rattrapa en plein vol. A l'évidence, il luttait pour ne pas sourire.

— Bon Dieu, ce que je t'aime quand tu es en colère.

Poussant un nouveau cri de frustration, Emma lui balança un autre oreiller qu'il esquiva d'un mouvement agile.

— Hé! Veux-tu bien arrêter de t'en prendre à mes pauvres oreillers? Ils sont garnis de duvet d'oie de Sibérie, je te ferais dire.

— Je vais te le faire bouffer, ton duvet d'oie de Sibérie!

Elle eut à peine le temps de se jeter sur lui et de lui marteler le torse de ses poings que Richard lui agrippa les poignets pour l'immobiliser. Elle voulut se débattre, mais le regard qu'il plongea dans le sien la paralysa.

— Voudriez-vous savoir ce qui s'est passé, Emma Darcy?

lui demanda-t-il d'un ton malicieux. Voudriez-vous connaître le dernier rebondissement de l'intrigue ?

— Arrête de jouer avec les mots et crache le morceau.

Richard s'inclina pour déposer un baiser sur ses lèvres. Incapable de résister, elle y répondit.

— Voilà, déclara-t-il en s'écartant. C'est tout.

Emma eut besoin de quelques instants pour reprendre ses esprits. Disait-il la vérité ?

— Vraiment ?

— Oui, vraiment. Malgré l'amour que je porte aux plaisirs de la chair, profiter d'une femme qui a trop bu est contre mes principes — *a fortiori* une femme qui m'inspire des sentiments aussi forts.

— Oh !

Le soulagement qui l'avait envahie céda alors la place à un trouble profond. La lueur amusée dans les yeux de Richard avait disparu, il était plus sérieux que jamais.

— Emma, je pensais tout ce que j'ai dit, hier soir ; mes sentiments sont bien réels. Mais je sais aussi que, techniquement, tu es prise, alors c'est à toi de décider la direction que prendra l'histoire. Epouse le minable qui te sert de fiancé, ou bien réfléchis à ma déclaration et reconsidère tes options.

Emma ne savait plus où elle en était. Oui, elle avait passé une soirée palpitante, grisante. Mais, d'un autre côté, tout paraît forcément plus drôle et plus facile après une cargaison de coupes de champagne et de verres de vin. Maintenant qu'elle avait violemment dessoûlé, elle avait l'impression d'avoir imaginé tout ça.

C'est alors que son regard tomba sur le réveil de Richard.

— *Oh, merde !* Je devrais déjà être au travail ! Miranda va me tuer ! *Martin* va me tuer !

Comment allait-elle bien pouvoir lui expliquer pourquoi elle n'était pas rentrée de la nuit ?

Complètement affolée, elle allait se ruer vers ses collants

qui traînaient au pied du lit, quand Richard lui prit les mains et chercha son regard.

— Emma, calme-toi. C'est *ta* vie, tu as le droit de faire ce que tu veux; tu n'as pas à te justifier à qui que ce soit. Rien ne t'empêche de quitter cet appartement et de prétendre qu'hier soir n'est jamais arrivé. De faire comme si de rien n'était.

— Comment ? s'écria-t-elle en se dégageant de son emprise. Franchement, Richard, comment pourrions-nous faire comme si de rien n'était, hein ?

Fonçant sur le lit, elle enfila ses collants à la hâte. Mais, au moment où elle se redressa, elle surprit le regard que Richard posait sur elle. Il la contemplait avec une admiration qu'elle ne méritait pas. Oh ! elle avait tellement honte !

Au désespoir, Emma se prit le visage dans les mains.

— C'est un vrai cauchemar ! Qu'est-ce que je vais faire ?

Calmement, il la rejoignit au bord du lit et glissa un bras autour de sa taille.

— Tout va s'arranger, je te le jure. Va au travail, prends la journée pour réfléchir, et on en discutera plus tard, d'accord ?

— D'accord…

Elle avait répondu sans conviction, ce qui dut alerter Richard car il lui releva le menton pour l'embrasser.

— Je t'aime. Ne l'oublie pas, O.K. ?

Il la fixait avec une telle intensité… Une lueur étrange brillait au fond de ses beaux yeux chocolat — était-ce la promesse d'un avenir commun ?

Emma esquissa un sourire timide.

— O.K.

Rachel émergea au son d'une voix monocorde qui énonçait les informations à la radio. Jetant un œil du côté de son mari, elle ne trouva qu'un lit vide. En fait, à en croire l'état des draps, Steve n'avait même pas dormi ici.

Saisie de panique, elle récupéra son portable dans le tiroir de sa table de chevet, et vit qu'elle avait reçu un texto :

Raté dernier métro, dors chez collègue, dsl. Pas appelé pour pas te réveiller.@+ Bisous, S.

D'abord rassurée, Rachel sentit soudain son cœur se soulever : il avait passé la nuit chez cette Sam. Comment avait-il pu lui faire ça ? Elle qui avait si longtemps cru qu'il serait la dernière personne au monde à être infidèle…

Oh ! elle était complètement perdue…

Que devait-elle faire ? Appeler Steve pour le mettre devant le fait accompli ?

Elle contemplait son téléphone en se mâchonnant la lèvre quand Alfie entra en trombe dans sa chambre.

— Lily elle fait rien que me taper !

Rachel accueillit la distraction avec gratitude, même s'il ne s'agissait que de jouer les arbitres pour ses jumeaux.

Le différend réglé, elle se transforma en maman modèle : elle prépara le goûter de Will et le petit déjeuner en un temps record, puis aida tout aussi vite Alfie à s'habiller. Résultat : ils étaient tellement en avance qu'elle eut le temps de mettre les enfants devant la télévision avant de partir pour l'école.

— T'es la maman la plus mieux du monde ! s'écria Alfie en grimpant sur le canapé tandis qu'elle zappait sur un dessin animé destiné aux tout-petits.

Will râla un peu pour la forme, mais ne tarda pas à glousser comme son frère et sa sœur. Ils semblaient si heureux, tous les trois, que Rachel sentit l'émotion lui nouer la gorge.

Elle envoya un texto à Sue :

Tu pourrais garder les jumeaux qqs heures ce matin stp ? Pas de questions, j'ai juste besoin d'un peu de tps à moi.

La réponse arriva en un éclair :

Pas de pb ! Prends tout le tps qu'il te faut. Joe est super content.

Emue par la gentillesse de son amie, Rachel surprit une larme sur sa joue, qu'elle s'empressa d'essuyer. 8 h 40, ce n'était *vraiment pas* le moment idéal pour craquer !

Dire que, il y avait encore quelques jours, son seul souci avait été de décider s'ils allaient déménager ou non en Ecosse. Aujourd'hui, elle avait l'impression de voir tout son monde s'écrouler.

Emma avait le plus grand mal à tenir sur ses talons lorsqu'elle traversa le hall d'Allen Chandler. Même appuyer sur le bouton pour appeler l'ascenseur lui demanda un effort surhumain. A l'intérieur de la cabine, elle s'avachit contre le miroir, ne gardant l'équilibre pendant la montée que grâce à la barre.

Au douzième étage, elle tomba nez à nez avec le sourire radieux de Philippa.

— Bonjour, Emma ! Tu as l'air un peu patraque, on dirait. La soirée s'est terminée tard pour toi, je me trompe ?

— On peut dire ça comme ça… Et toi, ça va ?

— Très bien, merci ! Très *très* bien, même.

— Tant mieux. Contente de voir qu'il y a au moins quelqu'un d'heureux ici. A plus tard.

Comme les portes de l'ascenseur se refermaient sur sa collègue, Emma se traîna jusqu'à son bureau, la tête semblable à une enclume recevant des coups de marteau. *Bon sang, mais qu'on m'achève !*

Ella ouvrit des yeux ronds en la voyant.

— Oh ! dis donc, tu as l'air…

— D'une épave, je sais. Ne me demande pas ce qui s'est passé, j'ai encore du mal à l'assimiler moi-même.

— Ça marche. Donc je suppose que tu n'as pas entendu la nouvelle ?

— Quelle nouvelle ?

— Aah ! Il faut vraiment que tu lises tes e-mails.

— Oh non, qu'est-ce qui s'est passé ? Pitié, ne me dis pas que Joel a été nommé DG ? Si c'est ça, je te jure que je me défonce le crâne avec ça, ajouta-t-elle en indiquant un énorme dictionnaire.

Ella fit le geste de zipper sa bouche, l'air un peu hautain.

— Mes lèvres sont scellées. Va lire tes e-mails.

Redoutant le pire, Emma se dépêcha d'allumer son ordinateur. *Allez, lance-toi plus vite !*

Enfin, elle accéda à sa messagerie, et son regard fut directement attiré par l'e-mail intitulé « [URGENT] Changement de personnel ». Elle cliqua, la gorge sèche.

Le message avait été écrit par Philip Allen en personne et s'adressait à l'ensemble de la maison d'édition.

Chers Collègues,

Tout d'abord, merci d'avoir assisté à la réunion d'hier. Je sais que nombre d'entre vous s'interrogent sur l'avenir de la compagnie et sur les conséquences du départ de Digby Chandler. Ainsi, après avoir longuement discuté avec différents membres de la direction, c'est avec grand plaisir que je vous communique les changements suivants :

Avec effet immédiat, Miranda Winter assumera la fonction de directrice générale, une nomination qui témoigne de son dévouement sans faille envers cette compagnie. Par ailleurs, nous allons étendre le service marketing et je suis ravi de vous annoncer que Philippa Jones est promue à sa tête aux côtés de Joel Riches. Le document ci-joint détaille la réorganisation de leur service. Ils restent tous deux sous la supervision de Miranda.

Nous sommes convaincus que ces changements nous permettront d'atteindre nos objectifs de rendements et

de croissance, sans nous départir de ce qui fait la force et l'intégrité de notre maison d'édition de qualité.
Pour toute autre question, n'hésitez pas à vous adresser à Miranda, Nancy ou moi-même.
Cordialement,

Philip Allen
P.-D.G.
Allen Chandler

Emma ne put contenir un cri de joie devant son ordinateur.

— Putain mais c'est génial !

— Oui, hein ? approuva Ella, de retour de la cuisine avec deux tasses fumantes. Vu ton état, je me suis dit que du thé ne te ferait pas de mal.

— Tu es une perle, ma belle. Mais tu sais quoi ? Je me sens beaucoup mieux, d'un coup. Est-ce que quelqu'un a vu Joel ?

— *Etrangement*, il se fait très discret, ce matin.

— Génial. *Géé-niii-aaal !*

Malheureusement, l'allégresse d'Emma tourna court lorsque son portable se mit à sonner et que le nom de Martin s'afficha sur l'écran. *Oh non...* Si elle lui avait envoyé un texto en sortant de chez Richard par trouille que sa voix la trahisse au téléphone, ce n'était pas pour lui parler maintenant !

Tant pis, elle ne pouvait pas l'ignorer après avoir découché, ça serait trop louche. De toute façon, ce n'était pas comme si elle l'avait trompé, pas vrai ? *Pas encore, du moins...*

— Salut, Martin ! répondit-elle d'un ton qu'elle espérait enjoué.

— Salut, belle plante. Tu m'as manqué, cette nuit.

— Ah oui ?

— Bien sûr. Alors, comment il était, le canapé d'Ella ?

— Oh ! un peu bosselé, mais je n'ai pas à me plaindre. Par contre, je dois te laisser, Mart. On se voit tout à l'heure, d'accord ?

— J'ai hâte. Je t'aime.

— O.K., à plus !

Elle raccrocha en panique. A quel moment sa vie s'était-elle transformée en un énorme mensonge ?

De retour chez elle, Rachel s'adossa lourdement contre la porte d'entrée. Le chaos sévissait dans son esprit ; le silence qui régnait dans la maison n'en parut que plus oppressant. Pour la troisième fois depuis qu'elle avait déposé les enfants chez Sue, elle composa le numéro de Steve.

Allez, décroche… Si elle tombait encore sur le répondeur, elle allait péter les plombs !

— Rach ?

Enfin !

— Salut…

Il y eut un instant de silence. Clairement, Steve attendait qu'elle développe, mais Rachel resta muette. Vingt minutes qu'elle essayait désespérément de le joindre, et voilà que, tout à coup, elle ne trouvait pas les mots.

— Est-ce que tu as reçu mon texto ? demanda-t-il enfin.

— Oui.

— Je suis désolé, chaton. Je n'ai pas vu le temps passer et j'ai bêtement loupé le dernier métro. Une chance que Sam vive pas loin du pub, parce que j'ai pu dormir sur son canapé.

La gorge serrée, elle fut incapable de répondre. Bon sang, elle ne pouvait pas avoir cette conversation par téléphone…

— Rach ? Tu es toujours là ? J'ai une réunion dans deux minutes, mais je vais faire en sorte de rentrer à la maison à l'heure, et c'est moi qui me chargerai de coucher les petits, O.K. ?

— O.K., articulat-elle avec peine avant de raccrocher.

Une faible lueur d'espoir pointait dans le cœur de Rachel quand elle rangea machinalement son portable. Steve avait admis avoir passé la nuit chez Sam — ça voulait bien dire qu'il n'avait rien à se reprocher, non ? Quoique, il avait pris soin de ne pas préciser que Sam était une femme...

Avec un soupir désemparé, elle s'effondra sur la première marche de l'escalier, la tête dans les mains. Elle ne savait plus que croire, plus rien n'avait de sens...

Elle en était là de ses idées noires quand un coup à la porte la fit sursauter. *Une distraction !* Tout plutôt que de rester seule avec ses doutes et ses angoisses ! Elle courut presque jusqu'à la porte, et c'est un Tom souriant qu'elle trouva sur le seuil. Un Tom qui lui apparut comme une bouée au milieu de l'océan. Elle eut beau se plaquer la main sur la bouche pour retenir les sanglots qui lui bloquaient la gorge, il était trop tard. En larmes, elle s'effondra dans les bras de son voisin.

— Hé, hé..., murmura-t-il, inquiet, en refermant la porte d'un pied. Qu'est-ce qui ne va pas, Rachel ? Est-ce que les enfants vont bien ? Et Steve ?

Ne parvenant à émettre qu'un son étranglé, elle se contenta de hocher la tête contre son torse rassurant. Des mèches de cheveux lui tombaient dans les yeux, se collaient à ses joues trempées. Mais, lorsque Tom les écarta avec une douceur infinie, Rachel sentit une décharge lui traverser le corps. Elle leva les yeux et, dès que leurs regards se trouvèrent, elle sut ce qui allait arriver.

Elle lui prit le visage à deux mains et l'attira à elle pour écraser leurs bouches l'une contre l'autre. La saveur des lèvres de Tom se mêla au goût salé de ses larmes, et le désir explosa en elle, court-circuita ses pensées, sa souffrance. Elle l'embrassa comme si sa vie en dépendait, et il ne résista pas. Bien au contraire, il répondit au baiser avec fougue, la fit pivoter pour la plaquer contre la porte, ses larges mains si crispées sur sa taille que ses doigts s'enfonçaient dans sa chair. Il avait envie d'elle. Elle avait envie de lui. Plus rien ne pouvait les arrêter.

Sans attendre elle le débarrassa de sa veste, qui tomba lourdement sur le sol. Electrisée par les mains qui couraient dans son dos, sur ses hanches, ses fesses, elle entraîna Tom vers le salon, leurs bouches toujours unies. Elle tira le T-shirt qu'il avait rentré dans son pantalon, s'attaqua fébrilement à sa ceinture et sa braguette. Ses cuisses se heurtèrent au bord du canapé, et ils basculèrent d'un même mouvement, leurs lèvres se détachant un bref instant. Rachel atterrit sur un jouet qui couina de protestation et le jeta à travers la pièce sans s'en formaliser.

Mais, alors qu'elle empoignait Tom par les épaules pour reprendre leur baiser là où ils l'avaient laissé, elle vit qu'il ne la regardait plus. Le torse se soulevant au rythme de sa respiration saccadée, il fixait, interdit, la girafe en plastique sur le sol.

— Rachel, on ne peut pas faire ça.

— *Chh*... Si, on peut. Viens là...

Refermant une main sur la nuque de Tom, elle déposa une pluie de baisers dans son cou. Seulement, cette fois, il la repoussa et s'écarta d'un bond du canapé.

— Non, Rachel. On ne peut pas.

— Pourquoi ? geignit-elle tandis qu'il remontait sa braguette et rebouclait sa ceinture. Tu ne me trouves pas attirante, c'est ça ?

Le ton désespéré de sa propre question la fit rougir, et une lueur indescriptible — de la pitié ? — traversa le regard de Tom. Il s'agenouilla devant elle, lui prit les mains avec douceur.

— Rachel, rien ne me ferait plus envie que de vous faire l'amour, croyez-moi. Mais vous êtes mariée à un homme que je respecte et que j'apprécie beaucoup.

— Je te le laisse si tu l'aimes tant ! lâcha-t-elle alors, vexée.

Tom la considéra avec une telle bienveillance que c'en était presque écœurant.

— Vous avez trois beaux enfants et vous aimez Steve du fond du cœur, je le sais. Dans une autre vie, dans d'autres circonstances, je me serais sans doute jeté sur vous sans me faire prier ; mais là, c'est impossible, et vous le savez tout aussi bien que moi. Le mieux serait d'oublier tout ça, et je vais commencer par rentrer chez moi et arrêter de m'immiscer dans votre vie. On se contentera de discuter par-dessus la clôture pendant que je me plains de mes escargots, comme avant. Comme de simples amis. D'accord ?

Ecrasée par la honte, Rachel hocha faiblement la tête et évita son regard. Alors, Tom porta sa main à ses lèvres avant de se redresser.

— Vous êtes une femme merveilleuse, j'espère que vous en avez conscience.

Puis il retourna vers la sortie, abandonnant une Rachel désemparée sur le canapé. Malgré elle, une petite voix continuait de protester dans sa tête. Pourquoi devait-elle renoncer à une chose qui lui faisait tant de bien ?

Elle craqua lorsqu'elle entendit la porte se refermer sur lui. Roulée en boule, elle pleura toutes les larmes de son corps.

Chapitre 21

Emma avait l'impression d'avoir deux spaghettis mous à la place des jambes. Jamais le chemin entre la station de métro et l'appartement ne lui avait paru aussi long et pénible !

Pourvu que Martin ne soit pas encore rentré… Elle avait besoin d'un long bain chaud et de silence pour faire le point et, si elle croisait son fiancé, elle ne réussirait qu'à s'empêtrer dans ses mensonges et à envenimer les choses. Elle avait bien envisagé de passer chez Rachel mais, à vrai dire, elle ne se sentait pas prête à confesser ses péchés — pas qu'elle ait grand-chose à confesser, cela dit. Le problème, c'est que sa sœur pouvait se montrer assez méprisante quand elle s'y mettait, sans compter qu'elle adorait Martin. Il ne manquerait plus qu'elle la force à tout avouer à son fiancé avant d'avoir eu le temps d'y voir plus clair dans sa vie.

Malheureusement, tous les espoirs d'Emma s'effondrèrent quand elle vit de la lumière dans son appartement depuis la rue. *Merde, merde, merde…* Peut-être allait-elle pouvoir éviter toute conversation compromettante si elle se jetait dans la baignoire ? Non, impossible : elle venait de remarquer une voiture qu'elle ne connaissait pas garée devant chez eux. Pourquoi fallait-il que quelqu'un leur rende visite *ce soir* ?

Les doigts tremblants, elle tourna la clé dans la porte, qu'elle ouvrit avec un faible :

— Mart ?

— Ici.

Le ton sec — agressif, même — de son fiancé la fit se ratatiner un peu plus sur elle-même. Après avoir abandonné ses affaires dans l'entrée, elle se rendit dans la cuisine l'estomac noué, et se figea sur le seuil, horrifiée.

Richard était assis à la table, tandis que Martin se tenait appuyé contre l'évier, les poings serrés et une lueur meurtrière dans le regard.

— Richard ? Mais qu'est-ce que tu... vous...

— Je suis désolé, Emma, il fallait que je vienne. C'était la meilleure chose à faire.

Comme il se levait pour venir l'embrasser, Emma le repoussa violemment, sidérée — et terrifiée à l'idée d'affronter le regard de Martin.

— Comment ça, « la meilleure chose à faire » ?

La réponse fut celle qu'elle redoutait.

— Je lui ai parlé de nous.

Non, non, non !

— « De nous » ? Mais il n'y a pas de *nous* !

— Comment peux-tu dire ça ? Tu sais que j'ai des sentiments pour toi. Je croyais que tu éprouvais la même chose... Et cette nuit ?

— Oui, Emma, lui fit écho Martin, furieux, *et cette nuit* ?

— Il ne s'est rien passé, cette nuit ! C'était juste un baiser !

— *Juste* un baiser ?

Si les deux hommes avaient crié d'une même voix, leurs expressions ne pouvaient pas être plus différentes. Richard paraissait blessé, tandis que Martin affichait une moue de dégoût.

Dépassée par les événements, Emma vacilla jusqu'au siège du coin de la cuisine et s'y laissa tomber avec un gémissement de détresse, les yeux fermés. Elle n'était pas du tout en état d'affronter un bordel pareil maintenant ! Si seulement elle pouvait faire disparaître ces deux-là d'un coup de baguette magique...

— Je suis désolée, lâcha-t-elle dans un murmure. Je ne sais pas quoi te dire, Richard.

A quoi bon s'obstiner à le vouvoyer ? Il était trop tard

pour maintenir une relation strictement professionnelle, de toute façon.

— Mais je ne comprends pas, tu m'as dit que tu me laisserais le temps de réfléchir à tout ça. Alors pourquoi es-tu venu ici ?

L'auteur s'agenouilla devant elle pour la regarder dans les yeux.

— Je suis navré. Je ne pouvais plus attendre. Je sais ce que j'éprouve pour toi, et mes sentiments sont réciproques, je le vois bien. J'ai cru que ce serait mieux pour tout le monde de tenir Martin au courant le plus tôt possible.

— Trop aimable, lâcha ce dernier avec amertume.

Emma risqua un regard en direction de son fiancé et ravala sa salive. Elle ne pouvait pas le laisser assister à cette scène sans rien dire ; elle lui devait une explication.

— Richard, reprit-elle avec un calme qui la surprit elle-même, je crois qu'il vaut mieux que tu partes.

— Mais, mon ange…

Mon ange ?!

— Richard, s'il te plaît. Il faut que j'aie une discussion avec Martin.

— D'accord, soupira-t-il. Mais promets-moi de m'appeler.

— O.K.

Elle le raccompagna à la sortie sans un mot de plus. Toutefois, sur le seuil, il l'embrassa sur la bouche sans crier gare.

— Je pense tout ce que j'ai dit, Emma.

Puis il retourna à sa voiture, lui adressant un petit geste de la main avant de démarrer.

Emma referma la porte plus perdue que jamais. Mais, quand elle tourna les talons, elle se heurta au regard froid et distant de Martin. Il les avait vus.

Avant qu'elle ait pu dire un mot, il fonçait déjà à l'étage.

— Martin, attends ! S'il te plaît, il faut qu'on parle…

S'élançant à sa suite, elle le trouva dans la chambre, en

train de sortir un sac à dos du fond de l'armoire. Impuissante, elle le regarda y jeter des vêtements avec des gestes rageurs.

— Qu'est-ce que… Qu'est-ce que tu fais ?

— Ça ne se voit pas ?

— S'il te plaît, arrête…

— Et pourquoi ça ? répliqua-t-il sans daigner lever les yeux vers elle. Pour que tu puisses encore me raconter des salades, comme tu le fais depuis je ne sais pas combien de temps ? Merde, Emma, depuis quand est-ce que ça dure, votre histoire ?

— Martin, je t'en supplie, écoute-moi. Je n'ai pas couché avec lui, je te le jure !

A ces mots, il s'arrêta de bourrer son sac pour lui jeter un regard perçant.

— Tu l'as embrassé, oui ou non ?

— Oui, mais…

— Mais quoi, Emma ? Si c'est pour me sortir que ça ne voulait rien dire, je préfère encore que tu te taises. Je vaux un peu mieux que ça, tu ne crois pas ?

— Bien sûr que tu vaux mieux que ça. Je comprends que tu m'en veuilles, mais Mart, s'il te plaît, est-ce qu'on peut au moins en discuter ?

— Discuter de quoi, à la fin ? Qu'est-ce qu'il y a à ajouter ? Tu es tout le temps sur mon dos à cause des préparatifs du mariage, alors que tu ne fais que me raconter des bobards. Toutes nos promesses, c'est du flan. Je n'ose même pas imaginer combien de temps tu aurais continué à me mentir si ce tocard n'avait pas décidé de passer me voir. Il a eu le mérite d'être franc avec moi, lui au moins.

— Je… Je suis désolée. C'est juste que je me sentais…

Emma se tut, trop bouleversée pour trouver les mots justes. Martin allait la quitter. Il allait la quitter, et rien de ce qu'elle pourrait dire ne le ferait changer d'avis.

Gagnée par un vertige, elle se laissa tomber au bord du lit, tremblant de tout son corps.

— Oui ? s'impatienta-t-il. Tu te sentais quoi, au juste ?

Trop aimée ? Trop adulée, peut-être ? Depuis le début, je ne te donne rien d'autre que de l'amour, alors franchement, si ça ne te suffit pas, à quoi ça sert de continuer ?

Comme elle gardait le silence, incapable de le regarder dans les yeux, il s'agenouilla devant elle et la prit par les épaules.

— On aurait pu être tellement heureux, toi et moi. D'accord, je ne suis pas aussi doué avec les mots que ce foutu Richard Bennett ; d'accord, je suis fan de foot et je ne t'offre sans doute pas assez de fleurs. Mais je t'aime plus que tout au monde, et ça, même ton écrivain de pacotille ne sera jamais capable d'en faire autant.

Là-dessus, il se releva et retourna à son sac.

Au bord des larmes et la gorge nouée, Emma lui répondit dans un murmure.

— Alors, je t'en supplie, ne t'en va pas. Laisse-moi un peu de temps pour faire le point.

La voix de Martin tremblait d'émotion quand il referma d'un coup sec son sac à dos.

— Non, Emma. J'ai besoin de me protéger, moi aussi, tu comprends ?

Sans même un dernier regard, il tourna les talons et se rua dans l'escalier. Lorsque la porte d'entrée claqua un instant plus tard, Emma laissa échapper un gémissement de détresse. Elle se précipita à la fenêtre juste à temps pour voir la voiture de son fiancé démarrer et disparaître dans la nuit.

Longtemps, elle resta immobile, à fixer l'espace de stationnement vide sous l'éclairage blafard du lampadaire. Puis, après quelques minutes — ou quelques heures, elle ne savait plus —, elle ferma les yeux et se recroquevilla sur le sol, le corps secoué de sanglots silencieux.

Alors qu'ils étaient serrés à quatre sur le lit d'Alfie, Rachel lisait une histoire aux enfants, sans toutefois vraiment parvenir à mettre du cœur dans les voix des personnages.

C'est pourquoi, quand ils entendirent la clé tourner dans la porte d'entrée, Will et les jumeaux se redressèrent d'un même mouvement comme des diables hors de leur boîte.

— PAPA ! PAPA !

— Salut, la compagnie ! leur répondit celui-ci en grimpant les marches quatre à quatre.

Steve eut à peine le temps de passer le seuil que trois tornades foncèrent droit sur lui pour le plaquer au sol.

— Eh bien, quel accueil ! Comment ça va ?

Alors qu'il se relevait tant bien que mal sous leur poids, les enfants se mirent à parler tous en même temps, piaillant plus fort les uns que les autres pour lui raconter leur journée.

Rachel, quant à elle, assistait à la scène depuis le bord du lit. Steve n'était pas encore venu l'embrasser — en fait, il ne l'avait même pas *regardée*. Enfin, il était peut-être juste très content de revoir les enfants...

— Bon, qui veut que papa termine l'histoire ?

— Moiiiiiiii ! s'écrièrent-ils tous les trois.

Lily ne se gêna pas pour enfoncer le clou.

— Oui, s'il te plaît, papa ! Maman elle est toute *pourrite* pour faire les voix. *Surtout la voix de l'ours*, ajouta-t-elle dans ce qu'elle pensait sans doute un chuchotement discret.

— *Oh ! je vois*, lui répondit son père sur le même ton.

Même là, il ne leva pas la tête vers elle. *Il n'ose pas me regarder dans les yeux parce qu'il sait qu'il a quelque chose à se reprocher...*

Trop agitée pour rester assise, Rachel se mit à ranger les vêtements des jumeaux pour s'occuper les mains.

— Eh bien, moi, reprit Steve en chatouillant les enfants à tour de bras, je fais un très bon ours, alors gare à vous ou je vais vous dévorer tout crus !

Les cris et des éclats de rire stridents furent la goutte d'eau pour Rachel. Clairement, personne ne voulait d'elle dans cette pièce.

Comme elle embrassait les enfants sur un faible « bonne nuit », puis les contournait pour foncer dans le couloir, elle croisa le regard de Steve pour la première fois depuis son arrivée. Il y avait une lueur étrange au fond de ses yeux, comme… de la *déception* ? C'était le monde à l'envers !

La boule au ventre, elle retourna au rez-de-chaussée sans un mot de plus. Etait-il sur le point de lui annoncer ce qu'elle redoutait tant ? Allait-il la quitter pour cette fichue Sam ?

Rachel fonça droit sur le réfrigérateur pour en sortir une bouteille de sauvignon blanc et en était déjà à son deuxième verre quand son mari apparut dans l'embrasure de la porte une demi-heure plus tard. Elle sentit son regard peser sur elle, mais n'osa pas l'affronter.

— Alors, commença-t-il, glacial, je peux savoir ce qui se passe ?

Elle se mit automatiquement sur la défensive. *Quel culot !*

— A toi de me le dire !

— Qu'est-ce que t'entends par là ?

— Qu'est-ce que j'entends ? Où étais-tu hier soir, exactement ?

Il plissa le front.

— Je te l'ai dit : j'ai raté le métro et j'ai dormi chez Sam.

— Ah ! Sam, avec qui tu es allé boire un café ? Sam, qui t'envoie des textos le week-end ? *Sam, qui a décroché ton portable hier soir ?*

— Oui. Sam. Pourquoi ?

— « Pourquoi ? » Tu n'as pas jugé utile de préciser que Sam était une *femme* !

Il laissa échapper un ricanement méprisant.

— C'est donc ça ton problème.

— Tu m'as laissée penser que c'était un homme !

— Ne sois pas ridicule…

Elle écumait de rage, à présent. Comment *osait-il* prendre ce petit ton condescendant ?

— Ne me mens pas ! Quand elle t'a envoyé le texto à propos du foot, j'ai dit un truc comme « vous, les hommes, vous êtes pathétiques », et tu n'as pas cherché à me contredire ! Tu croyais peut-être que j'allais oublier ?

— Oh ! arrête un peu, Rachel...

Elle était trop énervée pour s'arrêter.

— Et le pire, c'est que tu m'as menti, l'autre soir : tu n'as pas bossé tard, tu es allé au pub ! Si tu *oses* nier, je te jure que...

— O.K., O.K., la coupa-t-il en levant les mains. C'est vrai, mais je n'ai rien dit uniquement pour éviter que tu te mettes dans tous tes états — comme maintenant.

— Donc tu avoues que tu as menti !

Cette fois, ce fut au tour de Steve de se mettre en colère.

— Non, Rachel, je n'ai pas jugé utile de préciser que Sam était une femme, parce que je croyais naïvement que tu me faisais confiance ! C'est vrai, je suis allé boire quelques bières avec elle, et alors ? Elle est sympa et elle n'aime pas se prendre la tête, et franchement ça me manquait de passer du temps avec quelqu'un qui ne fasse pas un drame de rien à tout bout de champ.

— *Comment oses-tu ?* Dis tout de suite que c'est ma faute si tu te précipites dans les bras de la première venue dès que les choses se compliquent un peu à la maison !

Il secoua la tête, incrédule.

— Je ne me suis pas précipité dans ses bras, c'est grotesque !

Rachel s'efforça de refouler les larmes de rage et de détresse qui lui brûlaient les paupières. Les bras croisés, elle défia Steve du regard et posa la question qui la terrifiait.

— Est-ce que tu me trompes, oui ou non ?

A son grand désespoir, Steve tourna les talons avec un geste exaspéré.

— O.K., j'abandonne. J'en ai ma claque.

— Où est-ce que tu vas ? s'écria-t-elle en se précipitant à sa suite.

Il n'allait tout de même pas la quitter comme ça ?

— Au salon, Rachel. J'en ai marre d'écouter tes délires paranos. Mais puisque tu tiens tant à connaître la réponse : non, je ne te trompe pas avec Sam qui, soit dit en passant, est homo. Et toi ? lui retourna-t-il avant qu'elle ait eu le temps d'assimiler l'information. Est-ce que, *toi*, tu me trompes ?

Rachel sentit un frisson glacé la parcourir. Elle tenta de faire bonne figure, mais sa voix aiguë la trahit.

— Comment ça ?

Le visage fermé, Steve alla récupérer son portable dans la poche de son manteau. Après quelques manipulations, il le lui planta sous le nez, et la voix étouffée de Tom s'éleva du haut-parleur.

— *Rachel, on ne peut pas faire ça.*

Elle eut l'impression que le sol s'ouvrait sous ses pieds. *Oh non !*

— *Chh… Si, on peut. Viens là…*

Pendant un instant, on n'entendit que des bruits sourds de baisers, puis les voix reprirent :

— *Non, Rachel. On ne peut pas.*

— *Pourquoi ? Tu ne me trouves pas attirante, c'est ça ?*

— *Rachel, rien ne me ferait plus envie que de vous faire l'amour, croyez-moi.*

Un gémissement désespéré franchit les lèvres de Rachel. Incapable d'en supporter davantage, elle se plaqua les mains sur les oreilles et serra les paupières. *Non, non, NON !* C'était un cauchemar !

En pleine panique, elle fonça vers la porte sans affronter le regard de son mari, attrapa son sac à main au passage et courut se réfugier dans la voiture. La vue brouillée de larmes, elle resta un moment à sangloter au volant sans mettre le moteur en route. Peut-être Steve allait-il apparaître à la porte ? Oh ! elle ne savait même pas quoi lui dire…

Quand il fut clair qu'il ne sortirait pas, Rachel s'essuya les yeux d'un revers de la manche et démarra dans un crissement de pneus, ignorant le promeneur qui levait le poing dans son rétroviseur.

*
* *

— Si c'est pour nous vendre quelque chose, nous ne sommes pas intéressés !

Emma appuya de nouveau sur la sonnette et, cette fois, la porte s'ouvrit à la volée. Elle n'eut qu'à voir les sourcils froncés de sa mère pour se remettre à hurler à la mort entre deux reniflements disgracieux. Comme toujours terrifiée du qu'en-dira-t-on, Diana l'attira sans ménagement à l'intérieur.

— Edwaaard ! C'est Emma. Elle a l'air… contrariée.

Toujours aussi compatissante, maman… Est-ce que ça la tuerait de la consoler une fois dans sa vie, au lieu de rester plantée là à la fixer comme une pestiférée ?

Heureusement, Emma pouvait toujours compter sur son père. Il sortit du salon comme un boulet de canon et, dès qu'il la vit dans cet état, il jeta le journal qu'il tenait et fonça la prendre dans ses bras.

— Mais qu'est-ce qui t'arrive, ma petite puce ?

Elle ne réussit qu'à émettre un son étranglé, ce qui la fit pleurer de plus belle.

— Est-ce que c'est Martin ? Seigneur, il ne lui est rien arrivé, j'espère ?

Elle le rassura d'un signe de tête et, là encore, sa voix se perdit dans un sanglot.

— Allons, entre t'asseoir. On va t'apporter quelque chose à boire.

— Je m'en charge, intervint Diana. Gin-tonic ?

Emma hocha la tête avec un geignement, puis se laissa guider jusqu'au canapé moelleux, noyée dans ses larmes. Son père lui ayant passé la boîte de mouchoirs posée sur la table — décidément, ça allait finir par devenir une habitude —, elle joua les cornes de brume. Légèrement calmée, Emma laissa son regard errer sur le salon. Une bouffée de nostalgie lui contracta douloureusement le cœur quand elle tomba sur les photos de famille qui ornaient le mur. Elle semblait si heureuse, là-dessus… Ce temps-là paraissait si loin…

Sa mère revint avec le gin-tonic juste à temps pour lui

éviter de rouvrir les vannes. La longue gorgée d'alcool anesthésia quelque peu sa douleur.

— Alors, que s'est-il passé, ma chérie ?

Il lui fallut vider son verre pour trouver le courage de répondre à son père.

— Je crois que Martin m'a quittée.

Un nouveau sanglot lui échappa. Bon sang, le dire tout haut rendait tout ça si réel...

— J'en étais sûre ! s'écria sa mère avec de grands gestes. Tu vois, Edward, je te l'avais bien dit qu'il y avait anguille sous roche ! Oh ! misère divine, il va falloir annuler le mariage !

Emma reçut sa réaction comme une gifle.

— Merci du soutien, maman...

— Pardon d'énoncer la vérité !

— Allons, Diana, et si nous laissions Emma nous expliquer ?

Les lèvres pincées, elle s'installa dans le fauteuil qui lui faisait face et croisa les bras. Emma prit une longue inspiration pour rassembler son courage.

— Eh bien, il y a cet auteur, au travail...

— Grands dieux ! Un autre homme ! Emma, comment as-tu pu ?

— Maman, tu veux bien me laisser terminer ?

— Oui, bon, pardon. Mais *franchement* !

Evitant soigneusement le regard lourd de jugement de sa mère, Emma chercha par quel bout attaquer son histoire. Soudain, la sonnette perça le silence. Tout comme son père, elle se tourna vers Diana, qui se leva avec un soupir théâtral.

— Bien, j'ai compris, je m'en charge ! De toute manière, Edward n'a jamais su s'y prendre avec les désaxés assoiffés de sang, alors autant que ce soit moi qui aille leur ouvrir !

Il attendit qu'elle quitte la pièce pour chuchoter :

— Je ne suis pas certain que beaucoup de « désaxés assoiffés de sang » sonnent avant de massacrer leurs victimes, mais ta mère a toujours eu un penchant pour l'exagération.

La remarque réussit à arracher un sourire à Emma,

alors que sa mère revenait accompagnée d'une Rachel aux yeux rouges.

— C'est à croire que vous vous êtes passé le mot pour que vos crises tombent le même soir ! Bon, Rachel, je suppose que tu veux un gin-tonic, toi aussi ?

— Oui, s'il te plaît, maman, répondit-elle en reniflant bruyamment.

— Ne renifle pas, jeune fille. Il y a une boîte de mouchoirs sur la table basse, apprends à t'en servir !

Rachel baissa le nez comme une enfant de cinq ans.

— Oui, maman. Pardon, maman.

Edward vola à sa rencontre pour la mener jusqu'au canapé et lui tendre la boîte de mouchoirs.

— Oh non, qu'est-ce qui ne va pas, mon lapin ? Viens donc t'asseoir avec ta sœur et moi. Mince alors, il y a belle lurette que je n'ai pas eu à consoler mes deux petites princesses en même temps !

Comme elles se blottissaient chacune d'un côté de leur père, Rachel se moucha, puis jeta un regard en coin à Emma.

— Salut, Em. Ça va ?

— Pas vraiment. Et toi ?

— Pareil.

De retour avec la boisson, leur mère servit Rachel, puis resta debout en se tordant les mains.

— Ma colombe ?

— Oui, Edward ?

— Pourquoi ne te joindrais-tu pas à nous ?

— Oh ! d'accord. Vous aviez l'air tellement bien, tous les trois, je n'étais pas sûre que vous aviez besoin de moi.

— Ne dis pas de bêtises, nous avons toujours besoin de toi, pas vrai les filles ?

Elles approuvèrent sans conviction, et Diana vint se percher sur le bras du canapé, raide comme un piquet.

— Bien, Martin a quitté ta cadette ; peut-on savoir ce que tu vas nous annoncer à ton tour, Rachel ?

Emma accusa le coup. *Le tact incarné.*

Sa sœur écarquilla tant les yeux qu'ils semblèrent prêts à jaillir de leurs orbites.

— Tu déconnes !

— Il ne m'a pas quittée ! se défendit Emma sans vraiment y croire elle-même. On a eu… un accrochage, c'est tout.

— Il y a un autre homme, précisa leur mère.

— Non ! Enfin si, il y a un autre homme impliqué dans l'affaire, mais nous ne sommes pas ensemble. On s'est juste embrassés.

Diana claqua la langue en secouant la tête.

— Et tu t'étonnes qu'il t'ait quittée…

— Maman, est-ce que c'est trop te demander de te montrer un peu plus compréhensive ?

Elle soupira devant la mine vexée de Diana. Qu'est-ce qui lui avait pris de venir pleurer ici, franchement ? Bien sûr que sa mère allait lui faire plein de reproches… C'est Ella qu'elle aurait dû aller voir — ou même Rosie.

Pressée de ne plus être le punching-ball de service, Emma se tourna vers sa sœur.

— Et toi, alors, Rach ?

Elle ne cilla pas devant le regard noir que son aînée lui jeta. *Désolée, ma vieille, chacune son tour.*

— Oh ! ce n'est rien, on s'est juste un peu disputés.

A d'autres.

Si Emma garda ses réserves pour elle, leur mère, elle, n'hésita pas à sauter à la gorge de Rachel.

— A quel propos ?

— Bah, des choses et d'autres…

— Tu parles du déménagement, n'est-ce pas ?

— Euh…

— Rachel, parles-tu du déménagement, oui ou non ?

— Oui, bon, entre autres.

— Oh là là, je le savais, *je le savais* ! Edward, qu'est-ce que je t'avais dit ? Cette petite n'est pas heureuse ! Elle n'a aucune envie de déménager, elle se laisse seulement porter par le courant. Je l'avais senti, n'est-ce pas, Edward ?

Celui-ci dut comprendre qu'elle attendait sa confirmation, car il acquiesça.

— C'est vrai, ma colombe. Tu l'avais dit.

Satisfaite, elle reprit sans laisser Rachel en placer une :

— Eh bien, tu n'as plus qu'à dire à Steve que tu ne veux pas partir. Il va falloir qu'il refuse la mutation et qu'il garde son emploi actuel — ou qu'il s'en trouve un autre, si celui-ci l'ennuie tant. Ou alors, tu pourrais peut-être travailler à temps partiel, et nous vous aiderions avec les petits ? Edward, franchement, pourquoi ne l'as-tu pas proposé toi-même ? Faut-il toujours que ce soit moi qui pense à tout ?

Elle poursuivit son monologue avec le débit d'une mitraillette. Sur le canapé, les sœurs échangèrent un regard amusé avec leur père, avant de se blottir de plus belle contre lui. Ça alors, c'était comme retomber en enfance : les filles dans les bras de papa, pendant que maman jacassait tout son soûl. Le paradis, plus ou moins. Voir que sa famille ne changeait pas réconforta Emma ; elle restait un point de repère dans sa vie.

Au bout d'un moment, leur père fit mine de se lever.

— Diana, ma colombe, les filles ont sans doute un petit creux. As-tu envie de quelque chose, toi aussi ?

Comme si la suggestion avait activé un ressort invisible, Diana bondit de son fauteuil.

— Laisse-moi faire. Tel que je te connais, tu vas retourner les placards et la cuisine va être un vrai capharnaüm. Les filles, voudriez-vous un sandwich ou quelque chose comme ça ?

Elles hochèrent la tête de bonne grâce.

— Bon, je vous préviens, il ne nous reste pas grand-chose — nous devons refaire les courses demain —, mais je vais me débrouiller. Et il va falloir que je prépare une nouvelle tournée de gin-tonics, je suppose. Allez-vous passer la nuit ici ? Les deux chambres d'amis sont déjà prêtes, si vous voulez.

Sans attendre de réponse, elle ramassa leurs verres et fonça dans la cuisine. Rachel adressa un petit sourire à Edward.

— Tu l'as fait exprès, pas vrai ?

— Hmm, disons juste que je sais comment m'y prendre avec votre mère. Bon, parlons peu, parlons bien : comment va-t-on pouvoir régler vos soucis ?

Emma croisa le regard nostalgique de sa sœur et esquissa un léger sourire. Leur père n'avait pas changé, depuis leur enfance : chaque fois qu'elles avaient un chagrin, il s'arrangeait pour occuper Diana ailleurs pendant qu'il gérait la crise lui-même.

— Commençons par Emma. Dis-moi, cet auteur, est-ce que tu l'aimes ?

Ouah ! La question qui tue.

— Non, je ne crois pas… Enfin… Oh ! je n'en sais rien. Il est juste…

Elle cherchait le mot juste quand Rachel le fit à sa place.

— Différent.

— Oui, *différent*. Merci.

— De rien. Bon Dieu, c'est moi qui devrais bosser dans l'édition, je suis plus douée que toi avec les mots.

Edward ne les laissa pas changer de sujet.

— Bon, il est différent, d'accord. Mais, et Martin, dans tout ça ?

Emma poussa un profond soupir.

— Martin… Martin est merveilleux, mais je ne sais pas, des fois je me sens comme…

— Prise au piège, termina encore sa sœur.

— Oui ! C'est ça ! Des fois j'ai le sentiment d'être une vieille femme mariée, comme si ma vie était déjà finie.

— Merci bien…

A l'évidence, Rachel s'était sentie visée.

— Désolée, frangine, je ne disais pas ça pour toi. Et puis, de toute façon, ce n'est pas comme si tu étais prise au piège, toi. Tu as tout pour être heureuse et tu es sur le point d'aller vivre de nouvelles aventures à l'autre bout du pays. Alors que moi, je suis coincée à Londres, sur le point de me marier.

Enfin, si mariage il y avait…

— Excuse-moi, Em, est-ce que j'ai bien entendu ? Pas prise au piège, *moi* ? Je passe mes journées à élever trois gosses et il y a des chances pour que je suive mon mari en Ecosse comme une bonne épouse soumise — tu appelles ça comment, toi ?

— Rach, « bonne épouse soumise », ce n'est pas spécialement la description qui vient à l'esprit quand on te connaît.

— Ouais, bon, peu importe, le propos n'est pas là. Toi, tu as ta carrière et encore toute ta vie devant toi. Tu peux faire tout ce qui te chante. Tu n'es pas sûre de vouloir épouser Martin ? Facile : tu ne le fais pas, et la question est réglée.

— Aussi simple que ça, hein ?

— Et pourquoi pas ?

Emma soutint le regard de sa sœur avant de riposter :

— O.K. Puisque c'est si simple, tu n'as qu'à ne pas partir pour l'Ecosse.

Rachel fit la moue.

— C'est complètement différent.

— Ah oui, et pourquoi ça, je te prie ? Ce n'est pas parce que tu es plus vieille que moi et que tu as pondu trois enfants que ta vie est plus compliquée que la mienne.

— Bien sûr que si, Emma, soupira-t-elle en levant les yeux au ciel.

— Arrête de prendre ton petit air supérieur.

— Et toi, grandis un peu.

— Les filles !

Elles se turent aussitôt. Règle numéro un de la famille : quand leur père prenait son ton sévère de directeur d'école — enfin, *ex*-directeur d'école —, ni l'une ni l'autre ne pipait mot.

— Bien, maintenant que j'ai votre attention, écoutez ce que j'ai à vous dire : je pense que vous avez autant à réfléchir l'une que l'autre. Emma, il faut que tu arrives à décider si Martin est vraiment l'homme qu'il te faut ; et, si ce n'est pas le cas, tu dois le lui dire franchement. C'est un chic type, et c'est le moins qu'il mérite. Et en ce qui concerne cet écrivain, eh bien, je suis mal placé pour donner mon opinion, c'est à toi de juger. En tout cas, une chose est sûre : si ce n'est pas un homme bien, il ne vaut pas la peine de tout gâcher.

Tout à coup honteuse, elle hocha la tête sans broncher.

— Quant à toi, reprit-il en se tournant vers Rachel, il va falloir que tu réfléchisses bien à ce que tu attends de la vie. Steve et toi, vous avez bâti quelque chose de solide mais, si ça ne te convient pas, eh bien… Ce que je veux dire, c'est que tu te trouves à un tournant de ta vie, alors choisis bien la voie que tu veux emprunter.

Rachel ne répondit rien, mais baissa les yeux.

Un long moment passa avant que leur père ne reprenne la parole.

— Les filles, je pense vraiment que vous avez besoin de respirer un grand coup et de faire le point sur ce que vous avez déjà. Vous êtes toutes les deux des femmes merveilleuses et intelligentes, avec encore de longues années devant vous. Ne perdez pas de temps à regarder passer votre vie en attendant le prochain train; installez-vous aux commandes et profitez du voyage. Bon, et maintenant, refaites donc un câlin à votre vieux père avant que votre mère ne revienne faire la loi.

Elles ne se firent pas prier. Enlacés tous les trois, ils allumèrent la télévision et jetèrent leur dévolu sur un feuilleton débile des années 70 pour se vider la tête.

Emma pouffait trop pour s'en rendre compte, mais quand sa mère revint dans le salon, un plateau dans les mains, elle resta un moment immobile sur le seuil, à les observer, envieuse.

Chapitre 22

Emma se terrait sous sa couette depuis qu'elle était revenue de chez ses parents. Retourner chez papa-maman pour la nuit lui avait fait du bien — même si ça avait été un peu bizarre —, mais dès qu'elle avait posé un pied dans son duplex vide, ce matin, elle avait craqué. Elle s'était fait porter pâle, appelant le bureau avec sa plus belle imitation de grippée, puis avait passé le plus clair de la journée à dormir et pleurer dans son oreiller.

Elle se sentait toujours aussi mal quand le soir commença à tomber. Bonne nouvelle : elle avait arrêté de concurrencer les chutes du Niagara. Mauvaise nouvelle : c'était sans doute parce qu'elle s'était vidée de toutes les larmes de son corps. Et, de toute façon, elle n'avait plus la force de pleurer — en fait, elle n'avait plus la force de rien. Même si elle restait là, à dormir une année entière, elle serait sans doute toujours aussi lasse au réveil.

Au rez-de-chaussée, la chaudière se mit en route, et son ronronnement rassurant réussit à apaiser un peu Emma. Pour la première fois de la journée, ses pensées se détournèrent de son chagrin pour dériver vers sa sœur. Pas que le sujet soit moins déprimant, cela dit; Rachel lui cachait quelque chose, c'était sûr. Ce n'était pas son genre de courir se morfondre chez les parents à cause d'une simple dispute avec Steve. Venir pleurer sur l'épaule de leur père, passe encore, mais s'exposer au jugement de leur mère ? C'était du jamais vu pour sa frangine. Pourvu que ce ne soit pas trop grave…

Contrariée, Emma essaya de se rendormir pour oublier ses malheurs. Peine perdue, son cerveau refusa d'obtempérer.

En désespoir de cause, elle se traîna hors du lit pour aller se faire couler un bain. Elle répartit dans la pièce assez de bougies pour éclairer une cathédrale, prépara ses serviettes les plus moelleuses, puis alla chercher son pyjama en pilou, avant de se rappeler que c'était celui que Martin lui avait offert à Noël dernier. Résultat des courses : elle se remit à chouiner, en peignoir, à genoux devant la penderie — il fallait croire qu'il lui restait encore des larmes, en fin de compte.

Mais secoue-toi, ma vieille ! Regarde-toi, tu es pitoyable !

Les yeux en feu, elle retourna à la salle de bains et alluma les bougies sans entrain. Mais, alors qu'elle s'apprêtait à pénétrer dans le bain, on frappa à la porte d'entrée, et elle se figea, un pied au-dessus de l'eau. Pas question d'aller ouvrir maintenant, mieux valait faire la morte et l'indésirable finirait bien par s'en aller.

Raté. Les coups se firent insistants.

Jurant entre ses dents, Emma passa de nouveau son peignoir, éteignit les dix mille bougies et fila au rez-de-chaussée.

Richard se tenait sur le seuil, un sourire flottant sur les lèvres. Avant qu'elle ait eu le temps de réagir, il l'embrassa.

— Surprise !

— Oh ! euh, salut. Qu'est-ce que tu fais là ?

Il dut remarquer ses yeux rouges, car il eut soudain l'air inquiet.

— Je voulais juste m'assurer que tu allais bien, mais…

— Je vais bien.

Elle avait à peine fini sa phrase qu'elle se remit à pleurer.

Ah, oui. Bravo Emma. Très convaincante.

Richard s'invita à l'intérieur pour la prendre dans ses bras. Il cueillit ses larmes du bout des lèvres, lui embrassa les paupières, le nez, les tempes.

— Richard, non, protesta-t-elle en le repoussant. S'il te plaît, arrête.

Elle s'enfuit dans le salon, mais, bien sûr, il la suivit.

— Pardonne-moi, Emma, je suis incapable de te résister... Viens, on va discuter au calme.

Il l'entraîna jusqu'au canapé et l'aida à s'asseoir, sans toutefois la rejoindre.

— Reste là, je vais nous chercher à boire.

— Oh ! euh, O.K.

Ne te gêne pas, surtout. Fais comme chez toi.

Il revint une minute plus tard avec deux grands verres de vin blanc, puis s'installa à son côté.

— Je dois dire que je me sens un peu coupable dans toute cette histoire et j'en suis désolé.

— Merci, bredouilla-t-elle.

Merci ? Merci de quoi ? D'avoir brisé mon couple ?

— Pour être honnête, je ne pense pas vraiment que Martin te rendait heureuse et j'ai cru bien faire. Mais je regrette de t'avoir causé des ennuis.

Emma but une longue gorgée de vin. Voulait-elle qu'il s'en aille, ou qu'il reste ? Elle ne savait plus...

— C'est gentil à toi de t'inquiéter.

— Tu n'imagines pas comme j'avais besoin de te voir, Emma. Depuis hier, tu occupes toutes mes pensées.

Richard lui reprit son verre et le posa sur la table. Puis, lui prenant le visage à deux mains, il lui déposa un baiser chaste au coin des lèvres.

— C'est officiel, murmura-t-il. Je suis tombé...

Encore un.

— Désespérément...

Et un autre.

— Amoureux de toi.

Cette fois, il prit le temps de goûter ses lèvres. D'abord l'une... Puis l'autre... Et encore... Et encore...

Lorsqu'il trouva sa langue, Emma était perdue. Elle se laissa aller contre lui, répondit à son baiser avec une fièvre qu'elle ne contrôlait plus.

— Emma, je crois que nous devrions poursuivre à l'étage.

Envoûtée par la voix rauque de Richard, elle ne protesta pas. *Martin est parti. Tourne la page.*

Ils avaient presque atteint l'escalier quand le téléphone fixe joua les trouble-fête.

— Je vais laisser sonner.

Une fois en haut, elle reconnut la voix de sa mère sur le répondeur, mais ne distingua pas ses mots. Peu importait, elle pourrait toujours la rappeler demain pour avoir une vraie discussion, peut-être même l'inviter à déjeuner.

Toutefois, une petite hésitation s'empara du cœur d'Emma, qui s'arrêta sur le seuil de la chambre — tout allait si vite… Richard, déjà à l'intérieur, déposa alors les verres de vin qu'il avait emportés et revint sur ses pas. Il se remit à l'embrasser, à semer le doute dans son esprit, à affoler ses sens. Comment résister quand il faisait glisser ses lèvres dans son cou de cette façon ? Il écarta doucement les rebords de son peignoir, juste assez pour parsemer de baisers la ligne de sa clavicule. Peu à peu, il l'attira jusqu'au lit.

Emma l'aurait sans doute laissé la déshabiller entièrement si son portable ne s'était pas tout à coup mis à sonner sur la table de chevet.

— Ne réponds pas.

Elle stoppa néanmoins les mains de Richard sur le nœud de son peignoir pour jeter un œil à l'écran.

Et soudain, elle sentit son cœur s'arrêter.

— C'est ma mère.

— Et alors ?

— Elle n'appelle jamais sur mon portable. *Jamais.*

Abandonnant Richard, qui se laissa tomber sur le lit d'un air boudeur, elle se précipita pour décrocher.

— Maman ? Est-ce qu'il y a un problème ?

— Emma ? Emma, c'est toi ?

La voix de sa mère était méconnaissable ; absente, presque un murmure.

— Oui, maman, qu'est-ce qui se passe ?

— C'est ton père, Emma. Il… Il a…

La voix se brisa, et Emma céda à la panique.

— Maman ! Parle-moi ! *Qu'est-ce qui s'est passé ?*

Il y eut des bruits étouffés au bout de la ligne, et ce fut Rachel qui prit le relais.

— Emma ? Tu es là ?

— *Rach, dis-moi ce qui est arrivé à papa !*

— Il a fait une crise cardiaque. On est à l'hôpital St. Mary. Je crois que tu ferais mieux de nous rejoindre au plus vite.

Cet hôpital méritait sans doute le prix de la salle d'attente la plus déprimante du monde : chaises en plastique bancales, pile de magazines féminins qui n'avaient pas dû quitter la table basse depuis 1996 et, cerise sur le gâteau, reproduction défraîchie des *Tournesols* de Van Gogh au mur. Vraiment, super idée de déco pour une pièce où on attendait dans l'angoisse d'en savoir plus sur l'état de ses proches ; rien de tel pour retrouver le moral que de contempler le tableau d'un génie mentalement instable qui a fini par se suicider.

Pour la centième fois depuis leur arrivée, Rachel réprima un frisson de dégoût. Il fallait qu'elle sorte de là, et vite.

— Est-ce que tu veux que je te rapporte un truc du distributeur, maman ?

Diana leva des yeux rougis et hagards, comme si on venait de lui parler en lituanien.

— Excuse-moi, tu as dit quelque chose ?

Rachel prit la main de sa mère, qui se raidit et la retira vivement — pas étonnant, elle n'avait jamais été fan des contacts physiques —, mais lui montra sa gratitude d'une petite tape sur la cuisse.

— Je vais bien, merci.

— Non, maman, je te demandais si tu voulais quelque chose du distributeur. Je vais aller me chercher un café.

— Quoi ? Oh ! non merci, Rachel.

Puis elle se remit à fixer le vide.

Avec un pincement au cœur, Rachel l'abandonna dans

la salle d'attente pour se mettre en quête du Graal. Elle traversa le couloir à la hâte, agressée par l'odeur chimique de désinfectant et les bips qui résonnaient de tous côtés — sans compter les affreux cris de douleur qui se faisaient entendre. Elle trouva le distributeur un peu plus loin, y vida sa monnaie et fut récompensée par un liquide boueux censé être un cappuccino.

— Excusez-moi, mademoiselle ?

Une dame âgée minuscule venait d'apparaître à son côté. Le visage entouré d'un halo de cheveux blancs, elle portait deux gros sacs en plastique qui paraissaient bien trop lourds pour ses bras décharnés.

— Est-ce que tout va bien, madame ?

— Oh ! oui, oui, ma petite. Pourriez-vous m'indiquer comment me rendre au bus numéro cinquante-deux ?

— Je ne sais pas trop… Vous devriez peut-être demander à une infirmière ?

En guise de réponse, l'inconnue se vida la vessie en plein milieu du couloir. Rachel eut un mouvement de recul horrifié, mais pas assez vif pour éviter de se faire asperger la chaussure droite de quelques gouttes d'urine.

— Aaah, ça va mieux ! s'extasia la vieille dame avec un sourire béat dépourvu de dents.

— Madame Hill ! C'est donc là que vous vous cachez.

Une infirmière avenante à l'accent antillais trottina jusqu'à elle pour la prendre par le bras.

— Oh ! vous avez eu un petit accident. Ce n'est pas grave, je vais nettoyer ça. Occupons-nous d'abord de vous ramener à votre lit, d'accord ?

Jetant un regard à Rachel, elle ajouta dans un murmure :

— La pauvre femme essaie tous les jours de rentrer chez elle pour retrouver son mari, alors qu'il est mort depuis sept ans. C'est si triste…

Ne sachant que répondre, Rachel les regarda avec gravité s'éloigner dans le couloir.

— Quand vais-je revoir mon Ernie, Grace ?

La question innocente de Mme Hill lui fit monter les larmes aux yeux. C'est alors qu'elle sentit quelqu'un dans son dos. C'était Steve.

Il la prit dans ses bras sans un mot et, submergée de gratitude, elle pleura doucement contre son épaule.

Richard s'arrêta dans un crissement de pneus devant l'entrée moderne de l'hôpital.

— Est-ce que tu m'accompagnes ? lui demanda Emma, la main sur la poignée.

Un éclair de panique traversa le regard de l'auteur, qui le masqua bien vite par un sourire navré.

— Oh ! Emma, je voudrais bien ; mais, pour être honnête, les réunions de famille, ce n'est pas vraiment mon truc. Je crois que je serais de trop.

« Les réunions de famille » ? Il s'imaginait qu'elle l'invitait au mariage de son cousin, ou quoi ?

— Peut-être, mais je ne dirais pas non à un peu de soutien.

— Bien sûr, bien sûr. Tu n'as qu'à appeler si tu as besoin de moi, d'accord ?

Il lui embrassa le creux de la paume, avant d'ajouter :

— J'espère de tout mon cœur que ton père va bien, Emma.

Abasourdie, elle ne répondit rien et ouvrit la portière. Sans un regard en arrière, elle s'élança à l'intérieur du bâtiment, toutes ses pensées déjà tournées vers son père.

Ce qu'elle ne savait pas c'est que, dès que les portes automatiques se refermèrent sur elle, Richard sortit son portable pour joindre le numéro qui lui avait laissé un appel en absence. C'est une voix charmeuse qui répondit.

— Bonsoir, monsieur le-tocard, ça faisait longtemps.

Richard se laissa tomber contre son siège avec un rictus.

— Alors, que deviens-tu ?

— Eh bien, je suis actuellement étendue sur mon lit dans le plus simple appareil. Que dirais-tu de passer me rendre visite ? Si tu n'es pas trop occupé avec ton éditrice, bien sûr.

Un sourire grivois lui étira les lèvres.

— En voilà une proposition alléchante… Comme tu t'en doutes, j'ai un emploi du temps très chargé, mais je pense pouvoir me libérer pour toi dans… disons une demi-heure ?

— Je me languis déjà.

— Il a fait un infarctus assez grave. Il est stable pour le moment, mais, à ce stade, il est encore trop tôt pour déterminer l'évolution de son état. Les prochaines vingt-quatre à quarante-huit heures seront décisives.

Tandis que la doctoresse délivrait son diagnostic, Rachel fixait le grain de beauté étrange sur sa lèvre, et Diana, assise près de son mari inconscient, la considérait d'un air absent presque serein, comme si cette femme était en train de lui annoncer la météo de la semaine ; quant à Emma, elle sanglotait dans un coin de la chambre. Seul Steve était encore capable d'écouter avec attention le médecin, et ce fut lui qui la remercia quand elle se retira avec le sourire sans joie de ceux qui portent des mauvaises nouvelles au quotidien. Après quoi, ils retournèrent au chevet d'Edward, et aucun des quatre ne prononça un mot pendant un long moment.

Rachel ne pouvait détacher son regard des tubes et machines qui maintenaient son père en vie.

— Je n'arrive pas à comprendre comment, *lui*, il a pu faire une crise cardiaque. Il est encore en pleine forme, il mange sainement, il ne fume même pas. O.K., il a un peu de cholestérol et il aime bien boire un petit verre de temps en temps, mais *merde*, c'est injuste !

La main que lui posa Steve sur l'épaule lui apporta un peu de réconfort, et elle le remercia d'un sourire. De l'autre côté du lit, Emma renifla avant de s'essuyer le nez.

— Certaines personnes ont le cœur plus fragile que d'autres, c'est tout.

— Bon sang, Emma, merci pour ta positivité ! On a vachement besoin d'entendre ça maintenant !

— Ça va, j'essayais juste de trouver une explication…

— Les filles, s'il vous plaît.

Diana n'avait pas élevé la voix, mais les sœurs s'excusèrent aussitôt, honteuses. Ce n'était ni le lieu ni le moment de se voler dans les plumes. C'étaient la fatigue et l'angoisse qui parlaient, pas elles.

— Je pense que nous avons tous besoin de nous reposer, suggéra Steve avec douceur. Il est tard.

— Nous ne pouvons pas laisser papa.

— Non, bien sûr. Diana n'a qu'à prendre le fauteuil, et je vais aller demander au poste des infirmiers s'ils peuvent nous prêter des matelas d'appoint et des couvertures.

— D'accord, mais, et les enfants ?

— Sue a dit qu'elle pouvait les garder pour la nuit sans problème et qu'elle conduirait Will à l'école demain matin.

Rachel hésita un instant à suivre son mari dans le couloir, avant de se raviser. Ils n'avaient pas eu de vraie discussion depuis leur grosse dispute d'hier soir. Ils s'étaient croisés ce matin quand elle était rentrée de chez ses parents pour s'occuper des enfants, mais ils n'avaient échangé que quelques mots avant que Steve ne parte au travail. Et maintenant… Eh bien, elle était surtout heureuse qu'il soit là pour la soutenir. Le moment était mal choisi pour aborder leurs problèmes, et, à vrai dire, elle ne préférait même pas imaginer où cette conversation pourrait les mener.

Il ne tarda pas à revenir avec le couchage, et ils s'installèrent tout autour du lit, serrés sur le sol de la petite chambre comme des enfants en camp de vacances. L'image en aurait presque été risible si l'ambiance n'avait pas été si terrifiante.

Après un long moment, Rachel se redressa pour regarder sa mère dans la pénombre et sentit son cœur se serrer. Une couverture posée sur les épaules, elle se tenait le dos raide dans son fauteuil pourtant confortable et ne quittait pas Edward des yeux. Il y avait tant d'amour et de peur dans son regard… Jamais elle ne l'avait vue comme ça.

— Maman ?

Elle attendit que Diana se détourne enfin de son mari pour continuer.

— Tu devrais essayer de te détendre. Un peu de sommeil te fera du bien.

— Oui, ma chérie. Dors, ne t'occupe pas de moi.

Il faisait encore nuit quand Emma ouvrit les yeux. Dans l'obscurité, elle discerna les pieds de sa mère près de son visage et en fut encore plus désorientée — était-ce encore l'un de ces rêves bizarres dont elle se réveillait en deux fois ?

Se frottant les yeux, elle se redressa un peu trop vivement et se cogna la tête.

— *Aïe !*

— Emma ?

— Maman ?

C'est alors qu'elle se rappela. C'était contre le lit de son père qu'elle venait de se cogner. A l'hôpital.

Tout en massant son crâne endolori, elle plissa les yeux pour mieux distinguer sa mère. Les mains crispées sur les bras du fauteuil, elle avait le regard fixe, presque comme une somnambule.

— Maman ? répéta-t-elle dans un chuchotement. Est-ce que ça va ?

Elle comprit en suivant son regard. C'était son père que Diana fixait. Son père, qui respirait grâce à un masque et qui était relié à plus de tubes qu'elle n'en avait jamais vus.

— Ça va, répondit enfin Diana d'une voix absente, sans bouger d'un millimètre.

Tout à coup, Emma se sentit de trop dans la pièce. Ce qu'elle voyait là, ce n'étaient pas seulement sa mère et son père, c'était une femme qui avait peur de perdre l'homme qu'elle aimait plus que tout. C'était étrange comme les enfants avaient tendance à oublier que leurs parents étaient avant tout un couple. Etrange, et terriblement triste.

— Maman, je crois que je vais aller me chercher quelque chose à boire. Est-ce que je peux te laisser ?

Cette fois encore, sa mère garda les yeux rivés sur son mari.

— Bien sûr. Ne t'inquiète pas pour nous.

Emma sortit de la chambre sur la pointe des pieds, enjambant les silhouettes endormies de Rachel et Steve. Un étrange silence régnait dans le couloir — comment était-ce possible, avec tous ces gens malades ? Tout à coup, des gémissements de douleur s'élevèrent d'une des chambres, de plus en plus fort, au point qu'Emma courut jusqu'au poste des infirmiers, affolée. Personne n'y était en vue.

— Excusez-moi ? *Excusez-moi ?* Je crois que quelqu'un a besoin d'aide, par là !

Une infirmière corpulente aux traits fatigués apparut à la porte, puis, sans lui accorder un regard, partit dans le couloir en suivant les gémissements.

Seule et effrayée, Emma se précipita sans réfléchir vers la sortie — vite, elle étouffait ! Dehors, elle inspira de grandes goulées d'air froid pour tenter de se calmer — en vain. Sa détresse empirait de seconde en seconde. Alors, paumes posées contre le mur, elle baissa la tête, ferma les yeux et, pour la première fois de sa vie, pria.

— Pitié, faites qu'il ne meure pas.

Submergée par l'ampleur de la situation, elle fondit en larmes. Si seulement elle avait quelqu'un pour la consoler… Elle sortit son portable de sa poche, se raccrochant à un vague espoir — Richard avait peut-être cherché à la contacter sans qu'elle s'en aperçoive ? Aussi douloureux que ce fût, elle n'eut d'autre choix que d'admettre la vérité qu'elle s'était efforcée d'ignorer jusque-là. Il n'y avait ni message sur le répondeur ni texto, rien. Malgré toutes ses belles paroles, Richard n'avait pas jugé utile de la réconforter, ni même de prendre des nouvelles.

Se laissant tomber contre le mur, elle ne s'arrêta de pleurer que lorsque les portes automatiques s'ouvrirent. C'était Rachel qui la rejoignait.

— Hé, Em. Je me disais bien que j'allais te trouver ici.

— Hé…

Ce simple son lui écorcha la gorge.

— Viens, on va marcher un peu.

Bras dessus, bras dessous, les sœurs errèrent sans but sur le parking. Soudain, une voiture se gara en catastrophe un peu plus loin, et un homme en sortit, affolé, avant de courir aider sa compagne manifestement sur le point d'accoucher. Le trajet était court jusqu'à l'entrée, mais elle dut s'arrêter plus d'une fois, visiblement en proie à une vive douleur.

— La pauvre, dit Rachel d'un ton compatissant dès que le couple disparut à l'intérieur. Je sais ce que ça fait et je peux te dire que je préférerais crever plutôt que de revivre ça encore une fois.

Déjà à fleur de peau, Emma craqua aussitôt. Rachel lui frotta l'épaule.

— Oh ! Em… Calme-toi, *chh*…

— Non, je ne vais pas me calmer ! s'écria-t-elle entre deux sanglots convulsifs. J'ai tout fait foirer avec Martin ! Je me suis comportée comme la dernière des idiotes, et lui, je l'ai humilié ! Je ne vais sans doute jamais me marier et je n'aurai jamais d'enfants ! Et maintenant papa est à l'hôpital et il va peut-être *mourir* !

— Franchement, sœurette, tu ne risques pas de trouver un nouveau petit ami avec toute cette morve qui te coule sur la tronche.

Emma ne put s'empêcher de pouffer à travers ses larmes — heureusement qu'elle pouvait compter sur sa sœur pour essayer de dédramatiser la situation ! Hélas, ça ne dura pas. Elle éclata de nouveau en sanglots et se réfugia dans les bras que lui offrit Rachel.

— Ecoute-moi bien, Em. Est-ce que tu peux me citer une seule fois où Edward Darcy a baissé les bras ?

— Euh, non ?

— Exactement. Il ne baisse jamais les bras. Comme s'il

allait nous abandonner maintenant et nous laisser nous dépatouiller toutes seules avec nos problèmes !

Emma s'écarta pour lui jeter un regard interrogateur — allait-elle enfin lui raconter ce qui s'était vraiment passé hier soir ?

Cependant, Rachel n'avait pas l'air décidée à se confier maintenant.

— Et puis, tu as intérêt à te marier, ajouta-t-elle. Il est hors de question que je me tape une sœur vieille fille. Tu finirais par venir habiter avec nous et ça serait un putain de cauchemar. Je te truciderais en moins d'une semaine !

Emma rit de nouveau et, cette fois, elle ne se remit pas à pleurer. Esquissant un sourire, Rachel l'attira de nouveau contre elle, et elles restèrent un moment enlacées dans le froid de la nuit.

— Tout va bien se passer, Em.

Faites que ce soit vrai…

Chapitre 23

— Bonjour ! chantonna l'infirmière en entrant dans la chambre. Ouh dites donc, il y a du monde là-dedans !

Agressée par tant d'enthousiasme, Rachel ouvrit difficilement un œil et regarda une brunette les enjamber les uns après les autres pour atteindre le lit, où son père était toujours étendu paisiblement. L'infirmière vérifia les branchements, étudia le moniteur cardiaque, griffonna quelques lignes dans le dossier médical, puis baissa ses jolis yeux bridés vers Rachel, Emma et Steve qui commençaient à s'étirer.

— La médecin va bientôt vous rejoindre.

Elle attendit que les dormeurs se redressent sur leurs lits de fortune pour quitter la chambre avec plus de facilité. Massant sa nuque endolorie, Rachel tourna la tête vers sa mère. Bon sang, elle n'avait absolument pas bougé depuis qu'Emma et elle étaient retournées se coucher au milieu de la nuit. Elle n'avait donc pas fermé l'œil ?

— Bon ! s'exclama Steve une fois leur couchage rangé. Et si j'allais nous chercher de quoi petit déjeuner ?

Il évita le regard de Rachel quand elle voulut le remercier d'un sourire, lequel se défit aussitôt. *Oh ! c'est vrai.* Ils étaient toujours fâchés.

Emma se proposa pour l'accompagner.

— Qu'est-ce qu'on vous rapporte, Rach ? Maman ?

Leur mère ne répondit pas — en fait, elle n'avait pas prononcé un mot ni même esquissé un mouvement depuis le passage de l'infirmière. Inquiète, Rachel alla s'agenouiller devant elle.

— Maman ? répéta-t-elle avec douceur.

Diana mit quelques secondes à réagir. Elle cligna les yeux, puis baissa la tête vers elle, hagarde.

— Maman ? Est-ce que tu veux un thé pour le petit déjeuner ? Un croissant, peut-être ?

Enfin, sa mère parut comprendre la question. Après quelques instants, elle poussa un profond soupir.

— Je n'avalerai rien qui vienne de cette cafétéria. Pat Burley m'a raconté qu'elle s'était fait opérer du genou ici, et son mari a souffert d'une intoxication alimentaire après avoir goûté à leurs saucisses.

Rachel échangea un regard amusé avec Emma. Ça y est, elles avaient retrouvé leur mère !

— Ça n'a rien de drôle, Rachel. Je me contenterai d'une tasse de thé, Steve, merci.

Une fois seule avec sa mère, Rachel se sentit tout à coup très mal à l'aise. Comment lancer la conversation ? Tripotant le bord de sa manche, elle avança jusqu'à la fenêtre pour se donner une contenance. Le ciel était gris et, à l'évidence, il ne faudrait pas espérer voir le soleil aujourd'hui. Elle regardait le parking se remplir à vue d'œil en contrebas quand elle opta tout compte fait pour une approche directe.

— Alors, maman, est-ce que tu as réussi à dormir un peu, cette nuit ?

— *Rachel, regarde !*

Elle fit volte-face, et son cœur manqua un battement. Sur le lit, son père dodelinait légèrement de la tête, les paupières frémissantes. Il était en train de se réveiller !

— Edward ! s'écria Diana en se précipitant jusqu'à lui. Edward, je t'en prie, dis-moi que tu m'entends !

Il entrouvrit les yeux.

— Y a-t-il du thé ? demanda-t-il d'une voix râpeuse.

Elles éclatèrent de rire, submergées par un immense soulagement. Diana caressa tendrement la joue de son mari.

— Petit sacripant ! Comment oses-tu nous faire une frayeur pareille ?

Au même instant, la porte s'ouvrit à la volée sur la même doctoresse qu'hier soir. Elle avait des cernes jusqu'aux joues.

— Mince alors ! s'exclama Rachel en guise de bonjour. Vous avez eu une nuit rudement longue !

La médecin lui retourna un sourire et ne démentit pas.

— Bonjour, mesdames. Et bonjour à vous, monsieur Darcy. Comment vous sentez-vous, ce matin ?

— Assoiffé.

Elle hocha la tête et se mit à l'examiner. Gênée de voir son père dénudé, Rachel prétendit s'intéresser à l'affiche sur l'hygiène des mains accrochée au mur et ne se retourna que lorsque la doctoresse toussota pour signaler qu'elle avait terminé.

— Comme je vous l'ai dit hier soir, cette crise cardiaque était assez grave et…

Elle n'eut pas le temps de poursuivre, car Emma déboula dans la chambre, Steve sur les talons.

— Qu'est-ce qui se… *Papa !* Tu es réveillé !

Fourrant ses boissons à emporter dans les mains de Rachel, elle se jeta au cou de leur père.

— Voyons, Emma ! Fais un peu attention !

— Pardon, maman, souffla-t-elle en s'écartant, penaude. Pardon, docteur.

Celle-ci balaya l'intrusion d'un petit sourire.

— Ce n'est rien. Comme je le disais, cet infarctus était assez grave et je ne vous cache pas que le cœur gardera des lésions. Cependant, le fait que vous ayez déjà repris conscience est un très bon signe, monsieur Darcy. Bien sûr, il nous faut encore rester vigilants durant les prochaines vingt-quatre heures, mais je suis très heureuse de vous voir réveillé. Je vais prévenir le personnel infirmier de votre état, puis je vous confierai aux soins de mon collègue, le Dr Assan.

— Merci, docteur, répondit Diana avec un sourire empli de fierté pour son mari. Merci énormément.

Rachel suivit la doctoresse dans le couloir.

— Merci encore. Nous vous sommes très reconnaissants.

La médecin la considéra avec gravité.

— N'oubliez pas que votre père n'est pas encore tiré d'affaire. Néanmoins, il fait des progrès remarquables, ce qui est encourageant. Il est évident que c'est un homme qui mène une vie saine.

— Oui. D'autant qu'il sait à quel point ma mère lui en voudrait s'il nous abandonnait maintenant.

Elle regretta aussitôt sa misérable tentative d'humour — il n'y avait vraiment pas matière à plaisanter…

— Je n'en doute pas, répondit la médecin en esquissant un sourire. Si vous avez la moindre question ou la moindre inquiétude, n'hésitez pas à demander au personnel infirmier de biper le Dr Assan.

Rachel la remercia encore une fois, puis retourna dans la chambre. L'ambiance y était bien plus légère, désormais : Emma et leur mère étaient juchées au bord du lit, joyeuses, pendant que leur père écoutait Steve lui énumérer les résultats des matchs de foot d'hier soir. Elle observa la scène un moment avec un sourire serein, avant d'aller embrasser son père sur la joue.

— Alors, comment est-ce que tu te sens, papa ?

— J'ai l'impression que tes enfants ont passé la nuit à me sauter dessus à pieds joints.

Il avait toujours la voix éraillée mais, au moins, il n'avait pas perdu son humour.

— Tu nous as fait une sacrée peur, tu sais. C'est Emma qui est censée être la catastrophe ambulante de la famille, pas toi.

— La catastrophe ambulante t'emmerde, grosse vache, lui rétorqua sa sœur d'un air malicieux.

Elles furent interrompues par l'infirmière qui était passée tout à l'heure.

— Comment se porte mon patient préféré ? Je suis très heureuse de voir que vous êtes réveillé, monsieur Darcy. Je vais aller vous chercher de l'eau, puis on va vous bichonner, d'accord ? Si vous avez le moindre souci, surtout n'hésitez pas à appuyer sur le bouton, d'accord ?

Edward hocha la tête.

— Merci beaucoup, Connie.

Il lui adressa un sourire que l'infirmière lui retourna avant de sortir. Diana poussa aussitôt un petit gloussement.

— Regardez-moi ce charmeur ! Edward Darcy, vous avez de la chance que je sois disposée à fermer les yeux pour aujourd'hui.

Son mari feignit l'innocence.

— Il faut être gentil avec les infirmières, ce sont les anges des temps modernes. Et de toute manière, tu sais bien que je n'ai d'yeux que pour toi, ma colombe.

— Oh ! grand fou ! gloussa-t-elle de nouveau.

Leur échange fit rouler des yeux Rachel, qui pouffa dès qu'elle remarqua l'expression identique d'Emma.

Puis tout le monde prit place autour du lit pour le petit déjeuner, qui se déroula dans la bonne humeur. Curieusement, cela lui rappela son enfance, quand la famille se réunissait dans la chambre de ses parents le matin de Noël. Après l'ouverture des cadeaux, leur mère préparait toujours des tartines grillées et, exceptionnellement, ils mangeaient tous ensemble sur le grand lit — à la condition de « ne laisser des miettes que du côté de papa ».

N'étaient les machines qui ne risquaient pas de lui faire oublier qu'ils se trouvaient dans un hôpital, elle en aurait presque passé un bon moment.

A la fin du petit déjeuner, Steve se leva.

— Bon, je ferais mieux d'appeler le boulot pour les prévenir. Est-ce que j'en profite pour passer un coup de fil à Sue, Rachel ?

— Oui, demande-lui si elle veut bien garder les enfants pour la journée, s'il te plaît. Remercie-la bien et dis-lui que je lui revaudrai ça.

Il sortit dans le couloir, et Emma se tourna vers leur mère.

— Maman, pourquoi n'irais-tu pas faire un brin de toilette ? On va rester là avec papa, hein, Rach ?

— Ouaip.

Diana jeta un regard incertain à Edward, qui lui fit un clin d'œil.

— Vas-y, ma chérie. Je n'ai pas prévu de bouger d'ici.

— Bon, d'accord, mais je ne serai pas longue. Je vais seulement me repoudrer le nez.

Dès qu'elle quitta la chambre avec son sac à main, les sœurs se nichèrent de chaque côté de leur père.

— Alors, comment vont mes filles adorées ? Est-ce que vous avez réglé vos problèmes avec Martin et Steve ?

— Tout va bien, papa, prétendit Rachel. Pas vrai, Em ?

Leur père n'avait pas besoin de contrariétés aujourd'hui, ce que sa sœur comprit aussi.

— Absolument. Tout va très très bien.

Rachel roula des yeux. *Bravo Emma, on peut dire que tu mérites l'oscar de la meilleure actrice…*

Forcément, leur père ne fut pas dupe.

— Vous n'avez jamais été très douées pour mentir, hein, les filles ?

L'instant d'après, Emma se jetait à son cou, en larmes.

— Oh ! papa, j'ai tout gâché !

— Emma ! s'indigna Rachel. Ce n'est pas le moment !

Sa sœur se redressa et essuya ses larmes à l'aide de sa manche.

— C'est vrai… Désolée, papa.

— Ne dis pas de bêtises, ma puce. Je vous l'ai déjà répété cent fois : je ne veux que votre bonheur. Je vois bien que vous n'êtes pas heureuses en ce moment, mais savez-vous ce que je vois d'autre ?

Les filles secouèrent la tête.

— Je vois que la solution à vos problèmes se trouve juste devant votre nez ; seulement, encore faut-il que vous l'admettiez. Le secret du bonheur n'est pas aussi compliqué qu'on le pense. Est-ce que vous savez quel est mon petit plaisir de la vie préféré ?

— Rêvasser devant la jolie présentatrice du journal télévisé ? le taquina Rachel.

— Ah, Fiona Bruce…, murmura-t-il d'un air béat avant de pouffer de rire. Non, ce que je préfère, Rachel, c'est observer tes merveilleux enfants à leur insu. Ils sont tellement absorbés dans leur propre monde qu'ils oublient tout ce qui les entoure. Au lieu de s'inquiéter du lendemain, ils vivent dans l'instant présent, heureux. Est-ce que vous voyez où je veux en venir, les filles ? Je sais bien que la vie de tous les jours a souvent tendance à prendre toute la place ; tout le monde a des factures à payer, des soucis à surmonter. Mais au fond, tout ça, ce ne sont que des détails. Il ne faut pas perdre de vue les choses qui comptent vraiment.

Les filles hochèrent la tête en silence. Malheureusement, Diana et Steve étaient déjà de retour. Rachel se redressa à contrecœur. Si seulement elles avaient pu profiter un peu plus longtemps de ce moment avec leur papa…

— Alors, comment est-ce que ça se passe, chez Sue ?

— Bien. Elle dit que tu ne lui dois rien du tout et qu'elle est contente de garder les enfants. Par contre, Alfie ne va pas très fort, ce matin ; ça le perturbe qu'on ne soit pas là.

— Oh ! mince…

— Allez-y, intervint aussitôt Edward. Allez donc rassurer le petit bonhomme. Et dites-lui que papi lui envoie un gros câlin.

Rien qu'à l'idée de quitter le chevet de son père, elle sentit les yeux lui piquer.

— D'accord, mais il faut d'abord que tu me le fasses à moi, ce gros câlin, sinon je ne pourrai pas le lui transmettre.

Elle ne put retenir ses larmes quand elle serra fort son père contre son cœur. Avant qu'elle ne se redresse, il lui glissa à l'oreille, chuchotant pour qu'elle soit la seule à l'entendre :

— Ne sois pas trop dure envers toi-même, ma merveilleuse petite puce.

Elle s'essuya les yeux et l'embrassa, avant de laisser la place à son mari, qui tapota l'épaule d'Edward.

— Vous pouvez compter sur moi pour vous enregistrer le match de ce soir.

— Que ferais-je sans vous, mon petit Steve ?

Martin arriva à l'instant où Rachel et Steve ouvraient la porte de la chambre. Emma se redressa d'un bond sur le lit, le cœur battant, tandis que son beau-frère se retournait pour lui expliquer :

— C'est moi qui lui ai passé un coup de fil. Par contre désolé, Mart, nous on était sur le départ. A plus tard, tout le monde.

Martin s'effaça pour les laisser sortir, puis resta sur le seuil, dansant d'un pied sur l'autre comme s'il attendait d'être invité. Ce fut Edward qui brisa le silence gêné.

— Ça fait plaisir de te voir, Martin.

— Je suis venu aussi vite que j'ai pu quand Steve m'a appelé. Je suis content de voir que tu vas un peu mieux. Est-ce que je peux faire quoi que ce soit ?

Emma se mâchonna les lèvres — son fiancé évitait soigneusement son regard.

— Tu pourrais toujours ramener Emma chez vous pour qu'elle puisse se changer, suggéra Diana.

Quoi ?

— Oh ! euh, bien sûr, marmonna-t-il.

Emma sentit la panique l'envahir. Non, elle n'était pas prête à se retrouver seule à seul avec Martin !

— Ce n'est pas la peine, maman. Je préfère rester ici, *je t'assure.*

— Allons, Emma, je suis parfaitement capable de veiller sur ton père moi-même, c'est ce que je fais depuis quarante ans. Vas-y, tu repasseras plus tard.

Ça devenait difficile d'insister… Le problème, c'est qu'elle n'avait pas très envie de laisser son père. Et s'il arrivait quelque chose ?

— Surtout, tu m'appelles au moindre pépin, hein ?

— Bien sûr. Mais tout va bien se passer maintenant, n'est-ce pas, mon chéri ?

— Tu penses bien que la Grande Faucheuse n'osera pas me rendre visite avec ta mère qui monte la garde. Vas-y, Em, et n'oublie pas ce que je t'ai dit, d'accord ?

— D'accord… Je reviens dans une heure ou deux.

Elle fit un câlin à son père, tout le monde se dit au revoir, puis elle quitta la chambre avec Martin. Dans le silence inconfortable, le couloir lui parut s'étendre sur des kilomètres. Fallait-il qu'elle dise des banalités pour essayer de dissiper un peu le malaise ? Non, elle n'avait vraiment pas le cœur à parler de la pluie et du beau temps maintenant…

— Ma voiture est garée là-bas, annonça-t-il quand ils arrivèrent au parking.

Ce furent les seuls mots qu'il prononça avant au moins dix minutes, lorsqu'ils s'arrêtèrent à un feu rouge.

— Je suis vraiment désolé de ce qui arrive à ton père. Ça m'a fait un choc d'apprendre sa crise cardiaque. Il avait l'air d'être un modèle de bonne santé.

— Un énorme choc, oui.

Emma se crispa plus encore sur son siège. Bon sang, sa voix sonnait tellement faux ! On aurait dit qu'elle récitait un texte — et qu'elle était la pire comédienne du monde.

Comment enchaîner, après ça ? « Enfin bref, comment ça va ? » « Alors, qu'est-ce que tu as fait, hier ? » Non, bien sûr… De toute façon, ces questions ne pourraient conduire qu'à une conversation qu'elle n'avait aucune envie d'avoir.

Par dépit, elle laissa un nouveau silence pesant s'installer dans la voiture et, fixant distraitement le petit crachin qui commençait à couvrir sa vitre, songea aux conseils de son père. Elle avait été une idiote sur toute la ligne, c'était un fait ; mais elle ne se sentait pas la force de faire face à tout ça. Pas aujourd'hui.

Quand ils arrivèrent devant l'appartement, Emma avait déjà rassemblé ses affaires et se tenait prête à bondir de la voiture. La main sur la poignée, elle risqua néanmoins un regard vers Martin.

— Merci de m'avoir ramenée. Il n'y a vraiment rien qui t'y obligeait…

— J'ai toujours beaucoup aimé ton père, expliqua-t-il sèchement.

Aïe, je ne l'ai pas volée, celle-là.

Elle descendit sur le trottoir, puis se retourna pour ajouter un faible :

— A plus tard.

Martin hocha la tête sans un mot ni un sourire, puis fixa son attention sur la route. Message reçu cinq sur cinq : elle referma la portière, et il démarra aussitôt.

L'appartement était glacial. Frissonnante, elle abandonna son sac à main dans l'entrée et fonça allumer la chaudière, avant de mettre en route la bouilloire et la radio. Vite, elle avait besoin de bruit ! Le silence la tuait.

Mais, alors qu'elle sortait du lait du frigo pour son thé, son regard tomba sur la photo prise à Noël dernier chez ses parents qui était accrochée sur la porte. Tous les membres de la famille étaient là, coiffés des traditionnelles couronnes en papier. Steve, qui s'était laissé surprendre par le retardateur, était figé en plein mouvement à deux pas du canapé, et tout le monde le regardait en riant. Tout le monde, à l'exception de son père, qui fixait l'objectif. On ne voyait que lui sur la photo : assis en plein centre, Alfie sur les genoux et Lily pendue à son cou, il rayonnait de bonheur.

Submergée par l'émotion, Emma serra la photo contre son cœur et sanglota longtemps sans pouvoir s'arrêter.

— Attends un peu que je te raconte ce qui est arrivé à cette pauvre Doreen ! Sa belle-fille a pris la clé des champs avec — tiens-toi bien — *une autre femme* ! Est-ce que tu te rends compte ?

Diana fronça les sourcils devant le rictus que son mari s'efforçait de contenir.

— Quoi ? Ça n'a rien de drôle, Edward !

— Non, bien sûr, ma chérie. C'est juste que tu m'amuses avec tes petits cancans.

— Je ne cancane pas ! Pas beaucoup, du moins, concéda-t-elle avec un sourire.

Edward avait toujours adoré la taquiner et, s'il lui arrivait de s'en plaindre pour la forme, elle ne lui en avait jamais voulu — et encore moins aujourd'hui. C'était lui qui lui avait appris à ne plus se prendre trop au sérieux, ce qui n'était que l'une des innombrables raisons qui l'avaient fait tomber amoureuse de cet homme fantastique.

De plus, voir ses yeux pétiller de malice la rassurait au plus haut point. Il était peut-être encore un peu fragile, mais son humour était bien la preuve qu'il allait récupérer en moins de temps qu'il n'en fallait pour le dire ! De toute manière, il n'était pas question de le laisser renoncer si tôt ; ils avaient encore quelques longues années devant eux, et elle comptait bien en profiter jusqu'au bout !

Quittant le fauteuil, Diana alla s'asseoir au bord du lit pour caresser tendrement le front de son mari.

— Edward, mon merveilleux Edward…

Il lui retourna un sourire plein de tendresse.

— Ma douce, douce Diana… Tu as l'air épuisée. Pourquoi ne viendrais-tu pas t'allonger avec moi, ma colombe ?

Elle hésita — n'était-ce pas un peu inapproprié, à leur âge ? Un très vieux souvenir surgit alors dans son esprit : le jour où sa mère les avait surpris en train de se câliner chastement sur le canapé, peu après leurs fiançailles. Elle n'oublierait jamais la honte qu'elle avait éprouvée pendant son sermon.

Dans un sens, ce fut ce souvenir qui lui donna le courage de se hisser à côté d'Edward. Au diable les convenances !

Après tout, ils avaient quarante ans de mariage derrière eux — et deux grandes filles !

Elle se blottit contre son mari en prenant garde à ne pas bouger les fils et les tubes qui le maintenaient en vie.

— Voilà qui est mieux, tu ne trouves pas ?

— Si jamais quelqu'un nous surprend dans cette position, je te jure que je ne te le pardonnerai jamais, rétorqua-t-elle en l'embrassant sur la joue.

— Je n'en doute pas, ma colombe. Je sais que je serai de corvée de vaisselle pour le restant de mes jours.

Il lui déposa le plus doux des baisers sur les lèvres, puis, rougissant comme une adolescente, Diana se cala contre son épaule. En dépit du ronflement et des bips-bips des machines, elle sentit l'apaisement la gagner. Elle se concentra sur la douce chaleur du corps d'Edward contre le sien, sur sa respiration régulière, sur les doigts qui lui effleuraient le bras.

Sans même s'en rendre compte, elle sombra dans le sommeil, réussissant juste à temps à murmurer trois petits mots qu'elle ne prononçait pas assez souvent, et qui pourtant lui venaient du fond du cœur.

— Je t'aime.

Diana se réveilla en sursaut, désorientée par une alarme stridente. L'affolement la gagna dès qu'elle comprit ce qui se passait : l'alarme provenait du moniteur d'Edward ! Des infirmières surgirent aussitôt dans la chambre, et l'une d'elles la prit par les épaules pour la faire descendre du lit.

— Madame Darcy, nous devons vous demander d'aller attendre à l'extérieur.

— Non ! protesta Diana en se débattant avec véhémence. Je ne peux pas le laisser !

La voix paniquée de Rachel retentit alors depuis le couloir.

— Maman ? Maman ! *Qu'est-ce qui se passe ?*

Un instant plus tard, elle apparaissait sur le seuil, suivie d'Emma et de Steve, et tous se figèrent, les traits déformés par l'horreur.

— *Non!* hurla Emma. Non, ça ne peut pas arriver! Il allait mieux! Il va s'en sortir, hein, Rachel? *Dis-moi qu'il va s'en sortir!*

Elle secouait sa grande sœur comme si elle était capable de prédire l'avenir, mais Rachel, en état de choc, ne s'en rendit même pas compte.

— Vous devez sortir tout de suite, répéta fermement l'infirmière en les poussant tous les quatre vers le couloir. Je suis désolée.

Toutefois, Diana refusait toujours de se laisser faire.

— *Il faut que je reste avec lui! Il a besoin de moi!*

Ses cris tirèrent brusquement Rachel de sa torpeur, qui s'empressa d'aider Steve à la faire sortir.

— Viens, maman. Il faut qu'on les laisse faire leur travail.

Ils y parvinrent enfin, juste au moment où une demi-douzaine de personnes se précipitaient dans la chambre.

Condamnées à assister à la scène derrière la fenêtre, impuissantes, Rachel et Emma s'agrippaient l'une à l'autre comme à une bouée de sauvetage. Leur mère préférait attendre seule, crispée comme jamais, ses yeux ne quittant pas une seconde le visage inconscient de son mari. Steve, quant à lui, se tenait un peu en retrait, mais ne s'en rongeait pas moins les sangs. Bien qu'aucun d'eux ne prononçât un mot, leur panique était palpable, décuplée par le hurlement lancinant de l'alarme du moniteur.

Rachel n'avait jamais été croyante mais, en cet instant, elle voulut tout tenter.

Faites qu'il s'en sorte. Pitié, laissez-le vivre. Je promets de devenir une personne meilleure; je ne crierai plus sur les enfants et je réglerai tout avec Steve. Je suis tellement, tellement désolée.

De son côté, Emma eut le sentiment de se voir telle qu'elle était vraiment pour la première fois de sa vie et elle n'aima pas ce qu'elle découvrit. Elle allait tout arranger, elle s'en faisait le serment.

Brusquement, l'alarme se tut, et le chaos retomba.

La famille se pressa devant la porte, où le médecin les rejoignit, impassible.

— Je suis navré. Nous avons fait tout ce que nous avons pu.

En quelques mots, ce furent trois mondes qui s'écroulèrent.

Chapitre 24

Emma descendit l'escalier sur la pointe des pieds pour ne pas réveiller sa mère. Avançant à l'aveuglette jusque dans la cuisine, elle trouva l'interrupteur et alluma sans le vouloir le hall d'entrée.

— Emma ? C'est toi ?

Elle sursauta en entendant la voix de sa mère lui parvenir du salon, puis passa la tête par la porte. La pièce était plongée dans l'obscurité.

— Maman ? Qu'est-ce que tu fais dans le noir ?

Quand elle alluma, elle découvrit une vision qui lui brisa le cœur : sa mère dans le fauteuil préféré de son père, emmitouflée dans le manteau qu'il aimait tant porter.

— Oh ! maman…

Allant la rejoindre près du fauteuil, Emma se pencha pour l'enlacer gauchement — elles n'avaient jamais été très démonstratives l'une envers l'autre, c'est pourquoi la réconforter de cette façon la rendait un peu mal à l'aise. Tout à coup, sans l'avoir senti venir, elle fondit en larmes et elle s'en voulut aussitôt. Bon sang, elle n'était même pas fichue de consoler quelqu'un sans renverser les rôles !

D'un autre côté, sa mère était encore moins douée pour ce genre de choses. Déjà, quand Rachel et elle étaient petites, c'était toujours leur père qui séchait leurs larmes après un bobo ou un cauchemar. Les rares fois où elles avaient dû compter sur leur mère pour les consoler, elles n'avaient jamais reçu de câlin, mais plutôt un simple « Allons, allons, ne pleure pas. Sois forte pour maman, tu veux ? »

Au moins, cette nuit, Diana ne lui dit rien de la sorte. Elle lui tapota maladroitement la tête et la laissa pleurer une minute. Puis, à brûle-pourpoint, elle demanda :

— Un peu de thé ?

Emma s'écarta, surprise par son ton posé. Comment arrivait-elle à rester si calme ? Elle n'avait toujours pas versé une larme depuis…

— D'accord, répondit-elle sans oser terminer sa pensée.

Essuyant ses joues humides, elle regarda sa mère aller accrocher délicatement le manteau de son mari sur la patère de l'entrée, puis caresser le tissu pour le lisser — ou peut-être pour se donner l'impression de toucher l'homme qui l'avait porté ?

Sans un mot, elles passèrent dans la cuisine et préparèrent la bouilloire, les tasses, le lait. Même une fois le thé servi, ni l'une ni l'autre ne brisa l'étrange silence. Assise dos à la fenêtre, Emma ne se rendit compte que le jour se levait que lorsqu'elle suivit le regard songeur de sa mère. Des traînées roses commençaient à colorer le ciel dégagé ; à l'évidence, la journée allait être belle, ce dont elle se serait sans doute réjouie si les circonstances avaient été différentes.

Tout à coup, elle se raidit en entendant sa mère s'éclaircir la gorge — étaient-elles sur le point d'avoir une conversation à cœur ouvert ? Elle n'était pas sûre d'en être capable…

— J'appellerai Pat dans la matinée pour lui demander le nom des pompes funèbres qui se sont chargées du service, quand elle a perdu son mari l'année dernière. Le directeur funéraire était adorable, très prévenant, très…

Sa voix se brisa soudain.

— Ton père l'avait bien aimé.

— Oh ! maman…

Emma était trop troublée par l'émotion de sa mère pour trouver quoi dire. Il était si rare de la voir sur le point de craquer…

— Qu'est-ce que je vais devenir sans lui ?

Que répondre à ça ? Elle se posait la même question…

Sa mère semblant au bord des larmes, Emma refoula les siennes et lui prit la main. Toutefois, le contact dut provoquer une sorte de déclic chez Diana, car elle redressa vivement le dos ; et, quand elle reprit la parole, l'émotion avait disparu.

— Bon, nous devrions aller essayer de dormir un peu. Nous avons beaucoup à faire, demain — enfin, aujourd'hui.

Emma retira sa main, à la fois déçue et soulagée de ne pas l'avoir vue pleurer.

— Oui, tu as raison.

— On se revoit au petit déjeuner, alors, conclut Diana après avoir bu la dernière gorgée de son thé.

Elle se leva de table, serrant brièvement l'épaule d'Emma au passage. Touchée par le geste, celle-ci lui retourna un sourire triste.

— Bonne nuit, maman.

Pendant que Diana montait l'escalier en silence, Emma resta à table le temps de terminer sa propre tasse, inquiète. Pour la première fois depuis quarante ans, sa mère allait dormir seule. Pourvu que ce ne soit pas trop dur…

Il régnait un silence inhabituel dans la maison au réveil de Rachel. Tendant l'oreille, elle perçut par bribes la voix grave de Steve depuis le rez-de-chaussée.

— … que vous soyez gentils avec maman… très triste… aimait tous beaucoup papi.

Elle éprouva aussitôt une bouffée de gratitude pour son mari — elle n'aurait jamais eu la force d'expliquer elle-même aux enfants que leur grand-père était…

Elle referma les paupières et se plaqua la main sur les yeux pour essayer de bloquer cette pensée. C'était impossible, bien sûr. L'image du dernier câlin qu'elle avait partagé avec son père s'imposa à son esprit. *Hier matin à la même heure, il était toujours parmi nous. Il était souriant, il avait l'esprit vif. Comment peut-il être parti ? Comment va-t-on faire sans lui ?*

Rachel ne chercha pas à retenir les larmes qui débordèrent de ses paupières pour aller couler dans ses cheveux. Roulant sur le côté, elle agrippa l'oreiller de Steve pour le serrer contre elle comme un bouclier et pleura en silence.

Ce fut un rayon de soleil qui lui fit rouvrir les yeux. Il faisait si beau, aujourd'hui… Pas de doute, son père aurait trouvé la journée idéale pour du jardinage. Cette pensée suffit à déclencher un nouveau flot de larmes, qu'elle s'efforça de ravaler quand la porte s'ouvrit dans son dos. Oh non, elle n'avait aucune envie qu'Alfie la voie dans cet état s'il grimpait sur le lit pour venir lui faire un câlin…

A sa grande surprise, c'est Will qu'elle vit apparaître devant elle. Ses grands yeux brillaient de chagrin et d'inquiétude, et le choc se lut clairement sur ses traits quand il découvrit le visage de Rachel.

— Tiens, maman, c'est pour toi, dit-il en lui tendant un biscuit au chocolat qui avait un peu fondu sur ses doigts et qui avait déjà été grignoté sur un côté. C'est le dernier.

Elle s'essuya les yeux avant d'accepter son offrande.

— Merci, mon chéri. Je dois faire peur aujourd'hui, hein ? Comme un personnage de Scooby-Doo.

Le sourire qu'elle esquissa ne suffit pas à compenser sa voix cassée par l'émotion, et son fils en avait bien conscience.

— Oui mais c'est pas grave, maman. Je sais que t'es triste à cause de papi. Moi aussi je suis triste.

— Allez, viens donc faire un gros câlin à ta vieille mère.

Will n'avait jamais été le plus affectueux de ses enfants, mais cette fois il la rejoignit sur le lit sans histoire. Rachel se redressa de manière à s'asseoir en tailleur, et il vint se blottir dans ses bras comme un bébé, si bien qu'elle ne put s'empêcher de le bercer doucement, comme elle l'avait fait si souvent à l'époque où elle découvrait à peine la maternité. Et, quand elle sentit les épaules de son fils se secouer de sanglots, elle craqua de nouveau. Elle aurait tant voulu épargner le plus longtemps possible à ses enfants la douleur de perdre un être cher…

— Je sais, mon chéri, je sais…

Quand ils finirent par se calmer, ils se redressèrent et pouffèrent un peu à la vue de leurs yeux rougis.

— Tu sais ce que tu dois faire, mon grand ? Il faut te rappeler de tous les bons moments que tu as passés avec papi. C'est ce qu'il voudrait. Il est sûrement en train de nous regarder depuis son petit nuage, à se demander « Mais qu'est-ce que c'est que ces têtes de six pieds de long ? »

Elle sourit de sa propre réflexion. Même athée jusqu'au bout des ongles, elle n'hésitait pas à se servir de l'image du paradis pour essayer de faire passer la pilule…

Will suivit aussitôt son conseil.

— Tu sais, le jour où papi il m'a emmené au stade avec papa, toi, tatie Em et tonton Martin ? Quand y a Deon Burton qu'il a marqué trois buts ? Eh ben c'est mon jour préféré dans toute ma vie !

Rachel considéra son fils avec un mélange d'envie et d'admiration. Son père avait eu raison, hier matin : les enfants savaient trouver le bonheur dans les petites choses…

Elle redressa la tête en voyant Alfie passer sa frimousse triste par la porte.

— J'ai bobo à mon cœur pour papi. Dis, maman, 'peux avoir ton biscuit ?

La question la fit sourire. En voilà un qui ne se laissait pas abattre, au moins…

— D'accord, mon poussin. Allez, viens là avec Will et moi.

Alfie se dépêcha de se hisser sur le lit et de se glisser sous le bras libre de Rachel. Alors qu'il se mettait à grignoter joyeusement son biscuit, elle lui déposa un baiser sur le front, puis en fit de même avec son frère.

— Oh ! mes adorables petits…

Elle les serra fort contre elle, jusqu'à ce qu'Alfie lui demande :

— Dis, maman, papi il est où, maintenant ?

Will la devança pour répondre — et heureusement, car elle sentait déjà sa gorge se nouer de nouveau.

— Il est au paradis.

— C'est où ?

— Là-haut, expliqua l'aîné, le doigt pointé vers le plafond.

Alfie suivit son regard, émerveillé.

— Ah, *là-waut*…

C'est alors que la voix de Steve se fit entendre depuis le couloir.

— Tout va bien, là-dedans ?

Il apparut sur le seuil un instant plus tard.

— Comment est-ce que tu te sens, Rach ?

Elle haussa les épaules sans chercher à dissimuler sa détresse. A quoi bon ? Elle avait pu compter sur le réconfort sans relâche de Steve, même s'il se comportait plus comme un ami que comme un mari. Elle ne le lui reprochait pas, d'autant que pour l'instant, elle n'avait pas le courage d'affronter leurs problèmes de couple.

— Papa ! Papa ! s'écria Alfie. Devine quoi ?

— Quoi, mon bonhomme ?

— Papi, il est dans le grenier !

Lily, cachée dans les jambes de son père, n'hésita pas à le contredire.

— Mais non, banane ! Il est au paradis, et c'est vachement, vachement haut dans le ciel. Encore plus haut que la lune.

— Oh… C'est quand que je peux le voir, alors ?

Ebranlée par l'air désemparé de son fils, Rachel chercha le regard de Steve, qui se racla la gorge, embarrassé.

— Allez, les enfants, on va laisser maman tranquille. On va en parler en bas, d'accord ?

Tout à coup, l'idée de se retrouver seule la terrifia.

— Non, restez avec moi, s'il vous plaît. On va en parler ici.

— Oh ! d'accord. Si tu es sûre…

Tassés à cinq sous la couette, ils passèrent la matinée à rire et pleurer en se racontant leurs meilleurs souvenirs d'Edward. Malgré son chagrin, Rachel savoura au maximum ce moment avec les siens.

Tu avais raison, papa. Oh ! tu avais tellement raison…

Le cœur débordant d'amour, elle ouvrit grands les bras pour y accueillir sa famille, et les serra comme si elle ne devait plus jamais les relâcher.

Diana poussait son Caddie dans la supérette, irritée et pressée d'en finir. Ne pouvait-on donc pas faire ses courses en paix sans tomber sur des connaissances ? En moins d'une demi-heure, elle avait déjà croisé Brian du club de golf, et Beryl, une ancienne collègue d'Edward. Comme s'il n'était pas déjà assez difficile d'apprendre aux autres la disparition de son mari en gardant la tête froide, il fallait en plus subir leurs « Oh mon Dieu, mais c'est affreux ! », « je ne sais pas comment vous faites pour rester si forte » et autres « sincères condoléances »... Ces imbéciles en auraient presque réussi à la faire culpabiliser de leur avoir apporté la mauvaise nouvelle — c'était le monde à l'envers !

Oui, elle restait forte, car son chagrin lui appartenait, à elle et à elle seule. Etait-ce sa faute si elle n'aimait pas les étalages d'émotion en public ? Au fond, c'était à se demander combien de passants, dans la rue, souffraient en silence comme elle, écrasés sous le poids des drames de leur vie partout où ils allaient sans jamais rien en montrer.

Diana poussa un soupir de soulagement en s'engageant dans le rayon biscuits — personne en vue, heureusement. D'accord, il était peut-être absurde d'avoir tenu à faire ses courses aujourd'hui, alors qu'Edward n'avait quitté ce monde que depuis hier, mais le besoin de prendre l'air avait été plus fort. Entre les souvenirs qui l'assaillaient dans tous les recoins de la maison, et Emma qui, même si elle croyait bien faire en lui tenant compagnie, passait son temps à sangloter, c'était comme vivre au beau milieu d'une tragédie grecque.

Scannant le rayon, elle trouva les biscuits fourrés qu'elle cherchait, exceptionnellement en promotion.

— Oh ! ça c'est une bonne nouvelle. On va en prendre deux paquets, d'accord, Edward ?

L'horreur de la réalité heurta Diana de plein fouet avant même qu'elle n'ait tourné la tête.

Edward n'était plus là. Il ne serait *plus jamais* là.

Cette prise de conscience la transperça comme une lame, à tel point qu'il lui fallut s'agripper au Caddie pour parvenir à se retenir de hurler sa souffrance ici même, au beau milieu de la supérette. Malgré tous ses efforts, un sanglot étranglé lui échappa, puis un autre. Pliée en deux sur son chariot, elle lutta de toutes ses forces pour ravaler ceux qui l'étouffaient encore.

— Madame Darcy ? Est-ce que ça va ?

Diana sursauta et se ressaisit en un clin d'œil. Elle trouva à son côté une femme qui devait avoir le même âge que Rachel et la considérait avec inquiétude. Son visage ne lui était pas inconnu et, pourtant, impossible de la situer.

— Pardonnez-moi, je ne…

— Ne vous excusez pas, madame Darcy, nous ne nous sommes croisées qu'une fois, au dernier anniversaire des jumeaux. Je suis Sue, une amie de Rachel. J'ai appris pour votre mari, je suis sincèrement désolée.

Il y avait quelque chose chez cette femme — peut-être ses manières directes — qui suscita aussitôt la sympathie de Diana.

— Sue, oui, bien sûr. Ne vous inquiétez pas pour moi, je broyais un peu du noir, rien de plus.

— Je comprends sans problème. Quand ma mère nous a quittés, mon père avait parfois des gros coups de blues aux moments les plus étranges. Un jour, ça lui est arrivé au beau milieu de la bibliothèque de son quartier ; quelques jeunes mères l'ont invité à boire un café pour lui remonter le moral, et depuis il les retrouve toutes les semaines. Ecoutez, madame Darcy, j'ai presque fini mes courses, et mon fils est à la garderie pour le moment. Est-ce que ça vous dirait d'aller prendre un café avec moi ?

La gentillesse de Sue toucha Diana et la remit d'aplomb. C'était étrange comme de parfaits inconnus parvenaient parfois à trouver les mots qu'on avait besoin d'entendre.

— J'en serais très heureuse.

Emma sortait des toilettes quand son portable se mit à sonner au rez-de-chaussée et elle s'élança dans l'escalier, animée par une lueur d'espoir. Et si c'était Richard ?

Cette pensée la coupa dans son élan. Bon sang, elle aurait pu se gifler ! *Tu n'as donc pas retenu la leçon, pauvre dinde ?*

Elle alla malgré tout consulter le nom sur l'écran.

— Ella ? Tu vas bien ?

— Miranda vient de m'apprendre pour ton père. Je suis tellement désolée, Em.

Emma sentit aussitôt sa gorge se nouer.

— Merci. Je suis encore sous le choc…

— Bien sûr. Je n'imagine même pas ce que tu ressens. Alors, si je peux faire quoi que ce soit, je suis là. Tu le sais, ça ?

— Oui, merci…

— Et ne t'en fais pas pour le boulot, O.K. ?

— O.K.

— Bon, je ne t'embête pas plus longtemps ; je suppose que tu as beaucoup de choses à régler de ton côté. Prends soin de toi. Mais surtout, n'hésite pas à m'appeler en cas de besoin. A n'importe quelle heure, O.K. ?

— O.K., merci, Ella, répéta une dernière fois Emma avant de raccrocher, au bord des larmes.

Elle venait de s'effondrer dans un fauteuil quand elle entendit la clé dans la porte d'entrée.

— Ho hé, lança doucement Rachel. Vous êtes là ?

S'extirpant de son siège, Emma alla rejoindre sa sœur, qui lui retourna un regard inquiet.

— Salut, Em. Tu tiens le coup ?

— Non, pas vraiment…

Comme s'il y avait eu besoin d'une preuve, elle se remit à pleurer. Pour la millième fois de la journée.

Rachel l'attira aussitôt dans ses bras.

— Excuse-moi, question idiote. Est-ce que Sue a ramené maman ?

Sur un reniflement bruyant, Emma s'écarta et s'essuya les yeux.

— Oui, elle se repose en haut. Elle ne m'a pas dit grand-chose avant de monter. Est-ce que tu sais ce qui s'est passé, toi ?

— Apparemment, elle a eu un coup de déprime en plein rayon biscuits.

— Ah… Je lui avais dit de ne pas y aller, mais quand elle a une idée dans le crâne…

— Je sais. Mais en même temps, je peux comprendre qu'elle ait eu besoin de sortir un peu.

Comme Rachel indiquait le manteau de leur père accroché dans l'entrée, Emma se mordit la lèvre.

— On devrait bouger les affaires de papa, à ton avis ?

— Non, je pense qu'on devrait laisser maman décider quand elle sera prête.

— O.K. Est-ce que tu veux un thé ?

Rachel fit la grimace.

— A vrai dire, je commence à en avoir ma claque, du thé. J'ai l'impression qu'on ne fait que ça, en plein drame : boire du thé, encore et encore.

— Que veux-tu, glissa Emma avec une ébauche de sourire, on est britannique ou on ne l'est pas.

— Ouais, eh bien, en ce qui me concerne, je ne dirais pas non à un truc plus fort.

Passant dans la cuisine, Rachel fonça droit sur le placard où étaient rangés les alcools.

— Un sherry ? suggéra Emma avec un petit gloussement.

Pourquoi avait-elle l'impression d'être une ado sur le point de picoler en douce ? C'était ridicule !

— Non, *ça*.

Sa sœur brandissait un whisky de trente ans d'âge.

— Oh ! je ne sais pas, fit alors Emma, hésitante . C'était le préféré de papa…

— Justement. C'est parfait pour boire à sa mémoire. Tu me suis ?

— Bon, d'accord. Avec des glaçons, s'il te plaît.

Rachel la regarda comme s'il venait de lui pousser une seconde tête.

— Tu as toujours eu des goûts bizarres, sœurette.

Leurs verres à la main, elles retournèrent dans le salon inondé de soleil. Emma s'approcha de la cheminée pour observer la photo de mariage de leurs parents.

— Ils étaient tellement beaux, tous les deux…

Rachel approuva d'un sourire, puis leva son verre.

— A Edward Darcy.

— A Edward Darcy.

Elles trinquèrent, burent une gorgée de whisky et allèrent s'effondrer sur le canapé. Emma surprit le regard insistant que sa sœur posait sur elle.

— Alors, dis-moi la vérité, Em. Qu'est-ce qui se passe avec Martin ?

— Je te réponds seulement si tu m'expliques tes problèmes avec Steve.

— Ça marche. Toi d'abord.

Emma trempa de nouveau les lèvres dans son verre. Par où commencer ?

— Est-ce que tu te souviens de mon auteur, Richard Bennett ?

— Celui dont on a parlé au resto avec Rosie il y a dix jours, tu veux dire ? Je ne risque pas de l'oublier.

Emma se sentit blêmir. *Dix jours ?* Il n'y avait que *dix jours* de passés depuis que Rosie l'avait emmenée choisir sa robe de mariée ? Bon sang, ça semblait tellement plus loin… Presque une autre vie…

— Alors ? insista sa sœur. Est-ce que tu as couché avec lui ?

— Rachel !

— Quoi ? Ce n'est pas ce qui s'est passé ?

— Je n'ai pas couché avec lui, confia Emma d'une petite voix, le nez baissé, mais j'en avais envie…

— Bah, ce n'est pas un crime, que je sache.

— Non, tu ne comprends pas, Rach. Je suis tombée sous son charme, et pas qu'un peu. Il s'intéressait à moi, il me faisait des compliments à longueur de temps, sans compter qu'on a plein de goûts en commun… Je ne sais pas, ça a tout de suite collé entre nous.

— Plus qu'avec Martin ?

— Différemment.

Sa sœur hocha la tête en silence, ses yeux se perdant dans le vague un instant. Puis elle se remit à l'interroger.

— Et après ? Comment est-ce que vous en êtes arrivés à vous séparer, Martin et toi ?

Emma passa sous silence le baiser et ses mensonges.

— Richard est venu déclarer ses sentiments pour moi.

— Et ?

— Devant Martin.

— Oh… Eh bien, quelle histoire ! On dirait une intrigue sortie tout droit de tes romans snobinards. Encore un peu, et tu vas me dire que ton Richard a provoqué Martin en duel.

Tout à coup, Emma eut l'impression d'assembler les dernières pièces d'un immense puzzle. Elle venait de résoudre l'énigme qu'était Richard Bennett.

— Merde, tu as complètement raison, Rach. Toute cette histoire pue l'intrigue d'un fichu roman à plein nez, et moi je suis la cruche d'héroïne qui a succombé à celui qui s'amuse avec elle…

— Ne sois pas trop dure envers toi-même, va. Ça arrive même aux meilleurs d'entre nous.

Cette remarque ne tomba pas dans l'oreille d'une sourde. Emma décocha un regard acéré à sa sœur.

— Ah oui ? Comme à toi, par exemple ? On peut savoir qui est celui qui t'a fait tourner la tête, alors ?

Rachel baissa les yeux.

— Mon voisin.
— Oh ! monsieur j'ai-des-airs-de-Russell-Crowe ?
— Lui-même.
— Je vois, soupira Emma. Eh bien, je suis mal placée pour te jeter la pierre. Et puis, ce n'est pas comme s'il s'était passé quelque chose entre vous, pas vrai ?
— Non, bien sûr.
La vitesse à laquelle sa sœur avait répondu lui mit aussitôt la puce à l'oreille.
— Rachel ?
— Eh bien… Disons qu'on a eu un moment d'égarement. Il ne s'est rien passé, mais… on s'est embrassés. J'étais persuadée que Steve me trompait.
— *Steve ?* Tu es sûre ? Je n'imagine pas un homme moins capable d'infidélité que lui.
A l'expression de Rachel, il fallait croire qu'elle venait d'avoir une illumination à son tour.
— C'est vrai. Papa avait raison, on dirait. Des fois on n'est juste pas fichu de voir ce qu'on a…
— Avant de l'avoir perdu, hein ? termina Emma avec amertume. Ouais, eh bien on dirait qu'on a toutes les deux merdé en beauté, pas vrai ?
— C'est le moins qu'on puisse dire, sœurette. Mais, en ce qui me concerne, j'ai bien l'intention de réparer mes dégâts. Et toi ?
— Moi ? Oh ! je ne sais pas… Je n'arrive pas vraiment à penser à ça en ce moment. Maman a besoin de nous, et il nous reste encore plein de choses à régler ; j'ai même préparé une liste. D'ailleurs, il serait temps qu'on s'y mette, tu ne crois pas ?
— O.K., répondit Rachel en lui passant un bras autour du cou, mais c'est toi qui t'occupes d'appeler Rosie.
— Seulement si c'est toi qui appelles mémé Liz.
Sa sœur fit la grimace.
— Tu es dure en affaires, dis-moi. Marché conclu.
Quand leur mère descendit une demi-heure plus tard,

elles avaient chacune un téléphone à l'oreille. C'est Rachel qui la remarqua la première après avoir raccroché.

— Salut, maman. Comment est-ce que tu te sens ?

— Ça va, soupira Diana. Et vous, est-ce que vous vous en sortez ?

— Oui, on a presque fini de contacter les gens de la liste.

— Est-ce que vous avez déjà eu Rosie ?

— C'est Emma qui l'a appelée, oui.

Celle-ci, qui venait de raccrocher à son tour, émit un grognement exaspéré.

— M'en parle pas. Elle tenait absolument à venir, et j'ai mis dix bonnes minutes à l'en dissuader.

— Bien, je suis contente que tu t'en sois chargée. Allez-vous rester pour le dîner ?

Elles acceptèrent avec joie, et Diana partit dans la cuisine, un petit sourire aux lèvres. Juste avant de composer le numéro suivant de la liste, Emma ne put s'empêcher de se demander : leur mère tenait-elle réellement aussi bien le coup qu'elle le prétendait ?

Chapitre 25

Quelques jours plus tard

Dès que Rosie entra dans la salle à manger, sa première réaction en découvrant le buffet fut de clapper la langue. *Quel manque de goût !*

— Des vol-au-vent ? s'indigna quelqu'un à son côté au même instant. Quel *horrible* choix de hors-d'œuvre. Plus personne ne sert de vol-au-vent, de nos jours.

Il s'agissait d'une dame très âgée, vêtue d'un tailleur bleu nuit exquis. Elle lui tendit la main sans hésiter.

— Rosie Temperley. Je me suis fait exactement la même réflexion, ajouta-t-elle d'un ton de confidence.

L'inconnue lui adressa un sourire satisfait.

— Ma fille n'a jamais eu beaucoup de goût, voyez-vous. A part en ce qui concerne son époux, cela va sans dire. Ce cher, cher Edward… Quelle tragédie ! A ce jour, je ne sais toujours pas comment elle est parvenue à le convaincre de l'épouser — et encore moins à le garder toutes ces années. C'est un véritable mystère pour moi.

Rosie jubila intérieurement.

— Oh ! vous êtes la mère de Diana. C'est un plaisir de vous rencontrer — compte tenu des circonstances, bien sûr. Une tragédie, c'est le mot, oui. Je suis absolument dévastée par la disparition de cet amour d'Eddy. C'était un vieil ami très cher — je le connaissais depuis bien plus longtemps que votre fille.

— Vraiment ? s'étonna la mère de Diana, intéressée. A propos, je ne me suis pas présentée : Elizabeth. Je suis ravie de faire votre connaissance, moi aussi.

Rosie lui retourna un grand sourire. Elle venait de se faire une nouvelle amie.

— Permettez-moi de vous dire que je trouve votre tailleur divin, Elizabeth. Chanel, si je ne m'abuse ?

— Naturellement. Il est rare que je porte un autre couturier.

Rosie acquiesça juste comme sa filleule les rejoignait. Elle la pressa aussitôt contre sa poitrine.

— Emma, *darling* ! Comment te portes-tu ? Tu dois être anéantie !

Celle-ci opina du chef, les yeux humides.

— Je n'arrive toujours pas à croire qu'il soit parti.

— Je sais, ma chérie, je sais.

Emma se tourna alors vers sa grand-mère.

— Comment vas-tu, mémé Liz ?

— Emma, combien de fois t'ai-je répété de ne pas m'appeler « mémé » ? Cela me vieillit affreusement. Je préfère « Lizzy », ou « mamie », à la rigueur.

— Arrière-grand-maman ? lança soudain une voix à leurs pieds.

Lily tirait avec insistance la jupe d'Elizabeth, qui la toisa en fronçant le nez, comme si elle venait de découvrir la source d'une odeur nauséabonde.

— Ah, Lisbeth.

— Pff, n'importe quoi ! Moi, c'est Lily. Bon, tu veux jouer avec moi ?

Devant l'air scandalisé de sa grand-mère, Emma prit la fillette par la main.

— Viens, Lily-jolie, c'est moi qui vais jouer avec toi.

— Hmpf ! lâcha Elizabeth, offusquée, comme elles s'éloignaient. Quelle petite impertinente !

— Oui, Rachel peine à élever ses trois enfants, j'en ai bien peur.

— Que sont devenues les femmes, je vous le demande !

Sous prétexte d'une prétendue liberté, elles veulent le beurre et l'argent du beurre, et après elles viennent se plaindre de ne pas y parvenir ? Non, mais vraiment... J'ai dit et répété à Diana qu'elle gâtait beaucoup trop ces petites, mais croyez-vous qu'elle m'ait écoutée ?

Là-dessus, elle enfourna un vol-au-vent avec une exclamation de mépris.

Rosie était aux anges. A l'évidence, elle allait pouvoir s'adonner à son activité préférée : médire de Diana.

— Et si nous allions nous asseoir, très chère ?

— Mais pourquoi papi il est mort ?

Emma ravala péniblement la boule formée dans sa gorge. Quand Lily allait-elle arrêter de poser encore et encore la même question à qui voulait l'entendre ? Quand allait-elle accepter la réponse ? Comme s'il n'était pas déjà assez difficile de rester forte aujourd'hui...

— Eh bien, parce que son cœur ne marchait plus comme il fallait.

— Et c'est vrai qu'il est au ciel ?

— Oui, je pense. Il nous regarde depuis son nuage.

— Mais on va plus jamais le voir ?

— Non.

— Mais pourquoi ?

Elle se mordit la lèvre — si seulement elle avait la réponse...

A sa grande surprise, Martin les rejoignit et décida de répondre à sa place.

— Parce que c'est comme ça, mademoiselle Lily. Le corps de papi est mort, alors son esprit — ce qui était à l'intérieur de lui — est monté au paradis pour qu'il puisse garder un œil sur tes frères et toi et s'assurer que vous allez bien.

Trouvant son regard, Emma articula un *merci* silencieux.

— Eh ben, moi je trouve que c'est trop pas juste !

Martin s'accroupit devant la fillette et lui déposa un léger baiser sur le front.

— Tu sais quoi, Lily ? Je trouve aussi.

— Je t'aime très beaucoup, Martin, lui répondit-elle en se logeant dans ses bras. C'est quand que tu vas *re-être* notre tonton ?

Emma attendit la réponse en retenant son souffle.

— Je suis déjà ton tonton, et je le resterai toujours.

— Ouaiis ! s'écria Lily avant de courir annoncer la nouvelle à ses frères.

Restée seule avec Martin dans le coin du salon, Emma lui adressa un sourire nerveux.

— Merci d'avoir pris la relève. Et merci d'être venu. Je n'avais pas vu que tu étais là.

— Je suis resté au fond de l'église. Je tenais à présenter mes respects à ton père ; je l'ai toujours beaucoup aimé.

Elle fit de son mieux pour contenir les larmes qui lui montaient aux yeux, et il s'en aperçut.

— Hé, Em, viens là…

Comme il la prenait dans ses bras, elle se calma peu à peu. Toutefois, ce fut lui qui s'écarta le premier.

— Je ferais mieux d'y aller.

— Non, s'il te plaît, *reste.*

Sa voix commençant à grimper dans les aigus, Emma s'éclaircit la gorge avant de reprendre d'un ton plus posé :

— Oh ! Martin, je suis tellement désolée… J'ai tout gâché.

Il poussa un long soupir.

— Ce n'est pas moi qui vais te contredire, Em.

— Ne peut-on pas au moins en discuter ?

— Le moment n'est pas très bien choisi, tu ne crois pas ?

— Tu as raison…, concéda-t-elle en reniflant. Mais je tiens à m'excuser de t'avoir fait du mal.

Il esquissa un signe de tête.

— Je vais aller dire au revoir à ta mère et Rachel. Prends soin de toi, Em.

Puis il tourna les talons, sous l'œil désemparé d'Emma. Si seulement son père était toujours là, il lui dirait quoi faire…

Rachel trouva sa mère dans la cuisine, en train de s'agiter de tous côtés en marmonnant des mots comme « feuilletés à la saucisse » et « remettre des chips ». Elle jeta un coup d'œil à Sue, qui haussa les épaules, tout aussi impuissante qu'elle.

— Maman, est-ce que ça va ?

Question idiote, bien sûr. N'empêche, son comportement l'inquiétait. Et le regard vide que sa mère lui retourna n'était pas pour la rassurer.

— Quoi ? Oh ! oui, ça va, ma chérie. J'essaie seulement de me rappeler où j'ai rangé les olives.

Elles l'aidèrent à chercher, et Sue trouva presque aussitôt le bocal dans l'évier.

— Elles sont ici, madame Darcy.

— Ah, merci Susan. Mais je vous en prie, appelez-moi Diana.

Comme sa mère recommençait à s'affairer en pensant tout haut, Rachel se mordit la lèvre.

— Dis, maman, est-ce que tu veux venir passer la nuit chez nous, ce soir ? Les enfants adoreraient t'avoir.

— Oh ! c'est très gentil à toi, mais je suis sûre que je…

— Diana ! l'interpella soudain une voix cassante depuis le salon.

Diana se tut, mais ne se manifesta pas. Néanmoins, sa mère ne tarda pas à apparaître sur le seuil.

— Diana ! Pourquoi diable te caches-tu ici ?

— Oh ! pardon, mère. J'étais seulement venue chercher de quoi remplir de nouveau les plats de la salle à manger.

— Diana, tu ne peux pas éviter tes invités toute la journée, ça ne se fait pas. Et puis, peux-tu me dire ce que c'est que cette tenue ? Tu sais bien que j'ai une sainte horreur du prêt-à-porter. Sans compter que tu aurais bien besoin des services de mon coiffeur. Et, pour l'amour du ciel, t'arrive-t-il de te regarder dans le miroir ? Retouche donc ton maquillage !

— Pardon, répéta Diana, le nez baissé.

Indignée, Rachel s'apprêtait à prendre la défense de sa

mère — et tant pis si elle vexait sa grand-mère ! —, quand Alfie débarqua à son tour dans la cuisine avec un bol vide.

— *Mamie, mamie, mamie !* Tu peux donner encore des chips, dis, s'il te plaît ?

Cette irruption dut redonner du poil de la bête à Diana, car elle ignora le regard désapprobateur d'Elizabeth avec un grand sourire.

— Bien sûr, mon chéri. Je vais te remplir ça tout de suite.

Tout à coup, l'expression d'Alfie changea.

— C'est les chips que papi i'préférait. Papi, i'me manque à moi.

Le sourire de Diana tomba et, pendant un long moment, elle fixa son petit-fils sans un mot. Rachel retint son souffle, anxieuse. Allait-elle craquer ici, devant tant de monde — et surtout devant sa propre mère ?

Les yeux humides, elle finit par s'agenouiller pour serrer son petit-fils tout contre elle.

— A moi aussi, Alfie. A moi aussi.

Elizabeth secoua la tête. Elle aurait sans doute fait une remarque désobligeante si Sue ne lui avait pas pris le bras.

— Elizabeth, c'est bien ça ? Je m'appelle Sue. Suivez-moi, il faut à tout prix que vous rencontriez Christa.

Comme elles s'éloignaient, Sue jeta un regard amusé par-dessus son épaule, et la bouche de Rachel forma en silence les mots « Je t'adore ».

— *Prise en flag' !*

Rachel, qui s'était cachée derrière le pavillon de jardin de ses parents pour fumer, fit un bond en voyant sa sœur surgir.

— Merde, Emma ! J'ai failli faire dans ma culotte !

— Désolée, je n'ai pas pu résister. Tu n'es pas très discrète, tu sais.

— Ah bon ?

— Bah, tu n'étais pas à l'intérieur et il y a un nuage de fumée qui s'élève au-dessus du pavillon. Alors, étant donné que nous ne sommes pas en pleine élection d'un nouveau pape, pas besoin d'être Sherlock Holmes pour deviner que tu étais en train de te griller une clope en cachette.

— Hmm, ouais, pas faux. Tu en veux une ? lui proposa-t-elle en lui tendant son paquet.

— Non, merci. Et tu ne devrais pas non plus.

— Oh ! épargne-moi ce couplet-là, tu veux. On a enterré papa tout à l'heure, je viens de voir maman se faire humilier par mamie, et en plus de ça il faut se farcir le numéro de deuxième veuve éplorée de Rosie. J'ai bien le droit d'en fumer une pour décompresser.

— Ouais, bon, O.K. Comment est-ce que tu te sens, alors ?

Rachel tira une dernière fois sur son mégot avant de l'écraser sur le sol, puis sortit aussitôt une autre cigarette de son paquet.

— Très bizarre. J'ai presque l'impression qu'il va surgir à tout moment pour nous proposer un de ses gin-tonics ridiculement forts. Enfin, soupira-t-elle comme Emma hochait la tête en silence, et toi ?

— J'ai encore du mal à croire qu'il soit parti ; qu'il ne sera pas là pour me conduire à l'autel et qu'il ne connaîtra jamais mes enfants. Ça paraît tellement injuste.

Comme elle essuyait ses larmes, Rachel passa un bras autour de sa petite sœur. Elles contemplèrent les arbres nus du jardin sans un mot, jusqu'à ce qu'elle finisse par poser l'une des questions qui la contrariaient.

— A ton avis, Em, comment est-ce que maman vit tout ça ?

— Je ne sais pas trop…

— Mamie vient de lui passer un savon devant Sue et moi. La pauvre, je pense que je suis un peu trop dure avec elle, des fois.

— Ouais, peut-être. Moi aussi, sûrement. C'est juste qu'elle est tellement chiante, quand elle s'y met…

Rachel esquissa un sourire.

— Je sais, mais on a tendance à l'être aussi, toi et moi.

Faut croire qu'on se transmet ça de mère en fille, dans la famille. Et au moins, elle n'est pas aussi pénible que mémé Liz.

— C'est vrai…

Après un nouveau silence, Rachel jeta un regard inquiet à sa sœur.

— Martin et toi, c'est fini-fini, alors ? Il est parti tôt.

Emma poussa un soupir triste.

— Je n'en sais rien, Rach. Tout fout le camp, en ce moment. Franchement, je suis incapable de dire ce qui va se passer après. Et Steve et toi ?

— Je compte bien arranger ça ce soir.

Rachel n'avait jamais été plus déterminée. Le deuil l'avait obligée à se remettre en question, à voir sa vie sous un autre angle. Cette fois, elle était prête à se mettre à genoux pour montrer à Steve à quel point elle regrettait toute l'histoire.

Tout à coup, des pas se firent entendre dans l'allée. Rachel eut à peine le temps de jeter sa cigarette sous un buisson que son mari apparut.

— Ah, c'est donc là que vous êtes. Qu'est-ce que vous faites ?

Le regard de Steve tomba sur le premier mégot, et les sœurs échangèrent un regard comme deux adolescentes venant de se faire pincer par le surveillant. *Vite, une excuse !*

— Oh rien, prétendit Emma d'un ton mal assuré. Je m'en grillais une, et Rachel est restée avec moi pour bavarder. Bon, euh, je retourne à l'intérieur, je crois que maman m'appelle.

Alors que sa sœur fuyait lamentablement le lieu du crime, Rachel adressa un petit sourire d'excuse à son mari, qui la considérait d'un air désapprobateur.

— Je croyais que tu avais arrêté.

— Oui, désolée, mais c'était juste une comme ça. La journée est vraiment atroce.

— Je sais, concéda-t-il en tournant les talons.

— Attends !

Steve tressaillit quand elle le retint par le bras, mais ne chercha pas à se dégager.

— Est-ce qu'on pourra discuter, ce soir ?

— Tu es sûre que c'est le bon jour, pour ça ?

— Je crois qu'on a déjà bien assez repoussé le problème.

— D'accord, fit-il sans lui rendre son faible sourire. J'ai un truc à te dire, moi aussi.

Rachel n'eut pas l'occasion de l'interroger, car Emma cria son nom depuis la porte du jardin.

— Quoi ?

— Viens vite !

Sa sœur l'attendait sur la terrasse, une drôle d'expression sur le visage.

— C'est maman.

— Quoi, maman ? Est-ce qu'elle va bien ?

— Elle, oui. Mais elle vient de coller un pain à Rosie.

Bouche bée, Rachel la suivit dans la salle à manger, où elle trouva Rosie au milieu d'une foule d'invités, un sac de pois surgelés contre la joue. Insensible à ses cris d'orfraie, elle joua des coudes pour foncer dans la cuisine. Debout près de l'évier, sa mère se faisait souffler dans les bronches par Elizabeth.

— Cette pauvre Rosie ! Vraiment, Diana, ton comportement est inadmissible. J'ai honte de t'avoir pour fille... Quelle humiliation ! Tu n'as jamais su garder ton sang-froid, *jamais* ; le voilà, ton problème, Diana. Diana ? Est-ce que tu m'écoutes, au moins ? Diana ?

Celle-ci se tenait raide comme un piquet, le regard fixe, comme si elle n'entendait même pas les reproches de sa mère. Mais, alors que Rachel et Emma étaient sur le point de prendre sa défense, elle se tourna tout à coup vers Elizabeth et lui dit ses quatre vérités avec un calme glaçant.

— Et vous, mère, savez-vous quel est votre problème ? Vous avez toujours eu le cœur dur comme la pierre. Vous m'avez fait vivre une enfance épouvantable, sans amour ni une quelconque forme de soutien. Vous avez peut-être honte de m'avoir pour fille, mais moi j'ai honte de vous avoir pour mère. Et, pour votre gouverne, je ne regrette pas une seconde d'avoir enfin donné à Rosie ce qu'elle méritait. Maintenant, si vous voulez bien m'excuser, je vais monter m'allonger ; je viens d'enterrer mon mari et j'aimerais être seule. Vous n'avez qu'à demander à Rachel ou Emma de vous appeler un taxi pour rentrer chez vous. Au revoir, mère.

Sur ce, elle quitta la cuisine d'un pas déterminé, sous le regard admiratif de ses filles. Quant à Elizabeth, elle ouvrit et ferma la bouche comme un poisson hors de l'eau. Elle n'avait toujours pas retrouvé l'usage de la parole quand Christa fit irruption dans la pièce.

— *Mein gott*, Rachel ! Ta mère a un *verdammt guten* coup du poing ! Oh ! Elizabeth, *was passiert* ?

Comme celle-ci ne parvenait toujours pas à répondre, Christa lui encercla la taille.

— *Ja*, je sais, *Schatz*. C'est un jour très *merdé*, mais au moins cette *Schlampe* de Rosie a eu sa *méritance*.

Sans remarquer le mélange d'horreur et d'indignation qui déformait les traits d'Elizabeth, la Suisse l'entraîna vers la sortie.

— *Also*, je *devois* partir maintenant. Venez, Elizabeth, mon *conduiseur* va ramener vous.

Un silence incrédule suivit leur départ, jusqu'à ce qu'Emma tourne des yeux ronds vers Rachel.

— Elle est pas croyable, ta copine !

— Oui, hein ?

Les sœurs pouffèrent de concert, et très vite c'est un véritable fou rire nerveux qui les secoua. Elles se tenaient les côtes, en larmes, quand Sue entra dans la cuisine.

— Eh beh, pour un enterrement, on peut dire que c'est joyeux !

— Je sais ! s'étrangla Rachel, pliée en deux. Papa aurait adoré ça !

Emma trouva la voiture de Richard garée devant chez elle. *Oh non*… Comme si elle avait besoin de ça aujourd'hui…

Ils ne s'étaient pas parlé une seule fois depuis qu'il l'avait déposée à l'hôpital, et ce n'est pas elle qui s'en serait plainte. Elle n'aurait pas eu la force, ces derniers jours, de gérer à la fois son deuil et ses malheurs sentimentaux. Mais manifestement, ce soir, elle allait devoir y faire face.

S'armant de courage, elle se forgea un masque et se dirigea vers la voiture. Le nez dans son téléphone, Richard sursauta quand elle frappa un petit coup à sa vitre. Elle ne lui retourna pas son sourire et n'attendit même pas qu'il descende sur le trottoir pour aller ouvrir sa porte. Il la rattrapa d'une main sur l'épaule juste comme elle passait le seuil.

— Emma, mon ange, comment vas-tu ?

— Pas trop mal, prétendit-elle sèchement.

— Je suis vraiment navré pour ton père.

— Merci.

Sans lui adresser un regard, Emma déposa ses affaires dans l'entrée puis se rendit dans la cuisine, où il la suivit en jetant des coups d'œil aux alentours.

— Martin n'est pas là, à ce que je vois ?

— Non, il est parti.

— Oh ! je suis désolé de l'apprendre.

Ben voyons !

Mais, lorsqu'il essaya de l'embrasser, elle le repoussa avec colère.

— Richard, je peux savoir ce que tu fiches ici ?

— Enfin, Emma, pourquoi es-tu aussi agressive ?

— Oh ! je ne sais pas, railla-t-elle. Je suis peut-être un peu à cran parce que je viens d'enterrer mon père et que le seul réconfort que j'ai reçu depuis sa mort m'est venu de *mon ex* !

— Bah, fit-il en haussant les épaules, je te l'ai dit : je ne suis pas doué avec les trucs de famille.

— *Les trucs de famille ?* Ouah ! Dis-moi si je me trompe, mais je pensais que tu étais amoureux de moi. Alors, au cas où tu ne l'aurais pas compris, permets-moi de te signaler que ma famille fait partie du package.

Richard leva les mains, l'air désolé.

— Je sais, je sais. Emma, je suis sincèrement navré pour ton père. Et tu as raison, j'ai eu tort de ne pas t'appeler. C'est juste que je n'ai jamais vraiment eu de famille, alors c'est un peu difficile pour moi, ce genre de choses, tu comprends ?

Il soupira, et son regard se fit soudain lointain.

— Je suppose que la disparition de ton père a réveillé en moi cette vieille douleur, ce manque de n'avoir jamais connu le bonheur familial.

Le sang d'Emma ne fit qu'un tour. Dire qu'elle avait été assez stupide pour se laisser émouvoir par ce genre de discours !

— Comment *oses*-tu ?

Sa réaction le prit tant de court qu'il en perdit son air inspiré.

— Que… Quoi ?

— Comment oses-tu t'inviter chez moi pour prétendre que tu es désolé ? Tu joues la comédie en permanence ! Ce n'est pas *moi* que tu aimes, mais *l'idée* de moi, comme un personnage de roman. En fait, toi-même, tu n'es qu'un personnage de roman. Il n'y a pas une once de sincérité en toi.

Ce qui parut sincère, en revanche, ce fut l'expression offensée qui se peignit sur les traits de Richard.

— C'est horrible de dire une chose pareille, Emma.

— Oh ! *pauvre chaton*, tu me fends le cœur ! Bon Dieu, je n'arrive pas à croire que j'aie pu laisser une espèce de parodie de héros romantique me tourner la tête ! Mais tu ne m'auras plus ; je sais qui tu es, maintenant. Aie au moins la décence d'admettre que tu joues la comédie.

Il la scruta un instant en silence, comme s'il cherchait quelle tactique adopter.

— D'accord, je reconnais qu'au début je voyais un peu tout ça comme une sorte de jeu. Mais d'un autre côté, ne dit-on pas que la vie est un jeu ?

— Non. Pas pour moi.

— Le fait est qu'au fil du temps, je suis réellement tombé amoureux de toi. Tu es tellement différente.

Emma leva les yeux au ciel.

— Ouais, ouais, je sais, « différente », blablabla. Tellement différente que tu as jugé bon de détruire ma vie avec Martin. Merci bien, je suis très touchée. Tu dois vraiment m'aimer comme un fou.

— Emma, je suis désolé que tu le prennes comme ça. Je pensais qu'il y avait quelque chose de spécial entre nous. Et j'ai cru que tu ressentais la même chose.

— Je l'ai cru aussi, pendant un temps, jusqu'à ce que je me rende compte que tu me prenais pour une conne.

Approchant d'un pas, Richard la fixa avec intensité.

— Je t'aime vraiment, tu sais. C'est la vérité.

Emma secoua la tête, exaspérée.

— Et voilà les mensonges qui continuent ! Qui suis-je exactement pour toi, tu peux me le dire ? Une Jane Eyre à ton Rochester ? Une Cathy à ton Heathcliff, peut-être ? Laisse-moi rire. Tu ne m'aimes pas plus que tu n'aimes Stella !

En un clin d'œil, l'attitude de Richard changea du tout au tout.

— Comment est-ce que tu le sais ? la pressa-t-il, le doigt tendu. Qui t'a dit ça ?

— Dit quoi ?

— Pour Stella et moi.

Elle fronça les sourcils. Stella et lui ? Mais de quoi parlait... *Oh !*

Tout à coup, elle comprit. Le masque venait de tomber. Et, à en croire l'expression de Richard, il avait pris conscience de son erreur, lui aussi.

— Oh ! fit-il, la tête dans les épaules, tu voulais dire la Stella de *L'Orchidée rouge*...

— En effet, mais je crois qu'on sait tous deux ce que, toi, tu voulais dire, n'est-ce pas ? Pourquoi ne retournes-tu pas dans les bras de la vraie Stella, Richard ? Vous vous méritez l'un l'autre.

L'air d'oiseau blessé qu'il lui retourna n'eut aucun effet sur Emma. Elle n'éprouvait plus que du dégoût et de la rage.

— Va-t'en !

— Je suis désolé, souffla-t-il, le nez baissé.

— Et moi donc.

Il ne résista pas quand elle le poussa jusqu'à la sortie. Puis, sans se donner la peine d'attendre qu'il remonte dans sa voiture, elle referma la porte sur lui.

— C'est bon, le grand a réussi à s'endormir ?

Steve terminait la vaisselle quand Rachel entra dans la cuisine.

— Oui, je lui ai lu une histoire. Et les jumeaux ?

— Ils étaient un peu grognons, mais c'est vite passé. La journée a été longue et éprouvante pour tout le monde.

Elle hocha la tête avec un soupir, puis alla se prendre une bière au réfrigérateur.

— Je t'en sors une aussi ?

— Je veux bien.

Rachel s'installa à table et, d'un geste de la main, invita son mari à l'imiter. Il hésita un instant, mais finit par se laisser tomber en face d'elle.

Ça y était. Le moment de vérité.

Elle but une longue gorgée de sa bière pour se donner du courage. Malheureusement, ils prirent la parole en même temps.

— Steve, je veux qu'on retente le coup.

— Rachel, je m'en vais.

Ce fut comme se prendre une balle en plein cœur.

— Qu… Quoi ?

Evitant son regard, Steve jouait nerveusement avec le bord de l'étiquette de sa bière.

— Je ne voulais pas t'annoncer ça le jour de l'enterrement de ton père mais, puisque tu insistes, il vaut mieux que tu le saches.

Rachel sentit la panique la submerger. *Non, non, non…* Ce n'était pas du tout comme ça que la conversation était censée se passer !

— Mais que… Qu'est-ce que tu es en train de dire ?

— Je vais retourner un moment chez ma mère, pour nous donner un peu d'air le temps qu'on décide ce qu'on veut.

— Mais je le sais, ce que je veux ! s'écria-t-elle, au bord des larmes.

Une profonde tristesse se lisait dans les yeux bleus de Steve.

— Pas moi, Rach. Je ne sais plus ce que je veux. On faisait une si bonne équipe, toi et moi. C'était nous deux contre le reste du monde, mais maintenant…

Il laissa traîner sa phrase comme s'il répugnait à la terminer.

— Maintenant ? l'encouragea-t-elle, redoutant d'entendre la suite.

Il secoua la tête en se mordillant la lèvre.

— Maintenant, je n'arrête pas de penser à ce qui serait arrivé si Tom n'avait pas eu de cas de conscience.

Tiraillée entre la honte et la détresse, Rachel baissa les yeux et ne put empêcher sa voix de grimper dans les aigus.

— Ce n'était qu'un moment d'égarement, Steve, je te le jure ! Je croyais que tu avais une liaison !

— Comment as-tu pu croire une chose pareille, Rach ? Comment as-tu pu penser ça de *moi* ?

— Je sais, je suis désolée… Pour ma défense, tu n'as pas joué franc-jeu avec moi au sujet de Sam ! Mon erreur, ça a été de tirer les mauvaises conclusions.

Steve eut une moue écœurée.

— Oui, mais je ne peux pas continuer comme si de rien n'était, Rachel. Pas en sachant que tu ne me fais pas confiance et que tu risqueras d'aller voir ailleurs chaque fois que tu douteras de moi. Ce n'est pas un mariage, ça.

— S'il te plaît, ne dis pas ça…

— Je ne fais que dire ce que je ressens. Ecoute, on ne réglera pas la question ce soir. Je vais partir chez ma mère demain, et on avisera après.

— Mais tu ne fais pas une croix sur moi, hein ?

Elle avait essayé de prendre un ton léger pour chasser la panique qui lui tordait l'estomac. C'était raté.

— Cette discussion est close pour ce soir.

Emportant sa bière, Steve partit dans le salon. Rachel aurait voulu le suivre mais, tout à coup, se lever semblait impossible. La tête lui tournait, son corps semblait fait de plomb, comme si la vie elle-même avait décidé de la maintenir à terre.

Comme pour refléter son état d'esprit, de grosses gouttes de pluie se mirent à battre contre la vitre au même instant. Rachel plongea les yeux dans la nuit noire, seule au monde.

Chapitre 26

Installée sur son lit, Emma regardait fixement le manuscrit aux lignes raturées de rouge qu'elle tenait dans ses mains. Elle l'abandonna à son côté avec un long soupir, puis, reportant son attention sur l'ordinateur portable posé sur ses genoux, céda encore une fois au chant des sirènes d'internet.

Miranda avait eu la gentillesse de lui permettre de travailler quelque temps à la maison pour éviter le bureau, et Emma n'aurait pas pu assez l'en remercier. Affronter le bruit, le monde, les questions, la pitié dans le regard des autres… Non, elle ne s'en sentait pas encore la force. Mais, dans la pratique, était-ce vraiment une bonne idée ? Le problème, c'était qu'internet regorgeait de mille et une merveilles bien plus tentantes que le travail, et celui qui avait le malheur de s'aventurer dans les méandres de son labyrinthe finissait par l'explorer des heures durant avec insouciance, trop captivé par ses trouvailles pour songer à s'échapper.

Dans un sursaut de mauvaise conscience, Emma s'obligea à consulter ses e-mails pour se donner l'illusion de travailler. Elle y trouva des messages d'Ella et Miranda, mais aussi, plus surprenant, deux de Rosie et même un de Joel, sur lequel elle cliqua avec méfiance :

Mes plus sincères condoléances. Joel.

Sincères, ouais, tu parles. S'imaginait-il qu'un simulacre de compassion allait lui faire oublier ses coups de poignard dans le dos ?

Enervée, elle referma son ordinateur portable et se replongea dans le manuscrit de *L'Orchidée rouge*. Elle relut ligne après ligne, raturant presque chaque mot. Du jour au lendemain, la passion qui se dégageait du roman s'était comme envolée ; à présent, l'histoire lui paraissait creuse, les personnages plats, et Stella ne lui inspirait plus que de la haine et du dégoût. Emma alla même jusqu'à griffonner quelques mots sur le bloc-notes à son côté : « Envisager de tuer Stella ? » *Ça lui ferait les pieds à cette connasse.*

Elle laissa échapper un rire amer en relisant sa suggestion. Se venger sur un personnage de roman… *Bravo Emma, tu as atteint le summum du ridicule.*

Elle venait de reprendre sa lecture quand un bruit au rez-de-chaussée lui glaça le sang. *Des pas*. Quelqu'un s'était introduit chez elle ! Le cœur battant la chamade, elle sortit du lit en silence, carrément gagnée par la panique dès que les pas se firent entendre dans l'escalier. Sans réfléchir, elle saisit la première arme potentielle qui lui tomba sous la main, fonça vers la porte sur la pointe des pieds, puis chargea l'intrus avec un ridicule cri de guerre.

— Haaaaaaaaa !

Emma se figea, interloquée, en trouvant Martin sur le palier. Il sursauta, avant d'éclater de rire. C'est alors qu'elle se rendit compte avec honte que son « arme » n'était autre qu'un balai.

— Qu'est-ce que tu comptais faire ? Me dépoussiérer jusqu'à ce que mort s'ensuive ?

— Martin ! Qu'est-ce qui te prend d'entrer comme un voleur ?

— Désolé, j'étais juste venu récupérer quelques affaires. Je ne pensais pas que tu serais là.

Son agressivité s'évanouit aussitôt.

— Oh ! bien sûr. Bon, eh bien, sers-toi. Ne fais pas attention à moi.

Il la remercia d'un signe de tête et disparut dans la

chambre. Emma, quant à elle, resta sur le palier, balai en main, sans trop savoir que faire.

— Un café ? marmonna-t-elle.

Martin passa de nouveau la tête par la porte.

— Tu as dit quelque chose ?

— Est-ce que tu veux un café ? Je comptais m'en préparer un…, prétendit-elle d'une voix à peine audible.

Il dut la prendre en pitié, car il accepta.

— D'accord, on s'en envoie un petit vite fait, alors.

— Et le café, tu préfères le boire avant ou après ?

Emma crut mourir de honte sous le mauvais goût de sa plaisanterie. *Très fin, vraiment. Et foutrement approprié…*

Une chance que Martin se contente de secouer la tête d'un air amusé.

— Hum, pardon…, bredouilla-t-elle avant de s'enfuir au rez-de-chaussée.

Il la rejoignit dans la cuisine dix minutes plus tard, un gros sac-poubelle dans une main, un cadre dans l'autre. Il s'agissait d'une photo prise le jour de leur première Saint-Valentin.

— Tiens, dit-elle d'un ton qu'elle espérait détaché, tu vas prendre ça ?

— J'en aurais bien envie, oui. Ça ne te dérange pas ?

— Pas de souci. Montre-moi un peu ça.

S'approchant de lui pour étudier leurs visages souriants, elle se souvint avec un pincement au cœur de l'après-midi qu'ils avaient passé à la fête foraine. Ils étaient si heureux, en ce temps-là ; si amoureux…

— Bien sûr, reprit-il, il se peut qu'on doive recourir au tribunal.

— Le tribunal ? De quoi est-ce que tu parles ?

— Pour savoir qui de nous deux obtiendra la garde de Robert.

Il indiquait la peluche géante nichée entre eux sur le cliché, la grenouille au regard ahuri qui résidait désormais sur la table de chevet d'Emma.

— C'est moi qui l'ai gagné, après tout.

— Han, tu mens ! se récria-t-elle en lui donnant une tape sur le bras. C'est moi qui ai démoli les boîtes de conserve, et tu le sais très bien.

— C'est ça, ouais…

Ils éclatèrent de rire, et pendant un bref instant leur ancienne complicité sembla renaître de ses cendres. Mais le moment passa, vite balayé par un léger malaise.

Détournant les yeux, Emma alla poser leurs cafés sur la table.

— Un biscuit ?

— Oui, merci.

Toujours au milieu de la pièce, Martin se massait nerveusement la nuque.

— Allons, ne reste pas planté là ! dit-elle avec un sourire forcé. Viens t'asseoir !

Elle en faisait trop, elle s'en rendait compte. Mais pouvait-on lui reprocher de vouloir le garder ici le plus longtemps possible ?

Un peu hésitant, Martin abandonna son sac-poubelle sur le sol et vint s'installer sur le bord de la chaise. Il sirota son café en prenant soin d'éviter le regard d'Emma.

— Comment va ta mère ?

— Elle n'aime pas trop le montrer, mais je pense qu'elle a du mal à surmonter tout ça.

— Ça ne m'étonne pas. Ton père et elle étaient faits l'un pour l'autre.

Déroutée, Emma porta la tasse à ses lèvres. Venait-il de lui envoyer une pique ?

— Et toi ? demanda-t-elle, mal assurée.

— On fait aller. J'ai beaucoup de boulot. Le canapé de Charlie commence à me faire mal au dos. Il faut que je me trouve un appart' bientôt.

Il avait parlé d'un ton si sec qu'elle ne put s'empêcher de se sentir blessée. Malheureusement, Martin ne faisait que commencer.

— D'ailleurs, désolé de mettre ça sur le tapis, mais, tôt ou tard, il va falloir qu'on discute de ce qu'on compte faire du duplex.

Et une gifle en pleine face, une.

— Oh ! euh, très bien. Si c'est ce que tu veux...

— A quoi bon faire traîner les choses ?

Il y avait un tel jugement dans la voix de Martin qu'Emma eut envie de hurler. *On pourrait recommencer à zéro et ne plus refaire les mêmes erreurs ! Moi, je ne referais plus les mêmes erreurs !*

Mais, à l'expression fermée qu'il affichait, elle sut qu'il était trop tard. Elle l'avait trahi, et il ne le lui pardonnerait peut-être jamais.

— Tu dois avoir raison...

— Ouais, bon. Je vais y aller. Merci pour le café.

Il se leva d'un bond, ramassa son sac-poubelle et quitta la pièce. Un silence pesant tomba entre eux lorsque Emma le raccompagna jusqu'à la sortie. Elle s'imagina se jeter dans les bras de Martin, lui crier qu'elle était désolée, le supplier de rester. Mais elle n'en fit rien. Le simple fait de se tenir près de lui était insupportable.

Il ne l'embrassa pas sur la joue en sortant. Il remonta dans sa voiture sans un regard en arrière et fit démarrer le moteur. Poussant un soupir, il lui jeta un coup d'œil résigné et lui adressa un petit signe de la main qu'elle n'eut pas la force de lui retourner.

Alors, il s'éloigna, et Emma, anéantie, suivit sa voiture des yeux jusqu'à ce qu'elle ne soit plus qu'un petit point au bout de la rue.

— J'ai pas compris. Redis pourquoi papa il s'en va.

Rachel retint un soupir. Elle avait réuni les enfants sur le canapé pour leur expliquer la situation, et manifestement Lily n'avait aucune intention de lui faciliter la tâche.

Assise devant eux sur la table basse, elle cherchait une autre façon de formuler les choses quand Will la devança.

— Maman et papa ils sont fâchés alors ils vont vivre dans des maisons différentes, comme ça ils vont plus se voir pendant un moment. Et *pi* après, ils vont décider si qu'ils s'aiment encore ou pas. Même qu'on appelle ça une séparation temporaire. Et si qu'ils s'aiment plus, ben ils vont divorcer.

— *Noooon, maman!* s'écria Alfie en agrippant la manche de Rachel, le regard suppliant.

— Chh, ne t'inquiète pas, mon poussin. Will, allons, tu fais peur à ton frère. Où est-ce que tu vas chercher tout ça ?

Son aîné haussa les épaules.

— A l'école. Les parents d'Ethan ils sont divorcés, et aussi ceux de Dee et de Jessie et de Mason. Les parents de Lauren ils sont séparés, et le papa d'Ella il est parti avec la baby-sitter. C'est pas grave, maman. Tous les parents ils divorcent.

— Eh bien, pas nous.

Pourvu que ce soit vrai...

— La vie est compliquée pour les adultes, et votre papa et moi avons juste besoin d'un peu de temps pour réfléchir à nos petits soucis.

— Ça pue du cul ! s'exclama soudain Lily, le regard noir.

— Hum, bon, tu ne devrais pas dire des mots comme ça, mais je suis d'accord.

Sans décolérer, sa fille pointa son index sur elle.

— Et même que c'est *ta* faute, d'abord !

— Hé ! C'est pas gentil de dire ça à maman !

Rachel s'interposa calmement entre ses enfants.

— Attends, Will, laisse parler ta sœur. Je t'écoute, Lily, dis-moi ce que j'ai fait de mal, à ton avis.

— Eh ben, tu fais rien que crier sur nous et sur papa. On dirait que tu veux même pas être avec nous. Alors pourquoi que tu vas pas travailler au magasin comme la maman de

Shamil ? Elle fait tout le temps des sourires et Shamil elle dit que sa maman elle crie presque jamais.

Elle accusa le coup, mais s'efforça de ne rien en montrer.

— Est-ce que c'est vraiment ce que tu penses ?

— Oui ! affirma Lily, le menton levé. Et les garçons ils pensent pareil que moi, hein, les garçons ?

Will et Alfie baissèrent le nez, mais marmonnèrent un mot qui se rapprochait dangereusement de « oui ». Dans un sens, leur confirmation fit encore plus mal que celle de Lily.

Rachel déglutit péniblement et s'éclaircit la gorge.

— Bon, eh bien, merci de m'avoir donné votre avis. Mais je ne veux pas que vous vous inquiétiez. Vous allez continuer de voir votre papa le plus souvent possible, et, je le répète, on ne va *pas* divorcer.

Pas encore, du moins.

Si les garçons hochèrent tristement la tête, leur sœur, elle, n'était pas décidée à lâcher le morceau.

— Ouais, ouais… Pourquoi que les grands ils disent rien que des trucs compliqués quand ils veulent juste pas dire aux petits qu'est-ce qui se passe en vrai ?

— Bon, mademoiselle la-détective, et si tu arrêtais de vouloir jouer à la plus maligne avec moi ? Il y a des choses que seuls les grands ont besoin de savoir, O.K. ?

— Ouais, eh ben, ça pue du cul quand même !

Rachel avait beau ne pas approuver le ton de défi de sa fille, elle pouvait mal le lui reprocher. Peut-être valait-il mieux changer de tactique.

— Vous savez ce que je pense, les enfants ? On aurait tous bien besoin d'un bon dessert. Qui veut une glace ?

— Moiii ! s'exclamèrent Will et Alfie.

— Lily ?

A la moue dégoûtée que sa fille lui retourna, on aurait cru qu'elle venait de lui proposer un tas d'ordures.

— Je veux rien à toi ! hurla-t-elle avant de foncer dans sa chambre.

Elle claqua la porte si violemment que Rachel en tressaillit. La gorge nouée, elle entraîna les garçons dans la cuisine pour leur servir une quantité indécente de glace, sur laquelle elle ajouta des pépites de chocolat et de la chantilly. *Félicitations, tu viens d'enseigner avec succès que le sucre apaise tous les chagrins. Bel exemple d'éducation, tu peux être fière de toi.*

Après avoir savouré leurs glaces jusqu'à la dernière goutte, Will et Alfie demandèrent à regarder des dessins animés. Il commençait à se faire tard, mais il régnait un silence trop sinistre dans la maison pour refuser. Rachel se sentait si lasse de tout qu'elle commençait à envisager de se joindre à eux quand on frappa à la porte.

A sa grande surprise, ce sont Sue et Christa qu'elle trouva sur le seuil, un immense sourire aux lèvres et les bras chargés de plaques de chocolat, d'un énorme paquet de Doritos et de sacs en plastique qui cliquetaient joyeusement.

— On s'est dit qu'un peu de compagnie ne te ferait pas de mal, expliqua Sue en se déchargeant pour la prendre dans ses bras.

Christa lui claqua deux grosses bises, puis sortit trois bouteilles de champagne de son sac.

— *Also, mein Schatz*, Susan et moi nous *s'occupons* de mettre les *Kinder* au lit, *ja* ? Va servir un grand verre de ce Cristal délicieux, et nous te *rejoignirons* dans une demi-heure, O.K. ?

Emue aux larmes, Rachel ne réussit qu'à accepter d'un signe de tête.

— *Nein, nein.* Pas de *pleuraison* ce soir. Nous allons boire à ton *Vater* et à ton avenir, avec ou sans Steve, *ja* ?

Dans le dos de la Suisse, Sue se mordait les lèvres pour ne pas se moquer de sa façon de parler, et cette bonne humeur réussit à contaminer Rachel.

— O.K. Mais je vous conseille de vous dépêcher, sinon je vais manger tout le chocolat sans vous !

— *Kein Problem.* Mais ne *boive* pas tout le champagne !

Une heure plus tard, Rachel riait à s'en tenir les côtes.

Christa venait de raconter une anecdote impliquant Paris Hilton et un cochon, si improbable que Sue en avait recraché son Cristal par le nez. La Suisse lui avait aussitôt reproché de gâcher un si bon champagne, avant d'enchaîner sur une autre histoire tout aussi drôle.

Bon sang, ce que ça faisait du bien de se vider la tête comme ça ! Que ferait-elle sans ses amies ?

Elle était si guillerette qu'elle ne perdit même pas son sourire quand la conversation prit une tournure plus sérieuse.

— *Also*, Rachel, que *deveniras*-tu, maintenant ?

— Je ne sais pas trop. J'ai bien merdé, pas vrai ? Je veux dire, j'ai quand même failli me taper mon voisin !

— Taper ? répéta Christa, surprise. Tu aimes *sadomaso*, toi aussi ?

Rachel et Sue partirent d'un fou rire presque hystérique, si bien que Rachel mit une bonne minute avant de réussir à répondre.

— Non, je voulais dire que j'ai failli coucher avec lui.

— *Ach so*. Tu parles de Dom, *ja* ?

— Tom.

— *Ja*. Je comprends, il est *sehr sehr* sexy. Mais ton mari est un très *beau* homme aussi. Peut-être tu es juste une *Hausfrau* qui *s'ennuye* ?

— Je ne sais pas. Peut-être. Ce qui est sûr, c'est qu'il faut que j'agisse avant de sombrer dans une vie de débauche.

Comme souvent, Christa ne releva pas son humour.

— *Ja*, c'est arrivé à ma *Schwägerin* — *äh*, comment dit-on, l'épouse de mon frère ?

— Ta belle-sœur ? Qu'est-ce qui s'est passé ?

— Elle vivait *dans* Berne avec Bruno. Elle avait tout, *ja* ? La grande maison jolie, le mari, les *Kinder*, *le* argent.

— Et ? l'encouragea Sue après avoir échangé un regard amusé avec Rachel.

— *Ach*, elle s'*a* ennuyée. Les *Kinder* étaient à *la* école privée et elle n'avait pas besoin *du* travail, alors elle est devenue une… — *äh*, je ne sais plus le mot. Avec des call-girls ?

— Tu veux dire une prostituée ?

Christa se mit à rire à gorge déployée, comme s'il s'agissait de l'idée la plus ridicule du monde.

— *Nein, mein Schatz*, elle ne *vouloirait* pas vendre sa *Muschi*, elle aime très beaucoup mon frère. *Nein*, elle s'occupe d'une *Luxus* agence, pour les hommes *des* affaires. Une maquerelle ! se rappela-t-elle avec enthousiasme. C'est cela le mot ! Maintenant, elle est une *de les* plus riches femmes en Suisse.

Sue garda un visage étrangement sérieux.

— Eh bien, Rach, voilà un excellent choix de carrière que tu n'avais pas encore considéré !

Rachel n'eut qu'à croiser le regard de son amie pour qu'elles se mettent de nouveau à rire aux éclats. Christa parut décontenancée un instant, puis finit par se joindre à elles.

— Encore du Cristal, *ja* ?

— Et comment ! s'exclama Sue.

Celle-ci les servit toutes les trois, avant de lever sa coupe.

— Je voudrais porter un toast. A l'avenir de Rachel, quel que soit le chemin qu'elle empruntera. Elle est une bien meilleure mère qu'elle ne le pense, et une amie merveilleuse.

— Et elle a des *schöne* roploplos ! ajouta la Suisse avec un clin d'œil.

Rachel en fut si interloquée qu'elle en oublia de remercier Sue pour ses mots touchants.

— Christa ! Je ne savais pas que tu t'intéressais aussi aux femmes.

— *Schätzchen*, je suis très ouverte *du* esprit. Si tu te sens seule un jour, tu me passes juste un coup *du* fil. *Also*, où est la toilette ?

Trop abasourdie pour parler, Rachel se contenta de lui indiquer l'escalier. Elle réussit à grand-peine à contenir son fou rire jusqu'à ce que Christa ait disparu à l'étage, avant de s'écrouler sur la table, tout comme Sue. En larmes, celle-ci se mit à hoqueter pour articuler :

— On ne trouvera jamais mieux qu'elle pour se remonter le moral !

Puis elle vida sa coupe d'un seul trait.

— Allez, ressers-moi, bichette, et que ça saute ! On est encore loin d'être assez bourrées à mon goût !

Chapitre 27

Emma attendait son *latte* matinal en pianotant impatiemment sur le comptoir du Starbucks au pied de son travail. *Calme-toi, Emma, calme-toi…* Pourquoi retourner au bureau pour la première fois en trois semaines la rendait-il si nerveuse ?

C'est alors qu'elle reconnut une voix familière un peu plus loin.

— Juste un café noir, Gio. Pas de mousse de lait tarabiscotée ni aucun de ces sirops aromatisés écœurants.

— Bonjour, Miranda.

— Mon chou ! Tu es revenue ! Comment vas-tu ?

Sa patronne glissa jusqu'à elle, sa combi-pantalon de soie turquoise flottant autour d'elle comme une voile.

— Ça va, merci.

— Bien, je suis très contente de l'entendre. Tu nous as manqué. Ella va être si heureuse de te revoir parmi nous !

— Est-ce qu'elle va bien ?

— Elle *rayonne* — une vraie affiche publicitaire pour la maternité.

On leur servit leurs boissons, et elles parcoururent ensemble la dizaine de mètres qui les séparaient de l'immeuble d'Allen Chandler.

— Alors, Emma, où en es-tu avec *L'Orchidée rouge* ?

— Tout est terminé.

C'est le cas de le dire…

— Déjà ? Tu as travaillé dur, à ce que je vois ! Est-ce que notre Richard est content du résultat ?

Alors qu'elles s'engageaient dans l'ascenseur, Emma tenta de garder un air détaché.

— Je crois, oui. Je ne l'ai pas revu depuis un moment, mais nous avons échangé quelques e-mails.

A la façon dont Miranda la scruta en silence pendant la montée, elle sut que sa patronne n'était pas dupe. Le malaise dans la cabine devenait de plus en plus palpable.

— Emma, tu as bien tenu compte de mes mises en garde, j'espère ?

Pour toute réponse, elle se mordilla la lèvre et baissa le nez, juste comme les portes de l'ascenseur s'ouvraient.

— Je pense qu'il vaut mieux que tu me suives jusqu'à mon bureau.

Emma obéit, honteuse, préparant mentalement sa défense le long du couloir. Une fois la porte passée, elle n'attendit pas de se faire sermonner pour se jeter à l'eau.

— Je me suis comportée comme une idiote, Miranda. J'aurais dû t'écouter. J'ai laissé mes sentiments pour Richard fausser mon jugement, mais je te jure que ça n'a pas affecté le roman. Cependant, je comprendrais que tu demandes ma démission. Je suis simplement désolée de t'avoir déçue.

Miranda croisa les bras, impassible.

— Emma, je suis mal placée pour te faire la leçon étant donné mon histoire personnelle, mais, je l'avoue, je te croyais plus futée que moi.

— Je suis désolée..., répéta-t-elle, la voix tremblante.

— Ne t'excuse pas ; je crois plutôt que tu as bien besoin d'un peu de soutien, je me trompe ?

Emma répondit d'un simple signe de tête, luttant pour contenir son émotion. Mais, quand Miranda s'avança pour la prendre dans ses bras, ce petit geste d'affection lui fit tant de bien que les larmes coulèrent d'elles-mêmes. Elle sanglota sur l'épaule de sa directrice — de son *amie* —, submergée par la honte et le remords. Bon sang, elle avait déçu tout le monde : son père, Miranda, Martin... Oui, surtout Martin.

Avec douceur, Miranda s'écarta pour lui tendre un mouchoir.

— Tu es peut-être revenue au bureau un peu trop tôt, mon chou, tu ne crois pas ? Le deuil est une période très délicate, et, à l'évidence, tu as déjà bien assez de soucis en ce moment.

Emma secoua la tête et, s'essuyant les yeux, elle répondit avec une détermination qu'elle n'éprouvait pas :

— Je ne peux plus rester chez moi. J'ai besoin d'aller de l'avant.

— D'accord, mon chou, d'accord. Mais n'oublie pas, ma porte t'est toujours ouverte.

— Merci, souffla-t-elle avec un faible sourire. Et désolée pour l'épanchement.

— Allons, allons. Nous sommes humains, après tout ; et ça ne fait pas de mal de se le rappeler, de temps en temps.

Approuvant d'un signe de tête, Emma passa la porte et retourna sans entrain jusqu'à l'open space étrangement désert. Un ravissant bouquet de pivoines roses et violettes l'attendait sur son bureau, accompagné d'une carte d'Ella : « Bon retour parmi nous ! Tu nous as manqué. Bisous. »

Emue, elle en caressa tendrement les pétales avant de se débarrasser de ses affaires. Elle allait s'asseoir quand la voix de son amie s'éleva un peu plus loin.

— Oh ! tu es déjà là ! Flûte, je voulais faire partie du comité d'accueil.

Quand Emma se retourna, elle en resta bouche bée. Ça alors ! Ella commençait déjà à afficher un petit ventre rond !

— Ouah, regarde-toi ! Ça me fait tellement plaisir de te revoir.

Les deux femmes tombèrent dans les bras l'une de l'autre.

— Moi aussi, Em. Et oui, j'enfle à vue d'œil, je ne vais pas tarder à devenir une grosse dondon ! En fait, j'ai appris que j'étais un peu plus avancée que je ne le pensais. C'est d'ailleurs pour ça que je n'ai pas pu venir à l'enterrement, je passais ma première échographie. Je suis terriblement désolée !

— Tu veux rire ? C'est génial ! Alors, est-ce que tout va bien ?

— Oui ! Le gynéco pense que c'est un garçon, même si c'est encore un peu tôt pour en être sûr. Si c'est bien le cas, on va l'appeler Stanley.

— Super nouvelle ! Mais dis-moi, petite cachottière, qui est donc ce mystérieux « on » ?

Un sourire timide se mit à flotter sur les lèvres d'Ella.

— Jamie et moi, on a décidé de se donner une chance.

— Oh ! je suis tellement contente pour toi, Ells !

— Et maintenant, enchaîna son amie alors qu'Emma se laissait tomber sur son siège, j'ai deux nouvelles : une bonne et une mauvaise. Laquelle est-ce que tu veux en premier ?

— Hmm, la bonne, s'il te plaît.

Ella sortit alors un sachet de son sac à main.

— J'ai acheté des beignets pour fêter ton retour.

— Han, tu me gâtes ! Et la mauvaise ?

— On a une réunion marketing dans cinq minutes.

— *Argh !*

— Je sais, fit son amie avec une grimace. Je peux te couvrir, si tu veux ?

— Non, c'est gentil, ça va aller. Ça va me remettre tout de suite dans le bain.

— Je te retrouve bien là, ma belle.

Diana époussetait la collection de cadres qui ornaient le manteau de la cheminée et prenait bien soin de les replacer au même endroit. Elle repositionna les petits-enfants au centre, l'unique cliché du mariage de Rachel à leur droite, la photo des fiançailles d'Emma à leur gauche. A la réflexion, peut-être fallait-il la retirer, celle-ci… Toutefois, elle se ravisa. Les jeunes pouvaient être si versatiles…

En dernier, Diana posa sa propre photo de mariage, puis

un portrait d'elle pris le jour de ses vingt et un ans, et enfin celui d'Edward au même âge.

— Cela t'arrange bien de me laisser m'occuper de cette satanée poussière, n'est-ce pas, petit vaurien ?

Sa maigre tentative de légèreté ne suffit pas à endiguer la vague d'émotion qui menaçait de la submerger. Se sentant vaciller, elle se retint au manteau de la cheminée, puis se laissa tomber dans le fauteuil d'Edward. Elle s'y installait chaque matin pour boire son café, désormais — enveloppée de l'odeur de son mari, elle pouvait remplir la grille de mots croisés du journal comme il aimait tant le faire.

Refoulant ses larmes, Diana caressa tendrement les bras du fauteuil. Tout le monde lui disait de se « tenir occupée » pour se « changer les idées », mais en vérité elle ne savait pas comment s'y prendre. Toute sa vie avait tourné autour de ses enfants et de son mari, et voilà qu'elle se retrouvait seule, désœuvrée. Et, même si son amie Jane s'acharnait à vouloir lui faire prendre part aux activités du quartier, il n'était pas question de céder ; ce serait comme un aveu d'échec. Elle ne voulait pas de la pitié des gens.

Comme son regard tombait sur la télécommande, elle envisagea d'allumer le poste, avant de se redresser vivement, horrifiée. Avait-elle perdu l'esprit ? Elle n'avait jamais, *jamais*, regardé la télévision en pleine journée — elle l'avait même toujours interdit aux filles quand elles étaient petites —, alors ce n'était certainement pas à son âge qu'elle allait commencer à s'abrutir devant les bêtises qu'on diffusait à cette heure ! Si tout le monde avait le bon sens de prendre exemple sur elle, il y aurait sans doute bien moins de délinquance dans les rues, elle l'avait toujours dit.

C'est alors que Diana se souvint de son émission de radio préférée. *Ah, parfait !* Ça, au moins, c'était un loisir enrichissant. Elle se leva donc du fauteuil et se rendit dans la cuisine. Elle allait allumer la radio lorsque la sonnerie du téléphone déchira soudain le silence.

Elle se figea, la main au-dessus de l'appareil. Devait-elle

laisser le répondeur prendre le message ? Elle n'avait jamais aimé prétendre être absente, mais c'était une habitude qu'elle avait prise depuis la mort d'Edward. Bien que cela parte souvent d'une bonne intention, beaucoup se sentaient obligés de prendre de ses nouvelles par convenance, cela s'entendait dans leurs voix. Alors, autant pour eux que pour elle, elle préférait s'éviter le supplice d'un échange creux. Même discuter avec son odieuse de mère lui était moins pénible, car elle avait au moins le mérite d'aller droit au but.

Pourtant, cette fois, sans bien savoir pourquoi, Diana alla décrocher. Grand mal lui en avait pris : elle eut à peine le temps de prononcer un *allô* qu'une voix désagréable qu'elle ne connaissait que trop se lança dans un monologue.

— Diana, *darling* ! Comment te portes-tu ? Je pense beaucoup à toi, ces temps-ci ; seulement, depuis l'enterrement d'Edward, je ne savais pas comment tu accueillerais mon appel. Je comprends bien que tu t'es laissé gagner par tes émotions, ce jour-là, c'est pourquoi je tenais à te faire savoir que je te pardonne. Continuer la vie sans lui est un vrai supplice, n'est-ce pas ? Je ne peux toujours pas croire qu'il soit parti. Quelle tragédie…

Profitant de la brève pause au bout du fil, Diana réussit enfin à placer un mot.

— Bonjour, Rosie.

— Comment vont les filles ? Ce doit être l'enfer, elles qui étaient si proches de leur père… J'ai entendu que Rachel et Steve avaient des petits soucis, et qu'Emma s'était séparée de ce Marvin. Oh ! Diana, ma pauvre Diana, toute ta vie tombe en ruine autour de toi, c'est terrible. J'ai de la peine pour toi, *darling*, vraiment beaucoup de peine.

Combien de temps Rosie était-elle capable de s'écouter parler si personne ne la coupait ? Diana était prête à tenter l'expérience, quand, sans crier gare, une boule d'émotion monta dans sa gorge. *Non !* Elle n'allait tout de même pas pleurer avec Rosie au bout du fil !

Cependant, à sa grande surprise, ce n'est pas un sanglot qui s'échappa de ses lèvres, mais un *gloussement*.

Même Rosie en interrompit ses jacassements.

— Diana, *darling*, est-ce que tu te sens bien ?

— Ça va, Rosie, c'est juste…

Le reste de sa phrase se perdit dans un nouveau gloussement, et bientôt elle fut totalement incapable de s'arrêter de rire. Les nerfs la lâchaient.

— Diana ? Diana ? Enfin, mais pourquoi ris-tu ? Oh ! je vois, tu fais une crise d'hystérie. Ma pauvre. Veux-tu que je passe te voir, ou peut-être que j'appelle Rachel ou Emma ?

Diana était trop hilare pour répondre. Elle rit tant et tant qu'elle en eut mal aux abdominaux. Le temps de se calmer enfin, Rosie avait raccroché.

— Ça alors, lança-t-elle au portrait d'Edward quand elle replaça le combiné sur sa base, on dirait bien que j'ai trouvé la meilleure manière de clouer le bec à cette vieille pie : lui flanquer une peur bleue !

La salle de réunion était presque pleine quand Emma arriva avec Ella. Elles trouvèrent deux places à côté de Philippa, qui, fidèle à ses manières discrètes, manifesta sa joie de la revoir d'une petite tape sur le genou, un sourire aux lèvres. Joel, quant à lui, ne jugea pas utile de saluer son retour — ni d'ailleurs de saluer qui que ce soit.

— Bon, comme vous le savez tous, Philippa est encore une bleue à ce poste à responsabilités. Quand elle en aura compris toutes les ficelles, nous présiderons à tour de rôle les réunions, mais d'ici là c'est moi qui m'en charge, O.K. ? Bien, alors commençons.

Tandis qu'un de ses collègues prenait la parole, Emma consulta l'ordre du jour. Les quatre premiers points seraient consacrés aux titres des autres éditeurs — *tant mieux*. Mais, lorsqu'elle lut « *L'Orchidée rouge*, débriefing d'Emma », elle sentit son estomac se tordre et son esprit dériver loin, très loin.

C'est uniquement parce que le ton se mit à monter entre ses collègues qu'elle parvint à reporter son attention sur la réunion. Saskia, la jeune graphiste, s'extasiait sur l'idée d'une couverture de roman entièrement faite de PVC, tandis qu'Eve, la responsable de production, lui expliquait avec mépris pourquoi ce serait invendable. Saskia s'enflammait de plus en plus, sa voix suraiguë grimpant à une fréquence qui se rapprochait dangereusement de celle des dauphins. Et, quand elle en arriva à accuser Eve d'étouffer « son créationnisme », cette dernière se contenta d'arquer un sourcil moqueur et chercha le regard de Joel pour le conjurer de reprendre le contrôle de la situation.

Toutefois, comme il s'était totalement désintéressé du débat pour bavarder avec Jacqui, ce fut Philippa qui décida d'intervenir sans même élever la voix.

— Mesdemoiselles, s'il vous plaît. Saskia, ton idée est très originale. Alors, rien ne t'empêche de faire un essai à tes frais, et je ne doute pas qu'Eve se fera une joie d'en discuter avec toi le moment venu. N'est-ce pas, Eve ?

Celle-ci lui retourna un sourire reconnaissant, tandis que Saskia accepta du bout des lèvres avant de bouder dans son coin. Quant à Joel, il lui fallut quelques instants pour se remettre de l'audace de sa coresponsable marketing.

— O.K., merci Philippa, mais je pense être capable de gérer la crise tout seul. Bon, Saskia, voyez ce que ça donne de votre côté et vous pourrez tester vos idées sur Eve, d'accord ?

Avec un couinement exalté, la graphiste se mit à sautiller sur sa chaise comme un chiot surexcité, alors que, de son côté, Eve roula des yeux sans aucune discrétion. Elle croisa le regard de Philippa, qui haussa les épaules d'un air désabusé.

— Bien, il est temps de passer à notre titre kamikaze…

Jetant un œil en coin à Jacqui, Joel pouffa de sa propre « plaisanterie », avant de gonfler le torse.

— Emma, si ce n'est pas trop vous demander, pourriez-vous nous mettre au fait de votre progression ?

Tous les regards se braquèrent sur elle, attendant manifestement qu'elle sorte les griffes. Pourtant, en cet instant, Emma n'éprouvait plus que de la lassitude. A quoi bon perdre son temps à batailler contre ce plouc ? Il n'en valait pas la peine.

— Le roman est terminé, répondit-elle avec un calme olympien.

L'instant de surprise passé, Joel retroussa les lèvres en un rictus.

— Voyez-vous ça, tous les mots sont dans le bon ordre, c'est merveilleux. Ce qui m'intéresse, Emma, c'est de savoir comment vous entendez le lancer sur le marché. Dans quel genre le classeriez-vous, pour commencer ?

Elle prit une profonde inspiration. Ce bouquin ne lui inspirait peut-être plus aucune passion, mais elle ne devait pas moins en rester professionnelle.

— Eh bien, je suis sûre que vous n'avez pas besoin de moi pour ces questions-là. De toute façon, nous avons déjà tous admis que ce roman était excellent, n'est-ce pas ?

Autour de la table, tout le monde — ou presque — approuva d'un vigoureux signe de tête.

— Dans ce cas, Joel, je ne doute pas que vous n'aurez aucun problème pour le marketing dès que vous aurez lu et compris ce roman — ce qui, pour un fan de *Don Quichotte*, sera forcément un jeu d'enfant, n'est-ce pas ?

L'expression ahurie de Joel était limpide : il se demandait clairement si elle était en train de le caresser dans le sens du poil. Elle-même avait du mal à le croire. Alors, pour faire bonne mesure, elle ajouta :

— Bien sûr, si cela vous paraît trop difficile, Philippa saura sans doute vous conseiller. Elle a *compris toutes les ficelles* du roman, souligna-t-elle pour reprendre les termes qu'il avait employés au début de la réunion.

Un éclair de panique traversa le regard de Joel, qui s'empressa de clore le sujet.

— Ça ne sera pas nécessaire, je suis certain que je saurai me débrouiller. Merci pour le débriefing, Emma.

— Je vous en prie, Joel, conclut-elle avec un sourire angélique.

Philippa la félicita sous la table, pouces levés, et Joel n'embêta plus Emma de tout le reste de la réunion.

— *Paaaaa-paaaaaaa !*

Lily dévala l'escalier pour se jeter sur la jambe gauche de son père, la droite ayant déjà été prise d'assaut par Alfie.

— Eh bien, quel accueil ! Je devrais m'en aller plus souvent.

— C'est vrai que tu dors là cette nuit ?

— Ouaip.

— *Ouaaaiiiiiiiis !*

Will arriva du salon sans se presser et ne dépassa pas l'encadrement de la porte afin de garder un œil sur son dessin animé préféré.

— Hé, p'pa.

— Hé, grand.

Rachel, qui se tenait gauchement sur le seuil de la cuisine, son torchon à la main, avait assisté à toute la scène avec la désagréable impression d'être celle qu'on invitait à une fête par politesse et qui passait la soirée dans son coin.

— Salut, lança-t-elle avec un sourire timide.

— Salut. Je viendrais bien te dire bonsoir en bonne et due forme, mais il semblerait qu'une forme de vie parasite se soit développée sur mes jambes.

— Je vois ça. Du thé ?

— Volontiers.

Elle retourna se réfugier dans la cuisine et s'affaira au son des piaillements surexcités dans l'entrée. Le thé avait fini d'infuser quand Steve la rejoignit, enfin débarrassé des jumeaux, et il prit la tasse qui lui était réservée sur la table.

— Merci, Rach. C'est gentil.

— De rien. Merci à toi de venir garder les enfants ce soir. Ça va me faire du bien de voir maman. On n'a pas vraiment eu l'occasion de se parler depuis l'enterrement...

Mal à l'aise, Rachel se mit à dresser la table pour ne pas avoir à le regarder dans les yeux.

— Bref, j'ai mis des lasagnes au four, et il y a aussi du pain à l'ail, si ça te dit. N'hésite pas à te servir dans le frigo et...

— Rach ?

Elle leva les yeux vers la mine soucieuse de son mari.

— Quoi ?

— Est-ce que ça va toujours se passer comme ça, maintenant ?

— Comment ça ?

— Tu vas me confier les petits une soirée de temps en temps et me faire me sentir comme un étranger dans ma propre maison ?

— Non, bien sûr que non. C'est juste que je ne sais pas trop quoi dire. J'attends plus ou moins que ce soit toi qui prennes les devants, étant donné que...

— Que c'est moi qui suis parti ?

— Eh bien... Oui.

Il lâcha un long soupir las.

— Les enfants me manquent.

Et moi ? Est-ce que je te manque, moi ?

Steve déroba une rondelle de concombre sur la planche à découper, puis reprit la parole.

— Il y a autre chose qu'il faut que je te dise, Rachel.

Tu me pardonnes. Tu veux qu'on retente le coup. Tu es prêt à me refaire confiance.

Se rendant compte que ses mains s'étaient crispées sur son torchon, Rachel s'obligea à se détendre.

— Kate Winslet a appris que tu étais de retour sur le marché et elle t'a invité à sortir, c'est ça ?

— Evidemment. Mais j'avais déjà rendez-vous avec Julia Roberts, ce soir-là.

Il avait répliqué du tac au tac, si bien que, l'espace d'un instant, elle crut retrouver l'ancien Steve — *son* Steve.

Malheureusement, il reprit vite son sérieux.

— On m'a offert un nouveau boulot.

La déception de Rachel n'eut d'égal que sa stupeur.

— Oh ! ouah ! Super nouvelle ! Enfin, je suppose que c'est une bonne nouvelle, non ?

— Oui. En fait, c'est assez fou : j'ai été approché par un chasseur de têtes, et on m'offre un job assez semblable au mien, mais avec plus d'argent et un peu de déplacements à l'étranger.

— C'est génial ! Félicitations.

— Je n'ai pas encore accepté. Je voulais t'en parler d'abord.

Le cœur de Rachel se gonfla d'espoir. Il la faisait donc toujours figurer dans son avenir ?

Elle s'efforça de maîtriser sa voix.

— Si ce travail te fait envie, je pense que tu n'as pas à hésiter.

Steve n'eut pas le temps de répondre, car Lily surgit dans la pièce pour se jeter dans ses bras.

— Ah, ma petite Lily-putienne, tu m'as manqué.

— Toi aussi, tu m'as manqué, papa.

Posant la tête contre l'épaule de son père, elle jeta un regard incendiaire à sa mère.

— Et *TOI*, t'as dit que t'allais chez mamie !

— O.K., j'ai compris, je m'en vais. C'est papa qui commande, ce soir.

Steve affichait une expression indescriptible pendant que Rachel se préparait à sortir. S'emballait-elle trop vite ?

— A demain, lui lança-t-elle après avoir dit au revoir aux enfants. Et encore bravo pour le nouveau boulot.

— Merci. Embrasse Emma et ta mère de ma part.

Le nez collé à la fenêtre de la salle à manger et les mains en visière, Emma essayait de détecter un quelconque signe de vie à l'intérieur de la maison. Où était sa mère, bon sang ? Bien sûr, il fallait que ça arrive pile le jour où elle avait oublié sa clé ! Et Rachel qui était toujours en retard quand elle avait besoin d'elle… Devait-elle l'appeler ? Non, à quoi bon ? Elle était assez grande pour se débrouiller toute seule.

Mais pourquoi sa mère ne venait-elle pas ouvrir la porte ?

Tout à coup, les pires scénarios s'imposèrent à son esprit : et si elle avait eu un accident ? Pire, et si elle s'était *suicidée* ?

Gagnée par la panique, Emma sortit son portable et chercha le numéro de Martin par réflexe. Heureusement, elle se ressaisit avant de lancer l'appel. *Arrête de te monter la tête et agis intelligemment !*

En fin de compte, c'est la ligne fixe de ses parents qu'elle appela. Le téléphone se mit à sonner à l'intérieur, deux fois… Trois fois… Quatre fois…

Enfin, sa mère décrocha — à l'étage, à en juger par l'absence de lumière et de mouvement.

— Allô ?

— Maman ?

— Oui. C'est toi, Rachel ?

— Non, c'est Emma et je suis devant la maison. Qu'est-ce que tu fais ?

— Je prends un bain, ma chérie. J'ai dû m'assoupir. Qu'est-ce que tu veux ?

Emma ne put s'empêcher de grimacer — *beurk !* Sa mère avait décroché alors qu'elle était *toute nue* !

— Comment ça, ce que je veux ? Laisse-moi entrer ! Je me les gèle, dehors.

Sa mère raccrocha sans un mot. Au bout de quelques minutes, l'escalier s'alluma, et Diana apparut dans les marches, enveloppée d'un peignoir de bain. Enfin, elle vint ouvrir la porte, l'air agacé. *Bonjour l'accueil !*

Mais, alors que sa mère s'effaçait pour la laisser passer, Emma se souvint d'un fascicule sur le deuil qu'elle avait lu, la semaine dernière : apparemment, les petites pertes de mémoire n'étaient pas rares, dans ces moments-là.

— Oh ! tu as oublié qu'on venait…

Vexée, Diana remonta dignement le col de son peignoir.

— Absolument pas. Je te l'ai dit, je me suis assoupie. J'ai bien le droit d'être un peu fatiguée, à mon âge.

Une fois n'est pas coutume, Emma fit un pas en avant pour serrer sa mère dans ses bras avec douceur. Celle-ci tint deux secondes avant de se dégager, visiblement déconcertée.

— Qu'est-ce qui te prend ?

— J'ai bien le droit de faire un câlin à ma mère, même à mon âge.

Amusée, elle partit déposer sa bouteille de vin dans la cuisine, juste au moment où on frappait à la porte.

— Ah, ça doit être Rachel. Je te conseille de ne pas la faire attendre, maman. Si elle n'a pas un verre à la main dans les quinze secondes, elle va être d'une humeur de chien toute la soirée.

Quelques instants plus tard, sa mère la rejoignait dans la cuisine avec une Rachel qui claquait des dents.

— Ça va, face de pet ?

— Ouais, merci, pouffiasse.

— Allons, les filles, vous savez que je n'aime pas ce genre de langage. Par contre, je n'ai absolument rien à manger, alors nous allons devoir commander à un de ces machins à emporter.

Emma croisa le regard de sa sœur et elles durent se retenir de pouffer. Leur mère, commander à emporter ? C'était du jamais vu !

— O.K., maman. Est-ce que tu as des flyers ?

Devant l'air interdit de leur mère, Rachel expliqua :

— Tu sais, les menus qui sont glissés sous les portes ? Pizzerias, restos indiens, ce genre de trucs ?

— Rachel, ai-je vraiment l'air de quelqu'un qui encourage ce genre de pratiques ? Je ne hais rien tant que les malandrins qui encombrent les boîtes aux lettres de publicités à la noix !

— *Ouh*, ça va, du calme ! J'ai tous les numéros qu'il faut dans mon portable, de toute façon. Un resto indien, alors ?

— Ooh, oui ! s'écria Emma. J'ai bien envie d'un poulet au curry, là. Ça te va, maman ?

— Bien sûr. Crevettes *jalfrezi*, *tarka dal* et *keema naan* pour moi, s'il te plaît.

Emma et Rachel en restèrent sans voix.

— Quoi ? Vous, les jeunes, vous vous imaginez que vous avez le monopole de ce genre de nourriture, peut-être ? Papa et moi avions l'habitude de commander indien une fois par mois, mais c'est toujours lui qui s'en chargeait. Il savait ce que j'aimais...

Sa voix se perdit dans un murmure, ses yeux s'emplirent de chagrin. Echangeant un regard inquiet avec Emma, Rachel s'empressa d'alléger l'atmosphère.

— Nom de Dieu, Em, quand vas-tu ouvrir cette foutue bouteille ? Je suis en train de me dessécher ! Maman, et si tu montais t'habiller ? On s'occupe de tout.

Diana se ressaisit aussitôt.

— D'accord, mais arrête de blasphémer, Rachel.

Le temps qu'elle aille se changer, les filles passèrent commande et dressèrent la table. Emma partit récupérer les plats à emporter, puis Rachel se mit en quête de quelques bougies à allumer pour décorer la salle à manger. Elle attendit que les pas de sa mère résonnent dans l'escalier pour mettre en route un album de Stevie Wonder et servir le vin.

Mais, quand elle la vit apparaître sur le seuil, elle ne put s'empêcher d'éprouver un pincement au cœur. Le chagrin l'avait fait vieillir en si peu de temps... Même si elle n'avait pas perdu l'habitude de scanner la pièce de ses yeux vifs à la recherche du moindre détail à critiquer, il y avait quelque chose de différent dans son maintien, comme si elle portait tout le malheur du monde sur ses épaules.

Cependant, pour une fois, Diana ne trouva rien à redire.

— C'est charmant. Ton père aurait beaucoup aimé.

Allait-elle se mettre à pleurer ?

Sans attendre, Rachel lui tendit un verre de vin et le fit tinter contre le sien.

— A papa.

Sa mère esquissa un sourire sans répondre.

Par chance, Emma fut de retour avant que le silence n'ait eu le temps de s'installer. Apportant avec elle une délicieuse odeur d'épices, elle fit tomber les trois sacs en plastique sur la table.

— Pas ici, voyons ! Je ne veux pas de taches de curcuma sur ma plus belle nappe !

— Oh là là, ça va, *pardon*…

La moue renfrognée de sa cadette amusa Rachel — une vraie ado, quand elle s'y mettait… Sans lui demander son avis, elle lui prit les sachets des mains et partit vers la cuisine.

— Laisse, je m'en charge.

— Est-ce que tu as pensé à réchauffer les assiettes, au moins ?

Rachel ne réprima pas son petit sourire.

— Bien sûr, maman.

Sans surprise, elles avaient commandé assez de nourriture pour un régiment. Même une fois le ventre plein, elles laissèrent la table jonchée de cadavres de *naans* et de barquettes qu'elles n'avaient vidées qu'aux deux tiers.

Se laissant aller contre le dossier de sa chaise, Diana se tamponna délicatement le coin des lèvres de sa serviette.

— C'était délicieux.

— Ouais, je suis *gavée*, approuva Rachel en plantant sa fourchette dans un beignet aux oignons abandonné. Je devrais peut-être rapporter ces trucs-là à Steve.

Emma pouffa de rire.

— Si tu le nourris de tes restes, pas étonnant qu'il t'ait quittée.

— Je ne te permets pas, morue !

— Allons, Emma, intervint leur mère, ce n'est pas très gentil. Mais puisque le sujet est lancé, puis-je te demander, Rachel, si cet arrangement avec Steve est temporaire ou permanent ?

Rachel fusilla sa sœur du regard, articulant un silencieux « Bien joué ». Comme si elle avait envie de parler de ça maintenant… Il fallait rester aussi vague que possible.

— On va trouver une solution.

— Voilà qui m'avance bien. Qu'en est-il de l'Ecosse ? Et surtout, que comptez-vous faire des enfants ?

— Oh ! je pense qu'on va les garder…

— Rachel, le moment est mal choisi pour faire de l'humour. Tu ne peux pas rester les bras ballants pendant que ta vie tombe en ruine.

— Ouais, merci pour le discours de motivation, maman. On fait ce qu'on peut pour régler nos problèmes, O.K. ? En fait, Steve s'est vu offrir un nouveau boulot, donc on tire un trait définitif sur l'Ecosse.

— Dieu soit loué !

Rachel n'avait pas demandé l'avis de sa sœur, mais celle-ci ne se gêna pas pour le lui donner quand même.

— Il te faut un boulot.

— Et toi, il te faut une vie.

— Ma vie se porte très bien, merci, rétorqua Emma en lui tirant la langue.

Rachel simula une quinte de toux.

— *Vieille fille !*

— La ferme, tu veux !

— Les filles ! Que dirait votre père ?

Les sœurs arrêtèrent aussitôt de se chamailler, honteuses. Mais Emma n'avait pas dit son dernier mot.

— N'empêche, reprit-elle d'un ton plus posé, je continue de penser que tu devrais te trouver un travail, Rachel. Ça te ferait du bien.

— Dis-moi, tu n'oublierais pas un *minuscule* détail, par hasard ? Les trois petits tyrans qui m'emploient ? Ce n'est pas exactement comme si je pouvais donner ma démission.

— Maman pourrait toujours les garder pendant la journée.

— *Quoi ?* se récrièrent en chœur Rachel et sa mère.

— Pas la peine de monter sur vos grands chevaux. Réfléchissez-y une seconde : maman a besoin de s'occuper et les petits l'adorent. Alors que toi, tu as besoin de te remettre à travailler. Tu commences sérieusement à devenir une vraie mégère.

— Une *mégère* ? s'indigna-t-elle. Je ne suis pas une *mégère* !

Non seulement Emma ne retira pas son accusation, mais leur mère approuva d'un vigoureux signe de tête.

— Eh bien, tu ne sembles pas beaucoup aimer être mère au foyer, Rachel. Retourner dans la vie active te ferait le plus grand bien. Dieu seul sait comme j'aurais aimé qu'on me laisse ce choix, de mon temps.

Rachel n'en croyait pas ses oreilles.

— Je vois qu'on peut toujours compter sur la famille pour le soutien, grommela-t-elle en croisant les bras. Merci bien.

— Ne fais pas la tête, frangine ; réfléchis-y, c'est tout ce que j'ai à dire. Bon, et maintenant, qui est partante pour le dessert ? J'ai pris des brownies !

Plus tard dans la soirée, leur mère sortit de vieux albums photo, qu'elles consultèrent ensemble sur le canapé, en se moquant de la mode des années 70. L'ambiance redevint plus morose quand Rachel indiqua une photo de Diana en robe de mariée, entourée de ses parents.

— Est-ce que tu étais proche de pépé ?

— Pas vraiment. Je pense que c'est uniquement par sens du devoir après la guerre que ma mère et lui ont décidé de faire un enfant. Ils m'ont toujours plus ou moins considérée comme une déception.

Etait-ce le vin qui déliait la langue de leur mère ? Possible, mais c'était agréable de l'entendre se confier, pour une fois.

— Pour info, maman, je trouve que mémé Liz a dépassé les bornes, à l'enterrement. Tu as eu raison de lui tenir tête.

Diana ébaucha un sourire.

— Ce qui est sûr, c'est que ma mère ne s'en est toujours pas remise. Donc, oui, je suppose que c'est une bonne chose.

La page suivante contenait des photos d'Edward et elle, peu de temps après leur mariage.

— Vous ressemblez à des vedettes de cinéma, déclara Emma, émerveillée, sans remarquer l'expression de leur mère.

Une ombre de chagrin était passée sur son visage. Elle quitta brusquement la table.

— Je vais préparer le thé.

Comme Emma voulait courir à sa suite, Rachel la retint par le bras et referma l'album photo.

— Laisse-la, Em.

Un silence triste tomba sur la pièce, jusqu'à ce qu'Emma s'éclaircisse la voix.

— Rach, je n'essayais pas de te blesser, tout à l'heure, tu sais ? J'ai juste l'impression que tu as parfois besoin de souffler un peu, avec les enfants. Et puis, les jumeaux vont commencer l'école l'année prochaine.

— Je sais… C'est juste que l'avenir me paraît tellement flou, en ce moment…

— M'en parle pas.

Bientôt, leur mère fut de retour avec un plateau, et elles retournèrent s'installer à table. Rachel esquissa un geste vers la théière, ce qui lui valut une tape sur les doigts.

— Non, Rachel, ne sers pas tout de suite. Ne t'ai-je donc jamais appris à laisser le thé infuser comme il faut ?

Les sœurs échangèrent un petit sourire. Leur mère n'avait pas perdu son sale caractère, et cela avait quelque chose de rassurant.

Quelques minutes plus tard, quand Diana les servit, les notes mélancoliques de *I Believe* de Stevie Wonder s'élevèrent dans la pièce. Elles sirotèrent leur thé sans un mot, chacune perdue dans un souvenir du fantastique Edward Darcy, chacune espérant qu'il soit là avec elles pour les guider et réparer tous leurs malheurs.

Chapitre 28

Quelques mois plus tard

Emma avait toujours adoré les aéroports. Peu importaient les files d'attente interminables et les vingt mille kilomètres à parcourir pour atteindre la bonne porte d'embarquement, chaque fois qu'elle y mettait les pieds, elle sentait l'excitation lui picoter la nuque. Les aéroports fourmillaient de vie, respiraient l'espoir, symbolisaient tous les chemins possibles.

C'est dans cet état d'esprit qu'Emma se fraya tant bien que mal un chemin à travers la foule avec son lourd chariot chargé de bagages, aidée de Rachel et Lily. Se lancer dans cette nouvelle aventure toute seule ne l'aurait pas dérangée, bien au contraire, mais Rachel avait tenu à s'assurer que sa petite sœur décolle d'Heathrow en un seul morceau. Will n'avait pas pu les accompagner à cause de l'école, ce qui avait bien failli déclencher une crise nationale — il avait tenté les yeux de cocker, les larmes de crocodile, et même le marchandage en prétextant que ce serait une sortie éducative, mais sa mère n'avait rien voulu entendre. Quant à Alfie, il avait préféré rester avec sa mamie, parce que « les *navions* ça fait tout plein du bruit ».

Elles n'étaient donc que toutes les trois, ce qui semblait ravir Rachel.

— Regardez ça, une vraie sortie entre filles !

Lily ne partageait pas son enthousiasme. Elle leva vers

sa mère un regard qu'elle ne réserverait sans doute même pas à un cafard.

— Je suis là que parce que je veux dire au revoir à tatie Em. Toi je t'aime plus parce que papa il est parti rien qu'à cause de toi !

— C'est toi qui vois, répliqua Rachel d'un ton léger qui ne dupa pas Emma. Mais il se trouve que j'avais une grosse surprise pour toi et je comptais te la faire autour d'un milkshake après le départ de tatie...

Du haut de ses cinq ans fraîchement fêtés, la fillette maîtrisait déjà l'art du sourcil hautain comme personne. On pouvait presque l'entendre penser : « Mère, crois-tu sincèrement que, *moi*, je vais me laisser amadouer par un misérable milkshake ? »

— Et ce n'est pas tout, mam'zelle. J'ai vu un sac à dos Hello Kitty dans une vitrine il n'y a pas deux minutes, et je me suis dit qu'on pourrait aller y dépenser une partie de l'argent que tu as reçu à ton anniversaire.

Même Lily avait ses limites.

— O.K., céda-t-elle, les lèvres pincées.

Avec un coup de coude à sa sœur, Emma lui souffla à l'oreille :

— Bien joué, Rach. J'ai cru que la reine des glaces ne se dégèlerait jamais. Bon ! s'exclama-t-elle en sortant sa réservation. Il faut que je trouve les guichets d'enregistrement 42 à 45. Pourquoi est-ce que tu n'irais pas nous chercher des cafés pendant je m'emmène Lily faire un tour sur le chariot ? Ça te va, Lily-jolie ?

Alors que Rachel s'éloignait, la fillette grimpa à bord.

— Dis, tatie Emma, pourquoi que New York ça s'appelle la Grosse Pomme ?

— Je ne sais pas, Lils. Mais je vais tâcher de le découvrir dès mon arrivée et je t'enverrai une carte postale, O.K. ?

Lily se mit à sautiller sur le chariot.

— Cool ! Je pourrais aller te voir là-bas, dis ?

— Bien sûr que tu pourras.

— Et tu t'en vas jusqu'à quand ?

— Eh bien, six mois, sûr, mais peut-être que je resterai plus longtemps.

— Tu vas me manquer.

— Toi aussi, tu vas me manquer, ma puce.

Emma déposa un baiser sur le front de sa nièce, dont le sourire s'effaça soudain.

— Tatie Emma ?

— Oui, pitchoune ?

— Papi, il te manque à toi ?

Emma sentit son cœur se serrer.

— Plus que tout, Lils.

— Moi aussi. Et mon papa aussi, il me manque.

— Ah, mais ce n'est pas pareil. Ton papa, tu le vois souvent.

— Je sais. Mais maman je la *déteste*.

Arrêtant le chariot, Emma prit le visage de sa nièce dans les mains et planta son regard dans le sien.

— Lily, tu ne dois pas en vouloir à ta maman. Rien de tout ça n'est sa faute.

La fillette lui retourna une expression butée.

— Si que c'est sa faute. Elle a fait des bisous à Tom.

— Et comment est-ce que tu sais ça ?

— J'ai entendu quand maman et papa ils parlaient. Je suis pas débile.

— Ça, c'est sûr, Lils. Mais écoute-moi bien : il faut que tu comprennes que les adultes ne sont pas parfaits, alors ne sois pas trop dure avec ta maman. Elle t'aime, et elle et ton papa feront toujours de leur mieux pour s'occuper de toi et de tes frères, O.K. ?

— O.K., soupira Lily. Mais, quand je serai grande, je vais jamais mentir à mes enfants. Je vais tout le temps dire la vérité et comme ça eh ben on se disputera jamais.

Emma ne put s'empêcher de sourire.

— C'est une très bonne décision, Lils. J'espère que tu y arriveras.

Elle venait d'atteindre le bout de la file d'attente du guichet quand Rachel les retrouva, hors d'haleine, excitée comme une puce — et les mains désespérément vides.

— Devine quoi ? Devine quoi ?

— Tu as oublié les cafés ?

— Non ! Enfin, si, mais on s'en fiche : je viens de recevoir un appel de Daniel !

— Qui ça ?

— Daniel ! Mais si, mon ancien patron ! Bref, tu te souviens que tu m'as dit d'envoyer des mails à mes vieux contacts, au cas où ? Eh bien, Daniel vient de m'annoncer qu'il a un projet de pub pour moi ! Il veut que je commence le mois prochain, et le mieux, c'est que je peux bosser à la maison ! Je n'aurai besoin de passer au bureau que pour les réunions d'information. Est-ce que tu te rends compte ? C'est le paradis !

Emma attira sa sœur dans ses bras.

— Rach, c'est fantastique. Tu ne peux pas savoir comme je suis contente pour toi !

Lily, en revanche, ne paraissait pas impressionnée.

— Ça veut dire que tu vas arrêter de crier sur nous ?

— Espérons, Lily-putienne !

Sans demander l'avis de sa fille, Rachel la sortit du chariot pour lui faire un gros câlin, jusqu'à ce qu'une voix irritée vienne interrompre ce joyeux moment.

— Excusez-moi ? Il y a un guichet de libre, et vous n'êtes pas toutes seules à faire la queue…

Elles s'excusèrent, et Emma alla enregistrer ses bagages. Le temps de terminer, Rachel et Lily avaient disparu, mais elle ne s'en inquiéta pas. Elle les attendit en retrait du guichet et consulta son portable. Qui sait, Martin avait peut-être laissé un message ?

Raté. Ils n'avaient échangé que des e-mails assez froids ces derniers mois, depuis qu'elle lui avait parlé de son éventuel départ pour les Etats-Unis. L'idée de congé sabbatique dans la branche de New York d'Allen Chandler était venue de

Miranda, qui estimait que ce voyage lui ferait le plus grand bien. Sa patronne avait assuré qu'elle lui garderait sa place à Londres bien au chaud, à la condition qu'elle « ne rentre pas avec un accent américain ou Miranda se verrait dans l'obligation de la virer ».

Elle avait hésité à accepter, bien sûr ; mais, quand elle en avait fait part à Martin pour tester sa réaction, elle avait dû se rendre à l'évidence que rien ne la retenait de partir. L'unique phrase qu'il lui avait répondue ce jour-là était restée douloureusement gravée dans sa mémoire :

O.K., dis-moi ce que tu veux faire du duplex.

Depuis, leurs contacts étaient restés purement pratiques, puisqu'ils avaient décidé de mettre l'appartement en location pour le moment. Ils ne s'étaient même pas revus, car Martin avait profité qu'elle soit de sortie avec Rachel, il y a une dizaine de jours, pour vider le reste de ses affaires.

Emma sentit son cœur se serrer à ce souvenir. Quand elle était rentrée, ce soir-là, elle avait trouvé une photo sur la table, accompagnée d'une note : « Je viens de tomber sur ça et j'ai pensé que tu voudrais l'emporter à New York. » Elle avait été prise le jour où presque toute la famille avait emmené Will voir un match de foot au stade ; on y voyait Rachel et elle dans les bras de leur père, Steve et Martin sur les bords extérieurs, et Will, qui se tenait devant eux avec un immense sourire. Les voir tous si heureux l'avait fait pleurer pendant des heures. Même après tout ce temps, penser aux jours heureux faisait toujours aussi mal ; si seulement elle avait su les apprécier à leur juste valeur, à l'époque…

Elle avait montré la photo à Rachel quelques jours plus tard, et, après plusieurs verres de vin, sa sœur l'avait obligée à envoyer un e-mail à Martin pour lui avouer ses sentiments. Ça avait été une bonne décision, elle le savait — après tout, écrire tout ce qu'elle ressentait l'avait libérée d'un poids, lui avait donné l'impression d'aller de l'avant.

Mais le problème, c'est qu'elle n'avait reçu aucune nouvelle de Martin depuis. Toute la semaine, elle avait vérifié encore et encore ses e-mails, ses textos, son répondeur. L'attente était insupportable, et l'incertitude était pire encore. Il n'y avait plus qu'à espérer qu'il n'ait pas décidé de l'ignorer complètement, ou bien elle ne réussirait jamais à tourner la page…

Le cœur lourd, Emma consulta sa montre et grimaça. Bon, quand Rachel et Lily allaient-elles revenir ? L'heure tournait, et sa porte d'embarquement était à l'autre bout de l'aéroport…

Elle avait à peine formulé cette pensée que sa nièce surgit de la foule comme un boulet de canon, tenant une main qui n'appartenait pas à Rachel.

— Tatie ! Tatie ! Regarde qui c'est qu'on a trouvé ! C'est papa ! C'est mon papa !

— On se serait cru dans un téléfilm larmoyant, plaisanta Rachel à leurs côtés.

Emma fit aussitôt la bise à Steve.

— Salut, monsieur le-revenant. Et au revoir, monsieur le-revenant.

— Bonjour et au revoir, Em, répondit-il avec un clin d'œil. Bon voyage, et bonne chance.

Elle s'agenouilla alors pour embrasser sa nièce.

— N'oublie pas, Lils, je compte sur toi pour prendre soin de tout le monde pendant mon absence. Tu es la seule à en être capable.

Lily hocha la tête avec gravité avant de la serrer entre ses petits bras.

— Je t'aime, tatie Em.

Emma eut le plus grand mal à se retenir de pleurer.

— Moi aussi, je t'aime, Lily-jolie.

— Hé, face de pet, on avait dit qu'on ne chouinerait pas.

Les sœurs s'enlacèrent un long moment, et, bien qu'elle ne l'aurait admis que sous la torture, il se peut qu'Emma ait versé une larme ou deux.

— Tu vas me manquer, Em, lui souffla Rachel à l'oreille.

— Toi aussi.

Quand elle s'écarta, un sourire narquois étirait les lèvres d'Emma — *ça suffit, l'instant mélo !*

— A plus, pouffiasse ! Tu as intérêt à venir me rendre visite pour un week-end de folie à se boire cosmopolitan sur cosmopolitan comme dans *Sex and the City* !

Rachel essuya discrètement une larme tandis que sa petite sœur adorée disparaissait dans la foule. Puis elle adressa un grand sourire à sa fille.

— Bon ! Qui a envie de rentrer à la maison ?

— Seulement si que papa il vient aussi.

— Bien sûr que papa vient aussi. Il y est toujours chez lui.

A ces mots, elle se perdit dans les yeux bleus de Steve et laissa son esprit dériver.

Ces derniers mois remportaient haut la main le titre de pire période de sa vie ! Même si Steve avait essayé de venir voir les enfants le plus souvent possible, il n'en était pas moins retourné vivre chez sa mère. Elle avait chéri les soirs où il avait accepté de bavarder un peu autour d'une bière ou d'une tasse de thé après l'avoir aidée à coucher les petits, seulement il avait toujours mis les voiles à 21 heures au plus tard. Elle n'avait jamais insisté pour le faire rester plus longtemps ou le supplier de revenir vivre avec eux — avec *elle*. Rien ne lui aurait fait plus plaisir que de grappiller quelques misérables minutes de plus en sa présence, ça oui, mais elle avait préféré le laisser respirer, lui laisser le temps de décider par lui-même s'il était prêt ou non à lui pardonner. Lui mettre la pression, c'était risquer de le perdre pour toujours, c'était un fait. Malheureusement, toutes ces belles résolutions n'avaient pas facilité l'attente, au contraire. Le plus horrible, c'étaient les nuits. Avant leur séparation, elle n'avait jamais encouragé Alfie à venir dormir avec eux ; mais, depuis, elle souffrait tant de devoir affronter seule un grand lit froid qu'elle le laissait volontiers grimper la rejoindre sous les couvertures quand l'envie lui en prenait.

Et tout ça avait été encore pire après que Steve avait commencé son nouveau travail. Ses horaires avaient beaucoup changé, si bien qu'il était beaucoup moins disponible le soir, sans compter qu'il avait dû partir plusieurs fois en voyage d'affaires à l'étranger. Chaque fois, elle lui avait proposé de venir le chercher à l'aéroport à son retour, mais il avait toujours décliné.

Il n'y avait que la semaine dernière, quand il avait appelé de Singapour, que les choses avaient changé. Les enfants ayant été trop absorbés par leur émission pour lui parler longtemps au téléphone, c'était elle qui avait eu droit à la part du lion de la conversation. Il lui avait raconté son séjour d'un ton léger, complice même, jusqu'à ce qu'il lui demande si elle était libre pour venir le récupérer à l'aéroport avec les enfants le jeudi suivant — *aujourd'hui*. Elle avait cru que son cœur allait exploser, même si elle avait tâché de rester nonchalante. C'est alors qu'il avait prononcé les mots qu'elle n'attendait presque plus :

— Rach, je veux rentrer à la maison.

Elle en avait pleuré de joie, et c'est à peine si elle avait réussi à articuler deux mots. Lui-même avait eu du mal à contenir l'émotion dans sa voix.

Le regard plein d'amour que Rachel échangeait avec Steve aurait tout aussi bien pu durer une éternité. C'est Lily qui les fit revenir à la réalité en tirant avec impatience sur la manche de son père.

— Papa ! Alors, c'est vrai que tu viens ?

— Oui, ma puce, je reviens vivre avec vous.

— Pour toujours-toujours ?

— Eh bien, il faudra quand même que je me rende à ce truc pénible qu'on appelle « travail », mais sinon… Oui.

— OUAAAAAAAIIIIIIS !

Lily embrassa et câlina son papa jusqu'à plus soif, sous l'œil humide de Rachel.

Le sourire que Steve lui retourna valait tout l'or du monde.

— Et si on rentrait à la maison, madame Summers ?

Heureuse comme jamais, elle glissa un bras autour de la taille de son mari et les entraîna vers la sortie.

— Avec joie, monsieur Summers.

Ouf, elle était placée côté hublot !

Après avoir sorti un livre et rangé sa petite valise dans le compartiment à bagages, Emma se laissa tomber sur son siège et consulta encore une fois son portable. Toujours rien de Martin. Elle serra les poings. Elle n'avait pas le droit d'attendre quoi que ce soit de lui mais, *bon sang*, ça faisait un mal de chien…

En revanche, elle ne tarda pas à retrouver le sourire : Miranda avait dû signaler son départ pour New York à l'ensemble d'Allen Chandler, car sa boîte mail explosait de messages qui lui réchauffèrent le cœur. Même Digby lui avait envoyé un e-mail, adressé à Ella, ce qui la fit bien rire.

Joel, quant à lui, s'était fendu d'un message pour le moins étrange :

Bonne continuation, Emma. Ci-joint le résumé du titre sur lequel je travaille actuellement. J'ai pensé qu'il pourrait intéresser vos nouveaux collègues américains. Cordialement, Joel.

S'attendant au pire, Emma cliqua sur la pièce jointe et eut un mouvement de recul sous la surprise. Là, sous ses yeux, s'étalait un immonde montage photo du sourire narquois de Joel — *en gros plan* —, placardé de la phrase « Bon vent, loseur ! » Abasourdie, elle transmit aussitôt l'e-mail à l'ensemble du service éditorial, ajoutant en commentaire : « En voilà un qui est bien placé pour reconnaître les membres de son espèce. »

Enfin, elle remarqua un e-mail de sa mère, qui apprenait depuis peu à se servir d'un ordinateur avec Rachel.

Fais attention à toi et essaie d'éviter le plus d'Américains possible, sauf s'ils ressemblent à James Stewart. Reviens-nous bientôt. Baisers, maman.

Elle pouffa de rire, touchée malgré tout. Sa mère ne serait sans doute jamais douée pour montrer son affection mais, au moins, elle faisait des efforts.

Puis Emma éteignit son portable et se cala dans son siège, paupières closes, en attendant le décollage. Elle commençait à somnoler quand, tout à coup, une voix lui fit ouvrir les yeux en sursaut.

— Excusez-moi, est-ce que cette place est libre ?

Pas possible… L'homme qui la hantait depuis des mois se tenait là, plus beau que jamais.

— Martin ! Mais… Qu'est-ce que tu fais ici ?

Il se laissa tomber à son côté avec un sourire malicieux.

— Oh ! rien, je passais par là…

— Martin, nous sommes dans un avion qui va s'envoler pour New York d'une minute à l'autre.

Il hocha la tête avec une gravité feinte.

— Il se trouve que je n'ai pas pris de vacances depuis des siècles.

— Qu'est-ce que ça veut dire ? demanda-t-elle d'une petite voix, le cœur rempli d'espoir.

— A toi de me le dire.

— Est-ce que tu as lu mon e-mail ?

— Oui. Ce que tu as écrit… Est-ce que tu le pensais vraiment ?

Ils échangèrent un long regard, d'une intensité à couper le souffle. C'était comme redécouvrir Martin sous un tout nouvel angle. Et ce qu'elle vit lui plut. Beaucoup.

Incapable de se retenir, Emma se jeta à son cou pour l'embrasser à pleine bouche. Une merveilleuse vague de chaleur déferla dans ses veines, affola son cœur.

Et le mieux, dans ce baiser ? Martin y *répondait*.

Lorsqu'elle s'arracha à ses lèvres, Emma Darcy se sentait une femme nouvelle.

Pour la toute première fois de sa vie, elle avait l'intime conviction de se trouver exactement là où elle devait être — là où elle *voulait* être.

— Je pensais chaque mot.

Remerciements

Un grand merci à mes tout premiers lecteurs pour leurs commentaires judicieux et leur immense soutien : Gill McLay, Viv Peters, Heather Williams, Fiona Veacock, Sarah Livingston, Jenice Collins, Jane Clements, Mary Vacher et Lisa Stevens.

Merci à Sally Williamson, Nicky Lovick et toute l'équipe de Carina UK pour leur aide et leur enthousiasme, ainsi qu'à Jenny Hutton de m'avoir mise en relation avec eux en premier lieu. Merci également à Charlotte Robertson.

Merci du fond du cœur à ma maman et mon papa de m'avoir transmis leur amour sans borne pour les livres.

Enfin, merci tout particulièrement à Lily et Alfie de représenter une source d'inspiration quotidienne, et à Rich de ne m'avoir jamais permis de baisser les bras.

Composé et édité par HarperCollins France.

Achevé d'imprimer en avril 2019.

CPi
BLACK PRINT

Barcelone

Dépôt légal : mai 2019.

FSC
www.fsc.org
MIXTE
Papier issu de sources responsables
FSC® C108412

Pour limiter l'empreinte environnementale de ses livres, HarperCollins France s'engage à n'utiliser que du papier fabriqué à partir de bois provenant de forêts gérées durablement et de manière responsable.

Imprimé en Espagne.